Die Suche nach den Auriern

RR

Tanja Lippuner Gaebert

Ellen Lang

Die Suche nach den Auriern

Roland Reischl Verlag

Bibliografische Information der Deutschen Nationalbibliothek.
Die Deutsche Nationalbibliothek verzeichnet diese Publikation
in der Deutschen Nationalbibliografie; detaillierte bibliografische Daten sind im Internet über www.dnb.de abrufbar.

Bildnachweis
Titel: Vlad Sokolovsky / Shutterstock.com
S. 656 (Enkaustik): Tanja Lippuner

Umschlaggestaltung, Layout & Satz: Tanja Lippuner
Lektorat: Roland Reischl

Roland Reischl Verlag
Herthastr. 56, 50969 Köln
www.rr-verlag.de

Herstellung: BoD – Books
on Demand, Norderstedt

Originalausgabe 2020
ISBN 978-3-943580-29-7

Der Tod
ist verlässlich,
doch wir trauen ihm nicht.

Was wäre,
wenn er uns
mit einem Lächeln begrüßt?

Für meine Großeltern
Elfriede und Rudolf

Prolog

Susan folgte dem Trampelpfad, der sich in kleinen Serpentinen den Hang hinaufwand. Hin und wieder konnte sie einen Blick auf die Stadt erhaschen, die in tristen Farben das Tal besiedelte. Kurz hielt sie inne, um wieder zu Atem zu kommen. Heute war der Aufstieg beschwerlicher, die Erde war feucht und der Wind fiel ihr entgegen.

Dann endlich sah sie das Kreuz, das sich vor ihr in den Himmel erhob. Wolkenfetzen strichen darüber und verschluckten zuweilen die hölzerne Spitze. Am Fuße des Kreuzes saß eine junge Frau. Reglos, die Arme um die Knie geschlungen.

»Hab ich's mir doch gedacht, dass ich dich hier finde.« Susan näherte sich der Frau, ihren Rücken fixierend, um dem Sog zu entgehen, der sie jedes Mal erfasste, wenn sie dem Abgrund zu nahe kam.

Ellen schaute nicht auf. Stumm lehnte sie an dem Holz und starrte hinab auf die Straße, die sich wie eine graue Natter durch die Felsen wand. Der Wind riss an ihren Haaren, trieb diese unsanft in ihr Gesicht.

»Ellen?« Susan trat einen Schritt vor. Sie bewegte sich bedächtig, als hätte sie Angst, den Felsvorsprung durch eine unachtsame Bewegung zum Abbruch zu bringen. »Du suchst immer noch nach der fehlenden Erinnerung, habe ich recht?«, fragte sie dann und schlang Halt suchend einen Arm um das Kreuz.

Die handelnden Personen sind ab Seite 647 übersichtlich aufgelistet und kurz vorgestellt.

Es dauerte ein paar Herzschläge, bis Ellen nickte. »Der Blick auf dieses Kreuz ist die letzte Erinnerung, die ich habe.« Sie schob ihre Fußspitze unter einen Stein und gab ihm einen Schubs. Lautlos verschwand er im Abgrund.

Susan erschauderte. »Und dazu musst du immer hierherkommen? Ein falscher Tritt wäre dein sicherer Tod.«

»Mein Tod?«, Ellen lachte bitter auf. »Dem Tod bin ich nicht gut genug, er will mich nicht haben.«

»Er wird wissen, dass es noch zu früh ist.« Susan legte etwas mehr Druck in die Stimme, um gegen die Böen anzukommen.

»Der Tod arbeitet nicht nach Terminkalender«, Ellen wandte sich um, »er ist wählerisch. Meinen Vater hat er behalten. Mich hat er ausgespuckt wie eine bittere Nuss.« Sie bändigte ihre Haare mit der Faust. »Verdammt, Su. Irgendwo dort unten bin ich mit Dad gestorben und ich weiß nicht, wie. Ich bin wieder aufgewacht, und ich weiß nicht, als wer. Mein Leben wurde zerrissen, und ich weiß nicht, von wem.« Sie blickte an dem Kreuz empor. Die Farbe der Wolken gab ihren Augen einen trüben Glanz.

»Ellen, bitte, du machst mir Angst, wenn du so redest. Wir beide wissen, dass es nur an diesem furchtbaren Traum liegt. Jedes Mal, wenn er dich heimsucht, zieht er dich runter. Und jedes Mal steigst du am nächsten Tag hier hoch. Warum?«

Der Wind mäßigte sein Wüten für einen Augenblick und das entfernte Rauschen eines Flusses hallte zu ihnen herauf.

»Vielleicht, weil er so schmerzt«, entgegnete Ellen zögernd, »und weil sich der Schmerz ähnlich anfühlt wie dieser Riss, dieser verdammte vergessene Teil in meinem Leben. Fast so, als ob beides zusammengehört.«

»Aber hier wirst du keine Antwort finden.« Susan hauchte einen Schluck Wärme in die Hände. »Und jetzt komm, es ist eiskalt, dieses Wetter drückt auf die Laune. Ich bin sicher, morgen sieht die Welt wieder anders aus.«

Kapitel 1

Hamsterrad

Ellen wälzte sich im Schlaf unter der Decke, als Uwes Krähen in ihre Ohren drang. Seufzend tastete sie nach dem Handy und brachte es zum Schweigen. Einen Moment lang hing ihr Blick an der vergilbten Stuckrosette in der Zimmerdecke, dann schob sie ihren Kopf durch eins der herumliegenden T-Shirts. Ihre Gedanken verliefen noch ungeordnet und versuchten das Gefühl zu deuten, das einen gewissen Grad an Nervosität beinhaltete.

Es dauerte einige Sekunden, bis sie Klarheit hatte. Heute Nachmittag war die Einweihungsfeier ihrer Praxis.

Ellen eilte ins Bad und blickte mit gerunzelter Stirn in den Spiegel. 23 Jahre blickten nackt bewahrheitet zurück. *Ein langer Weg bis hierher*, dachte sie, während sie sich den anhänglichen Knopfabdruck des Kissens von der Wange rubbelte und anschließend die dunkelblonden Haare in ein Gummi zwängte.

Während die Kaffeemaschine aufheizte, legte sie eine Brezel, eine Zeitung und ihr Handy auf den Tisch und stieg auf einen Hocker, um sich eine Tasse aus dem Schrank zu angeln. Zu ihrem Verdruss griffen ihre Finger ins Leere, und sie musste wohl oder übel eine jener Tassen von Hand abwaschen, die sich im Waschbecken stapelten. Dann setzte sie sich zu Uwe, der, ungeachtet ihres Aufstöhnens, mit 25 neuen Nachrichten aufwartete.

Nach dem Frühstück und einem kurzen Blick in die Zeitung suchte sie, wie meistens, ihre Joggingschuhe. Auch wenn ihre Wohnung nur zwei Zimmer hatte, schafften sie es immer wieder, heimlich unterzutauchen. Sie erwischte den einen unter dem Bett, den anderen hinter der Badezimmertür. Manchmal fragte sie sich, ob es jemals möglich sein würde, die Schuhe an einen Ort zu gewöhnen, an dem sie einfach nur waren, wenn man sie brauchte.

Über die Begriffsstutzigkeit ihrer Sportschuhe nachdenkend, schloss sie die Wohnungstür und trabte die Treppe hinunter. Das Joggen war zur Gewohnheit geworden, seit sie an diesen Ort gezogen war – lag doch die Finnenbahn nur zwei Gehminuten entfernt im Wald einer Parkanlage. Der schmucklose Block, in dem sie vor vier Jahren die kleine Wohnung gemietet hatte, erhob sich fünf Stockwerke hoch. Ellen wohnte im dritten und benutzte ausschließlich die Treppe. Zwar war ein Lift vorhanden, dessen Innenleben sie jedoch nur mit respektvollem Abstand betrachtete, immer dann, wenn er gerade einen Nachbarn ausspuckte oder verschluckte. Allein die Vorstellung, hinter den geschlossenen Türen in dem kleinen Kasten zu stecken, jagte ihr einen kalten Schauer über den Rücken.

Als Ellen vor die Haustür trat, blinzelten bereits die ersten Sonnenstrahlen über die Dächer und versprachen einen warmen Tag – endlich – sie hatte schon geglaubt, der Winter würde niemals lockerlassen. Schnell vergewisserte sie sich, dass sie den Haustürschlüssel eingesteckt hatte – die letzte Rechnung für den Schlüsseldienst drückte noch immer ihren Kontostand – dann schob sie den Reißverschluss ihrer Jacke bis über die Kinnspitze und bog in den Wald ein. Vor ihr lag die Bahn, eingefasst in moosbewachsene Stämme, die sich durch die Schatten der Bäume schlängelten. Sie war allein, wie meistens. Da die kurvenreiche Bahn nach 600 Metern wieder an sich selbst anschloss, wurde Ellen von Susan geneckt, dass sie Hamsterradsport betreibe.

Ellen schwenkte nach rechts. Sie lief immer nach rechts, und sie hasste es, wenn jemand es nicht tat. Dreimal schon war sie bei einem Ausweichmanöver über einen der Randpfosten gestolpert, die im Laub nicht immer zu sehen waren. Ihre Überlegungen kreisten um die bevorstehende Feier. Es gab noch einiges zu erledigen.

Ungewohnter Lärm unterbrach ihre Gedanken, und sie blickte nach oben. In den Wipfeln der Bäume schienen sich Raben zu streiten. Mit wildem Gekrächze flatterten sie durch das Geäst. Plötzlich raschelte etwas genau über ihr, ein Knacken, Zweige brachen. Noch bevor sie erfassen konnte, was geschah, rauschte etwas Großes, Schwarzes neben ihrem linken Auge vorbei und fiel genau vor ihre Füße. Ein schneidendes Brennen durchfuhr ihre linke Kopfhälfte, erschrocken fasste sie sich an die Schläfe. Blut rann über ihren Handrücken. Mit offenem Mund starrte sie auf einen stattlichen Raben, der auf dem Rücken lag und hilflos mit den Beinen schlug. Ellen zog ein Taschentuch aus ihrer Jacke und tupfte auf die brennende Stelle in ihrem Gesicht. Der Vogel musste sie mit seinen Krallen verletzt haben.

»Sag mal, spinnst du? Was soll der Blödsinn?«, rief sie in keinerlei Erwartung einer plausiblen Antwort. Auch war ihr klar, dass der Rabe von dieser Situation ebenso wenig angetan sein konnte wie sie selbst. Nach kurzem Zögern nahm sie einen Stock, um das Tier auf die Beine zu stellen. Der Vogel sank mit seinen Krallen ins Laub und lag dann, kraftlos schwankend, auf dem Bauch. Da sah sie das Glitzern von Blut in seinen Federn und betrachtete ihn genauer. Seine schwarz glänzenden Knopfaugen rollten nervös im Kreis, und sein langer, schwarzer Schnabel öffnete sich im Sekundentakt. Als sie gerade überlegte, was zu tun sei, hatte sie plötzlich das Gefühl, dass nicht nur der Vogel sie beobachtete. Ein feines Kribbeln rann über ihren Rücken und hinterließ eine unangenehme Spur. Langsam drehte sie sich um.

Es gelang ihr kaum, den Schrei zu unterdrücken. Auf einem gefallenen Baumstamm saß etwas und starrte sie an. Reglos, als hätte es schon immer dort gesessen. Es sah aus wie eine Katze – oder zumindest etwas Katzenähnliches. Trotz der platten Schnauze hatte es etwas Dämonisch-Majestätisches. Das glänzend anthrazitfarbene Fell wölbte sich wie eine Löwenmähne um das Gesicht und floss als seidener Teppich über den Rest des Körpers. Zwei durchdringende Augen stachen Ellen entgegen. Zuerst meinte sie, die spärlichen Strahlen der Sonne verliehen ihnen die eigentümliche Farbe, bis sie feststellte, dass die Augen dieses Wesens tatsächlich so orange waren, wie sie schienen. Die vom Licht verengten Pupillen wirkten wie Speere und gaben dem Gesichtsausdruck eine schlangenhafte Nuance. Was Ellen jedoch vollends aus der Fassung brachte, war diese absolute Regungslosigkeit. Wie eine perfekt gemeißelte Statue saß es da und durchbohrte sie mit seinem leuchtenden Blick. Unbarmherzig. Starr. Lediglich der letzte Wirbel der Schwanzspitze verriet durch nervöses Zucken, dass es am Leben war.

Das Vieh hat es auf den Vogel abgesehen, war das Erste, was Ellen durch den Kopf ging, und obwohl sie selber nicht verstand, warum sie plötzlich Partei für einen Raben ergriff, noch dazu für einen, der ihr gerade eine heftige Schramme verpasst hatte, ging sie ein paar Schritte auf das sonderbare Tier zu.

»Kschhh … verschwinde, friss woanders«, befahl sie energisch. Die Katze verharrte unbeeindruckt. Ellen fischte eine Handvoll Holzspäne von der Bahn. »Du sollst verschwinden, sonst …«, drohend hob sie die geladene Hand, während sie mit der anderen noch immer das Taschentuch auf ihre Schläfe presste. Das Tier rührte sich nicht, nur der Schwanz stob hin und her. Ellen schleuderte ihre Ladung los, doch die Späne stoben über die Katze hinweg. Schnell lud sie nach und warf ein zweites Mal. Diesmal saß der Schuss. Ein Holzscheit traf das Tier am Kopf, sein Rückgrat schwoll an, mitsamt dem Schwanz. Fauchend torpedierte es Ellen mit orangefarbenem Hass, dann machte es kehrt und verschwand zwischen den Sträuchern im Wald.

Ellen atmete erleichtert auf und starrte noch kurz auf die Stelle, an der das Tier verschwunden war. Dann wandte sie sich wieder dem Vogel zu, der noch immer auf dem Bauch lag und hilflos mit einem Flügel schlug.

»Ich kann dich so nicht zurücklassen, du bist ein willkommener Nachtisch für alles, was vier Beine hat und auf wehrlose Fleischhappen steht.« Suchend sah sie sich um. Gleichzeitig zog sie Uwe aus der Jackentasche, blickte neben 19 ungelesenen Mitteilungen auf die Uhr – und schluckte. Bald würden die ersten Gäste vor der Tür ihrer neuen Praxis stehen, und sie hatte noch nicht einmal den Sekt gekauft. Aber der Vogel …

»Es ist ein Tier«, murmelte sie leise vor sich hin, »die Natur wird sich darum kümmern – was geht mich das an?« Es nutzte nichts. Immer wieder fiel ihr Blick auf den Verletzten im Laub. Dieser versuchte unterdessen, mithilfe seines intakten Flügels wieder auf die Beine zu kommen. Der andere hing schlapp an seinem Körper. Ellen sah sich abermals um und ihr Blick fiel nicht weit entfernt auf einen Holzstapel, der mit einer Plane verdeckt war. Vorsichtig hob sie das Plastik an, prüfte kurz, ob sich auch keine Spinnen oder sonstige Krabbeltiere dort herumtrieben. Dann nahm sie mehrere Holzscheite vom Stapel, sodass eine Einbuchtung entstand, und kehrte zurück zu dem Vogel.

»Ich lege dich in das Holz, dort ist es sicherer«, sagte sie leise. Der Rabe sah Ellen mit undeutbaren Augen an. Einen kurzen Moment lang dachte sie, er könnte ihr mit seinem spitzen Schnabel in die Hand hacken, aber irgendetwas ließ sie sicher sein, dass er es nicht tun würde. Mit dem Taschentuch tupfte sie erneut ihre Schläfe, die Wunde blutete immer noch. Dann schob sie ihre Finger vorsichtig unter das Tier und hob es leicht an. Einige Tropfen ihres Blutes kleckten in sein Federkleid und in das Laub – und auf einem glänzend braunen Blatt vermischte es sich mit dem Blut des Vogels. Behutsam trug sie ihn zu dem Holzstapel und legte ihn in die Kuhle.

»Wie leicht und weich du bist.« Ellen konnte es nicht lassen, ihre Finger kurz über die glänzenden Federn gleiten zu lassen. »Schau, dass du schnell wieder auf die Bäume kommst.« Sie nickte ihm kurz zu, klappte hastig die Plane zurück, machte auf dem Absatz kehrt und lief los.

»Danke!«

Ellen blickte überrascht zurück. Es war niemand zu sehen, obwohl sie die Worte deutlich vernommen hatte. Einen Moment lang verharrte sie, suchte nach einer Erklärung, dann machte sie sich weiter auf den Weg. Die Zeit drängte.

Entgegen ihrer Gewohnheit lief sie direkt nach Hause. An anderen Tagen machte sie einen kleinen Umweg zur Bäckerei, um sich eine Brezel für das Frühstück am nächsten Morgen zu kaufen.

Zu Hause ging sie sofort ins Bad und betrachtete im Spiegel die Wunde an ihrem Kopf. Blut klebte an ihrer Schläfe wie eingetrocknete Tränen. Während sie die Schwere ihrer Verwundung abschätzte, wanderte ihr Blick von der – ihrer Meinung nach viel zu großen – Nase hinauf zu den blaugrünen Augen, die ihr oft so fremd vorkamen. Dann wurde ihr schlagartig eiskalt.

Sie konnte nicht sehen, wie die hochschnellenden Brauen ihre Lider mit in die Höhe rissen und ihre Augen kugelrund hervortreten ließen. Im Fokus hatte sie ein kleines, schwarzes, vielbeiniges Etwas, das langsam über ihre Oberlippe krabbelte. Obwohl sich das Tier nur auf dem Spiegelbild befand, spürte Ellen, wie ihr das Blut aus den Adern wich und sich ihr Puls zu einem Trommelwirbel erhob. Ganz langsam setzte sie einen Fuß hinter den anderen, den Punkt unter strengster Beobachtung. Die Spinne bewegte sich nun abwärts, genau in Richtung der Schminkutensilien.

»Nein, nein, nein, nicht dahin«, schrie Ellen auf, stürzte zu ihrem Putzschrank und riss den Staubsauger heraus.

Ich muss sie hier rauskriegen, ich muss sie hier rauskriegen, bevor sie mir über den Lippenstift kriecht, bevor sie verschwindet, bevor sie … Unbeholfen rupfte sie das Kabel aus dem Saugergehäuse, zwängte den Stecker in die Buchse und rannte ins Bad. Dort hatte sich das Tier mittlerweile auf die kleine Glasablage abgeseilt und krabbelte munter über den Lidschatten. Ellen entfernte den Saugkopf und stellte sich der Spinne mit gezücktem Eisenrohr. Ganz langsam rückte sie näher, zielte mit der silbernen Öffnung auf das Krabbeltier … *klack*. Spinne samt Lidschatten waren verschwunden. Erleichtert zog sie einen Socken unter dem Bett hervor, stopfte ihn in das Saugrohr und verbannte das Gerät, samt Schönheits- und Krabbelinhalt, auf den Balkon. Um etwas Zeit zu gewinnen, unterzog sie sich einer Katzenwäsche, warf sich in Jeans und Bluse und trug noch schnell etwas Lippenstift auf. Auf den Lidschatten verzichtete sie gerne. Über ihre halb angezogenen Pumps stolpernd, riss sie die Jacke vom Haken, stöckelte die Treppe hinunter zu ihrem Golf, dessen Farbe ein Weiß erahnen ließ.

Kapitel 2

Das mintgrüne Päckchen

Ellens Herz raste, als sie endlich die Tür des Elternhauses aufschloss. Erleichtert trat sie ein, stellte einen Karton mit Sektflaschen auf die erste Stufe der Treppe, die zu der Wohnung ihrer Mutter führte, und lehnte sich mit dem Rücken an die Haustür. Erschöpft, aber zufrieden blickte sie sich um. Ihre Mutter hatte ihr das ganze Erdgeschoss überlassen. Darin konnte sie künftig wohnen und ihrem Beruf als Heilpraktikerin für Psychotherapie nachgehen. Fast ein halbes Jahr lang hatten sie die Zimmer in gemeinsamer Arbeit hergerichtet.

Vom Eingang aus gelangte man über einen kleinen Flur in das Arbeitszimmer. Ellen hatte für die Wände einen mediterranen Stil gewählt. Sie waren lachsfarben und mit einem dezenten Muster versehen. Ihr Stolz war die alte Ledercouch, die sie kürzlich bei einer Wohnungsauflösung erstanden hatte. Gegegenüber stand ein großer Ohrensessel, der mit seinem Nussbaumfarbton perfekt zu der Couch passte. Es war der Lieblingsplatz ihres Vaters gewesen. Noch immer sah Ellen ihn darin sitzen, den Labrador Bark zu seinen Füßen.

Einen kurzen Moment lang schweiften ihre Gedanken zurück in die Kindheit. Sie war in einer ausgedienten Mühle aufgewachsen, in deren Dachgeschoss ihre Eltern eine Wohnung gemietet hatten. Ellen konnte sich noch gut an die schrägen Wände und den heimeligen Kamin erinnern, der im Winter fast durchgehend befeuert wurde. Als sie größer wurde, mussten die Eltern etwas Neues suchen, die Räumlichkeiten waren für drei Personen und einen Hund zu klein geworden. »Du bekommst ein eigenes Zimmer«, hatten sie ihr versprochen, doch Ellen wollte kein eigenes Zimmer. Sie hatte in der Mühle bleiben wollen, weinte viel, und auch Bark verkraftete den Wechsel nicht. Kaum waren sie umgezogen, hatte er sie für immer verlassen. Ihre Eltern hatten das neue Haus in einem maroden Zustand gekauft. Der Vater renovierte den oberen Stock, den Ausbau des unteren erlebte er nicht mehr.

Seufzend legte Ellen eine Hand auf das weiche Leder. Auch wenn die Erinnerung schmerzte, sie liebte diesen Sessel. In der Mitte des Raumes stand ein ovaler Tisch, durch dessen Glasplatte die unzähligen Jahresringe eines Baumstammes erkennbar waren. Hinter der Couch, an der Wand, befand sich eine Glasvitrine mit allerlei Schätzen, die Ellen im Laufe der Zeit in Antiquitätenläden oder auf Flohmärkten erstanden hatte. Viele von ihnen waren uralt, wie die Kaffeemühle, an der ihr Herz ganz besonders hing, oder das Bügeleisen mit dem eisernen Fuß. Die Räume, in denen sie zukünftig wohnen wollte, waren noch nicht ganz fertig.

Schrilles Geplärr zerriss Ellens Gedanken. Sie hatte diese Klingel schon immer gehasst und nahm sich vor, ihr bei nächster Gelegenheit den Garaus zu machen. Schnell strich sie vor dem Spiegel ihre Bluse glatt und öffnete die Tür. Hinter einem Strauß hellgelber Tulpen konnte sie einen Haarschopf erkennen, der sich farblich kaum von den Blüten abhob.

»Su!« Ellen umarmte ihre Freundin so heftig, dass die Stängel der Blumen knirschten. »Pünktlich auf die Minute, du bist die Erste, komm rein.« Sie nahm den malträtierten Blumenstrauß entgegen und schickte sich gerade an, die Türe zu schließen, da hielt sie jäh inne. *Aber … war das nicht …* Sie spähte über die Blumenköpfe hinweg nach draußen. Mit klopfendem Herzen öffnete sie die Tür noch weiter und blickte sich um. Nichts war zu sehen. Nichts, außer dem leeren Gehsteig mit einer Reihe parkender Autos.

»Was hast du?«, fragte Susan, als sie sich aus ihren Kleidern schälte, »und was ist mit deinem Kopf passiert?«

»Ach, es ist nichts«, winkte Ellen ab und runzelte die Stirn, während sie die Türe wieder schloss und den Strauß in eine Vase stellte. *Ich muss mich geirrt haben, so was ist nicht möglich …* Energisch schüttelte sie den Gedanken aus ihrem Kopf und übernahm den Stoffberg, den Susan ihr entgegenstreckte.

»Su, der Winter ist Vergangenheit, du kannst die dicken Sachen einmotten.« Ellens Stimme klang gedämpft.

»Ich weiß, aber du kennst mich ja. Himmel, Ellen, dieser Raum, das habt ihr klasse hingekriegt!«

Noch bevor Ellen etwas erwidern konnte, schrillte die Klingel erneut. Nacheinander trudelten die Gäste ein. Freunde aus Ellens Studienzeit – und Onkel Theobald, der Polizeidirektor, den sie liebevoll Onkel Tobs nannte, zusammen mit seiner geschwätzigen Frau Elsbeth. Auch Martin war gekommen, mit dem sie zwei Jahre lang zusammen gewesen war. Der Tisch füllte sich mit Blumen, Weinflaschen, Pralinen und kleinen, bunten Päckchen. Ellens Augen leuchteten und ein paar Herzschläge lang glaubte sie zu spüren, wie es sein musste, wenn man richtig glücklich war.

Bis auf ihre Freundin Leah waren alle gekommen. Leah hatte am Vorabend angerufen und sich entschuldigt; sie hing wieder einmal in einem Nervengrab, wie sie es nannte. Seit ihr letzter Freund Schluss gemacht hatte – der dritte innerhalb eines Jahres – hatte sie sich zurückgezogen. Ellen hatte schon oft versucht, ihr klarzumachen, dass es zwecklos sei, dem Leben jedes Mal die Tür vor der Nase zuzuschlagen. Aber wenn Leah traurig war, dann war sie es. Kompromisslos und abgrundtief. Sie lebte in einem einzigen Auf und Ab und konnte sich über Schönes genauso haltlos freuen, wie sie sich vergrub, wenn etwas schlecht lief. Ellen beneidete sie insgeheim um diese Gefühlsausbrüche. Es war genau das, was sie in ihrem eigenen Leben vermisste. Vielleicht war das der Grund, warum sie sich mit Leah so gut verstand. Obwohl so gegensätzlich im Charakter, ergänzten sie sich auf ganz eigene Weise.

Ein vertrautes Knarren ließ Ellen aufblicken. »Mum, da bist du ja«, rief sie und lief ihrer Mutter entgegen, die mit zwei beladenen Tabletts die Treppe herunterkam. Auf der untersten Stufe blieb sie stehen und warf einen Blick in den Raum, aus dem buntes Stimmengewirr drang. Ellen konnte ihre Gedanken lesen, auch wenn sie sie hinter einem Lächeln verbarg. *Wenn Vater all das nur sehen könnte* …, sagten ihre Augen, die den Glanz seit dem Tag verloren hatten, an dem ihr Leben komplett zerrüttet wurde.

»Es ist noch mehr oben.« Die Mutter hatte die beiden Tabletts abgestellt und machte sich auf den Weg, um Nachschub zu holen. Ellen kümmerte sich inzwischen um die Getränke, die sie hinter dem Haus zur Kühlung in einen Teich gelegt hatte und die sie nun durch ein Fenster hineinreichte. Als sie sich das zweite Mal bückte, fiel ihr Blick auf Abdrücke von Pfoten, die wie Stempel auf die Umrandungssteine gedruckt waren. Sie mussten ganz frisch sein, denn sie waren noch feucht. Ellen erstarrte, während sie die dunklen Stellen betrachtete, die sich nun Ballen für Ballen in der wärmenden Sonne auflösten, als hätte es sie nie gegeben. Hatte sie sich vorhin doch nicht geirrt? Konnte es die Katze aus dem Wald gewesen sein, die sie meinte, vor der Tür gesehen zu haben? *Blödsinn*, schalt sie sich selbst, *ein Hirngespinst, sonst nichts.*

Susan hatte die Sektgläser bereits gefüllt und Ellen sich gerade eins genommen, als das schrille Geplärr der Klingel sie erneut zusammenfahren ließ. Sie würde die Schrecksirene kleingestampft, zerhäckselt und ganz genüsslich in Einzelteilen begraben. Überrascht sah sie sich um. Fehlte noch jemand? Vielleicht hatte Leah sich doch durchgerungen, zu kommen, was Ellen allerdings sehr bezweifelte. Ihr Magen zog sich zusammen, als sie zum Eingang lief. Zu viele Ungereimtheiten hatten sich an diesem Tag schon ereignet. Vorsichtig öffnete sie die Tür und trat einen Schritt hinaus. Es war niemand zu sehen. Nur ein kleines, mintgrünes Päckchen lehnte neben dem Eingang. Verwundert hob sie es auf. Kein Zettel, kein Absender, nichts. Ellen hielt es unschlüssig in der Hand, dann ging sie wieder hinein und stellte es zu den anderen Geschenken auf den Tisch.

»Was ist los mit dir, du bist so abwesend.« Susan streckte ihr ein Tablett mit Häppchen entgegen.

»Kann sein«, erwiderte Ellen mit tonloser Stimme, »heute passieren so seltsame Dinge …«

»Seltsame Dinge?«

»Es ist – na ja«, Ellen zögerte einen Moment, »heute Morgen ist mir ein Rabe auf den Kopf gestürzt.«

Susan prustete in ihr Glas. »Was? Ein Rabe?«

»Ja, ein Rabe.«

»Dann ist das der wahre Grund für den neckischen Kratzer in deinem Gesicht?« Susan hatte sichtlich Mühe, sich das Lachen zu verkneifen. »Tut mir echt leid, aber das ist wirklich speziell.« Dann wurde ihr Tonfall ernst. »Hast du die Wunde ausreichend desinfiziert?«

»Selbstverständlich«, bejahte Ellen, obwohl sie es komplett vergessen hatte. Sie wollte dem Rüffel entgehen, den ihr Susan als eingefleischte Krankenschwester aufbrummen würde. Und erst einmal in Fahrt, war sie kaum noch zu bremsen.

Schnell lenkte Ellen das Thema in eine andere Richtung und erzählte von der Katze, die sie zu verfolgen schien.

»Die Katze im Wald und diese hier, ich bin sicher, es ist ein und dieselbe«, sagte Ellen mit gedämpfter Stimme.

»Hm, meinst du nicht, dass du dich täuschst?« Susan sah sie skeptisch an. »Katzen gibt es wie Sand am Meer ...«

»So eine nicht. Sie war sehr groß, hatte einen eigenartigen Kopf und etwas Spezielles in ihrem Blick, in der Art, wie sie mich anstarrte. Ich glaube kaum, dass es das zweimal gibt.«

»Aber du hast sie vorhin doch gar nicht richtig gesehen ...«

»Sie muss es gewesen sein«, unterbrach Ellen schroff. »Das dunkelgraue Fell, diese unglaublichen orangenen Augen ...« Nervös nippte sie an ihrem Getränk. »Aber da war noch etwas, etwas anderes ... Seltsames. Vor der Tür stand ein Päckchen, ohne Absender, ohne ...«

»Könnt ihr nicht später tratschen?« Martin streckte ihnen augenzwinkernd sein leeres Glas entgegen. Wir trocknen hier langsam, aber sicher aus.«

Ellen griff nach der Flasche. »Da hast du recht, Martin«, sagte sie und schenkte nach, »ich habe noch gar nicht mit allen gesprochen.« Sie beschloss, später noch einmal in Ruhe mit Susan zu reden und begann ihre Runde. Onkel Tobs und ihre Mutter hielten gerade tapfer einem Redeschwall von Tante Elsbeth stand, und Ellen beschränkte sich darauf, den dreien vorläufig von Weitem zuzuprosten. Caren und Mey bewunderten das Sammelsurium in Ellens Vitrine, während Florian es sich auf der Couch bequem gemacht hatte und eifrig Häppchen verschlang.

»Wenn mich mal tiefschürfende Essstörungen heimsuchen, komme ich zu dir«, witzelte er mit vollem Mund und streckte die Beine aus.

»Hm, vermutlich werde ich dich nicht ganz vorbehaltlos behandeln können«, entgegnete Ellen scherzhaft und rief sich einige Szenen aus ihrer gemeinsamen Studienzeit ins Gedächtnis.

Florian grinste breit, dann hob er sein Glas. »Zum Teufel mit Professor Doktor Fehlhauer«, sagte er und prostete Ellen zu. »Ich bin super stolz auf dich, Ellen, du hast genau das Richtige gemacht.«

»Danke Flo«, erwiderte Ellen und errötete ein wenig. »Ich hoffe, du behältst recht.« Sie wusste, dass Florian auf die abschließende Leistungsbeurteilung des Professors anspielte. Zwar hatte sie mit ihrem Notenschnitt in einem akzeptablen Bereich gelegen, aber dennoch hatte der Professor sie zur Seite genommen und ihr von der beruflichen Laufbahn abgeraten. Er sähe sie eher woanders, hatte er ihr unverblümt mitgeteilt, und habe große Bedenken, dass sie mit ihrer unstrukturierten Art und ihren teils nicht nachvollziehbaren gedanklichen Abläufen mehr Schaden anrichten, als Nutzen bringen könne. Bevor sie sich auf die Nöte anderer Leute stürze, solle sie erst einmal ihre eigenen überwinden.

Peng! Für Ellen war das ein Schlag ins Gesicht gewesen. Umso schmerzhafter noch, da sie wusste, dass er nicht ganz unrecht hatte. Die Entscheidung für das Psychologiestudium war in erster Linie ihrem Eigennutz entsprungen. Und mit bitterer Enttäuschung hatte sie nach all den Jahren feststellen müssen, dass sie für sich selbst nicht weitergekommen war. Ihre Probleme schienen in kein Schema zu passen. Aber sie wusste auch, dass der Blick auf die eigene Psyche die Objektivität in Frage stellte, so sehr man sich auch bemühte, neutral zu bleiben. Trotzdem hatte die Aussicht, anderen Menschen helfen zu können, ihr Freude bereitet. Nach jenem Gespräch jedoch war Ellen drauf und dran gewesen, alles hinzuschmeißen. Nur der Überzeugungskraft ihrer Kommilitonen und ihrer Mutter hatte sie es zu verdanken, dass sie nun hier stand, auch wenn sie sich gegen die teure Ausbildung zur Psychotherapeutin entschieden hatte und sich als Heilpraktikerin ihren Lebensunterhalt verdienen wollte.

Gerade als Ellen sich abmühte, den Korken aus der vorletzten Flasche zu ziehen, ohne ihn wie ein Geschoss durch den Raum zu katapultieren, spürte sie plötzlich eine Hand auf ihrer Schulter, die sie rückwärts in die hintere Ecke des Zimmers zog.

»Darf ich um eine Audienz bitten«, sagte Martin mit belegter Stimme. »Ich habe leider kein Geschenk dabei, dafür hast du was gut bei mir. Aber gratulieren kann ich trotzdem, denn du hast es tatsächlich geschafft. Das ist wirklich bewundernswert.« Er hob sein Glas und trank es mit einem Zug leer.

»Danke, Martin, nur geschafft habe ich es noch lange nicht, ich bin erst am Anfang. Mal schauen, wie es läuft.« Sie nahm einen kleinen Schluck. »Übrigens, ein Geschenk kannst du dir sparen, es ist schön, dass du gekommen bist … trotz …«, sie senkte die Stimme. »Wie geht es Gudrun?«

Martin blickte aus dem Fenster. Ellen dachte schon, er wolle nicht darüber reden, da sagte er leise: »Es wird immer schlimmer. Sie ist bis auf die Knochen abgemagert, du würdest sie nicht wiedererkennen.« Er machte eine Pause, und Ellen spürte, wie schwer ihm das Sprechen fiel – und das nicht nur wegen des Alkohols.

»Ich kann das verdammt noch mal nicht glauben, Ellen, die Ärzte meinen, es sei nur noch eine Frage der Zeit, bis …« Er sprach den Satz nicht zu Ende.

Ellen hatte befürchtet, dass es bald so kommen würde. Sie mochte Martins Mutter sehr, beide teilten die Vorliebe für antike Dinge, und ab und zu hatten sie gemeinsam die Flohmärkte abgeklappert. Vor einigen Monaten hatte sie dann die schreckliche Diagnose erhalten: Darmkrebs, im fortgeschrittenen Stadium.

»Martin, es tut mir so leid …«

»Ist schon gut«, wehrte er ab, nahm Ellen die Flasche aus der Hand und füllte sein Glas bis über den Rand.

»Was hast du da eigentlich am Kopf?«, fragte er dann und legte einen Finger an Ellens Schläfe. Länger als nötig.

»Einen Finger«, murrte Ellen ausweichend.

»Nein, der Kratzer da.«

»Die Schranktür. In der Küche … du weißt schon«, log sie. Sie hatte keine Lust, Martin die Geschichte mit dem Vogel aufzutischen.

»Das kann nicht sein, die Schranktür reicht nicht bis zu dir herunter.«

Ellen trat ihm auf den Fuß.

»Und wie sieht es mit Patienten aus? Hast du schon einen vollen Terminkalender?«

Ellen schüttelte den Kopf. »Ich wollte erst alles eingerichtet haben, bevor ich mich darum kümmere, aber ich denke, jetzt kann ich loslegen.«

»Das denke ich auch«, sagte Martin aufrichtig und stützte sich mit einer Hand an der Wand ab. »Und wie läuft es bei der Patientin, die vor mir steht? Bist du mit ihr weitergekommen?« Seine geröteten Augen durchbohrten sie fast.

»Nicht wirklich.« Ellen senkte den Blick auf den übergelaufenen Sekt neben ihren Schuhen.

»Aber du weißt, ich halte dich für einen wunderbaren Menschen.« Er griff nach ihrer Hand. »Meinst du nicht, es wäre langsam Zeit, dich einfach so zu akzeptieren, wie du bist?«

Ellen funkelte ihn an. Ein Kloß setzte sich in ihrem Hals fest. »Wie bin ich denn?«, fragte sie ungewollt ruppig. »Du weißt es doch – kleinwüchsig, großnäsig, nebenbei empfindungslos und gefühlsflach – und ich habe immer noch nicht herausgefunden, warum zur Hölle das so ist!« Sie riss ihre Hand los und wischte mit einer Serviette die Sektpfütze vom Boden.

»Du hast das Trauma mit deinem Vater vergessen«, ergänzte Martin spitz und nahm einen weiteren Schluck. »Aber über all das haben wir schon tausendmal diskutiert, Ellen, lass doch einfach Mal los, dann kommt die Lösung von ganz allein.«

Ellen atmete tief durch und würgte an dem Kloß. Es gelang ihr, ihn zu schlucken. »Ach Martin«, sie zwang sich zu einem Lächeln, »vielleicht solltest du hier therapieren, vermutlich wärst du besser geeignet als ich.«

»Hm, das wohl nicht gerade. Aber dich ab und zu auf der Couch besuchen – dagegen hätte ich nichts.«

Er grinste.

Ellen drehte sich zur Seite. Sie wusste sehr wohl, dass er immer noch auf sie stand. Aber normalerweise hielt er sich damit zurück. *Seine Situation macht ihm zu schaffen*, versuchte sie seine Anmache zu verstehen. Wie oft schon hatte sie sich gefragt, wie sie so einen Mann nur abschlagen konnte. Warum konnte sie ihn nicht genauso lieben wie er sie? Was war an ihr überhaupt liebenswert? *Er würde mich akzeptieren, wie ich bin …*

Martin füllte beide Gläser nach. »Auf dich«, sagte er und beugte sich zu Ellen herab. Der Alkoholdunst biss ihr in die Nase. Sie wich einen Schritt zurück und stieß mit dem Rücken an die Wand. Martin kam ihr so nahe, dass er ihr auf die Zehenspitzen trat.

»Martin, was ist bloß los … ist … alles okay mit dir?«, fragte sie, wohl wissend, dass dem nicht so war, während sie versuchte, der misslichen Lage seitlich zu entkommen.

Statt einer Antwort kippte Martin den Rest des Sektes in sich hinein und wandte sich abrupt ab. Ohne ein weiteres Wort zu verlieren, schwankte er auf Florian zu, der sich von der Couch erhoben hatte und ganz offensichtlich nach essbarem Nachschub suchte.

Ellen atmete erleichtert auf, die Unterhaltung mit Martin hatte ihre Stimmung merklich gedämpft. Von der Seite beobachtete sie, wie er mit Florian diskutierte, während er sich mit einer Hand auf den Sessel stützte. Martin war attraktiv, trug eine moderne Kurzhaarfrisur – und er war ein guter Freund. Sie mochte ihn, sehr sogar, aber das war's dann auch. Zwei Jahre lang hatte sie versucht, sich selbst zu belügen, hatte sich die Liebe eingeredet, die sie Jahre zuvor für ihn empfunden hatte. Es gab sie nicht mehr. Nachdem ihr das klar geworden war, hatte sie sich selbst und ihm zuliebe einen Schlussstrich gezogen.

»Du denkst an eure gemeinsame Zeit, nicht wahr?« Susan war zu ihr getreten und folgte ihrem Blick, der immer noch auf Martin ruhte.

»Ja. Und ich bin sehr froh, dass wir trotz alledem so gute Freunde bleiben konnten. Ach, Susan, eigentlich wäre er so toll – und ich bin so was von unfähig.« Sie nahm einen kräftigen Schluck.

»Quatsch, er ist einfach nicht der Richtige für dich. Ich bin sicher, du wirst deinen Traummann noch finden.«

»Ich weiß ja nicht mal, von welchem Mann ich träumen soll. Und selbst wenn es ihn gäbe – und er würde sich auch noch für mich interessieren – ich könnte ihn ja nicht mal lieben. Mein Leben ist so flach, so sinnlos …«

»Jetzt mach aber halblang, Ellen, du übertreibst schon wieder, so wild ist es nun auch wieder nicht.«

»Nein«, seufzte Ellen und leerte ihr Glas, »es ist noch viel wilder.«

»Jetzt komm schon«, Susan klopfte ihr aufmunternd auf den Arm, »du bist schwer in Ordnung. Der richtige Mann wird ganz plötzlich in dein Leben platzen – und wenn nicht«, sie grinste, »dann ersparst du dir eine Menge Ärger. Manchmal habe ich sowieso das Gefühl, Männer passen nicht zu uns Frauen. Der letzte, den ich hatte, schaffte es nicht mal, im Sitzen zu pinkeln.« Susan zog die Nase kraus.

»Dann hätte ich wenigstens mal was, über das ich mich so richtig ärgern könnte«, sagte Ellen resigniert. Ihr Blick wanderte durch den Raum. »Findest du nicht, dass an den Wänden noch etwas fehlt? Irgendein antikes Bild oder ein alter Spiegel?«, wechselte sie das Thema.

Susan betrachtete die Wände und zeigte auf die freie Stelle über der Couch. »Vielleicht könntest du dort ein altes Regal anbringen …«

» … und mit Freud' ein paar Nachschlagewerke reinstellen«, vollendete Ellen den Satz. Sie spürte, wie der Sekt in ihrem Kopf herumkullerte.

Es tat gut.

»Morgen ist in Fallbach Kunst- und Antiquitätenmarkt«, sagte Susan. »Lass uns hingehen, vielleicht findest du etwas. Wir könnten uns zum Frühstück treffen und in Ruhe ein wenig plaudern. Wir haben sowieso noch etwas zu besprechen.« Susan zog einen säuberlich gefalteten Zettel aus der Hosentasche, wedelte kurz damit, als hielte sie einen kleinen Fächer in der Hand, und steckte ihn dann wieder ein.

»Prima Idee.« Ellens Laune besserte sich zunehmend.

»Dann treffen wir uns vielleicht dort«, mischte sich Martin ein, der den letzten Rest des Gesprächs mit angehört haben musste. »Ich bin auf der Suche nach einer alten Kaffeemühle, so wie die dort.« Er zielte mit dem Finger auf Ellens Vitrine. »Meine Mutter würde sich bestimmt darüber freuen, sie hat bald Geburtstag.«

»Wäre sehr schön, wenn wir dich treffen«, antwortete Susan nicht wirklich überzeugend, »wir werden nach dir Ausschau halten …«

»Greift zu, Kinder, es sind die letzten.« Ellens Mutter unterbrach das Gespräch.

»Die Häppchen sind wunderbar, Mum. Kein Wunder, dass sie schon alle weg sind.«

»Ach Ellen«, seufzte die Mutter lächelnd, bevor sie das leere Tablett auf die anderen fünf stapelte, »ein schöner Start, findest du nicht? Ich bin sicher, du wirst großen Erfolg haben, ganz egal, was andere meinen.« Sie griff nach Ellens Handgelenk und drückte es fest. »Vater wäre so stolz auf dich.«

»Danke, Mum«, antwortete Ellen und legte ihre Hand auf die der Mutter, »aber ohne dich gäbe es das Ganze hier nicht.«

Als die letzten Gäste das Haus verlassen hatten, fiel Ellen rücklings auf die Couch. Für einen Moment schloss sie die Augen dann betrachtete sie den Geschenkeberg. Fünf wunderschöne Blumensträuße standen dort, auch wenn einige Blüten des gelb getulpten Straußes den Glastisch beäugten. Pralinenpackungen stapelten sich neben einem Hammer mit der Aufschrift *Notlösung*, ein Scherz von Florian. Tante Elsbeth hatte ihr einen Gutschein für ein gemeinsames Abendessen geschenkt – schon beim Gedanken daran schmerzten Ellen die Ohren. Dafür freute sie sich über die bunten Kaffeeschalen, in denen sie ihren Patienten warme Getränke anbieten konnte. Onkel Tob hatte ihr ganz praktisch etwas Geld für Sonderwünsche eingepackt, das sie morgen auf den Markt mitnehmen wollte. Und von Susan hatte sie ein Buch von Sigmund Freud bekommen, das in der Sammlung noch fehlte. Dann fiel ihr Blick auf das mintgrüne Päckchen, das sich hinter den hängenden Tulpenköpfen versteckte. Darauf war sie am meisten gespannt. Vorsichtig löste sie einen Klebestreifen nach dem anderen und hob das Papier an. Erstaunt blickte sie auf die Rückseite eines kleinen Bildes. Langsam drehte sie es herum.

Der Anblick traf sie wie ein Schlag in die Magengrube. Nach Luft ringend starrte sie auf eine Zeichnung, die in ihren bebenden Händen immer unschärfer wurde. Ohne sie aus den Augen zu lassen, erhob sie sich langsam und stieg Schritt für Schritt die Treppe hinauf.

»Herrje, Kind, was ist denn los?«, rief ihr die Mutter von oben entgegen, »du bist ja bleich wie ein Leintuch.«

»Sieh dir das an, es stand vor der Haustür.« Ellen gab ihr das Bild. »Hast du eine Ahnung, wer es dort hingestellt haben könnte?«

Die Mutter schüttelte erstaunt den Kopf. »Vielleicht ist das eine Verwechslung, es hat ja gar nichts mit dir zu tun, oder?«

Ellen kniff die Lippen zusammen und versenkte das Bild in ihrer Handtasche. »Danke, Mum. Danke für alles«, sagte sie dann leise. »Du hast mir unglaublich viel geholfen, es war ein wunderbarer Tag.« Sie nahm ihre Mutter kurz in die Arme, dann griff sie nach ihrer Jacke und suchte den Schlüsselbund, den sie schlussendlich hinter dem Haus am Teich fand. Mit flauem Gefühl im Magen stieg sie in ihren Wagen und machte sich auf den Weg nach Hause.

Kapitel 3

Der Markt

Als Ellen am nächsten Morgen die Trainingsrunden in ihrem *Hamsterrad* absolvierte, konnte sie es nicht lassen, einen Blick unter die Plane des Holzstapels zu werfen – doch außer ein paar kleinen Federn war nichts zu sehen. Während sie lief, ließen sie die Gedanken über das Schicksal des Vogels nicht los, und als sie die achte Runde beendet hatte, beschloss sie für sich, dass der Rabe davongeflogen sein musste.

Auf dem Heimweg legte sie den Zwischenstopp in der Bäckerei ein, und wie immer um diese Uhrzeit war diese brechend voll. Mittlerweile kannte sie die meisten der wartenden Kunden. Heute stand ein sportlich bekleideter junger Mann in der Reihe. Ellen wusste, dass er der Sohn eines erfolgreichen Geschäftsmannes war. Sein Gesichtsausdruck war stets überheblich und dementsprechend benahm er sich. Auch Ellen hatte seine Launen schon zu spüren bekommen, als sie das nötige Kleingeld für die Brezel nicht schnell genug beisammen hatte.

Nach dem Geldstück kramend, schloss sie sich der Schlange an, die fast bis zur Tür reichte. Es dauerte nicht lange, bis sie von einem Mann angerempelt wurde. »Oh, Verzeihung, ich habe Sie gar nicht gesehen.« Er trat schnell einen Schritt zurück.

Ellen kannte das. Immer wieder wurde sie übersehen und immer wieder fragte sie sich, ob die Menschheit blind durchs Leben ging. Dann war sie endlich an der Reihe.

»Was darf's denn sein?«, fragte die Verkäuferin und sah den Rempler lächelnd an.

»Ähm, die junge Dame kommt vor mir«, sagte dieser mit gönnerhaftem Blick.

»Ach, bitte entschuldigen Sie, Frau Lang. Wie immer eine Brezel?«

»Sehr gerne«, seufzte Ellen und hob den Arm, um das Geld auf den Tresen zu legen. Es war jeden Morgen dasselbe; sie war zwar klein, fühlte sich jedoch bei Weitem nicht unsichtbar. Doch heute wollte sie sich die gute Laune nicht verderben lassen, zu sehr freute sie sich auf das Treffen mit Susan und auf den Bummel über den Markt.

Als sie später aus dem Haus trat, stand ihr Golf zwischen zwei schicken Limousinen, die ihn gnadenlos zur Schrottkiste degradierten. Ellen stemmte die Arme in die Hüften und musterte voller Empörung die Bescherung. Jeden Parkabstand unter einem Meter empfand sie als pure Frechheit. Nachdem sie ihr aufheulendes Gefährt aus der Lücke herausmanövriert hatte, nahm sie Kurs in Richtung Fallbach. Mit der einen Hand am Lenkrad, mit der anderen die Sitzerhöhung unter ihrem Gesäß zurechtrückend, kreisten ihre Gedanken um das mintgrüne Päckchen. Sie konnte kaum abwarten, was Susan dazu sagen würde – und als wäre es Gedankenübertragung, krähte Uwe in ihrer Handtasche, die offen auf dem Beifahrersitz stand. Ellen fingerte nach der grünen Taste.

»Bist du unterwegs?«, hörte sie Susans Stimme.

»Klar, bin pünktlich um neun da, wie abgemacht«, rief Ellen in die Tasche und bemühte sich, das Auto auf der richtigen Spur zu halten.

»Wir hatten um halb abgemacht«, schnarrte es zurück.

»Bist du sicher?«

»Ja.«

»Okay, bin gleich da.« Ellen drückte auf die rote Taste und dann aufs Gaspedal; ihr Auto wurde lauter, jedoch nicht wirklich schneller. Sie hätte schwören können, es wäre neun Uhr gewesen – andererseits war Susan in diesen Dingen meist äußerst korrekt.

Die Sonne schickte ihre wärmenden Frühlingsstrahlen vom Himmel und brachte die Wiesen in sattem Grün zum Leuchten. Ellen kurbelte die Scheibe herunter, um die Reste muffliger Winterluft aus ihrem Auto zu scheuchen. Nach einigen Kilometern bog sie auf den Parkplatz der großen Markthalle ein und lenkte ihr Gefährt in eine doppelte Lücke. Als sie gerade den Motor abstellte, klopfte jemand an die Heckscheibe.

»Su, pünktlich wie immer«, stieß Ellen die Türe auf.

»Ellen, zu spät wie immer«, grinste Susan und tippte mit dem Finger auf die bunte Armbanduhr, deren Farben sich in ihren Kleidungsstücken wiederfanden. Auch in dieser Hinsicht war Susan kompromisslos perfekt. Immer wieder fragte sich Ellen, wie es möglich war, mit einem durchschnittlichen Gehalt so überdurchschnittlich auszusehen.

Der Eingangsbereich der Markthalle lud zum Frühstück ein. Frische Croissants, prall gefüllte Berliner und bunt belegte Brötchen ließen Ellen das Wasser im Mund zusammenlaufen. Sie setzten sich an einen Tisch. Nachdem Susan die laminierte Karte mit den fünf Angeboten etliche Male durchgelesen hatte, entschied sie sich für einen Berliner.

Ellen schloss sich an. »Bleib sitzen«, sagte sie und stand auf, um das Frühstück zu bestellen. Die zwei jungen Männer hinter der Theke schienen sich gerade über etwas zu amüsieren, und Ellen musste einige Male winken, ehe sie bemerkt wurde.

»Womit kann ich dienen?«, fragte einer der beiden galant, während in seinem Gesicht immer noch ein Grinsen klebte.

»Zwei Berliner und dazu zwei Kaffee«, antwortete Ellen und starrte den Mann überrascht an. Es war die Farbe seiner Augen, die sie stutzen ließ. Diese war so hell, dass sie Ellen fast geisterhaft vorkam, doch der Schalk, der in seinem Blick lag, widersprach dem Eindruck. Ellen hatte schon immer eine Schwäche für Augen. Sie schienen ihr wie kleine Teiche. Wenn man tief genug hineinsah, erschlossen sich die Gründe …

Erst als sich ihr Gegenüber lautstark räusperte, bemerkte sie die dampfenden Tassen vor ihrer Nase. Ellen fühlte sich auf äußerst unangenehme Weise ertappt. »'tschuldigung«, stammelte sie verlegen und stocherte in ihrem Geldbeutel herum. »Was macht das?«

»Für die zwei Kaffee bekomme ich drei Euro, die Berliner spendiere ich euch zum Frühstück, sind übrigens selbst gebacken. Und anschauen ist bei mir sowieso immer gratis.« Augenzwinkernd nahm er das Geld entgegen.

»Äh … danke«, druckste Ellen, wobei sie nicht sicher war, ob dieser selbst gebackenen Arroganz ein Dank zu zollen war. Doch aus irgendeinem Grund konnte sie dem Typ nicht böse sein. Schnell machte sie auf dem Absatz kehrt und balancierte die Kaffeetassen mit Berliner-Haube zu Susan an den Tisch.

»Die Berliner haben wir geschenkt bekommen, von dem Blonden dort hinten«, sagte sie und setzte sich. »Den musst du dir mal anschauen, er hat unglaublich hellblaue Augen.«

»Die Farbe ist mir Wurscht«, sagte Susan und betrachtete den Berliner kritisch von allen Seiten. »Hauptsache, er pinkelt im Sitzen.«

»Berliner pinkeln nicht«, bemerkte Ellen augenzwinkernd und nahm einen großen Bissen, gespannt, ob sie die Marmelade erwischte. »Treffer! Dieses Gebäck ist eine absolute Sensation«, murmelte sie, während ein Teil des süßen Inhalts an ihrem Mundwinkel herunterlief.

»Und Berliner pinkeln doch«, Susan reichte ihr eine Serviette.

»Wir hatten noch gar keine Gelegenheit, über meinen Traum zu sprechen«, sagte Ellen, nachdem das Frühstück auf ein paar Restkrümel reduziert und die Marmeladenspuren beseitigt waren. »Was genau habe ich dir erzählt?«

»Warte, ich habe es aufgeschrieben.« Susan holte das Stück Papier aus der Tasche, auf dem sie einige Tage zuvor Ellens Wortfetzen notiert hatte.

»Es ist nicht sehr viel, und für Schönschrift hat es nicht gereicht«, murmelte Susan entschuldigend.

»Dad war Lehrer, dagegen ist das hier gar nichts«, sagte Ellen und las verblüfft die gekritzelten Zeilen: *Es zieht mich hinein … schwarz … widerlich … ich reiße auseinander … etwas löst sich aus mir … ich kann es nicht greifen … kann es nicht halten …*

Ellen blickte ungläubig auf. »Habe ich das wirklich gesagt? Was in aller Welt soll das bedeuten?«

»Keine Ahnung.«

»Ich kam wie immer in den leuchtenden Raum mit den seltsamen Rahmen«, erinnerte sich Ellen. »Ich habe hineingesehen, mit jedem Rahmen wurde ich älter, ich sehe jetzt noch jedes Bild vor mir. Und dann kam der letzte Rahmen. Bei ihm fehlt mir das Bild, wie jedes Mal. Ich weiß noch, dass ich versucht habe, hineinzuschauen …«

»… du hast es getan und mich dann sofort angerufen, wie wir es vereinbart hatten. Und das hier sind deine Worte, bevor du wieder alles vergessen hast.«

»Verdammt, warum löscht sich das immer aus meinem Kopf?«, fragte Ellen gequält. »Es ist, als ob sich in mir etwas sperrt, als ob diese Erinnerung aus irgendeinem Grund nicht sein darf. Ich habe diesen Traum schon so oft geträumt, und jedes Mal, wenn ich aufwache, ist dieser verflixte Teil verschwunden.«

»Vielleicht ist er so schlimm, dass du dich selbst dagegen wehrst«, überlegte Susan. »Aber wie auch immer, Ellen, wir können das Rätsel nicht lösen, nimm es doch einfach als einen Traum …«

»Nein! Es muss mehr sein. Und ich bin mir fast sicher, dass ein großer Teil meiner Probleme mit diesem verfluchten Ende meines Traumes zusammenhängt«, sagte sie, mit dem Fingernagel eine Kerbe in die Tischdecke ritzend.

»Wie du meinst. Du weißt, ich bin 24/7 für dich da«, sagte Susan mit einem aufmunternden Lächeln.

»Du bist so ein Engel«, flüsterte Ellen dankbar. »Ich bin sicher, du bist die einzige Freundin dieser Welt, die man nachts anrufen kann, um ihr von seinen Träumen zu erzählen.«

»Kein Thema. Wollen wir los?«

»Warte noch einen Moment – ich habe da noch etwas anderes …« Ellen steckte Susans Notizen in die Handtasche und rührte darin herum.

»Ich habe dir doch von der Katze erzählt.« Sie zog einen halben Keks aus der Tasche und schnippte ihn mit spitzen Fingern in den Aschenbecher.

»Oh, Ellen, fängst du schon wieder damit an? Glaubst du immer noch, dass dich das Tier verfolgt?« Susan schüttelte seufzend den Kopf. »Überleg doch mal. Wenn es wirklich ein und dieselbe Katze war, die du im Wald getroffen hast und die dann vor deiner zukünftigen Haustür am anderen Ende der Stadt saß – wie in aller Welt soll sie so schnell dorthin gekommen sein? Und warum? Und woher sollte sie deine Adresse kennen? Oder – hm – ist sie vielleicht bei dir mitgefahren? War sie angeschnallt?«

»Mach dich bitte nicht über mich lustig, sie war nicht in meinem Auto, wie denn auch! Außerdem ist das noch nicht alles.« Endlich hatte Ellen das kleine Bild gefunden. »Da ist noch das seltsame Geschenk, von dem ich nicht wusste … gestern …« – Ellen wischte einige Krümel vom Bilderglas – »jetzt schau dir das mal an.«

»Ist das etwa die reiselustige Katze, von der wir gerade sprechen?« Susans gezupfte Augenbrauen trafen sich fast in der Mitte ihrer Stirn.

»Genau.« Ellen rutschte auf ihrem Stuhl hin und her. »Das ist sie, und ich bin mir jetzt felsenfest sicher, dass es dieselbe ist, die ich gestern zweimal gesehen habe. Die Zeichnung hat nur wenig Striche, aber der Kopf ist unverkennbar.«

»Und was soll der Aufkleber hier bedeuten?« Susan zog ein gelbes Zettelchen vom Glas und klebte es auf ihren Handrücken. Darauf stand mit großen Buchstaben:

»FOLGE MIR!«

»Das ist es ja. ich habe keine Ahnung.« Ellen wickelte den Zeigefinger in eine Haarsträhne, die sie aus dem Pferdeschwanz gezogen hatte.

»Da spielt dir bestimmt jemand einen Streich«, winkte Susan ab, »am besten wirfst du das in die nächste Mülltonne.«

Ellen starrte gedankenverloren auf Susans Handrücken. »Wenn es ein Streich ist«, sagte sie kurz darauf, »dann weiß ich beim besten Willen nicht, wer dahinterstecken könnte.« Nachdenklich drehte sie das Bild zwischen den Fingern hin und her. »Weißt du, auch wenn es vielleicht lächerlich klingt – mir ist das Ganze richtig unheimlich.« Ein wenig enttäuscht über Susans Reaktion nahm Ellen den Zettel und klebte ihn an ihre Tasse. Aber vielleicht hatte Susan ja wirklich recht. Vielleicht machte sie sich zu viele Gedanken. Das Bild verschwand in der Handtasche und gleichzeitig holte sie Uwe heraus.

»Hast du immer noch dieses alberne Namensschild von dem Vorbesitzer auf deinem Handy kleben«, spottete Susan und verzog den Mund angesichts des vergilbten Tesastreifens, unter dem in verblichenen Buchstaben *Uwe* stand. »Du kannst das Ding stecken lassen, hier hast du sowieso keinen Empfang.«

Obwohl das nicht stimmte, verzichtete Ellen darauf, die neuen Nachrichten zu checken und stand stattdessen auf. »Lass uns gehen, sonst sind die besten Stücke weg.« Sie ließ den letzten Tropfen kalten Kaffees in ihren Mund rinnen, stapelte die Tassen aufeinander und brachte sie zurück an die Theke. Der Helläugige nahm das Geschirr entgegen, warf erst einen Blick auf die Krümel in der Untertasse und schaute dann Ellen fragend an.

»Sie sind wunderbar«, sagte Ellen schnell und hoffte, dass sie alle Marmeladenspuren von ihrem Mund beseitigt hatte.

»Danke«, lächelte ihr Gegenüber, »aber du brauchst mich nicht zu siezen.«

Ellen verschlug es erst die Sprache, dann musste sie gegen ihren Willen grinsen. Gerne hätte sie seinen Worten etwas entgegengesetzt, doch ihre Schlagfertigkeit beschränkte sich auf ein fahles »Pfff«. Schnell machte sie kehrt, bevor der Typ noch weitere Sprüche nachschieben würde.

Kurz darauf schlenderten sie ins Innere der Halle. Als sie den ersten Stand begutachteten, der so vollgestopft war, dass sich das ehrwürdige Mobiliar beinahe bis zur Hallendecke stapelte, atmete Ellen ganz plötzlich tief ein. Die Erinnerung an die alte Mühle, in der sie die ersten Jahre ihrer Kindheit verbracht hatte, verband sich ganz unerwartet mit dem Ort, an dem sie nun stand. Noch einmal atmete sie tief durch. Ein wohliger Funke entzündete sich in ihrer Brust und begann allmählich zu lodern. Ellen wollte ihn festhalten, doch je mehr sie es versuchte, desto schneller erlosch er wieder. Es war das Aufblitzen eines Gefühls der Geborgenheit gewesen, das Ellen schon lange nicht mehr gespürt hatte, ein Gefühl, dass alles richtig, alles im Gleichgewicht war …

Dann war es vorbei. Innerlich aufgewühlt blickte sie um sich, und plötzlich wurde ihr klar, warum sie alte Dinge liebte.

Es war weitaus mehr als nur deren Geschichte. Sie fand darin ihre eigene, längst vergessene Zufriedenheit …

Ein Aufschrei des Entzückens riss sie aus ihren Gedanken. Susan musste ein Beutestück entdeckt haben, etwas aus dem Hause Tiffany, wie Ellen vermutete. Ellen konnte mit den bunten Gläsern nichts anfangen, selbst dann nicht, als Susan ihr weismachen wollte, dass angeblich ein Teil der Familie Tiffany mit der Familie Freud befreundet war.

Sie schlenderten von Stand zu Stand, und während bei Susan der Geldbeutel immer leichter und ihre Tüte immer schwerer wurde, konnte Ellen sich für nichts so recht begeistern. Sie war mit ihren Gedanken nicht auf diesem Markt, immer wieder schweiften sie ab, wobei sie gar nicht recht sagen konnte, wohin. Nach und nach ging sie sich selbst auf die Nerven. Ohne wirklich hinzusehen, lief sie an all den Dingen vorbei, die sie normalerweise so schätzte, verpasste eine alte Kupferlampe, öffnete teilnahmslos einen Schrank und übersah sogar ein Sortiment aus hölzernen Billardkugeln.

Erst vor einem Wandspiegel machte sie halt. Er war auffällig umrahmt von verschnörkeltem Olivenholz. Missmutig betrachtete sie ihre eigene Erscheinung. Obwohl das Glas im Laufe der vielen Jahre etwas trüb geworden war, konnte sie ihre grimmige Miene deutlich erkennen. Ihre Augen huschten über die Leute, die hinter ihren Schultern vorüberliefen, und ein Stand mit Gemälden geriet in ihr Blickfeld. Sie wollte gerade weitergehen, da bemerkte sie etwas Seltsames. Im Spiegelbild bewegte sich eine eigenartige Gestalt zwischen den Kunstwerken. Das lange Cape, das sie trug, war von freudlosem Grau, ebenso die Kapuze, die sie tief ins Gesicht gezogen hatte – doch mit diesem Gesicht stimmte etwas nicht. Lag es an dem Glas? Ellen blinzelte und trat näher an den Spiegel heran. Je länger sie hineinstarrte, desto mehr pulsierten ihre Halsschlagadern. Die Gestalt verharrte ebenfalls, hob den Kopf und blickte sie an … oder etwa nicht? Konnte sie das überhaupt? Dort, wo das Gesicht hätte sein müssen, befand sich eine undefinierbare Masse aus Nichtvorhandenem, Wässrigem. Ellen wirbelte derart herum, dass Susan zur Seite sprang und ihre Sammlerstücke beinahe in einem Scherbenhaufen geendet hätten.

»Schau dir das an«, piepste Ellen mit dünner Stimme, ohne auf den vorwurfsvollen Blick ihrer Freundin zu achten. Mit zitterndem Finger deutete sie auf den Stand mit den Gemälden, den sie im Spiegel sah.

»Hast du ein Gespenst gesehen? Oder etwa eine Spinne?«, fragte Susan aufgebracht. »Du hättest mir fast die ganze Glaskunst zerdeppert.«

»Dort drüben war eben ir… irgendwas, das …« Ellen verstummte. Ihr Blick raste suchend hin und her, doch sie bemühte sich vergebens. Erneut sah sie in den Spiegel. »Es war dort hinten, zwischen den Bildern, ich bin ganz sicher. Es sah grauenhaft aus, wie … wie ein Wesen ohne Gesicht und …« Wieder drehte sie sich um. Von der Gestalt war nichts mehr zu erkennen.

»Ein Wesen ohne Gesicht?« Susan blickte sie skeptisch an. »Alles klar bei dir?« Sie legte die Hand auf Ellens bebende Schultern. »Du meine Güte, beruhige dich, dort ist nichts. Was um Himmels Willen ist bloß los mit dir?«

Ellen blickte zum dritten Mal in den Spiegel, dann atmete sie tief durch. »Wahrscheinlich hast du recht«, sagte sie und schenkte Susan ein verkniffenes Lächeln.

»Nicht nur wahrscheinlich. Dort ist wirklich nichts, alles ist gut.« Susan nahm Ellens Hand und zog sie in Richtung des Gemäldestandes. »Du musst dich deinen Ängsten stellen, Frau Psychologin«, neckte sie. »So, jetzt siehst du es selber. Hier sind nur ein paar Bilder und lauter Menschen mit Augen-Nase-Mund.«

»Oh, Su!« Ellen fasste sich an die Stirn. »Ich glaube, diese ganze Traum- und Katzengeschichte ist mir zu Kopf gestiegen. Es tut mir leid …«

»Schon in Ordnung, du hast einfach zu viel um die Ohren. Vielleicht solltest du mal einen Gang runterschalten, dann passiert so was nicht. Aber jetzt lass uns noch etwas für deine Praxis finden, schließlich sind wir ja deswegen hier.«

Im gleichen Moment hellte sich Ellens Miene auf. »Schau dir das Bild dort an«, rief sie und deutete auf eine Leinwand, auf der ein unvollständiger Kreis zu erkennen war, in dessen Mitte sich eine kleine Gestalt befand.

Traumdreher stand darunter.

»Mensch Ellen, das würde perfekt zu dir und deinen nächtlichen Streifzügen passen, was meinst du?« Susan betrachtete das Kunstwerk genauer. »Es würde nicht nur passen, es ist sogar wie für dich gemacht. Du solltest es über die Couch hängen. Es sieht aus, als ob die Person in einem Psycho-Strudel verschwindet, verfolgt von diesen Gestalten da links im Kreis.« Susan grinste. »Ein Bild wie dieses lässt dir Raum für freizügige Therapieansätze.«

»Meine Liebe, könnte es sein, dass du etwas gegen meinen Beruf hast?«, blaffte Ellen nun schmunzelnd. Sie fühlte sich eindeutig besser.

»Das meine ich in vollem Ernst«, antwortete Susan. »Es passt wirklich unglaublich gut.«

»Kann ich irgendwie behilflich sein?«

Beide Frauen fuhren herum. Hinter ihnen war ein Mann aufgetaucht. Das von Falten zerfurchte Gesicht verriet sein fortgeschrittenes Alter. Sein zotteliger Bart kletterte müde am Kinn hinunter und kontrastierte farblich zu den weißen Haaren, die aus Nase und Ohren quollen. Was er im Gesicht zu viel hatte, fehlte auf dem Kopf. Ellen wich erschrocken zurück und rammte, zu Susans Ärger, erneut die Tüte.

»Meine Liebe, könnte es sein, dass du etwas gegen meine Einkäufe hast?«, empörte sich Susan und warf einen prüfenden Blick auf ihre Errungenschaften, die, zu ihrer beider Erleichterung, auch diesmal unversehrt geblieben waren.

»Was kostet dieses Bild«, fragte sie dann, da Ellen keinen Ton hervorbrachte.

Der Mann zog eine Liste aus der Schublade. »Vierhundertdreißig«, brummte er in den Bart.

»Vierhundertdreißig?« Ellen starrte den Verkäufer entgeistert an. »Ist das Ihr Ernst?«

»Nein, mein Preis.« Der Mann schob die Schublade zu.

»Der ist aber ganz schön stolz«, sagte Ellen betrübt. »Schade, so viel kann ich nicht ausgeben.«

Sie wollte sich gerade abwenden, da spürte sie die Hand des Bärtigen auf ihre Schulter.

»Ich hätte da noch etwas – etwas ganz Spezielles, das Ihnen gefallen könnte.« Er zog ein paar Kartons unter dem Tisch hervor. »Vorhin reinbekommen, sind nicht so teuer.« Seine Hände nestelten an dem Klebstreifen, während er vor sich hin schwafelte. Dann klappte er die beiden Deckel der Verpackung auseinander.

»Wow«, entfuhr es Ellen. »So etwas habe ich noch nie gesehen.« Fasziniert betrachtete sie die leuchtenden Farbfelder, deren reliefartigen Erhöhungen dem Bild etwas Plastisches verliehen. Auch Susan war von dem Farbspektakel angetan.

»Das gibt es schon ab fünfzig, alles Unikate«, warb der Bärtige und wienerte hektisch mit einer Seidenstrumpfhose über das Bild, wodurch die Farben noch mehr glänzten.

»Dieses Bild ist wirklich wunderschön.« Ellen fuhr verzückt mit dem Finger über die unebenen Flächen.

»Und es passt farblich so gut wie überall hin«, flötete der Bärtige wie verwandelt, wobei sein linker Mundwinkel heftig zuckte.

»Na ja, fast, es ist zwar sehr schön, aber in deine Praxis passt es definitiv nicht«, sagte Susan zu Ellen gewandt. »Ich liebe bunt, aber das wäre ein absoluter Stilbruch. Und außerdem …« Mit verkniffenem Mund starrte sie auf die Ränder der Fingernägel, die sich wie schwarze Monde von der hautfarbenen Strumpfhose abhoben.

»Da hast du leider schon wieder recht«, sagte Ellen wehmütig. Ihre Finger berührten noch einmal den Rahmen, dann wandte sie sich erneut dem Traumdreher zu.

»Aber es gibt doch sicher einen Platz in Ihrem Haus, an dem es sich gut machen würde«, beharrte der Bärtige und hielt das glänzende Bild vor Ellen in die Höhe, als handele es sich um einen Spiegel.

»Ja, schon, aber eigentlich suche ich etwas – etwas Bestimmtes, etwas in erdfarbenen Tönen, mit mehr Aussagekraft, da wäre der Traumdreher genau das Richtige …«

»Schade«, seufzte der Mann schulterzuckend, legte das Bild zur Seite und machte sich daran, die restlichen Kunstwerke auszupacken.

Ellens Blick wanderte verzückt über die farbige Pracht, bis Susan sie in die Seite stieß. »Ellen, das hier, der Traumdreher, das ist dein Bild.« Sie drehte Ellen wie eine Schaufensterpuppe um die eigene Achse.

»Ja schon, aber es ist definitiv zu teuer.«

»Wie viel können Sie denn ausgeben«, raunte der Bärtige nun, ohne sie anzusehen.

»Schon die Hälfte wäre zu viel«, sagte Ellen zerknirscht.

Der Mann streckte die Hände in die Luft und bruddelte etwas in einer Sprache, die Ellen nicht verstand.

»Dreihundertzwanzig«, sagte er dann und sah Ellen mit zusammengekniffenen Augen an.

»Ich sagte Ihnen doch bereits, sogar die Hälfte wäre zu viel.«

»Zweihundertneunzig – und dann ist Schluss!«

»Immer noch zu teuer.«

Diesmal raufte sich der Bärtige die Haare, die er nicht hatte, fuhr sich dann zweimal mit der Strumpfhose über die glänzende Stirn und rief patzig: »Dann halt eins unter der Hälfte.« Seine Finger verschwanden in der Brusttasche seines Hemdes und zogen eine Visitenkarte heraus. »Aber dafür denken Sie noch einmal darüber nach, wo Sie eines *dieser* Bilder aufhängen könnten.« Erneut hob er das bunte Bild an und fuhr dann leise fort: »Und wenn Sie einen Ort gefunden haben, können Sie mich *hier* finden.« Er wedelte mit der nach kaltem Rauch stinkenden Karte, bevor er sie Ellen in die Hand schob.

»Das klingt gut oder?«, frohlockte Susan. »Hör auf, darüber nachzudenken, der Traumdreher ist dein Bild, es passt wirklich perfekt.«

»Okay, abgemacht, ich nehme es.« Entschlossen drückte sie dem Mann Onkel Tobs Geld in die Hand und legte von ihrem eigenen noch etwas dazu.

Der Bärtige kämmte kurz mit den Fingern die Fransen unter seinem Kinn, verstaute das Geld in der Kasse und packte dann den Traumdreher ein.

Auf dem Weg nach draußen hielt Susan unvermittelt an. »Wollte Martin nicht auch auf den Markt kommen?«, fragte sie und sah sich um.

»Stimmt.« An ihn hatte Ellen gar nicht mehr gedacht. »Wahrscheinlich haben wir ihn übersehen, es ist ja ziemlich viel los hier«, sagte sie geistesabwesend. Das farbenfrohe Bild geisterte noch immer in ihrem Kopf herum. »Vielleicht hätte ich das andere auch gleich mitnehmen sollen«, sagte sie schließlich in grübelndem Ton.

»Warum?«, fragte Susan.

»Na ja, es hat mich irgendwie auf eine ganz spezielle Weise angesprochen.«

»So? Was hat es denn gesagt?«

»Hm … so etwas wie: Nimm mich mit, ich gehöre in deine Wohnung.«

»Jaaa, nimm mich mit, ich stinke nach Fußschweiß und Rauch – bäh, Ellen, hast du die Strumpfhose gesehen? Die war sicher gebraucht … und diese Fingernägel …« Susan verzog das Gesicht. »Aber wenn du unbedingt willst, dann schau es dir noch mal an.«

»Nein, wenn ich jetzt ein zweites Mal hingehe …« Ellen schüttelte den Kopf. »Der Typ war mir sowieso nicht geheuer. Ich fand ihn irgendwie … furchteinflößend.« Entschlossen öffnete sie den Kofferraum ihres Golfs und verstaute den Traumdreher.

Nachdem sie sich von Susan verabschiedet hatte und den Motor startete, durchkreuzten gemischte Gefühle ihren Magen. Sie war mit dem Tag nicht ganz zufrieden, auch wenn sie nicht sagen konnte, warum. Selbst ihre neue Errungenschaft konnte sie nicht so richtig aufheitern.

Vollkommen in Gedanken versunken, bemerkte sie den Mann nicht, der sich mit den Fingernägeln ihr Autokennzeichen in die Haut ritzte.

KAPITEL 4

Martins Geschenk

Zwei Tage später begann der Morgen zunächst wie gewöhnlich. Punkt acht verwünschte Ellen den lärmenden Uwe und schickte ihn zweimal zehn Minuten in die Verlängerung, bevor sie sich träge aus dem Bett schälte. Der Vorabend mit Leah saß ihr in den Knochen. Mit rekordverdächtiger Geduld hatte sie einmal mehr versucht, ihr klarzumachen, dass das Glück dieser Erde nicht ausschließlich auf dem Rücken der männlichen Spezies lag.

Brezelkauend griff Ellen nach der Zeitung, die seit gestern unangetastet auf dem Tisch lag – und schlug direkt die fünfte Seite auf. Kurz überflog sie die Kolumne, die sie seit einigen Jahren für das *Steilbacher Wochenblatt* schrieb. Den Job hatte sie während der Studienzeit angenommen, er brachte ihr ein weiteres Taschengeld ein, zusätzlich zu dem, was sie im *Schwarzen Holler*, einer alteingesessenen Gaststube, als Aushilfebedienung verdiente und dem kleinen Betrag, den ihre Mutter ihr zukommen ließ. In dem Gewölbekeller der Gaststube hatte sie ihre Leidenschaft für Billard entdeckt und jede freie Minute genutzt, um gegen alles, was ihr vor den Queue kam, anzutreten. Als die Abschlussprüfung näher rückte, musste sie die Arbeit im *Holler* aus Zeitmangel beenden. Sie ließ es sich jedoch nicht nehmen, sich dort hin und wieder ein Cordon bleu zu gönnen, das als kulinarischer Leckerbissen in Qualität und Größe weit über die Stadtgrenzen hinaus bekannt war.

Als sie die Zeitung gerade zur Seite legen wollte, stach ihr ein Artikel ins Auge:

Erneut ein Kletterer vermisst
Gestern durchkämmte die Polizei Teilgebiete des Landkreises Steilbach auf der Suche nach einem 26-jährigen Kletterer, der seit mehreren Tagen als vermisst gilt. Zeugen-Aussagen zufolge hatte der Mann den Anschluss an die Gruppe verloren. Es ist nicht auszuschließen, dass er in den steilen Felshängen abgestürzt ist. Hinweise nimmt die Polizei entgegen.

Der Artikel stimmte Ellen nachdenklich. Immer wieder verschwanden Kletterer in dieser Gegend, die meisten hatte man bis heute nicht gefunden. Sie quetschte die leere Tasse zu dem restlichen Geschirr in das Waschbecken und machte sich grübelnd auf den Weg, um ihre morgendlichen Runden im Wald zu drehen. Es war nichts Neues, dass Leute aus allen Richtungen in diese Gegend zum Klettern kamen und hin und wieder auch mal etwas passierte, aber dennoch hatte Ellen das Gefühl, dass sich die Unglücke häuften.

Als sie gerade in den kleinen Waldweg einbiegen wollte, blieb sie wie angewurzelt stehen. Die Erscheinung traf sie wie ein Blitz aus sonnigem Himmel. Dort saß sie, die Katze, und starrte ihr entgegen. Das Gesicht eingefasst von einer Mähne, die so perfekt wirkte, als hätte ein Stylist Hand angelegt. Ellen schnappte nach Luft. Es war offensichtlich, dass sie hier auf sie gewartet hatte. *Es ist nur eine Katze, eine große, graue Katze mit orangefarbenen Augen und einer platten Schnauze, lauf einfach dran vorbei.* Doch ihre Füße gehorchten nicht. Der fordernde Blick des Tieres schien sie an Ort und Stelle festzunageln.

»Was willst du eigentlich von mir?«, hörte sie sich plötzlich sagen. Ihre Stimme klang ungewollt schrill. Schnell blickte sie sich um. Sollte jemand sie beobachten, würde sie zweifelsohne für verrückt erklärt.

Jetzt kam Bewegung in das Tier. Es schleckte kurz eine Pfote, erhob sich und schritt gemächlich an ihr vorbei. Nach einigen Schritten blieb es stehen und blickte sich um.

FOLGE MIR! Die Aufschrift des Zettels schoss Ellen durch den Kopf. Eine Ameise biss ihr in den Knöchel, doch noch immer klebte sie am Waldboden fest. *Es kann nicht sein, das ist nicht möglich – so etwas gibt es nicht.* Susans Worte kamen ihr in den Sinn: *Fängst du schon wieder mit dieser Katze an? Es ist alles nur Zufall …*

»Alles nur Zufall«, murmelte sie laut, um sich selbst zu beruhigen, und kratzte sich am Fußgelenk. Ihre Beine nahmen wieder Befehle entgegen.

Entschlossen lief sie los, ignorierte das wartende Tier und drehte ihre erste Runde. Wie zuvor ihre Füße am Boden, klebten nun ihre Gedanken an der erneuten Begegnung. Egal wie sie versuchte, es zu erklären, sie fand keine Lösung. Und die These mit dem Zufall beruhigte sie schon gar nicht.

Nach der dritten Runde gab Ellen auf. Die Katze war verschwunden. Erleichtert machte sie sich auf den Weg zur Bäckerei und kaufte ihre Brezel. Gedankenabwesend vergaß sie dabei, sich zu ärgern. Über eine Frau, die den Ellenbogen in ihren Hals rammte und über die Verkäuferin, die einmal mehr über ihren Kopf hinweggeschaut hatte.

Zu Hause stürzte sich Ellen mit dem Telefon aufs Bett. Susan. Sie wollte gerade ihre Nummer wählen, da hielt sie inne und legte das Gerät zur Seite. Eigentlich wollte sie nicht schon wieder über Zufall oder Nicht-Zufall diskutieren – und Susans Antwort kannte sie. Stattdessen betrachtete Ellen, wie schon unzählige Male zuvor, das kleine Bild auf ihrem Schreibtisch. Es war zweifellos eine außergewöhnliche Zeichnung von genau dem Tier, dessen Hartnäckigkeit ihr zunehmend Magenschmerzen bereitete.

Gegen Mittag fuhr Ellen zu ihrer Praxis, den *Traumdreher* im Gepäck und den Kopf berstend voll mit wirren Gedanken. Als sie in die kleine Seitenstraße einbog, fiel ihr sofort der graue Kombi auf, der vor dem Haus stand.

Das ist Martins Wagen, stellte Ellen überrascht fest. Konzentriert versuchte sie, den größten Teil ihres Autos in das weiße Parkfeld vor dem Kombi zu rangieren. Für die Vorderräder reichte es nicht ganz. Ellen hoffte, dass die Polizei gerade andernorts streifte, und falls sie doch vorbeikäme, Gnade vor Recht ergehen ließe. Was Martin nur hier wollte?

Mit gemischten Gefühlen öffnete sie die Haustür und stieg die Treppen hinauf. Die Stufen knarrten unter ihren Füßen, sie ließen niemanden unbemerkt, es sei denn, er schwebte. In jugendlichen Jahren hatte Ellen die Treppe verwünscht, vor allem, wenn sie zu spät nach Hause kam.

Wie damals hatte die Mutter sie auch jetzt längst bemerkt und stand bereits am oberen Treppenabsatz.

»Du hast Besuch«, rief sie Ellen entgegen.

»Ich weiß, Martin ist da mit seinem Monster-Kombi, der fast zwei Parkfelder benötigt.« Ellen sagte es extra laut, damit Martin es hören konnte. Und prompt erschien sein Kopf im Türrahmen.

»Ich hoffte auf eine neue Stoßstange, aber scheinbar war das Glück auf deiner Seite.«

»Willst du damit sagen, ich kann nicht einparken?«, entrüstete sich Ellen, wohl wissend, dass er auf einen Parkunfall anspielte, bei dem sie das Gas- mit dem Bremspedal verwechselt – und dem Vordermann gnadenlos das Heck demoliert hatte.

»So, jetzt ist es aber gut«, raunte Ellens Mutter. »Wenn ihr streiten wollt, dann tut das in der Wohnung und nicht hier auf der Treppe.« Sie umarmte Ellen zur Begrüßung und lief voraus in den Flur, vorbei an Martin, der spitzbübisch grinste.

»Bist du gekommen, um mit mir zu streiten?«, fragte Ellen und hängte ihre Jacke an einen Haken. »Woher wusstest du, dass ich heute hier bin?«

»Zu Frage eins: Nein, ich möchte nicht mit dir streiten, im Gegenteil, ich möchte dir eine Freude machen. Zu Frage zwei: Ruth hat mir verraten, dass du heute gegen Mittag bei ihr vorbeischauen würdest.«

Ellen blickte Martin skeptisch an. »Zu Frage eins: Wie soll ich das verstehen?«

»Moment.« Martin verschwand kurz in der Küche, dann kehrte er mit funkelnden Augen und einem flachen, in buntes Weihnachtspapier eingeschlagenen Päckchen zurück. »Ich hatte dir doch gesagt, du hast noch was gut.«

»Oh, Martin – und ich hatte doch gesagt, es ist nicht nötig …« Kopfschüttelnd nahm sie ihm das Geschenk ab. »Hat der Weihnachtsmann nicht schon Urlaub?«

»Na ja, ich glaube, er hat das noch in seinem Sack gefunden.« Martin trat von einem Fuß auf den anderen.

Ellen löste die Klebestreifen, dann hob sie das Papier leicht an – und ließ es wieder sinken. Ungläubig starrte sie auf einen Elch, der mit seinem Geweih einen vollkommen überladenen Schlitten durch die verschneite Landschaft stieß.

»Martin, das ist doch nicht möglich …« Ellen hob das Papier erneut an und blickte auf den Inhalt. Sie hatte sich nicht getäuscht. Schnell riss sie den Rest der Weihnachtslandschaft herunter und betrachtete das Kunstwerk mit ausgestreckten Armen. Es war genau das Bild, das sie auf dem Kunst- und Antiquitätenmarkt bewundert hatte. Lächelnd legte sie ihre Hand auf die von Martin und drückte sie kurz.

»Donnerwetter, das war ja ein richtiger Vulkanausbruch«, grinste er und rieb sich den Handrücken.

»Ich kann das gar nicht glauben, woher weißt du …?«

»Ich habe euch in der Markthalle gesehen. Und ich habe den Ausdruck in deinem Gesicht bemerkt, als du dieses Bild angeschaut hast – war nicht so schwierig.«

»Aber das … Martin, ich weiß gar nicht, ob ich das annehmen kann.«

»Mach dir darüber keine Gedanken, nimm es einfach. Ich habe vor zwei Wochen ein ähnliches Bild gekauft, von einem Straßenhändler, scheint im Moment voll in zu sein. Du siehst, wir haben doch einiges gemeinsam.«

»Ich bin mir trotzdem nicht sicher …« Ellen zögerte. Einerseits empfand sie Freude, andererseits fühlte sie sich Martin gegenüber auf eine unangenehme Weise verpflichtet. Unschlüssig blickte sie zu ihrer Mutter – und erschrak.

»Mum, ist alles in Ordnung mit dir?« Sie starrte auf ihre Mutter, deren Augen wässrig glänzten. Ihre zusammengepressten Lippen vibrierten und Ellen hatte das ungute Gefühl, dass sie gleich zusammenbrechen würde.

»Mum, was ist los?«

»Es ist … Es ist …«, die Stimme der Mutter bebte, »es ist einer der schönsten Momente …«, wisperte sie vollkommen unerwartet, und ihr Blick schien in das Bild hineinzutauchen.

»Von was für einem Moment sprichst du?«, fragte Ellen – und wurde das Gefühl nicht los, dass ihre Mutter verrückt geworden sein musste. »Mum, was ist denn passiert?«

»Es ist Paris«, hauchte die Mutter entrückt, und eine nasse Spur zeichnete sich auf ihren Wangen ab. »Die Stadt der Liebe …«

»Paris?« Ellens Blick huschte über das Bild. »Wie kommst du denn auf Paris?«

»Hier«, die Finger ihrer Mutter fuhren liebevoll über die farbig glänzenden Konturen, »es ist das Bild eines Moments – unseres Moments.«

Ellen war mehr als überrascht. Sie konnte weder den Eiffelturm noch sonst einen Moment erkennen.

»Das Bild erinnert sie an etwas«, erklärte Martin und klang dabei, als spreche er aus Erfahrung. »Diese ungewöhnliche Maltechnik bietet viel Raum für Fantasien.«

»Sieht ganz so aus«, stimmte Ellen zu. »Meine Eltern waren vor vielen Jahren in Paris und …« Sie stoppte und warf einen unsicheren Blick auf ihre Mutter, doch diese hörte ihre Worte nicht.

»Martin, ich weiß nicht, ob es eine gute Idee ist, das Bild zu behalten.«

»Lass es dir schenken«, sagte ihre Mutter plötzlich ungewohnt heftig. »Ellen, bitte, nimm es an, es ist wunderschön!«

Ellen zögerte, warf ihr einen langen Blick zu, dann nickte sie. »Ich danke dir«, sagte sie zu Martin, der nun zufrieden grinste. »Und wenn du gerade da bist, können wir uns ans Aufhängen machen. Auch ich habe ein Bild mitgebracht, wie du vielleicht ebenfalls beobachtet hast …«

Zu dritt stiegen sie die Treppe hinab, die unter ihren Füßen ächzte, als trampele eine Elefantenherde übers Holz.

»Das Bild von Martin würde im Eingangsbereich gut aussehen«, bemerkte die Mutter und zeigte auf einen Platz über dem wurmstichigen Abstelltisch.

»Du möchtest es nur jeden Tag anschauen können, richtig?« Ellen zwinkerte ihr zu.

»Nun ja, ich fände es schön dort, aber das bleibt natürlich dir überlassen«, antwortete ihre Mutter schnell und konnte dabei ihre Verlegenheit nicht verbergen.

Martin nahm Ellen zur Seite. »Bist du sicher, dass du es nicht in deiner Wohnung haben möchtest?«, flüsterte er. »Es würde sich richtig gut in deinem neuen Schlafzimmer machen …«

Er grinste vielsagend.

»Martin, was soll das!«, erwiderte Ellen gereizt. Sie wollte noch etwas hinzufügen, schluckte die Worte jedoch herunter. »Hier haben wir alle etwas davon«, sagte sie stattdessen und drückte ihm Flos Nothammer in die Hand. Immer mehr hatte sie das Gefühl, dass Martin sich stark verändert hatte.

Kurze Zeit später schob Ellen die Aufhängungen über die silberfarbenen Nägel. »Perfekt, es ist wirklich wie für hier gemacht. Jetzt noch das andere.« Sie nahm den *Traumdreher* aus der Verpackung und verschwand im Praxisraum. Es dauerte nicht lange und auch er hing an seinem neuen Platz über der Couch. Während alle drei die neue Errungenschaft bewunderten, spürte Ellen plötzlich Martins Hand an ihrem Gesäß. Hastig trat sie einen Schritt zur Seite.

»Es passt sehr gut hierher«, sagte die Mutter, die immer noch den *Traumdreher* betrachtete, »so kann man es vom Stuhl aus bewundern.«

Martin ließ sich das nicht zweimal sagen, rücklings fiel er in den Sessel und sah Ellen an. »Nun, werte Psychologin, was sagen Sie zu meinem Fall?«

»Recht plump«, erwiderte Ellen patzig. Sie spürte noch immer den Abdruck seiner Hand.

»Du weißt schon, was ich meine«, sagte er nun leise.

»Natürlich weiß ich, was du meinst, aber du kennst auch meine Einstellung zu deinem Fall.« Ellen hatte mit einem Mal das Gefühl, ihm deutliche Worte sagen zu müssen. »Martin, es hat keinen Wert. Du weißt, ich schätze dich sehr, aber wir haben es lange genug probiert. Es funktioniert einfach nicht. Ich dachte, wir wären uns da einig. Was ist denn plötzlich in dich gefahren?« Ungehalten fuhr sie fort: »Wenn du mir das Geschenk nur gemacht hast, um mich rumzukriegen, dann nimm es bitte wieder mit!«

Martin starrte sie einen Moment lang ungläubig an, dann stieß er sich aus dem Sessel. »Wenn du mir das unterstellst,

Ellen«, zischte er wütend, »dann kennst du mich wirklich denkbar schlecht.« Mit hochrotem Gesicht rauschte er an den beiden vorbei. Es knallte. Die Haustür fiel ins Schloss.

Perplex starrte Ellen auf die Tür. »Was ist nur mit Martin los?« Seufzend ließ sie sich in den Ohrensessel fallen. »Und mit mir? Warum bin ich so, Mum? Er legt mir die Welt zu Füßen und ich trete ihn damit.« Sie warf den Kopf ins Genick und schloss die Augen.

»Ich nehme an, Martin macht sich immer noch Hoffnungen – und übertreibt es im Moment ein wenig. Da ist es logisch und normal, dass du abweisend reagierst.« Ellens Mutter hatte sich hinter den Sessel gestellt.

»Dann hast du das mitbekommen?«

»Sicher, er verschlingt dich ja geradezu mit seinen Blicken, und so gereizt habe ich ihn auch noch nie erlebt. Er wirkt sehr verändert.« Nachdenklich wischte sie ein paar Fusseln von der Lehne. »Aber mach dir keine Sorgen, es wird sich ein anderer für dich finden. Ich habe deinen Vater auch erst sehr spät kennengelernt.«

»Sehr spät? Damals warst du so alt wie ich …« Ellen warf ihrer Mutter einen schrägen Blick zu. »Ich bin einfach nicht wie die anderen. Irgendetwas stimmt nicht mit mir.« Sie stützte die Stirn in die Handflächen. »Ich kann wunderbar mögen, aber einfach nicht lieben.«

»Wie willst du dir da so sicher sein?«

»Ich kenne das Gefühl, Mum, ich hatte es.« Sie hob den Blick. »Du weißt es nicht, aber ich war in Martin verliebt, lange bevor wir fest befreundet waren. Da, ganz tief drin.« Sie fasste sich ans Herz. »Er hat mir den Atem genommen, hat mir die Sprache verschlagen, aber all das war plötzlich weg. Ist nie wiedergekommen, auch als ich später mit ihm zusammenkam. Als hätte ich es verloren.« Sie machte eine kurze Pause, bevor sie leise fortfuhr: »Und manchmal fühle ich mich, als gehörte ich nicht zu dieser Welt. Als wäre ich nicht vorhanden. Ich werde übersehen, egal wo ich auftauche.« Ellen presste sich die Hand an die Stirn, als hätte sie Fieber. »Herrgott, ich glaube, ich ziehe mit Leah zusammen«, stöhnte sie laut.

»Manchmal muss man sich halt bemerkbar machen, Ellen, das geht mir auch so«, lächelte die Mutter und fuhr ihr beschwichtigend durch die Haare. »Und was die Liebe angeht … Gib dir einfach noch ein wenig Zeit, es wird alles gut werden, da bin ich mir ganz sicher.«

»Alles wird gut werden …« Ellen blickte ihrer Mutter direkt in die Augen, und die Frage, die sie schon so oft gestellt hatte, staute sich hinter ihren Lippen auf: »Mum, ich weiß, du möchtest nicht darüber reden«, platzte es dann aus ihr heraus, »aber irgendetwas muss mit mir geschehen sein, als Dad und ich … Du weißt schon … Mum, was ist dort mit mir passiert?!«

Ellen drehte ihren Unterarm nach oben. Feine Narben zeichneten sich darauf ab wie das Schnittmuster einer Nähvorlage. »Das ist alles, was von diesem Tag übrig ist, Mum. Woher habe ich sie? Und woher habe ich all die Narben in meinem Herz?«

»Ellen, tu das nicht!«

Das Lächeln der Mutter war erstorben.

»Bitte Mum, wir müssen ja nicht über Dad sprechen. Es geht um mich« – sie tippte mit dem Finger auf ihre Brust – »um mich, um mein Leben! Ich war nicht immer so, ich weiß es doch! Ich konnte von Herzen lieben, ich konnte lachen, dass mir der Bauch schmerzte, ich konnte aus tiefster Trauer weinen … wo ist das alles? Mum, wo?«

»Ellen … ich …«, die Lippen der Mutter bebten, »bitte … ich kann es nicht …«

»Du willst es nicht!«

»Nein, es ist nicht, weil ich es nicht will ...«

»Warum dann?«

»Es ist, weil ich es einfach ... einfach nicht weiß.«

»Ich bin deine Tochter, wie kannst du so was nicht wissen?« Ellens Herz klopfte jetzt bis zum Hals.

»Ich ... ich kann dir nicht sagen, was geschehen ist«, die Stimme der Mutter war belegt. »Nur ... Es war ein extrem heißer Tag. Ihr seid am frühen Nachmittag aus dem Haus gegangen. Stunden später klingelte das Telefon. Das Krankenhaus. Sie hatten dich dort vor dem Eingang gefunden, voll Staub, Dreck und Blut. Sie holten dich rein, erklärten dich für tot. Wie durch ein Wunder bist du zurückgekommen, zurück ins Leben ... zurück zu mir ...«, ihre Worte waren nur mehr ein Schluchzen, »... und dafür bin ich so unglaublich, so unendlich dankbar.« Sie verstummte jäh. Tränen sickerten aus ihren Augen und ertränkten ihre Worte.

Ellen presste die Lippen zusammen und blickte ihre Mutter lange an. Auch wenn es nur ein paar Worte gewesen waren – noch nie hatten sie so offen über dieses Thema gesprochen.

Aufgewühlt erhob sie sich. Gern hätte sie ihrer Mutter noch von der Katze erzählt, doch das schien ihr nach diesem Gespräch beinahe lächerlich. Ein Blick auf die Uhr zeigte, dass es sowieso an der Zeit war, zu gehen.

»Mum, ich muss los, ich habe noch einiges zu erledigen.« Eilig griff sie nach der Jacke.

»Das gibt mir auch sehr zu denken«, sagte die Mutter und schnäuzte sich die Nase. »Du bist ständig unter Strom, bist überladen mit Terminen und was weiß ich was allem. Und das, obwohl du noch gar nicht mit deiner Arbeit angefangen hast. Meinst du nicht, du solltest ein wenig mehr Ruhe in dein Leben bringen?«

Wie zur Antwort regte sich Uwe in der Handtasche. *Termin mit Zeitung, Frau Schneidewind*, leuchtete auf dem Display.

»Siehst du, Mum, ich würde ja gerne, aber man lässt mich einfach nicht.« Ellen verzog die Mundwinkel zu einem Lächeln. »Mach dir keine Sorgen, es ist alles im grünen Bereich.« Mit diesen Worten drückte sie ihrer Mutter einen Kuss auf die Wange und machte sich auf den Weg.

Kapitel 5

Das Haus am Hang

Am Spätnachmittag machte sich Ellen auf den Heimweg. Ein Grummeln in der Magengegend erinnerte sie an den Hähnchenschenkel im Kühlschrank. Endlich angekommen, peilte sie die größte Parklücke an, und nach fünfmaligem Rangieren hatte sie den Golf erfolgreich zwischen einem hellblauen Lieferwagen und einem alten Cabrio platziert.

Gedanklich bereits mit der Zubereitung des Schenkels beschäftigt, bemerkte sie die Katze erst, als sie fast in sie hineingelaufen wäre. Die platte Schnauze hoch in die Luft gereckt, saß sie auf der ersten Stufe vor der Haustür des Wohnblocks. Statuenhaft, den Blick fest auf Ellen gerichtet. Lediglich die Schwanzspitze fegte über den Beton und erfüllte die Luft mit einem kratzenden Geräusch, welches von einem vertrockneten Blatt stammte, das sich im dichten Fell verfangen hatte.

Ellen blieb stehen, als wäre sie gegen eine unsichtbare Wand gelaufen. Im ersten Moment wollte sie kehrtmachen, dann verwarf sie den Gedanken. Es war absurd, sich von einem Tier davon abhalten zu lassen, das eigene Haus zu betreten. Entschlossen straffte sie die Schultern, ging einen Schritt auf die Katze zu und schaute ihr direkt in die großen leuchtenden Augen. Das Tier erwiderte ihren Blick mit unverschämter Gelassenheit.

»Was zur Hölle soll das! Warum tauchst du ständig bei mir auf?«, schrie Ellen und beugte sich tiefer. Jetzt wollte sie es wissen.

Das Kratzen auf dem Beton wurde schneller, die Katze hielt ihrem Blick jedoch unbeirrt stand. Dann reckte sie auf einmal den Kopf nach vorn. Ihr Gesicht näherte sich dem von Ellen, dass diese zuerst dachte, sie würde ihre Nase attackieren, da knickte der Katzenkopf scharf zur Seite und das Tier begann, sich ruckartig das Fell zu schlecken.

»Ah, ja«, zischte Ellen, »ist das der richtige Moment für eine Katzenwäsche? Sag mir endlich, warum du mich verfolgst!«

Die Katze warf Ellen einen verächtlichen Seitenblick zu, erhob sich gemächlich, lief einige Schritte auf dem Gehweg, um dann zurückzublicken – und ihren Weg wieder fortzusetzen. Kurz darauf hielt sie erneut an, ihr Blick ließ keine Fragen offen. Ellen sank auf die Stufen und konnte es nicht fassen. Sie hatte schon wieder mit dem Tier gesprochen und noch schlimmer, sie hatte eine Antwort gefordert. Aber das Allerschlimmste war, dass sie auch noch eine bekommen hatte. FOLGE MIR!, ging es ihr einmal mehr durch den Kopf.

Entschlossen sprang sie auf. *Also bitte, warum nicht, vielleicht hat das Ganze dann endlich ein Ende.* Schwermütig verabschiedete sie sich von dem Hähnchenschenkel und heftete sich an die Pfoten der Katze.

Voll und ganz darauf konzentriert, dem Tier zu folgen, übersah sie den Mann, der in dem hellblauen Lieferwagen saß und sich geräuschvoll eine Handvoll Chips in den Mund schob. Er schüttelte dabei den Kopf, als könne er nicht glauben, was sich soeben vor seinen Augen abgespielt hatte. Hektisch kurbelte er das Fenster nach oben und startete den Motor. Dieser spotzte einige Male, bevor eine schwarze Wolke erst die Front und dann den Rest von Ellens Golf verschlang. Dröhnend fuhr er an und bewegte sich in die Richtung, in die das ungleiche Paar gelaufen war – doch als er um die Ecke bog, waren die beiden in einer der Gassen verschwunden. Ein Schwall von Schimpfwörtern füllte die leere Chips-Tüte, der Mann wendete sein Fahrzeug mit quietschenden Reifen und fuhr durch den eigenen Abgastunnel davon.

Anfänglich blieb die Katze immer wieder stehen und sah sich um, als wolle sie sichergehen, dass Ellen noch hinter ihr war, dann beschleunigte sie ihre Schritte. Sie schien ihr Ziel genau zu kennen, und Ellen musste sich sputen, um sie nicht aus den Augen zu verlieren. Zügig durchquerten sie die Stadt, ließen das Abrissviertel, das Ellen nur mit Widerwillen durchquerte, hinter sich liegen und bogen dann in einen Waldweg ein. Ellen knickte ein paar Mal um und wünschte, sie hätte ihrer Mutter den Besuch in Wanderschuhen statt in Pumps abgestattet.

Nach einer Weile liefen sie an einem kleinen Waldsee vorbei, dessen Oberfläche so ruhig und klar war, dass die Welt darin Kopf stand. Passend, wie Ellen fand. Dann verließen sie den Weg und wechselten auf einen schmalen Trampelpfad. Einige Schritte später lichtete sich der Wald und gab den Blick auf ein steinernes Haus frei, das sich ächzend an den Hang lehnte. Am Fuße der Steigung befand sich ein Briefkasten. Er wirkte, als wäre der Schriftverkehr schon vor vielen Jahren zum Erliegen gekommen. Ellen trat näher und versuchte, den ausgeblichenen Namen zu entziffern. *Simon* konnte sie lesen. Weit und breit gab es keinen Weg, der zu dem Haus führte, was Ellen nicht wunderte, denn das Gebäude erschien ihr alles andere als bewohnbar. Die alten Mauersteine bröckelten an etlichen Stellen, und das Ziegeldach hatte einen gefährlichen Durchhänger. Vier kleine Fenster zierten die Frontseite, die unteren waren ohne Scheibe. Der hintere Teil des Hauses wurde von stattlichen Tannen verdeckt.

Die Katze verlangsamte ihr Tempo und sah sich abermals um. Als sie bemerkte, dass Ellen stehen geblieben war, setzte sie sich mit stampfenden Vorderpfoten ins Gras. Ellens Blick huschte zwischen baufälligem Gebäude, ungeduldiger

Katze und stillgelegtem Briefkasten hin und her, und je länger sie dort stand, desto unwohler fühlte sie sich. Sie folgte einer fragwürdigen Katze an einen fragwürdigen Ort, ohne zu wissen, was sie dort erwartete. *Bin ich eigentlich verrückt?* Der Blick des Tieres zerrte an ihren Nerven, deutlich spürte sie die wachsende Ungeduld in seinen Augen. Hin und hergerissen zwischen Neugier und Vernunft, mit knurrendem Magen, stand sie am Fuß des Hanges. Nur einer einzigen Sache konnte sie etwas Positives abgewinnen: Sie war mit den Absätzen in der feuchten Erde eingesunken, was ihren Füßen ungemeine Erleichterung verschaffte.

Während die Katze einmal mehr ungeduldig mit dem Schwanz peitschte, kämpfte Ellen mit sich selbst. Kein Mensch war weit und breit zu sehen, und nicht einmal Uwe würde ihr im Notfall helfen können; er war für Orte dieser Art nicht sehr empfänglich. Jeglicher Hilferuf würde in den Hügeln verhallen. Ellens Magen verkrampfte sich, und immer stärker wurde das Gefühl, diesen Ort so schnell wie möglich verlassen zu müssen. *Susan hatte mit ihren Bedenken recht,* hämmerte es in ihrem Inneren, *es ist viel zu gefährlich, ich sollte nicht hier sein …*

Ohne eine weitere Sekunde zu verlieren, zog sie die Absätze aus der Erde und lief los. Sie kam nicht weit. Der stechende Schmerz an ihren Füßen ließ sie straucheln. Fluchend blieb sie stehen – und blickte erneut zurück. Die Katze wirkte wie ein nichtssagender Fleck am Fuße des Hügels, und doch ließ sie Ellen nicht los. Hatte sie Skrupel, ein Tier zu enttäuschen?

Ratlos schaute sie in den Himmel, ihre Situation erschien ihr mehr als absurd. Dann keimte ein anderer Gedanke in ihr auf. Brauchte womöglich jemand ihre Hilfe? Warum sonst sollte dem Tier so viel daran liegen, dass sie ihm folgte? Wenn sie jetzt kehrtmachte und jemandem etwas zustieße … Ellen fasste sich verwirrt an die Stirn. *Aber warum ausgerechnet ich?* In welche Richtung sie auch überlegte, es fiel ihr keine Antwort ein. Dann gab sie sich einen Ruck. Entschlossen wandte sie sich dem Haus zu. Was immer es auch verbarg, sie musste es herausfinden.

Ohne einen weiteren Gedanken zu verschwenden, rammte sie die gestöckelten Schuhe in die Erde und erklomm den Hang. Der Eingang des Hauses lag hinter Büschen versteckt, die weit über den oberen Türrahmen reichten. Hier war seit Ewigkeiten niemand mehr ein- und ausgegangen. Ein feines Quietschen ließ sie zurückschrecken, die Haustür jammerte schräg in den Angeln.

Die Katze ließ den traurigen Eingang links liegen und sprang eine Treppe hinauf, die aus moosüberwachsenen Steinstufen bestand. Tannenzweige versperrten den Weg und Ellen musste sich bücken, um unter ihnen hindurchzuschlüpfen. Wieder verharrte sie unsicher. Eine schnelle Flucht wäre unmöglich, außer hangaufwärts, wo nach einem Stück Wiese der Wald begann. Vorher müsste sie jedoch einen rostigen Drahtzaun überwinden, was bei ihrer Größe nicht ganz einfach wäre.

Jetzt erreichte Ellen den letzten Tritt. Vorsichtig schob sie ihren Kopf um die Ecke des Hauses und stutzte. Von der Katze fehlte jede Spur. Vergessene Kissen lagen auf Holzbänken, ausgeblichene Tücher wedelten schwach zu den verstummten Tönen eines zerbrochenen Windspiels und gaben dem Ort ein geisterhaftes Gesicht. Pflanzen in Tontöpfen verneigten sich schwächelnd im Hauch des Windes. Ellen blickte nach oben. Der Platz war lückenhaft überdacht, alte Ziegel stützten sich schwer auf die verrotteten Holzbalken, die sich unter ihrer Last bedenklich neigten. Zwischen den Bänken an der Hauswand war eine Tür. Sie stand einen Spalt offen, und Ellen vermutete, dass die Katze darin verschwunden war. Voller Unbehagen blieb sie stehen. Noch konnte sie umkehren, noch war es nicht zu spät …

»Hast du sie mitgebracht?«

Eine gedämpfte Männerstimme ließ Ellen zusammenfahren. Sie stolperte rückwärts und suchte Deckung hinter einem blattlosen Strauch.

»Sind Sie es, Ellen?«, die Stimme klang schwach.

Ellen starrte überrascht durch die Zweige. »Ja, ich bin es«, rief sie, ohne es wirklich gewollt zu haben.

»Sehr schön«, klang es hörbar erleichtert von innen. »Treten Sie nur ein, Sie können die Tür auch vorher öffnen.«

Ellen zögerte einen Moment. Die Stimme hatte einen angenehmen Tonfall, doch sie konnte deutlich spüren, dass der Person das Sprechen schwerfiel. Vorsichtig stieß sie mit der Fußspitze an die Tür, die sich lautlos ein Stück weiter öffnete.

»Kommen Sie nur herein, ich beiße Sie nicht – und meine Katze auch nicht.«

»Es ist weniger Ihre Katze, die mich nervös macht«, antwortete Ellen etwas gereizt.

»Ich wäre gerne entgegenkommender«, presste die Stimme hervor, »aber leider ist mir das momentan nicht möglich.«

»Ah – so«, sagte Ellen, alles andere als beruhigt. Dann stieß sie die Tür auf und blickte in das Innere eines Heuschobers. Überrascht verschluckte sie eine Portion Luft. Ihr Blick wanderte in den Vorraum, dann hinauf bis unter das Dach, dessen Zustand verriet, dass das Gebäude Jahrhunderte auf den Balken haben musste. Rechts und links türmten sich Heuballen auf, alte Maschinen standen herum, die allesamt von Staub ummantelt waren. Einige Schritte vor ihr befand sich eine weitere Tür. Sie stand offen und gab den Blick in eine Kammer frei. Dort, im Türrahmen, saß die Katze, jede von Ellens Bewegung verfolgend, sodass diese sich vorkam wie eine Maus am Eingang des Loches.

Vorsichtig betrat Ellen den Raum. Ihr Tritt war lautlos. Erschlaffte, staubige Spinnennetze zierten Holz und Geräte. Sie erschauderte und unterdrückte die aufsteigenden Laute in ihrer Kehle. Angespannt suchte sie nach den Erbauerinnen der gräulichen Weben. Und tatsächlich: da saß eine. Genau vor ihr. Fett und haarig, inmitten eines Netzes. Ellen riss die Augen auf, ein kurzer, spitzer Schrei entwischte ungewollt. Sie wich zurück. Es dauerte eine ganze Weile, bis ihr Herzschlag wieder die anfängliche Nervositätsfrequenz zurückgewann. Nachdem sie sich vergewissert hatte, dass das Krabbelwesen vor ihr das einzige in Blickweite war und es bei gebührendem Abstand nicht angreifen würde, wagte sie sich ein paar weitere Schritte vor.

»Wer sind Sie und was wollen Sie von mir?« Ihre Stimme klang seltsam gedämpft.

»Bitte, Ellen, kommen Sie doch rein, dann spricht es sich leichter«, kam die Antwort aus der Kammer. »Charlotte, seien Sie doch so nett und geben Sie die Tür frei.«

Ellen stutzte. »Charlotte also«, sagte sie. Die Katze verzog keine Miene. *Willkommenskultur ist nicht gerade Katzenstärke*, ging es Ellen durch den Kopf.

»Es freut mich sehr, dass Sie mich besuchen kommen«, ließ sich die Männerstimme vernehmen, und Ellen fuhr abermals zusammen. Dann näherte sie sich zaghaft der offenen Tür, die Charlotte nun mit hoch erhobenem Schwanz freigab.

Jetzt gab es kein Zurück mehr.

Der angenehme Duft war das Erste, was Ellen auffiel, als sie die Kammer betrat. Sie atmete tief ein und stellte dabei mit Erstaunen fest, dass sich ihre Nervosität mit jedem Atemzug legte. Neugierig schweifte ihr Blick durch das kleine Zimmer. Der mit allerlei Krimskrams überladene Raum entsprach zwar in keiner Weise ihrem Geschmack, wirkte aber auf seine Art gemütlich. An den Wänden hingen

Regale, in denen sich ungewöhnliche Dinge stapelten: Verschnörkelte Sanduhren mit Zeigern, uralte lederne Bücher, Tintenfässer mit bunten Federn, einige Schlüssel mit ihren Löchern, sogar eine uralte Kaffeemühle befand sich dort. Es gab keinen Platz, an dem nicht irgendetwas gestanden hätte. Ellen hatte das Gefühl, wieder auf dem Markt zu sein – nur diesmal ohne Susan – leider.

Unter einem der beiden Fenster blickte Ellen auf einen hinkenden Tisch mit einem einzigen Stuhl. Sie schloss daraus, dass der Mann hier alleine wohnte. Bilder aller Art tapezierten die Wände, sogar die Decke war voll davon. Die zwei Fenster ließen erstaunlich viel Licht herein, obwohl die Fensterbank mit großen Kakteen bestückt war. Sie schienen alle gleichzeitig zu blühen und leuchteten intensiv in den verschiedensten Farben. Ellen machte sich nicht viel aus Kakteen, doch diese außergewöhnlichen Exemplare entlockten selbst ihr bewundernde Blicke. Zudem schien der angenehme Duft von ihnen auszugehen.

»Gefallen sie Ihnen?«, flüsterte es hinter ihrem Rücken.

Ellen wirbelte herum und verschluckte dabei ihre Antwort. Einen kurzen Moment lang hatte sie ganz vergessen, wo sie war. Hinter der geöffneten Tür stand ein Bett. Darüber lag eine Decke, die Ellen an ein mattes Schachbrett erinnerte. Der schmächtige Körper des Liegenden zeichnete sich darunter ab. Als Ellen vorsichtig nähertrat, versuchte sie vergebens, ihr Entsetzen zu verbergen. Das Gesicht des Mannes war stark eingefallen, die Wangenknochen standen wie kleine Ellenbogen hervor. Silbergraue Haare ergossen sich aus seinen Ohren, umrahmten sein Kinn und verschwanden unter der Decke. Das Antlitz war bleich und die Haut spannte sich über die Knochen, als wäre sie aus hauchdünnem Pergament.

Seine Augen waren geschlossen, als sie ihn musterte. Der Stimme nach hatte sie auf einen Mann mittleren Alters geschlossen. Niemals hätte sie jemanden erwartet, der derart ergreist war. Dennoch hatte der Anblick etwas Beruhigendes: Dieser Mann hier konnte ihr kaum gefährlich werden.

Ellens Blick wanderte über die Tapete aus Bildern. Über dem Kopfende des Bettes befand sich ein weinrot gefärbter Juteteppich, der ein verschnörkeltes Ornament mit einem Löwenkopf trug. Dieser wirkte so plastisch, dass Ellen das Gefühl hatte, er würde ihr die Hand abbeißen, wenn sie ihm zu nahe käme.

Dann bemerkte sie die Zeichnungen, die überall als lose Blätter an die Wand gepinnt waren. Der Stil kam ihr sehr bekannt vor.

»Die schönen Bleistiftzeichnungen, sind die von Ihnen?«, fragte sie vorsichtig.

»Danke – ja«, sagte der Alte leise, ohne die Augen zu öffnen. »Hin und wieder verliere ich mich in der Malerei, auch wenn es nicht ganz ausreicht, um die Kunstwelt zu erobern.« Er lächelte schwach. »Aber suchen Sie sich doch einen Stuhl aus und machen Sie es sich hier bequem, dann können wir besser plaudern.« Der Alte blinzelte kurz und seine Hand wedelte träge neben dem Rahmen des Bettes.

»Ähm, ich denke, ich nehme den hier«, sagte Ellen und schob den einzigen Stuhl des Raumes neben das Bett. Charlotte hatte sich indessen auf die gemusterte Decke des Greises gelegt und streckte ihr das Hinterteil entgegen. Ellen hätte schwören können, dass sie es mit Absicht tat.

»Sie möchten sicher wissen, warum ich Charlotte nach Ihnen geschickt habe«, sagte der Alte plötzlich, und als er sprach, öffnete er das erste Mal die Augen. Einen kurzen Moment lang stockte ihr der Atem. Die dunkelbraunen Pupillen waren in einen feinen goldenen Rahmen gefasst und funkelten fast spitzbübisch zwischen den müden Lidern. Sie schienen so gar nicht zu dem Rest seiner Erscheinung zu passen. Ellen konnte nicht mehr als nicken, während sie ihn überrascht anstarrte. Der Alte richtet sich ein wenig auf und streckte ihr die Hand entgegen. Sie fühlte sich an wie ein durstiges Blatt.

»Verzeihen Sie mein Benehmen«, hauchte er. »Ich habe mich noch gar nicht vorgestellt. Mein Name ist Radin Simon – und sie hier …«, er nickte kaum merklich zu der eingerollten Katze, »… das ist Charlotte, meine liebste Freundin, Sie haben sie ja schon kennengelernt.« Er hielt einen Moment inne, um wieder zu Atem zu kommen, bevor er fortfuhr: »Aber Sie müssen durstig sein. Charlotte, würden Sie unserem Gast etwas anbieten? Wasser oder einen Tee?«

Charlotte hob ihren Kopf, funkelte Radin an und ließ ein leises Fauchen vernehmen.

»Aber meine Liebe, wir wollen doch nicht unhöflich erscheinen. Bitte, seien Sie doch so nett!«, er wandte sich wieder Ellen zu, »entschuldigen Sie, Ellen, wir bekommen äußerst selten Besuch.«

Nach diesen Worten sackte er zurück in seine Kissen und schloss erneut die Augen. Ellens Blick wanderte sprachlos zwischen Radin und Charlotte hin und her.

Nach einer Weile erhob sich die Katze wie im Zeitlupentempo, streckte sich erst, setzte sich wieder und schleckte sich ruckartig das linke Schulterblatt. Erst jetzt schenkte sie Ellen einen orangenen Blick und schien auf eine Antwort zu warten.

»Ich … Ich hätte gerne ein Glas Wasser«, sagte Ellen verwirrt. Sie hatte noch nie bei einer Katze bestellt.

»Leider ist Charlotte nicht in der Lage, Ihnen das Wasser zu reichen, aber wenn Sie ihr freundlicherweise folgen würden – sie zeigt Ihnen, wo alles zu finden ist.«

Die Katze saß bereits vor einem hölzernen Küchenschrank und wartete mit abgewandtem Blick.

Ellen stand auf und holte – ohne Hocker – zwei Tassen hinter den quietschenden Schranktüren hervor. »Radin, möchten Sie auch etwas trinken?«, fragte sie.

Die Antwort war eine kaum merkliche Bewegung mit dem Kopf, die Ellen als *Nein* deutete. Schnell bugsierte sie eine Tasse wieder zurück und folgte Charlotte, die gerade die Kammer verließ und sich neben einem großen Fass zwischen den Geräten niedersetzte. Ihr peitschender Schwanz wirbelte eine Wolke feinen Staubes auf.

Zögernd trat Ellen näher. Eine hölzerne Regenrinne führte das Wasser in das Fass hinein und bei entsprechendem Pegelstand auch wieder hinaus. Sie dachte an Susan. Keine zehn Pferde könnten sie dazu bewegen, aus diesem Gefäß zu trinken, aber ihr Durst war größer.

Als sie mit der gefüllten Tasse zurückkehrte, hatte Radin sich etwas aufgerichtet. Sie setzte sich zu ihm.

»Also, warum wollten Sie, dass ich hierherkomme?«, fragte sie neugierig und nahm einen großen Schluck, dessen ranziger Nachgeschmack ihre Nase inwendig attackierte. Kein Wunder, dass dieser Mann krank war.

»Nun ja, um es auf den Punkt zu bringen«, Radin hüstelte, »der Grund dafür ist der, dass Ihnen etwas fehlt, was andere haben.«

Ellen ließ sich den Satz dreimal durch den Kopf gehen, bevor sie ihn zwar vom Wortlaut her verstand, sich über die Aussage jedoch im Unklaren war. Bevor sie etwas sagen konnte, fuhr Radin fort: »Einfacher ausgedrückt, ich möchte Ihnen helfen.«

Ellen verschluckte sich, hustete zweimal kräftig und blickte ungläubig auf.

»Sie möchten mir helfen? Warum in aller Welt möchten Sie mir helfen?«, fragte sie verwirrt. »Eigentlich dachte ich, ich wäre hier, um Ihnen zu helfen …«

»Es wäre durchaus zu hoffen, dass es auch mir hilft, wenn ich Ihnen helfen kann, liebe Ellen.«

Charlotte sprang erneut auf das Bett und machte es sich an Radins Füßen bequem – diesmal zeigte sie ihre Breitseite. Ellen wertete das als Fortschritt.

»Und wobei möchten Sie mir helfen?«, fragte sie skeptisch.

Radin schien seine Worte abzuwägen. »Sie haben etwas Wichtiges verloren«, sagte er dann. »Ich möchte Ihnen helfen, es wiederzufinden.«

»Aber – aber wie kommen Sie denn darauf, dass ich etwas verloren habe?« Langsam keimte in ihr der Verdacht auf, dass Radin nicht ganz richtig im Kopf war. Sie hatte sich ihre erste Therapiestunde irgendwie anders vorgestellt.

»Betrachten Sie Ihr Leben, Ellen«, unterbrach Radin ihren Gedankengang. »Fehlt Ihnen da nicht irgendetwas? Gibt es da nicht etwas, was Sie in sich selber suchen?«

Ellen zog nervös eine Haarsträhne aus ihrem Pferdeschwanz und rollte sie um den Zeigefinger. »Nun ja, da gibt es schon etwas, aber worauf wollen Sie hinaus?«

»Sie haben in Ihrem Leben schmerzliche Verluste erlitten, habe ich recht? Sie haben diese Verluste nie überwunden, sie sind immer präsent, begleiten Sie auf Schritt und Tritt, Tag und Nacht ...« Er machte eine Pause und räusperte sich.

»Aber von welchen Verlusten sprechen Sie denn?«, fragte Ellen irritiert über den unerwarteten Verlauf des Gesprächs.

»Sie sind auf der Suche, Ellen«, fuhr Radin fort, »auf der Suche nach einem Teil Ihrer selbst und nach einem Teil Ihrer eigenen Geschichte.«

Ellen starrte ihn wortlos an. Er hatte die Augen wieder geschlossen und atmete schwer, als hätte das Reden an seinen Kräften gezehrt. Sie war froh darüber, fühlte sie sich doch auf unangenehme Weise entblößt. So, als läge ihr Leben unverhüllt zu seinen Füßen.

Es dunkelte bereits, als Ellen das Haus am Hang verließ. Radin hatte, zu Charlottes Unmut, darauf bestanden, dass diese ihren Gast begleitete. Auf dem Heimweg kämpfte Ellen mit ihren brennenden Füßen. Sie fühlten sich an, als klemmten sie in glühenden Mausefallen. Ellen schwor sich, zukünftig auf die vier Zentimeter mehr an Größe zu verzichten, die sowieso keiner bemerkte. Charlotte kümmerte es nicht, sie lief zügig voraus und Ellen trippelte, so gut es ging, mit kurzen Schritten hinter ihr her. Als sie am Ortsrand von Steilbach angekommen waren, hielt sie schnaufend an. »Charlotte, es ist gut, von hier aus finde ich nach Hause. Vielen Dank.«

Die Katze blickte kurz auf, dann trottete sie schnurstracks den Weg zurück, den sie gekommen waren. Ellen schaute ihr eine Weile nach, und je weiter sich die Katze entfernte, desto ernsthafter fragte sie sich, ob das, was sie soeben erlebt hatte, überhaupt wahr sein konnte. Da war Charlotte plötzlich wie vom Erdboden verschluckt. Ellen reckte ungläubig den Hals. Das Tier hatte sich in Nichts aufgelöst.

Nachdem sie ihre Fassung wieder gefunden hatte, setzte sie ihren Weg in gemäßigterem Tempo fort. Gedanken jagten durch ihren Kopf und lenkten von den brennenden Füßen ab. Das dringende Bedürfnis, mit Susan zu reden, stieg in ihr auf, auch wenn sie unweigerlich eine Standpauke über ihr leichtsinniges Verhalten abbekommen würde.

Als Ellen in das Abrissviertel einbog, bemerkte sie voller Entsetzen, dass es schon fast dunkel war. Die Vorstellung, zu dieser Tageszeit noch durch das heruntergekommene Viertel laufen zu müssen, verpasste ihr eine Gänsehaut, doch wenn sie nicht einen gewaltigen Umweg in Kauf nehmen wollte, musste sie mitten hindurch. Wer sich nachts hier aufhielt, hatte nicht viel zu verlieren, und wenn doch, konnte sich das schnell ändern.

Sie beschleunigte das Tempo. Die *Mausefallen* an ihren Füßen schnappten bei jedem Schritt nach ihren Ballen. Ellen dachte an Leah. Seit sie arbeitslos war, wohnte sie am Rande dieses Quartiers. Sie beneidete sie nicht darum.

Ellen hastete auf die letzten Blöcke des Viertels zu. Die Straßenlaternen spendeten nur vereinzelt Licht, die meisten von ihnen trugen zerbrochenes Glas. Rhythmisches Dröhnen kündigte das Herannahen eines Fahrzeuges an. Scheinwerfer kamen ihr entgegen, die Lautstärke stieg an. Ellen verdeckte ihre Augen vor dem blendenden Licht. Das Auto wurde langsamer, und es war nicht nur der Lärm, der ihre Eingeweide vibrieren ließ. Sie konnte sich mühelos ausmalen, welche Typen in dem Auto saßen.

In der Hoffnung, ihre Unauffälligkeit würde ihr diesmal von Nutzen sein, verschwand sie im Hauseingang eines der heruntergekommenen Wohnblöcke. Neben ihr lagen zwei aufgerissene Ketchup-Tüten mit schimmelpilzigen Zungen. Ein aufdringlicher Uringeruch kroch ihr in die Nase, der Lärm schwoll weiter an. Ellens wild schlagendes Herz hielt dem Dröhnen des Basses locker stand. Jetzt rollte der Wagen langsam in ihr Blickfeld und stellte sie mitten ins Rampenlicht. Mit angehaltenem Atem presste sie sich neben den Klingelknöpfen an die Wand – dann stoppte der Wagen, und die Tür öffnete sich. Ellen blinzelte. Gegen die Helligkeit konnte sie die Umrisse einer korpulenten Gestalt erkennen, die nun auf sie zukam.

Ein erstickter Schrei entfuhr ihr. Unfähig, einen weiteren Gedanken zu fassen, schleuderte sie ihre Pumps von den Füßen, sprang aus dem Hauseingang und rannte. Ihre Nylonstrümpfe rissen, und gleichsam – wie die Laufmaschen nach oben – schoss Ellen voran. Sie spürte weder Kälte noch Steine. Wie ein gejagter Hase hastete sie durch die Straßen … dann endlich, ihre Haustür. Keuchend wühlte sie in der Handtasche. Der Schlüssel musste da sein, sie hatte ihn eingesteckt … Ein entferntes Motorengeräusch ließ sie herumfahren, während ihre Hand wie ein Mixer im Innenleben ihrer Tasche rührte. Endlich erwischte sie das bunte Plastikband, an dem der Schlüssel hing.

Kaum in der Wohnung, setzte der stechende Schmerz in den Füßen ein. Schwerfällig humpelte Ellen ins Bad. Obwohl sie schwitzte, fröstelte es sie von Kopf bis Fuß, und sie hatte das dringende Bedürfnis, sich gründlich zu waschen. Ein angenehmer Schauer durchlief ihren Körper, als sie unter der Dusche stand, nur am linken Fuß hörte es nicht auf, zu brennen. Ein Schnitt zog sich längs über die Ferse, und Ellen musste an Susan denken. Die Lippen zusammengepresst, sprühte sie das Desinfektionsmittel auf die Wunde. Sie wollte nicht schon wieder lügen.

Kurz nach der Dusche hatte sie Susan am Ohr. »Hast du morgen nach der Arbeit Zeit?«, rief Ellen ins Telefon. »Ich muss dringend mit dir reden.«

Für den nächsten Abend hatten sie sich im *Schwarzen Holler* am Kirchplatz verabredet. Als Ellen die vertraute Gaststube betrat, waren alle Tische besetzt.

Ellen winkte der Bedienung, die hinter der Theke wirbelte. »Larissa, ist der Billardraum frei?«

Larissa strahlte zurück. »Klar, für dich immer. Aber lass den anderen auch eine Chance«, lachte sie. »Holunderpunsch?«

«Ja, gern. Zwei. Auf meine Rechnung. Aber keine Eile, Susan kann sie mit runterbringen«, sagte Ellen und stieg hinab in den Gewölbekeller.

Es dauerte nicht lange, bis Susan die Treppe herunterkam. In den Händen trug sie zwei Gläser, an den Füßen knallrote Pumps mit farblich abgestimmtem, engem Kleid, das Ellen noch nie an ihr gesehen hatte.

»Mensch Su, du siehst toll aus, hast du eine Verabredung?«, fragte sie beeindruckt.

»Klar, mit dir«, lächelte Susan und stellte den Punsch auf einen kleinen Tisch. Dann hängte sie die Handtasche an einen der Haken neben den Queues, die in der Ecke aus dem Halter ragten. »Schieß los, was ist passiert? Du warst ja total aufgebracht am Telefon.« Susans Augen funkelten vor Neugier.

Ellen drückte ihr wortlos einen Queue in die Hand.

»Das ist jetzt aber nicht dein Ernst, oder?«, murrte Susan.

»Doch, beim Spielen lässt es sich besser erzählen«, sagte Ellen, während sie die Griffe der anderen Queues begutachtete. Ihren Favoriten erkannte sie an einer kleinen Delle im Griff. Zufrieden stülpte sie den Kreidewürfel über die Stockspitze.

»Ich habe doch eh keine Chance«, seufzte Susan und griff ebenfalls nach der Kreide.

»Eine Chance gibt es immer«, widersprach Ellen, »du darfst auch anfangen.« Sie legte die weiße Kugel punktgenau auf das grüne Tuch.

»Jetzt fang du erst mal an«, drängte Susan und legte den Queue demonstrativ auf den Tisch. »Was gibt es Neues?«

»Du wirst nicht glauben, was ich gestern erlebt habe«, begann Ellen und wischte ihre Finger an der Hose ab. «Die Katze war wieder da. Und diesmal bin ich ihr gefolgt, wie es auf dem Zettel stand, erinnerst du dich?«

Und sie erzählte Susan, deren Augen mehr und mehr Platz in ihrem hübschen Gesicht beanspruchten, die ganze Geschichte. Nur ihre Flucht aus dem Abrissviertel ließ sie weg, es würde Susan unweigerlich von dem Thema ablenken, das ihr am Herzen lag.

Nachdem Ellen geendet hatte, schien es ihrer Freundin die Sprache verschlagen zu haben.

»Moment …«, sagte sie nach sehr langer Zeit, »nur damit ich dich richtig verstehe. Du bist also dieser penetranten Katze gefolgt. Sie hat dich zu einem kranken Greis geführt, der dir bei der Suche nach einem Teil deines Lebens helfen will? Ellen, bist du dir überhaupt im Klaren, was du da gerade erzählst?«

»Absolut – und die penetrante Katze heißt übrigens Charlotte.«

»Wie auch immer – also – diese Charlotte kümmert sich um den Typ, indem sie ihm junge Frauen ins Haus lockt – wie praktisch!«

»Susan, mach dich bitte nicht darüber lustig!«

»Ich meine das todernst. Aber, mal ganz ehrlich, bist du sicher, dass du das alles nicht geträumt hast?«

»Absolut«, erwiderte Ellen ein wenig gereizt. »Es ist genau so, wie ich es erzählt habe. Und nun will er mich an einen Ort schicken, wo ich mit der Suche anfangen kann.« Ellen zeigte auf die weiße Kugel. »Apropos anfangen, du bist dran.«

»Und wohin will er dich schicken? Und was genau sollst du dort finden?« Susan schoss auf den Dreieckshaufen, dass die Kugeln auseinanderstoben. Fast in Zeitlupe näherte sich die Vierzehn einer Ecktasche und plumpste gerade noch hinein. »Die halben«, sagte sie erfreut.

»Radin erwähnte einen Ort, der sich Anderland nennt.«

»Anderland? Nie gehört, wo soll das sein?«

»Keine Ahnung«, Ellen zuckte die Schultern. »Es ist auf keiner Karte zu finden.«

»Ellen, das ist doch … Himmel, hast du auch nur im Entferntesten eine Ahnung davon, auf was du dich da einlässt?« Susan sah ihre Freundin kurz an und brachte dann die weiße Kugel durch einen Fehlschuss zum Rotieren. »Er kann dich wer weiß wohin schicken, du kennst ihn ja überhaupt nicht.«

»Ich weiß, aber so komisch es auch klingen mag«, Ellen drehte den Punsch zwischen den Händen hin und her, »mein Gefühl sagt mir, dass er es ehrlich meint und mir wirklich helfen will. Susan, ich weiß nicht, was da auf mich zukommt …« Sie stellte das Glas zur Seite, nahm den Queue und versenkte die gelbe Eins. »Seit Jahren versuche ich vergeblich, herauszufinden, was mit mir passiert ist. Mein Leben fühlt sich an, als wäre es farblos, wie ein Essen ohne Geschmack, wie ein langweiliger Film, wie …«

»Ellen!«

»Was?«

»Das alles weiß ich doch.«

»Was hast du dann dagegen?«

»Weil es total absurd ist. Kannst du mir verraten, warum der Alte ausgerechnet dir bei deinen Problemen helfen will? Und wie ist er überhaupt auf dich gekommen?«

»Er meinte, ich bringe gewisse Voraussetzungen mit, die es mir ermöglichen würden, dieses Anderland zu betreten. Scheinbar gibt es nur wenige, die das können …« Die blaue Zwei verschwand in der Tasche. »Susan, es ist unglaublich, wie viel er von mir wusste …«

»Wahrscheinlich spioniert er dir schon seit Jahren hinterher. Du bringst gewisse Voraussetzungen mit? Welche denn?«, sie sah Ellen schräg an, »ein nettes Gesicht? Einen knackigen Hintern? Das klingt alles etwas dubios, findest du nicht? Am Ende lockt er dich in eine Falle und stellt wer weiß was mit dir an.« Susan rollte mit den Augen und Ellen konnte das nervöse Zucken ihrer Zehen in den Pumps erkennen. Sie schien sich ernsthaft zu sorgen.

»Quatsch«, winkte Ellen ab, »abgelegener als sein Haus kann Anderland kaum sein. Und von seinem Haus bin ich heil zurückgekehrt.« Es knallte, das Spiel verlor die rote Drei. »Und, wie gesagt, er ist sehr alt und schwach – also wirklich gefährlich kann er nicht sein.« Sie setzte die violette Vier vor eine Ecktasche. »Du bist dran.«

»Ach ja? Alt und schwach? Was glaubst du, was ich im Krankenhaus alles erlebe? Da liegen die Alten halb tot im Bett und was machen sie? Grapschen einem an den Hintern – Männer, alles Gauner!«

»Nur, weil du grad keinen hast …« Ellen wurde langsam ungeduldig.

»Was sollte ich auch mit so einem Alten?« Susan verzog das Gesicht.

»Oh, Susan – ach, was soll's. Auf alle Fälle ist Radin absolut harmlos, er kann ja nicht mal aufstehen.«

»Und wenn er Komplizen hat?«

»Du malst immer gleich den Teufel an die Wand.« Ellen klopfte mit der flachen Hand auf den Tisch. »Du solltest ihn kennenlernen, dann würdest du anders denken.« Über ihre eigene Heftigkeit erschrocken, fuhr sie etwas ruhiger fort: »Ich habe ganz tief in meinem Herzen das Gefühl, dass das meine Chance ist – und die möchte ich nutzen …«

»Ach, Ellen«, Susan zuckte die Schultern, »ich kann lange reden, du musst selber wissen, was du tust.« Sie setzte den Queue an. »Aber ich würde mir das noch einmal überlegen!« Es knallte doppelt, zwei Kugeln verschwanden vom Tisch.

»Toller Schuss«, lobte Ellen.

»Jaaa, super, ich habe deine Vier und die schwarze Acht versenkt, womit ich wieder mal verloren hätte. Kannst du mir bitte mal verraten, was du an diesem Spiel so toll findest?«

»Hm.« Ellen versenkte nun wahllos eine Kugel nach der anderen. »Ich stoße etwas an und hoffe, dass ich treffe. Manchmal geht es über Bande, manchmal löse ich etwas aus, was ungeplant war, und manchmal lande ich einen Volltreffer. Das ist genau wie im Leben, ich vergleiche es oft damit.«

»Und wenn der Schuss danebengeht?«

»Dann muss ich neue Wege suchen …«

»Ellen«, Susan seufzte tief, »bitte denk nochmal darüber nach. Ich meine das wirklich ernst. Und falls du doch gehst, gib mir Bescheid, dann werde ich mein Handy nicht aus den Augen lassen.«

»Ich weiß nicht, ob es dort, wo ich hingehe, etwas nutzen wird – aber ich werde es einstecken. Danke dir.«

»*Hingehe*? Das klingt beängstigend konkret, findest du nicht?« Susan fuhr sich mit der Hand durch die blonde Mähne. »Tu mir den Gefallen und schlaf noch ein paar Nächte darüber. Du weißt, manchmal ändert sich die Sicht der Dinge noch …«

»Okay, ich gebe dir Bescheid, wenn ich gehe. Und ich werde nichts überstürzen, versprochen.« Ellen wurde auf einmal warm ums Herz – und das nicht nur vom Punsch. Es war der besorgte Unterton, der Susans Worte begleitete.

Die weiße Kugel schlug heftig an eine Bande, jagte über den Tisch und blieb kurz vor dem Mittelloch liegen.

»Manchmal braucht es nur einen Schubs in die richtige Richtung«, sagte Susan und tippte die Kugel mit dem Zeigefinger an.

»Genau«, pflichtete Ellen bei und leerte ihr Glas.

Die weiße Kugel verschwand in der Tasche.

Kapitel 6

Katzen brummen nicht

Sind Sie sicher, dass sie die Richtige ist?« Charlotte lief in dem kleinen Zimmer zwischen Bett und Regal hin und her wie ein Tiger im Käfig.

»Der Tonfall Ihrer Stimme verrät mir, dass Sie an meinen Plänen Zweifel hegen, Charlotte. Warum?« Radin öffnete leicht ein Auge.

»Weil ich nicht den Eindruck habe, dass sie stark genug ist, um in Anderland zu bestehen.« Die Katze stieß mit ihrer Schnauze fast an den Rahmen des Bettes, machte kehrt und steuerte mit hoch erhobenem Schwanz erneut das Regal an. »Die Sache ist viel zu wichtig, als dass Sie …«, ihre orangenen Augen funkelten, »als dass Sie jemanden gebrauchen könnten, der versagt.«

»Charlotte, warum so negativ? Und bitte, hören Sie auf, hin und her zu laufen, das macht mich äußerst nervös.« Radin seufzte tief.

»Sie haben ihr nur die halbe Wahrheit erzählt«, fuhr die Katze unbeirrt fort.

»Das hatte durchaus seine Gründe.«

»Ja, weil sie niemals zustimmen würde, wenn sie wüsste, was sie dort erwartet.«

»Da haben Sie allerdings recht, meine Liebe, bedauerlicherweise musste ich diesen Weg wählen.« Er nickte kraftlos mit dem Kopf.

Das Tier hielt inne und sprang auf den Stuhl, der immer noch neben dem Bett stand.

»Wie können Sie Ihr wertvolles Leben und das Schicksal so vieler anderer in die Hände einer Person legen, die schon beim Anblick einer Spinne aus der Fassung gerät«, zeterte die Katze weiter, als habe sie seine Worte nicht gehört, »und zudem habe ich den Eindruck, dass die Intelligenz dieses Mädchens durchaus zu wünschen übrig lässt. Was glauben Sie, wie viele Anläufe nötig waren, bis sie endlich kapiert hat, dass sie mit mir gehen soll? Es war alles andere als einfach, sie hierherzubringen. Ich habe mir den Hintern wundgesessen, ganz abgesehen von all den Demütigungen, die ich erdulden musste.« Charlotte reckte das fehlende Kinn nach oben.

Radin setzte sich ein wenig auf und lehnte sich an das Kissen, das er mühsam hinter sich aufgebauscht hatte.

»Sie wissen genau, dass Ellen Sie nicht als das erkennen konnte, was Sie sind. Sie sah in Ihnen nur – na ja«, er räusperte sich, »eine einfache Katze eben, eine Katze, die …«

»Einfach? Einfach???« Charlotte sprang vom Stuhl und lief aufgebracht im Kreis. »Es gibt keine Katze, die einfach nur einfach ist – auch wenn zugegebenermaßen nicht alle meine herausragenden Gaben besitzen. Aber ja, ich weiß, die Menschen halten sich immer für etwas Besseres. Ich frage mich nur, ob es unter dieser famosen Gattung nicht einen gegeben hätte, der für diese Aufgabe geeigneter gewesen wäre als dieses kleinwüchsige Mädchen.«

»Charlotte, ich bitte Sie, beruhigen Sie sich und hören Sie auf zu kreisen. Sie wissen ebenfalls, dass Ellen genau die Voraussetzungen mitbringt, die es für dieses Unterfangen benötigt. Außerdem spüre ich bei ihr eine innere Stärke, die mir sagt, dass sie es schaffen kann.«

»Und wenn sie es nicht schafft? Was dann?« Charlottes Augen funkelten tief orange. »Ja – was dann? Und von innerer

Stärke habe ich, trotz ausdauernder Bemühungen, nicht viel erkennen können.«

»Darf ich Sie daran erinnern, dass mein bescheidenes Mehr an Lebenserfahrung Ihnen gegenüber 320 Jahre beträgt?«, entgegnete Radin ruhig.

»Es sind 319, ich bin bereits 26«, widersprach Charlotte.

»Oh, dann ist es natürlich ganz etwas anderes – aber ein Jahr hin oder her – es ist dennoch so, dass der erste Eindruck nicht zwingend der ist, welcher der Wahrheit am nächsten kommt, und das wissen auch Sie, meine Liebe.«

»Ist ja schon gut.« Charlotte setzte sich, reckte ihr Hinterbein in die Luft und fuhr sich mit der Zunge dreimal hektisch durch das Fell.

»Ich bewundere immer wieder Ihr körperliches Geschick«, lächelte Radin, »was würde ich dafür geben …«

»Ja, unsere Art benötigt absolute Bewegungsfreiheit.« Charlotte legte ein Bein hinter ihr Ohr und bearbeitete den Oberschenkel von unten, bevor sie weitersprach: »Bitte nehmen Sie es mir nicht übel, aber wenn Sie von diesem Mädchen sprechen, habe ich trotz meines Defizits von 319 Jahren fast den Eindruck, dass sie Ihnen ein wenig den Kopf verdreht hat. Kommt das der Wahrheit etwas näher?« Charlotte legte den Kopf schräg und sah ihn blinzelnd an.

»Nun ja, auch wenn Sie mir meine Halsstarrigkeit immer wieder vorwerfen: An diesem Punkt bin ich durchaus gelenkig.« Für einen kurzen Moment blitzte es unter seinen schweren Augenlidern fast schelmisch auf. »Aber nehmen Sie es mir ebenfalls nicht übel, wenn ich bei Ihnen den Eindruck habe, dass Sie irgendetwas missmutig stimmt. Missgönnen Sie Ellen meine Sympathie oder gehe ich richtig in der Annahme, dass Sie ihr die Handvoll Holzspäne nachtragen, die sie Ihnen – bitte verzeihen Sie meine minderqualifizierte Wortwahl – auf den Pelz gebrannt hat?« Radin unterdrückte ein Grinsen. »Oder treffen am Ende sogar beide Mutmaßungen zu?«

»Ich empfinde es in der Tat unter meiner Würde, mit Holz beworfen zu werden.« Charlottes Augen blitzten wütend. »Sie hat mir fast das Fell ruiniert, das ist mehr als manierlos. Und dann auch noch zu behaupten, ich hätte die Schwarzfeder fressen wollen! Als ob ich dieses niedere Federvieh verspeisen würde. Eine ungeheuerliche Unterstellung, wirklich ungeheuerlich!« Charlotte lief erneut hin und her.

»Ach, das ist es also. Meine liebe Charlotte, glauben Sie mir, ich bin sicher, es ging nicht darum, Sie zu ärgern oder zu demütigen, sondern lediglich darum, den abgestürzten Vogel vor dem sicheren Tod in den Klauen einer Katze zu bewahren.«

»Wie kann man ausgerechnet eine Schwarzfeder retten wollen?«

»Für Ellen ist ein Vogel ein Vogel, genau so, wie eine Katze eine Katze ist. Wobei Sie natürlich – als anwesende Regelnde – die Ausnahme bestätigen.«

»Da sehen Sie es. Dumm.«

»Dann liegt es an Ihnen, Ellen aufzuklären«, sagte Radin und seine Stimme wurde ernst. »Wenn sie sich entscheidet, zu gehen, wünsche ich, dass Sie sie begleiten und sie, soweit es in Ihrer Macht steht, unterstützen.« Er sah Charlotte durchdringend an, dann wurde seine Stimme milder. »Der Erfolg hängt auch von Ihnen ab. Aber ich weiß, ich kann mich da voll und ganz auf Sie verlassen.« Er ließ seine Hand aus dem Bett hängen und fuhr Charlotte über den Rücken. »Und ich muss es immer wieder sagen, Sie haben mit Abstand das weichste …«

Ein vibrierender, dumpfer Ton unterbrach seine Worte.

Charlottes Rücken war in die Höhe geschnellt und sie begann, mit allen vier Pfoten rhythmisch zu stampfen.

»Glauben Sie ja nicht, Sie hätten mich im Handumdrehen umgestimmt«, mäkelte sie.

»Aber – täuschen mich meine behaarten Ohren, oder höre ich da ein wohlwollendes Brummen?«, fragte Radin leise.

Charlotte setzte sich und drehte ihm den Rücken zu. »Sie wissen genau, dass ich das nicht mit Absicht mache. Außerdem weise ich Sie darauf hin, dass ich nicht brumme. Ich schnurre. Katzen – auch solche wie ich – schnurren! Sie brummen nicht.«

»Also gut, meine Liebe«, sagte Radin mit einem matten Lächeln, »Sie haben mich überschnurrt. Und ich wage durchaus zu hoffen, dass mir das auch bei Ihnen gelungen ist.« Er kraulte Charlotte liebevoll am Hals.

Nach einer Weile warf die Katze den Kopf zurück und rieb ihn an Radins Hand. »Also gut«, seufzte sie, »ich werde mich bemühen – wie könnte ich auch anders, mir geht es ja in erster Linie um Sie. Zudem freut es mich sehr, dass es Ihnen allem Anschein nach wieder etwas besser geht, wenn auch nur wegen dieses Mädchens. Wir haben schon seit langer Zeit kein so nettes Gespräch mehr geführt …« Mit einem eleganten Satz sprang sie auf das Bett und rollte sich zwischen Radins Füßen zusammen. Kurz darauf fragte sie leise: »Glauben Sie, Ellen wird die Herausforderung annehmen?«

Doch Radin antwortete nicht. Sein Kopf war nach hinten gesackt, seine Augen geschlossen.

KAPITEL 7

Reibestäbchen

Ellen klebte ein Pflaster auf ihre Ferse, schlüpfte in ihre Turnschuhe und stopfte zwei Brezeln sowie eine Flasche Wasser zu Uwe in den Rucksack. Kurz noch warf sie einen Blick auf den Geschirrturm, nahm sich einmal mehr fest vor, sich zu bessern, wenn sie endlich mal Zeit dafür haben würde und verschloss dann die Wohnungstür. Sie hatte ihre Entscheidung getroffen.

Kurz zuvor hatte sie Susan angerufen und auf den Anrufbeantworter gesprochen. »Susan, ich gehe«, hatte sie kurz und knapp mitgeteilt. Es kam kein Widerspruch. Insgeheim war sie froh, dass Susan nicht zu Hause gewesen war und ihre Entscheidung möglicherweise ins Wanken gebracht hätte.

Statt der morgendlichen Runden auf dem Hamsterrad, schlug Ellen den Weg ein, den sie zuvor mit Charlotte gegangen war. Diesmal kam sie dank trittsicherer Besohlung wesentlich zügiger voran. Im Abrissviertel warf sie einen kurzen Blick in den Hauseingang, aus dem sie geflüchtet war. Ihr fröstelte bei dem Gedanken, was alles hätte passieren können, und sie beschleunigte ihre Schritte. Kurz darauf trabte sie durch den Wald und bog auf den Trampelpfad ab, den sie dank der Löcher ihrer Absätze problemlos wiederfand. Schließlich blieb sie am Waldrand stehen und betrachtete das alte Haus. Die Baufälligkeit gab ihm eine romantische Note. Ellen rieb ihre Hände, die Luft war noch kühl, und trotz der Bewegung waren ihre Finger klamm. Nachdem sie den Hang erklommen hatte, drückte sie das alte Scheunentor auf und betrat den Heuschober. Hier war es zu ihrem Erstaunen fast drückend warm.

»Radin?« Ellen umrundete das Spinnennetz in gehörigem Abstand und blieb an der kleinen Tür im Innenraum stehen.

»Kommen Sie herein, Ellen.«

Zaghaft öffnete sie die Tür. Radin lag wie am Tag zuvor in seinem Bett, die Katze hatte sich abermals zwischen seinen Füßen eingerollt und würdigte sie keines Blickes.

»Willkommen! Es freut mich sehr, dass Sie sich entschieden haben, die Reise zu wagen. Ich gehe doch richtig in dieser Annahme, oder?«

Ellen nickte wortlos. »Ich habe lange darüber nachgedacht«, sagte sie zögernd. »Ich kann es mir zwar nicht erklären, aber all die Dinge, die Sie über mich gesagt haben, stimmen haargenau. Aus irgendeinem Grund vertraue ich Ihnen. Und manchmal bietet das Leben nur einmal die Chance …«, sie blickte entschlossen auf, »und die möchte ich nicht verpassen. Ich werde mich auf die Suche machen.«

Radin wischte ein paar dunkle Fellbüschel von der Decke, sein Gesicht wirkte zufrieden, und Ellen meinte eine Welle der Erleichterung zu spüren, die ihn mit Kraft zu füllen schien.

»Ich bin sicher, du hast die richtige Entscheidung getroffen«, sagte er mit gestärkter Stimme. »Aber es wird kein Spaziergang werden. Was du brauchst, ist Mut, Entschlossenheit und vor allem«, er sah sie mit seinen goldumrandeten Augen eindringlich an, »den Glauben an dich selbst. Doch wenn es dir gelingt, die Herausforderungen zu meistern, wirst du erkennen, dass sich der Einsatz hundertfach gelohnt hat.« Er streckte einen dünnhäutigen Finger aus und deutete auf den kleinen Schrank an der Wand. »Öffne doch bitte mal die obere Schublade, ich werde dir etwas mit auf den Weg geben.«

Ellen stellte überrascht fest, dass er sie plötzlich duzte, was ihr jedoch nicht missfiel. Neugierig durchquerte sie den Raum und zog an einem abgewetzten Knopf.

»Darin muss eine kleine, schwarze Schachtel liegen.«

Bei dem Blick in die Schublade fühlte sich Ellen beinahe wie zu Hause. Das Durcheinander kam ihr sehr bekannt vor.

»Ich sehe nur Blöcke und einen Berg bunter Stifte, sind Sie sicher, dass – oh, da hinten ist sie.« Ellen griff in die Schublade. Dreimal griff sie hinein, doch jedes Mal blieb ihre Hand leer.

»Radin, ich ... Es ist komisch, es geht nicht. Ich spüre die Schachtel, aber ich kann sie nicht greifen.« Fassungslos blickte sie auf ihre Hände.

»Dann solltest du erst begreifen, dass du sie greifen willst«, sagte Radin mit einem leichten Schmunzeln. »Wo bist du mit deinen Gedanken?«

Ellen sah erneut in die Schublade und betrachtete die Schachtel genauer. Erst hatte sie gedacht, sie wäre aus schwarzem Karton, doch jetzt erkannte sie, dass sie aus feinstem Leder gefertigt war. Wieder griff sie hinein, diesmal spürte sie sie deutlich in ihrer Hand, nahm sie vorsichtig heraus und streckte sie Radin entgegen. Behutsam öffnete er den Verschluss.

»Du musst entschuldigen – ich hatte sie wohl nicht ganz mit hierhergebracht«, murmelte er geistesabwesend, während er den Deckel hochklappte. »Irgendwie muss ich – aaah, da sind sie ja.«

Ellen reckte ihren Kopf über den Inhalt. »Räucherstäbchen?«, fragte sie überrascht.

»Fast richtig«, sagte Radin. »Es sind Reibestäbe.« Er hielt einen der fingerlangen Stäbe in die Luft, um ihn von allen Seiten zu betrachten. Sichtlich zufrieden legte er ihn zurück und überreichte Ellen die Schachtel.

»Gib gut darauf acht, sie werden dir wertvolle Dienste leisten.«

Ellen musterte die fünf violetten Stäbe, die sich – abwechselnd mit dem Kopf nach oben und nach unten – aneinanderschmiegten, und hielt sie unter ihre Nase. »Sie riechen gut«, sagte sie.

»Sie sind aus den Blüten der Kakteen gemacht«, erklärte Radin.

»Und wofür kann ich sie gebrauchen?«

»Charlotte wird es dir zeigen. Sie wird dich auf deinem ersten Weg begleiten, und wenn es so weit ist, wird sie dir die notwendigen Anweisungen geben, damit du dich in Anderland alleine zurechtfindest.«

»Charlotte?« Ellen schob die Augenbrauen zusammen. Der Gedanke, den Anweisungen der Katze Folge zu leisten, schien ihr äußerst befremdlich. »Ähm, ich glaube nicht, dass das eine gute Idee ist«, sagte sie zögernd und legte die Schachtel mit den Stäbchen auf den Tisch. »Vermutlich wird Charlotte genauso wenig begeistert sein. Ich habe nicht das Gefühl, dass sie mich mag.« Argwöhnisch betrachtete sie die Katze, die immer noch in der gleichen Position verharrte, ohne sie auch nur einmal angeschaut zu haben. »Außerdem: Wie soll ich sie verstehen?«

Radin war zurück in sein Kissen gesunken. Obwohl er wieder völlig erschöpft wirkte, lächelte er schwach. »Du wirst sie verstehen, glaube mir – vielleicht sogar besser, als dir lieb sein wird.« Dann wurde er wieder ernst, und Ellen hatte das Gefühl, dass er all seine Kräfte sammeln musste, bevor er weitersprach: »Ich habe Charlotte angewiesen, dich zu unterstützen, du kannst ihr absolut vertrauen. Aber neben Charlotte und den Reibestäbchen möchte ich dir noch etwas anderes mit auf den Weg geben. Etwas, das in enger Verbindung mit dem Glauben an dich selbst steht …« Er machte eine kurze Pause. »Es liegt im Wesen der Dinge, dass du immer wieder in Situationen kommen wirst, die dich vor Herausforderungen stellen und dich zu Entscheidungen zwingen.«

»Aber das ist doch nichts Ungewöhnliches«, sagte Ellen, erstaunt über die Banalität der Aussage.

»Das ist richtig«, nickte Radin, »aber hin und wieder geraten wir in Gegebenheiten, die wir nicht vollumfänglich einschätzen können – mitunter aus dem Grund, weil wir es nicht besser wissen. Entscheidungen werden oftmals hinausgezögert, manchmal nicht mit dem Herzen getroffen und – noch schlimmer – auch noch in Frage gestellt. Das alles kostet sehr viel Kraft und schwächt uns auf dem Weg. Ellen, sei bei allem, was du tust, im Element und in der Kraft deines Herzschlags, nutze die Stärke des Moments, ohne dich ablenken zu lassen. Gib niemals auf …« Er hustete. Als hätten ihn seine letzten Worte zu sehr angestrengt, schnappte Radin plötzlich nach Luft. »Ver... verliere nie … nie … den Glauben an dich selbst und zweifele … zweifele nie … an dem was … was …«, seine Worte kamen mehr und mehr abgehackt – dann versagte seine Stimme. Für einen kurzen Moment weiteten sich seine Augen, dann schloss er sie wieder und sackte kraftlos in sich zusammen. Stoßweise drang der Atem durch den weit geöffneten Mund.

»Radin?« Vorsichtig berührte Ellen seinen Arm. »Radin?« Er rührte sich nicht. Sie rüttelte leicht an seiner Schulter. »Radin, ist alles in Ordnung?« Die Worte kamen fast flehend aus ihrem Mund. »Bitte, Sie können doch jetzt nicht …«

Ein heftiges Fauchen unterbrach ihre Bemühungen. Charlotte war aufgesprungen, die Körperhaltung angespannt. Ellen wich zurück und begriff sofort. Sie sollte Radin in Ruhe lassen. Seufzend ließ sie die Schultern sinken. »Und was machen wir jetzt?«

Als Antwort sprang Charlotte vom Bett und lief geradewegs zur Tür.

»Du willst, dass ich mit dir komme und Radin einfach so hier liegen lasse?«, fragte Ellen ungläubig.

Als Antwort verließ die Katze die Kammer und drehte sich nach Ellen um.

»Aber ich kann doch nicht …« Hin und hergerissen zwischen dem Bedürfnis, Radin zu helfen, und dem Drängen Charlottes, ihr zu folgen, blieb sie unentschlossen stehen. Was, wenn er starb?

Charlotte gab erneut einen fauchenden Laut von sich.

Vertraue ihr, hallten Radins Worte in Ellens Ohren nach. Sie betrachtete den alten Mann. Er atmete immer noch ungleichmäßig und hinter den geschlossenen Lidern bewegten sich seine Augen, als durchlebe er einen schrecklichen Traum …

Entscheidungen treffen, ohne sie in Frage zu stellen …

Entschlossen schlüpfte sie in ihre Jacke und wandte sich an die Katze. »Ich bin bereit«, sagte sie laut und griff nach ihrem Rucksack. »Charlotte, wir können gehen.«

Kapitel 8

Pfortenkreis

Ellens Herz klopfte bis zum Hals, als sie die Tür zu Radins Kammer schloss. Erneut machte sie einen großen Bogen um das Spinnennetz und blieb vor Charlotte stehen, die sie mit ausdrucksloser Miene anblickte. Der ungeduldig fegende Schwanz ließ ihr Hinterteil in einer Staubwolke verschwinden.

»Du bist nicht sehr begeistert von dieser Angelegenheit, nicht wahr?«, bemerkte Ellen, wobei sie nicht sicher war, ob sie mit sich selbst oder zu der Katze sprach. Charlotte reagierte nicht darauf, sondern setzte sich in Bewegung. Anstatt den Weg zurückzulaufen, schlüpfte sie hangaufwärts unter dem verrosteten Zaun hindurch.

Kaum fünf Schritte und schon das erste Hindernis, dachte Ellen und suchte nach einer Möglichkeit, den Zaun zu überwinden, ohne sich die Jeans schon zu Beginn ihrer Reise zu zerfetzen. Ein paar Schritte entfernt sah sie, dass das rostige Drahtgeflecht an einer Stelle heruntergedrückt war. Vorsichtig setzte sie einen Fuß darauf, hielt sich mit der Hand an einem Eisenpfosten fest und setzte elegant hinüber.

»Da staunst du, was?«, sagte sie zu der Katze, die schon wieder auf sie warten musste. Dabei meinte sie zu erkennen, dass Charlotte mit den Augen rollte, bevor sie sich erhob und weiterlief.

Ellen hatte alle Mühe, ihr zu folgen. Immer wieder musste sie sich an Büschen den Hang hinaufziehen, bis sie endlich den Waldrand erreichten, ihm eine Weile folgten und dann auf einem schmalen Pfad in das Gehölz einbogen. Hier war es angenehmer zu laufen, der Weg schien häufig begangen zu werden, und der festgetretene Boden gab ihr einen guten Halt, sodass sie zügig vorankamen. Ellen schwieg – und lief.

Gedanken rollten durch ihren Kopf wie Billardkugeln, die von einer Bande an die andere prallten. Sie hatte sich auf ein Spiel eingelassen, dessen Regeln ihr unbekannt waren, ebenso wie die Gefahren, die es barg. Nun hatte sie die erste Kugel angestoßen, doch ob es die richtige war, stand in den Sternen …

So sehr sich Ellen auch bemühte, sie konnte die Situation nicht einschätzen. Würde sie auf ihren Kopf hören, hätte sie sofort kehrtgemacht. Doch in ihrem Herzen spürte sie ein Flämmchen des Vertrauens in die Person, der sie erst zwei Mal kurz begegnet war, die ihr jedoch näherstand, als sie es sich erklären konnte. Die Sorgen, die sie sich um Radin machte, gesellten sich zu ihren Zweifeln. Grübelnd setzte sie einen Fuß vor den anderen.

Als sich die Baumkronen nach einer gefühlten Ewigkeit endlich lichteten, blieb Ellen stehen. »Charlotte, wir müssen eine Pause machen, wir laufen nun schon ewig durch diesen Wald«, schnaufte sie.

Widerwillig hielt das Tier an und setzte sich in gebührendem Abstand auf einen Stapel Holz.

Ellen betrachtete kopfschüttelnd Charlottes Rücken. Ein Gefühl des Unmuts stieg in ihr auf. »Was hast du eigentlich gegen mich«, fragte sie barsch. »Radin und du, ihr seid es doch, die mich in diese Situation gebracht haben. Ich habe mich euch nun wirklich nicht aufgedrängt.« Erschöpft ließ sie sich auf einem großen Stein nieder. »Radin hat gesagt, du würdest mir helfen, aber ich frage mich, wie das auf diese

Art und Weise funktionieren soll. Du musst mich ja nicht gerade mögen, aber ein klein wenig Freundlichkeit wäre durchaus wünschenswert.«

Charlotte drehte ihren Kopf und blickte Ellen an, ihre Augen verrieten keinerlei Gefühlsregung. Kurz keimte in Ellen die Hoffnung auf, dass sie ihr auf irgendeine Art eine Antwort geben würde, dann wandte die Katze den Kopf wieder ab und schleckte ihr Fell.

»Wirklich klasse«, entfuhr es Ellen nun heftiger als gewollt, »versteckst dich hinter deinem Geputze wie ein Vogel Strauß den Kopf im Sand. Was mache ich hier überhaupt?« Sie trat mit dem Fuß gegen einen Baumstamm.

Charlottes Zunge verharrte einen Moment im Pelz, dann hob sie abrupt den Kopf, funkelte Ellen an und gab einen Laut von sich, der wie ein lang gezogenes Knurren klang.

»Ah, welch Ehre, dass du mir wenigstens zuhörst. Allem Anschein nach scheinst du mich zu verstehen, im Gegensatz zu mir, ich verstehe dich nämlich überhaupt nicht.« Wieder dachte sie, dass sie verrückt sein musste, und wieder zog sie in Erwägung, einfach umzukehren.

Charlotte schien ihre Gedanken gelesen zu haben. Sie erhob sich und gab Ellen auf ihre unmissverständliche Art zu verstehen, ihr zu folgen.

Ellen seufzte und widerstand der Versuchung, umzukehren, ein weiteres Mal. Ihr Magen machte sich grummelnd bemerkbar und sie zog eine Brezel aus dem Rucksack.

Sie verließen den Weg und folgten dem Kamm einer Hügelkette, bis sie schließlich zu einer Straße kamen, die sie in ein langgezogenes Dorf führte. Als Ellen das Ortsschild las, fühlte sie sich keineswegs ermutigt. *Grollloch* stand mit großen Buchstaben darauf. Sie erinnerte sich, dass sie schon einige Male durch diesen Ort gefahren war. Sein Name hätte nicht treffender sein können. Das Dorf schien seine schmucklosen

Häuser in einem Talkessel verbergen zu wollen. Die wenigen Blumen, die mit der spärlichen Sonne auskamen, waren dürr und farblos. Selbst zu den Leuten schien der Name zu passen. Mürrisch blickten sie umher, nicht einer schenkte Charlotte und ihr Beachtung, obwohl sie bestimmt ein kurioses Bild abgaben. Aber Ellen war es gewohnt, nicht aufzufallen, zudem war sie nicht scharf auf spöttische Blicke.

Sie durchquerten das Dorf und bogen dann auf einen ungeteerten Weg ab, der erneut hinauf in einen Wald führte. Es begann leicht zu nieseln. Feine Wassertropfen sprühten durch den Wind und sanken lautlos zu Boden. Ellen betrachtete die grauen Wolken, die die Umgebung noch trostloser wirken ließen. Ihre Füße schmerzten, vor allem die verletzte Ferse – und das, obwohl sie extra eins von Susans Kamillenblütenpflastern verwendet hatte.

Charlotte lief unbarmherzig weiter, unermüdlich trippelten ihre kleinen Pfoten voran.

»Charlotte, ist es noch weit?« Gemartert blieb Ellen stehen und entlastete einmal links, einmal rechts das Bein. Zu ihrer Verblüffung bewegte Charlotte den Kopf, als würde sie verneinen. Diese direkte Antwort erschien Ellen fast schon wie eine verschwenderische Geste der Freundlichkeit.

»Gut«, antwortete sie erleichtert und setzte sich wieder in Bewegung, den krähenden Uwe im Rucksack ignorierend, der nach überstandener Empfangslosigkeit eine ganze Litanei von entgangenen Nachrichten zum Besten gab.

Charlotte warf ihr einen missbilligenden Blick zu.

»Das bin nicht ich«, erklärte Ellen mit einem Hauch aufsteigender Röte und hoffte, dass Uwe endlich den Schnabel halten würde.

Er tat es – lange Zeit später.

Aus der Ferne schlug die Glocke der Grolllocher Kirchturmuhr – es musste drei Uhr nachmittags sein –, als die Katze plötzlich stehen blieb. Sie blickte sich kurz um, bog dann nach rechts ab und sprang eine steile Böschung hinauf.

Ellen folgte ihr zögernd. Einige Male glitt sie auf dem feuchten Laub aus. Ein Ast war in Griffweite, sie erfasste ihn und zog sich hoch. Ein Knacken – wieder rutschte sie nach unten. Nach einem verärgerten Blick auf die verschmierte Hose versuchte sie es erneut – diesmal mit Erfolg.

Sie folgte Charlotte durch den Wald. Etliche Minuten stiegen sie bergauf, da war die Katze plötzlich verschwunden. Ellen beschleunigte ihre Schritte, und mit einem Mal senkte sich der Weg. Ihr Atem stockte. Ganz unerwartet fand sie sich am Rand einer trichterförmigen Vertiefung wieder. Wie das Bett eines ausgetrockneten Sees lag sie da, halbseitig umgeben von einer Felswand. Feuchtes Moos legte sich über die Senkung wie ein hochfloriger Teppich, bestehend aus Abermillionen winziger gelber Blüten, die ihm einen seidigen Glanz verliehen. Dazwischen bildeten mannshohe Gesteinsbrocken einen farblichen Kontrast. Sie wirkten wie erkaltete Lava und manche von ihnen ähnelten Korallen, geformt durch Abrasionen längst vergessener Zeiten.

In der Mitte des Tals standen Tannen, deren Wuchs sich auf den Talgrund beschränkte, als wäre ihnen der Aufstieg zu beschwerlich – ganz im Gegensatz zu den Laubbäumen, die sich mit ihren gewölbten Wurzeln in den Hang krallten, als wollten sie ihn erklimmen. Von ihrem Vater wusste Ellen, dass es sich um Erlen handelte. Sie brauchte einen Moment, um sich zu fassen. Nie hätte sie in diesen Wäldern einen solch malerischen Ort erwartet. Das Moos federte ihre Schritte und verleitete sie dazu, den Hang hinunterzuspringen, ungeachtet ihrer schmerzenden Füße. Kurz darauf erreichte sie Charlotte, die bereits vor den Tannen auf sie wartete und mit dem ungeduldig peitschenden Schwanz einige Nadeln in die Luft spickte.

»Geht es hier rein?« Ellen begutachtete die nass glänzenden Zweige und verzog das Gesicht; das Nadeldickicht lud ganz und gar nicht zu einem Waldspaziergang ein. Doch Charlotte verschwand erbarmungslos zwischen den Ästen. Ellen stieß einen resignierten Laut aus und folgte der Schwanzspitze, die hin und wieder zwischen den Nadeln aufblitzte. Plötzlich verfing sich ihr Schuh und hätte sie fast zu Fall gebracht. Widerwillig tauchte sie zwischen den Zweigen ab, ihr rechter Fuß klemmte in einer Wurzelschlaufe, die sich wie eine Schlange aus der Erde wölbte. Ellen zerrte etliche Male, bis es ihr gelang, sich zu befreien und sich weiter durch das Geäst zu kämpfen. Immer wieder musste sie die dicht gewachsenen Zweige auseinanderdrücken, um Charlotte nicht vollends aus den Augen zu verlieren.

Nach einigen Metern wandte sich die Katze nach links und lief um einen der eigentümlichen Gesteinsbrocken herum. Ellen hatte den Eindruck, dass sie den gleichen Weg zurückgingen, den sie gekommen waren.

»Charlotte, bist du sicher, dass du weißt, wo es langgeht?«, rief sie aus, nach einem Ast schlagend, der sich in ihr Ohr bohrte. »Ich habe das Gefühl, dass wir hier schon mal … autsch … oh!« Ellen blieb stehen. Unverhofft war sie auf eine Lichtung getreten. Auf den ersten Blick sah der Ort aus wie ein Grillplatz ohne Feuerstelle. Ein dicker Teppich aus Tannennadeln zog sich über den ganzen Bereich und die Abgrenzung zum Wald wirkte wie mit einem Zirkel gezogen. Abgesägte Baumstämme bildeten ein Sechseck in der Mitte. Zwischen jedem Stumpf war eine Lücke, der Maserung nach musste das Holz schon Jahrhunderte alt sein.

Obwohl der Ort ein friedliches Bild abgab, hatte Ellen ein ungutes Gefühl. Irgendetwas passte nicht zusammen. Nicht nur, dass sie diese Lichtung vom Rand des Talkessels aus hätte sehen müssen, da war noch etwas anderes … Zaghaft berührte sie einen der Stämme. Der Stamm war trocken. Ungläubig blickte sie in den regenverhangenen Himmel – und dann wusste sie es. Sie lief zwischen die Stämme und grub ihre Hände in die Nadeln; staubtrocken rieselten sie durch ihre Finger. Wie war das möglich? Während ihr Kopf nach einer Lösung des Phänomens suchte, hatte ihr Magen anderes im Sinn. Ellen lud ihren Rucksack ab und zog die zweite Brezel und das Wasser heraus. Als sie die Flasche halb leer getrunken hatte, ließ ein leises Knurren sie innehalten.

»Was ist denn, wir haben die halbe Welt umrundet, ich habe Durst«, sagte Ellen, doch die Katze knurrte erneut. *Vielleicht geht es ihr genauso*, dachte Ellen und goss ein wenig Flüssigkeit in die Handfläche.

Charlotte sah es nicht. Ohne auf die dargebotene Hand zu achten, erhob sie sich. Ihr Blick wanderte langsam umher, als ob sie nach etwas Ausschau hielt. Kurze Zeit später verharrte sie und warf Ellen ihr aufforderndes Orange zu.

»Ich darf doch wohl zu Ende essen«, sagte Ellen kauend, doch Charlottes Verhalten war eindeutig.

»Also gut.« Sehnsüchtig blickte Ellen auf den Rest ihrer Brezel, nahm noch einen herzhaften Biss und stellte sich dann neben die Katze, die ins Nichts zu starren schien.

»Wasch schiehscht du?«, fragte sie mit vollem Mund und folgte der Blickrichtung der Katze. Es sah aus, als behielte Charlotte etwas im Auge, was gar nicht da war. Ohne den Blick von diesem Etwas zu lassen, rutschte sie langsam an Ellen heran, fast so, als wolle sie sich an sie schmiegen. Dann entfernte sie sich um ein paar Schritte, drehte sich um die eigene Achse und machte einen Buckel, wobei ihr Umfang merklich anschwoll. Ellen beobachtete das seltsame Verhalten, fasziniert von dem langen, dunklen Fell, das hinter dem mähnenartigen Halskranz über den Körper floss. Es war außergewöhnlich gepflegt und hatte einen atemberaubend schimmernden

Glanz … Ellen konnte nicht anders. Sie musste es einfach berühren. Dem unerwarteten Drang folgend, legte sie ihre Hand leicht auf den geschmeidigen Rücken. Ein dumpfer, vibrierender Ton setzte ein. Ellen stutzte. War es möglich …? Charlotte schnurrte? Noch tiefer ließ sie ihre Hand in das Fell sinken, es war, als tauche sie ihre Finger in Puderzucker. Nie hatte sie etwas derart Anschmiegsames berührt.

Charlottes Schnurren wurde lauter. Und dann passierte es. Ohne Vorwarnung.

Ellen hatte das Gefühl, lang und länger zu werden, fast wurde ihr schlecht von dem Ziehen und Strecken, das ihren ganzen Körper durchfuhr. Sie schwankte, ruderte mit den Händen. »Charlotte, was …«, würgte sie noch hervor, dann schoss sie in sich zusammen, verlor den Halt und stürzte nach vorne.

Als sie aufsah, lag sie quer über der Katze und fühlte sich hundeelend.

Kapitel 9

Der Spezialist

Susans Finger trommelten auf den Tisch und ihre Zehen auf den Boden, während sie wieder und wieder Ellens Nummer wählte. Sie hatte ihren eigenen Anrufbeantworter etliche Male abgehört, in der Hoffnung, von Ellen etwas anderes zu hören, als dieses unheilvolle *Susan, ich gehe.* Doch Ellens Worte waren immer die gleichen. Susan wollte es einfach nicht glauben. Wie konnte sich Ellen auf Derartiges einlassen, noch dazu so unerwartet schnell. Wenn sie wenigstens noch einmal mit ihr gesprochen hätte … Es tutete.

»Muss es sein, sprich hier rein!«, erklang Ellens Tonbandstimme.

»Ellen, wenn du da bist, nimm verdammt noch mal ab!«, brüllte Susan in den Hörer, »ich muss mit dir reden!«

Sie wartete. Vergebens.

Wieder wählte sie Ellens Nummer. Es klingelte – ins Leere – wie schon seit Stunden. Um irgendetwas zu tun, schlüpfte sie in die Schuhe. Vielleicht würde sie Ellen ja doch noch erwischen, irgendwie …

Sämtliche Tempolimits zeigergenau ausnutzend, lenkte Susan ihren kleinen roten Wagen in die Kapellengasse. Ellens Auto stand vor der Tür, ein Hoffnungsschimmer keimte auf. Eilig stieg sie aus, presste den Daumen auf den Klingelknopf mit der Aufschrift *Lang* und wartete. Der erlösende Summton blieb aus. Noch einmal drückte sie. Nichts. Verdrossen sank ihre Stirn an die Hauswand. Sie kam zu spät. Ellen war gegangen – was konnte nicht alles passieren …

»Es scheint, Sie suchen die gleiche Dame wie ich?« Eine Männerstimme rauschte direkt in Susans Ohr. Zusammenzuckend fuhr sie herum und sah sich einem jungen Mann mit neongrüner Baseball-Kappe gegenüber – er hatte den Wohlfühlabstand massiv unterschritten. Susan wich nach hinten und stieß rücklings an die Hauswand.

»Entschuldigung«, sagte er mit schrägem Grinsen, »aber ich wollte gerade beim gleichen Namen klingeln. Sind Sie eine Bekannte von Ellen?«

Susan nickte und starrte ihn argwöhnisch an. Kannte sie den Typ? Ellen hatte gar nichts von einer neuen Bekanntschaft erzählt. Das war mehr als ungewöhnlich.

»Sie ist leider nicht zu Hause, kann ich weiterhelfen?« Der beiläufige Tonfall konnte die Neugier in ihrer Stimme nicht verbergen.

»Hm, nun ja, Ellen hat mich gebeten, sie aufzusuchen, und das ist nun mein zweiter Versuch. Beim letzten Mal hat sie sich hier an der Treppe mit einer Katze ge-strit-ten«, erschien das Wort bewusst in die Länge zu ziehen. »Äußerst eigenartig, würde ich meinen. Wie es schien, haben sie sich versöhnt und sind dann zusammen verschwunden.«

Susan erbleichte.

Mit der Wirkung seiner Worte sichtlich zufrieden, fuhr er fort: »Macht sie das öfter? Mit Katzen streiten, meine ich.«

»Ach, nun ja …« Susan senkte den Blick auf die zuckende Wölbung ihrer Schuhspitze. »Na ja, sie ist eben sehr tierlieb und vielleicht wollte sie …«

»Ach jaaa, genau … ganz genau so sah es aus.« Der Mund unter der grünen Schildkappe grinste nun breit. »Wenn das ihre Art ist, lieb zu sein, möchte ich sie besser nicht allzu nah kennenlernen, glaube ich.«

Susan lief knallrot an. »Ähm, nein, ich meine …«

»Ist schon gut, war nur ein Spaß. Wissen Sie zufällig, wann ich sie antreffen kann?«

»Das ist ja das Problem«, platzte es aus Susan heraus, »sie ist mit diesem Viech wer weiß wohin gegangen, ich wollte sie noch davon abhalten, aber …« Im gleichen Moment wurde ihr bewusst, dass das ihrem Gegenüber nichts anging. Wieder mal war ihr Mund schneller als ihre Gedanken, und überhaupt erschien ihr das Gespräch äußerst verwirrend. Und was in aller Welt hatte sie ihm eigentlich über Ellens Tierliebe sagen wollen?

»Kann ich vielleicht irgendwie helfen?«, fragte der Schildbekappte mit ehrlich wirkendem Ton. »Mein Name ist übrigens Tilo.« Er streckte ihr die Hand entgegen.

»Susan«, stockte sie, »freut mich, dich kennenzulernen.«

»Ganz ohne Zweifel«, entgegnete er in spöttischem Tonfall und zog die unbeachtete Hand wieder zurück, »aber falls dem wirklich so ist – hier, meine Telefonnummer.« Er streckte ihr zwei Visitenkarten entgegen. *Tilo Waghalsner, Spezialist* und eine Adresse mit Telefonnummer waren auf der Vorderseite aufgedruckt. Aus seinem Hemd zog er einen Stift und schob ihn Susan zwischen die Finger. »Deine Nummer?«, fragte er und wedelte dabei mit den Kärtchen vor ihren Augen, dass sie blinzeln musste. »Nur für den Fall …«

Unfähig, etwas zu erwidern, nahm Susan den Stift und kritzelte ihren Namen und die Telefonnummer auf die Rückseite des zweiten Kärtchens.

»Danke«, sagte Tilo, »wir hören voneinander.« Mit diesen Worten drehte er sich um, sprang mit einem Satz die drei Stufen hinunter und brauste mit seinem Wagen davon.

Wie erstarrt blickte Susan auf die schwarze Abgaswolke, die immer noch über dem Asphalt schwebte, als könne sie sich nicht entscheiden, in welche Richtung sie verschwinden wollte.

»Was zur Hölle war das jetzt?«, rief Susan aus und stemmte die Hände in die Hüften. Wie hatte sie nur ihre Telefonnummer rausgeben können, ohne dass sie den Typ auch nur im Entferntesten kannte. Dass so etwas gerade ihr passierte, ausgerechnet ihr, die sonst andere ermahnte, nie Privates an fremde Leute rauszurücken …

Kopfschüttelnd lief sie zurück zu ihrem Wagen. Wer war der Mann, was wollte er von Ellen, und warum in aller Welt war sie so gedankenlos gewesen, ihm ihren Namen und die Telefonnummer auf dem Präsentierteller zu servieren?

Sie konnte sich selbst nicht fassen.

KAPITEL 10

Anderland

Ellen lag auf dem Bauch und wagte nicht, sich zu bewegen. Mit geschlossenen Augen versuchte sie, das Schwindelgefühl in den Griff zu bekommen und sich zu erklären, was gerade passiert war.

»Könnten Sie freundlicherweise von mir steigen«, schnitt eine gepresste Stimme ihre Gedanken ab. »Sie bedrängen mich auf äußerst unangebrachte Weise!«

Wie von einer Tarantel gestochen fuhr Ellen hoch und starrte auf die am Boden liegende Katze.

»Hast du da gerade gesprochen?«, fragte sie restlos verwirrt.

»Sehen Sie außer mir noch jemanden?«, kam prompt die Antwort. »Zudem kann ich mich nicht erinnern, dass wir per Du sind. Und ganz nebenbei erwähnt – Sie haben mir mit Ihrem Ungeschick das ganze Fell ruiniert.« Die Katze erhob sich. »Ach, sehen Sie sich nur diese Bescherung an«, maulte sie mit einem Blick auf ihren Rücken.

»Ent... Entschuldigung«, stotterte Ellen, »aber mir … mir wurde plötzlich schwindlig, da muss ich auf Sie gefallen sein.«

Charlotte warf Ellen einen rügenden Blick zu, machte kurz einen Buckel und putzte ihr Fell am Rücken.

Langsam fasste Ellen sich wieder. »Warum kann ich Sie plötzlich verstehen? Wie ist das möglich?«

»Ja, ja, jetzt beginnt die Fragerei, das war vorauszusehen«, seufzte Charlotte, beendete noch die Wäsche ihres Schwanzes, dann wandte sie sich Ellen zu. »Es liegt an Anderland. Sie sind gerade durch die Pforte gestiegen – mit meiner Hilfe, versteht sich«, ergänzte sie schnippisch und bearbeitete hektisch eine Pfote.

»Das soll Anderland sein?«, fragte Ellen überrascht. »Wir sind doch noch genau da, wo wir vorher waren«, sie blickte sich um, »nur die Tannen sind weg.«

»Das meinen Sie nur, weil sich die Welten größtenteils überschneiden, nur können Sie Anderland von Ihrer Welt aus nicht sehen. Die Existenz ist den Menschen im Allgemeinen unbekannt. Nur wenige haben je die Pforte durchschritten …«

»Ach«, sagte Ellen ungläubig, »und wo ist diese Pforte?«

»Hier, zwischen den Stämmen, im Pfortenkreis. Jedoch ist sie für einfache Leute Ihrer Art nicht ohne Weiteres sichtbar.« Charlotte warf ihr einen verächtlichen Blick zu.

»Aber Katzen können sie sehen, ja?«, entgegnete Ellen gereizt.

»Bitte verallgemeinern Sie mich nicht, ich bin nur zum Teil eine Katze. Auch wenn ich es zulasse, dass man mich im einfachen Sprachgebrauch Katze nennt.«

Ellen schnappte nach Luft. »Also Sie können die Pforte sehen!«

»Richtig.« Charlotte beendete die Fellpflege.

»Und zu welcher Gattung gehört Ihr anderer Teil, wenn Sie nur teilweise eine Katze sind?«

»Nun ja, wenn es Sie derart interessiert …« Charlotte hob wichtig den Kopf. »Um zu meiner Person zu kommen: Ich gehöre einer äußerst selten vorkommenden Spezies an. Mein Vater ist ein Kater und meine Mutter eine Hygiella.«

»Ach …«

»Bemühen Sie sich nicht, so zu tun, als wüssten Sie, was eine Hygiella ist«, näselte Charlotte. »Diese bemerkenswert elitäre Gattung gibt es nur in Anderland. Vornehm, reinlich, zuverlässig und – nebenbei bemerkt – noch äußerst attraktiv … Aber kommen wir wieder auf Ihre ursprüngliche Frage zurück.« Sie machte eine kurze Pause, bevor sie fortfuhr: »Hier, in diesem Tal, ist die Trennung zwischen Anderland und der Welt, in der Sie sich normalerweise aufhalten, sehr dünn und birgt auch sonst noch einige Besonderheiten, die für Sie jedoch nicht von Relevanz sind. Wenn man ganz genau weiß, wo und wann, kann man das Pfortenschlupfloch verwenden.

»Könnte ich das auch ohne Sie finden?«, fragte Ellen.

»Sicher. Mit den geeigneten Hilfsmitteln sind selbst Sie dazu in der Lage. Aus diesem Grund hat Radin Ihnen …«

»Charlotte!«, rief Ellen jäh aus und zeigte auf eine Gestalt, die sie hinter sich am Boden entdeckt hatte. »Da – das bin doch ich … Wie ist das möglich?« Ellen musterte konsterniert ihren Körper, der verdreht am Boden lag, das Gesicht dem Himmel zugewandt, den Mund weit geöffnet, sodass die Reste der halb zerkauten Brezel deutlich erkennbar waren.

Charlotte hatte sich erhoben. »Ja, nicht sehr geschmackvoll, Ihre Pose.« Die Katze rümpfte die Nase, was diese noch platter wirken ließ. »Kommen Sie mit, es bleibt mir wohl nicht erspart, Ihnen noch einiges zu erklären.« Sie schickte sich an, loszulaufen.

»Soll ich mich etwa so entstellt hier liegen lassen? Für jeden sichtbar?« Ellen konnte es immer noch nicht fassen. »Kann ich mich nicht irgendwo verbergen?«

»Nein, das können Sie nicht.«

»Aber …«

»Nichts aber! Wenn Sie jetzt bitte so freundlich wären, mir zu folgen. Ein wenig zügig, wenn's geht.«

»So warten Sie doch, wo wollen Sie überhaupt hin?«, rief Ellen der Verzweiflung nahe. Doch Charlotte hatte sich bereits in Bewegung gesetzt, und so blieb ihr keine andere Möglichkeit, als der Katze hinterherzulaufen. Zu ihrer Überraschung fühlte sie sich gut, die Schmerzen an den Füßen waren verschwunden. Leicht wie eine Feder erklomm sie den Hang, über dessen Kante Charlotte bereits verschwunden war. Auf dem Fußweg hatte sie sie eingeholt.

»Wir gehen zurück nach Steilbach«, sagte Charlotte trabend, »dort werden wir auf einige anschauliche Beispiele treffen, welche mich die Gegebenheiten in Anderland leichter erklären lassen.«

»Und was, wenn jemand meinen Körper findet?«

»Dort kommt niemand hin, es ist ein Ort, den man nicht so einfach entdeckt. Man muss den Weg schon ganz genau kennen … Und jetzt hören Sie endlich auf, immer nur an sich zu denken.«

Ellen schluckte die unwirsche Art der Katze mit einem Kratzen im Hals hinunter und hoffte inständig, dass sie recht behalten und der Ort unbehelligt bleiben würde.

»Und jetzt laufen wir den ganzen Weg wieder zurück? Warum können wir nicht einfach nach Grollloch gehen? Das wäre nicht so weit …«

»Würden Sie das weitere Vorgehen freundlicherweise mir überlassen?« Charlottes Stimme klang spitz. »Sie können sich durchaus darauf verlassen, dass ich weiß, was ich tue. Und jetzt muss ich Sie leider bitten, Ihre Hand nochmals auf meinen frisch gereinigten Rücken zu legen. Aber belassen Sie es bei der Hand und schmeißen Sie mir nicht wieder Ihre ganze Person auf den Hals.« Charlotte rückte sichtlich widerwillig an Ellen heran und machte einen Buckel.

Ellen gab es auf, weitere Fragen zu stellen, schluckte die unverschämte Art der Katze abermals hinunter und legte zögernd ihre Hand in das seidene Fell. Wieder begann Charlotte zu schnurren und verzog dabei missmutig die Schnauze.

»Verwerfen Sie den Gedanken, das sei Ihretwegen«, knurrte sie und schüttelte den Kopf.

»Nie würde ich es wagen, mir das anzumaßen, Verehrteste«, sagte Ellen mit übertriebener Höflichkeit.

Im gleichen Moment fühlte sie sich auf seltsame Weise beschleunigt – und einen Augenblick lang spürte sie wieder das Unwohlsein in der Magengegend, wenn auch nicht ganz so heftig wie zuvor. Dann war es vorbei, und sie war froh, dass sie sich diesmal besser gehalten hatte. Zwar saß sie auf dem Hosenboden, hatte aber diesmal die Katze verschont.

Die Umgebung um sie herum kam ihr plötzlich sehr bekannt vor. »Sind wir wieder durch die Pforte gegangen?«, fragte sie.

»Nein, wir haben lediglich geortswechselt, das ist in Anderland die etwas komfortablere Art des Reisens, natürlich nur, sofern man dazu in der Lage ist«, Charlotte knabberte an einer Kralle, »wobei ich selbst diese Fähigkeit in beiden Welten vortrefflich beherrsche.«

Ellen sah sich erstaunt um. Sie befanden sich mitten in der Steilbacher Innenstadt. Ihre Augen wanderten über den großen Platz, auf dem zahlreiche Marktstände ihre Waren feilboten. In der Mitte stand die alte Kirche mit den hohen Türmen, die sie ab und zu gerne besuchte. Filigrane Figuren zierten das Gemäuer und priesen stumm ihre Geschichten aus längst vergangenen Zeiten. Einen kurzen Moment meinte Ellen, die Stimme ihres Vaters zu vernehmen, er hatte ihr viel über das Gotteshaus erzählt.

Seufzend stand Ellen auf und blickte sich um, während sie möglichst unauffällig ihr Hinterteil abklopfte. Niemand nahm Notiz von ihr. Eine Frau – mit einem zeternden Kind in der einen und einer Einkaufstüte in der anderen Hand – kam geradewegs auf sie zu gelaufen. Noch ehe Ellen begriff, dass die Frau sie nicht sehen konnte, rumpelte diese in sie hinein. Ellen fiel rücklings auf die Straße, rappelte sich blitzartig auf und blickte fassungslos der Frau mit dem schreienden Kind hinterher, die unbeirrt weiterliefen, als wäre nichts geschehen.

»Charlotte«, rief sie aus und schrubbte sich erneut die Hose. »Haben Sie das gesehen? Die haben mich einfach umgerannt.«

»Warum sollten sie auch einen Bogen um Sie machen?«, die Katze wich einem heranrollenden Kinderwagen aus, »sie können Sie weder sehen noch hören oder spüren.«

»Aber ich habe sie gespürt, und zwar deutlich«, murrte Ellen.

Charlotte schüttelte den Kopf. »Gespürt? Vielleicht. Deutlich? Nein. Das meinen Sie nur. Es sind Ihre Erfahrungen, die Sie dazu veranlasst haben, den Zusammenprall in dieser Heftigkeit zu spüren. In Wirklichkeit sind die beiden einfach nur durch Sie hindurchspaziert. Und dreckig sind Sie auch nicht, Sie können aufhören, Ihre Hose zu traktieren.«

»Aber … das …« Ellen schüttelte ungläubig den Kopf. »Und was ist mit Ihnen? Warum weichen Sie den Leuten aus? Allem Anschein nach sind Sie auch nicht gerade scharf darauf, mit jemandem zusammenzustoßen.«

Charlotte umschlich gerade elegant ein paar geblümte Sportschuhe, bevor sie antwortete: »Im Gegensatz zu Ihnen bin ich nicht immer sichtbar, was aber nicht bedeutet, dass ich nicht da bin. Ich persönlich besitze die meinem Stand angemessene Gabe, in beiden Welten gleichzeitig präsent zu sein, wobei ich selbst entscheiden kann, ob ich gesehen werde oder nicht, was sich hin und wieder als durchaus praktisch erweist.« Zufrieden reckte sie die Nase in die Luft.

»Sie meinen also, wenn Sie sich jemandem in den Weg stellen, sieht er Sie zwar nicht, würde aber stolpern – und über mich nicht?«, fragte Ellen irritiert.

»Sie besitzen mehr Scharfsinn, als ich dachte. Ganz genau so ist es.«

Ellen überhörte die Stichelei. Zu sehr war sie mit den neuen Eindrücken beschäftigt. »Okay, dann werde ich das noch mal probieren.« Mit verschränkten Armen stellte sie sich einem älteren Herrn mit Hut in den Weg. Der Mann kam geradewegs und ungebremst auf sie zu. Ellen fixierte seine Augen, die immer größer wurden, erkannte den gelbkörnigen Schlaf zwischen den spärlichen Wimpern … dann verließ sie der Mut. Hastig trat sie einen Schritt zur Seite.

»So bleiben Sie doch stehen, es kann nichts passieren«, rief Charlotte und übersprang graziös einen Cockerspaniel.

»Gut«, sagte Ellen entschlossen, »noch einmal.« Sie überholte den Spaniel, der – eine Frau an einer langen Leine hinter sich herziehend – nun auf sie zukam. Ellen beobachtete, wie das Tier in sie hineinlief und der Schwanz in ihrem Schienbein verschwand, mitsamt der Leine, die immer höher stieg, als ob sie sie in zwei Teile schneiden wolle. Dann kam die ausgestreckte Frauenhand auf ihren Bauchnabel zu. Ellen schloss die Augen und meinte, eine Berührung zu spüren wie einen warmen Windhauch, der über die Haut glitt. Als sie vorsichtig ein Auge öffnete, war die Frau bereits hinter ihr. Ungläubig starrte sie ihr nach. Da bemerkte sie, dass sich auf den Schultern der Frau etwas bewegte. Ellen kniff die Augen zusammen. Sie hatte sich nicht getäuscht. Doch bevor sie genau erkennen konnte, um was es sich handelte, verschwand der Hund mitsamt der Frau um eine Hausecke. Neugierig sah sich Ellen um – und tatsächlich – bei genauerem Hinschauen entdeckte sie, dass die Menschen ringsum jeweils mit zwei kleinen, halb durchsichtigen Kerlchen behaftet zu sein schienen, die sich auf den Schultern wie zu Hause fühlten, während sie allesamt ohne Unterlass Laute von sich gaben. Ellen blickte auf ihre eigenen Schultern. Bei sich selbst fand sie nichts dergleichen.

Der Kirchplatz war gesäumt von zahlreichen schmucken Cafés und Restaurants, die sich förmlich aufdrängten, eine Pause einzulegen.

»Wollen wir uns beim *Holler* hinsetzen? Da können wir in Ruhe reden«, schlug Ellen vor und deutete auf das vertraute, bucklige Haus, das sich an seinen Nachbarn lehnte, als ob es Halt suche. Über der Eingangstür wölbte sich in abgeblätterten Goldbuchstaben die Aufschrift *Zum Schwarzen Holler*. Eine Hälfte des Hauses war mit einem Vordach versehen, das im Sommer fast gänzlich in den Blättern des Holunderbuschs verschwand, der die Gäste seit vielen Jahrzehnten vor Witterung, Stechmücken und Blitzeinschlägen schützte.

»Ich bin mir nicht so sicher, ob das eine gute Idee ist«, räusperte sich Charlotte, »vermutlich werden Sie …«

»Warum? Weil die Idee nicht von Ihnen ist?«, schnitt Ellen den Satz ab, und bevor die Katze etwas erwidern konnte, hatte sie kehrtgemacht und steuerte einen leeren Sitzplatz unter dem Vordach an. Charlotte überholte, sprang auf den Tisch und beobachtete Ellen mit blinzelnden Augen.

Ellen wollte sich gerade setzen, da fiel ihr Blick auf ein Pärchen am Nachbartisch. Offenbar waren die beiden in eine hitzige Diskussion verstrickt. Auf ihren Schultern tummelten sich vier der kleinen Wesen, bei jedem zwei.

Ellen trat neugierig näher und stellte fest, dass die handgroßen Gestalten durchaus eine gewisse Ähnlichkeit mit der Person aufwiesen, auf der sie sich befanden. Zu ihrer Belustigung erkannte sie, dass auf den Schultern des Mannes einer der beiden vor sich hin schmollte, der andere hingegen seine winzigen Fäuste erhob und sie wild entschlossen in Richtung der kleinen Kontrahenten gegenüber schleuderte. Diese wiederum erhoben den Zeigefinger, wobei einer von ihnen in dem großen runden Ohrring der Frau saß und einen nicht enden wollenden Wortschwall in den darüberliegenden Gehörgang goss.

»Würden Sie sich freundlicherweise wieder meiner Person zuwenden, ich habe schließlich nicht ewig Zeit.« Charlottes fordernde Stimme riss Ellen aus dem Schauspiel, das sie gerne noch ein wenig weiterverfolgt hätte.

»Oh, ja, natürlich, tut mir leid.« Zögernd machte sie kehrt und trat zurück an den Tisch, auf dem die Katze saß. »Haben Sie die seltsamen Dinger auf den Schultern der Leute gesehen?«, fragte sie neugierig und wollte sich auf einen Stuhl niederlassen. »Wissen Sie, warum – aaah …« Weiter kam Ellen nicht. Unversehens war sie gestürzt und fand sich auf dem Rücken liegend neben den Tischbeinen wieder.

In dem Moment kam Larissa heraus, trat mitten in ihr Gesicht und stellte einen Aschenbecher genau vor Charlottes Schnauze.

»Kein Anstand«, knurrte diese und erhob sich mit gerümpfter Nase. Am Tischrand blieb sie stehen und blickte auf Ellen hinunter, die das erste Mal einen Vorteil darin sah, dass Katzen nicht lachen konnten. Mühsam rappelte sie sich auf.

»Wollten Sie sich nicht setzen?«, bemerkte Charlotte spöttisch.

»Sie haben genau gewusst, dass das passieren würde«, schleuderte Ellen ihr entgegen und klopfte sich aufgebracht den Hosenboden.

»Richtig. Ich hatte Ihnen gesagt, dass es keine gute Idee ist, hierherzukommen, aber Sie wussten es ja besser. Sie können sich die Selbstgeißelung übrigens sparen: Erstens sind Sie nicht dreckig und zweitens wirkt dieses ständige Gebaren aufs Äußerste unelegant.« Sie winkelte eine Pfote an und knabberte daran.

Ellen kniff die Augen zusammen. Allmählich ging ihr die Nörgelei der Katze tierisch auf die Nerven.

»Hielten Sie es für eleganter, wenn ich mir den Hintern abschlecken würde, so wie Katzen es tun?« Ellen blickte an sich herunter. »Übrigens ist da sehr wohl Dreck an meiner Hose, und das ist nicht verwunderlich.«

»Dann haben Sie den Dreck von *drüben* mitgebracht, denn wie ich schon sagte«, Charlotte holte tief Luft, »Ihre Person ist nicht da, also kann sie auch nicht dreckig werden. Oder haben Sie etwa den Fußabdruck der Bedienung im Gesicht? Aber diese Dinge scheinen Sie nicht zu begreifen.«

»Okay, danke! Und wie wäre es, mich in diesen Dingen endlich aufzuklären?«, fuhr Ellen die Katze an. »Wie Sie eventuell mitbekommen haben, habe ich eine Aufgabe zu erfüllen, und ich habe immer noch keine Ahnung, um was es sich dabei handelt. Sie haben von Radin die Anweisung erhalten, mich auf mein Vorhaben vorzubereiten, aber langsam habe ich das Gefühl, dass Sie mich eher davon abhalten wollen. Und hören Sie auf, sich zu putzen, Sie sind nicht dreckig!«

Überrascht über ihre eigenen Worte wich Ellen einen Schritt zurück. Charlotte warf ihr einen scharfen Blick zu, dann pressten sich die Ohren flach an den Kopf, der Körper spannte sich an, und das ganze Tier schien in alle Richtungen zu wachsen. Sogar der Schwanz wirkte wie ein überdimensionierter Pfeifenputzer. Im gleichen Maß wuchs auch der Klumpen, den Ellen plötzlich in ihrem Magen spürte. Sie war sich sicher, dass die aufgeblasene Katze entweder ihr Gesicht zerkratzen, sie an diesem Ort allein zurücklassen oder ganz einfach explodieren würde. Einige Herzschläge lang verharrte Charlotte in dieser Pose, dann schwoll sie langsam wieder ab. Als ob sie den Blickkontakt meiden wollte, starrte sie auf ihre Schwanzspitze, die auf den Tisch einschlug, als säße sie auf einer Trommel.

Nach und nach beruhigte sich der Paukenschlag.

»Lassen Sie uns zu den Steinstufen gehen, dort, vor der Kirche«, schlug sie in unerwartet sanftem Ton vor. »Ich werde nochmals versuchen, Ihnen die Situation etwas näherzubringen.«

Sie bahnten sich den Weg über den Kirchplatz. Die Sonne kam hinter den Wolken hervor und tauchte die Umgebung in ein warmes Licht. Charlotte schlug Haken um Menschen, Hunde und Kinderwägen. Ellen lief erst zögernd, dann mutiger, wobei sie sich bemühte, nichts und niemandem auszuweichen. Nach und nach fand sie Gefallen an der Situation.

Ein junger Mann kam über den Platz geschlendert und zog Ellens Aufmerksamkeit auf sich. Nicht nur, weil die kleinen Gestalten auf seinen Schultern lauthals *Born in the USA* schmetterten, wobei sie ausgelassen mit den Füßen stampften und mit den Köpfen nickten – es war die Art, wie er lief, und die Art, wie er aussah. Alles an ihm erinnerte sie stark an ihren Lieblingsschauspieler aus der Westernszene. Jetzt wollte sie es wissen. Mit ausgebreiteten Armen stellte sie sich ihm in den Weg, sodass er direkt auf sie zu steuerte. Der Blick seiner stahlblauen Augen fuhr über ihren Kopf hinweg in Richtung der Löwenköpfe, die hinter ihr den großen Brunnen zierten. Er bemerkte sie nicht. Ganz im Gegensatz zu den kleinen Gestalten. Sie hörten schlagartig auf zu rocken und starrten Ellen mit offenem Mund an. Offensichtlich bemüht, einen Zusammenprall zu vermeiden, kletterten sie seitlich am Körper des jungen Mannes hinunter. Ellens Arme schlossen sich einen Moment lang um den Hals des Kirchplatz-Cowboys, sie spürte kurz eine Berührung, so, als ob ein zarter Windhauch sie traf, dann umarmte sie sich selbst.

Amüsiert drehte sie sich um und winkte den beiden Wesen zu, die noch immer verblüfft an der Hüfte des Mannes baumelten, bevor sie behände auf die Schultern zurückkletterten, sich an die Ohrläppchen des Cowboys hefteten und ihm etwas zubrüllten. Kurzerhand drehte dieser sich um und warf einen Blick zurück. Nur schnell, ohne wirklich zu sehen.

»Er muss auf die Worte reagiert haben, ohne sie wirklich zu verstehen«, sagte sie grübelnd, doch Charlotte ging nicht darauf ein. Sie saß erhobenen Hauptes auf der Treppe. Das Orange ihrer Augen war sichtlich verdunkelt.

»Es hat den Anschein, dass Sie die Situation nicht richtig ernst nehmen«, monierte sie, »aber wen wundert's?«

Ellen zog die Augenbrauen hoch. »Sind eigentlich alle Katzen so humorlos wie Sie?«, fragte sie spitz.

»Wir Katzen, speziell wir Hygiellen, haben durchaus Humor«, empörte sich Charlotte und ihr Hals fuhr pfeifengerade in die Höhe. »Lediglich das Niveau ist ein anderes. Und zum Glück ist uns der Lachmuskel erspart geblieben, der uns nötigen würde, das Gesicht zu Grimassen zu verziehen, so wie ihr es tut. Und jetzt setzen Sie sich bitte.«

Ellen wollte noch etwas erwidern, dann winkte sie ab. »Was denken Sie, kann ich mich hier auf die Stufen setzen, ohne dass etwas passiert?«, fragte sie stattdessen.

»Sie stehen ja auch, ohne dass etwas passiert oder?«, entgegnete Charlotte ungeduldig. »Es macht durchaus einen Unterschied, ob Sie durch eine Felswand laufen oder nur durch eine Tür, das ist doch logisch. Und nehmen Sie bitte eine Stufe tiefer Platz, das scheint mir angemessen und schont zudem meine zarte Stimme.«

Ellen verdrehte die Augen, widersprach jedoch nicht und machte es sich auf der ihr zugewiesenen Stufe bequem. Dann spitzte sie die Ohren. Aus der Kirche erklang Orgelmusik, und Ellen erkannte die tänzelnden Töne von *Toccata und Fuge*, ein Lieblingsstück ihres Vaters. Einen kurzen Moment ließ sie sich von den Klängen mittreiben und wünschte, mit ihm an einem Bach zu sitzen, weit weg von gehässigen Katzen und komischen Wesen.

Charlotte räusperte sich vernehmlich und reckte sich in Ellens Blickfeld. »Wären Sie bitte so freundlich, mit Ihren Gedanken zu mir zurückzukehren? Was genau wollen Sie wissen?«

»Woher soll ich wissen, was ich wissen will? Sie kennen sich doch hier aus. Ich habe keine Ahnung, was hier vor sich geht. Ich bin mir nicht einmal sicher, ob ich das alles nur träume.«

»Kein Traum«, sagte Charlotte knapp.

»Also gut.« Ellen überlegte, wo sie anfangen sollte. »Diese Dinger – bei den Menschen – was ist das?«

»Diese Dinger nennen sich Aurier.«

»Und was machen die bei den Leuten? Woher kommen sie?«

»Aber ich muss doch bitten, eines nach dem anderen. Also, passen Sie genau auf, ich werde versuchen, Ihnen ein umfassendes Bild zu vermitteln.« Charlotte machte eine kurze Pause, ehe sie fortfuhr: »Die Menschen wähnen sich, autonome und selbstständig denkende Individuen zu sein, doch dem ist nicht so. Sie werden beeinflusst, ohne es zu merken, halten alles für ihre eigenen Ideen und Gedanken, obwohl dabei noch andere Einflüsse zwar eine kleine, jedoch nicht unbedeutende Rolle spielen. Genau genommen bestehen sie aus drei Teilen: dem Menschen selbst, seinem Schatten und den Auriern.«

»Schatten? Was denn für Schatten«, fragte Ellen mit unverhohlener Neugier.

»Für Ihr Auge«, die Katze blinzelte Ellen zu, »sind sie nur in sehr beschränktem Maße sichtbar. Sie können sie auch Seelenabdrücke der Menschen nennen, wenn Ihnen das verständlicher ist. Diese Seelenabdrücke verhalten sich ähnlich wie jene Schatten, die auch Ihnen geläufig sind. Die Menschen werfen sie, je nach Einklang mit ihrem Leben, weiter weg oder behalten sie bei sich. Manchmal sieht man gar keinen, was bedeutet, dass der Mensch mit sich zufrieden ist – sehr angenehme Zeitgenossen übrigens – leider äußerst selten. Dann gibt es welche, die schleifen ihre Abdrücke weit hinter sich her, was sehr unangenehm sein muss, denn diese armen Tröpfe findet man ab und an mausetot unter dem Tränensteg oder sonstigen Brücken.«

Charlotte kratzte sich hinter dem Ohr. »Die kleinen Wesen, von denen Sie vorhin sprachen, nennen wir, wie ich bereits erwähnte, Aurier. Es sind normalerweise zwei, der linke und der rechte, und sie üben Einfluss auf die Menschen aus.«

Charlottes Vortrag nahm nun eine schulmeisterhafte Note an: »Zusammen mit der jeweiligen Person und deren Schatten bilden sie eine Einheit, wenn auch nicht immer eine friedfertige. Der rechte Aurier steht dabei für das, was die Menschen leichthin als *gut* bezeichnen, der linke steht eher für das *Schlechte*. Nimmt man sich jedoch die Zeit, über diese Dinge nachzudenken, wird man feststellen, dass gut nicht immer gut und schlecht nicht immer schlecht ist. Aber ich schweife ab …« Die Katze räusperte sich.

Ellen sah sie fragend an. »Die Aurier sehe ich, aber wo sind diese Schatten?«

»Ich sagte doch bereits, sie sind für Personen wie Sie nur beschränkt sichtbar.«

»Allem Anschein nach bin ich nicht beschränkt genug«, warf Ellen ein, »ich sehe sie nämlich gar nicht.«

»Das wundert mich nicht und tut auch nichts zur Sache. Es braucht Sie nicht zu interessieren.«

»Dann bin ich wirklich froh, dass Sie es mir erzählen«, Ellen wurde langsam ungeduldig.

»Das mache ich nur, um meine Darstellung abzurunden.« Die Katze rümpfte beleidigt die Nase.

Während Ellen noch immer die Schatten suchte, fiel ihr Blick auf einen kleinen Jungen, der gerade knöcheltief in der Nase bohrte. Auf seiner Schulter hopste ein Aurier auf und ab, den Finger ebenfalls versenkt und munter vor sich hin plappernd. Beide fixierten dabei die Mutter, die gerade mit einer anderen Frau diskutierte. Die Aurier der Mutter reagierten empört und versuchten mit Gebrüll, deren Aufmerksamkeit auf das unanständige Gebaren des Sohnes zu lenken.

Endlich entdeckte die Mutter das grüblerische Treiben ihres Sprösslings – und der ganz offensichtlich provozierte Anpfiff erfolgte prompt. Das Kerlchen auf der Schulter des Kindes kugelte sich vor Lachen, während der Sohn seinen Finger genüsslich aus der Nase zog und die andere Frau fluchtartig den Ort verließ. Der Bub grinste zufrieden.

»Und was ist das?«, fragte Ellen erstaunt. »Der kleine Junge hat ja nur einen Aurier, einen ungezogenen dazu.«

Charlotte hatte den Jungen ebenfalls im Blick. »Scharf beobachtet«, sagte sie, »bei den Kindern ist das anders …«

»Möglicherweise teilt sich der Aurier während der Pubertät«, unterbrach Ellen. »Diese Entwicklung könnte mit den hormonellen Veränderungen einhergehen, mit der die Jugendlichen konfrontiert sind, wenn der Übergangsprozess zum Erwachsenwerden beginnt, und die sie manchmal heftigen und unberechenbaren Stimmungsschwankungen unterliegen lassen«, beantwortete sie ihre eigene Frage, als spreche sie zu sich selbst.

Charlottes Augen zuckten verblüfft. »Nun, da stimme ich ausnahmsweise fast mit Ihnen überein, nur … Stimmungsschwankung ist bei Weitem untertrieben«, bemerkte sie plötzlich gereizt. »Manche benehmen sich äußerst manierlos … brüskierend!«, ihr grauer Pelz schwoll an, »meinen, ihnen gehöre die Welt, ohne Rücksicht auf andere Herrschaften, und dabei kommen sie auf die absurdesten Ideen …«

Ellen beobachtete Charlottes Schwanz, dessen Umfang sich während des Redens verdreifacht hatte, und sie beschloss, dieses Thema auf sich beruhen zu lassen.

Schweigend betrachtete sie die Menschen um sich herum und lauschte dem Gebrabbel der Aurier, das sich zu einem murmelnden Brei vermischte. Immer wieder hörte sie Melodien verschiedenster Lieder. Von weitem drang erneut *Born in the USA* in ihr Ohr, der Cowboy kam zurück. Seine Lippen zuckten zum Text, während seine Aurier wieder voll in Fahrt waren. Er hatte seine Pistole mit einer pistaziengrünen Kugel geladen, die er – wie Ellen annahm – bei ihrer Lieblingseisdiele *Gelateria Vincitore* erstanden hatte.

Die Erkenntnis traf Ellen wie ein Schlag. So unvermittelt, dass sie am ganzen Körper erzitterte. Sie schnappte nach Luft. »Sagen Sie, Charlotte, wäre es möglich, dass diese Aurier für starke emotionale Schwankungen verantwortlich sind?«, fragte sie vorsichtig und hatte plötzlich das Gefühl, dass ihre Hände feucht wurden.

Charlotte überlegte einen Moment. »Sehen Sie sich doch um«, sagte sie dann. »Sie reden ihren Trägern ständig ins Ohr, da ist es sehr naheliegend, dass verstärkte Gefühlsregungen in direktem Zusammenhang stehen.«

Tatsächlich schienen fast alle Aurier damit beschäftigt zu sein, auf ihre Träger einzuquasseln. Wenn sie das gerade mal nicht taten, sangen sie oder versuchten, mit den Auriern anderer Träger Kontakt aufzunehmen. Es sah so aus, als wäre es ihnen gar nicht möglich, einfach mal ruhig zu sein.

»Die Aurier … der Traum … der letzte Rahmen …«, sagte Ellen mit tonloser Stimme, »all das muss mit dem Ereignis zusammenhängen, bei dem ich meinen Vater verloren habe. Und nicht nur ihn …« Sie rief sich Bruchstücke aus Susans Notizen ins Gedächtnis: *Schwarz … Etwas löst sich aus mir … ich kann es nicht greifen … kann es nicht halten …*

Wieder fixierte Ellen die kleinen Wesen, ließ sie nicht aus den Augen, obwohl sie deutlich spürte, wie sich tief in ihrem Inneren etwas aufbäumte, sich gegen eine aufkeimende Erinnerung stemmte, der Druck auf ihre Augen erhöhte sich schmerzhaft …

Und dann prasselte es auf sie ein: Bild für Bild blitzte durch ihren Kopf, stechend, sengend … Ellen presste die Handballen an ihre Schläfen; sie wollte schreien – nicht nur wegen der

Schmerzen in ihrem Kopf. Da war noch ein anderer, viel tieferer Schmerz … Ganz kurz nur hatte sie sie erblickt, doch es hatte gereicht. Deutlich hatte sie die kleinen Wesen erkannt, hatte gesehen, wie sie ihr die Hände entgegenstreckten, die Gesichter angstverzerrt, hineingesaugt in einen schwarzen, schleimigen Trichter … Ellen keuchte. Das war es. Jetzt endlich wusste sie, was dieser Traum bedeutete, endlich erfuhr sie, was sich in dem letzten Rahmen verbarg, endlich kamen die tief vergrabenen Bilder an die Oberfläche und hielten sich dort, ohne wieder abzutauchen …

Und Radin hatte gewusst, was alles bedeutete. Mit den Auriern hatte sie einen Teil von sich selbst verloren. Das war der Grund, warum sie sich so sehr verändert hatte …

Eine glühende Sehnsucht schwappte wie eine Welle durch ihren Körper. *Wenn ich meine Aurier finden würde, wäre ich wieder ich selbst. So, wie ich einmal gewesen bin. So, wie ich wieder sein möchte* … Ihr wurde heiß. Es gab nur einen Weg. Sie musste ihre Aurier zurückbekommen. Und sie würde darum kämpfen. Koste es, was es wolle.

Charlotte sah Ellen an, als hätte sie ihre Gedanken erraten. »Ja, das ist wohl der Grund, warum Sie in Ihrer Gefühlswelt stark eingeschränkt sind«, bemerkte sie schnippisch, »weil Sie nur das sind, was Sie sind. Ziemlich unvollständig.«

»Sehr charmant, Charlotte, besten Dank.« Doch Ellen wusste, dass die Katze diesmal recht hatte. Mit zusammengepressten Lippen zog sie eine Haarsträhne aus ihrem Pferdeschwanz und wickelte sie um den Finger.

Die Billardkugeln in ihrem Kopf hatten ein neues Spiel eröffnet, eines mit vollkommen neuen Regeln und mit einem unfassbar hohen Gewinn … Immer wieder umrundete sie den Tisch. Sie würde alles geben, um in diesem Spiel zu siegen, doch sie hatte keine Ahnung, auf welches Loch sie zielen sollte.

»Und was soll ich Ihrer Meinung nach jetzt tun?«, fragte Ellen, »soll ich anfangen, hinter jeder Hausecke nach meinen Auriern zu suchen?«

»Nein, das wird nicht nötig sein«, antwortete Charlotte und haschte nach einer vorbeifliegenden Hummel, »wir sind ziemlich sicher, wo Sie sie finden können.«

»Und das wäre?«

»Wir gehen stark davon aus, dass sie sich in den Händen von Kethamarr befinden«, antwortete Charlotte mit einem Summen zwischen den spitzen Zähnen.

»Kethamarr? Wer in aller Welt ist Kethamarr?«, Ellen gab seufzend die Locke frei.

Charlotte schluckte das Insekt und richtete ihr Orange blinzelnd in Ellens Gesicht. »Wie Radin herrscht auch Kethamarr über einen Teil von Anderland.«

»Radin herrscht über Anderland?«, rief Ellen erstaunt aus. Sie hatte dem kranken Mann eine derartige Machtposition gar nicht zugetraut.

»Über einen Teil davon«, korrigierte Charlotte. Er sorgt dafür, dass die Welten getrennt bleiben und der Frieden bewahrt wird. »Kethamarr jedoch …«, Charlotte seufzte tief. »Einst wurden sie beide dazu auserwählt, sich den Schutz Anderlands zu teilen. Sie arbeiteten dabei Hand in Hand, auch wenn sie schon immer unterschiedliche Meinungen vertraten. Aber im Laufe der Jahre hat sich Kethamarr verändert. Immer wieder versucht er, die alleinige Macht an sich zu reißen. So wie es aussieht, scheint ihm das diesmal zu gelingen, denn Radin wird immer schwächer und altert, ohne es beeinflussen zu können.« Charlotte konnte den verzweifelten Unterton in ihrer Stimme nicht verbergen.

»Ach ja? Und was hat das alles mit mir zu tun?« Ellen sah sie scharf an. »Charlotte, ich habe mehr und mehr das Gefühl, dass Sie mir noch lange nicht alles erzählt haben, was ich wissen muss … Was ist der wahre Grund dafür, dass ich in Anderland bin?«

»Nun – nun ja …« Die Katze wich ihrem Blick aus. »Kein Anderländer darf das Gebiet von Kethamarr ohne seine Zustimmung betreten, abgesehen von seinen eigenen Leuten natürlich. Also muss es jemand anderes tun. Ehrlich gesagt erhoffen wir uns sehr, dass Sie uns berichten können, was dort vorgeht. Vielleicht können Sie herausfinden, was er vorhat und was wir – oder bestenfalls sogar Sie selbst – dagegen unternehmen können.« Leise fuhr sie fort: »Ellen, ich sage das äußerst ungern, aber Sie sind unsere einzige Hoffnung …« Charlottes Schnurrbarthaare vibrierten fast unmerklich.

»Also, wenn ich Sie richtig verstanden habe, liegt das Schicksal von Anderland in meinen Händen?« Ellen lachte schrill auf.

»Nicht nur von Anderland. Es geht auch um die Welt der Menschen, um Ihre Welt … Wenn Radin nicht mehr wäre, würden sich die Grenzen auflösen – die Welten würden verschmelzen. Kethamarr könnte dann die Allmacht erlangen und wäre Herrscher über alle Wesen auf diesem Planeten …«

»Jetzt hören Sie aber auf!« Ellen schüttelte so heftig den Kopf, dass ihr der Pferdeschwanz ins Gesicht schlug. »Das ist doch absurd, das ist vollkommen lächerlich …«

»Ich habe Sie nicht für diese Aufgabe ausgewählt«, sagte die Katze plötzlich kantig und schüttelte ihre Mähne.

»Und was bitte schön veranlasst Radin dazu, anzunehmen, dass ausgerechnet ich dafür geeignet bin?«

»Weil Sie einige Voraussetzungen dafür mitbringen – und zudem gehe ich davon aus, dass er keine andere Wahl hatte.«

»Na wunderbar. Also ist Radin dank mangelnder Alternativen auf mich gestoßen, weil ich zufällig irgendwelche Voraussetzungen erfülle, die für dieses Vorhaben von Nutzen sind? Und welche wären das bitte?« Ellen war aufgestanden und lief im Kreis.

»Sie haben keine Aurier, und nur ohne sie kann man diese Welt betreten. Außerdem haben Sie starkes Interesse bekundet, mehr über sich selbst und Ihre Defizite zu erfahren, sie bestenfalls sogar zu überwinden, um endlich ein normales Leben führen zu können. Dazu kommt noch Ihr Beruf, für den das, was Sie hier erfahren werden, durchaus von Nutzen sein könnte.« Die Katze hob ihren Blick in den Himmel. »Außerdem wollte Radin, dass eine Frau diese Aufgabe übernimmt, und allem Anschein nach hat er einen Narren an Ihnen gefressen«, sie rümpfte die Nase, »er glaubt fest an Sie.«

Ellen wurde von einer Horde Erstklässler durchrannt. »Und warum gehen Sie nicht selbst zu Kethamarr, wenn Sie so an mir zweifeln? Sie wissen und können doch alles.« Sie hob eine Augenbraue.

»Ich?«, fragte die Katze geziert. »Ich bin eine Hygiella. Nicht auszudenken, wenn meine wertvolle Person in die Fänge der Fender geriete.«

»Fender? Und was zur Hölle ist das jetzt schon wieder?« Ellen seufzte resigniert.

»Sie leben bei Kethamarr, dienen ihm und sind seine Wächter. Seit jeher schützen sie ihn und die Grenzen zwischen Anderland und der Welt der Menschen. Widerliche Teile. Hass, Wut und Angst sind ihre Nahrung. Die Fender sind blind, aber sie spüren jeden Kontakt, der zwischen den Welten entsteht, wie eine Spinne die zappelnde Fliege im Netz – und sie jagen ihm nach – erbarmungslos.« Charlottes Augen zuckten nervös.

»Aber … aber warum … welche Kontakte?«, fragte Ellen nun endgültig verwirrt.

»Kein Wesen aus Anderland«, Charlotte funkelte Ellen an, »Ihre Person eingeschlossen, darf mit der Welt der Menschen Kontakt aufnehmen, sonst entstehen Löcher. Die Fender beseitigen diese Löcher, indem sie sie mit ihren widerwärtigen

Kröpfen in sich hineinsaugen. Und dann machen sie Jagd auf den Verursacher, so lautet ihr Auftrag.« Charlotte durchfuhr ein Schaudern.

»Aber ist es denn nicht gut, wenn die Löcher beseitigt werden?«, hakte Ellen nach.

»Das ist durchaus richtig«, erklärte Charlotte, »aber die Fender sind dumm, sie funktionieren einfach. Im Grunde genommen ist es nicht das Loch, das sie interessiert … es ist der Inhalt. Sie stürzen sich auf das Schlechte der Menschen, und davon gibt es genug. Hass, Kriege, Angst, all das füllt die Menschwelt auf bis in den Himmel. Das Loch eröffnet den Zugang zu den Schwingungen, und die Fender schlemmen daran, als wäre es eine Delikatesse.« Die Katze schnaubte heftig durch die Nase. »Das einzig Gute daran ist, sie verschlingen auch das Loch und sichern somit den Schutz zwischen den Welten. Aus diesem Grund sind sie für Anderland unverzichtbar … leider.«

Ellen schluckte schwer und ließ sich auf der untersten Stufe der Treppe nieder. Die Arme um die Knie geschlungen, versuchte sie, den Panzer, der sich mehr und mehr um ihre Brust legte, daran zu hindern, sie zu ersticken.

»Aber, wenn das alles so ist, wie Sie sagen – dann brauche ich Hilfe«, presste sie hervor. »Gibt es denn niemand, der mich begleiten könnte?«

»Leider nein. Wie ich schon sagte, normale Menschen können nicht hierhergelangen.«

»Und wenn wir jemandem die Aurier wegnehmen?«, unterbrach Ellen. »Sie sagten doch, ohne Aurier könne man Anderland betreten.«

»Das würde ich auf keinen Fall riskieren«, widersprach Charlotte heftig. »Sie würden diesen Menschen eines Teils seiner Persönlichkeit berauben, mit dem er gewohnt ist, zu leben. Er wäre komplett verwirrt und Ihnen alles andere als dienlich.«

»Aber ich lebe doch auch ohne Aurier«, entgegnete Ellen energisch.

»Schon, aber Sie sind schon länger daran gewöhnt und können mittlerweile mehr oder weniger gut damit umgehen. Ihre Gefühlswelt ist lediglich etwas unterentwickelt, wie Sie ja bereits festgestellt haben.«

Ellen fühlte sich komplett überrollt. Starr blickte sie auf ihre Füße und dann auf die Billardkugeln in ihrem Kopf.

Das Spiel war in ungeahnte Dimensionen geraten.

Der dumpfe Gong der Kirchturmuhr erklang und dröhnte in Ellens Kopf. Sie zählte acht Schläge, und als sie sich umsah, bemerkte sie, dass sich der Kirchplatz zunehmend leerte.

»Es wird bald dunkel, außerdem bin ich total erschlagen. Wo sollen wir denn schlafen?«

»Wir? Wieso denn wir?«, entrüstete sich die Katze. »Ich bin äußerst hungrig und es wird höchste Zeit, mir etwas Naschbares zu gönnen.«

»Was naschen Sie denn? Mäuse?« Ellen verzog das Gesicht.

»Mäuse sind eine Delikatesse, ich kann sie nur empfehlen. Nur um die Spitzmäuse sollten Sie einen großen Bogen machen, sie sind mehr als ungenießbar, was ich sehr bedauere.« Charlotte wirkte bei dem Gedanken an etwas Essbares sichtlich aufgeheitert. »Wir treffen uns wieder hier vor der Kirche, bei Sonnenaufgang.« Mit diesen Worten sprang sie die Stufen hinunter, überquerte den Kirchplatz und verschwand in der Menge.

»Spitzmäuse sind ungenießbar. Besten Dank für den wertvollen Ratschlag«, murmelte Ellen stumm vor sich hin. Eine bleierne Müdigkeit hatte sie überkommen, und das Einzige, was sie jetzt noch wollte, war ein Platz, an dem sie sich ausruhen konnte.

Stimmengewirr ließ sie aufhorchen. Die Kirchentür hatte sich geöffnet, offensichtlich war das Konzert vorüber. Ellen raffte sich auf und lief zum Eingang. Menschenleiber quollen ihr entgegen. Kurz entschlossen lief sie gegen den Strom. Eine Mischung aus Gesang und aufgeregtem Geplapper hüllte sie ein. Niemand konnte sie bemerken, nur die Aurier wichen ihr aus und gaben deutlich zu verstehen, dass sie ihr Verhalten missbilligten.

In der Kirche legte sich Ellen auf den roten Teppich der obersten Stufe vor den Altar, schickte ein kleines Gebet in den Himmel und war kurz darauf felsenfest eingeschlafen.

Kapitel 11

Der Junge im Holzstuhl

Hallende Schritte und gedämpfte Stimmen flüsterten Ellen aus dem Schlaf. Müde öffnete sie ein Auge und blickte verwirrt auf den Ärmel ihrer Jacke, welcher statt hellem Blau ein buntes Muster trug. Sie lag noch immer vor dem Altar, und es dauerte einen Moment, bis sie erkannte, dass es die farbigen Kirchenfenster waren, die das Licht der Sonnenstrahlen einfärbten.

Im dem Moment ließen zehn laute Glockenschläge die Kirche erbeben, und mit jedem Gong schlugen die Geschehnisse des Vortages ein. Charlotte! Sie hatten sich doch bei Sonnenaufgang vor der Kirche treffen wollen … Warum hat sie nur so lange geschlafen?

Das spitze Klacken hoher Pfennigabsätze kündigte das Herannahen einer weiblichen Person an, und unversehens wurden die bunten Fensterscheiben von einem schwarzen Stoff verdrängt, der sich über sie schob. Ellen hob den Kopf und errötete. Ungewollt erhaschte sie einen Blick auf zwei hellfleischige Beine, die sich über ihr auftürmten. Sie war sich sicher, dass das kein Anblick war, der sich in Anbetracht der Örtlichkeit ziemte. Beschämt fuhr sie unter dem Rock hervor und warf einen Blick auf die junge Dame, die gesenkten Hauptes andächtig vor dem Altar stand, während die Aurier auf ihren Schultern Gift und Galle spuckten. Allem Anschein nach befand sich die Frau in einem schrecklichen Zwiespalt.

Das Stimmengewirr wurde lauter und die Kirche füllte sich auch heute mit einer stattlichen Zahl von Leuten. In der Hoffnung, Charlotte noch vorzufinden, sprang Ellen auf und lief zum Ausgang. Vor den Türen befand sich eine Traube von Menschen, einer nach dem anderen drückte sich ins Innere. Ellen steuerte gegen den Strom. Das Geplapper der Aurier verstummte teils und wurde teils vor Empörung lauter, als sie sie bemerkten. Die Wampe eines schweinsäugigen Mannes schob sich auf sie zu und sein fetter, linker Aurier zeigte ihr den Stinkefinger. Ellen streckte ihm die Zunge heraus, worauf der Kleine wutentbrannt sein zahnloses Gebiss fletschte und unflätige Worte ausstieß. Im gleichen Moment verwandelte sich der Gesichtsausdruck des Wampenträgers; seine Augenbrauen rümpften sich zu Wülsten, als er losstänkerte: »Jetzt beweg mal deinen Arsch oder willst du hier anwachsen?«

Der ältere Herr vor ihm duckte sich betroffen und machte unbeholfen ein paar trippelnde Schritte, was ihn nicht wirklich weiterbrachte.

Und das vor einer Kirche, Ellen hätte den Aurier am liebsten kräftig geschüttelt. Doch da sie befürchtete, die Wut des Wampigen noch weiter anzuheizen, verzichtete sie darauf.

Auf dem Kirchplatz herrschte reges Treiben. Die Sonne und gestiegene Temperaturen hatten auch heute die Menschen nach draußen gelockt. Restaurants und Cafés waren bereits gut besucht, die Marktstände längst aufgebaut. Ellens Blick schweifte über den Platz, doch Charlotte war nirgends zu sehen. Ratlos setzte sie sich auf die oberste Stufe der Treppe, auf der sie schon am Vortag gesessen hatte. Was, wenn Charlotte nicht zurückkäme?

Während ihr Zeigefinger um eine Haarsträhne rotierte, stieg ein junges Pärchen von hinten durch sie hindurch und setzte sich ebenfalls auf die sonnengewärmten Stufen. Ellen zog den rechten Fuß aus dem Gesäß des jungen Mannes. Dann wurde ihre Aufmerksamkeit auf die vier Aurier vor ihr gelenkt, die wiederum ihr Augenmerk ganz und gar dem Gegenüber widmeten. Sie schienen nicht einmal zu bemerken, dass Ellen bei ihnen saß. Das Pärchen hielt sich an den Händen und in Ellen stieg die Befürchtung auf, dass sie sich gleich küssen würden. Es war ihr mehr als unangenehm, einem verliebten Paar so auf die Pelle zu rücken.

Gerade wollte sie anstandshalber etwas Platz machen, da fingen die vier Aurier an, sich eigenartig zu benehmen. Wie hypnotisiert wiegten sie sich hin und her, wobei sie ihr Gegenüber fortlaufend fixierten. Immer schneller wurden ihre Bewegungen, die Lippen des Pärchens kamen sich näher. Ellen hielt sich die Handflächen vor die Augen, schielte durch zwei Finger – und dann – der Kuss. Lang und ausgiebig. Der Spalt zwischen Ellens Fingern wurde größer, so auch ihre Augen. Die vier Aurier hatten sich vereint, hatten ihre eigenen Formen verloren und hüllten die beiden in einen schimmernden Dunst, der sich weit über das Pärchen hinaus fein verteilte. Ellen sog die Schwaden ein und konnte das beschwingte Vibrieren unter ihren Nasenflügeln spüren. Selbst die Aurier der Vorbeiflanierenden verrenkten sich die Hälse und schienen davon angesteckt zu leuchten.

Kurz darauf war es vorbei. Während sich die Verliebten in die Augen blickten, nahmen die Aurier langsam wieder ihre eigene Gestalt an. Die des Mädchens schmiegten sich wonnig an ihren Hals, doch die des Jungen schienen alles andere als glücklich zu sein.

»Jetzt mach schon, nimm sie mit heim«, fiepte der linke hinter dem Ohr hervor.

Ellen nahm ungläubig die Hand vom Gesicht und drehte den Kopf zur Seite, um die Worte der Aurier besser verstehen zu können.

»Beherrsch dich, es hat noch Zeit«, konterte der rechte und wechselte die Schulterseite.

»Schau doch nur die Brüstchen«, der linke beugte sich weit über das Ohr hinaus und versuchte, von oben einen Blick in den Ausschnitt des Mädchens zu erhaschen. Der rechte zerrte energisch an seinem Fuß. Hörbar seufzend, sprang der Junge auf und half seiner Liebsten auf die Beine.

Nachdem sie Hand in Hand im Getümmel verschwunden waren, fühlte sich Ellen auf einmal furchtbar leer. Immer wieder holte sie tief Luft, in der Hoffnung, einen Rest des Dunstes zu erwischen, der sie eben noch so wohltuend umgeben hatte. Wie musste es erst sein, wenn man dem Ganzen nicht nur als Zuschauer beiwohnte … Nun war der Dunst verflogen, von Charlotte weit und breit nichts zu sehen – doch das Schlimmste war, sie hatte nicht einmal mehr sich selbst. Bedrückt dachte sie an ihren Körper, der irgendwo verlassen im Wald lag, verschränkte die Arme über ihren Knien und ließ die Stirn darauf sinken.

Die Kugeln auf dem Billardtisch lagen wild verstreut. Ellen ließ ihren Blick darüber schweifen, doch die Kugel für den nächsten Stoß hatte sie bei Sonnenaufgang verpasst …

Nachdem sie eine Weile so dagesessen hatte, riss sie ein Tumult aus ihren Gedanken. Mitten auf dem Kirchplatz befand sich eine kleine Gruppe von Leuten, die diskutierend um etwas herumliefen, an etwas zogen und rüttelten.

Ellen näherte sich dem Spektakel. Ein junger Mann in einem rot karierten Hemd war mit seinem Rollstuhl in ein Abflussgitter gefahren und klemmte mit einem Rad fest. Zwei Männer debattierten heftig, was zu tun sei, während sich ein dritter zu dem Rad hinuntergebeugt hatte und das Ärgernis begutachtete. Immer mehr Leute blieben stehen und überschütteten sie mit gut gemeinten Ratschlägen, die sich mit denen der Aurier potenzierten.

Der Rollstuhlfahrer hatte die Arme verschränkt und blickte resigniert in den Himmel. Unversehens trat ein muskulöser Schaulustiger aus den Reihen hervor und stemmte den Stuhl an den Griffen nach oben. Es knarrte. Beifälliges Klatschen – und der junge Mann war frei. Als Zeichen des Dankes nickte er ansatzweise und rollte davon.

Wie aus heiterem Himmel überkam Ellen das Gefühl, ihm folgen zu müssen. Sie wusste nicht, warum, sie tat es einfach. Irgendetwas an ihm hatte ihr Interesse geweckt. Irgendetwas war anders als bei den anderen – und das war nicht nur der Rollstuhl, der zu ihrem Erstaunen aus Holz gebaut war. Während sie dem Stuhl hinterherlief, wurde es ihr plötzlich bewusst: Er hatte keine Aurier! Ellen schnappte nach Luft. Wenn er keine Aurier hatte, dann musste er sein wie sie selbst. Ganz unerwartet fühlte sie sich dem jungen Mann verbunden, spürte das beglückende Gefühl, nicht ganz allein zu sein, auch wenn er sie nicht sehen konnte. Er erschien ihr wie ein Strohhalm in der starken Brandung.

»He, halt mal an«, platzte es aus ihr heraus, und fast im selben Moment schossen die Hände des jungen Mannes an die Räder. Der Rollstuhl bremste schlagartig ab. Ellen stoppte ebenfalls und beobachtete verblüfft, wie er ihn um die eigene Achse schwenkte. *War es möglich? Hatte er sie hören können?*

»He, du im Holzstuhl, wie heißt du?«, wagte sie einen weiteren Versuch.

»Was?« Der junge Mann drehte sich erneut im Kreis, dann hielt er inne und lauschte.

Nun war Ellen sich sicher. Er musste sie gehört haben. »Wie heißt du?«, wiederholte sie fast schreiend.

»Ich? Arnt … Und wer bist du? Und wo bist du?«, fragte er sichtlich irritiert.

Die vorbeigehenden Leute blickten ihn überrascht an. Es schien ihn nicht zu kümmern.

»Ich bin hier neben dir«, rief Ellen überschwänglich. »Ich heiße ...«

Ihre Worte wurden von einem gellend schrillen Geräusch unterbrochen. Ellen schreckte zusammen, hielt sich die Ohren zu und duckte sich instinktiv. Sie hatte das Gefühl, von tausenden von Greifvögeln umzingelt zu sein, deren Schreie durch Mark und Bein fuhren. Der Lärm lähmte sie, und obwohl sie keine Ahnung hatte, was gerade geschah, wusste sie, dass sie selbst die Ursache dafür sein musste. Aus den Augenwinkeln beobachtete sie, dass auch der junge Mann den Kopf eingezogen hatte und irritierte Blicke um sich warf. Allem Anschein nach war er neben ihr der einzige, der die Schreie hören konnte, alle anderen schlenderten gelassen an ihnen vorbei.

In dem Moment sah Ellen, wie etwas im Zickzackkurs quer durch die Menschenmenge über den Kirchplatz schoss. Zuerst dachte sie, es sei ein Hund, dann erkannte sie Charlotte, die sich in unglaublicher Geschwindigkeit näherte.

»Sind Sie verrückt geworden?«, wetterte die Katze schon von Weitem.

»Ich? Was ... wieso?« Doch im gleichen Moment kannte sie die Antwort. Sie hatte Kontakt mit *drüben* aufgenommen. Charlotte hatte sie eindringlich davor gewarnt. Ellen vergrub ihr Gesicht in den Händen. Wie hatte das nur passieren können! Einmal mehr verfluchte sie ihre Unfähigkeit, zu überlegen, was sie tat, bevor sie es tat. Das schrille Geschrei wurde stärker und stach in ihr Ohr.

»So hauen Sie doch endlich ab, weg hier, worauf zum Teufel warten Sie noch?«, brüllte Charlotte, »dort rüber, zur Kirche!«

Gefolgt von der Katze rannte Ellen los, sprang die Stufen hinauf und presste sich mit dem Rücken an den Stein hinter dem Flügel der riesigen Holztür. Gehetzt blickte sie hervor. »Was ist das für ein furchtbares Geräusch?« Ihre Beine fühlten sich an wie ein Strumpf voll Pudding. Sie ahnte – und fürchtete – die Antwort.

Charlotte ließ ihre Krallen aus den samtweichen Pfoten fahren, dann sagte sie langsam: »Die Fender. Sie kommen. Ellen, Sie haben einen großen Fehler gemacht!«

Kapitel 12

Die Fender

Immer lauter drang das beißende Geschrei in Ellens Ohren, die kurzwelligen Schwingungen krochen in jede Pore ihrer Haut. Mit angehaltenem Atem blickte sie zu der Straße, die auf der gegenüberliegenden Seite in den Kirchplatz mündete. Dort hatte sie fünf seltsame Wesen ausgemacht, die sich schnell näherten. Ihre schwarzen, trichterförmigen Körper flatterten hin und her, als ob eine Böe ein Spiel mit ihnen trieb, sie vorwärtsstieß wie schwebende Pendel dicht über dem Boden. Die Köpfe erschienen Ellen wie überdimensionierte Saugnäpfe eines Tintenfisches, die auf dem Körper hin und her wiegten, als trieben sie auf aufgewühltem Meer.

Zielstrebig bewegten sie sich auf Arnt zu, der seinen Rollstuhl mal hierhin, mal dorthin drehte, als wisse er nicht, in welche Richtung er entkommen könnte. Die Fender umringten ihn, und obwohl er sie nicht sah, verkrampften sich seine Finger um den Ring der Räder, als wolle er sich daran festhalten. Dann stieß er mitten durch die Belagerer hindurch und hetzte mit erstaunlichem Geschick durch die Menschenmasse. Kurze Zeit später hatte ihn eine der Gassen verschluckt.

Die Fender vollführten einen rhythmischen Tanz, drehten sich um sich selbst und löffelten dabei mit ihren Näpfen durch die Luft, als würden sie etwas einfangen.

»Sie verschlingen das Kontaktloch«, kommentierte Charlotte, die in geduckter Haltung neben Ellen kauerte. »Sobald es beseitigt ist, werden sie sich auf die Suche nach demjenigen machen, der es verursacht hat …«

Als hätten sie die Worte der Katze gehört, wurden die Bewegungen der Fender langsamer. Sie reckten ihre Näpfe und schwenkten sie ruckartig hin und her, als witterten sie in alle Richtungen.

Ellen presste die Hand auf den Mund. Die Gestalten bewegten sich sternförmig von dem Ort weg, an dem eben noch der Rollstuhl gestanden hatte. Einer von ihnen kam genau auf sie zu. Langsam, aber zielstrebig. Stoßweise stieß er seine durchdringenden Schreie aus.

Von Panik ergriffen, stürzte Ellen hinter der Türe hervor und rannte ins Innere der Kirche, in der trotz der beachtlichen Anzahl von Menschen eine andächtige Stille herrschte. Links neben dem Eingang stand die Tür zu einem Raum voller Kerzen offen. Sie stürmte hinein, die Katze folgte ihr auf dem Fuß.

»Er spürt Sie, wenn Sie so panisch reagieren«, warnte Charlotte, während ihre Pfoten lautlos über den Kirchenboden trippelten.

»Wie können wir ihn loswerden?«

»Es gibt nur zwei, leider ziemlich aussichtslose Möglichkeiten, den Fendern zu entkommen«, gab die Katze zur Antwort.

»Kann man sie anzünden?«, schnaufte Ellen und sah sich in der Kammer um, in der hunderte kleiner Flammen tanzten.

»Nein, Sie müssen Ihre Emotionen unterbinden«, sagte Charlotte und tänzelte um Ellen herum, »dann sind die Fender nicht in der Lage, Sie aufzuspüren.«

»Was soll ich?«, fragte Ellen verstört.

»Sie müssen Ihre Gefühle abstellen und zwar komplett.«

»Ach ja? Das ist jetzt genau der richtige Moment dafür«, presste Ellen hervor, »ich hoffe, die zweite Möglichkeit ist realistischer.«

»Dann bleibt nur eins …«

Charlottes Schwanz peitschte über den Boden.

»Und das wäre?«

»Sie müssen lieben.«

»Ich muss was?« Ellen stand wie vom Donner gerührt.

»Sie haben mich sehr wohl verstanden.« Charlotte musste jetzt brüllen, um die spitzen Schreie des Fenders zu übertönen, die, zu Ellens Entsetzen, immer näherkamen.

»Sie wissen genau, dass ich das nicht kann. Zudem wüsste ich gar nicht, wen.« Ellen spähte aus der Kammer und ihr Atem stockte. Der Fender musste sich im Eingangsbereich der Kirche befinden, sein pendelnder Schatten zog sich ins Innere des Schiffes.

Einige Bibelleser saßen in den hinteren Bänken, gänzlich vertieft in ihre Schriften. Während sich die Aurier unter den heiligen Worten verschanzten, schienen die Leser den Fender nicht zu bemerken, der sich hinter ihrem Nacken in die Kirche bewegte. Kurz verharrte er, dann drehte er sich langsam um sich selbst. Stechende Schreie spalteten sich an den Säulen der Kirche und hallten hundertfach durch den Raum. Ellen presste die Handballen an ihre Ohren. Ein Bibelleser gähnte, sah kurz auf und schlug das Buch zu. Die Aurier protestierten platt zwischen den Seiten.

Mit einem Mal war es still. Der Fender hielt in seiner Bewegung inne. Ellens Kopf zuckte zurück. Er hatte sie gespürt, dessen war sie sich sicher. Jetzt setzte sich sein Körper erneut in Bewegung, schaukelnd näherte er sich der Kammer.

»Charlotte, er hat uns …« Ellen starrte keuchend auf die Gestalt, die mit jedem Pendelschlag größer wurde. Ihre Fingernägel gruben sich tief in die Handflächen.

»Kommen Sie runter, sehen Sie mich an«, zischte Charlotte plötzlich. Ellens Augen klebten an dem Fender, ihre Lungen sogen vergeblich nach Luft.

»Sie sollen zu mir runterkommen, verdammt noch mal«, brüllte die Katze nun unwirsch.

Die unerwartete Heftigkeit riss Ellen aus der Erstarrung, und sie beugte sich zu dem Tier hinab.

»Hören Sie zu, Sie machen jetzt genau, was ich sage, und nichts anderes.« Charlottes Augen funkelten. »Setzen Sie sich, sehen Sie mich an – lieben Sie mich!«

»Was? Aber … aber … Sie?« Ellen starrte die Katze perplex an.

»Ja, mich. Menschen lieben Katzen, also machen Sie schon. Vergessen Sie den Fender. Denken Sie nur an die überaus wundervolle und einzigartige Katze, die Sie gleich streicheln dürfen. Setzen Sie sich und sehen Sie mich an …«

»Sind Sie verrückt geworden?«

»Setzen Sie sich endlich hin!!!«

Ellen wollte etwas erwidern, doch ihre Gedanken waren blockiert. Steif vor Angst ließ sie sich auf den Kirchenboden sinken, und ohne zu zögern, sprang Charlotte auf ihren Schoß.

»Sehen Sie mir in die Augen, schauen Sie nicht weg, und seien Sie nur Sie selber mit einer Katze, die Sie lieben …«

Der Körper des Fenders drängte sich in Ellens Blickwinkel.

»Lieben Sie! Lassen Sie sich in meine Augen fallen!«

Das schlürfende Geräusch, das aus dem schwarz glänzenden Napf quoll, erfüllte den Raum und brachte Ellen fast um den Verstand. Die Angst zog die Schlinge zu, die sich um ihren Hals gelegt hatte. Sie würgte, japste verzweifelt nach Luft, doch je mehr sie dagegen ankämpfte, desto weniger Luft bekam sie.

»Lieben Sie!«

Das Gefühl der Ohnmacht erklomm Ellens Hinterkopf und vernebelte ihre Sicht. Tausend Punkte tanzten vor ihren Augen und vermischten sich nahtlos mit dem Mantel des Fenders.

Dann ging es ganz schnell. In einem Zustand, in dem sie meinte, Verstand und Bewusstsein endgültig zu verlieren, waren ihre Gedanken mit einem Mal glasklar, als hätte sie einen Punkt überschritten, als wäre sie aus einer modrigen Kluft in einen frisch gelüfteten Raum gestiegen.

Vertraue ihr, die Worte von Radin erklangen flüsternd in ihrem Kopf, und mit einem Mal wusste sie, was sie zu tun hatte.

Die Schlinge um ihren Hals lockerte sich ein wenig, und sie zwang ihren Blick in Charlottes weit geöffnete Augen, die ihr erwartungsvoll entgegenblickten. Die glänzend schwarzen Perlen waren umgeben von einem orangeleuchtenden Rand. Kleine Flammen zuckten rhythmisch darin, als würden sie ihr zuwinken. Ellen hatte das Gefühl, ihr Blick würde hineingesogen, weiter und weiter tauchte sie in die Augen der Katze ein, bis vor die tanzenden Flammen des Kamins im Wohnzimmer der alten Mühle.

Langsam beruhigte sich ihr Atem. Sie saß auf dem Schoß ihres Vaters, den Rücken an seine Brust gelehnt. Der Kopf des Labradors lag warm auf ihrem Oberschenkel, die rehbraunen Augen auf Ellen gerichtet. Ein vertrauter Geruch stieg ihr in die Nase. Es war der Duft von alten, getränkten Möbeln und gelebten Mauern, von Verständnis und Vertrautheit, der Duft des Geborgenseins – der Duft ihrer Kindheit. Wie hatte sie diese Momente geliebt … Ellen seufzte laut auf und vergrub ihre Finger im Fell des Hundes.

Der Fender drang in die Kammer ein, dann hielt er inne. Langsam bewegte er seinen Napf hin und her. Er witterte. Er wusste, sie waren hier drin. Fast unmerklich setzte er sich in Bewegung. Das Pendeln seines Körpers ließ die Flammen unwirkliche Sprünge vollführen. Mitten im Raum blieb er stehen. Stieß einen Schrei aus. Wartete. Dann noch ein Schrei. Das Echo reflektierte an den Wänden, hüllte alles ein. Unaufhaltsam bohrte es sich in Ellens Kopf, zog an ihr, aus der Ferne erst. Wieder ein Schrei. Ellen klammerte sich an ihren Vater, versuchte, den Lärm in ihrem Kopf zu ignorieren, versuchte, dort zu bleiben. Doch die Schreie wurden lauter, drangen mehr und mehr zu ihr durch …

Dann war es vorbei. Die anschwellende Angst riss sie aus ihren Gedanken, riss sie zurück, und sie konnte nicht anders. Sie musste einfach hinsehen. Und als sie ihren Blick nach oben hob, überkam sie das blanke Entsetzen.

Blitzartig nahm der Fender die Gefühlsregung wahr. Er drehte sich kurz nach rechts, nach links, dann senkte sich sein Napf in Ellens Richtung. Eine eiskalte Welle spülte durch ihren Körper. Mit weit aufgerissenen Augen blickte sie in ein pulsierendes, schleimglänzendes Loch, welches sich ihr entgegenstreckte und langsam näher kam.

»Verflucht, sehen Sie mich an«, zischte Charlotte scharf. Ellen konnte spüren, dass sie nun ebenfalls zitterte. »So, wie vorhin, Sie können es, das ist unsere einzige Chance! Jetzt!«

Ellen riss sich los und suchte erneut den Blick der Katze. Es wurde dunkel, der Körper des Fenders verdeckte fast vollständig das Licht der Kerzen. Sie schloss die Augen. Sie atmete. Ein. Aus. *Ich muss es probieren, muss alles loslassen, noch ein letzter Versuch* … Das Restlicht erlaubte ihr, noch einmal in Charlottes Augen einzutauchen, die alte Wohnung erschien Pixel für Pixel in ihrem Kopf. Sie atmete mit weit geöffnetem Mund. Ein. Aus.

Da war ihr Vater, sie schmiegte sich in seine Arme, hielt den Kopf des Hundes fest auf ihrem Schoß, es war so vertraut. Sie wollte nicht gehen. Nicht auf diese Weise. Sie liebte ihre Familie. Liebte das Leben. Ihre Hände liebkosten das Fell des Hundes, wie sie es immer getan hatte …

Ein plötzliches lautes Schnurren setzte ein, erfüllte den Raum und rieb sich an dem Körper des Fenders. Das starke Vibrieren spülte sich durch Ellens Haut und füllte all ihre Gliedmaßen. Es war so zeitlos, so heilsam. Wärme ergoss sich in Ellens Herz, sie spürte das samtene Fell unter ihren Fingerkuppen …

Schlagartig wurde es heller. Der Fender wich zurück, rückwärts, als würde er geschlagen. Wütend richtete er seinen Napf auf das Schnurren und spuckte in spitzen Schreien dagegen an. Umkreiste es. Stieß vor …

Ellens Finger massierten das Fell, vollkommen entrückt spürte sie nichts als die längst vergangene Wärme in ihrem Herzen.

Der Fender wich noch weiter zurück. Als er an die Tür der Kammer kam, drehte er sich abrupt um, wirbelte noch einmal schreiend im Kreis – und verschwand im Kirchenschiff.

»Es ist gut, Sie können jetzt aufhören.« Ellen wurde erneut aus dem vertrauten Wohnzimmer gerissen und auf den kalten Kirchenboden zurückgeworfen. Es dauerte einen Moment, bis sie begriff, wo sie war. Charlottes Schnurren erfüllte noch immer den Raum. Die Katze war von Ellens Schoß gesprungen und schleckte sich heftig, als ob sie es damit abstellen könnte.

»Denken Sie bloß nicht, ich hätte das genossen«, knurrte sie so leise, dass Ellen es gerade noch hören konnte.

Doch Ellen hatte andere Sorgen. Vorsichtig stand sie auf und beäugte das Kirchenschiff. »Ich glaube, er ist weg«, flüsterte sie.

»Das will ich wohl hoffen«, antwortete Charlotte.

»Warum hat er uns nicht angegriffen? Er stand doch genau neben uns«, sagte Ellen stirnrunzelnd. Ihr Blick huschte noch immer nervös über die Bänke.

»Die Fender können die Schwingungen der Liebe nicht ertragen«, erklärte Charlotte pragmatisch, »und viele von ihnen hassen die wohltuenden Laute der Hygiellen.«

»Sie haben Ihre wohltuenden Laute reichlich spät erklingen lassen …« Ellen konnte sich die Bemerkung nicht verkneifen.

»Wie Sie vielleicht schon bemerkt haben, kann ich diese Gabe nicht steuern«, gab die Katze forsch zurück. »Und diese scheußliche Situation, in die Sie uns durch Ihre Unachtsamkeit gebracht haben, war auch für mich kein Mäuselecken.« Sie streckte ihren Hals, um sich den Nacken zu reinigen.

»Verstehe«, sagte Ellen. »Und Sie können jetzt aufhören, sich zu putzen, meine Hände waren nicht schmutzig.«

Charlotte murrte etwas Unverständliches in ihr Fell, dann unterbrach sie ihren Waschvorgang und blickte auf, als wäre ihr etwas in den Sinn gekommen.

»Wir müssen los«, rief sie plötzlich und sprang auf. Ohne weiter auf Ellens Bemerkung einzugehen, trippelte sie zur Tür der Kammer und warf nochmals einen prüfenden Blick in die Kirche.

»Würden Sie Ihre Hand nochmals auf mein Fell legen, aber bitte nicht dort, wo ich mich gerade gesäubert habe!«

Ellen holte kurz Luft, dann sank sie in die Knie und legte die Hand weit hinten auf den samtenen Rücken der Katze. Charlottes Hinterteil schnellte hoch, und fast zeitgleich setzte der Schnurrton wieder ein. Ellen kam nicht umhin, ein wenig zu massieren. Charlotte fing an, mit den Hinterläufen zu stampfen. Das Schnurren wurde lauter.

»Lassen Sie gefälligst diesen Blödsinn!«, zeterte sie mit vibrierender Stimme, »was fällt Ihnen ein!«

Im gleichen Moment spürte Ellen, wie sie den Boden verließ. Selbst die mäkelnden Worte der Katze hoben mit ab, und einen Augenblick später befanden sie sich neben dem Pfortenkreis, an dem Ellen ihren Körper zurückgelassen hatte.

»Perfekte Landung«, freute sie sich. Sie war nicht gefallen.

»Für Ihre Verhältnisse haben Sie diesbezüglich erstaunlich schnell Fortschritte gemacht. Aber wir müssen noch durch die Pforte«, bemerkte Charlotte scharf und nickte Ellen zu, ihr zu folgen. »Und kommen Sie nie wieder auf die Idee, mich auf derart schmähliche Weise anzugrapschen!«

Noch bevor Ellen etwas erwidern konnte, war die Katze in den Pfortenkreis gesprungen und suchte nach dem Durchgang, den Ellen nicht sehen konnte. Sie folgte dem Blick des Tieres, wie er langsam nach oben wanderte. *Die Pforte muss irgendwie beweglich sein*, dachte sie – und setzte ebenfalls über den Stamm.

»Etwas müssen Sie mir noch erklären, bevor ich Sie endgültig nicht mehr verstehe«, sagte Ellen dann. »Warum sind wir nicht einfach auf Ihre Weise aus der Kirche verschwunden, um dem Fender zu entkommen? Wozu das ganze Theater?«

»Dann hätten wir gleich aufgeben können. Wenn die Fender nah genug sind, nehmen sie jeden Ortswechsel wahr und können der Spur mühelos folgen. Wir hätten keine Chance gehabt ... Und wenn sie uns während des Wechselns erwischen, könnten wir auf ewig verloren sein«, erklärte Charlotte, wobei sie sich auf das unsichtbare Etwas konzentrierte.

Ellens Körper lag noch immer in derselben, unschicklichen Haltung am Boden, der Mund stand nach wie vor offen, und das Stück Brezel hatte ein schwarzes, wuselndes Eigenleben entwickelt.

»Igitt, das ist ja ekelhaft!« Ellen starrte voller Abscheu auf einige Krabbler, die gerade über ihre Zähne liefen und dann über die Zunge in Richtung Rachen verschwanden.

»Die können Sie gleich ausspucken«, sagte Charlotte gelassen, und ihr Blick senkte sich langsam. »Nehmen Sie mich bitte auf den Arm, das macht es einfacher, und wenn ich *jetzt* sage, springen Sie in Ihren Körper.«

»Warten Sie, eins noch ...«

»Nein, wir müssen los, oder wollen Sie verdursten?« Charlotte stampfte ungeduldig mit den Pfoten.

»Charlotte, bitte, nur einen Moment …«

»Jetzt machen Sie endlich, sonst ist es zu spät, und wir müssen noch mal warten, bis …«

»Charlotte!«

Die Katze hielt inne.

»Danke«, flüsterte Ellen. »Danke, dass Sie mich dort rausgeholt haben.«

Charlotte sah sie einen kurzen Moment lang überrascht an, dann schüttelte sie ihre Mähne.

»Los, nehmen Sie mich hoch«, sagte sie barsch und vermied es sichtlich, Ellen anzublicken.

Ellen bückte sich und hob die Katze auf ihren Arm. Trotz ihrer Größe war sie leicht wie eine Feder. Ein paar Sekunden standen sie da, gerade lange genug, um nochmals einen Blick auf die wackelnden Fühler eines Käfers zu erhaschen, die hinter ihren Schneidezähnen hervorlugten. Übelkeit stieg in ihr auf, als sich Charlottes Körper anspannte.

»Jetzt!«

Ellen fixierte den Reißverschluss ihrer Jacke – und sprang. Einen Moment lang wurde ihr schwarz vor Augen. Sie fühlte sich in etwas hineingleiten und darin ausdehnen. Dann schoss sie in ihren eigenen Kopf und öffnete die Augen. Im gleichen Moment würgte sie lautstark, spie das Brezelstück aus ihrem Mund und die Ameisen mitsamt einigen Käfern hinterher. Charlotte machte jäh einen Satz zur Seite. Ellen keuchte und hustete, sie hatte das Gefühl, die Insekten wären ihr bis in den Magen gekrochen. Eilig versuchte sie aufzustehen, fiel jedoch gleich wieder auf die Knie. Ihr Genick schmerzte und ihr Hals brannte, als hätte sie eine Handvoll Pfefferschoten verschluckt. Sie musste etwas trinken. Auf allen vieren zog sie sich zu ihrem Rucksack, neben dem Charlotte saß und ihre Pfoten von allen Seiten begutachtete, als wäre nichts geschehen. Ellen versuchte, den Sack zu öffnen, aber ihre Finger gehorchten ihr nur widerwillig. Sie waren eiskalt und so steif, dass sie Angst hatte, sie würden zerbrechen, wenn sie sie bewegte. Endlich gelang es ihr, die Schnalle zu lösen. Mit bebenden Händen zog sie die Flasche heraus. Sie war fast leer. Die wenigen Schlucke ließ sie langsam die Kehle hinabrinnen, mitsamt dem krabbelnden Haufen, der sich noch in ihrem Mund befand. Sie sog die Flasche leer, kreiste mit der Zunge im Verschluss herum, um auch noch jene Tropfen zu erhaschen, die tags zuvor in ihrem Hals verschwunden waren.

Charlotte beobachtete sie und gab einen missbilligenden Laut von sich. Ellen konnte ihre Worte nicht mehr verstehen, doch das brauchte sie auch nicht. Sie wusste, was sie sagte.

Wären Sie vorher etwas sparsamer gewesen, müssten Sie nicht unter Durst leiden, aber vorauszudenken ist eindeutig nicht Ihre Stärke.

Wie recht sie hat, dachte Ellen seufzend.

Kapitel 13

Arnt

Der Stich einer Tannennadel war es, der Ellen am nächsten Morgen hochfahren ließ. Verwirrt griff sie sich an den schmerzenden Unterarm, dann warf sie einen Blick auf Uwe, der auf ihrem Nachttisch tief und fest schlief. Sie musste ihn mehrmals antippen, bis er endlich die Uhrzeit preisgab. Die Hälfte des Tages war bereits vergangen.

Erschlagen wälzte sich Ellen an den Rand des Bettes. Kopf und Genick machten sich stechend bemerkbar, und zwischen ihren Zähnen knirschte es, dass eine Gänsehaut über ihren Rücken kroch. Verstört sah sie an sich hinunter auf die verschmutzten Kleider. Sie musste, ohne sich auszuziehen, ins Bett gefallen sein. Die Beine zum Gehorsam zwingend, humpelte sie zur Kaffeemaschine, wobei jede Bewegung schmerzhaft die Erinnerung an die letzten Stunden wachrief.

Zusammen mit Charlotte war sie am Vorabend nach Hause gelaufen, und es hatte die Katze alle Anstrengungen gekostet, Ellen dazu zu bewegen, sich in ihrem unterkühlten und erschöpften Zustand nicht an einen Baumstamm zu lehnen und einfach einzuschlafen. Während des Laufens war ihr ein wenig warm geworden, doch jeden Schritt hatte sie sich erkämpfen müssen. In Grollloch hatte sie einen Brunnen entdeckt und gierig vor Durst ihr ganzes Gesicht hineingetaucht. Die Portion Dreck, die sie zusammen mit dem Brunnenwasser eingesogen hatte, war ihr egal gewesen. Eigentlich war ihr alles egal gewesen. Sie war an einem Punkt angelangt, an dem sie nur noch funktionierte. Meter für Meter, Schritt für Schritt, Atemzug für Atemzug. Irgendwann hatten sie dann vor ihrer Haustür gestanden. Es musste schon weit nach Mitternacht gewesen sein, als Charlotte, ohne sie eines Blickes zu würdigen, auf dem Gehsteig verschwunden war.

Als Ellen an ihrem Kaffee nippte, versuchte sie, die letzten Stunden zu verstehen. Das Denken fühlte sich rostig an. Einer dunklen Ahnung folgend, torkelte sie ins Badezimmer und suchte das Fieberthermometer. Eines jener Sorte, die man sich ins Ohr stecken konnte, auch wenn Susan rektale Messergebnisse empfahl. 38,8 Grad Celsius gab das linke Ohr an. Das rechte ging mit 39,1 in Führung, und wie zur Bestätigung fing das Bad an, sich zu drehen. Ellen wurde speiübel. Ameisen, Käfer und dreckiges Wasser spülten durch ihre Gedanken. Nur mit Mühe unterdrückte sie den würgenden Reiz, der über sie hereinzubrechen drohte. Entkräftet lehnte sie sich an den Türrahmen und versuchte vergebens, das drehende Bad anzuhalten.

In diesem Moment klingelte das Telefon – im unzulässigen Dezibel-Bereich, wie es Ellen schien, und bremste das Karussell vorübergehend. Sie gewann an Balance und kämpfte sich zu ihrem Schreibtisch. Die Nummer, die das Display anzeigte, kannte sie nicht. *Alles, bloß keine Gespräche mit fremden Leuten* – Ellen ließ es klingeln, bis sich der Anrufbeantworter einschaltete. *Muss es sein, sprich hier rein*, hörte sie ihre eigene Stimme. Nach dem Pieps folgte lautes Schweigen. *Sie haben 28 neue Nachrichten*, blinkte das Display vorwurfsvoll. Doch Ellen wollte keine Nachrichten, sie wollte nur noch schlafen – sonst nichts.

Und das tat sie auch, ohne Unterbruch – bis Uwe sie am nächsten Morgen aus dem Schlaf krähte. Das Fieber war gesunken, dennoch verbrachte sie den Tag mit einer Kanne Tee und ihrem kleinen Fernseher im Bett. Dreimal noch klingelte das Telefon auf ihrem Schreibtisch. Dreimal ließ sie es ins Leere läuten.

Am darauffolgenden Morgen wachte sie von alleine auf und warf einen Blick auf Uwes schmerzverzerrtes Antlitz. Er litt augenscheinlich, die ungelesenen Mitteilungen brachten ihn fast zum Zerbersten. Sollte er. Ellen kümmerte es nicht. Ihr Genick schmerzte noch immer, und sie hatte mit der hartnäckigen Dienstverweigerung ihrer Beine stark zu kämpfen. Als sie nach einem Beutel Kamillentee griff, kam ihr in den Sinn, dass sie in den letzten Tagen kaum gegessen hatte. Der Nährstoffgehalt der Insekten, die suizidfreudig in ihren Hals gekrabbelt waren, war auch nicht allzu nachhaltig gewesen. Doch der Hähnchenschenkel, der sich noch immer im Kühlschrank befand, hatte bereits die Farbe gewechselt. Ellen bugsierte ihn mit verkniffenen Lippen in den Müll, bevor er sich von selbst auf den Weg machen würde.

Um wieder zu Kräften zu kommen, kochte sie eine Fleischbrühe und tunkte eine harte Brezel hinein. Langsam fühlte sie sich besser, die Beine fügten sich wieder ihrem Willen, und auch das Fieber war weg.

Das lange Schlafen hatte gutgetan.

Es klingelte im Doppelpack. Ellens Blick huschte zwischen Telefon und Tür hin und her. Einen Moment lang zögerte sie. Wieder die unbekannte Nummer. Sie entschied sich für die Tür. Aus der Gegensprechanlage erklang etwas, das sich nach einem Wortsalat aus Susans Mund anhörte, allerdings mit zu viel Essigsoße. Ellen rüstete sich gegen einen Schwall Vorwürfe und drückte den Türöffner. Kurz darauf platzte ihre Wohnungstür auf und Susan füllte schlagartig den ganzen Raum.

»Himmel, bist du verrückt geworden?« Hände wirbelten hektisch über Ellens Kopf. »Seit Wochen versuche ich, dich zu erreichen. Wo hast du gesteckt? Ich sorge mich halb zu Tode. Und nicht nur ich …«

»Stopp!«, fuhr Ellen dazwischen. »Erstens – es waren keine Wochen – und zweitens«, Ellens Stimme wurde ruhig, »hallo Susan, schön dich zu sehen.«

Susan holte tief Luft, während ihre Hände immer noch unkontrolliert in der Luft herumrührten, dann flog sie Ellen um den Hals.

»Du hast recht, ich sollte dir erstmal zuhören, bevor ich dir Vorwürfe mache. Himmel, Ellen, ich hatte solche Angst um dich …«

Es war Ellen nicht schwergefallen, Susan zu überreden, mit in die Stadt zu kommen. Die Freundin platzte fast vor Neugier und machte keinen Hehl daraus. Doch Ellen schwieg hartnäckig, während sie den Kirchplatz überquerten, an dem sich Tage zuvor so eigentümliche Ereignisse abgespielt hatten.

»Aber heute kein Billard«, warf Susan ein, als sie den *Schwarzen Holler* betraten, dessen Türglöckchen zur Begrüßung fröhlich bimmelte.

»Nein«, antwortete Ellen. »Schau, der Erpeltisch ist frei.«

Susan beäugte kritisch den farbigen Vogel, der schnabelabwärts die Wand zierte, als wäre er im Sturzflug erwischt und ausgestopft worden. Ellen nahm unter dem Erpel Platz und warf einen Blick auf die Speisekarte, obwohl sie den Inhalt inund auswendig kannte. Ihr Magen knurrte nach Cordon bleu, was sie als Zeichen der Besserung deutete. Trotzdem bestellte sie eine Fladensuppe und Holunderpunsch bei Larissa, die nichts davon ahnte, dass sie Ellen bei ihrer jüngsten Begegnung beinahe das Nasenbein gebrochen hatte.

»Und – was war jetzt? – schieß endlich los!« Susans Finger trommelten auf dem Tisch und ihre Zehen in den Schuhen. Vor lauter Neugier vergaß sie, ihre Sonderwünsche anzubringen und bestellte den Salat genau so, wie er auf der Karte stand.

Als Ellen endlich zu erzählen begann, stülpten sich Susans Ohren förmlich über deren Lippen. Fladensuppe und Salat kamen gleichzeitig, der Salat ohne separate Soße und voller Zwiebeln, doch Susan schien es nicht zu bemerken.

Nachdem Ellen mit ihrem Bericht geendet hatte, war die Fladensuppe immer noch unberührt und mittlerweile kalt geworden. Auch Susans Salat war kalt und stand fast jungfräulich vor ihr. Eine ihrer Wangen war dicker als die andere. In den letzten Minuten war sie nicht fähig gewesen, den Salat zu schlucken.

»Wenn das wirklich so ist, wie du es erzählst …«, sagte sie betont langsam, »dann musst du sofort aus dieser Sache aussteigen. Das alles ist … total gestört.« Die Falten auf Susans Stirn wurden von den Augenbrauen angehoben, während der Salat endlich den Weg nach unten fand. »Und wenn diese Sache tatsächlich so ungemein wichtig ist – dann soll es doch jemand anderes erledigen. Jemand, der dafür besser geeignet ist …« Sie nahm einen großen Schluck Punsch. »Tu mir bitte den Gefallen und klink dich da aus.«

»Ich dachte mir, dass du es nicht gut finden würdest …«, Ellen suchte nach den richtigen Worten, »aber ich habe einfach das Gefühl, dass ich es tun muss. Für mich, für Radin und …«

»Radin, Radin, du kennst ihn ja gar nicht«, fuhr Susan dazwischen. »Würde jemand, der es gut mit dir meint, dich in so eine Lage bringen? Was wäre gewesen, wenn dich dieses schwarze Ding erwischt hätte? Überhaupt ist das alles so unwirklich und unheimlich. Du schwebst in unglaublicher Gefahr, Ellen, glaub mir, bitte …«

»Ich kann nicht anders, Su.« Ellen stocherte in der erkalteten Suppe. »Seit Jahren habe ich das Gefühl, nicht richtig zu leben – jetzt weiß ich endlich, warum. Außerdem geht es um mehr als nur um mich …«

»Und was ist mit uns? Und mit deiner Mutter? Hast du sie mal angerufen? Nein? Ich schon! Sie sitzt zu Hause wie ein Haufen Elend, und auch wenn sie es nicht zugeben will, bin ich sicher, es ist vor lauter Sorge um dich. Was ist nur los mit dir, Ellen!« Susan erstach wütend ein Salatblatt und stopfte es in den Mund.

Ein anderer Gedanke, der Ellens Freundin seit Tagen nicht losgelassen hatte, quetschte sich ihren Hals hinauf und kollidierte mit dem Salat. »Und was ist eigentlich mit deinem heimlichen Techtelmechtel?«, fragte sie hustend. »Du bist in einen Typ verknallt und erzählst es mir nicht!«

»Verknallt?« Ellen riss die Augen auf. »Von was zum Henker redest du?«

»Na, von dem Typ, der dir scheinbar gefällt, der sich bei dir melden soll …«

»Ach«, sagte Ellen spitz, »hat sich etwa eines meiner Probleme gelöst, ohne dass ich davon weiß?« Sie warf Susan einen scharfen Blick zu. »Was soll das denn jetzt?« Ellen fühlte sich von der abrupten Wendung des Gesprächs vollkommen überfahren.

Susans Blick turnte an dem Zinken ihrer Gabel. »Weißt du, Ellen, du musst es mir ja nicht sagen, aber ich dachte …«

Weiter kam sie nicht. Es rumpelte.

Ellens Stuhl war nach hinten gekippt. Noch bevor Susan begreifen konnte, was gerade geschah, war Ellen aufgesprungen. Das Glöckchen an der Tür bimmelte entrüstet auf – dann war sie verschwunden.

Susan ließ ihre Gabel in den Salat sinken und starrte auf ihr fehlendes Gegenüber. Dann fasste sie sich. Sie zahlte für beide, ließ den Rest des Salats in der Schüssel liegen und verließ den *Holler* fast genauso laut, wie Ellen es kurz zuvor getan hatte.

Larissa stellte kopfschüttelnd den Stuhl wieder auf.

Unterdessen hatte Ellen den Kirchplatz überquert. Angestrengt hielt sie Ausschau nach dem Rollstuhlfahrer, den sie kurz zuvor durch das Fenster gesehen hatte. Es war der Typ gewesen, den sie von Anderland aus angesprochen hatte, dessen war sie sich sicher. Es gab nicht viele Rollstuhlfahrer in Steilbach, die rot karierte Hemden trugen und einen hölzernen Stuhl fuhren.

Unschlüssig blieb sie stehen. Mehrere Gassen führten vom Kirchplatz weg. Sie wählte die, in die er geflüchtet war, als die Fender aufgetaucht waren. So schnell sie ihre Beine trugen, rannte sie die mit Kopfstein gepflasterte Straße hinauf – weit konnte er noch nicht sein. Prüfende Blicke flogen in jede Seitengasse. Nichts. Ungewollt wurde sie langsamer und sah pikiert an sich hinunter. Sie war sonst wesentlich ausdauernder, doch jetzt arbeiteten die Beine wie schwere Klötze an ihrem Rumpf. Schnaufend wechselte sie ins Schritttempo. Von dem Rollstuhlfahrer war immer noch nichts zu sehen. Beinahe hätte sie aufgegeben, als sie an einer Ecke den jungen Mann erblickte.

»Heee!«, rief Ellen und winkte mit beiden Armen. Der Rollstuhl verschwand zwischen den engstehenden Häuserwänden. »Aaarnt!«, brüllte sie keuchend. Ein Auto kam ihr entgegen. Ellen presste sich an eine schmutzige Fassade und rollte die Zehen ein. Putz bröckelte von der Hauswand und fiel auf die Straße. Erneut rannte sie los, bis zu der Stelle, an der Arnt verschwunden war, und bog keuchend in einen Durchgang ein.

Ihre Jagd wurde jäh gebremst. Unversehens fand sie sich auf dem Boden wieder. Ein scharfes Stechen fuhr durch ihre Beine, auch die Handgelenke hatte es erwischt.

»Kann ich dir irgendwie helfen?«, fragte eine gereizte Stimme von oben. Ellen hob langsam den Kopf und blickte hinauf zu Arnt, der mit verschränkten Armen in seinem Stuhl saß.

»Gern«, sagte sie schnaufend, »du kannst mir helfen, die Welt zu retten.«

Eine hagere Frau mittleren Alters betrat die Küche. An dem tiefen Schwarz ihrer Haare meinte Ellen, sie als Arnts Mutter zu erkennen. In den Händen hielt sie Pflaster, Bandagen und ein Desinfektionsspray.

»Wie konnte das nur passieren?«, fragte sie, Ellens Handgelenk und Unterarme abtupfend. Ellen biss die Zähne zusammen und musterte den Raum, um sich von dem Brennen auf ihrer Haut abzulenken. Zwei hellrote Vorhänge verdeckten das Fenster und tauchten die Küche in gedämpftes Licht. Arnt saß mit dem Rücken zu ihr und schaute durch den Vorhangspalt nach draußen. Neben dem summenden Kühlschrank tropfte der Wasserhahn und die Wände wiesen Flecken auf, die Ellen als Schimmel identifizieren konnte. Ansonsten war es ordentlich aufgeräumt, ganz im Gegensatz zu ihrer eigenen Küche, die bei unerwarteten Gästen jedes Mal das blanke Entsetzen hervorrief.

»Äh, wie bitte?« Die Frage der Frau hatte eine Zeit lang im Raum gestanden, bevor sie Ellens Gedanken erreichte.

»Wie das passieren konnte«, wiederholte sie geduldig.

»Nun ja, ich wollte Arnt etwas fragen und bin ihm gefolgt. Dabei habe ich die Stufen übersehen«, quetschte Ellen heraus und verzog schmerzhaft den Mund.

»Hättest halt die Rampe nehmen sollen, wie ich«, brummte Arnt, ohne den Kopf zu wenden.

»Hätte ich die Rampe gesehen, wären mir ziemlich sicher auch die Stufen aufgefallen, autsch.« Ellen zuckte zusammen.

»Entschuldigung, es brennt ein wenig, aber es ist gleich vorbei.« Die Frau hantierte mit der Sprayflasche an Ellens Handgelenk. »Wie heißt du eigentlich?«, fragte sie dann.

»Ellen. Ellen Lang.«

»Ach ja?« Arnt drehte sich das erste Mal um und sah Ellen direkt an. Ein Teil seiner langen Haare verdeckte die eine Gesichtshälfte. Der sichtbare Teil seines Mundes wurde von einem aufgeheiterten Zug umspielt. Ellen wusste genau, was nun kommen würde.

»Dafür bist du aber ganz schön kurz geraten«, bemerkte er spöttisch und widmete seine Aufmerksamkeit wieder dem Treiben der leeren Gasse. Ellen rollte mit den Augen und wollte gerade etwas erwidern, da fuhr er fort: »Und jetzt sag mir, woher du meinen Namen kennst. Ich kann mich nicht erinnern, dass wir uns schon mal begegnet sind.«

»Das ist eine längere Geschichte«, sagte Ellen und schluckte die schon hundertfach gehörte Anspielung auf ihren Namen hinunter, während die Frau das gerissene Stück Jeans begutachtete, welches ein Stück Bein herausschimmern ließ. Die Farbe verhieß nichts Gutes.

»Das Knie ist schon okay«, sagte Ellen schnell. Die Situation wurde ihr immer unangenehmer. »Herzlichen Dank für Ihre Hilfe, das war wirklich sehr, sehr nett, aber ich glaube …«

»Die Hose kannst du wegschmeißen, und das Knie blutet auch«, sagte die Frau. Ohne auf Ellens Worte einzugehen, sprühte sie ein wenig Flüssigkeit in das Loch der Jeans.

Ellen fuhr zusammen. Diese Person übertraf sogar Susan. Nie hätte sie geglaubt, dass so etwas möglich wäre. »Es ist schon gut, sehr nett, danke …«

»Willst du eine Hose von Arnt?«

»Jetzt ist es aber genug!« Arnt riss den Stuhl herum, dass die Räder auf den Bodenplatten quietschten. »Es ist nicht mein Problem, wenn die ihre Beine nicht im Griff hat.«

Ellen schluckte zweimal. Hätte Arnt nicht im Rollstuhl gesessen, hätte sie mit den passenden Antworten gekontert, die ihr garantiert erst auf dem Heimweg eingefallen wären. Trotzdem wollte sie die Bemerkung nicht auf sich sitzen lassen.

»Ich wollte dich kurz sprechen. Ich bin nicht gekommen, weil ich scharf auf eine deiner Hosen bin«, sagte sie säuerlich.

Die Frau platzierte noch drei Pflaster, bevor sie zu Ellens Erleichterung das Verbandsmaterial zusammenpackte.

»Wollt ihr noch etwas trinken? Tee? Milch? Wasser?«

»Mutter, lass uns doch einfach mal kurz allein!« Arnt kam an den Tisch gerollt und nickte unmissverständlich Richtung Tür.

Ellen zwirbelte ein paar Haare um ihren Zeigefinger und betrachtete beschämt die drei Piratenpflaster auf Handgelenk und Knie. »Es tut mir wirklich leid, dass ich Ihnen solche Umstände gemacht habe, Frau …«

»Wächter. Mein Name ist Anita Wächter.«

»Frau Wächter, vielen Dank für Ihre Hilfe und die … die tollen Pflaster.« Ellen hievte ihre Mundwinkel in die Wangen.

»Ist schon gut. Du wirst sehen, die Piraten wirken Wunder …«

»Mutter!« Arnt warf ihr einen entnervten Blick zu.

Anita verließ die Küche.

»Ich muss mit dir reden«, platzte es aus Ellen heraus, nachdem Arnt die Tür geschlossen hatte.

»So? Ich wüsste zwar nicht über was, aber wenn's so wichtig ist, dann – bitte!«

Obwohl er einen gleichgültigen Ton anschlug, spürte Ellen, dass er weitaus neugieriger war, als er zugeben wollte.

»Nicht hier, das ist eine längere Geschichte. Hast du morgen Zeit?«, fragte sie.

»Zeit habe ich massenhaft. Die Frage ist nur, wofür ich sie verwende«, gab Arnt zurück.

»Prima, dann treffen wir uns morgen Nachmittag. Um drei Uhr im *Schwarzen Holler*, abgemacht?«

Arnt hob die Augenbrauen. »Würdest du mich vielleicht mal abholen? Ich weiß immer noch nicht, woher du mich kennst und was das ganze soll.«

»Im *Holler* habe ich wegen dir noch eine Rechnung offen«, sagte Ellen und erhob sich zum Gehen. »Den Rest erfährst du morgen in aller Ausführlichkeit. Einverstanden?«

Ohne die Antwort abzuwarten, nahm sie ihre Jacke, zog sie vorsichtig über die Unterarme und humpelte zur Tür. Sie wollte diesen beengenden Ort so schnell wie möglich verlassen.

Auf dem Heimweg wurde Ellen mehr und mehr von Zweifeln geplagt, zudem schmerzten die Schürfungen am Knie bei jedem Schritt.

Sie lief am Spieltisch auf und ab und betrachtete mit kritischer Miene die Kugel, welche sie soeben Hals über Kopf ins Rollen gebracht hatte. Ob es die richtige war, wusste sie nicht – es würde sich zeigen müssen …

Als Ellen am *Holler* vorbeikam, blieb sie vor dem Fenster stehen und blickte hinein. Susan war nicht mehr da, etwas anderes hatte sie auch nicht erwartet. Ihr Gewissen tockte mit erhobenem Zeigefinger an ihre Stirn; Susan würde stocksauer sein, dessen war sie sich sicher – und sie hatte allen Grund dazu. Ellen überlegte, wenigstens noch die Rechnung zu begleichen, verschob das aber auf den nächsten Tag. Sie wollte nur noch eins: nach Hause.

Nachdem die Schuhe in der Ecke gelandet waren und die kaputte Hose über der Stuhllehne hing, wählte Ellen Susans Nummer. Niemand nahm ab. Sie probierte es nochmals – nichts. Ihr Gewissen nickte jetzt vielsagend und erinnerte sie zudem an ihre Mutter. Diesmal wählte sie deren Nummer. Doch auch nach dem Gespräch fühlte sie sich nicht wirklich besser.

Das Telefonat beunruhigte sie. Auch wenn ihre Mutter versichert hatte, es sei alles in Ordnung, ließ Ellen der Gedanke nicht los, dass etwas nicht stimmte. Sie nahm sich vor, ihr am nächsten Morgen einen Besuch abzustatten.

Ellens Blick fiel auf den Anrufbeantworter. 32 neue Nachrichten buhlten um Aufmerksamkeit. Kurzerhand drückte sie auf *Alle löschen.*

Die morgendlichen Laufrunden reduzierte Ellen um die Hälfte. Sie fühlte sich zwar schon wieder besser, aber ihr Körper brauchte trotzdem noch ein wenig Zeit, um sich ganz zu erholen. Zudem liefen ihre Gedanken auf eigenen Bahnen, kreisten um ihre Mutter, um ihre berufliche Zukunft, die gerade eine ungeplante Auszeit nahm, um Arnt, um Charlotte und um Radin. Wie es ihm wohl ging?

Nach dem Besuch in der Bäckerei betrat sie zweifach bebrezelt ihre Wohnung, blieb im Türrahmen stehen und stieß einen lauten Seufzer aus. Das Chaos war ihr kurz nach dem Aufstehen gar nicht aufgefallen. Ellen ignorierte das Knurren ihres inneren Schweinehunds und machte sich daran, das Geschirr abzuwaschen. Auch die Kleiderinseln verschwanden in der Waschmaschine. Und da sie gerade in Fahrt war, konnte sie auch noch staubsaugen. Doch der Putzschrank war leer. Fassungslos stand Ellen vor der geöffneten Tür. Wer stahl einen Staubsauger? Noch dazu ein Modell aus dem letzten Jahrhundert … Sie suchte unter dem Bett, im Bad, in der Küche – öffnete gedankenverloren den Kühlschrank, während sie sich fragte, was sie eigentlich suchte – ach ja, den Sauger. Hier war er nicht … Dann kam es ihr in den Sinn. Die Spinne. Sie hatte den Sauger auf den Balkon verbannt, in der stillen Hoffnung, die Spinne möge türmen oder diese Welt verlassen – wie auch immer, einfach nicht mehr ihre Wohnung besetzen.

20 Minuten später parkte der Helfer an seinem gewohnten Ort im Schrank. Nachdem sie auch noch zwei Interview Ter-

mine für die Zeitungskolumne und einige andere Verpflichtungen verschoben hatte – sie hatte ja keine Ahnung, ob und wie lange sie weg sein würde – nahm sie eine Dusche und schlüpfte in die Kleider. Von Susan hatte sie nichts mehr gehört.

Eine knappe halbe Stunde später stand Ellen vor dem Haus ihrer Mutter und betrachtete beklommen das Klingelschild *Heilpraktikerin für Psychotherapie – Lang*. Seit der Praxiseröffnung hatte sie nichts unternommen, um ihre Laufbahn ins Rollen zu bringen. Überhaupt schien das alles so weit weg zu sein. *Ich muss mein Leben so bald wie möglich wieder in den Griff bekommen*, nahm sie sich fest vor – und als Erstes wollte sie die Klingel austauschen.

Als sie die Haustür öffnete und in den Flur trat, fiel ihr sofort das fehlende Bild auf. Ellen stutzte und warf einen Blick in die Praxis. Der Traumdreher war noch da. Von einer Vorahnung erfasst, stieg sie hinauf zur Wohnung ihrer Mutter. Sie erschien nicht an der Treppe, obwohl Ellen sich sicher war, dass sie das Knarren der Stufen gehört haben musste.

Zögernd klopfte sie an die Tür. »Mum? Mum, bist du da?« Keine Antwort. »Mum!« Ein Anflug von Furcht flackerte durch ihre Nervenbahnen. Energisch öffnete sie die Tür und war auf alles gefasst – nur nicht auf den Anblick, der sich bot.

Ihre Mutter saß auf einem Stuhl vor Martins Bild und betrachtete es wie hypnotisiert. In ihren Händen hielt sie ein Buch, dessen Geruch bis zu Ellens Nase drang und auf einen langen Aufenthalt in einer Kellerkiste schließen ließ.

»Mum?«

Die Mutter riss die Hände nach oben, zwei Seiten flatterten zu Boden. »Ellen! Du meine Güte, hast du mich erschreckt, ich habe dich gar nicht hereinkommen hören.«

Entsetzen und Erleichterung rauften in Ellens Brust. »Mum, was ist mit dir los … und wie siehst du überhaupt aus?«

Die fettigen Haare ihrer Mutter wiesen in alle Himmelsrichtungen, die Ränder unter ihren Augen sprachen Bände, und auf ihrem Pullover tummelten sich Essensflecken.

»Geht es dir nicht gut?«

»Doch, Ellen, eigentlich geht es mir gut. Schön, dass du vorbeikommst. Ist bei dir alles klar?«

»Nicht ausweichen, Mum, was heißt *eigentlich gut*?«

Ihre Mutter seufzte. »Ach weißt du, ich denke im Moment viel über mein Leben nach …« Sie lächelte matt. »Aber alles halb so wild, sag jetzt, wie es dir geht.«

»Mum, nicht ablenken!«, drängte Ellen. Sie kochte Kaffee und beobachtete dabei besorgt ihre Mutter, die ihr stark geschwächt vorkam – und das Bemühen, Haltung zu bewahren, machte Ellen noch stutziger. »Ist es wegen Paris?«, fragte sie vorsichtig.

»Es ist wirklich nichts, alles ist bestens. Aber bei dir scheint ja einiges los zu sein, wie ich von Susan erfahren habe.«

Ellen ignorierte die Worte ihrer Mutter und wollte sich auch nicht darüber ärgern, dass Susan geplaudert hatte. Stattdessen hob sie die zwei Blätter auf, die aus dem Buch gefallen waren. Sie waren handgeschrieben und Ellen erkannte die geschwungene Handschrift ihrer Mutter.

»Darf ich?«

»Sicher.«

Ellen überflog die Zeilen und blickte überrascht auf. Es waren Liebesgedichte. Gedichte, die sich nicht reimten, aber doch einen Rhythmus besaßen, der das Herz tanzen ließ.

»Hast du die geschrieben?« Beeindruckt steckte sie die Blätter in das Buch.

»Ja, die habe ich geschrieben«, nickte die Mutter und ein feuchter Tropfen klammerte sich an den unteren Rand ihrer Wimpern. »Ist schon viele Jahre her …«

Ellen wusste, dass die Liebesgedichte ihrem Vater galten. »Mum, sie sind wunderschön, Dad war sicher tief berührt.«

»Er hat sie nie gelesen.«

»Warum?«

»Weil ich sie ihm nie gegeben habe. Ich wollte sie für einen besonderen Moment aufbewahren, für einen Moment, der für romantische Worte gemacht war und – und dann war es zu spät.« Die Mutter wischte sich mit dem Handrücken über das nasse Gesicht. »Aber das ist lange her«, sagte sie dann mit gestelztem Lächeln, »und auch gar nicht wichtig.«

Ellen schluckte ihre weiteren Fragen herunter. Sie spürte mehr als deutlich, dass ihre Mutter alles Weitere lieber zusammen mit den Gedichten zwischen den Buchseiten ließ.

»Was hältst du davon, wenn wir uns in den Garten setzen? Es ist schön draußen«, schlug Ellen vor. »Außerdem glaube ich, dass dir frische Luft guttun würde ...«

»Da muss ich aber erst noch ein wenig was richten«, meinte die Mutter und fuhr sich durch die verstrubbelten Haare.

Ellen lächelte erleichtert, so langsam erkannte sie ihre Mutter wieder. Nachdem diese sich auch noch frische Kleider angezogen hatte, gingen sie gemeinsam hinab zur Sitzecke neben dem Teich. Ellen stellte die Tassen auf den Tisch und erzählte von ihren Erlebnissen. Ihre Mutter ließ den Blick tief in den Kaffee sinken und hörte Ellen aufmerksam zu.

»Und was willst du jetzt tun?«, fragte sie, als Ellen geendet hatte. Keinen Moment lang zweifelte sie an der Glaubwürdigkeit ihrer Tochter, und Ellen war dankbar dafür.

»Ich werde versuchen, Arnt zu überreden, mich zu begleiten und dann werden wir beide unsere Aurier zurückholen. Mum, wenn ich das schaffe, kann ich vielleicht doch noch ein normales Leben führen.«

Ihre Mutter nickte mit besorgtem Blick. »Ich kann verstehen, dass du das möchtest, und ich kenne dich gut genug, um zu wissen, dass du es bereuen würdest, es nicht wenigstens versucht zu haben.« Sie nahm Ellens Hände zwischen ihre eigenen. »Ich bitte dich nur um eins. Pass auf dich auf. Ich werde dich mit all meinen guten Wünschen begleiten.«

Ellen stand auf und nahm ihre Mutter in den Arm. Wieder einmal war sie überwältigt von dem Vertrauen, das sie ihr entgegenbrachte. Ellen wusste sehr wohl, dass sie alles war, was ihre Mutter noch hatte.

Ein Rascheln in der Kirschlorbeerhecke ließ Ellen zusammenfahren. Sie stieß an den Tisch und der Inhalt der leeren Tassen ergoss sich über die sonnengelbe Tischdecke.

»Herrje, was ist denn auch los, du bist doch sonst nicht so schreckhaft«, sagte die Mutter überrascht und stellte die Tassen wieder auf.

»Stimmt, bin ich eigentlich nicht, aber … Vielleicht erlebe ich im Moment zu viele seltsame Dinge«, sagte Ellen nachdenklich, und ihr Blick streifte nervös über den Lorbeer, an dem nichts Ungewöhnliches zu erkennen war.

Bevor sie sich verabschiedete, stieg Ellen noch einmal hinauf in die Wohnung ihrer Mutter, um Martins Bild zu holen. »Es stört dich doch nicht, wenn ich es wieder mit hinunternehme. Ich denke, es wäre besser, wenn ich es doch in mein Schlafzimmer hänge. Es tut dir nicht gut, findest du nicht auch?«, sagte Ellen mehr bestimmt als fragend.

»Ach, es ist nur – es sind diese schönen Erinnerungen …« Ihre Mutter schien mit sich selbst zu ringen. »Also gut, mag sein, dass du recht hast«, sagte sie dann leise, »und außerdem gehört es ja dir.«

Kapitel 14

Morphus Knechtereff

Die große, zweiflüglige Holztür überragte den unförmigen Mann bei Weitem. Es schien, als müsse sein dünner Körper jeden Moment unter der Last seines Buckels entzweibrechen. Die rechte Faust hob und senkte sich unschlüssig im Rhythmus seines nervösen Trippelns. Schließlich holte er tief Luft, seine knorrigen Finger umgriffen den bronzenen Klöppel und schlugen ihn drei Mal mit erstaunlicher Kraft gegen das Holz. Dann hielt er inne und wartete.

»Wer ist es?« Die dumpfe Frage bahnte sich den Weg durch die Spalten der Türflügel nach draußen.

»Morphus, Grandseigneur, Morphus Knechtereff.« Der Bucklige verbeugte sich mehrmals ungesehen. »Ich habe eine Nachricht von äußerstem Interesse für Sie, wichtig, sehr wichtig.« Seine randlosen schwarzen Knopfaugen blinzelten nervös.

»Ich hoffe, sie ist in der Tat von angemessener Wichtigkeit, Morphus«, erklang die drohende Stimme. »Öffnet die Tür!«

Das Quietschen der Angeln ließ den Buckligen zurückweichen, er senkte sein Haupt, während er wartete, bis zwei Raben die Tür mit wild schlagenden Flügeln geöffnet hatten. Seine Nasenspitze berührte dabei fast den Boden. Nicht nur, weil Ergebenheit und Buckel ihn dazu zwangen – auch ihre Länge reichte dafür aus. Zögernd betrat er den Raum, während sich die Raben auf der Türe zankten.

»Werdet ihr wohl die Türe schließen, verdammtes Federvieh!«, dröhnte es von innen. Die Vögel gehorchten aufs Wort und kurz darauf fiel die Tür mit einem dumpf hallenden *Klock* ins Schloss. Die Raben positionierten sich auf einer Holzstange neben dem Türflügel, wobei einer dem anderen in die Krallen hackte.

Morphus folgte dem schwarzen, breiten Läufer, vorbei an den Bänken, in denen fünf Frauen regungslos die Köpfe gesenkt hielten. Morphus warf ihnen einen nervösen Blick zu. Er störte sich jedes Mal an Besuchern, auch wenn er wusste, dass sie ihn nicht wahrnahmen.

Die Wände waren bestückt mit düsteren Porträts, die ihn weit überragten. Unter jedem der Köpfe stand eine Kerze und ließ die Gesichter so gespenstisch lebendig erscheinen, dass er jedes Mal erschauderte, wenn er zu ihnen hinaufblickte. Immer, wenn er dieses Gemäuer betrat, hoffte er inständig, die Bilder mochten nicht da sein, was jedoch selten zutraf – und einmal mehr fragte er sich, was Kethamarr an ihnen fand und warum er ausgerechnet diesen Zeitabschnitt so häufig wählte, wo es doch im Laufe der Existenz dieser Kirche etliche schönere Momente gab …

In der Mitte des Raumes hing ein gewaltiger Kronleuchter. Die tänzelnden Flammen verneigten sich ergeben vor der Anwesenheit des Hausherrn. An der Frontseite befand sich zwischen zwei abgerundeten Fenstern ein schwarzer, samtener Sessel, leicht erhöht auf einer Empore. Morphus' Blick hing sofort an der kleinen, silbernen Schüssel, die auf einem aufwendig verzierten Holztisch stand – in Reichweite des Sessels, in dem ein hagerer Mann saß und Morphus mit verengten Augen entgegenblickte. Die ebenmäßigen Züge machten es schwer, ihm ein Alter zuzuordnen. Das Gesicht wurde umrahmt von langem schwarzem Haar, das seine Haut adelig bleich erschienen ließ. Durch die hoch angesetzten

Wangenknochen wirkte sein Kopf kantig. Die leicht gekrümmte Nase gab ihm ein raubvogelhaftes Aussehen, und doch wirkte er auf eigentümliche Art attraktiv. Etwas rekelte sich auf seinem Schoß.

Morphus' Blick riss sich von der silbernen Schüssel los und heftete sich an eine zwergenhafte junge Frau, die mit geschlossenen Augen auf Kethamarrs Schoß saß, während er mit der einen Hand in ihre erdbeerroten Locken tauchte und mit den Fingern der anderen ungeduldig auf die Lehne klopfte. Morphus humpelte auf dem Läufer vorwärts, bis kurz vor den Sessel, dort blieb er bückelnd stehen. Sein Blick klebte nun am Boden, als wage er nicht, ihn zu heben.

Kethamarr starrte schweigend auf ihn hinab, in seinen dunklen Augen war die Verärgerung über die unangekündigte Störung deutlich zu lesen.

»Grandseigneur Kethamarr«, sagte der Bucklige und tauchte seinen Blick noch tiefer in das Schwarz des Teppichs. »Die Raben haben neue Informationen, ganz neu. Eine junge Frau kommt herüber, im Auftrag von Radin, und so wie es aussieht, bringt sie noch einen Begleiter mit – einen im Rollstuhl.«

Kethamarr blickte ihn ungläubig an, dann entspannte sich sein Gesichtsausdruck.

»Eine junge Frau mit einem Begleiter im Rollstuhl?« Er pfiff durch die Zähne, dann warf er den Kopf in den Nacken und begann, schallend zu lachen. Das Echo hallte von den Wänden wider, erfüllte den ganzen Raum, sodass die Raben vergebens versuchten, sich die Ohren zuzuhalten. Die Augen der kleinen Frau zuckten blinzelnd auf, sie warf Morphus einen kurzen Blick zu, dann schloss sie sie wieder. Aber Morphus hatte das Aufblitzen gesehen, schlagartig fühlte er sich beschwingt, fiel gerade keckernd in das Gelächter mit ein, da zerplatzte Kethamarrs Lachen so jäh, dass selbst das Echo es nicht wagte, das letzte Wort zu haben.

»Schweig!« Seine Augen verengten sich. »Du wagst es, in meiner Gegenwart zu lachen, Buckliger, was ficht dich an?« Der Fußtritt erwischte den Alten an der Stirn, sodass er gekrümmt zu Boden fiel.

»Jawohl, Grandseigneur Kethamarr, Entschuldigung, Grandseigneur, Entschuldigung.« Morphus rappelte sich wieder auf, wagte es jedoch nicht mehr, den Blick zu heben.

»Ist das nun die Antwort von Radin?« Kethamarr hatte sich offensichtlich beruhigt und wickelte die Hand aus den roten Locken. »Oh, er muss tatsächlich am Ende sein.« In seinen Augen funkelte es. »Hetzt uns ein Mädchen auf den Hals, und damit er ganz sicher versagt, noch einen Jungen im Rollstuhl dazu.« Wieder lachte Kethamarr schallend auf. »Schick den Triamesen, um die beiden aufzuspüren, die Wachen sollen sich bereithalten, sie werden uns in Kürze die Ehre erweisen.«

»Den Triamesen?«, fragte Morphus sichtlich enttäuscht. »Warum den Triamesen, Grandseigneur, warum ihn?«

»Weil sechs Augen mehr sehen als zwei und drei Hirne besser denken können als ein alter, buckliger Schrumpfkopf«, gab Kethamarr zurück.

»Aber Grandseigneur, da liegt ja genau das Problem. Sie sind sich selten einig und … Grandseigneur, ich befürchte das Schlimmste, könnte nicht ich … mit ein paar Perlen … Sie verstehen …« Morphus' Blick zuckte hinauf zu dem silbernen Schälchen.

»Hör auf zu stottern!«, donnerte Kethamarr so heftig, dass der Bucklige den Nacken einzog. »Ich will, dass der Triamese geht.« Der Tonfall seiner Stimme erstickte jeden Widerspruch. »Und richte ihm aus, wenn er seine Aufgabe zu meiner Zufriedenheit erledigt, bekommt er einen Orden. Und wenn nicht, werden die Raben ihre Freude daran haben, ihn in Einzelteile zu zerhacken.« Er griff in die silberne Schüssel, spießte mit seinem Fingernagel eine kleine, glänzende Kugel auf und schnippte sie in Richtung Tür. Hals über Kopf buckelte Morphus los, holte die rollende Kugel ein, ließ sich darauf fallen, als befürchte er, die Raben könnten sie ihm wegschnappen. Dann steckte er sie gierig in den Mund. Sofort weiteten sich seine Augen über Knopfgröße hinaus, ein zufriedenes Lächeln huschte über sein Gesicht, und noch bevor die Raben wild fluchend die Tür ganz geöffnet hatten, war der Bucklige bereits erstaunlich rüstig davongetrollt.

Kapitel 15

Kaffeegespräche

Ein flaues Gefühl machte sich in Ellens Magen breit, als sie am darauffolgenden Nachmittag den *Schwarzen Holler* betrat und wie immer ihren Lieblingstisch unter dem Erpel ansteuerte. Die Kirchturmuhr verkündete gerade drei Uhr. Ellens Zeigefinger spulte nervös um eine Haarsträhne, immer stärker wurden die Zweifel, ob Arnt der Abmachung folgen würde. Ihr unbeholfener Auftritt gestern war mehr als peinlich gewesen.

Ihr Blick schweifte über den Kirchplatz, von Arnt war nichts zu sehen, und mit der verstreichenden Zeit sank ihre Hoffnung, dass er auftauchen würde.

»Du hattest es gestern aber eilig«, trat Larissa lächelnd an den Tisch.

»Ich weiß, tut mir leid. Ich werde die Rechnung noch begleichen, du weißt, normalerweise verlasse ich Lokale nicht auf diese Art.« Ellen zwang ihr Gesicht zu einem Lächeln.

»Susan hat das schon erledigt, es ist alles bezahlt.« Larissa zwinkerte ihr zu. »Magst du noch warten mit der Bestellung? Kommt noch jemand?«

»Na ja, vielleicht – ich hoffe es zumindest«, entgegnete Ellen zögernd, und Larissa verschwand mit vielsagendem Blick. Während Ellen immer noch Ausschau nach dem Rollstuhl hielt, dachte sie an Susan. Eine Entschuldigung war längst überfällig und sie zog das Handy aus der Tasche, um ihr ungehobeltes Benehmen vom Vortag irgendwie in Buchstaben zu packen.

Die Kirchturmuhr schlug viertel nach, und Ellen hob den Kopf. Da sah sie auf der anderen Seite des Platzes den Rollstuhl um die Ecke biegen. In erstaunlichem Tempo näherte er sich dem *Holler*.

»Er kommt doch«, flüsterte Ellen dem Erpel zu, versenkte die halb fertige Erklärung in der Tasche und stand auf, um Arnt die Tür aufzuhalten. Im gleichen Moment sah sie die Stufe am Eingang. Daran hatte sie gar nicht gedacht. Sie hatte keine Ahnung, ob das für einen Rollstuhl ein Problem darstellte. Da kam Arnt heran, hob die kleinen Vorderräder über den Absatz, zog mit erstaunlicher Leichtigkeit die Hinterräder nach und rollte wortlos in den *Holler*.

»Äh, ich sitze da drüben, bei der Ente.« Ellen lief voraus und rückte einen Stuhl zur Seite.

»Ich will dorthin«, sagte Arnt bestimmt – und wies auf den Platz, auf dem Ellen zuvor gesessen hatte.

Sie blickte ihn überrascht an. »Also gut – wenn du möchtest, dort ist es aber etwas enger.« Ohne Arnts Platzwahl zu hinterfragen, rückte sie den zweiten Stuhl zur Seite und wollte Arnt gerade an den Tisch schieben, als er sie anfuhr: »Danke, aber das kann ich schon selber.«

»Okay, ist ja schon gut.« Ellen war irritiert. Zwar hatte sie am Tag zuvor schon bemerkt, dass er nicht allzu umgänglich war, aber so unfreundlich hatte sie ihn nicht eingeschätzt. Sie setzte sich unter den Erpel und betrachtete ihr Gegenüber mit gemischten Gefühlen. Das rot karierte Hemd schien das gleiche wie gestern zu sein, oder er hatte eine ganze Schublade voll davon. Eine fette Haarsträhne hing quer über sein Gesicht, daneben blickte sein Auge an ihr vorbei, als wäre sie nicht vorhanden. Es war angesichts seiner Haarfarbe unerwartet grün und passte so gar nicht zu seinem Hemd, wie Ellen fand.

Da sie nur eine Hälfte seines Gesichts sah, fiel es ihr schwer, ihn einzuschätzen. Krampfhaft suchte sie nach Worten, um ein Gespräch auf den Weg zu bringen.

»Könntest du mir jetzt endlich sagen, was das Ganze soll, und woher du meinen Namen kennst?«, nahm Arnt ihr den Einstieg aus dem Mund.

Obwohl sie kaum ein paar Worte gewechselt hatten, ging Ellen seine schroffe Art auf die Nerven. Mit einem derartigen Sympathieproblem hatte sie nun wirklich nicht gerechnet.

»Gibt's dich eigentlich auch in freundlich?«, platzte sie los, obwohl sie ganz etwas anderes hatte sagen wollen.

»Ob du's glaubst oder nicht, aber ich bin gerade freundlich«, gab er zurück.

»Na super.«

Larissa kam, und sie bestellen beide einen Kaffee.

»Woher weißt du meinen Namen?«, bohrte Arnt hartnäckig weiter.

»Du hast ihn mir selber gesagt.«

»Wann?«

»Weißt du noch, als du auf dem Kirchplatz mit dem Rad in der Rinne stecken geblieben bist? Ein Mann hat dich befreit – ich war auch dort.« Ellen rutschte auf ihrem Platz hin und her und zögerte. Angesichts seiner befremdenden Art war sie sich gar nicht mehr sicher, ob sie weitererzählen – oder das Gespräch an dieser Stelle ganz einfach beenden sollte. Sie entschloss sich für den Angriff nach vorn.

»Du konntest mich nicht sehen, aber gehört hast du mich. Ich habe dich nach deinem Namen gefragt, und du hast ihn mir genannt.«

Arnt holte hörbar Luft, dann blickte er ihr das erste Mal direkt ins Gesicht. »Hab ich's mir doch gedacht. Was zur Hölle ist da vor sich gegangen?«, blaffte er sie an. »Bist du noch ganz bei Trost? Ich habe mich zu Tode erschrocken!«

»Das war nicht zu übersehen.« Ellen ballte eine Faust und fühlte einen ungewohnten Funken der Wut in sich aufglimmen. »Ich wusste gar nicht, dass man mit einem Rollstuhl so schnell verschwinden kann. Und im Übrigen wäre es nett, wenn du mal die Haare aus deinem Gesicht nehmen würdest. Es ist sehr unangenehm, immer nur mit einer halben Person zu sprechen.« Sie überraschte sich selbst mit ihren Worten, doch bevor sie weiterreden konnte, hatte Arnt sich zurückgestoßen. Ohne ein weiteres Wort verließ er das Lokal.

Das Glöckchen der Tür war längst verstummt, als Ellen immer noch auf den hölzernen Stuhl starrte, welcher hinter dem Fenster immer kleiner wurde.

Larissa kam mit zwei Tassen Kaffee an den Tisch. »Ist er schon wieder weg?«, fragte sie mit verdutzter Miene.

Ellen nickte verlegen. »Sieht so aus. Aber ich zahle seinen Kaffee natürlich.« Sie gab dazu noch ein gutes Trinkgeld, obwohl sie knapp bei Kasse war. *Ich glaube, ich kann mich hier bald nicht mehr blicken lassen*, dachte sie und machte sich betrübt auf den Weg nach Hause. So hatte sie sich das Treffen nicht vorgestellt, das Gespräch war komplett aus dem Ruder gelaufen.

Susan war noch immer nicht zu erreichen. Drei Mal ließ Ellen es durchläuten, nicht mal der Anrufbeantworter hatte ein Ohr für sie. Susan musste richtig sauer sein …

Hundert Gedanken rauschten durch Ellens Kopf. Sie hatte fest mit Arnt gerechnet – so fest, dass es ihr fast unmöglich erschien, die Sache jetzt alleine durchzuziehen. Wie hatte sie nur davon ausgehen können, dass er ein netter Kerl sei, der nur darauf gewartet hatte, sich mit ihr in ein Abenteuer zu stürzen? Mit ihm funktionierte das definitiv nicht, und sie entschied, ihn aus ihrem Leben rollen zu lassen.

Mit einem lauten Seufzer schmiss sie sich auf ihr Bett, ließ Uwe ein knappes *Sorry* an ihre Freundin ausrichten und schaute sich ein paar Filme an, deren Handlung sie gar nicht mitbekam.

Der nächste Morgen begann fast wie üblich; Kaffee, Brezel, Handy, Zeitung. Ellen hielt ihre Nase angestrengt über das *Steilbacher Wochenblatt*, aber sie schaffte es nicht, die Buchstaben zu ordnen. Immer wieder schweiften ihre Gedanken ab. Wie sollte sie bloß weitermachen? Sollte sie auf Susan hören und einfach alles abbrechen? Wie geplant ihre Arbeit aufnehmen? Aber was war mit ihrem Leben? Und mit dem von Radin? Resigniert legte sie die Zeitung zur Seite. Sie konnte darin keine Antwort finden. Vielleicht würde ihr beim Laufen etwas einfallen.

Als sie gerade die dritte Runde begonnen hatte, meinte sie plötzlich, ihren Namen zu hören. Überrascht blieb sie stehen und sah sich um.

»Ellen!«, hörte sie erneut jemanden rufen. Diesmal war es eindeutig. Mit mulmigem Gefühl im Bauch machte sie kehrt und lief zurück. Zu ihrer Überraschung entdeckte sie Arnt am Waldrand. Auf seinem Kopf trug er eine schwarze Mütze, die er tief ins Gesicht gezogen hatte.

»Hast du Zeit?«, fragte er geradeheraus.

»Zeit habe ich massenhaft«, entgegnete Ellen spitz, »die Frage ist nur, wofür ich sie verwende.«

Arnt wendete den Stuhl. »Da vorne ist eine Bäckerei, kommst du mit? Ich bin dir noch einen Kaffee schuldig.«

Ellen zögerte. Arnts plötzliche Freundlichkeit verwirrte sie. Zudem war sie sich nicht sicher, ob sie mit ihm überhaupt noch reden wollte. Sie müsste ihm die ganze Geschichte erzählen, und wer weiß, wie seine Reaktion ausfallen würde. Womöglich würde er sie zum Gespött der ganzen Stadt machen, und sie könnte ihren Beruf hier an den Nagel hängen. Daran hatte sie noch gar nicht gedacht …

»Warum bist du gekommen?«, fragte sie vorsichtig.

»Wie ich schon sagte, ich bin dir noch einen Kaffee schuldig.« Er lugte unter dem Rand seiner Mütze hervor und fügte hinzu: »Außerdem hast du mir noch nicht alles erzählt, oder?«

Ellen zögerte. »Okay«, nickte sie dann, »ich komme mit.«

Arnt passte sich Ellens Tempo an, und sie beobachtete ihn trabend von der Seite. Er hatte ein breites Kreuz und unter der Jacke vermutete sie kräftige Arme, die den außergewöhnlichen Stuhl anscheinend mühelos vorantrieben.

Bei der Bäckerei öffnete sie die Tür, dahinter befanden sich drei Stufen. Arnt hielt darauf zu, und noch ehe Ellen etwas sagen konnte, hatte er den Stuhl gewendet, hob die vorderen Räder etwas an und zog die hinteren mit Schwung über die Stufen nach oben. Ellen staunte erneut, wie er die Balance halten und seinen Körper mitsamt dem Stuhl so unglaublich gut bewegen konnte.

»Ich habe das Gefühl, du kannst besser Treppen steigen als ich«, bemerkte sie mit beschämtem Blick auf ihr angekratztes Handgelenk. Die Piratenpflaster hatte sie zwischenzeitlich über Bord geworfen.

Während Arnt an der Theke zwei Kaffees bestellte, ging Ellen auf den letzten freien Tisch zu, der an einer Eckbank stand. So hatte sich zumindest die Wer-sitzt-wo-Frage von selbst geklärt. Am Nachbartisch saßen zwei ältere Damen und übergossen sich gegenseitig mit Wortbächen, die den halben Raum überfluteten.

Arnt kam an den Tisch gerollt und schob sich Ellen gegenüber. Mit gesenktem Kopf blickte er auf die kleine Vase mit dem fehlenden Strauß bunter Blumen, sodass Ellen sich fragte, ob er wohl vorhatte, in dem Loch des Vasenhalses zu verschwinden.

»Also gut, ist gestern ziemlich blöd gelaufen«, begann er plötzlich, ohne den Blick zu heben und verschränkte die Arme vor der Brust.

»Soll das eine Entschuldigung sein?«, fragte Ellen und hielt Blickkontakt mit seiner Mütze.

»Nur eine halbe, du warst auch nicht gerade brillant.« Arnt hob nun leicht den Kopf und sah Ellen fast an. Sein Haar hing wieder quer über sein Gesicht. Ellen verkniff sich diesmal eine Bemerkung, da sie meinte, erstmals den Ansatz eines Lächelns an seinen Mundwinkeln erkennen zu können.

Kurz darauf wurde er wieder ernst. »Erzähl mir, was an dem Tag passiert ist.«

Ellen überlegte. »Hm«, sagte sie dann und machte noch mal eine lange Pause. »Gut – aber nur, wenn du mir versprichst, dass du alles – egal, was ich dir jetzt erzähle – für dich behalten wirst!«

Arnt griff sich in den Nacken. »Versprochen«, nickte er.

»Okay, dann los.« Ellen holte tief Luft und legte ein wenig mehr Druck in die Stimme, um die Damen am Nachbartisch zu übertönten. »Es klingt wahrscheinlich etwas komisch – aber ich war in einer Art Parallelwelt, als ich dich ansprach. Ich rechnete eigentlich gar nicht damit, dass du mich hören könntest und war genauso überrascht wie du. Das Problem war nur, dass durch unsere Kontaktaufnahme eine Art – ähm«, sie suchte nach einem Wort, das nicht allzu dämlich klang, »na ja, eine Art von Monstern alarmiert wurden …« *Monster?* Ellen griff sich an den Kopf. Das klang wie aus einem schlechten Roman … »Ich meine – so eine Art unheimliche Angriffstruppe … Ich nehme an, du hast sie auch bemerkt, so wie du davongeschossen bist – übrigens mitten durch eins von den Dingern hindurch.«

Ellen biss sich auf die Unterlippe, als sie auf Arnts Reaktion wartete. Sie fiel anders aus, als sie erwartet hatte.

»Wie bist du entkommen?«, fragte er ruhig, als ob es das Normalste der Welt wäre, in einer Parallelwelt zu sein und einer monsterhaften Angriffstruppe zu begegnen.

»Ich bin in die Kirche geflohen.«

»Und dann?«

»Eine Katze hat mich gerettet.«

»Und warum bitte schön hast du ausgerechnet mich angesprochen?«

»Weil dir das gleiche fehlt wie mir.«

Er runzelte das erste Mal die Stirn. »Und was bitte fehlt uns beiden?«

Ellen hielt inne. Schon wieder geriet sie in Erklärungsnot. Wie auch immer sie sich ausdrückte – es würde lächerlich klingen.

»Unsere Aurier«, sagte sie daher ganz einfach.

Schweigen.

Die Damen am Nachbartisch übertrumpften sich gegenseitig mit der Höhe ihres Blutdrucks und Ellen hatte das Gefühl, ganz oben mitzumischen. Sie kam sich plötzlich furchtbar fehl am Platz vor.

»So war das also«, sagte Arnt langsam und drehte die Vase zwischen seinen Fingern hin und her. »Lass mich kurz zusammenfassen.« Er nahm einen großen Schluck aus seiner Tasse und wischte sich den Mund am Ärmel seines diesmal blau karierten Hemdes ab, bevor er fortfuhr: »Du hast mich also von einer anderen Welt aus angesprochen, weil uns beiden unsere … unsere Aurier fehlen, und dabei wurde eine Art Alarm ausgelöst. Irgendetwas Monströses ging dann auf uns los, mich rettete die Flucht und dich eine Katze, die gerade den Gottesdienst besuchte. Habe ich das richtig verstanden?«

»Im Großen und Ganzen ja, aber …« Ellen sackte erbleichend in sich zusammen.

»Also gut.« Arnt lehnte sich mit verschränkten Armen auf den Tisch. »Ich nehme an, du nimmst es mir nicht übel, wenn ich an dieser Geschichte meine Zweifel habe, oder?«, sagte er zu der Vase.

»Was hattest du denn erwartet? Eine logische Erklärung für etwas, das aus unserer Sicht vollkommen unlogisch ist?« Sie spürte fast schmerzhaft, wie die Flut des entwichenen Blutes in ihre Wangen zurückströmte. »Ich weiß ja, dass es absurd klingt …«, versuchte sie die Situation zu retten, aber wie sollte er sie auch verstehen, wenn sie ihm nur Bruchteile des Ganzen erzählte? Er konnte ja gar nicht anders, als sich darüber lustig zu machen.

»Arnt, ich glaube, ich muss dir die ganze Geschichte von vorne erzählen«, sagte sie daher entschlossen.

»Und ich glaube, ich habe heute noch Besseres vor, als mir diesen Blödsinn anzuhören«, unterbrach er unerwartet aufbrausend. »Und weißt du, was ich auch noch glaube? Ich glaube, du bist ja nicht ganz …«, er tippte mit dem Finger an seine Mütze. »Ich hatte eine wesentlich bessere Erklärung erhofft – nein: erwartet!«

Arnts Worte schmetterten wie Keulenschläge in Ellens Magengrube. Sie fühlte sich auf peinlichste Weise bloßgestellt. Hastig trank sie ihren Kaffee aus und stellte die Tasse lautstark auf den Tisch. Diesmal war es vorbei! Endgültig! Wie hatte sie nur so töricht sein können? Was machte sie hier überhaupt?

»Du hast mir etwas versprochen«, sagte sie patzig und stocherte nach dem Ärmel ihrer Trainingsjacke.

»Oh ja«, antwortete Arnt scharf, »und glaube mir, es bereitet mir keinerlei Mühe, es zu halten. Das Ganze ist mehr als …«

Er konnte den Satz nicht zu Ende sprechen. Ein graues Tier war auf den Tisch gesprungen und elegant zwischen den beiden Tassen und der Vase gelandet.

Den alten Damen bröselten die Worte am Kinn hinunter, als sie die Katze anstarrten, die sich ungeniert mitten auf den Tisch setzte und sich Ellen zuwandte.

»Charlotte«, rief Ellen aus, »schön, Sie zu sehen.« Erfreut über den unverhofften Besuch ließ sie sich wieder auf der

Bank nieder. Da sah sie, dass die Katze etwas im Maul hielt. »Ist das für mich? Von Radin?«

Charlotte legte ein kleines längliches Tütchen auf den Tisch.

»Danke«, sagte Ellen und fuhr mit den Fingerkuppen darüber, um den Inhalt zu erfühlen. »Und Radin?«, fragte sie tastend, »geht es ihm besser?«

Charlotte senkte erst den Blick, dann hob sie ihn und sah Ellen direkt an. Der Ausdruck, der in ihren Augen lag, versetzte Ellen einen Stich.

»Sie meinen, ich muss mich beeilen?«

Charlottes Reaktion war eindeutig.

Am Nachbartisch knirschten die Stühle. Die Damen erhoben sich mit unverhohlener Entrüstung. Mit gespitzten Lippen steuerten sie die Tür an, da sprang Charlotte vom Tisch und huschte zwischen ihren zuckenden Beinen auf die Straße hinaus.

Ellen eilte ihr nach. »Charlotte, warten Sie!«, brüllte sie der Katze hinterher. »Würden Sie mich noch mal begleiten?«

Einen knappen Moment lang blieb Charlotte stehen und blickte zurück, dann trottete sie davon.

»Charlotte, wie soll ich denn ohne Sie … Jetzt warten Sie doch …« Ellens Stimme klang schrecklich schrill.

Im nächsten Moment war die Katze verschwunden. Resigniert ließ Ellen die Arme sinken und starrte ins Nichts. Das Gefühl, von allen im Stich gelassen zu werden, erdrückte sie fast.

Als sie kurz darauf zurück in die Bäckerei ging, standen die alten Damen immer noch schnatternd an der Tür und wichen vor ihr zurück, als hätte sie eine ansteckende Krankheit. Arnt hatte sich nicht von der Stelle gerührt. Zwischen seinen Fingern drehte er einen violetten Stab.

Ellen griff sich an die Stirn. *Ich habe die Stäbchen vergessen*, schoss es ihr durch den Kopf, *obwohl Radin sie mir in die Hand gedrückt hat. Obwohl er gesagt hat, ich solle gut auf sie aufpassen … Was wird er nur von mir denken …*

»Lass die liegen«, bellte sie Arnt an, als wäre er schuld an dem Dilemma, »das alles geht dich überhaupt nichts an!«

»Setz dich, Ellen«, sagte Arnt ruhig und legte den Stab bedächtig zurück auf den Tisch. »Fang ganz von vorne an. Ich höre dir zu. Versprochen!«

Kapitel 16

Pflaster aus Glas

Als Arnt sich aus dem Stuhl lehnte, um den Rucksack aufzuheben, wäre er fast umgekippt. Der Sack war schwer wie Blei. Verärgert leerte er den ganzen Inhalt auf sein Bett. Was dort auf seiner Decke landete, hatte die Packliste, die er seiner Mutter gegeben hatte, bei Weitem übertroffen. Er schob den Verbandskasten, ein Netz Orangen, fünf Tafeln Schokolade und zwei Flaschen Mineralwasser zur Seite. Sonst passte alles. Bis auf eins – doch das hatte nicht auf seiner Liste gestanden.

Mit einer Hand öffnete er die kleine Schublade am Nachttisch seines Bettes und nahm eine Schleuder heraus. Behutsam strichen seine Finger über den hölzernen Stiel mit dem geschnitzten Fuchskopf und dann über den kleinen, dunkelgrünen Sack, der die Steine hinauskatapultierte. Er war aus dem Leder eines kaputten Schuhs gefertigt.

Als Arnt zehn Jahre alt gewesen war, hatte er die Schleuder unter Anleitung seines Vaters gebaut. Es war eine der wenigen guten Erinnerungen, die er an ihn hatte. An diesem einen, für Arnt ganz speziellen Tag, hatte er sich als Sohn gefühlt.

Der Vater war Verkäufer gewesen. Einer jener Sorte, die andere Menschen davon überzeugen müssen, etwas zu kaufen, was sie gar nicht brauchten. Arnt dachte an den einen Tag zurück, an dem er dabei gewesen war. Mehrere Reisebusse hatten vor einer mit Bierbänken ausstaffierten Turnhalle gehalten. Eine Horde Menschen hatte sich in die Halle gestürzt und ein aus Kesseln lieblos hingeklatschtes Essen zum Nulltarif verschlungen. Die Beilage bestand aus einer Lektion über milbenverseuchte Bettdecken, und zum Dessert prangten die parasitären Killermonster, hochgezoomt auf Leinwandgröße über dem entsetzten Publikum, welches das reingestopfte Essen nur mit Mühe bei sich behielt – und der Zufall wollte es, dass es gerade heute parasitenfreie, dafür maßlos überteuerte Decken zum Schnäppchenpreis gab. Und wenn der Schock bis zur Geldbörse in der Gesäßtasche reichte, griff auch mal einer zu.

Unzählige Abende war der Vater betrunken nach Hause gekommen, hatte seiner Wut über die *bornierte Menschheit und Lackschuhaffen* freien Lauf gelassen, während sich seine Mutter in einem Zimmer eingeschlossen hielt.

Wie hatte Arnt ihn dafür gehasst! Nicht selten hatte er sich gewünscht, der Vater möge von genau den Parasiten aufgefressen werden, mit denen er die Menschheit schockierte. Oft war Arnt angsterfüllt und voller Zorn an den einzigen Ort geflüchtet, an dem er sich sicher gefühlt hatte. Eine Fabrikruine am Rande der Stadt. Durch ein zersplittertes Fenster war er hineingestiegen, hatte mit einem Stück Kreide den Umriss eines Menschen an das marode Gemäuer gezeichnet und mit seiner Steinschleuder darauf geschossen. Nach einiger Zeit konnte er seinen Vater – wann immer er es wollte – mitten ins erkaltete Kreideherz treffen.

Die Erinnerungen zur Seite drängend, blickte er auf seinen Schreibtisch. Ein Stapel mit Skizzen und Notizen, fein säuberlich aufgereiht, lag vor dem Bildschirm seines Computers. Er ließ einen Teil der Zettel durch seine Hand gleiten und kurz war er versucht, sich einfach an den Tisch zu setzen und seiner Arbeit nachzugehen. Dann sah er auf die Uhr und legte die Zettel mitsamt dem Gedanken wieder beiseite. Um acht Uhr hatte er sich mit Ellen vor dem *Holler* verabredet.

Arnt nestelte gerade an dem Reißverschluss des Rucksacks, als seine Mutter ins Zimmer kam und sich auf das Bett setzte. Wimperntusche glänzte schwarz auf ihren Wangen.

»Willst du mir wirklich nicht sagen, wohin du gehst?« Sie drehte den Knopf ihrer Bluse hin und her. »Arnt, es ist doch das erste Mal, dass du länger fortgehst und …«

»Mum, bitte, es ist gut! Ich bin wirklich alt genug, erspare mir deine Neugier.« Energisch zog er den Reißverschluss des Sackes zu und befestigte die Schlaufe an einem der Griffe seines Stuhls.

»Aber Arnt, ich möchte doch nur …«

»*Bitte!*« Er fuhr herum. »Ich bitte dich. Lass - mich - ganz - einfach - gehen!«

»Also gut.« Hastig stand sie auf, presste die Lippen zusammen, als versuche sie, all die qualvollen Gedanken dahinter einzusperren und folgte ihm zur Haustür.

»Warte«, rief sie plötzlich, »deine Zahnbürste. Ich habe vergessen, sie einzupacken.«

Arnt hielt sie am Arm fest. »Mutter, ist schon gut so«, er grinste breit, »dort, wo ich hingehe, habe ich meine Zähne sowieso nicht dabei.«

Kurz noch drückte er einen Kuss auf ihren Handrücken, dann wendete er seinen Stuhl und ließ die Mutter mit offenem Mund im Türrahmen stehen.

Ellen zog nervös den Reißverschluss einer alten, ausgeleierten Strickjacke rauf und runter, während sie vor dem *Schwarzen Holler* wartete. Dort war es bereits so voll, dass sie den Gedanken an ein schnelles Kaffee-Brezel-Frühstück mitsamt einem klebrigen Bonbonpapier in den Mülleimer warf.

Mit dem achten Glockenschlag sah sie Arnt über den Kirchplatz heranrollen. Erleichtert atmete sie auf. Das gestrige Gespräch war zwar friedlich – für ihre Verhältnisse fast schon freundschaftlich verlaufen, und er hatte ihr versprochen, sie zu begleiten – aber so richtig überzeugend hatte das nicht geklungen. Zwar hatte auch er schon bemerkt, dass er irgendwie anders war, hatte das aber bis gestern auf sein Handicap geschoben. Ellen hatte den Eindruck gehabt, dass seine Zusage mehr der Neugier entsprang als der Entschlossenheit, bei sich selbst etwas verändern zu wollen.

»Hi, Arnt, alles klar?« Sie schulterte ihren Rucksack.

»Hi«, kam die knappe Antwort.

»Alles klar?«

»Ja, warum?«

»Du bist so … so wortkarg.« Im gleichen Moment biss sich Ellen auf die Lippe.

Arnt zog eine Augenbraue schräg. »Geht's noch? Ich bin gerade mal fünf Sekunden hier.«

»Stimmt.« Schnell zog sie den Reißverschluss ganz nach oben und klemmte dabei ein Stück Haut ein. »Autsch – lass uns gehen.«

Mit schmerzendem Kinn und großen Schritten machte sie sich auf den Weg, Arnt folgte ihr. Ohne ein weiteres Wort erreichten sie die Bushaltestelle *Fröhnfeld* am Rande der Stadt.

»In 15 Minuten fährt der nächste nach Grollloch«, sagte Ellen.

»Na prima. 15 Minuten zu früh aufgestanden«, gähnte Arnt. »Hoffentlich komme ich da überhaupt rein.«

»Warum solltest du nicht? Ist dieser Stuhl breiter als ein normaler?«, fragte Ellen und betrachtete aufmerksam das dunkle, fein gearbeitete Holz. Es wirkte stabil und trotzdem elegant. Die Lauffläche der Räder war mit Gummi überzogen und an den Speichen waren je zwei orangefarbene Reflektoren befestigt. Sitzfläche und Armlehnen waren mit schwarzem Leder gepolstert. Ellen hatte noch nie einen solchen Rollstuhl gesehen.

»Nein, er ist weder tiefergelegt noch verbreitert. Er hat eine ganz normale Größe«, fuhr Arnt zwischen ihre Gedanken, »und frag mich jetzt bloß nicht, warum ich einen Stuhl aus Holz habe!«

»Dann kriegen wir ihn auch in den Bus«, entgegnete Ellen ertappt und schluckte die Frage nach dem Holzstuhl herunter. »Ich bin sicher, irgendjemand wird uns beim Einsteigen helfen.«

»Ja«, knurrte Arnt leise, »ich bin immer auf *irgendjemand* angewiesen.«

Während sie schweigend nach dem Bus Ausschau hielten, konnte Ellen nicht sehen, wie sich am Fenster des Hauses, das der Haltestelle am nächsten stand, ein Vorhang langsam zur Seite schob. Der Kopf eines jungen Mannes erschien hinter der Scheibe, am Ohr hielt er ein Telefon, an den Zähnen eine Bürste, die hektisch rauf und runter schrubbte.

»Kilo?«, rief der Besitzer der Bürste in den Apparat, »bei mir vorm Hausch skehk die, die du schon seik Kagen suchsk«, schäumte er in den Hörer und spuckte dann das Zahnpastagemisch in einen Blumentopf. »Ja, genau die. Ich nehme an, sie will mit dem Bus irgendwohin … Neee, auf meiner Straßenseite, Richtung Norden … Was? Nein, nicht allein. In Begleitung. So'n Typ im Rollstuhl. Kümmert sich wohl um den … Neee, nichts Ernstes, wie es aussieht.«

Der Mann presste noch eine Weile seine Nase an die Scheibe, dann schloss er den Vorhang wieder.

Der Hibiskus auf dem Fenstersims warf entrüstet ein Blütenblatt ab.

Von Weitem konnten sie den herannahenden Bus erkennen. Arnt fasste die Räder, drehte sich mit dem Rücken zum Fahrbahnrand und wartete, bis das Fahrzeug hielt. Die Türen öffneten sich.

»Du meine Güte, ist das eng.« Ellen konnte gar nicht glauben, dass man Rollstuhlfahrern und deren Helfern so etwas zumutete. Ein Mädchen hielt den Türknopf gedrückt. Hilfe suchend blickte Ellen in den Bus. Er war ziemlich voll, aber aus unerfindlichen Gründen starrten alle aus dem gegenüberliegenden Fenster. Verdrossen versuchte sie, Arnt die erste Stufe hochzuziehen. Arnt half ebenfalls, aber ein Rad stieß an die Stange, die Ein- und Aussteigende voneinander trennen sollte.

»Wir müssen weiter nach links«, schnaufte Ellen und rüttelte verzweifelt an dem Stuhl, doch diesmal blockierte die Tür das Rad. Wieder blickte Ellen in den Bus, dessen Insassen ihr Interesse ganz und gar dem spektakulären Wachstumsprozess des Weizens zu widmen schienen, der auf dem Acker an der anderen Straßenseite stattfand.

»Ähm … hallo?«, rief Ellen in den Bus, »könnte vielleicht mal jemand …«

Ein Mann erhob sich schwerfällig von seinem Sitz und kam mit unsicheren Schritten auf sie zu.

»Geht es endlich weiter«, donnerte die Stimme des Busfahrers, »ich habe einen Fahrplan einzuhalten.«

Ellen blickte fassungslos auf all die Hinterköpfe. Sie konnte nicht glauben, dass niemand anderes als dieser tattrige Mann bereit war, ihnen zu helfen.

»Meine Frau fährt auch einen Rollstuhl«, sagte der ältere Herr unterdessen, »wenn auch keinen so außergewöhnlichen.« Er zwinkerte Ellen zu, während er den Stuhl an den Griffen fasste und ihn dann zielsicher und mit einer Kraft, die Ellen ihm niemals zugetraut hätte, die Stufen hinaufzog.

»Herzlichen Dank «, sagte sie und schleuderte wütende Blicke in die Runde der Weizenglotzer, die sichtbar erleichtert darüber waren, dass sich das Problem erledigt hatte.

»Kann ich jetzt endlich losfahren oder was?«, bellte der Busfahrer nach hinten; das Mädchen riss erschrocken ihre Hand vom Halt-Knopf.

Ellen und Arnt quetschten sich zwischen die stehenden Fahrgäste und Arnt blickte mit zusammengekniffenen Lippen vor sich auf den Boden. Ellen suchte nach Worten, um ihn auf andere Gedanken zu bringen. Sie konnte sich lebhaft vorstellen, wie er sich fühlen musste.

»Wie habe ich mich eigentlich angehört«, fragte sie unvermittelt und fing die Beschleunigung des Busses mit der Stirn an der Stange ab.

»Bei was?«

»Na, als ich von der anderen Seite aus mit dir sprach. Wie klang das? Als du festgesteckt bist, auf dem Kirchplatz, du weißt doch …« Sie rieb sich den Kopf.

Arnt überlegte kurz. »Es klang, als ob du in eine Matratze brüllst.«

»Was?«, prustete Ellen ungehalten los und fand Arnt das erste Mal ein wenig lustig. »Woher weißt du, wie das klingt?«

»Ich brülle regelmäßig in Matratzen«, sagte Arnt mit ernster Stimme, und Ellen war sich nicht sicher, ob ihr Grinsen immer noch angebracht war, zumal sie wieder nur eine Gesichtshälfte sehen – und so seine Mimik nicht deuten konnte.

»Und was machst du, wenn du nicht gerade in Matratzen brüllst?«, fragte sie weiter.

»Dann erfinde ich Spiele.«

»Spiele?« Ellen hob die Augenbrauen und stemmte einen Fuß zur Seite, um die Kurve auszubalancieren. »Was denn für Spiele?«

»Brettspiele, Computerspiele, andere Spiele …«

Ellen war überrascht. »Wie erfindet man Spiele?«, fragte sie mit ehrlichem Interesse.

»Mit logischem Denken und viel Fantasie«, erwiderte Arnt gelassen und musterte den Nothammer neben dem Fenster. »Und du? Was machst du, wenn du nicht gerade irgendwelchen Leuten vor die Füße fällst?«

»Ich? Na ja … « Sie stockte. Die Worte wollten nicht so recht über ihre Lippen. »Ich eröffne gerade eine Heilpraktiker-Praxis für Psychotherapie«, entgegnete sie schließlich.

»Du?«, sagte Arnt in einem Ton, der Professor Doktor Fehlhauers Gesicht heraufbeschwor. »Du und Psychologie?« Er musterte Ellen von oben bis unten, als sähe er sie soeben das erste Mal. »Komm bloß nicht auf die Idee, mir ein Seelenpflaster aufdrücken zu wollen.«

»Keine Sorge«, antwortete Ellen schnell. »Außerdem – ich hätte eh keine mit Piraten drauf.« Sie sah Arnt von der Seite an und meinte, einen Hauch von Röte in seinem Gesicht zu erkennen.

»Die müssen schon uralt sein«, murmelte er vor sich hin.

»Die Piraten?«

»Die Pflaster. Ich brauche nicht viel, ich falle selten beim Rennen.«

»Hast du die Pflaster denn früher mal gebraucht?«, fragte Ellen vorsichtig.

Es dauerte eine Weile, bis er antwortete: »Bis ich elf Jahre alt war, habe ich massenhaft Pflaster gebraucht. Von den letzten Pflastern, die ich bekam, hatte eins vier Räder und das andere war aus Glas.«

»Aus Glas?« Ellen blickte ihn verunsichert an.

»So aus Glas!« Arnt schob seine Haare zur Seite, und Ellen sah zum ersten Mal die andere Hälfte seines Gesichts. Augenblicklich krampfte sich ihr Magen zusammen, und sie musste sich bemühen, die Fassung zu bewahren.

Arnts entblößtes Auge starrte sie an.

Bewegungslos. Gläsern. Tot.

»Oh, das – das habe ich nicht gewusst«, versuchte sie vergebens, ihre Stimme normal klingen zu lassen.

»Woher denn auch?« Arnt blickte aus dem Fenster und Ellen auf ihre Schuhspitzen.

»Dann hast du mit elf Jahren auch deine Aurier verloren?«, fragte sie leise.

»Sieht ganz so aus«, beendete Arnt das Gespräch.

Der Bus hielt am Ortseingang von Grollloch und einige Fahrgäste stiegen aus.

Keiner von ihnen ahnte, dass wenige Kilometer entfernt ein hellblauer Lieferwagen Überholmanöver vollführte, mit denen der Fahrer einen dauerhaften Führerscheinentzug riskierte. Unter Dröhnen und Rasseln spie das Gefährt schwarze Wolken aus dem Auspuff und hüllte die Überholten in garstigen Nebel. Hinter dem Steuer saß ein junger Mann. Seine Lippen waren zusammengepresst, die Augen starr geradeaus gerichtet, während er über einen Hügel raste, vier Wagen am Stück überholte, und dann kurz vor dem entgegenkommenden Lastwagen wieder auf seine Spur drängelte. Bevor sich der an vorderster Front befindliche Fahrer auch nur eine Ziffer des Nummernschildes hätte merken können, verschwand dieses in der dunklen Abgaswolke.

Kurz vor Grollloch drosselte der junge Mann sein Tempo auf oberstes Vorschriftenlimit – aber nur, damit er besser sehen konnte, wer gerade aus dem Bus gestiegen war. Die junge Frau, die er suchte, war nicht dabei. Sein Fuß stemmte sich erneut aufs Gaspedal, der Motor brüllte auf, und die Leute an der Haltestelle stülpten entrüstet die Hände über Mund und Nase. Der Bus konnte noch nicht weit sein. Sekunden später hatte er ihn eingeholt. Zufrieden lächelnd nahm er den Fuß vom Gas.

Der Ausstieg aus dem Bus erwies sich als deutlich einfacher, Ellen und Arnt schafften es ohne Hilfe.

»Da drüben führt der Weg hoch«, sagte Ellen und machte sich daran, Arnt über die Straße zu schieben.

»Du brauchst mir nicht zu helfen, hatte ich das nicht schon einmal erwähnt?«, blaffte Arnt, und Ellen ließ – »Entschuldigung« murmelnd – die Griffe los. Zügig lief sie neben Arnt her, der sich mit erstaunlicher Leichtigkeit den Berg hinaufstieß. Die Sonne war mittlerweile emporgestiegen und Ellen kam unter ihrem Rucksack ins Schwitzen.

Kurz darauf erreichten sie den Wald. Ellen verlangsamte das Tempo und blickte sich um.

»Man muss genau wissen, wo sich die Stelle befindet, sonst ist es unmöglich, sie zu entdecken, hatte Charlotte gesagt – oder zumindest etwas in der Art.« An den genauen Wortlaut konnte sie sich nicht mehr erinnern. Leichte Zweifel überkamen sie. Das letzte Mal hatte alles anders ausgesehen, war nass und düster gewesen. Dann entdeckte sie am Wegrand einen abgebrochenen Ast.

»Da muss es sein«, sagte sie erleichtert. »Hier ist der Ast, über den ich gestolpert bin.« Ellen hielt das Bruchstück hoch, als handele es sich um eine Trophäe.

»Nein – du bist gestolpert? Ist ja mal ganz was Neues«, bemerkte Arnt spitz.

Ellen überhörte die Bemerkung, zu sehr war sie mit dem Weg beschäftigt. »Hier müssen wir hoch.« Zweifelnd blickte sie den Hang hinauf. Er erschien ihr wesentlich steiler, als sie ihn in Erinnerung hatte.

»Nicht gerade rollstuhlgängig hier«, fand auch Arnt und drehte sein Rückenteil hangaufwärts, während seine Hände festen Halt an den Rädern suchten. »Zieh du hinten«, sagte er und beugte sich mit angespanntem Körper nach vorne. Ellen umfasste die Griffe.

»Los«, gab Arnt das Kommando und hob mit Schwung die Vorderräder in die Luft, sein Oberkörper kippte zurück. Immer wieder griff er blitzschnell nach und hievte sich Stück für Stück den Hang hinauf. Ellen zog von hinten. Zweimal rutschte sie aus, doch es gelang ihr, sich mit einer Hand abzufangen, ohne den Rollstuhl ganz loszulassen.

Dann war der steilste Teil geschafft. Gemeinsam erklommen sie den Hügel, legten dabei zwei kleine Pausen ein und stiegen anschließend wieder hinab zu dem kleinen Tannenwald. Selbst Arnt hatte seinem Erstaunen Luft gemacht, als er die moosbewachsene Senkung erblickte.

»Hier muss es irgendwo sein.« Ellen drückte die Äste der Bäume auseinander und kämpfte sich durch das Unterholz. Nach einigen Schritten glaubte sie, den Pfortenkreis erreicht zu haben, doch sie sah lediglich das Geäst der Tannen. Noch tiefer drückte sie sich in das Dickicht. Immer noch nichts.

»Ich verstehe das nicht«, sagte sie, nachdem sie zu Arnt zurückgekehrt war. »Ich bin mir sicher, dass wir hier reingegangen sind. An den Knorrigen kann ich mich auch noch erinnern.« Sie deutete auf einen krumm gewachsenen Baum.

»Das ist ja klasse. Sind wir jetzt den ganzen Weg hierhergekommen, um festzustellen, dass du nicht weißt, wo wir langgehen müssen?« Arnt legte eine Hand in den Nacken und blickte in den Himmel. »Überlege noch mal ganz genau. Auf welcher Seite des knorrigen seid ihr vorbeigelaufen?«

»Hier links.«

»In welchem Abstand?«

»Ungefähr so, wie ich ihn jetzt halte, vielleicht war es auch ein wenig – hm – weiter dort.«

»Dann geh jetzt ein wenig weiter dort rein.«

»Das spielt doch keine Rolle. Der Pfortenkreis müsste an dem Ort sein, an dem ich vorhin war. Da ist er aber nicht.« Ellens Stimme klang zunehmend nervös.

»Vielleicht spielt eben genau *das* eine Rolle«, sagte Arnt ruhig. »Hast du nicht gesagt, man müsse genau wissen, wo sich der Platz befindet? Vielleicht muss man dann auch genau wissen, wie man dorthin gelangt.«

Ellen nickte innerlich. »Okay, wenn du meinst«, sagte sie möglichst gelassen, um ihren Ärger darüber zu verbergen, dass sie nicht selbst darauf gekommen war. Charlotte hatte bestimmt nicht zufällig den Zickzackkurs durch den Wald gewählt. Wieder verschwand sie zwischen den Tannen und versuchte sich zu erinnern, als ihr Fuß gegen etwas Hartes stieß. »Autsch! Arnt, ich glaube, ich habe da was …«, rief sie aufgeregt und hob den schmerzenden Fuß. »Ich habe eine Wurzel gefunden, die ich wiedererkenne. Von hier aus sind wir noch ein Stück geradeaus und dann links um den Stein herumgegangen.«

Arnt konnte das Rascheln und Knacken der Zweige hören. Kurze Zeit später war Ellen zurück.

»Du hast recht gehabt, jetzt haben wir ihn gefunden«, strahlte sie.

»War keine Glanzleistung«, brummte Arnt. »Du hattest es mir ja selbst gesagt.«

»Ich weiß, ich hätte auch allein darauf kommen können.« Sie verknotete einen Zweig.

»Jetzt muss ich nur noch irgendwie da reinkommen, die Tannen stehen ziemlich dicht.«

»Vielleicht kann ich dich tragen? Wenn ich dich auf den Rücken nehme …«

»Geht's noch?« Arnt warf ihr einen scharfen Blick zu. »Glaubst du etwa, ich möchte mit dir in den Dreck fallen?«

»War ja nur eine Idee«, winkte Ellen ab, »du kannst dein Gesicht entspannen.«

»Entweder komme ich mit dem Stuhl durch oder gar nicht.« Energisch brach er einen Ast ab.

Ellen stellte sich hinter ihn. »Dann schiebe ich – und du knickst vorne weg, was im Weg ist.«

Mit Schwung stieß sie den Stuhl in die Bäume hinein. Zweige schleiften durch ihr Gesicht und rissen die Haare aus dem Pferdeschwanz. Nach einigen Metern wurde der Widerstand größer, Ellen schob mit aller Kraft.

»Warte«, ein lautes *Knack*, und der Stuhl setzte sich wieder in Bewegung. Wieder ein *Knack*.

»Ich denke, so geht es«, sagte Arnt, indem er die Äste beiseite drückte und immer wieder einen entzweibrach. Auch die Wurzel schafften sie locker.

Etliche Kratzer zierten Hände und Gesicht, bis sie endlich den Weg durch das kleine Waldstück hinter sich gebracht hatten. Schließlich tat sich vor ihnen die Lichtung auf, in deren Mitte die sechs Baumstämme lagen.

»Dort zwischen den Stämmen muss sich die Pforte befinden.« Ellen blickte sich um. »Charlotte konnte sie sehen, aber …« Sie verstummte jäh. Wie konnte sie nur so sicher gewesen sein, dass sie die Pforte ohne die Katze wiederfinden würde? Sie wusste, dass es möglich war, aber was genau hatte Charlotte gesagt? In allen Ecken ihres Gehirns suchte sie nach dem Gespräch mit der Katze.

»Also gut«, Arnt fasste sich in den Nacken und schloss die Augen. »Wir haben es bis hierhin geschafft, dann werden wir diese Pforte auch noch finden. Denke die ganze Situation nochmals durch, achte auf jedes Detail.«

Ellen schnappte nach einer herumhängenden Haarsträhne und rollte sie auf den Finger. Konzentriert durchlief sie in ihren Gedanken die Momente, nachdem sie mit Charlotte auf diese Lichtung getreten war.

»Also, hier sind wir reingegangen.« Sie deutete auf einen Spalt zwischen den Stämmen. Arnt rollte hindurch, der Stuhl passte haarscharf durch die Lücke.

»Und hier habe ich noch etwas getrunken und von der Brezel gegessen. Mir fiel dabei noch auf, dass der Boden hier im inneren Teil trocken war, obwohl es geregnet hatte. Charlotte schien auf einmal etwas zu beobachten. Ich denke, es war die Pforte, aber ich konnte nichts erkennen.«

»Wohin genau hat sie geschaut?«

»In alle Richtungen. Plötzlich drückte sie sich an mich, ich habe sie gestreichelt und wir waren in Anderland.«

»Na klasse. Also handelt es sich um eine Art schwebendes Tor, das ständig den Ort wechselt, manchmal vielleicht gar nicht da ist, aber macht ja nichts, es ist ja unsichtbar – wirklich grandios. Warum hast du die Katze nicht einfach gefragt, wie du ohne sie nach Anderland kommen kannst? Wäre ja nicht ganz abwegig gewesen, oder?«

»Ich habe sie gefragt und ich dachte, ich wüsste es, aber irgendwie finde ich keine Antwort in meinem Kopf …« Ellens Blick verschwand in den trockenen Tannennadeln.

»Dann überleg noch mal. Wenn ihr darüber gesprochen habt, muss die Antwort ja irgendwo sein – in deinem Kopf.«

»Ich versuche es ja …« Ellen bohrte eine Fußspitze in die Nadeln, als suche sie nach dem verschwundenen Blick. Wahrscheinlich hatte sie bei Charlottes Antwort nicht richtig zugehört – ausgerechnet. Aber es war eine Ausnahmesituation gewesen, zu viele Eindrücke und … Missmutig ertappte sie sich dabei, wie sie nach Ausreden statt nach Antworten suchte. »Ich weiß es wirklich nicht«, sagte sie betreten und ließ sich auf einen der Baumstämme sinken.

»Dann sieht es so aus, als könnten wir einpacken«, warf ihr Arnt einen verdrießlichen Seitenblick zu, »aber lass mich noch mal überlegen – hm …« Er knetete sein Kinn. »Die Katze konnte es sehen, also müssen wir es nur irgendwie sichtbar machen. Er löste eine der orangefarbenen Plexiglasscheiben von seinem Stuhl und blickte hindurch.

»Was soll das denn werden?« Ellen sah ihn verwirrt an. »Was willst du mit dem Reflektor?«

»Ich schaue, ob ich das Tor finde ...«

»Aber – wieso? Meinst du, dass das Tor reflektiert?«

»Nein, wegen der Katzenaugen.« Der Hauch eines Lächelns umspielte seine Mundwinkel.

Ellen blickte überrascht auf. Als letztes hatte sie einen Scherz von ihm erwartet.

Im gleichen Moment wurde Arnt wieder ernst. »Es funktioniert nicht ... verdammt.« Er steckte die Scheibe zurück an sein Rad. »Dann bleibt uns wohl nichts anderes übrig, als die Sache abzublasen.« Arnt klang nun deutlich verärgert. »Wie kannst du nur hierherkommen, ohne dir Gedanken darüber gemacht zu haben, wie wir diese Pforte finden?«

Ellen ertrug Arnts abrupten Stimmungswechsel und seine Vorwürfe schweigend, sie hatte dem nichts entgegenzusetzen. Am liebsten wäre sie zusammen mit den Ameisen im Waldboden verschwunden.

»Aber wenn diesem Radin die Sache wirklich so wichtig ist«, fuhr Arnt fort, »dann hätte er dafür sorgen müssen, dass du erfährst, wie du nach Anderland kommst – und hätte das nicht einer Katze überlassen dürfen ...« Ruckartig rollte er seinen Stuhl zwischen den Stämmen hindurch. »Aber vielleicht hast du ja auch ihm nicht richtig zugehört.«

Vor den Tannen hielt er an, die Zweige versperrten den Weg. »Könntest du jetzt bitte kommen«, presste er hervor, und Ellen meinte, den Verdruss seiner Abhängigkeit wie eine Ohrfeige zu spüren. Ungläubig wanderte ihr Blick nochmals durch den Pfortenkreis. Sie konnte es nicht fassen, dass ihre Reise schon zu Ende sein sollte, bevor sie begonnen hatte. Radin ... Sie fühlte sich wieder in die Schublade fassen, ohne das Gesuchte greifen zu können, die Situation, in der sie gerade steckte, schien ihr ähnlich ... *Wo bist du mit deinen*

Gedanken? Dann plötzlich verharrte sie. Da war doch noch etwas … Eine Idee tickte in ihrem Hinterkopf. Ganz fein. Ganz weit. Sie ließ sich Zeit und spürte, wie sich ihr Pulsschlag beschleunigte. Sie war da, die Idee, gesichtslos – noch. Dann wurde es ihr auf einen Schlag bewusst.

»Klar«, platzte sie heraus, »ich hab's. Das könnte es sein – Arnt! Arnt, warte!«

Arnt wendete den Stuhl und blickte argwöhnisch zurück.

»Die Stäbe!« Ellen stürzte zu ihrem Rucksack. »Ich hatte sie parat gelegt – aber hab ich sie auch eingepackt?« Hektisch durchwühlte sie den Sack. »Da sind sie, ein Glück, wenigstens daran habe ich gedacht.« Triumphierend zog sie die kleine Tüte mit den Stäben hervor.

»Und jetzt?« Arnt kam zurück in den Pfortenkreis. Seine Skepsis stand ihm noch immer im Gesicht geschrieben. »Willst du damit die Pforte herbeizaubern? Abra Stabakra?«

»Lass es uns einfach probieren!« Ellen zog einen Stab heraus und betrachtete ihn. »Radin hat sie Reibestäbe genannt«. Wenigstens daran konnte sie sich erinnern.

»Hätte mich auch gewundert, wenn bei dir etwas reibungslos funktionieren würde«, brummte Arnt und streckte Ellen ein Stück Rinde entgegen. Ellen rieb den Stab über das Holz. Erst leicht, dann fester.

Und dann geschah es. Plötzlich entzündete sich der Stab fast explosionsartig. Ellen fuhr erschrocken zurück. Fliederfarbener Rauch waberte in erstaunlichen Mengen aus dem Stab, drehte sich wie eine Spirale im Kreis und senkte sich dann nach unten. Wie ein Teppich breitete er sich aus, kroch um Ellens Füße, bedeckte bald den ganzen Boden, um dann langsam aufzusteigen.

»Das sieht aber nicht sehr gesund aus«, bemerkte Arnt mit kritischem Blick, als sich der Rauch höher und höher um seine Knöchel schlängelte.

Kurz darauf war Ellen nur noch knieaufwärts zu sehen. In einer Hand hielt sie den Stab, aus dem sich noch immer der Rauch ergoss, mit der anderen planschte sie in der wabernden Masse, als stünde sie in einem Swimmingpool.

»Arnt, schau, der Rauch geht nicht über die Stämme hinaus. Als ob wir eine Glasscheibe um uns hätten …«

»Stimmt, aber ich glaube, wir sollten hier raus, das Qualmzeug ist sicher speigiftig.« Er betrachtete beklommen den Dunst, dessen Pegel mittlerweile Bauchnabelhöhe erreicht hatte.

»Ach was, es riecht wunderbar«, gab Ellen zurück und schaufelte sich eine Wolke ins Gesicht. »Es ist von den Blüten der Kakteen auf Radins Fensterbank.«

»Ach so, von Radins Fensterbank, wie beruhigend«, hustete Arnt und flüchtete rückwärts an die frische Luft. »Wow, ist das stark«, entfuhr es ihm dann, als er von außen beobachtete, wie sich die Säule langsam nach oben schraubte.

Bis zum Hals in Rauch gehüllt, hatte Ellen begonnen, sich mit ausgestreckten Armen zu drehen, wie ein Rührwerk in einer qualmenden Suppe. Die Schwaden folgten ihren Bewegungen, erst langsam, dann immer schneller. Kurz darauf war ihr Kopf in dem Nebelstrudel untergetaucht. Auf Höhe der Tannenspitzen hörte die Säule auf zu wachsen und bildete ein spitz zulaufendes, sechseckiges Dach.

»Das sieht aus, als würdest du in einem riesigen, lebendigen Kristall stecken, echt unglaublich!«

»Komm rein, es ist wunderschön hier drin.«

»Nichtraucher«, gab er zurück.

»Jetzt sei kein Frosch, es ist sicher nicht giftig. Außerdem, wenn wir nach Anderland wollen, musst du reinkommen.« Arnt seufzte resigniert, dann rollte er zögernd zwischen die Stämme. Als sein Kopf genau vor der Rauchwand war, streckte er die Nase hinein und nahm ganz vorsichtig einen

Zug aus den vorbeiziehenden Schwaden. Es roch wirklich nicht schlecht. Langsam näherte er sich Ellen, die er nur schemenhaft erkennen konnte. Sie hatte aufgehört, sich zu drehen, doch der Rauch bewegte sich noch immer träge im Kreis.

»Qualmt der Stab noch?«, fragte er.

»Nein, er hat aufgehört – und schau, der Rauch löst sich auf …«

»Dann sind wir nicht viel weiter als vorher«, stellte Arnt fest, und beide betrachteten die Umgebung, die langsam wieder ihre ursprüngliche Farbe annahm.

Ellen beobachtete voller Bangen die letzten Schwaden, die sich nun endgültig auflösten. Dann sank sie langsam in die Hocke. Ihr Blick starrte ins Leere. »Das kann doch einfach nicht sein, ich war mir so sicher …« Eine erneute Welle des Zweifels traf sie an einer empfindlichen Stelle. »Charlotte hatte recht«, brach es aus ihr heraus, »ich bin einfach nicht die Richtige für das …« Sie versenkte den verbrauchten Stab kopfüber im Boden. »Es hat keinen Sinn, lass uns gehen.«

»Warte«, Arnt legte die Hand auf ihren Arm, »Ellen – sieh doch!« Er deutete nach oben. »Ich glaube, die Rauchschwaden haben sich nicht aufgelöst, sondern an einem anderen Ort verdichtet.« Er flüsterte, als hätte er Angst, das Bild zu vertreiben. »Schau dir das an!«

Ellen war seinem Blick gefolgt und starrte mit hämmerndem Herzen auf das Gebilde, das sich nach und nach vor ihren Augen formte. Immer dichter wurden die Schwaden, die sich sanft um sich selbst drehten, ihre eigene Form immer wieder veränderten, um trotzdem in strukturierten Bahnen zu bleiben. Mit jeder Sekunde wurde die Farbe leuchtender, während das Etwas schwerelos durch den Raum schwebte, sich an der unsichtbaren Wand abstieß und dann sachte die Richtung änderte.

»Die Pforte!« Ellen konnte es kaum fassen. »Das ist sie, wir haben sie gefunden.« Schnell verstaute sie die restlichen Stäbe in der Jackentasche – dann zögerte sie. »Eigentlich brauche ich sie nur hier«, überlegte sie laut und entschied sich, die verbleibenden Stäbe unter einem Stamm zu verstecken. »Oder vielleicht sollte ich doch ...« Grübelnd zog sie einen Stab wieder hervor und steckte ihn erneut in die Tasche. Dann wandte sie sich der Pforte zu. »Wenn sie runterkommt, müssen wir durch. Schau, bald stößt sie oben an und ...« Erschrocken hielt sie inne. Arnts Haut hatte jegliche Farbe verloren. Die dicke Haarsträhne war verrutscht und gab sein ganzes Gesicht frei. Ein Auge starrte nach oben auf die Pforte, das andere geradeaus; die Knöchel seiner Finger schimmerten weiß, als er die Räder seines Stuhls umklammerte und sich langsam rückwärts schob.

»Arnt, was ist los mit dir?«, fragte Ellen und eine üble Vorahnung stieg in ihr auf.

»Was ... Was ist, wenn ich den Stuhl nicht mit rüber nehmen kann?«, Arnts Stimme stockte. »Ellen, ich glaube, ich schaffe das nicht.«

Die Pforte näherte sich nun langsam dem Boden.

»Das ist nicht dein Ernst, oder?« Ellen sog scharf Luft ein. Wie konnte er nur daran denken, sie im Stich zu lassen! »Jetzt sind wir so weit gekommen und du willst kneifen? Das geht gar nicht!« Entschlossen trat sie hinter ihn und legte die Hände an die Griffe. Arnt krallte seine Finger bremsend um die Räder.

»Nun komm schon, wir müssen los ...« Ellen rüttelte an dem Stuhl.

»Ellen ... ich ...« Arnt fuhr herum. »Wer konnte schon annehmen, dass das Ganze wirklich wahr ist? Ich meine, ich hatte nie mit so was gerechnet, das ist doch alles total verrückt ...« Arnt schien der Panik nahe.

»Das hättest du dir etwas früher überlegen sollen. Jetzt komm schon, lass die Räder los!«

Die Pforte hatte den Boden erreicht und setzte sanft auf.

»Jetzt!«, Ellen klammerte ihre Finger um den Griff, »mach den Mund zu und lass mich machen …« Ohne auf Arnts Protest zu achten, lehnte sie sich mit aller Kraft gegen den Rollstuhl und schob ihn mit blockierten Rädern durch den schimmernden Rahmen der Pforte, die sich gerade wieder an den Aufstieg machte. Während sie sich langsam drehend nach oben erhob, lösten sich die Umrisse auf und kurze Zeit später war sie gänzlich verschwunden.

Kapitel 17

Lila-Laila

Wieder hatte Ellen das Gefühl, wie ein Gummiband aus sich herausgedehnt zu werden. Gleichzeitig fiel ihr auf, dass der Schritt durch die Pforte dem des Ortswechselns stark ähnelte, nur, dass es ihr bei der Pforte etwas schwerfälliger vorkam und das Eintreffen von einem heftigen Stoß begleitet wurde.

So war sie diesmal vorbereitet – ganz im Gegensatz zu Arnt. Mit einem lauten »*Aaarrrgh*« rutschte er von der Sitzfläche auf die Fußrasten, die Beine unkontrolliert nach hinten geknickt. Seine Finger klammerten sich um ein Rad, während er sich mit der anderen Hand auf dem Boden abstützte.

»Siehst du, alles gut gegangen«, sagte Ellen erleichtert, »und dein Stuhl ist auch dabei, sogar dein Rucksack …«

»Ja, klasse, bitte gleich noch mal«, knurrte Arnt und versuchte, sich auf den Sitz zu ziehen. Es gelang ihm nicht, ein verklemmtes Bein hinderte ihn daran. »Kannst du mir das gerade machen?«, fragte er mürrisch.

Ellen zog seinen Fuß nach vorne.

»Den Rest kann ich selber.« Er fasste mit den Händen nach hinten und zog seinen Körper mühelos nach oben.

»Du hast kräftige Arme«, stellte Ellen beeindruckt fest.

»Es bleibt mir auch nichts anderes, als sie jeden Tag zu trainieren«, antwortete Arnt patzig.

Als er sich umblickte, bemerkte er die beiden Körper, die im Pfortenkreis zurückgeblieben waren. Er selber hing verdreht mit dem Kopf nach unten über der Armlehne seines Stuhls und Ellen schien der Länge nach hingefallen zu sein.

»Du meine Güte, das sieht ja aus, als hätte man uns abgeknallt«, rief Arnt und starrte voller Entsetzen auf das Zwei-Personen-Schlachtfeld.

»Und ich werde wieder Ameisen kauen.« Ellen blickte stirnrunzelnd auf ihr Gesicht am Boden. Sie konnte das Knirschen zwischen den Zähnen jetzt schon hören.

»Liegen wir da sicher?«, fragte Arnt.

»Absolut, wir liegen goldrichtig«, gab Ellen zur Antwort.

»Sieht so aus, als gäbe es in Anderland keine Tannen«, warf Arnt skeptisch ein, »jetzt sind wir von dort oben aus gut zu sehen.«

»Mach dir darüber keine Sorgen. Außerdem können wir eh nichts ändern, wir können unsere Körper nicht berühren.« Ellen verzog den Mund. »Nur ein Problem werden wir mit Sicherheit am Hals haben. Du die Genickstarre und ich die Ameisen.«

Nachdem Arnt sich etwas beruhigt hatte, befasste er sich mit seinem Stuhl. »Komisch, es fühlt sich alles genau so an wie vorher. Wie kann das sein?«

»Der Stuhl ist nicht wirklich da«, erklärte Ellen. »Es ist nur eine Projektion von dem, was du selbst siehst und fühlst.«

»Aber du siehst ihn doch auch, oder?« Arnt blickte verwirrt zwischen seinem Stuhl und Ellen hin und her.

Sie überlegte einen Moment. »Wahrscheinlich sehe ich dich so, wie du dich selbst siehst. Denk ihn dir doch mal weg.«

»Bist du verrückt? Nachher sitze ich hier noch am Boden. Neee, das ist dein Part«, knurrte er.

»Dann halt nicht. Komm, lass uns gehen.« Ellen stemmte sich gegen die Lehne.

»Wo willst du überhaupt hin?«, fragte Arnt, die Räder bremsend.

»Zuerst nach Steilbach und von dort aus zu Radins Haus. Wir suchen zuerst Charlotte. Ich habe das Gefühl, sie hat mir noch einiges zu sagen.«

»Dann lass uns die Katze fragen.« Einen Moment schien Arnt verblüfft über seine eigenen Worte, dann ließ er die Räder los. »Vielleicht geht es diesem Radin ja auch besser und wir können ihn direkt ansprechen, das scheint mir sinnvoller … Du brauchst mich wirklich nicht zu schieben, ich kann das schon alleine.«

Ellen errötete. *Das muss ein weiblicher Kinderwagen-Instinkt sein,* dachte sie peinlich berührt.

Arnt nahm den Aufstieg in Angriff. Wieder staunte Ellen, wie geschickt er mit dem Stuhl unterwegs war. Es schien fast so, als könne er in Anderland noch besser mit ihm umgehen. Rückwärts erklomm er den Hang, als wäre es ein Kinderspiel, und auch die steile Böschung, die hinab auf den Weg führte, war kein Problem.

Auf dem Weg abwärts nach Grollloch kam ihnen ein Mann entgegen. Neben seinen ausgreifenden Schritten trabte mit schlabbernden Lefzen ein Hund, der seinem Herrn bis zum Bauchnabel reichte und im Gesichtsausdruck eine gewisse Ähnlichkeit aufwies.

»Halt, warte einen Moment.« Arnt hob die Hand und stoppte den Stuhl. »Der Mann und das Kalb, können die uns wirklich nicht sehen?«

»Nein, können sie nicht.«

»Bist du ganz sicher?«

»Bin ich!«, grinste Ellen, »einen kurzen Moment Geduld und ich werde es dir anschaulich beweisen.« Sie wartete, bis die beiden näher kamen, dann packte sie die Griffe und schob den Rollstuhl genau in die Laufrichtung des herantrabenden Hundes.

»Heee, sag mal spinnst du?«, rief Arnt entsetzt, »das Vieh läuft voll in mich rein!« Er spulte an den Rädern.

»Nein, vertrau mir«, sagte Ellen leichthin und hielt den Stuhl fest.

In dem Moment erreichte sie der Hund. Die feuchtglänzende Nase des Tieres blähte sich kurz auf, die Augen waren – fast auf gleicher Höhe – starr durch Arnt gerichtet.

»Eeey«, brüllte Arnt und warf seinen Oberkörper seitlich über die Lehne. Die Griffe entglitten Ellens Fingern und Arnt überschlug sich mit seinem Stuhl. Sie presste erschrocken die Hände auf den Mund, gerade als der Hund mitten durch sie hindurchlief.

Kurz darauf folgte der Mann, dessen linker Aurier breit grinste und eine lange Nase in Arnts Richtung machte. Ellen zwickte den Frechling im Vorbeigehen in den Po. Der Aurier heulte wutentbrannt auf, und der Mann kratzte sich fluchend am Hintern.

»Sag mal, hast du sie noch alle?«, tobte Arnt, während Ellen den Stuhl wieder aufstellte. »Wenn du mich loswerden willst, sag's doch einfach«, seine Hände griffen nach den Rädern, »was zur Hölle ist in dich gefahren?«

»Ich dachte, du wüsstest ... Ich hatte dir doch gesagt, dass wir hier in einer anderen Welt sind. Für andere nicht da und so ...«, murmelte Ellen betreten und griff nach seinem Unterarm.

»Lass mich«, blaffte Arnt und riss sich los. Schnaubend zog er sich zurück in den Sitz. »Natürlich hast du mir gesagt, dass wir für andere nicht da sind. Aber es zu wissen und es so plötzlich zu erleben, sind zwei Paar Stiefel. Du hast Beine zum Weglaufen, ich sitze hier im Stuhl und kann überhaupt nichts tun, und wenn du mich auch noch festhältst, schon gar nicht. Was hast du dir dabei gedacht, Frau Psychiater? Ich bemitleide alle, die dich jemals aufsuchen.« Er wendete den Stuhl mit einem Ruck und rollte bergab.

Ellen drückte sich die Fingerkuppen in die Schläfe, als könne sie damit Doktor Fehlhauer erstechen, der sich vielsagend nickend in ihren Kopf geschoben hatte.

»Arnt, Arnt warte«, sie holte ihn ein, »warte doch einen Moment, bitte …«, rief sie außer Atem.

Er verlangsamte das Tempo.

»Arnt, es tut mir leid. Das habe ich nicht gewollt. Du hast recht, es war blöd, ich hatte nicht darüber nachgedacht, wie du dich fühlen musst. Ich hielt das für eine witzige Art, deine Frage zu beantworten«, keuchte sie beschämt.

»Äußerst witzig«, bemerkte Arnt, und sein Glasauge richtete sich starr auf eine vorbeiziehende Wolke.

Es muss sich bei dem Sturz verdreht haben, dachte Ellen und ein Frösteln durchfuhr sie. Eine Weile lang herrschte Schweigen. Dann holte Arnt tief Luft: »Also gut, für diesmal ist es in Ordnung. Mach das bloß nie wieder!«

»Versprochen.« Ellen atmete erleichtert auf.

Von der Ferne hörten sie ein Hupen, der Bus war auf der Hügelkette zu erkennen.

»Das muss unserer sein, komm!«, rief Ellen.

»Warte«, Arnt kramte in seiner Tasche, »ich habe etwas verloren.« Hektisch blickte er sich um.

»Was denn?«

»Sie muss hier irgendwo aus meiner Tasche gefallen sein«, Arnt drehte sich im Kreis, »vorhin hatte ich sie noch …«

»Arnt, wir müssen den Bus erwischen, der nächste kommt wer weiß wann …«

»Das ist mir egal, ich gehe nicht ohne sie.«

»Ohne wen denn?«

»Meine Steinschleuder.«

»Deine was?«

»Ich habe meine Steinschleuder verloren.«

»Und deswegen verpassen wir jetzt den Bus? Soll das ein Scherz sein?« Von Weitem hörten sie Motorengeräusche.

»Es ist deine Schuld, ich bin nicht freiwillig in den Dreck gesprungen. Ich gehe nicht ohne die Schleuder.« Er schob sich den Berg wieder hinauf.

Ellen schickte einen Seufzer in den Himmel, dann folgte sie ihm. Gemeinsam suchten sie die Stelle ab, an der Arnt zu Boden gestürzt war.

»Da vorne liegt sie.« Ellen zog die Steinschleuder aus dem Acker und betrachtete sie erstaunt. »Was willst du mit diesem Kinderspielzeug?«

»Das geht dich überhaupt nichts an.« Arnt warf ihr einen zornigen Blick zu, riss die Schleuder aus ihrer Hand und steckte sie in die Tasche. »Komm, lauf, vielleicht schaffen wir es noch.«

Der Bus hatte gerade den Ortseingang erreicht, als sie den Hang hinunterstoben.

»So schaffen wir das nie«, Arnt bremste ein wenig, »kannst du nicht schneller? Ich dachte, du trainierst jeden Tag.«

»Das hat damit nichts zu tun«, keuchte Ellen, »mit meinen kurzen Beinen geht es eben nicht schneller.«

»Dann komm hier rauf!« Arnt klopfte sich mit einer Hand auf den Oberschenkel, als wolle er ein Haustier dazu bringen, auf seinen Schoß zu springen.

Ellen sah ihn verdattert an.

»Jetzt komm schon, steig auf.«

»Was? Im Rennen?«

»Jetzt mach schon!« Schwungvoll griff er nach Ellens Unterarm, und bevor sie etwas erwidern konnte, landete sie halb liegend über den Armlehnen seines Stuhls.

»Halt dich fest!« Arnt stieß die Räder zu mehr Tempo an, der Rollstuhl beschleunigte katapultartig.

»Bist du wahnsinnig?«, schrie Ellen mit holpernder Stimme und versuchte, sich irgendwie festzuhalten, während sie in atemberaubender Geschwindigkeit den Weg hinunterbolzten.

»Verdammt, Aaarrrnt, wir werden stürzen«, kreischte sie halb hysterisch.

»Ist für dich ja nichts Neues«, brüllte Arnt in ihr Ohr. »Willst du den Bus kriegen oder nicht?«

»Das ist es ja, ich würde ihn gerne kriegen.« Ellens Augen waren weit aufgerissen. »Achtung, das Auto dort vorne, Arnt pass auf …« Sie versuchte krampfhaft, nicht von seinem Schoß zu stürzen, als sie haarscharf an dem blauen Lieferwagen vorbeischossen, der am Rande des Ackers parkte und den halben Weg blockierte.

Der Bus hatte mittlerweile gestoppt und ein kleiner, pechschwarzer Dackel bellte die aussteigenden Fahrgäste an. Im gleichen Moment erreichte der Rollstuhl die Straße.

Ellen sprang erleichtert ab.

»Er wird auf uns warten«, rief sie und winkte mit beiden Händen über dem Kopf.

»Irgendjemand hat mir vorhin erklärt, dass man uns nicht sieht … Du kannst das nicht gewesen sein.«

»Mist.« Schnell nahm Ellen die Arme runter und überquerte hastig die Straße. Der Busfahrer diskutierte gerade mit einer eigentümlich anmutenden, runzeligen Dame. Ihr pinker Hut passte perfekt zu den grell geschminkten Lippen, welche wiederum im Kontrast zu den dunklen Worten standen, die aus ihnen hervorsprudelten. Unterstrichen wurde ihr Gehabe von klimpernden Armreifen, in denen eine Leine steckte, deren dickster Teil immer noch lauthals kläffte.

»Trotz der Fellfarbe darf Ihr Hund nicht schwarzfahren, er braucht einen Fahrschein«, belehrte sie der Fahrer gerade, als Ellen und Arnt atemlos vor der Tür erschienen. Kurz warf Ellen einen Blick auf den rechten Aurier der Dame, der mit theatralischer Manier ihre Schönheit pries, während der linke an ihrem Hals lehnte und »du bist viel zu alt für diesen Planeten«, vor sich hin bruddelte.

»Hoffentlich bekomme ich dich alleine da rein.« Ellen riss sich von dem kuriosen Anblick los und beäugte kritisch den Einstieg.

»Irgendjemand wird uns schon helfen«, bemerkte Arnt schnippisch und drehte sich mit dem Rücken zur Tür. Ellen überhörte den Kommentar. *Wenn der ältere Herr das geschafft hat, kann es doch nicht so schwer sein*, dachte sie und zog entschlossen an den Griffen.

Die Leichtigkeit, mit der sie Arnt hereinhievte, ließ sie an der zweiten Stufe rückwärts straucheln. Der Stuhl kippte über sie, Arnts Rucksack fiel auf die Stufen, und Ellen klemmte fest. Arnt befand sich in gefährlicher Schräglage.

»Verdammt, willst du mich schon wieder loswerden?«, schrie er und umklammerte eine Stange. »Mach was, die Türen gehen gleich zu.«

»Ich kann nicht«, piepste Ellen unter dem Stuhl hervor, »ich stecke hier fest.« Verzweifelt versuchte sie, sich aus der misslichen Lage zu befreien.

Der Dackel hatte mittlerweile seinen Fahrschein erhalten, die Türen schlossen sich.

»Aaarrrgh«, brüllte Arnt, als die Türen seine Füße erwischten, die von den Rasten gerutscht waren.

Der Bus fuhr los.

»Geht's, Arnt? Halt dich fest, ich versuche, hier unten rauszukommen.« Ellen blickte schnaufend auf den Schwanz des Dackels, der vor ihrer Nase hin und her wedelte wie ein Scheibenwischer bei Platzregen. Die Dame mit dem pinken Hut hatte in erster Reihe Platz genommen und zog energisch an der Leine, sodass der Hund würgend vor ihre Stöckelschuhe schlitterte.

Ellen arbeitete sich unter dem Stuhl hervor. »Du meine Güte …«, rief sie aus, als sie Arnt erblickte, der auf dem Rücken lag wie ein Käfer auf seinem Panzer.

»Gott sei Dank, alles noch da«, stellte Ellen erleichtert fest, als sie Arnts Rucksack schulterte und den Stuhl auf die Räder stellte.

Arnt starrte auf seine Turnschuhe und sagte kein Wort.

»Wie geht es ihnen?«, fragte Ellen, schob Arnts Jeans hoch und betastete vorsichtig seine Knöchel.

Arnt starrte irritiert auf ihre Hände.

»Den Füßen, meine ich!«

»Äh … nun ja, dafür, dass sie gerade von einer Bustür attakiert worden sind, geht es eigentlich …«

»Ein Glück.« Ellen atmete erleichtert auf. »Im Bus sind noch die Dackeltante und der Typ mit der Zeitung dort hinten«, fuhr sie dann fort. »Was machen wir, wenn die nicht in Steilbach aussteigen? Wie kriegen wir den Bus gestoppt?«

»Wir drücken den Knopf«, antwortete Arnt überrascht. »Warum die Frage?«

»Wie sollen wir denn den Knopf drücken, wenn wir gar nicht da sind?«, fragte Ellen.

»Das funktioniert trotzdem, drück einfach.«

»Nein, es geht nicht«, erwiderte Ellen patzig.

»Natürlich geht es, wie wär's, wenn du's einfach mal probierst?«

»Also gut«, knurrte Ellen und zielte mit ihrem Zeigefinger auf den Halt-Knopf, der als roter Punkt an einer Stange prangte. Zu ihrem Erstaunen konnte sie ihn tatsächlich spüren.

Eine Weile lang fuhren sie schweigend durch die hügelige Landschaft.

»Der nächste Halt muss Steilbach sein«, sagte sie dann und drückte. Vorne, über der Frontscheibe, erschien der Schriftzug *Bus hält.* Ellen blickte überrascht auf ihre Hände, der Fahrer genervt in den Rückspiegel. Der Mann hatte inzwischen seine Zeitung zusammengerollt und stand nun ebenfalls an der Tür.

»Steilbach-Fröhnfeld«, rief der Busfahrer.

»Wäre nett, wenn ich diesmal heil durch die Tür käme«, bemerkte Arnt mit unterdrücktem Vorwurf in der Stimme.

»Raus war noch nie das Problem …«, antwortete Ellen, hängte den Rucksack an einen der Griffe und ließ Arnt die Stufen hinab. Erneut war sie überrascht, wie leicht es ging. »Warum konnte ich den Knopf plötzlich drücken?«, fragte sie, als Arnt mit allen vier Rädern auf dem Gehsteig stand, »ich kann ja nicht mal auf einem Stuhl sitzen, ohne dass ich durchfalle.«

Arnt zuckte die Schultern. »Keine Ahnung, vielleicht hast du dich irgendwie verändert. Probier's doch mal dort drüben.« Er rollte zu einer Sitzbank, griff nach der Rücklehne und tippte mit dem Finger darauf. Danach umfasste seine Hand den stählernen Rohrpfosten des Bushaltestellenschildes.

»Es ist alles wie immer«, sagte er gelassen. »Probier du's.«

Ellen hob vorsichtig ihre Hand und griff ebenfalls nach dem Pfosten. Ihre Hand glitt hindurch. »Das kann doch nicht sein. Gerade eben konnte ich den Knopf im Bus drücken und jetzt fasse ich hier durch«, sagte sie hitzig. »Wie soll ich eine Aufgabe erfüllen, wenn ich nicht mal ein Stück Papier aufheben kann.« Schnaubend kickte sie durch eine Hamburger-Tüte, die vor ihr auf dem Boden lag.

»Dann kannst du nur hoffen, dass du nicht auf die Toilette musst«, bemerkte Arnt trocken.

»Das ist gar nicht witzig.«

Ellen starrte eine Weile auf die Tüte, die sich mit dem Wind davonmachte, dann fuhr sie mit gedämpfter Stimme fort: »Ich verstehe das nicht. Warum ist bei mir immer alles irgendwie anders als bei anderen?« Verdrossen ließ sie sich auf die Bank nieder – die ihren Fall nicht merklich bremste.

»Scheiße!«, entfuhr es ihr ungefiltert, als sie rücklings auf den Boden fiel. Auch der schnelle Griff nach dem Schildpfosten konnte ihr nicht helfen.

»Jetzt habe ich aber bald die Schnauze voll. Jedes Mal, wenn ich …«

»Piratenpflaster?« Arnt ersetzte sein Grinsen durch ein mitleidiges Gesicht.

»Erspare - dir - ganz - einfach - jeglichen - Kommentar«, fauchte Ellen.

»Donnerwetter, du kannst dich ja doch ganz schön ärgern. Wie wärst du erst drauf mit deinen Auriern …«, er streckte ihr die Hand entgegen, »halt dich da fest.«

Ellen erfasste sie und zog sich hoch. Im gleichen Moment schlug sie mit der Hüfte an etwas Hartes. »Autsch, was …?«, verblüfft griff sie nach der Lehne der Sitzbank, »jetzt kann ich sie greifen, das ist doch …« Sie ließ Arnt los und zeitgleich verschwand der Widerstand. Ihre Hand fiel ungebremst hindurch. »Das gibt's doch gar nicht … Warte, noch mal …« Wieder ergriff sie Arnts Hand. Die Rücklehne der Bank lag fest unter ihren Fingern. »Das liegt an dir. Sobald ich dich berühre, kann ich Dinge fühlen, die ich sonst nicht fühlen kann.«

»Das hat bis jetzt noch nie eine zu mir gesagt«, Arnt hob eine Augenbraue, »aber gut …«

»Es sieht fast so aus, als überträgt sich das von dir auf mich«, folgerte Ellen, ohne auf Arnts Bemerkung einzugehen.

»Das ist zwar seltsam – aber es sieht tatsächlich so aus …«, murmelte Arnt. »Glaub aber bloß nicht, dass ich dir auf der Klobrille Händchen halte«, fügte er belanglos hinzu.

»Bilde dir bloß nicht ein, dass ich dich jemals darum bitten werde.« Ellen verzog den Mund. »Hm«, fuhr sie fort, »vielleicht ist das bei dir so ähnlich wie bei Charlotte. Du bist in unserer Welt jetzt nicht sichtbar, aber trotzdem vorhanden. Wenn dem so ist, müssen wir vorsichtig sein, dass du mit niemandem zusammenstößt, sonst haben wir blitzartig die Fender im Nacken.«

»Dann bin ich ja heilfroh, dass ich mich vor dem Hund in den Dreck geschmissen habe, sonst hätte ich jetzt das Gesicht voller Geifer und den Nacken voller Monster«, knurrte Arnt leise.

»Da hast du recht«, nickte Ellen errötend. »Aber ich verstehe immer noch nicht, warum ich den Halteknopf im Bus drücken konnte …«, wechselte sie schnell das Thema.

»Lass mich überlegen …« Arnt griff sich ins Genick. »Hattest du nicht meinen Rucksack in der Hand?«

»Ja, ich glaube schon.« Ellen versuchte, sich zu erinnern. »Doch – ja, er hing über meiner Schulter.«

»Dann hätten wir's.« Arnt grinste zufrieden.

»Gut. Ich habe zwar keine Ahnung, warum das so ist, aber wenigstens wissen wir jetzt, dass es so ist. Dann lass uns jetzt gehen, wir müssen noch quer durch die Stadt und dann in den Wald.« Sie wollte Arnt schon wieder schieben, ließ aber im letzten Moment die Finger davon.

Als sie gerade losgelaufen waren, verdunkelte sich der Himmel für einen kleinen Moment und lenkte Ellens Blick nach oben. Eine Schar Raben flog über ihren Köpfen, bevor sie alle in die gleiche Richtung davonstoben.

»Die fliegen aber tief.« Arnt hatte die Vögel ebenfalls bemerkt.

»Ja, seltsam …« Der Anblick der Raben sprang mit Ellens Gedanken zum Hamsterrad. »Weißt du, was mir neulich passiert ist?«, fragte sie.

»Du bist ebenfalls tief geflogen?«

»Nein.« Ellen deutete auf ihre Schläfe, »mir ist ein Rabe auf den Kopf gefallen. Wenn du genau hinschaust, erkennst du es vielleicht noch.«

»Ja, ein feiner roter Striemen ist noch da«, sagte Arnt, ohne hinzusehen. »Ich dachte, du wärst gestolpert und in eine Brombeerhecke gefallen oder so …«

»Bin ich nicht! Es war der Vogel!« Ellen unterdrückte den Wunsch, ihn in die Schulter zu boxen.

Während sie auf den Steilbacher Kirchplatz zusteuerten, erzählte Ellen die Geschichte von dem Absturz des Raben. Dass sie geglaubt hatte, den Vogel sprechen zu hören, ließ sie lieber weg.

Auf dem Kirchplatz war wie immer viel los. Die bunten Marktstände reihten sich aneinander und die Restaurants hatten ihre Freisitze geöffnet. Die Luft war erfüllt von dem Geplapper und dem Gesang der Aurier, was in Ellens Ohren klang wie das Raunen in einer überfüllten Bahnhofshalle.

»Diese Knirpse sind wirklich cool«, bemerkte Arnt, »unglaublich, wie viel die quatschen.« Er ließ seinen Blick über die Menschenmenge gleiten. Eine alte Frau mit Rollator schleppte sich gerade an ihnen vorbei. Ein Rad fuhr Ellen durch den Fuß, und die Aurier rissen verblüfft die Augen auf.

»Die können uns sehen. Hast du ihre überraschten Gesichter bemerkt? Dort drüben, bei der Alten mit dem Einkaufs-Porsche.«

»Du meinst die mit der Gehhilfe?«

»Ja, schau, wie sich der Kleine freut.« Arnt winkte dem Aurier zu, welcher zur Antwort wilde Sprünge vollführte und seine winzigen Hände durch die Luft schwenkte. Im gleichen Moment blieb die alte Frau stehen und blickte zurück. Ihr Gesicht wirkte fröhlich, obwohl Ellen sicher war, dass die Alte den Grund dafür nicht kannte.

Sie überquerten den Kirchplatz, Ellen geradeaus, Arnt im Zickzackkurs.

»Ich komme mir vor wie in einem Cyperspace-Computerspiel«, bemerkte Arnt und legte eine Vollbremsung vor einem

Boxer hin. »Es ist wirklich unglaublich, dass man uns nicht sehen kann.«

»Dann hast du ja schon eine Idee für dein nächstes Spiel. Achtung, die Kleine da …«

Arnt stieß den Stuhl kurz rückwärts und schlug einen gekonnten Haken zwischen einem herannahenden Kinderwagen und einem jungen Mann, dessen Finger über sein Handy huschten.

»Gut pariert«, sagte Ellen und musste über Arnts unerwartete Begeisterung lächeln. »Hier ist die Stelle, an der ich dich angesprochen habe, weißt du noch? Ich stand ungefähr hier – und dort drüben bist du mit deinem Rad fast in die Kanalisation abgetaucht, als ich …«

»Heee, pass doch auf, willst' mich umrennen?« Eine fremde Stimme riss Ellen aus ihrem Monolog. Eine Frau hüpfte zur Seite, ihre grauen Locken wippten wie Spiralfedern hoch und runter.

»Hast' denn keine Augen im Kopf? Rotznase!«

Ellen blieb verwirrt stehen.

»Ja, dich mein ich, Mädel.« Die Frau zeigte mit spitzem Finger auf ihre Brust.

»Äh, Entschuldigung, aber wieso …« Ellen sah die Alte perplex an.

»Nich' nur blind, auch noch dumm«, murmelte diese, machte kehrt und rührte noch eine Weile mit dem Finger in der Luft herum, bevor sie in der Menge verschwand.

»Wenn du was sagen willst, dann sag's, ansonsten würde ich den Mund wieder schließen, sieht wirklich dumm aus«, bemerkte Arnt trocken.

»Deine Bemerkungen sind nicht weniger dumm«, fuhr Ellen ihn an, beruhigte sich jedoch schnell wieder. »Hast du das eben mitgekriegt? Die konnte mich sehen, wie ist das möglich?«

Arnt rieb sich das Kinn. »So wie es aussieht, ist in Anderland mehr möglich, als du für möglich hältst. Aber die da«, er nickte in die Richtung, in der die Grauhaarige verschwunden war, »die kenne ich, die ist total durchgeknallt. Verkauft am Markt selbst gestrickte Socken; hockt oft am Brunnen und führt Selbstgespräche. Wenn man ihr zu nahe kommt, keift sie einen an, die hat echt einen Vollschaden.«

»Gesehen habe ich sie auch schon oft, aber ich wusste gar nicht, dass sie – ach, und weißt du was?«, unterbrach Ellen ihre eigenen Worte. »Es fällt mir erst jetzt auf. Aber ich meine, sie hatte nur einen Aurier – oder?«

»Keine Ahnung, aber durchaus möglich. Wahrscheinlich hat es der eine nicht mehr ausgehalten, und der andere ist genauso beknackt wie sie selbst – muss ja fast«, kommentierte Arnt, die Räder in der Hand, um einer herannahenden Mutter mit ihrem Mädchen auszuweichen.

»Schau mal, die Kleine dort hat auch nur einen«, Arnt beschrieb einen Bogen, nur wenige Zentimeter an dem Kind vorbei.

»Stimmt, Kinder haben tatsächlich nur einen. Wir vermuten, dass sich die Aurier im Laufe der Pubertät teilen und dann getrennt entwickeln.«

»Wir? Und wer bitte schön ist wir?«, fragte Arnt verblüfft.

»Na, Charlotte und ich.«

»Ach ja, natürlich, Charlotte und du, Verzeihung …«, bemerkte er mit gestelzter Stimme.

»Das ist jetzt Nebensache. Arnt, ich muss unbedingt mit dieser Frau reden.« Sie machte auf dem Absatz kehrt, doch Arnt hielt sie fest.

»Ellen, lass doch. Was willst du sie denn fragen? Ob sie nicht ganz gebacken ist?«

»Ich möchte wissen, warum sie uns sehen kann, ganz einfach.« Ellen riss sich los. »Komm mit!«

»Ich glaube, das ist keine gute Idee.« Arnt wirkte auf einmal zerknirscht.

»Warum?«

»Na ja, weil … Ich war nicht immer nett zu der Alten.«

»Was? Du?« Ellen hob erstaunt die Augenbrauen.

»Sie hat mich ein paar Mal so unverschämt angemotzt, bei der fehlt's echt, lass sie doch einfach …«

»Ist egal, ich will sie trotzdem fragen, kostet ja nichts.« Arnts Einspruch ignorierend, verschwand Ellen zwischen den Leuten.

Arnt fluchte kurz in den Himmel, dann folgte er ihr. Beim Brunnen hatte er die beiden eingeholt. Ellen trat gerade zu der Frau, die in gebückter Haltung ihren Korb auf dem Rücken trug. Ein langer, lilafarbener und von Motten durchlöcherter Mantel reichte hinab bis zu den längst ausgetretenen Schuhen.

»Ähm, hallo, entschuldigen Sie bitte, ich habe eine Frage«, sagte Ellen zögernd. »Würden Sie mir bitte erklären, warum Sie mich sehen können?«

Die alte Frau stellte den Korb auf den Boden, dann blickte sie Ellen an und wackelte mit dem Kopf, sodass ihre grauen Spirallocken hoch und runter tanzten. Sie hatte die Augen zusammengekniffen und schien abzuwägen, ob Ellen sie zum Narren hielt oder nicht.

»Nun ja, Mädel, vielleicht, weil ich Augen im Kopf hab?«, sagte sie schließlich.

»Augen haben hier alle im Kopf, aber Sie sind die einzige, die mich sehen kann. Warum?«

Nachdem sich die springenden Locken beruhigt hatten, sagte die Frau, Ellens Frage ignorierend: »Mein Name ist Laila, wer bist du?«

»Ich heiße Ellen – und er dort hinten heißt Arnt«, sie deutete auf Arnt, der inzwischen herangerollt kam.

»Ach ja, dich kenn ich«, sagte Laila belustigt und neigte den Kopf zur Seite – der Aurier wich geschickt aus. »Du bist das Jungchen mi'm Vogel, richtig?«

Arnt sah sie verdattert an. »Was für ein Vogel? Ich habe doch keinen Vogel.«

»Aber wohl doch, erinnerst dich nich'?«, die Alte kicherte auf ihren Handrücken. »Hast ihn mir schon'n paar Mal gezeigt, denk nach, Junge, denk gut nach …«

Arnt schoss die Röte ins Gesicht. »Nun ja, ich konnte ja nicht wissen …«

»Mach dir nichts draus, Junge.« Der Kopf der Alten neigte sich auf die andere Seite, der Aurier schmiss sich flach auf die Schulter. »Bin's gewohnt, schau nur.« Sie drehte sich leicht gebeugt mit drohendem Blick im Kreis und zeigte mit dem Finger auf zwei Frauen und einen Mann, die neben ihnen stehen geblieben waren und zu rätseln schienen, mit wem die Frau da gerade sprach.

»Neugieriges Mistpack, kann ich mich nich' mal in Ruhe unterhalten?«, fuhr Laila die Umstehenden an. »Ja, ja, ja, haut nur ab, Gesindelvolk …« Kopfschüttelnd gingen die Leute weiter.

Zufrieden mit der Wirkung ihrer Worte wandte Laila sich wieder Ellen und Arnt zu. »Ja, ich bin hier und da daheim«, flüsterte sie dann geheimnisvoll. »Das hat seine Vor- und Nachteile, wie alles im Leben. Der Nachteil ist, dass es immer wieder Leut gibt, die mich für verrückt halten, nur weil sie selber blind sind.« Wütend hob sie die Faust: »Glotz nich' so blöd, Rotzbengel! Aber damit kann ich leben. Auf der anderen Seite hat's auch ne Menge Vorteile, kommt mal mit.« Laila schien regelrecht aufgetaut zu sein.

Die beiden folgten ihr zum Brunnen, in dessen Mitte sich sieben Löwenköpfe erhoben. Auf dem Rand saßen vier kleine Gestalten, die munter mit den Beinen baumelten.

»Das ist die Jungschar der Kelvins. Freunde von mir, die Kinder treffen sich hier zum Spiel. Manchmal gesell ich mich dazu«, sagte sie überraschend liebevoll und näherte sich mit ausgestreckten Armen dem Brunnenrand.

»Lila-Laila, fang uns«, die vier Kleinen wirbelten hoch, nahmen Anlauf und hechteten sich lachend in Lailas Arme. Kurz darauf hingen sie an ihren Locken. Noch ein weiterer Kopf tauchte auf, es war der eines kleinen Mädchens. Sie war nach oben auf eines der Löwenhäupter geklettert, die sternförmig aus einer Säule herausragten und ohne Unterlass Wasser spien. Laila breitete ihren Umhang aus.

»Sie ist ein richtiger Rabauk«, sagte sie gerade, als die Kleine mit einem gewagten Satz in den Stoff sprang, wobei sich ihr Blumenröckchen aufblähte wie ein Fallschirm. Jauchzend hopste sie auf Lailas löchrigem Kleidungsstück herum wie auf einem Trampolin, dann schnappte sie sich ebenfalls eine der Locken. Die alte Frau begann, sich im Kreis zu drehen, immer schneller, bis die fünf Kelvins fast waagerecht durch die Luft sausten und Lailas Umhang fröhlich im Kreis flatterte.

»Kein Wunder, dass die Leute Laila für verrückt halten …« Ellen legte die Hand über den Mund, um ihr grinsendes Gesicht zu verbergen. »Keiner hier ahnt etwas von der Existenz der Kleinen, mit denen sie spielt …«

»Ja«, sagte Arnt, der ein wenig zur Seite gerollt war und nachdenklich wirkte. »Manchmal fällt man Urteile, ohne sie zu hinterfragen … Aber wie soll man auch so etwas ahnen – schau dir das an«, auch er musste nun grinsen. Die Mimik der Vorbeigehenden sprach Bände.

Dem fröhlichen Treiben zusehend, musterte Ellen das Gesicht der Alten genauer. In ihren Bewegungen lag eine Eleganz, die so gar nicht zu ihrem Aufzug passte, und hinter den tiefen Furchen ihres Gesichtes meinte Ellen zu erkennen, dass sie früher einmal eine attraktive Frau gewesen sein musste.

Kapitel 18

Tränensteg

»Wo zur Hölle bleiben sie bloß?« Die Orden, die den Rock des Triamesen fast vollständig bedeckten, klingelten rhythmisch im Takt seiner Schritte. Am vorderen Teil seines fleischigen Halses trug er einen Kragen aus kleinen, braunen Beuteln, die hin und her baumelten wie schlappe Luftballons. Während er wieder und wieder im Kreis lief, trommelten seine Fingerspitzen hinter dem Rücken aufeinander.

»Sie werden schon kommen«, die Stimme kam gedämpft aus der Wölbung seiner linken Schulter, »und hör auf mit der Rennerei, mir ist schon kotzübel.«

Der Triamese machte kehrt und lief den Kreis in der Gegenrichtung. Das würgende Geräusch auf seiner linken Schulter interessierte ihn nicht, vielmehr galt seine ganze Aufmerksamkeit dem kleinen Fenster, das er immer wieder ansteuerte.

»Sie müssten schon längst da sein, verflucht …« Seine Augen glitten über den Horizont. »Nichts als nichts zu sehen, verdammtes Federvieh.«

»Hätte ich sie geschickt, wären sie schon lange zurück, schon lange«, keckerte es aus einer Ecke des Raumes, »aber Kethamarr wollte es ja nicht anders. Bevorzugt drei Idioten, die es nicht mal fertigbringen, eine Schar Vögel in den Griff zu kriegen, schade, schade.«

»Halt's Maul und misch dich da raus, Morphus. Du weißt ganz genau, dass du hier nichts zu melden hast«, der Triamese griff an seinen Rock, »nicht mal einen Orden hast du – für was denn auch, Dummkopf. Kethamarr weiß ganz genau, warum er mir das überlässt. Ich kenne jede Nase in diesem verfluchten Ort, jede Ecke und jeden Winkel.«

»Ach ja? Und wie willst du die beiden hierherbringen? Sie mit einem deiner billigen Orden bestechen? Lächerlich, so lächerlich …«

»Im Gegensatz zu dir habe ich Hirn zum Denken«, schleuderte der Triamese zurück, »und einen genialen Plan …«

»Sag dem Alten doch endlich, dass er sich verziehen soll«, quäkte die Stimme erneut aus der Schulter. Was hat der überhaupt hier verloren!«

Lautes Gekrächze drang von draußen herein und augenblicklich wurde es dunkler im Raum. Eine Horde Raben kam in geschlossener Formation auf das Fenster zugeflogen. Wildes Geflatter und Gezeter entstand, als sich alle gleichzeitig hindurchdrängen wollten. Flügel klatschten gegeneinander, ein paar Vögel purzelten in den Raum, die anderen stürzten trudelnd an der Außenmauer ab, fingen sich wieder und stießen erneut in die rangelnde Schar.

»Wir haben sie gefunden, Triamese, sie sind in Steilbach aus dem Bus gestiegen.« Einer der Raben schüttelte sich und trat vor. »Wir haben sie eine Weile beobachtet, wir glauben nicht, dass sie eine Gefahr bedeuten. Das Mädchen scheint ernsthafte Schwierigkeiten zu haben, in unserer Welt klarzukommen, und der Junge im Rollstuhl hat sowieso nichts zu melden.«

»Gut gemacht, Crock!« Der Triamese schlug die Faust in die flache Hand, sodass die Orden an seinem Rock Beifall klatschten. »Ich mache mich gleich auf den Weg.« Er warf eine Handvoll Körner auf den Boden und erneut entstand schwarzes Gebalge.

»Du wirst das nicht alleine schaffen, Triamese, dein dritter Kopf wird dir einen Strich durch die Rechnung machen. Es wäre das erste Mal, dass du mit dir einig bist, das allererste Mal …« Der Bucklige blickte trotzig aus seiner Ecke, das Kinn auf die Knie gestützt.

Da begann die linke Schulter des Triamesen zu vibrieren. Ein Kranz blitzend weißer Zähne, umgeben von einem viel zu kleinen Kopf, pellte sich aus der Schulter. »Wenn du nicht gleich verreist, trete ich dir in deinen verdammten Hintern, du buckliger Schandhaufen.« Obwohl der Kopf noch sehr klein war, piepste seine Stimme energisch.

»Halt's Maul und verschwinde auf deinen Platz. Ich bin der einzige, der hier tritt«, sagte der Triamese gereizt und drehte seinen Kopf zu dem Gebiss, das knapp vor seiner Nase noch immer wütend gefletscht war.

In die rechte Schulter kam ebenfalls Bewegung. Ein verrunzeltes Gesicht schälte sich aus den Orden. »Könnt ihr nicht endlich mal die Klappe halten, ich versuche gerade, etwas Schlaf zu bekommen.«

Aus der Ecke erklang Gelächter. »Einer hirnlos, einer verpennt, und einer der's nicht im Griff hat, das kommt bestimmt gut, sehr gut.«

»Noch ein Wort und …« Der Triamese erhob drohend die Faust und machte ein paar schnelle Schritte auf Morphus zu, der seinen Kopf unter den Buckel zog, als wäre er eine Schildkröte. »Noch habe ich hier das Sagen – und ich sage, dass wir jetzt gehen, und zwar sofort. Was kümmert mich dein dummes Geschwätz, Morphus, aus dir spricht nichts als der blanke Neid.« Er spuckte verächtlich auf den Boden. »Und ihr zwei verzieht euch, ich will keinen Mucks mehr hören, verstanden?« Seine faustgroßen Augen kugelten einmal nach links, dann nach rechts. Der runzelige Kopf tauchte ab. Der andere hingegen hatte sich noch mehr aufgeblasen und zischte dem mittleren Kopf ins Ohr: »Deine Zeit ist schon sehr bald vorbei, und dann wird das gemacht, was ich will, verlass dich drauf!« Mit einem pfeifenden Laut schrumpfte er in sich zusammen.

»Noch ist es nicht so weit«, sagte der mittlere und glotzte auf die braune Masse, die zwischen den Orden auf seiner Schulter erregt pulsierte. Dann machte er kehrt und verließ eilig den Raum.

Der Glockenschlag der großen Uhr ließ den Kirchplatz zwei Mal erbeben. Die Kelvin-Kinder beendeten abrupt ihr fröhliches Treiben und sammelten sich auf dem Brunnenrand, um sich an den Händen zu fassen und sich ohne ein weiteres Wort in Luft aufzulösen.

»Sie müssen Punkt zwei Uhr zu Haus' sein«, beantwortete Laila Ellens fragenden Blick. »Manchmal kommen sie am späteren Nachmittag noch mal zurück.« Sie zog einen rosaroten und einen hellgrünen Wollknäuel zusammen mit zwei Stricknadeln aus ihrem Korb, setzte sich auf den Brunnenrand und begann, mit den Nadeln zu klappern, wobei das rosafarbene Bündchen des Sockens erstaunlich schnell anstieg.

»Wo sind sie denn hin?«, wollte Ellen wissen.

»Es sind die Knöpf' von Runa und Laurin, wohnen auf dem Waldspielplatz.«

»Ach«, nickte Ellen und hob dabei überrascht die Augenbrauen. Sie kannte diesen Spielplatz. Nie hätte sie vermutet, dass er bewohnt war. »Laila, haben Sie zufällig eine Ahnung, wo wir einen Mann namens Kethamarr finden können?«, fragte sie, das Thema wechselnd.

Ein feines *Kling* zerschnitt das Schweigen, das dieser Frage folgte. Laila unterbrach ihre Arbeit, bückte sich nach der heruntergefallenen Nadel und sah Ellen mit großen, milchig blauen Augen an.

»Das ist nich' der Ort, an dem ich sein wollt', und es ist schon gar nich' der Ort, an den ihr gehen sollt. Ungutes herrscht dort, düstere Wesen … Was wollt ihr beiden von Kethamarr?«

»Unsere Aurier zurückholen«, sagte Ellen ohne Umschweife.

»So so, eure Aurier«, nickte Laila so langsam, dass nicht einmal ihre Locken federten. »Und nun wollt ihr an die Tür klopfen und sie zurückverlangen?« Sie gab einen zischenden Laut von sich und legte dabei den Kopf so schnell zur Seite, dass es ihrem Aurier nicht gelang, rechtzeitig auszuweichen. Wie ein Gummibär wurde er zusammengedrückt, wobei er ein gepresstes *Heeepfff* hervorbrachte. Es war der erste Laut, den sie von ihm zu hören bekamen. Er schien – im Gegensatz zu all den anderen – eher schweigsamer Natur zu sein.

»Ich kann euch da leider nich' helfen«, sagte Laila bestimmt. »Keine Ahnung, wo sich Kethamarr grad' aufhält.« Mit diesen Worten drehte sie sich ab und widmete ihre Aufmerksamkeit wieder dem Socken.

»Aber vielleicht können Sie uns einen Rat geben, wer uns weiterhelfen könnte?«, bohrte Ellen weiter.

»Ich kann euch mehr als einen Rat geben«, antwortete Laila, ohne den Blick von ihrem Strickzeug abzuwenden. »Mein erster Rat lautet: Verschwindet dahin zurück, wo ihr hergekommen seid. Mein zweiter Rat lautet: Wenn ihr so dumm seid, auf meinen ersten Rat zu pfeifen, dann sucht den Waldspielplatz auf und geht zu Runa. Sie weiß vielleicht, wo Kethamarr zu finden ist. Und mein dritter Rat geht an den jungen Herrn mi'm Vogel«, sie musterte Arnt kurz von oben bis unten, »tu den Stuhl unterm Hintern weg, den brauchst' hier nich'.« Sie stach heftig mit den Nadeln in das Wollknäuel und stopfte es mitsamt dem fertigen Socken in den Korb zurück. »Geht wieder nach Haus«, fuhr sie dann unwirsch fort. »Das hier ist kein Kinderspiel.«

Mit diesen Worten drehte sie sich um und ließ die beiden am Brunnen zurück.

Eine Weile noch sahen sie den energisch wippenden Locken nach, dann wandte sich Ellen an Arnt: »Meinst du, dass das stimmt?«

»Dass wir wieder nach Hause gehen sollen?«

»Nein, das mit dem Stuhl meine ich …«

Der Blick, den Arnt ihr entgegenschoss, ließ sie einen Schritt zurückweichen. »Komm mir bloß nicht mit so einer Scheiße«, presste er zwischen den Zähnen hervor.

Ellen wollte etwas erwidern, ließ es aber sicherheitshalber bleiben. »Also gut, lass uns weitergehen«, sagte sie stattdessen. »Vielleicht erfahren wir auf dem Waldspielplatz etwas mehr. Und wir können uns den Umweg zu Radin sparen – auch wenn ich zu gerne wüsste, wie es ihm geht.«

Schweigend begaben sie sich durch eine Gasse in Richtung Spielplatz. Auf halber Strecke kamen sie durch den großen Torbogen, der von der Stadtmauer erhalten war. Im oberen Teil befanden sich noch die hölzernen Pfähle, die wie vergammelte Zahnstümpfe aus dem Gemäuer ragten und jeder, der zu ihnen hinaufsah, beschleunigte unweigerlich seine Schritte. Hinter dem Tor spannte sich eine Brücke in gewölbtem Bogen über den tiefen Graben. Sie trug – neben dem Belag aus gepflasterten Steinen – auch den Namen *Tränensteg.*

Ellen hatte vor einiger Zeit in ihrer Kolumne über die Brücke berichtet. Es war schon fast eine traurige Gepflogenheit, sich an diesen Ort zu begeben, um den Absprung aus dem Leben zu schaffen. *Arme Teufel,* dachte sie, und ein mitleidiges Lächeln umspielte ihren Mund, während Arnt mit zusammengekniffenen Lippen neben ihr herrollte.

»Nicht viele schreiten an diesem Ort mit einem Lächeln einher.« Eine ölige Stimme riss die beiden aus ihren Gedanken. Ein kleiner, unansehnlicher Mann lehnte an der Brückenmauer und fixierte Ellen mit hervortretenden Augen. Gelassen kaute er an einem Grashalm, der nur unmerklich grüner war als sein Gesicht. Obwohl weder Ellen noch Arnt ihn vorher gesehen hatten, wirkte er, als hätte er schon immer dort gestanden.

Noch bevor Ellen ihrem Erstaunen Ausdruck verleihen konnte, sprang die Gestalt vor.

»Mein Name ist Triamese.« Das Geklingel der unzähligen Orden, die sein ganzes Gewand bedeckten, erfüllte die Luft.

»Ist schon Fastnacht?« Arnt konnte sich die Bemerkung nicht verkneifen.

»Durchaus nicht. Diese Bekleidung trage ich das ganze Jahr. Sie bezeugt meine Fähigkeiten.« Der Triamese schien in keiner Weise gekränkt. »Ich bin der Hüter dieser Brücke, und jeder Orden steht für ein Leben, welches durch meine Hand gerettet wurde.« Er tätschelte liebevoll seinen Rock, sodass die Kleinode noch lauter klimperten. »Der hier«, er zeigte auf einen kleinen goldenen Orden unterhalb des Gürtels, »der ist von einem Mann, dem die Schuldenlast zum Springen riet. Und der hier«, diesmal zog er an einem kleinen silbernen Orden, der sich an der Seite befand, »der ist von einem kleinen Kind, dessen Mutter sich nicht achtete. Und der hier ist ziemlich frisch«, er deutete auf einen Orden unterhalb seines Beutelkragens, »der ist von einer Frau – hm – so ungefähr in deinem Alter.« Er stupste Ellen in den Bauch. »Die hat nicht mehr so gelächelt wie du. Stand da an der Brücke und wollte springen, das zweite Mal schon. Lange schwarze Haare hat sie gehabt und eine hässliche rote Brille auf der Nase, aber wegen der wollte sie es nicht tun«, er kicherte. »Hatte einfach keine Lust mehr. Sah eigentlich ganz nett aus, komisch ist das manchmal …« Er knabberte erneut an dem Halm.

Ellen erstarrte. Eine düstere Ahnung stieg in ihr auf. »Kennst du den Namen der Frau?«

»Neee, ich frage die Springer nie nach dem Namen, das ist eine private Sache. Aber es muss wegen eines Mannes gewesen sein, so wie sie jammerte, hat immer wieder seinen Namen gebrüllt.«

Ellen war wie vom Donner gerührt. »Das war bestimmt Leah«, platzte es aus ihr heraus. »Verflixt, dass es so schlimm ist, hätte ich nicht gedacht.«

»Und wer bitte ist Leah?«, meldete sich Arnt zu Wort.

»Eine meiner besten Freundinnen. Gott sei Dank, hast du sie aufhalten können.« Ellen schenkte dem Triamesen einen dankbaren Blick.

»Nun ja«, sagte dieser mit ordentlich geschwellter Brust, »ist ja meine Aufgabe. Ich weiß aber nicht, ob ich das noch einmal schaffe.« Er biss ein Stück von dem Grashalm ab und spuckte es auf den Boden. »Meine Erfahrung sagt mir, die meisten schaffen es beim dritten Versuch, und das Mädchen sah mir aus, als würde es sehr bald wieder hier auftauchen.« Er blickte Ellen mitfühlend an. »Wenn es wirklich deine Freundin ist, solltest du ihr helfen.«

»Das versuche ich doch schon die ganze Zeit«, entgegnete Ellen aufgebracht, »aber sie fällt immer wieder zurück in ihr altes Muster.«

»Das spricht aber nicht gerade für dich – bei deinem Beruf«, bemerkte Arnt und rollte auf Abstand.

»Es gibt auch Leute, die wollen sich gar nicht helfen lassen«, fauchte Ellen und funkelte Arnt schräg an, »fühlen sich geborgen in ihrem Leid. Bloß keine Veränderungen. Da nützt auch die beste Psychotherapie nichts!«

»Und manche Leute glauben, sie seien allwissend!« Mit einem Ruck drehte Arnt den Stuhl zur Seite.

»Aber, aber, warum denn gleich streiten?« Der Triamese schnippte den Rest des Grashalms über die Brückenmauer. »Dabei wäre es doch so einfach.«

Ellen blickte ihn verwirrt an. »Was wäre einfach?«

»Na, deiner Freundin zu helfen.«

»So? Und wie?«

»Hm«, der Triamese strich mit dem Finger über einen der Orden, »eigentlich darf ich's nicht verraten …«

»Wieso darfst du es nicht verraten?«, fragte Ellen ungeduldig. »Deine Aufgabe ist es doch zu helfen, oder nicht?«

»Wenn es so einfach ist, warum machst du es dann nicht selbst?« Arnt hatte sich den beiden wieder zugewandt und blickte den Triamesen auffordernd an.

»Ach«, sagte der Triamese mit seufzendem Unterton, »das wäre zu schön, doch meine Befugnis hat leider Grenzen.« Er machte eine kleine Pause, dann blinzelten seine Augen verschwörerisch. »Aber ihr seid von *drüben*, ihr könntet es tun.« Er rollte seine grünlichen Pupillen kurz nach links und dann nach rechts. Als er sich überzeugt hatte, dass sie niemand beobachtete, schürzte er die fleischigen Lippen und flüsterte spitz: »Ihr linker Aurier ist von äußerst bösartiger Natur, und er hat zu viel Einfluss auf sie. Er zwingt sie zu schlechten Gedanken. Nehmt ihn weg, und sie wird wieder glücklich sein.« Er zwinkerte beidäugig. »Na? Was meint ihr dazu?«

»Leah den linken Aurier wegnehmen?«, Ellen hob die Augenbrauen, »aber fällt sie dann nicht aus dem Gleichgewicht?«

Der Triamese schüttelte seufzend den Kopf. »Verstehst du denn nicht? Sie ist schon aus dem Gleichgewicht gefallen. Ohne den bösartigen linken wäre sie wieder glücklich. Der ist ihr Problem. Wenn sie sich wieder gefangen hat, könnt ihr ihn ja zurückgeben, bis dahin hat der rechte genug Zeit, sich zu stärken und kann besser Paroli bieten. Das ist eure einzige Chance, glaubt mir, ich kenne mich da aus …«

Ellen nickte. »Irgendwie leuchtet das ein, auch wenn ich mir nicht ganz sicher bin, ob das die beste Lösung ist – so gegen Leahs Willen. Andererseits müssen wir sehr schnell handeln, und das scheint mir im Augenblick die einzige

Möglichkeit zu sein.« Sie sog hörbar Luft ein. »Wir könnten es versuchen.«

»Kannst mir ja bei Gelegenheit einen Orden vorbeibringen«, grinste der Triamese breitlippig, verbeugte sich kurz und trollte sich davon.

»Was war das denn jetzt bitte?« Arnt griff sich ans Kinn. »Ich traue dem Typ nicht. Ein richtiger Widerling.«

»Da hast du recht. Aber welchen Grund sollte er haben, uns anzulügen? Bei der Beschreibung handelte es sich um Leah, da bin ich mir ganz sicher, und wenn ich an unseren letzten Abend denke – wundert mich gar nichts.«

»Ich finde, wir sollten uns zuerst um das kümmern, weswegen wir hier sind«, entgegnete Arnt. »Ich weiß nicht, ob das mit dem Aurier eine gute Idee ist. Mit Leah kannst du auch noch reden, wenn wir wieder in unserer Welt sind.«

»Wenn es bis dahin nicht zu spät ist …« Ellen legte die Hand auf ihre Stirn und schloss nachdenklich die Augen.

Bedächtig trat sie an den Spieltisch heran. Den Queue mal hierhin, mal dorthin schwenkend, suchte sie nach dem sinnvollsten Stoß. Die eine Kugel konnte sie direkt versenken, dann wäre Leah außer Gefahr, bei der anderen müsste sie blindlings über mehrere Banden gehen … Und was, wenn Leah in der Zwischenzeit etwas passierte? Entscheide dich, entscheide mit dem Herzen …

»Nein, Arnt, wir müssen zuerst zu Leah«, sagte Ellen entschlossen. »Wir würden sonst zu viel Zeit verlieren. Ich kenne sie, wenn die sich etwas in den Kopf gesetzt hat … Und wenn sie sich in der Zwischenzeit etwas antut, würde ich mir das mein Leben lang nicht verzeihen.« Sie blickte Arnt an. »Kommst du mit?«

»Habe ja wohl kaum eine andere Wahl, oder?« Arnt seufzte schulterzuckend.

Ohne ein weiteres Wort machten sie kehrt und überquerten zum dritten Mal an diesem Tag den Kirchplatz. Laila war zum Brunnenrand zurückgekehrt. Als sie die beiden sah, schüttelte sie unmerklich ihren Kopf, pöbelte einen Herrn mit Krawatte an und widmete dann ihre Aufmerksamkeit dem nächsten Socken.

KAPITEL 19

Abrissviertel

Müssen wir wirklich hier lang?« Arnt blickte argwöhnisch auf den Müll, der sich vor ihnen auftürmte. Irgendwo darunter musste sich ein Abfalleimer befinden, die Halterung ragte aus dem Berg wie der Mast eines versunkenen Schiffes. Ähnlich verwahrlost sah das ganze Quartier aus, das vor ihnen lag.

»Da vorne wohnt sie, dort, ganz am Ende.« Ellen deutete in eine Straße, die gesäumt war von grauschwarzen Betonbunkern.

»Wer hier wohnt, muss man wirklich am Ende sein. Und stinken tut es auch.« Arnt kräuselte die Nase, als er widerwillig die verwilderten Vorgärten und die leeren Balkone mit ihren nackten Fenstern betrachtete. »Sieht aus, als hätte es hier graue Farbe geregnet«, bemerkte er schnupfend.

Ellen nickte zustimmend. Die einzigen Farbtupfer waren die laienhaften Graffiti-Zeichnungen an den Wänden, die vor Obszönitäten nur so strotzten.

»In diesem Teil der Stadt bin ich noch nie gewesen«, sagte Arnt, als sie kurz darauf an einem zugewucherten Vorgarten vorbeigingen, in dessen Gestrüpp Klopapierfetzen an den Zweigen hingen. Unter den Büschen türmten sich Dosen und Bierflaschen, auch hier standen Müllsäcke, deren durchdringender Geruch auf bereits wochenlange Verweildauer schließen ließ.

»Die Müllabfuhr scheint hier nichts verloren zu haben – oder aber eine ganze Menge.« Arnts Räder knirschten über eine kaputte Flasche. »Gott sei Dank fahre ich Vollgummi, das ist ja grauenhaft – und das ist nur der Vorname«, er raunte noch weitere unverständliche Worte vor sich hin.

»Das ist das Abrissviertel, noch nie davon gehört?«, fragte Ellen. »Es steht doch ständig in der Zeitung. Eigentlich wollten sie diesen Ortsteil schon lange plattmachen und eine neue Siedlung bauen, aber viele Wohnungen sind immer noch besetzt. Die kriegen die Bewohner einfach nicht raus. Die Polizei ist …«

Wütendes Gebrüll ließ sie innehalten. Ellens Finger krallten sich um die Griffe des Rollstuhls. Obwohl sie wussten, dass sie nicht gesehen werden konnten, bewegten sie sich im Schutz einer Lorbeerhecke vorsichtig auf den Lärm zu.

Zwei Gruppen Halbstarker standen sich gegenüber. Die meisten trugen schwarze Lederjacken, die Nieten an Gürteln und Schultern glitzerten in der Sonne. Ellen fröstelte. Die Spannung in der Luft war spürbar wie ein kalter Windhauch.

Ein Junge stach aus der Gruppe heraus. Seine knallig gefärbten Haare standen stachelförmig in die Luft, sodass sein Kopf von der Seite aussah wie ein halber grüner Stern mit blutigen Spitzen. Über seiner Stirn stand einer seiner Aurier. Er neigte sich gefährlich weit nach vorne, während er sich mit einer Hand am Haarstachel hielt und die andere wild im Kreis herumschwang. Der zweite Aurier saß regungslos auf der Schulter und betrachtete das Geschehen mit angespanntem Gesicht. Der Junge trat mit erhobener Faust aus seiner Gruppe heraus.

»Dir polier ich gründlich die Fresse, Fettsack«, dröhnte er zu einem korpulenten Typ mit dicker Brille, der nur zwei Meter von ihm entfernt stand und ihn um Kopfeslänge überragte. Dessen Gruppe bestand fast nur aus Kahlrasierten.

»Sag mal, ist Dummheit grün-rot?«, röhrte der Korpulente und trat unter dem Gelächter der anderen nun ebenfalls einen Schritt vor.

»Lass uns von hier verschwinden«, zischte Arnt und gab seinen Rädern einen Ruck, der Ellen fast aus den Schuhen riss. »Das ist ja nicht auszuhalten. Du willst mir doch nicht weismachen, dass deine Freundin auf so einem asozialen Betonfriedhof wohnt, oder?«

»Warte kurz!« Ellen hatte ihren Halt wiedergefunden und betrachtete gebannt den Korpulenten und seine Aurier. Während der linke fluchend an die Halswülste seines Trägers trat, als wolle er ihn antreiben, starrte der rechte nach hinten, als wolle er nicht sehen, was sich vorne abspielte. Einen kurzen Moment lang wunderte sich Ellen darüber, dann wandte sie sich ab und trabte neben Arnt her.

»Doch, sie wohnt hier«, kam sie schnaufend auf seine Frage zurück, »am Rand des Viertels, wir sind gleich da, in dem gelben Haus dort – na ja, es war mal gelb.«

»Wie kann man nur in diese Gegend ziehen?«, fragte Arnt, der sich offenbar nicht beruhigen konnte.

»Etwas Besseres kann sie sich nicht leisten, aber sobald sie wieder Arbeit hat, sucht sie sich etwas anderes.« Ellen musste laut reden, damit Arnt sie verstand. Das anschwellende Gebrüll in ihrem Nacken deutete darauf hin, dass die beiden Schlägergruppen handgreiflich geworden waren.

Endlich erreichten sie das Ende der Straße. Arnt betrachtete interessiert das zweistöckige Gebäude. Farbreste an der Fassade deuteten darauf hin, dass das Haus tatsächlich einmal gelb gewesen sein musste. Im oberen Stock hing ein Fensterladen schräg in den Angeln und drohte jeden Moment auf die junge Frau herabzustürzen, die auf den Treppenstufen ihrer Eingangstür saß. Ihr Kopf stützte sich schwer auf ihre Hände und die rote Brille hatte sie auf die Stufen gelegt, neben einen

Stapel aufgerissener Briefumschläge. An ihrem Ohrläppchen hing ein Aurier und brüllte ohne Unterlass hinein.

Entsetzen und Erleichterung machten sich gleichermaßen in Ellen breit. Sie hatte Leah schon oft traurig erlebt, aber noch nie hatte sie so eine Hoffnungslosigkeit ausgestrahlt.

Vorsichtig trat sie näher. Ihre Aufmerksamkeit galt dem linken Aurier, der immer noch Leahs Gehör traktierte. Er schien in voller Fahrt zu sein.

»Da hast du's wieder, du wirst nie einen Job bekommen, nie! Wer will denn schon so was wie dich?« Der aufgebrachte Aurier klopfte sich mit der Faust an die Stirn.

Der Rechte nutzte die Pause und bearbeitete das Ohr auf der gegenüberliegenden Seite. »Hör ihm nicht zu, so darfst du nicht denken, irgendwann wird …«

»Haha, ja ja, irgendwann, irgendwann«, unterbrach ihn der linke. »Der Name deines Irgenwanns ist *nie*. Du weißt ja schon gar nicht mehr, was arbeiten heißt. Keiner will so was wie dich, schau dich doch an.«

»Aber du bist nicht dumm«, versuchte der rechte entgegenzuhalten. »Wenn du erst einen Job hast, kommst du schnell wieder rein, du musst nur ein bisschen lernen.«

»Lernen?«, tobte der Linke. »Wer will schon jemanden, der erst wieder lernen muss? Du bist und bleibst ein ewiger Versager, nicht mal ein Mann will dich haben!«

Ellen beobachtete nachdenklich, wie Leahs Tränenfluss ein neues Bett bildete und nun zweispurig über ihre Wangen rann. Während sich der linke selbstzufrieden auf ihre Schulter setzte, wurde Leahs Schluchzen immer lauter.

Du kleiner Mistkerl, schoss es Ellen durch den Kopf, *der Triamese hatte recht!* Ohne weiter zu überlegen, schnappte sie den destruktiven Aurier mit beiden Händen. Erst dachte sie, sie hätte ihn nicht erwischt, aber als sie einen Daumen hob, blickten ihr zwei trotzige Augen entgegen. Nachdem sich der Aurier von dem Schock erholt hatte, gebärdete er sich wie toll, trat mit den Füßen und biss Ellen in den Finger, was dank der fehlenden Zähne nicht sonderlich wehtat. Es gelang ihm, einen Arm zu befreien. Mit erhobenem Zeigefinger quäkte er Ellen an: »Du bist doch ihre Freundin, richtig?«

»Ri-richtig«, antwortete Ellen, verwirrt über die direkte Anrede.

»Was soll dann so was?«, fragte er spitz und funkelte sie wütend an.

Ellen zögerte einen Moment, dann antwortete sie: »Du tust Leah nicht gut, du hackst nur auf ihr herum.«

»Ha«, lachte der Kleine abschätzig, »sieh sie dir doch an. Noch nie hat sie etwas Gescheites zustande gebracht, kein Mann hält es mit ihr aus, und dumm ist sie obendrein.«

»Das stimmt doch gar nicht!« Ellen hätte am liebsten die Hände zusammengepresst und ihn durch die Finger quellen sehen. »Du bist ihr Problem, deinetwegen bringt sie sich noch um!«

»Ja! Dann hätte das Elend endlich ein Ende. Alle Probleme wären gelöst. Sie wird es nie zu etwas bringen. Alle wissen das, alle! Und jetzt lass mich endlich los«, seine kleine Hand drosch auf Ellen ein.

»Ja, alle wissen das – und warum? Weil du es allen erzählst. Kein Wunder, dass bei ihr alles schiefgeht, und kein Wunder, dass sie ständig deprimiert ist. Du bist ein richtiges Ekelpaket!«

Entschlossen steckte Ellen den strampelnden Zwerg in ihre Jackentasche und schloss den Reisverschluss. Der Kleine randalierte wie ein Berserker in dem Kleidungsstück, aber das bemerkte Ellen kaum. Ihre ganze Aufmerksamkeit richtete sich nun auf Leah. Sie hatte sich von der Treppenstufe erhoben und blickte konsterniert um sich. Es war ihr deutlich anzusehen, dass sie nicht begreifen konnte, was mit ihr geschehen war. Ihr rechter Aurier fixierte noch einen Moment Ellens Jackentasche, dann wandte er sich ab, zog an Leahs Ohrläppchen und sprach etwas hinein. Was es war, konnte Ellen nicht verstehen, aber die Reaktion von ihr war verblüffend. Lachen und Weinen durchliefen sie gleichermaßen, und während ihr die Tränen erneut wie Bäche über die Wangen flossen, stand sie auf, stampfte und tanzte auf den Briefen herum, die nach und nach die Farbe des Bodens annahmen.

»Ellen«! Arnts Aufschrei ließ Ellen zusammenfahren. »Verdammt, Ellen, hörst du das?«

Ellen erstarrte. Riss die Augen auf. Hoffte noch einen kurzen Moment lang, sie möge sich täuschen – dann nickte sie langsam. Das Geräusch drang von hinten in ihren Halsausschnitt und hinterließ eine kalte, klebrige Spur auf ihrem Rücken. Es war das Kreischen der Fender. Sie kamen. Und sie wussten ganz genau, wo sie waren.

Sie hatten sich selbst verraten.

Kapitel 20

Marienfels

Die hölzernen Türflügel sprangen unversehens auf, sodass die Raben von der Stange stoben. Das Mädchen mit den erdbeerroten Haaren fuhr ebenfalls zusammen, und die silberne Schüssel, die sie Kethamarr gerade entgegenstreckte, fiel klirrend zu Boden.

Kethamarrs Körper spannte sich an, mit verzerrtem Gesicht blickte er in den großen Spiegel, der den Triamesen zurückwarf.

»Wir sind zurück, Maestro.« Der Triamese verharrte in gebeugter Stellung. »Wir haben den Auftrag erfüllt. Die Fender sind unterwegs. Die beiden sind uns, wie erwartet, in die Falle gegangen.«

Kethamarr drehte sich langsam um. Sein Blick ritzte an der Kehle des Ankömmlings, der sich nun wieder erhoben hatte.

»Hast du nicht gelernt, dass man anklopft, bevor man einen Raum betritt?«, seine Stimme bebte vor unterdrücktem Zorn, als er sich dem Triamesen näherte, der sichtlich überrascht rückwärts torkelte.

»Es … es tut mir leid, wir wollten nur … möglichst schnell … wir haben den Auftrag erledigt, Maestro«, stammelte er. Sein Enthusiasmus war deutlich gedämpft. »Wir haben uns einen Orden verdient – nicht wahr?«

»Sooo?« Kethamarr beugte sich zu ihm hinab, seine Nasenflügel hoben und senkten sich wie die Schwingen eines

Raubvogels. »Du meinst also, dir einen Orden verdient zu haben?«

Auf den Schultern des Triamesen regte sich etwas. »Die Idee war von mir«, bemerkte der alte Kopf, der sich schwerfällig erhob und seinen Blick auf das Mädchen richtete, wobei er das Gesicht verzog, als wolle er sich entfalten.

Der Kopf auf der anderen Schulter schnellte hoch. »Von dir? Geht's noch, Alter? Ich hatte die Idee, du hast ja die ganze Zeit gepennt. Nichts hast du beigetragen, seniler Greis!«

»Genug!«, donnerte Kethamarr, »ihr widert mich an mit eurem ewigen Gezanke. Mach, dass du fortkommst, Triamese.«

»Maestro, aber – aber die Belohnung …«

»Du hast sechs Ohren, sind die alle taub?« Kethamarrs Stimme wurde bedrohlich leise. »Der Junge und das Mädchen sind nicht hier, das aber war die Bedingung … Doch wir wollen abwarten. Und wenn du jetzt nicht sofort diesen Ort verlässt, lasse ich dich von den Vögeln zerhacken. Und wenn die beiden nicht hier auftauchen sollten …«, er lächelte genussvoll, »dann auch!«

Die zwei Gesichter auf den Schultern des Triamesen tauchten augenblicklich unter. »Natürlich, Maestro, natürlich.« Der Triamese verbeugte sich, dann verschwand er durch einen der Türflügel, welchen die Raben, leise vor sich hin fluchend, geöffnet hielten.

Kethamarr wandte sich mit großen Schritten dem Fenster zu und griff in das Schälchen mit den Kugeln, die das Mädchen inzwischen eingesammelt hatte. Seine Laune hob sich, noch bevor er eine davon geschluckt hatte. Von Weitem sah er zwei Fender, ihre Unterleiber wölbten sich verheißungsvoll.

Ein Rabe kam geflogen und ließ sich neben Kethamarr nieder. »Meinen Sie, sie haben die Richtigen?«, krächzte er.

»Ich nehme kaum an, Crock, dass der Triamese es wagen würde, die Falschen zu schicken.« Er öffnete das Fenster.

»Oh, Radin, du warst schon deutlich besser, welch einseitiges Spiel! Sieh her, Lucia.« Er hob das Mädchen an, sodass sie hinausschauen konnte. Ihre feinen roten Lippen verzogen sich fast unmerklich, als sie Kethamarr ein anerkennendes Nicken schenkte.

Schleimiges Schwarz umklammerte Ellen wie eine nasse Faust. Je mehr sie sich wand und wehrte, umso enger schien es sie zu umschließen. Erbarmungslos wurde sie von der pendelnden Bewegung hin und her geschaukelt. Gestank nach Verwestem drang in ihre Nase und brachte ihren Magen zum Rebellieren. Den Gedanken an den Moment, als der Fender seinen Napf über sie gestülpt und in sich hineingequetscht hatte wie eine Schlange eine viel zu große Beute, versuchte sie zu verdrängen. Es blieb ihr nur noch, zu hoffen, dass sie nicht auch noch verdaut wurde.

»Wo bringt ihr uns hin?«, würgte sie hervor, ohne wirklich eine Antwort von den mundlosen Wesen zu erwarten. Sie hatte keine Ahnung, wo sie sich befanden.

Arnt erging es nicht besser. Er steckte ebenfalls in einem Fender fest und versuchte erst gar nicht, sich dagegen zu wehren. Seine Finger krallten sich um den schaukelnden Stuhl, während sich seine Augen an einem kleinen Schlitz festhielten, der hin und wieder einen Blick auf die Außenwelt freigab.

Endlich hielten sie an. Die Fender beugten sich vor, öffneten ihren Schlund und begannen, stoßartig zu würgen. Ellen brach heraus, fiel in ein Bett aus Kieselsteinen und verharrte auf den Knien. Sie fühlte sich elend. Der Brechreiz balancierte in ihrer Kehle und versuchte, dem schaukelnden Boden nicht zu erliegen.

Ein kleiner weißer Kieselstein lag vor ihr, sie heftete die Augen darauf. Nach und nach beruhigte sich der Boden, und auch ihr Magen dämpfte seine Rebellion.

Vorsichtig blickte sie auf. Neben ihr lag Arnt, auch er war kreidebleich. Hinter ihm hing sein Fender, der röchelnde Geräusche von sich gab und sich wand, als hätte ihn der Rollstuhl im Hals verletzt.

»Das kann doch alles nicht wahr sein, oder?«, quetschte sie hervor und fuhr sich mit den Fingern durch den schmierigen Pferdeschwanz. Sie fühlte sich wie nach einem Schneckenbad. Auch Arnts Haare glänzten in der Sonne. Angewidert blickte sie auf die Fender, die sich nun langsam entfernten. Ellen ließ sie nicht aus den Augen. »Anscheinend haben sie ihren Job erledigt«, bemerkte sie matt. »Und was jetzt? Wo sind wir hier?«

»Sehe ich aus, als hätte ich eine Ahnung?« Arnt hatte sich auf die Unterarme gestützt und schüttelte den Kopf, unterließ es jedoch gleich wieder. »Aber es sieht nicht nach einem Ort aus, an den man freiwillig geht – und auch nicht nach einem, von dem man so einfach wieder wegkommt … Es muss eine Art Innenhof sein – fast wie ein Gefängnis, wenn die eingestürzte Mauer nicht wäre … Und das alte – boah ist mir zum Kotzen.« Arnt schnappte nach Luft wie ein Fisch auf dem Trockenen.

»Das geht gleich vorbei.« Ellen hatte sich erhoben und blickte rundum, wobei sie immer noch die Hände aneinanderrieb, um den Schleim loszuwerden. »Eigenartig«, sagte sie dann leise, »als ob zwei Welten aufeinanderprallen.« Sie betrachtete den alten Ziehbrunnen, der sich in der Mitte des Innenhofes befand. Dann fiel ihr Blick auf das L-förmig angeordnete graue Gebäude, das sich über zwei Stockwerke erhob. Eintönige Türen reihten sich aneinander, verbunden durch einen Gang, der zum Hof hin offen war. Ein weiterer Seitenteil des Innenhofes bestand aus einer hohen Mauer, auf der sich ein Stacheldraht wand. Die Mauer mündete in einen efeuüberwachsenen Eckturm. Die vierte Seite des Hofes war begrenzt durch ein weit reichendes Geröllfeld aus gewaltigen

Mauerbrocken und Felsen, hinter dem sich, auf einer Anhöhe, ein stattliches Anwesen mit heiligem Charakter befand.

»Auf der einen Seite die traurigen Betonkäfige und auf der anderen dieses herrschaftliche Bauwerk …«, sagte Ellen staunend.

»Sieht aus wie eine Kirche mit Kloster«, bemerkte Arnt, der es in den Rollstuhl geschafft – und langsam wieder Farbe im Gesicht hatte.

»Stimmt. Und was wohl mit dieser Mauer passiert ist? Sieht aus, als wäre sie gesprengt worden.«

»Vielleicht wurde sie von einer Bombe zerstört.«

»Bombe? Wie kommst du denn auf eine Bombe?«

»Vorhin sind wir an alten Kriegsflugzeugen vorbeigekommen. Sie stehen dort oben auf einer Wiese, wahrscheinlich vor dieser Kirche.«

»Du hast gesehen, wie wir hierhergekommen sind?«, fragte Ellen ungläubig. »Bei mir war es stockfinster, und ich war den halben Weg lang damit beschäftigt, dem Fender nicht in den Magen zu brechen.«

»Meiner war nicht ganz dicht«, sagte Arnt in einem Tonfall, als wäre er in einer desolaten Tonne gereist. »Durch den Riss in der Außenhaut konnte ich manchmal was sehen. Ich vermute mal, wir sind von dort oben über diese Mauersteine runtergekommen.«

»Also gut, dann werden wir am besten dort wieder hochklettern und …«

Der Satz blieb ihr im Hals stecken und ließ sich nicht mehr herunterschlucken.

»Super, na dann klettere mal«, zischte Arnt prompt.

»So habe ich es nicht gemeint, ich …«

Ein feines, wimmerndes Geräusch ließ sie innehalten. Ellen drehte den Kopf. »Hast du das auch gehört«, fragte sie leise, obwohl Arnts Gesichtsausdruck Antwort genug war.

Wieder erklang das Wimmern, als summe jemand ein Lied in höchster Not- und Tonlage. Dann veränderte sich das Summen abrupt. Wie ein Donnerschlag fuhr ein lautes Fluchen durch den Innenhof.

Ellen biss sich vor Schreck auf die Zunge.

»Ich glaube, es kommt von dort«, sagte Arnt und deutete auf den alten, gemauerten Brunnen. Vorsichtig setzte er seinen Stuhl in Bewegung. Sand und Kies knirschten unter den Rädern. Ellen folgte ihm. Ihre Hände krallten sich um die Griffe des Stuhls.

»Wie soll ich vorwärtskommen, wenn du mich von hinten bremst«, zischte Arnt.

»Entschuldigung, aber ich …« Ellens Magen verkrampfte, während ihr Kopf alle möglichen Bilder über den Inhalt des Brunnens abspulte. Das Fluchen war wieder zu dem jämmerlichen Summen verkümmert und lähmte ihre Schritte.

»Lass mich endlich los«, fuhr Arnt sie an, und Ellen verhakte die Finger hinter ihrem Rücken.

Doch nun zögerte auch er. »Was meinst du, was da drin ist?«, fragte er leise.

»Ich will gar nicht wissen, ob ich das wissen will«, flüsterte Ellen durch verengte Lippen. »Was auch immer es ist, es verheißt nichts Gutes.«

Arnt hatte Mühe, den Stuhl vorwärtszustoßen. Immer wieder kämpfte er mit Vertiefungen im Kies. »Es sieht aus, als ob diese Einkerbungen am Boden rund um den Brunnen verlaufen.« Er stieß heftig an seinen Rädern. »Woher die wohl kommen?«

Ellen hatte andere Sorgen. Sie verknotete ihre Finger noch fester, um sich nicht blindlings an den Rollstuhl zu klammern.

Kurz darauf hatte Arnt den Rand des Brunnens erreicht und legte seine Hände vorsichtig an den rostigen Eisenbogen, der sich über den Schacht wölbte. Ein starkes Seil war daran befestigt und spannte sich durch ein Eisengitter hinab in den Brunnen.

Arnt zog sich aus dem Stuhl und beugte sich langsam über den Rand.

»Ärsche! – Drecksäcke! – Scheiß drauf!«

Das Seil schleuderte wild hin und her.

Arnt wich so schnell zurück, dass er mit seinem Rollstuhl hintenübergekippt wäre, hätte Ellen ihn nicht gehalten.

»Da – da hängt einer drin«, stammelte er.

»Mit dem Kopf nach unten«, ergänzte Ellen, die mittlerweile ebenfalls einen Blick in den Schacht geworfen hatte. Ihre Fingernägel gruben sich in den Stein, um ihre Beine davon abzuhalten, die Flucht zu ergreifen. Mit geweiteten Augen starrte sie auf die schmutzig verhornten Fußsohlen und das zuckende Seil, dessen Ende die Knöchel des Hängenden blutig schürfte. Feine rote Rinnsale schlängelten sich durch den Wald behaarter Waden.

Wieder summte der Hängende vor sich hin, schaukelte hin und her, und Ellen meinte, die Melodie eines Kinderliedes zu erkennen.

»Ärsche! – Drecksäcke! – Scheiß drauf!«

Sie torkelte zurück. Doch nicht nur das Brüllen ließ ihr das Blut in den Adern gefrieren. Irgendetwas hatte sie von der anderen Seite des Brunnenrandes hinweg angeschaut. Ganz kurz nur.

»Da ist noch etwas«, hauchte sie, und ihre Füße tasteten sich Schritt für Schritt rückwärts. »Arnt, da – da ist noch etwas!« Ihre Finger schlossen sich erneut um die Griffe, sodass die Knöchel weiß aufleuchteten.

»Dort, hinter dem Brunnen …«

»Ich sehe nichts.«

Wieder wanderte das leidvolle Wimmern des Hängenden den Schacht hinauf.

»Arnt, ich könnte schwören, hinter dem Brunnen hockt etwas und belauert uns …«

»Ärsche! – Drecksäcke! – Scheiß drauf!«

»Wir müssen hier weg«, schrie Ellen auf und zog Arnts Stuhl mit aller Kraft rückwärts. Ihr Blick durchbohrte den Brunnen. Das erneute qualvolle Gesumme machte sie schier wahnsinnig.

»Zieh mich nicht rückwärts, ich gehe, wann und wohin ich will«, schnaubte Arnt, »verdammt, wann kapierst du das denn endlich!«

»Arnt, wir müssen hier weg, wir müssen … aaah«, Ellen zuckte zur Seite. Etwas hatte sich in ihren Rücken gebohrt. Spitz und schmerzhaft. Ächzend fuhr sie herum. Es war das Ende eines langen Fingers, der zu einem kleinen, buckligen Wesen gehörte, wie Ellen es noch nie gesehen hatte. Es war kleiner als sie und – von dem Buckel abgesehen – klapperdürr mit einer lügenlangen Nase, kleinen, randlos-schwarzen Knopfaugen und knochigen, langen Zehen. Den Runzeln nach zu urteilen, musste es schon uralt sein.

Arnt wendete seinen Stuhl und starrte mit offenem Mund auf das keckernde Etwas.

»Dumm gelaufen, was? Ganz dumm.«

»Was bist du denn?«, fragte Arnt, der als erster die Sprache wiederfand.

»Wer bist du, heißt das …«, korrigierte die Kreatur. »Ich bin Morphus Knechtereff, Berater und treuer Diener. Stets zu Diensten, wenn ich etwas gegen euch tun kann.« Er kicherte kurz über seine eigenen Worte, dann vollführte er eine Verbeugung, wobei die Spitze seiner Nase im Kies verschwand.

Ellen wollte etwas sagen, doch ihre Gedanken waren verklebt. »Scheiß drauf! – Ärsche! – Drecksäcke!«

Er hat die Reihenfolge im Text vertauscht, dachte sie nun völlig unnötig, aber wenigstens funktionierte ihr Gehirn wieder.

»Was soll das alles hier?«, fragte sie verstört. »Was macht der da drin, und wo sind wir überhaupt?«

Der Bucklige trat mit schnellen Schritten auf Ellen zu. »Das dort«, er zeigte mit ausgetrocknetem Finger auf den Brunnen, »das passiert mit denen, die unerlaubt töten, die kommen da rein, arme Teufel, sehr arm.« Er grinste breit.

»Und das alles hier«, Morphus drehte sich im Kreis, »das ist das Heim *Marienfels*. Es befindet sich *drüben*, bei euch Menschen, noch nie davon gehört? Die Zuflucht der verirrten Schäflein. Ihr werdet sie schon noch zu sehen bekommen.« Er kicherte wieder. »Und dort«, jetzt deutete er auf das Gebäude hinter den Mauerbrocken, »das ist das Reich von Grandseigneur. Man nennt ihn auch«, er wurde leiser und seine schwarzen Augen weiteten sich auf Hosenknopfgröße: »*Kethamarr!*« Eine Reihe brüchiger Zahnstümpfe zierte sein Grinsen, dann klatschte er in die Hände. Sofort kam Bewegung in den Ort, zwei Fender steuerten auf sie zu.

»Ich werde persönlich dafür sorgen, dass ihr keinen Unfug macht. Dumm gelaufen, dumm gelaufen«, keckerte Morphus, buckelte eine Umdrehung im Kreis und nickte mit dem Kinn in Richtung des Eckturmes. Noch bevor Ellen sich für eine Fluchtrichtung entscheiden konnte, waren die Fender bei ihr. Ohne auf ihre abwehrenden Hände zu achten, stülpte sich der schwarze Napf von oben auf sie herab, drückte sie zusammen wie eine Presswurst und hüllte sie in übel riechende Dunkelheit.

»Ärsche! – Drecksäcke! – Scheiß drauf!«, hörte sie noch das gedämpfte Gebrüll des Hängenden, und zum ersten Mal teilte sie seine Meinung.

Kurze Zeit später wurden sie unsanft in den Eckturm gespuckt. Ellen landete auf dem Boden, Arnt rumpelte mit seinem Stuhl an die gegenüberliegende Wand. Benommen richtete sie sich auf und betrachtete angewidert ihren glänzenden Handrücken. Dann richtete sich ihr Blick auf die vergitterten Fenster. Sie waren fast gänzlich mit Efeu zugewachsen.

»Dumm gegangen, dumm gefangen«, keckerte der Alte ohne Unterlass, während er an einem Seil das Eisengitter herunterließ, das den Eingang verriegelte. »Das wird euer letztes Zuhause sein«, höhnte er laut lachend, dann trollte er davon.

Nicht weit entfernt sprudelten noch immer die Schimpfworte aus dem Brunnen.

Kapitel 21

Die üppige Belohnung

Ellen lehnte sich an die Wand und sackte langsam in die Knie. Das feuchte Moos hinterließ unsichtbare Spuren auf ihrer gestrickten Jacke. Sie fühlte sich erschöpft und ausgelaugt.

Mit dem Gefühl der Ohnmacht stützte sie sich auf den Spieltisch. Müde zog sich ihr Blick über die grüne Fläche auf der Suche nach dem nächsten Stoß, doch sie konnte keine Kugel finden. Der Tisch war einfach nur leer.

»Verdammte Scheiße! Wie kommen wir hier bloß wieder raus?« Arnts Blick glitt durch den kargen, viereckigen Raum. Auf der gegenüberliegenden Seite des Eingangs befanden sich, übereinander, drei kleine Fenster. Das Efeu umschlang die eisernen Gitterstäbe. Unter den Fenstern stand ein Schemel mit rotem Bezug. Es war der einzige Einrichtungsgegenstand und er wirkte unpassend an diesem Ort. Arnt schob ihn zur Seite, reckte sich und rüttelte an dem untersten Gitter. Es saß felsenfest. Fluchend wendete er seinen Stuhl und rollte zum Eingang, auch dort riss er an den Stäben. Vergebens.

Ellen sprang auf. »Arnt, warte mal, eigentlich müsste ich doch …« Ein Hoffnungsfunken entflammte in ihrer Brust. Mit gestreckten Fingerspitzen näherte sie sich langsam dem Gitter. Vorsichtig schloss sich ihre Hand um das Eisen. Sie konnte es spüren. Kalt und rau. Dann tastete sie sich weiter an den Mauersteinen entlang, auch sie versperrten kühl und hart den Weg nach draußen. Enttäuscht ließ sie den Arm sinken.

»Jetzt, wo ich es gebrauchen könnte, klappt es nicht. Warum kann ich da nicht einfach durchlaufen?«

»Hm, eine Möglichkeit wäre, dass sich dieser alte Turm nur hier bei uns in Anderland befindet«, überlegte Arnt, »oder auch in beiden Welten, keine Ahnung …«

»Dann müsste ich ja auch dort sitzen können …«, sagte Ellen und steuerte auf den Schemel zu.

»Sei lieber vorsichtig, nicht, dass du wieder …«

»Mist, du hast recht, der scheint *drüben* zu sein«, seufzte Ellen, die mit der Hand durch den Schemel gefahren war.« Ratlos lehnte sie sich wieder an die Wand.

»Hoffentlich lässt man uns hier drin nicht verhungern«, bemerkte Arnt, einen Vogel beobachtend, der zwischen den Kieseln pickte. Dann sah er auf und blickte Ellen an. »Apropos verhungern – wir haben schon ewig nichts mehr gegessen.«

»Stimmt, diese Appetitlosigkeit scheint in Anderland Dauerzustand zu sein.« Während Ellen das sagte, stieg eine düstere Ahnung in ihr auf. »Es ist schon Abend. Spätestens übermorgen müssen wir zurück sein, ich befürchte, sonst haben wir ein Problem.«

»Übermorgen? Machst du Witze? Irgendetwas sagt mir, dass wir jetzt schon eins haben.«

»Dann haben wir übermorgen eben zwei.«

Arnt legte den Kopf in den Nacken und blickte an die Decke. »Na prima, und welches wäre das zweite?«

»Wir werden verdursten.«

»Verdursten?« Er hob überrascht den Kopf.

»Überleg doch mal, wo wir eigentlich sind.«

Mit einem Mal wurde Arnt klar, was Ellen meinte. »Weil wir so lange nichts mehr zu uns genommen haben?«

»Genau.«

»Stimmt. Verdammt. Aber womöglich haben uns sowieso schon irgendwelche wilden Viecher verspeist«, Arnt durchfuhr ein Schaudern, »möge ihnen mein Auge den Darm verschließen.«

Ellen verzog das Gesicht. »Es ist wohl kaum der richtige Moment für solche Späße«, sagte sie und stieß sich von der Wand ab. »Außerdem sind wir im Pfortenkreis sicher, solange wir …«

»Pssst«, unterbrach Arnt, »hörst du das?« Er starrte bewegungslos durch die Gitterstäbe. »Da kommt jemand.«

»Wirklich?« Ellen presste ein Ohr an die Stäbe, als lausche sie an einer Holztür. »Es müssen ziemlich viele sein.«

Aufgeregtes Murmeln erfüllte den Hof. Dann sahen sie eine Horde Männer, die in den Innenhof strömte. Ellen schätzte, dass es um die zwanzig waren. Alle trugen die gleiche, triste Kleidung – und alle waren barfuß. Manche trippelten über den Kies, als liefen sie auf heißen Kohlen, andere wiederum humpelten und schlurften. Ihre Aurier plapperten lauthals vor sich hin und ließen das Raunen anschwellen, als sie näher kamen.

»Du meine Güte, denen möchte ich nicht auf der Straße begegnen.« Ellen wich von dem Gitter zurück und starrte auf eine Gruppe von drei muskelbepackten, vollbärtigen Typen, die sich von den anderen abgesetzt hatten. Einer von ihnen war von Kopf bis Fuß tätowiert, eine bunte Schlange wand sich über seine Stirn, umkreiste den Hals und verschwand im Ausschnitt seines schmutzigen T-Shirts. Die Männer schienen heftig über etwas zu diskutieren und Ellen befürchtete, dass sie sich jeden Moment die Zähne ausschlagen würden.

Dann schrillte ein Pfiff durch den Hof. Sofort ließen die drei voneinander ab und mischten sich unter den Rest der Meute, die sich nach und nach um den Brunnen verteilte, der mittlerweile verstummt war. Es sah aus, als hätte jeder einen zugewiesenen Platz, auf dem er stehen blieb und auf etwas wartete. Kurz darauf pfiff es erneut, und die Männer setzten sich in Bewegung.

Ellen und Arnt sahen eine Weile schweigend zu.

»Ich glaube, die sind nicht ganz gebacken«, unterbrach Arnt die Wortpause und streckte die Nase noch weiter durch die Stäbe. »Die laufen alle in der gleichen Richtung um den Brunnen.«

»Nicht alle«, bemerkte Ellen.

»Stimmt, einer läuft nicht, er hängt.«

»Nein, den meine ich nicht. Schau doch, der dort, der ganz außen.« Ellen deutete auf einen jungen Mann. Er war gekleidet wie alle anderen, hatte ebenfalls die Hände hinter dem Rücken verschränkt, und doch passte er nicht ins Bild.

»Der ist irgendwie anders als die anderen«, sagte sie nach einer Weile.

»Klar, er läuft gegen den Strom«, erwiderte Arnt knapp.

»Nein, das ist es nicht. Er hat irgendwas … so was wie …«, Ellen konnte die Worte fühlen, aber nicht formulieren: »Na ja, er ist so – so da!«

»Ach ja, so da?«

»Ja, genau, so da. Er macht den Eindruck, als ob er sich auf dem äußeren Kreis wohlfühlt, er wirkt so mit sich zufrieden – so selbstsicher.«

»Ich nehme an, um das zu verstehen, muss man studiert haben«, bemerkte Arnt leise.

Ellen verdrehte die Augen. »Schau doch mal seine Aurier an, sie quasseln nicht so herum, sie singen – oh!« Sie starrte gebannt Mund durch die Stäbe.

»Sieht so aus, als ob ihm jemand sein zufriedenes Dasein missgönnt. Der Typ mit dem Stock ist nicht gerade die Gesellschaft, die ich mir in meiner Laufbahn wünschen würde«, sagte Arnt.

Ein hagerer älterer Mann war dem Gegenläufer entgegengetreten. Nun stand er vor ihm, reckte den grau-weißen, vor Dreck stehenden Bart nach oben, bis er sich fast waagerecht vom Kinn abhob und rührte mit seinem Stock wilde Kreise in die Luft. Lautstark versuchte er seinem wesentlich größeren Gegenüber klarzumachen, dass dieser gefälligst die Richtung zu ändern habe. Sein linker Aurier tat es ihm gleich, schwang ebenfalls seinen Arm, als hätte er einen Stecken in der Hand.

Nicht im mindesten beeindruckt setzte der junge Mann seinen Weg fort, wich dem Tobenden aus und ließ ihn stehen. Dieser rammte wutentbrannt seinen Stock in die Steine, schickte ihm ein paar Flüche hinterher und begab sich zurück in Richtung seines Platzes, wobei er sich kurz streckte und im Vorbeigehen einem brabbelnden Langhaarigen eine Ohrfeige verpasste. Der wiederum bedankte sich höflich und versetzte sich selbst ein paar Hiebe mit einer Pfauenfeder, die er in seiner Faust hielt. Immer wieder peitschte er die Feder über die Schultern. Sein linker Aurier trat wild mit den Füßen, während der rechte die Schläge hingebungsvoll ertrug.

»Die sind tatsächlich alle voll weich«, Arnt griff sich an die Stirn.

»Hast du studiert?«, fragte Ellen, ohne ihn anzusehen – und bevor er antworten konnte, fuhr sie fort: »Es sieht so aus, als wären wir in einer Irrenanstalt gelandet. Die meisten von denen haben wirklich mächtig einen an der Klatsche.«

»Na wunderbar, dann können wir uns ja wie zu Hause fühlen.« Arnt seufzte laut. »Ich hätte nie für möglich gehalten, dass es unter zivilisierten Menschen so etwas gibt.«

In dem Moment betraten zwei Männer in blauen Overalls den Schauplatz. Sie öffneten das Gitter des Brunnens und zogen den erschlafften Hängenden nach oben. Der eine schulterte ihn mühelos, der andere schloss das Gitter und blies in eine kleine Trillerpfeife. Sofort standen alle still. Zufrieden stieg er auf den Brunnenrand und baute sich breitbeinig vor den Männern auf.

»Oberscht Krotschler hat eine Belohnung für euch«, sagte der Mann durch seine Schneidezähne, zwischen denen noch die Pfeife steckte, wodurch er bei jedem Wort leise vor sich hin trillerte. »Schagt mir, wer von euch hat schie verdient?«

Unzählige Hände schnellten nach oben.

»Ich!«

»Ich!«

»Nein, ich!«, brüllten die Männer wie Schulkinder und drängelten nach vorn, während die Aurier ungestüm auf ihren Schultern hopsten. Wildes Getümmel entstand rund um den Brunnen. Lediglich der Gegenläufer und einige andere Männer schwiegen. Sie beteiligten sich auch nicht an dem wilden Gebaren. Aus verschiedenen Gründen, wie es Ellen schien. Während der Gegenläufer mit verschränkten Armen dastand, sah es so aus, als würden die anderen ganz einfach nicht kapieren, um was es ging. Einige grinsten blöd vor sich hin, und zwei von ihnen versuchten, ihre Zehen im Kies zu ersticken.

»Schau mal«, sagte Ellen, »bei denen sehen die Aurier recht zufrieden aus, sie spinnen auch nicht so herum.«

»Klar, je bekloppter, desto glücklicher«, kommentierte Arnt.

»Und hast du ihre Hälse gesehen? Die tragen alle eine Art Halsband.«

»Hm, stimmt …« Arnt kniff sein Auge zusammen. »Ein Schmuckstück wird das nicht sein – vielleicht eine Art Beklopptenfessel?«

Indessen war der Lärmpegel noch weiter angeschwollen. Ellen versuchte zu verstehen, was geschrien wurde, sie konnte jedoch nur Wortfetzen erhaschen. Die Männer verpassten einander Schuldzuweisungen aller Art und waren gleichzeitig bemüht, die Angriffe abzuwehren. Es dauerte nicht lange, da fingen sie an, aufeinander loszugehen – und kurze Zeit später befand sich die aufgebrachte Mannschaft in einer haltlosen Schlägerei. Die linken Aurier waren außer Rand und Band und wüteten auf ihren Trägern wie Reiter in einer Schlacht.

Der eine Mann im Overall entblößte seine Zähne mit einem Grinsen. Eine Weile sah er dem Treiben zu, dann blies er laut in seine Pfeife.

»Die Entscheidung ist gefallen. Du hast sie dir diesmal verdient«, verkündete er feierlich und zeigte auf den Dreckbärtigen mit dem Stock. »Du bekommst …«

Der Rest des Satzes ging in wildem Gebrüll unter. Die Bande schien mit der Wahl alles andere als einverstanden zu sein. Der im Overall sprang mit zufriedenem Gesichtsausdruck vom Brunnen und verschwand in einem der Betongebäude, während rund um den Brunnen das nackte Chaos ausbrach.

»Die werden ihn umbringen«, rief Ellen und versuchte verzweifelt, einen Blick auf den Alten zu erhaschen, der sich unter dem Haufen der besessenen Horde befinden musste. »Warum machen die Aufseher denn nichts?« Trotz der Abneigung gegen den aggressiven Dreckbärtigen regte sich ihr Mitgefühl.

Einige Minuten später öffnete sich die Tür des Betongebäudes erneut. Die Männer ließen von dem Alten ab, der laut stöhnend im Kies lag – und glotzten stattdessen auf die Person, die den Innenhof betreten hatte. Auch Ellen starrte mit offenem Mund auf die drall bestückte, auffallend große Dame, deren roter Minirock bei jedem Schritt aus den Nähten zu platzen drohte. Das quietschgelbe Oberteil wölbte sich weit über ihre Kinnspitze hinaus. Auch wenn sie aussah, als ob sie weit über hundert Kilo auf die Waage brächte, hatte sie eine anziehende Ausstrahlung, wie Ellen fand.

In den Dreckbärtigen kam sofort Bewegung. Er zog sich an seinem Stock auf die Beine und schien, trotz der heftigen Attacken, bis auf ein paar Kratzer unversehrt geblieben zu sein. Die dralle Dame ging auf ihn zu und reichte ihm die

Hand, die er annahm wie ein kleines Kind. Der Rest der Truppe wurde in die Zimmer geschickt. Das Dröhnen der zugeschmetterten Türen erfüllte den ganzen Hof.

»Ellen«, Arnts Auge weitete sich vor Entsetzen, »die … die kommen doch wohl nicht hierher, oder?«

»Sieht ganz so aus«, sagte Ellen, die wie hypnotisiert auf die wippenden Brüste der Drallen starrte, die das bezwängende Oberteil jeden Moment zu sprengen drohten. »Aber vielleicht ist das auch unsere Chance.« Ellen sprang auf. »Wir verteilen uns rechts und links – und wenn das Gitter hochgeht, schlüpfen wir raus …«

»Die gleiche Idee hatte ich auch gerade – ich möchte das hier auf keinen Fall mit ansehen.« Arnt rümpfte die Nase.

Das ungleiche Pärchen hatte jetzt den Eckturm erreicht. Ellen und Arnt kauerten angespannt hinter der Mauer.

Ellens Herz klopfte bis zum Hals. Wenn sie erst mal hier raus waren …

Doch es kam anders. Das Gitter hob sich nicht. Stattdessen marschierten die beiden geradewegs durch die Stäbe hindurch auf den Schemel zu.

»Verdammt«, Arnt schlug mit der Faust gegen die Steine, »das kann doch nicht sein. So wie es aussieht, existiert dieser Turm tatsächlich in beiden Welten, aber dieses Gitter nicht. Sie scheinen es nur hier, in Anderland, eingebaut zu haben …« Er stieß seinen Stuhl zum anderen Ende des Raumes. »Und das dort ist eine Zumutung …« Sein Kopf lief purpurrot an, während er immer noch auf die Dame starrte. Die Absätze ihrer Stöckelschuhe gaben keuchende Geräusche von sich, als sie sich umdrehte, ihr Hinterteil über dem Schemel positionierte und sich kurz darauf auf die Sitzfläche fallen ließ. Explosionsartig füllte eine Staubwolke den Raum.

»Ich glaube, es bleibt uns nicht erspart, dem Ganzen hier beizuwohnen«, raunte Ellen. »Wenigstens wissen sie nicht, dass wir hier sind. Am besten, wir schauen einfach weg.« Sie blickte zu Arnt, der starkes Interesse an einem Efeublatt entwickelt hatte. Sie selbst beobachtete das Pärchen aus den Augenwinkeln. Die Aurier des Alten strahlten beide sichtlich zufrieden, doch die der Frau stritten sich.

»Wie lange willst du das eigentlich noch mitmachen?«, brüllte der linke und betrachtete den Dreckbärtigen mit einem Anflug von Ekel.

»Was meinst du, wie enttäuscht sie wären, wenn wir nicht mehr kämen«, der rechte streckte sich und wienerte dem Alten mit der Hand über die Glatze.

»Das kann uns doch egal sein«, verschränkte der linke die Arme und setzte sich im Schneidersitz auf die Schulter der Frau.

»Komm, leg dein schmutziges Kittelchen ab, mein Söhnchen«, sagte die Dralle und öffnete ihre speckigen Arme.

Arnt erbleichte zunehmend. Er steckte seine Nase in die Gewächse und reagierte nicht mal auf den Käfer, der über seine Wange kroch.

Der Dreckbärtige begann nun, sein Gewand auszuziehen, wobei er sichtlich Mühe hatte, den Stock durch den Ärmel und den Bart durch den Ausschnitt zu bekommen.

»Der stinkt wie ein Ochse«, reklamierte der linke der Drallen und hielt sich die Nase zu. Der rechte nickte. In diesem Punkt schienen sie sich einig zu sein. »Aber wahrscheinlich hat er ja nicht mal Seife, um sich zu waschen …«

»Komm, komm zu Mami, mein Goldstück.«

Arnt stopfte sich Efeu in die Ohren. Der Alte hatte sich mittlerweile bis auf die Unterwäsche ausgezogen und sank mit einem zufriedenen Lächeln in die Masse der winkenden Arme. Er wirkte darin wie ein zerbrechliches Kind.

»Oh, sie haben dir wehgetan.« Zärtlich fuhr die Dralle mit dem Finger über eine Wunde in seinem Gesicht, dann presste sie ihn liebevoll in ihre Speckrollen.

»Kneif mich«, hauchte Ellen. »Schau doch mal da hin, Arnt, siehst du auch, was ich sehe?«

Arnt zog seine Nase aus dem Efeu und starrte sprachlos auf das, was sich ihnen bot.

Der Alte lag jetzt mit geschlossenen Augen in den Armen der Frau, die ihn wie ein kleines Baby hielt und langsam hin und her wiegte. Während ihre Aurier pausenlos schwafelten, hatten die des Mannes ganz anderes im Sinn. Beide stürzten sich kopfüber in das Dekolleté der Dame. Ellen sah noch die zappelnden Beine, dann waren sie darin verschwunden. Der Dreckbärtige stieß einen tiefen Seufzer aus, und die Dralle streichelte – ein Kinderlied summend – seine Stirn.

»Das ist das gleiche Lied, das auch der Scheiß-drauf-Typ im Brunnen gesungen hat«, flüsterte Ellen.

»Wahrscheinlich wollte der sich erhängen, als er dieses Nilpferd von einer Frau ertragen musste«, gab Arnt zur Antwort.

»Oder er war verliebt und hatte mehr gewollt, als er durfte? Ich habe nicht das Gefühl, dass hier noch etwas passiert …«

»Das ist meine einzige Überlebenschance«, stöhnte Arnt.

Mittlerweile hatte sich auch der Dreckbärtige selbst zu dem Dekolleté vorgearbeitet und drückte seine Wange in das üppige Weich.

»Es ist alles gut, Mami ist da«, säuselte die Dralle immer wieder und kraulte ihn hinter dem Ohrläppchen.

»Wie lange geht das denn noch so?«, ächzte Arnt und fixierte erneut die Efeublätter. Die Antwort folgte auf dem Fuß.

»So, mein kleiner Schatz«, sagte die Dame unversehens, als sie ihr Pseudo-Kind sanft rüttelte und dann von ihrem Schoß bugsierte. Der Alte stand torkelnd auf und blickte sehnsüchtig auf die quietschgelben Knollen, die genau vor seiner Nase auf- und niederschnellten, als die Dralle versuchte, sich mit Schwung von dem Schemel zu erheben. Die Aurier des Alten wurden aus dem Dekolleté katapultiert und die Dralle plumpste zurück auf den Sitz, der bedenklich ächzte und immer noch staubte.

»Immer das gleiche«, fluchte sie und ihr linker Aurier brüllte nonstop: »Du bist zu fett, du bist zu fett!«

»Stimmt nicht, du fühlst dich wohl, so wie du bist. Die Männer lieben dich, schau doch hin«, rief der rechte nicht ganz so laut, aber durchaus hörbar, wobei er an ihren Haaren zog, um beim Aufstehen zu helfen. Dann endlich gelang es ihr, sich zu erheben. Sie nahm den Dreckbärtigen bei der Hand und lief mit ihm durch das Gitter nach draußen.

Ellen sah den beiden eine Weile nach, dann sagte sie fast tonlos: »Na prima, jetzt sind wir genauso weit wie vorher.« Mit leerem Blick auf Arnt fügte sie hinzu: »Das Efeu steht dir nicht.«

Arnt hing noch immer kreidebleich in seinem Stuhl, seufzte kurz auf, dann zog er sich die Blätter aus den Ohren.

»Was werdet Ihr mit dem Mädchen und ihrem Rollstuhlfreund tun?« Crock hatte Kethamarr die Tür zu dessen Schlafgemach geöffnet und ließ sich auf dem Bettpfosten nieder.

Auf einem Stuhl am Fenster stand Lucia und wandte ihnen den Rücken zu. In ihrer Hand hielt sie die kleine silberne Schale. Kethamarr trat neben sie, folgte eine Weile ihrem Blick, dann griff er hinein, pickte eine Kugel heraus und drehte sie zwischen seinen langen Fingern hin und her, bevor sie in seinem Mund verschwand.

»Was ich mit ihnen tun werde?«, fragte er und ein entspanntes Lächeln umspielte seinen Mund. »Ich werde gar nichts tun. Alles wird sich von selbst erledigen. Sie werden nicht lange überleben, ihre Körper liegen da draußen. Sie werden in Kürze austrocknen wie Regenwürmer in der Sonne. Nicht mehr lange, und ich kann nach Herzenslust über ihre Aurier verfügen. Und nicht nur über ihre Aurier …« Er blies ein Staubkorn von seinem Ärmel. »Oh, Radin, wie tut mir das leid für dich. Ganz Anderland wird mein sein, und das ist nur der Anfang, nicht wahr, meine Liebe?«

Kethamarr warf den Kopf ins Genick und lachte höhnisch.

»Wir müssen hier raus und zwar so schnell wie möglich!« Ellen schritt nervös auf und ab.

»Ach ja, jetzt wo du es sagst …«

»Es muss einfach einen Weg geben, wir müssen irgendetwas tun.« Ellens Blick fiel auf Arnts Rollstuhl. Sie hatte keine konkrete Idee, wie sie von hier fliehen könnten, selbst wenn sie aus dem Turm entkämen. Der einzige Weg schien über die Mauersteine zu führen, aber mit dem Stuhl war das kaum machbar. »Erinnerst du dich an die Frau auf dem Kirchplatz?«, fragte sie geradeheraus.

»Hältst du mich für dämlich?« Arnt zeigte ihr den Vogel.

Ellen war sich nicht sicher, ob er über diese Frage verärgert war, aber sie kannte ihn inzwischen gut genug, um zu wissen, dass er es über ihre nächste sein würde.

»Erinnerst du dich noch, dass sie sagte, du bräuchtest den Stuhl nicht? Vielleicht könntest du es einfach mal ohne ihn probieren?«

»Nein!«, erwiderte Arnt scharf.

»Aber überleg doch mal, ein Versuch kann nicht schaden. Du hast doch nichts zu verlieren, und wenn es klappen würde, wären wir flexibler …«

»Nein!« Arnt schlug mit der Faust gegen die Steine.

»Aber warum denn nicht?«, bohrte Ellen weiter, ihre Stimme wurde nun ebenfalls lauter. »Was kannst du bei einem Versuch verlieren? Sag mir: was?«

»Ich habe keinen Bock, kapierst du das nicht? Und jetzt lass mich endlich mit dem Mist in Frieden.«

»Soll ich dir was sagen?«

»Neeein!«

»Doch! Es ist dein Kopf, der dich an den Stuhl fesselt, es sind nicht deine Beine. Aus irgendeinem Grund hast du Angst davor, loszulassen, hast Angst, dass es klappen könnte – und deshalb versuchst du es nicht einmal.

»Verdammt, hörst du jetzt endlich damit auf«, brüllte Arnt nun außer sich. »Was bildest du dir eigentlich ein. Was weißt du schon von …«

Er verstummte jäh. Der Raum hatte sich verdunkelt. Immer mehr Fender bewegten sich auf die Gittertür zu. Ihre schwarzen Körper pulsierten hin und her, als sie ihre Näpfe an die Stäbe pressten. Das schlürfende Geräusch erfüllte den Turm bis unter das Dach.

Ellen presste sich an die Wand. »Ich glaube, sie spüren deine Wut … sie saugen sie ein«, flüsterte sie stockend.

»Wie schwarze Parasiten«, hauchte Arnt.

Seine Wut war dem blanken Entsetzen gewichen.

Kapitel 22

Corvus

Ellen schlug die Augen auf und blickte regungslos auf die gemauerte Wand. Die aussichtslose Lage durchdrang ihre Gehirnwindungen erbarmungslos und biss sich lähmend in die Magengrube. *Warum kann ich nicht einfach in meinem Bett aufwachen?,* dachte sie voller Sehnsucht. Bedrückt wandte sie sich Arnt zu, der neben seinem Rollstuhl lag und immer noch zu schlafen schien. Die Haare waren zur Seite gerutscht und sein linkes Auge starrte unbeweglich in den Raum. Das Grün der gläsernen Pupille war heller als das in seinem gesunden Auge. Ein Frösteln lief Ellen über den Rücken, wie jedes Mal, wenn sich diese zweite Seite von Arnt so offensichtlich zeigte. Als sie ihn so beobachtete, wurde ihr mit einem Mal bewusst, dass sie noch immer keine Ahnung hatte, warum er im Rollstuhl saß, und warum er sein Auge verloren hatte. Gedankenverloren rappelte sie sich auf und stupste ihn vorsichtig am Arm. Er rührte sich nicht.

»Arnt?«, sie rüttelte stärker. »Arnt?«, noch immer keine Reaktion. »Arnt!« Jetzt zerrte sie an seiner Schulter.

Sein gesundes Auge öffnete sich träge. »Was zum Teufel … Willst du mir den Arm auskugeln?«, murrte er schlaftrunken.

»Du bist nicht aufgewacht, und da dachte ich – na ja …« Sie lächelte erleichtert, dann ließ sie den Kopf in ihre Hand sinken. Wie lange waren sie schon hier? Zwei Tage? Drei? Sie hatte jegliches Zeitgefühl verloren. »Wenn nicht bald etwas passiert, können wir direkt in unseren Sarg schlüpfen«, sagte sie entmutigt.

»Ich wünsche dir auch einen guten Morgen.« Arnt streckte sich und gähnte. Dann verfinsterte sich sein Gesichtsausdruck, als hätte auch ihn die Wahrheit eingeholt. »Was meinst du, was mit uns passiert, wenn unsere Körper sterben?«, fragte er und zog sich in den Stuhl. »Glaubst du, wir verschwinden von hier oder bleiben einfach so körperlos, wie wir jetzt sind?«

Ellen zuckte die Schultern. »Keine Ahnung«, sagte sie leise und erhob sich. Mit verschränkten Armen lehnte sie sich an die Wand und betrachtete Arnt von der Seite.

»Was ist los, stimmt was mit meiner Frisur nicht?« Er fasste sich irritiert an den Kopf.

»Nein. Mir ist nur aufgefallen, dass ich gar nicht weiß, warum du im Rollstuhl sitzt.«

»Weiß ich, warum du deine Aurier verloren hast?«

»Nein.« Ellen schwieg kurz und wickelte eine Strähne um ihren Finger. »Es … es ist etwas passiert … mit mir und meinem Vater.«

»Was ist passiert?«

»Genau diese Frage begleitet mich schon bald mein halbes Leben.« Ellen glitt an der Wand herunter und setzte sich. »Ich weiß nicht, was damals vorgefallen ist, dieser Moment ist wie ein dunkles Loch. Ich war mit meinem Vater unterwegs. Das letzte Bild, das ich vor Augen habe, ist ein Kreuz auf einem Berg. Ich wurde vor dem Krankenhaus gefunden, schmutzverschmiert, die Arme zerschnitten. Ich galt als tot. Irgendwie bin ich wieder zurückgekehrt – nur nicht ganz vollständig …«

»Ohne deine Aurier! Ganz schön scheiße …« Arnt legte den Kopf in den Nacken.

»Ja. Ganz schön scheiße …«, Ellen wollte gerade noch etwas ergänzen, da traf sie Arnts Blick.

»Ich habe keine Ahnung, wie ich meine Aurier verloren habe«, begann er. »Wahrscheinlich sind sie getürmt, als ich aus dem Fenster gefallen bin.« Er senkte den Blick, und Ellen sah deutlich, wie er nach Worten rang. »Ich wollte nicht springen … Ich wollte meinen Vater nur stoppen … Wollte meine Mutter schützen …« Er verstummte.

»Arnt, ist schon okay, du musst nicht darüber reden, ich dachte nur …«

»Schon gut.« Arnt holte tief Luft und schloss die Augen. »Wir haben damals noch woanders gewohnt, in einem Block, im dritten Stock. Ich habe meinem Vater gedroht, dass ich aus dem Fenster springe, wenn er nicht aufhört, meine Mutter anzubrüllen … Ich bin auf den Sims gestiegen, mein Vater rastete aus, stürzte sich auf mich – ich fiel. Wahrscheinlich hat ein Strauch unter dem Fenster mein Leben gerettet. Der Preis dafür war ein Auge und meine Beine.« Er wandte sich ab.

Ellen schwieg eine Weile. »Danke«, sagte sie dann. »Danke, dass du es mir erzählt hast.« Sie lief an das Gitter und blickte nachdenklich hinaus. Sie beide hatten überlebt. War das nur geschehen, um auf diese Weise zu sterben? Für was?

Im Hof spielte sich erneut das gleiche Schauspiel ab, die Männer kamen und gingen, liefen im Kreis oder spielten Fußball, wozu sich sogar der Gegenläufer hinreisen ließ. Nur aus den darauffolgenden Unstimmigkeiten hielt er sich raus. Am Tag zuvor hatten die Wärter wieder jemanden in den Brunnen gehängt, das Geschrei war eine Zerreißprobe für Ellens Nerven. Ein weiterer Mann wurde abtransportiert, Ellen hatte nur seine Füße gesehen; sie hatten aus dem Gewand geragt wie fünfzehige Kohlestücke. Seltsamerweise hatte sie eher das Gefühl, ihn beglückwünschen als bedauern zu müssen. Sein Schicksal ließ sie erschreckend kalt. Sie fühlte sich am Ende ihrer Kräfte.

Radins Worte kamen ihr in den Sinn. *Gib niemals auf, verliere nie den Glauben an dich selbst* … Es erschien ihr wie sinnloses Gerede. Am Boden sitzend und hadernd, hob sie mit einem Mal ruckartig den Kopf – vielleicht hatte er doch recht, vielleicht bestand ja doch noch eine winzige Chance …

»Was hast du vor?«, fragte Arnt und sah ihr zu, wie sie einen Reibestab aus der Tasche zog.

»Es ist nur eine Idee«, sagte Ellen, »aber vielleicht finden wir hier eine Pforte …«

»Hier drin? Das würde mich sehr wundern.«

»Lass es uns einfach probieren.« Ellen rieb mit der Spitze des Stabes über die Mauerwand. Es dauerte eine Weile, bis der fliederfarbene Rauch zu quellen begann und langsam an der Wand entlangwaberte.

»Hoffentlich kommen die nicht gerade jetzt aus ihren Bunkern«, bemerkte Arnt hustend und beobachtete besorgt, wie ein Teil des Dunstes durch das Gitter entwich. Die Schwaden stiegen schnell an und hatten beinahe das Dach erreicht, als der Stab aufhörte, zu rauchen.

Ellens Blick musterte jede Windung des farbigen Nebels. »Jetzt müsste die Pforte gleich irgendwo sein …«, sagte sie hoffnungsvoll.

»Sein oder Nichtsein, das ist hier die Plage«, murmelte Arnt und hustete erneut. »Das Zeug löst sich auf – kannst du schon was sehen?«

»Alles, nur keine Pforte.« Maßlose Enttäuschung lag in Ellens Stimme. »Es ist aus! Sie ist nicht da.« Wehmütig blickte sie auf die letzten Rauchfäden, die sich tanzend und drehend in nichts auflösten. Ihre Hände suchten Halt an den Gitterstäben, als sie die Stirn an das harte Eisen legte.

»Radin hat gesagt, ich soll die Hoffnung niemals aufgeben«, sagte sie schluchzend, »aber er hat mir nicht erklärt, wie man daran festhält, wenn die Lage so aussichtslos ist.« Erschöpft sank sie in die Knie und starrte blind auf die Männer, die – einer nach dem anderen – in den Hof einliefen.

»Es tut mir leid«, sagte sie unvermittelt.

»Was?« Arnt rollte auf sie zu.

»Das alles. Ich habe dich da mit reingezogen, nur weil ich zu feige war, alleine zu gehen.« Sie wischte sich eine trockene Träne aus dem Gesicht.

»Ist schon okay.« Arnt zögerte, bevor er weitersprach: »Ich hätte ja nicht mitzugehen brauchen, oder?« Er senkte seinen Blick auf die Oberschenkel. »Außerdem«, fuhr er fort, »solange es uns gibt, solange kann sich etwas für uns verändern – und noch gibt es uns, noch gibt es eine Chance …«

Ellen sah ihn überrascht an. Seine unerwartete Zuversicht legte sich wie ein Pflaster auf ihre wunden Gedanken, und ein kleines Lächeln verzog ihre Mundwinkel.

»Ja, aber diese Chance versteckt sich verdammt gut …«, sagte sie dann und ließ den Blick über den Innenhof schweifen, wo der Gegenläufer gerade ein Tor schoss.

Bis zum Mittag herrschte tiefes Schweigen zwischen Ellen und Arnt. Gedankenlos starrten sie vor sich hin und warteten auf etwas – auf irgendetwas. Die Zeit zog sich träge dahin, die Männer im Hof waren wieder verschwunden und die Stille hüllte die beiden Gefangenen in ihrer Zelle ein wie zuvor der fliederfarbene Dunst. Sie war bedrückend, lähmend – jegliche Hoffnung hatte sich mit den Schwaden verflüchtigt.

Ein plötzliches Geräusch oberhalb ihrer Köpfe riss sie aus der Lethargie.

»Was ist das?«, Ellens Blick hastete durch den Raum, »hört sich an, als ob etwas im Efeu raschelt.«

»Da oben ist irgendwas.« Arnt rollte rückwärts, um besser sehen zu können. Da erschien der schwarze Kopf eines Vogels.

Er zwängte sich durch die Gitterstäbe des obersten Fensters und flatterte herab auf den Schemel.

»Komm du vom Reingang weg«, krächzte er Ellen an, die erschrocken zurückwich.

Auch Arnt starrte mit offenem Mund auf das Tier.

»Wer bist du?«, fragte Ellen vorsichtig.

»Corvus. Mein Name ist Corvus. Türrabe, wichtiger Job!«

»Türrabe?«

»Türrabe!« Corvus nickte mit geschwellter Brust. »Ich eröffne Türen, nur die großen selbstverständig. Du kennst mich.«

»Ich kenne dich?« Ellen runzelte die Stirn.

Corvus schüttelte kurz ein paar Käfer aus den Federn, dann krächzte er: »Wir sind blutsvergewandtschaftet.« Er blinzelte sie von der Seite her an.

»Ich kann mich nicht erinnern, einen Vogel in meiner Verwandtschaft zu haben.« Ellen verstand immer weniger.

»Unser Blut hat sich im Wald vereinst. Ich bin bei einem Streit untergelegen und geabstürzt«, er spreizte einen seiner Flügel, »du hast geholfen, erinnerst du dich?«

Mit einem Mal war Ellen hellwach. »Du bist der Rabe, der vom Baum gefallen ist und mich am Kopf verletzt hat!« Sie fasste sich an die Schläfe.

»Genau so ist es. Wir Raben gehaben nicht immer einen guten Ruf, aber wir gehaben eine große Ehre. Ich tue was schulden«, sagte er und senkte den Kopf, bis die Spitze des Schnabels seine Krallen berührte. »Wenn ich helfen kann, probiere ich – und so wie es sich ansieht …«

Ellen konnte es kaum fassen. »Dich schickt der Himmel«, rief sie und streckte ihm den Unterarm hin. Corvus flatterte darauf und sah sie mit einem Auge eindringlich an.

»Ihr seid von Radin gekommen, gell?«

»Richtig«, sagte Arnt, der sich wieder gefasst hatte. »Eigentlich sind wir auf der Suche nach unseren Auriern.«

»Aaaha.« Corvus nickte einige Male mit dem Kopf.

»Das ist nicht einfach. Kethamarrs Aurier sind gut gewacht, spezieller Turm …«

»Wo ist dieser Turm, und wie kommt man da hin?«, fragte Ellen sichtlich angespannt.

»Wie kommen wir hier raus?«, korrigierte Arnt. »Vielleicht sollte das unsere erste Frage sein.«

»Schwiiierig, schwiiierig«, krächzte der Rabe, und Ellen wusste nicht genau, auf was er sich bezog.

»Kannst du uns raushelfen?«, wiederholte sie Arnts Frage. »Corvus!«

Der Kopf des Raben fuhr herum, er duckte sich kurz, dann flatterte er hektisch in die Luft.

»Man ruft mich, ich muss gehen. Wenn es mich hier erwischt, werde ich gehackt zerbraten.«

»Warte Corvus, du sagtest, du würdest uns helfen …«

Der Rabe startete pfeilschnell nach oben.

»Corvus, bitte!«

Doch der Vogel verschwand durch den Efeu des vergitterten Fensters, ohne sich umzusehen.

Ellen starrte ihm nach. Die Enttäuschung stand ihr tief ins Gesicht geschrieben.

»Meinst du, er wird uns helfen?«, fragte Arnt mit zweifelnder Miene.

»Er muss. Er ist unsere letzte Hoffnung. Und er muss es bald tun, ich befürchte, dass unsere Körper demnächst vor sich hin schimmeln.« Sie setzte sich auf den Boden und lehnte sich an Arnts Rad. Bei den Bildern, die vor ihrem geistigen Auge aufstiegen, wurde ihr speiübel. »Er muss uns einfach helfen«, wiederholte sie. »Was wäre das sonst für ein dämlicher Schachzug des Schicksals?«

Arnt legte seinen Kopf ins Genick und schloss die Augen. »Bleibt nur zu hoffen, dass nicht der Teufel am Zug war.«

Kapitel 23

Zwei Telefonate

Susan schloss die Tür zu ihrer Wohnung und lehnte sich dagegen, fassungslos über das, was gerade geschah. Ellens Mutter war voller Sorge und stand – wie Susan befürchtete – kurz vor einem Nervenzusammenbruch, auch wenn sie versuchte, es zu überspielen. Vor einigen Jahren hatte sie ihren Mann verloren, und wenn sie jetzt auch noch Ellen verlieren würde, hätte das Leben für sie keinen Sinn mehr. Susan machte sich gewaltige Vorwürfe, dass sie nicht auf Ellens Anrufe reagiert – und somit die Chance verpasst hatte, noch einmal Klartext mit ihr zu sprechen. Sie hätte so vieles verhindern können … Und dann dieser aufdringliche Typ, dem sie ihre Adresse gegeben hatte, dieser Typ, von dem Ellen angeblich nichts wusste …

Nervös trommelte sie mit den Fingerspitzen an die Tür und mit den Zehen auf den Boden. Sie musste reden – mit irgendjemandem – sonst würde sie den Verstand verlieren. Mit flatternden Händen setzte sie Wasser für einen Tee auf, dann griff sie nach dem Telefon und wählte Martins Nummer. Vielleicht würde sie ein Gespräch mit ihm etwas beruhigen, er war ein guter Zuhörer und hatte immer gute Ratschläge auf Lager.

»Ja«, meldete sich seine dumpfe Stimme.

»Martin, ich bin es, Susan.« Eine unangenehm lange Pause entstand. »Ich muss kurz mit dir reden – wegen Ellen. Ich mache mir große Sorgen um sie, ich weiß nicht, ob du davon weißt, sie ist …«

»Was auch immer sie ist, das hat nichts mit mir zu tun«, blaffte Martin in den Hörer.

»Äh, ich dachte, es würde dich – na ja, ich wollte einfach mit dir reden …«, stackelte Susan. Martins Ton verwirrte sie in höchstem Maße.

»Lass mich bloß mit Ellen in Ruhe. Am besten, ihr lasst mich alle in Ruhe. Ich habe nämlich auch meine Probleme, aber das darf ja nicht sein. Martin ist immer gut drauf, Martin hat immer ein offenes Ohr, Martin hat …«

»Stopp«, schnitt Susan seine Worte ab, »habe ich hier die Nummer von Martin Wohlgemuth gewählt?«

»Sehr wohl«, kam prompt die Antwort, »und es wäre das Beste, wenn du genau diese Nummer aus deinem Adressbuch streichst …«

Es knackte, die Verbindung brach ab.

Susan hüllte den Hörer in ungläubige Blicke. »Was zur Hölle ist denn in den gefahren?«, murmelte sie konfus und gab sicherheitshalber ein paar Tropfen Baldrian in ihren Tee. Als sie den Löffel durch das Glas quirlte, überlegte sie, wie sie das Gespräch mit Martin einzuordnen hatte. War seine Mutter gestorben? Konnte das der Grund für seine Reaktion sein?

Erneut griff sie zum Telefon. Vielleicht konnte ihr Leah weiterhelfen, wenngleich sie das bezweifelte. Aber sie *musste* einfach mit jemandem reden …

Das Telefon tutete etliche Male, und als sie gerade drauf und dran war, aufzulegen, stach plötzlich betäubender Lärm in ihr Ohr.

»Leah?«, brüllte sie in den Hörer.

»Nein, Goran«, die Stimme am anderen Ende brüllte ebenfalls und vermischte sich mit dem Gejaule, das wie eine gefolterte E-Gitarre klang.

»Kann ich Leah sprechen?«, schrie Susan in den Apparat.

»Keine Ahnung, ob du Leah sprechen kannst. Ich spreche Deutsch – du mich verstehen?«, äffte die Stimme ins Telefon und schleuderte noch eine Lachsalve hinterher.

Susan lief purpurrot an. »Gib mir Leah«, befahl sie und benetzte dabei den Hörer mit Baldriantee.

»Die kann aber nicht sprechen, die kann nur singen«, johlte die Männerstimme am anderen Ende.

»Du sollst mir sofort Leah geben!« Susan schlug mit der Faust auf den Tisch, haarscharf an der Tasse Tee vorbei.

Eine Weile nahm sie nur die scheppernden Töne der Musik wahr, dann hörte sie erneut die Stimme: »Ey, Leah, da will irgend 'ne Tuss' was von dir.«

»Tuss'?!« Susan war kurz davor, in den Hörer zu beißen.

Dann endlich erklang Leahs Stimme. »Ey, hello?«

»Mensch, Leah, was ist denn bei dir los?«, polterte Susan. »Hast du eine Party oder was?«

»Jau, willst' auch kommen? Wir haben hier super Stimmung, Full House«, sie kicherte. »Wäre klasse, Susan, echt.«

»Sag, bist du betrunken? Was ist denn überhaupt los? Ich wollte mit dir über Ellen reden, ich mache mir Sorgen …«

»Ach, Susan, mach dir doch um Ellen keine Sorgen. Die hat ihr Leben doch voll im Griff – und wenn nicht, kann sie sich ja selbst therapieren«, Leah lachte schallend.

»Du bist ja sturzbesoffen«, rief Susan aus. Entrüstet brach sie das Gespräch ab und warf sich auf das Bett. Zweifel nagten an ihren blanken Nerven, und sie trank den Rest des Tees ex. Martin, den sie als Frohnatur kannte, war auf einmal mehr als mies drauf, und die sonst depressive Leah war die Lebensfreude in Person. Waren es die anderen, die falsch tickten oder war sie es am Ende gar selbst? Um die wirren Gedanken zu betäuben, schaltete sie den Fernseher ein. Sie wagte nicht, daran zu denken, was der nächste Tag mit ihr im Sinn haben könnte.

Kapitel 24

Gräuliche Gedanken

Am nächsten Morgen war es Arnt, der als Erster wach wurde. Er rekelte sich träge im Stuhl, dann sah er hinunter zu Ellen, die immer noch am Boden lag und tief und fest schlief. Kurz holte er Luft, um sie anzusprechen, dann schien er es sich anders zu überlegen. Sichtlich nervös rollte er den Stuhl an die Gitterstäbe und blickte hinaus in den Hof. Corvus war nicht mehr gekommen. Nachdenklich beobachtete er, wie die Schatten an den Kasernengebäuden von der aufgehenden Sonne in die Knie gezwungen wurden. Es musste noch sehr früh sein.

Ein leises Seufzen ließ ihn herumfahren.

Ellen öffnete die Augen.

»Ellen, hör mir zu«, sagte er, als wäre sie schon seit Stunden wach. »Ich habe mir Gedanken gemacht, wie wir vorgehen, wenn der Vogel zurückkommt – falls er das tut.« Arnt war bereits voll in seinem Element. »Der Rabe kann das Gitter nicht öffnen, er wird nicht in der Lage sein, den Ring aus der Wand zu ziehen. Also muss er jemanden auftreiben, der das für ihn erledigt. Was, wenn er die Katze fragen würde? Vielleicht schaffen sie es zu zweit?«

»Corvus soll Charlotte fragen?«, gähnte Ellen. »Das wäre, als würde ein Hähnchen den Koch um Hilfe bitten.« Sie rieb sich die Augen und setzte sich auf. »Und sollte Corvus doch zu Wort kommen, bevor sie ihn gefressen hat, glaube ich nicht, dass sie ihr edles Fell in Gefahr bringen würde, nur um uns zu helfen – aber einen Versuch wäre es wert«, ergänzte sie schnell, als sie die Enttäuschung in Arnts Gesicht bemerkte.

Im Innenhof war es wieder lebendig geworden. Die Männer strömten herein und begaben sich auf ihre Bahnen. Wie immer liefen alle in die gleiche Richtung. Nur der Gegenläufer ging seinen eigenen Weg. Heute hielt er ein Buch vor der Nase. Einer der Männer im blauen Overall erschien und warf ein paar Worte in die Menge. Ellen und Arnt konnten sie nicht verstehen, aber sie sorgten für Tumult.

»Mir kommt es vor, als würden die Wärter die Männer extra aufwiegeln, wenn sie sich nicht von selbst zerfleischen – seltsam …« Wie mechanisch sah Arnt immer wieder zu dem oberen Fenster empor. »Wenn bloß der Vogel endlich käme …«

Es dauerte noch bis zum Nachmittag, der Innenhof war wieder leer, da raschelte es im Efeu.

»Corvus«, riefen Ellen und Arnt gleichzeitig, als der Vogel zu ihnen herunterkreiste.

»Mir scheint, ihr wollt immer noch nach Hausen«, krächzte er und umrundete Ellen mit großen Sprüngen.

»Genau«, stimmte Arnt zu. »Und wir wissen auch, wie du uns helfen kannst.«

Der Rabe legte seinen Kopf schräg und betrachtete Arnt Auge in Auge.

»Du musst jemanden aufsuchen und erzählen, was geschehen ist«, erklärte Arnt und ließ die nähere Beschreibung des *jemanden* erst einmal beiseite.

»Geht nicht«, blockte der Vogel jede weitere Erklärung ab. »Ich darf das Geländer nur mit Befehl wechseln und nie alleine – Crock zerstückhackt mich, wenn er mich draußen erwischt.«

»Bist du dir sicher? Gibt es wirklich keinen Weg?«

»Ganz fest sicher«, nickte der Rabe.

»Aber das wäre unsere Chance …« Arnt war deutlich anzusehen, dass seine Hoffnung wie ein Kartenhaus zusammenbrach.

»Und auch, wenn jemand kommt«, erklärte Corvus. »Oberst Krotzler lässt keinen rein, er will Besuch nicht sehen, außer ihm sein eigener natürlich.«

»Oberst Krotzler?«

»Der Boss hier. Nicht zum Spaßen. Behütet die Brut, besorgt immer, dass sie gute Unterhaltung haben«, er krächzte rasselnd.

»Was sind das eigentlich für Typen?«, fragte Ellen.

»Alles. Wenn schlimmer, dann besser. Krotzler nimmt alles auf, was keiner mehr haben will, er sammelt Menschen. Am liebsten welche, die beschadet sind.«

»Kein Wunder, dass die sich ständig verkloppen«, bemerkte Arnt.

»Oh, ja«, Corvus nickte heftig, »und wenn nicht, nachhilft er. Er liebt Geschläge.«

»Du meinst, er liebt Schlägereien? Aber warum?«

»Weiß nicht. Weiß nur, Krotzler sorgt immer für schlechte Laune. Und wenn er's nicht schafft, verschickt er sie unten aufs Ballfeld, da gibt's immer Streit, manche warten nur auf das. Sie dürfen hauen und prügeln, aber nie, nie töten.«

»Was passiert dann?«

»Dann werden sie eingebrunnt.«

»Dann haben die, die im Brunnen hängen, jemanden umgebracht?«

»Ja. Einer von denen hat Streit gekriegt, wegen der Vielfrau. Ist nicht gut bekommen.«

»Vielfrau?«

»Ja, die Frau mit viel von allem.« Corvus plusterte sich auf, und stolzierte mit geschwellter Brust im Kreis. Sein Gefallen an dem Interesse der beiden war offensichtlich.

»Aber warum hauen die Männer nicht einfach ab?«, fragte Arnt weiter. »Ich meine, wenn man nicht gerade so – blockiert ist wie ich, wäre es doch mehr als einfach, über das Geröll der Mauer zu steigen.«

»Das machen viele. Aber nur einmal.« Corvus flog auf Arnts Stuhllehne und wetzte seinen Schnabel daran. Das erwartete *Warum* kam prompt.

»Killerkette – die tötet beim Abhauen.« Der Rabe zupfte ein paar Federn aus seinem Gewand. »Manche killern auch extra, wenn sie das hier nicht aushalten, sehen grässlich aus, wenn sie da liegen. Schwarz wie Raben.« Der Vogel schüttelte sich.

»Können sie die Kette nicht einfach ausziehen?«

»Neee, die hat ein gezahltes Schloss, nur Krotzler kennt den Code.«

»Aber warum lässt Krotzler die Mauer nicht wieder aufbauen? Das wäre doch viel einfacher.«

»Das hat Begründe.« Der Rabe war vor Arnt auf den Boden geflattert und sprang nun mit erhobenem Kopf im Kreis. »Krotzler will Freiheit vor dem Schnabel der Gefangenen, das macht sie unglücklich. Er will immer alle unglücklichen. Aber das wissen die hier nicht.« Corvus hörte auf zu springen und wurde leiser. »Aber ich gedenke«, sagte er wichtig, »der wahre Grund ist keine geschlossene Mauer vor Kethamarrs Kirchenhaus. Kethamarr will keine Mauer, will seine Opfer sehen, aber das weiß Krotzler nicht, er hat das Haus von Kethamarr noch nie gemerkt.« Der Rabe kicherte krächzend. »In eurer Welt war es schon lange her dort. Jetzt ist es nur noch ruiniert. In Anderland ist es immer noch dort, manchmal ganz alt, manchmal wenig alt, so wie Kethamarr grad will.« Corvus schien sichtlich zufrieden.

»Dann ist die Klosterkirche so wie sie jetzt dort oben steht, für die Menschen nicht sichtbar? Und Kethamarr kann sie in verschiedene Zeiten versetzen?«, fragte Arnt ungläubig.

»Genau«, nickte der Vogel. »Am besten liebt er sie ganz kurz vor der Zerstörung – schrecklicher Moment …«

»Und wie können wir nun hier rauskommen?«, unterbrach Ellen das Gespräch.

»Hm, wenn Corvus nicht zu Charlotte fliegen kann, dann müssen wir es mit Plan B versuchen«, murmelte Arnt. »Die Chance, dass der klappt, ist zwar mehr als gering, aber wir haben keine Wahl.«

Ellen blickte ihn an. »Und wie lautet Plan B?«

»Ich brauche elf Kieselsteine und das benutzte Reibestäbchen. Ellen, wo hast du es?«

Ellen deutete auf den Schemel. »Dort unten muss es liegen.«

Der Rabe entdeckte den Stab zuerst und pickte nach dem verkohlten Überrest. Arnt lehnte sich aus dem Rollstuhl und griff mit der Hand durch die Gitterstäbe des Tores. Er sammelte elf der größten Steine, die er erreichen konnte und legte sie sich auf den Schoß. Dann schrieb er mit den Bruchstücken des Stabs Buchstaben auf die Steine und legte sie anschließend nebeneinander.

ZIEHE AM RING, war zu lesen.

»Corvus, ich lege dir diese Steine vor das Gitter«, erklärte er dann. »Bring sie neben die äußerste Spur«, er zeigte auf die Vertiefung im Kies.

Corvus öffnete den Schnabel, sagte jedoch nichts.

»Auf dieser Spur läuft einer in die falsche Richtung. Leg die Steine so, dass er die Buchstaben sehen kann. Verstehst du, wie ich meine?«

Jetzt nickte der Rabe heftig. »Bei Steinsteiger Alex auf die Spur. Ist ein erfreundlicher Mann, hat immer ein paar Brot übrig, mache ich, kein Problem«, krächzte er.

»Die können jeden Moment in den Hof kommen, du musst dich beeilen.« Arnt rollte zu den Gitterstäben, streckte seine Hände hindurch und legte die Steine so hin, dass sie für jedes Wort einen kleinen Haufen bildeten. Corvus war bereits draußen und beäugte die Buchstaben mit kritischem Blick. Dann schnappte er eilig einen Stein nach dem anderen und legte sie mit dem Schriftzug gegen die Laufrichtung der äußersten Spur.

Während der Rabe die Steine transportierte, öffnete sich das Tor der Kaserne. Die Männer betraten den Innenhof. Sofort duckte sich Corvus am Mauerrand.

»Beeil dich«, sagte Arnt, »Corvus, sie kommen – aber ... Was machst du denn da?«

»Es darf mich nicht jemand sehen«, entgegnete der Rabe und stopfte den Kopf in den Kies, als wäre er ein Vogel Strauß.

»Jetzt mach schon, es sind nur noch drei Steine.«

Der Vogel rührte sich nicht.

»Bitte Corvus, du schaffst das«, rief Ellen flehend.

Das Stimmengewirr wurde lauter.

»Du musst dich beeilen, sie kommen. Corvus!«

»Wollt ihr, dass ich gegrillt oder gestückt werde?« Der Vogel hatte den Kopf aus dem Kies gezogen und presste sich nun flach auf den Boden.

»Nein, aber ... Bitte, denk an dein Versprechen.« Ellen krallte sich an das Gitter und zog alle Register. »Denk an die Rettung im Wald, an unsere Blutsverwandtschaft. Du bist ein guter und mutiger Freund ...«

Der Rabe schwoll merklich an, schien mit sich selbst zu ringen, dann trippelte er, flach wie eine Flunder, zu dem nächsten Stein. Erleichtert atmete Ellen auf.

Der Lärmpegel stieg weiter an. Ein Teil der Männer schien bereits wieder Nährboden für Rangeleien gefunden zu haben.

»Noch zwei, komm schon«, Arnt fixierte nervös die herannahende Truppe. Corvus stürzte immer noch flach geduckt hin und her. Der letzte Stein flog auf seinen Platz, und der Vogel startete steil nach oben.

Ellen und Arnt blickten ihm nach, bis er hinter dem Kloster verschwunden war.

»Er hat es geschafft.« Ellen stieß einen langen Seufzer aus. »Jetzt muss dieser Alex es nur noch sehen – und verstehen, was er tun soll.«

»Erst mal muss er überhaupt kommen«, warf Arnt skeptisch ein, »und hoffentlich kann er lesen …«

»Er besitzt ein Buch.«

»Ich besitze auch Beine«, murmelte Arnt und musterte die Männer. »Kannst du ihn irgendwo sehen?«

»Er wird schon noch kommen«, beruhigte ihn Ellen. »Ganz bestimmt – es kann ja nicht sein, dass – oh! Oh, nein, Arnt, schau dir das an!« Ellen reckte bestürzt den Hals und deutete auf die Steine, die der Rabe zurechtgelegt hatte.

»Was ist?«, fragte Arnt und folgte ihrem Blick.

»Schau doch mal, was dort steht.«

Arnt kniff sein Auge zusammen. »Ich kann es von hier aus nicht sehen.«

»HEIZE AM GNIR«, las Ellen vor.

»HEIZE AM GNIR?« Arnt kniff sich ans Kinn. »Das ist jetzt nicht wahr, oder? Wieso hat der Rabe nicht gesagt, dass er Legastheniker ist?«

»Vielleicht ist er ja auch einfach nur Analphabet«, sagte Ellen matt. »Durchaus möglich, dass es von einem Vogel zu viel erwartet ist, dass er neben sprechen auch noch schreiben kann.«

»Aber das hätte er ja sagen können, wir hätten ihm ja – ach, verdammt!« Arnt schlug mit der Faust gegen das Gitter. »Jetzt kann der Typ kommen oder nicht, das spielt keine Rolle mehr.«

»Warten wir's ab«, sagte Ellen ruhig. »Schau, dahinten ist er – zum Glück ohne Buch, das erhöht unsere Chance …«

Die Männer reihten sich auf ihren Wegen rund um den Brunnen ein. Wie jedes Mal wetterte der Dreckbärtige, dass alle in die gleiche Richtung zu laufen hätten – und wie jedes Mal ohne Erfolg.

»Jetzt läuft er auf die Steine zu«, Ellen hielt den Atem an. »Er hält den Kopf gesenkt – vielleicht …«

Der Fuß des Gegenläufers stieß leicht an das GNIR, doch obwohl er die Schrift hätte sehen müssen, reagierte er nicht. Auch in der zweiten Runde lief er wie blind daran vorbei.

»Heee«, brüllte Ellen so unerwartet, dass Arnt zusammenzuckte. »Heee, ihr da, ihr auf der Schulter, schaut mal her – hierher …«, doch die Aurier des Gegenläufers reagierten nicht. Sie lehnten an seinem Hals und schienen immer wieder den gleichen Satz vor sich her zu singen. Ellen strengte ihr Ohr an.

»Freiheit – Freiheit, ist die Einzige, die fehlt – ist das Einzige, was zählt …«, meinte sie die Worte zu vernehmen.

»Die drei kommen mir vor wie in Trance. Arnt, vielleicht solltest du einen Stein werfen, wenn er das nächste Mal hier vorbeikommt.«

»Willst du, dass die Fender hier auftauchen? Aber abgesehen davon, es bringt sowieso alles nichts. Kein Mensch kapiert diesen HEIZE AM GNIR-Satz.« Arnt presste die Lippen zusammen.

Der Gegenläufer näherte sich erneut. In dem Moment hackte einer der muskelbepackten Typen mit der Fußspitze in den Kies, dass ein paar Steine aufspritzten – und wenngleich sie über mehrere Bahnen in eine andere Richtung flogen, reichte es doch aus, dass der Gegenläufer seine Aufmerksamkeit wieder nach außen kehrte.

Ellen und Arnt krallten ihre Finger um die Gitterstäbe, als sich der junge Mann der Steinreihe näherte. Er verlangsamte seinen Schritt, hielt an, bückte sich ein wenig und setzte seinen Weg mit undeutsamer Miene fort.

»Verdammt, er hat es nicht geschnallt.« Arnt ließ von dem Gitter ab. »Das war ja klar, wie sollte er auch?«

»Aber immerhin sah es so aus, als ob er es gelesen hätte«, warf Ellen ein. »Vielleicht denkt er darüber nach – schau nur, seine Aurier …«

Tatsächlich schienen die beiden Aurier munter geworden zu sein. Aufgeregt zogen sie an seinen Ohrlappen.

Als sich der Gegenläufer das nächste Mal den Buchstaben näherte, schien er sichtlich nervös zu werden, seine Augen huschten hin und her, und als er sich neben den Steinen befand, bückte er sich und schob sie blitzschnell in seine Hand.

»Er hat sie«, jubelte Ellen.

»Das heißt aber noch lange nicht, dass er kapiert, was er zu tun hat«, bemerkte Arnt zweifelnd. »Und selbst wenn er es weiß, ist es immer noch nicht sicher, ob er es auch tut …«

»Du hast gesagt, solange es uns gibt, gibt es auch eine Chance. Voilà, hier ist sie!«

»Du hast recht, es ist besser als nichts. Aber komm wieder runter. Wir können nur abwarten.«

Das taten sie, mehrere Stunden lang. Der Gegenläufer hatte die äußere Spur verlassen und war in dem Betonbau verschwunden. Die Spur blieb leer – bis er am späten Nachmittag zurückkehrte und seine Runden fortsetzte. Ellen und Arnt verharrten angespannt hinter dem Gittertor. Die Miene des Gegenläufers verriet nichts, nur die Aurier wuselten aufgeregt auf seiner Schulter hin und her. Als einer der beiden Männer im blauen Overall wieder einen Zankapfel in die Meute warf, verließ der junge Mann mit den Buchstabensteinen unter dem Gewand seine Spur.

Ellen und Arnt legten eine Atempause ein, als er sich langsam in ihre Richtung wandte. Immer wieder blickte er sich um und näherte sich Schritt um Schritt dem Eckturm.

Kethamarr lief in seinem Zimmer auf und ab, seine schlechte Laune war mehr als offensichtlich. Ein paar Aurier bemühten sich, ihn mit einem Tanz aufzuheitern. Er bemerkte sie nicht einmal.

»Sie müssten längst tot sein«, rief er aus und schlug mit der Faust auf die Lehne eines Stuhls. »Wie ist das möglich?!«

»Ich kann mir das auch nicht erklären, Grandseigneur«, Morphus quetschte sich in eine Ecke, »aber es kann nicht mehr lange dauern, da bin ich mir sicher, ganz sicher. Kein Mensch hält es so lange ohne Flüssigkeit aus.«

»Und was schlägst du vor?« Kethamarr grapschte eine Kugel aus der silbernen Schüssel, mit der Lucia ihm hinterhereilte. Doch selbst das schien ihn nicht aufzuheitern.

»Da wir nicht wissen, wo ihre Körper liegen, können wir nichts machen, außer abzuwarten«, sagte Morphus, der das Verschwinden der glänzenden kleinen Kugel mit Argusaugen beobachtet hatte.

»Und warum wissen wir das nicht?«, dröhnte Kethamarr.

»Das müsst ihr den Triamesen fragen, Grandseigneur. Seine Aufgabe war's, sich um die beiden zu kümmern, seine war's.«

»Wir geben ihnen bis morgen Zeit zum Sterben. Sollten sie bis dahin immer noch leben, wird der Triamese ihre Körper finden. Und sollte ihm das nicht gelingen, reiße ich ihm seine Köpfe einzeln ab.« Kethamarrs Nasenflügel hoben und senkten sich, als er aus dem geöffneten Fenster blickte. »Ich will nicht länger warten, die Brut geht mir langsam auf die Nerven, zu viel dreht sich um sie – und ihre Aurier sollten schon längst frei sein … Frei für mich! Radins Tod zieht sich in die Länge, nichts geht voran, nichts!« Er riss den Vorhang vor das Glas und wies in Richtung Tür. »Geh und sieh nach. Ich will wissen, was die beiden in ihrer Zelle treiben und in was für einem Zustand sie sich befinden.«

Morphus blickte sehnsüchtig auf das Schälchen in Lucias Händen, tauchte noch kurz den Blick in ihre Locken, dann verließ er rückwärts buckelnd den Raum.

»Ich werde Sie informieren, Grandseigneur, ich bin bald zurück, bald.«

Der Gegenläufer blieb vor dem Eckturm stehen und betrachtete ihn eingehend. Die Aurier standen stocksteif auf seinen Schultern. Mit der Hand über den Augen fixierten sie die Umgebung wie zwei Matrosen im Mastkorb, die Ausschau nach rettenden Ufern hielten.

»Arnt, wir müssen es den Auriern sagen.« Ellen schwenkte die Arme hinter dem Gitter, um die Aufmerksamkeit der Kleinen auf sich zu lenken.

»Dort! Dort! Ziehe am Ring!«, rief sie laut – dann endlich hatten die Aurier sie entdeckt. »Ziehe am Ring, dort drüben …«

Die Aurier blickten sie einen kurzen Moment lang verständnislos an, dann begriffen sie. Aufgeregt wiederholten sie Ellens Worte und rissen dabei an den Ohrläppchen ihres Trägers, als hielten sie die Zügel eines störrischen Pferdes in der Hand. Der Gegenläufer verharrte einen Moment, dann griff er gedankenverloren in seine Tasche und holte die Steine heraus. Einen nach dem anderen ließ er durch seine Finger gleiten, setzte sie auf seiner Hand zusammen und stellte sie wieder um. Dann nickte er, als habe er endlich verstanden.

Langsam hob er die Augen und trat näher an den Eckturm heran. Zum ersten Mal konnte Ellen direkt in sein Gesicht sehen. Sie stutzte. Es schien ihr seltsam vertraut. Als ob er jemandem ähnlich sah, den sie kannte. Und trotz der angespannten Züge lag Zuversicht in seinem Blick.

»Es sieht tatsächlich so aus, als hätte er es kapiert.« Arnt stemmte sich an den Armlehnen nach oben. »Jetzt muss er es nur noch tun.« Er musterte den Innenhof, als suche er bereits nach der besten Fluchtmöglichkeit. »Drei Fender sind dort oben an der Mauer, an denen müssen wir vorbei. Idee?«

»Hm«, Ellen ließ den Gegenläufer nicht aus den Augen. »Unsere Gefühle … Wir dürfen keine Gefühle aufkommen lassen, dann besteht die Chance, dass sie uns nicht bemerken«, sagte sie leise.

»Das wird alles andere als einfach«, Arnt runzelte die Stirn.

»Am besten denken wir an nichts, außer an das, was wir in dem Moment gerade tun«, sagte Ellen, der wie aus heiterem Himmel Radins Worte in den Sinn gekommen waren. »Ich für meinen Teil werde voll und ganz damit beschäftigt sein, deinen Stuhl über diesen Steinberg zu bringen, vielleicht ist das in diesem Fall ja mal ein Vorteil.«

Der Gegenläufer war inzwischen beim Eckturm angekommen und streckte den Kopf herein. Blitzartig gab Arnt den Eingang frei. Der junge Mann trat ein und blickte sich aufmerksam um, als suche er etwas bestimmtes.

»Der Ring ist da draußen«, rief Ellen, auch die Aurier brüllten und stampften mit den Füßen.

»Ellen …« Arnts plötzlich veränderter Gesichtsausdruck ließ sie erstarren.

»Was – was ist?«

»Es ist sinnlos, er wird uns nicht helfen können.«

»Aber warum denn nicht?« Ellen spürte, wie sie erbleichte.

»Er kann den Ring nicht sehen.«

»Was?«

»Wenn das Gitter *drüben* nicht existiert, wird auch der verdammte Ring dort nicht vorhanden sein … Beides ist nur hier, in Anderland«, antwortete Arnt mit belegter Stimme und stützte die Stirn auf seine Hand. »Es war alles umsonst – ich habe falsch überlegt.«

»Aber …« Doch auch Ellen hatte nun begriffen. »Das kann doch nicht wahr sein …«, flüsterte sie kaum hörbar. Fassungslos blickte sie durch das Gittertor auf den Ring und dann auf den Gegenläufer, dessen Blick über die Mauersteine des Eckturms huschte, während seine beiden Aurier alles gaben.

»Der Ring ist da draußen, der Ring ist da draußen«, tobend zogen sie an Haaren und Ohren, der linke riss sogar an der Nase, um den Kopf zu wenden.

Als hätte er den Wink verstanden, verließ der junge Mann den Turm und betrachtete nachdenklich die Außenmauern. Sein Blick glitt an dem Ring vorbei, und er wollte gerade kehrtmachen, da sprang Ellen auf.

»Er kann den Ring nicht sehen, ihr müsst es tun«, rief sie durch die Gitterstäbe, »nur ihr könnt es schaffen …«

Arnt blickte überrascht auf, und auch die Aurier hielten einen Moment inne. Unsicher sahen sie sich an.

»Bitte, ihr schafft das! Zieht an dem Ring!«, Ellens Stimme überschlug sich fast.

Die Aurier diskutierten einen kurzen Moment, dann schienen sie sich einig. Während sich der Gegenläufer im Genick kratzte, sprangen die beiden herunter, kletterten die Mauersteine empor und stürzten sich auf den Ring, der etwas größer war als sie selber. Ein Aurier ergriff ihn und baumelte daran hin und her. Der andere bemühte sich, die Kette aus der Wand zu zerren.

»Zieht! Zieht!«, fieberte Ellen und ballte die Fäuste als zöge sie mit.

»Es reicht nicht, sie sind nicht stark genug.« Arnt blickte angespannt auf das Tor, das sich zwar ein wenig bewegt hatte, aber immer noch geschlossen war.

»Wir müssen ihnen helfen«, Ellen stürzte sich auf die Eisenstangen und zog sie kräftig nach oben.

»Das bringt nichts, das Ding hat einen Mechanismus, der das Gitter blockiert, wenn man es nach oben drücken will, das habe ich schon längst probiert …«

»Aber – alleine schaffen sie das nicht«, keuchend ließ sie ab.

»Ich weiß«, sagte Arnt mit resignierter Stimme und wandte sich wieder den Auriern zu, die immer noch verzweifelt versuchten, den Ring aus der Mauer zu ziehen. »Aber es war ein netter Versuch.«

»Dann ist alles aus.« Ellen sank neben dem Stuhl in die Knie.

Der Gegenläufer hatte sich bereits einige Schritte vom Eingang des Eckturms entfernt, da verharrte er mit einem Mal, blickte sich nochmals um und zog erneut die Steine aus dem Gewand, als könne er nicht glauben, sich getäuscht zu haben. Wieder und wieder setzte er die Buchstaben zusammen und bemerkte dabei den schwarzen Schatten nicht, der über seinen Kopf schoss.

»Corvus«, Ellen sprang auf und riss an Arnts Stuhl, »Arnt sieh nur, Corvus ist zurück!«

Der Vogel stürzte sich blitzschnell auf den Ring, umfasste ihn mit seinen Krallen und fing an, wild flatternd daran zu reißen. Angefeuert von der unerwarteten Unterstützung legten sich die Aurier noch einmal ins Zeug, zogen und rissen, was ihre Kräfte hergaben. Ellen schraubte ihre ganze Hand in eine Haarsträhne und rupfte sich das Büschel fast vom Kopf, während ihr Blick bangend an den drei Helfern klebte, die mit vereinten Kräften um Ellens und Arnts Freiheit kämpften.

Sie zögerten keine Sekunde, als sich das Gitter hob. Sobald der Stuhl hindurchpasste, stieß Ellen Arnt aus dem Eckturm, und kaum waren sie draußen, fiel das Eisen rasselnd herunter.

»Corvus, du bist der Größte!« Sie hätte den Raben am liebsten geküsst.

»Kein Größter, Türrabe, bin gewohnter Zieher«, krächzte dieser mit geplusterten Federn, und im gleichen Moment erhob er sich und verschwand eilig hinter der Mauer.

»Danke«, rief Ellen ihm nach und den Auriern zu, die jetzt schlaff über den Schultern des Gegenläufers hingen.

Genau in diesem Moment verließ Morphus Knechtereff das Kloster.

»Wir sind frei!« Ellen strahlte über das ganze Gesicht.

»Frei? Noch lange nicht, jetzt geht es erst los …«, dämpfte Arnt ihre Begeisterung.

»Da hast du recht«, pflichtete Ellen ihm bei. »Wir müssen über die Steine, es ist die einzige Möglichkeit.«

Der Gegenläufer stand immer noch an der gleichen Stelle und drehte sich erneut im Kreis. Ellen sah kurz in seine klaren, Augen, die Unverständnis ausdrückten – trotzdem lächelte er. Seine Aurier blickten ihr erwartungsvoll entgegen. »Du wirst uns helfen, du bringst uns die Freiheit«, frohlockten sie und schaukelten an den Ohrlappen.

»Ich – ich kann das im Moment nicht, es tut mir leid …« Es brach Ellen fast das Herz, sie so zurückzulassen. Gerade wollte sie noch etwas anfügen, da stach ein kurzer, spitzer Schrei in ihr Ohr. Sie fuhr herum. Die drei Fender näherten sich dem oberen Teil der Mauersteine, die Öffnung ihrer Näpfe auf den Innenhof gerichtet.

»Ich glaube, sie spüren uns …« Ellens Augen klebten an den drei Kreaturen, die synchron hin und her pendelten und sich genau in ihrer Fluchtrichtung befanden.

»Schau nicht hin, Ellen, sieh weg, mach's so, wie du vorhin gesagt hast. Denke an nichts, außer an das, was du tust. Als ob sie nicht da wären.«

Ellen nickte stumm, ein paar Mal atmete sie tief durch, dann fasste sie nach den Griffen des Stuhls, spürte diese in ihren Händen und die Arbeit ihrer Muskeln, als sie den Stuhl langsam vorwärtsschob. Sie erreichten die unteren Mauerbrocken. Überrascht blickte sie auf. Von Weitem hatten sie längst nicht so groß ausgesehen. Noch einmal blickte sie zurück zu den Auriern, die auf den Schultern des Gegenläufers saßen und verständnislos zu ihr herüberstarrten. Die Enttäuschung stand ihnen ins Gesicht geschrieben, als sie wieder anfingen zu singen: »Freiheit – ist die Einzige, die fehlt …«

Um die Fender nicht anzulocken, unterdrückte Ellen den ohnmächtigen Schmerz, der sich wie ein Dolch in ihr Herz stecken wollte. Sie musste sich jetzt auf den Moment konzentrieren.

Arnt hielt die Augen auf seine Fußspitzen gerichtet und drehte den Stuhl langsam rückwärts zu dem ersten Mauerstein. Keiner sagte ein Wort. Ellen stieg auf den Brocken und zog Arnt herauf. Wie beim Einstieg in den Bus konnte sie ihn auch hier ohne großen Kraftaufwand nach oben hieven.

Atmen, dachte Ellen, *tief ein, tief aus – ziehen. Schritt für Schritt, tief ein, tief aus.* Arnt drückte, Ellen zog. Gemeinsam arbeiteten sie sich voran, Stück für Stück. *Tief ein, tief aus – ziehen.* Ellen zwang ihren Blick auf den nächsten Mauerbrocken, musterte jeden Stein, bevor sie ihn betrat, betrachtete seine Farbe und spürte seine Härte, konzentrierte sich auf die Arbeit ihrer Füße und Hände, dann zog sie Arnt rückwärts herauf.

Sie hatten die Strecke zur Hälfte überwunden, da sah Ellen aus den Augenwinkeln, wie sich neben den schwarzen Kreaturen noch etwas anderes bewegte.

»Morphus«, hauchte sie und merkte augenblicklich, wie sie verkrampfte. *Ich muss ruhig bleiben*, beschwor sie sich und atmete verzweifelt gegen die innere Anspannung an … *tief ein, tief aus.* »Ich bringe dich dort vorne zu dem Spalt«, murmelte sie in Arnts Ohr, »nur noch ein paar Schritte.« Sie klammerte sich an diese Worte, während sie langsam ein Bein hinter das andere setzte. Die Fender verharrten, beugten sich vornüber, die Näpfe witternd hin und her bewegend.

»Wo ist Morphus?«, flüsterte Arnt, der es nicht wagte, aufzublicken.

»Er kommt vom Kloster her auf uns zu. Dort drüben ist der Spalt, nur noch zwei Steine …« Immer noch leise vor sich hin murmelnd, beobachtete Ellen, wie sich Morphus langsam dem Geröllfeld näherte. Sie konnte nicht erkennen, ob er sie bereits gesehen hatte, der Buckel zwang sein Gesicht nach unten, doch er schien keine Eile zu haben.

»Noch ein Stein …«

Ganz plötzlich hob Arnt den Kopf. »Beeil dich«, flüsterte er hitzig, »Morphus kommt, so mach doch.« Er drehte so heftig an den Rädern, dass Ellen beinahe rückwärts über ihre eigenen Füße gestolpert wäre. Sofort durchdrangen spitze Schreie die Luft. Die Fender beschleunigten ihre Bewegungen.

»Hör auf, Angst zu haben, ich glaube, er hat uns noch nicht bemerkt«, zischte Ellen, der es zu ihrem eigenen Erstaunen immer noch gelang, den Kopf nicht zu verlieren. Das rhythmische Kreischen bohrte sich durch ihre Haut.

»Wir können das schaffen, aber du musst versuchen, ruhig zu bleiben. Du ziehst sie an.«

Sie hatten ihr Ziel fast erreicht. Die Fender bewegten sich weiter auf sie zu und Morphus war bereits am oberen Teil der Mauer angekommen.

»Wir sind da.« Ellen zog noch einmal, drehte dann den Stuhl herum und ließ Arnt vorsichtig zwischen zwei Steinen hinunter.

»Du musst dich bücken«, flüsterte sie, »sonst passt du nicht hinein.« Schnell kletterte sie in den Spalt und hielt den Stuhl von unten. Arnt lehnte sich nach vorn, doch es reichte nicht. »Der Stuhl, er klemmt. Lass dich fallen«, drängte Ellen.

Arnt zögerte.

»Jetzt komm schon, nimm sie«, sie streckte ihm die Hände entgegen.

»Verdammt«, fluchte Arnt, stieß sich aus dem Sitz und sackte nach vorne in Ellens geöffneten Arme. Die raubvogelartigen Schreie schwollen an, die Luft vibrierte und raspelte an den Nerven.

»Sie machen das, um uns zu orten«, begriff Ellen plötzlich und ließ Arnt zu Boden gleiten.

»Was?«, fragte Arnt gepresst.

»Diese Schreie. Ich habe das Gefühl, sie versetzen ihre Beute damit in Angst. So können sie sie aufspüren.« Sie blickte auf Arnt, der mit verdrehten Beinen am Boden lag und verzweifelt versuchte, ein Bein unter dem anderen hervorzuziehen. Mit einem Mal veränderte sich das Licht und ließ die Steine jetzt rhythmisch hell und dunkel erscheinen. Arnts Finger krallten sich in den Stoff seiner Hose.

»Ellen, ich – ich glaube, ich packe das hier grad nicht«, hauchte er.

»Bleib ganz ruhig, versuche dich abzulenken, warte – schau dir diesen Stein an, welche Farbe hat er«, flüsterte Ellen, als spreche sie zu einem kleinen Kind.

»Grau«, sagte Arnt mit tonloser Stimme.

»Ein schönes Grau, nicht?«, Ellen fuhr mit der Hand über den Stein. »Es ist ein Mausgrau.«

»Oder ein Straßengrau.«

»Ein Sauwettergrau.«

»Ein Graues-Auto-Grau.«

»Ein ...« In diesem Moment wurde es dunkel über ihnen. Ellen zog den Kopf zwischen die Schultern und schloss die Augen. Die Fender waren jetzt direkt über dem Spalt.

»Grau-grau-grau«, hauchte Arnt in letzter Verzweiflung und bohrte seinen Blick in den Stein. Es dauerte noch einen kurzen Moment, dann wurde es wieder hell. Ellen hob den Kopf und blickte dankbar in den Himmel. Die Fender hatten sie nicht wittern können.

»Und Morphus?«, fragte Arnt, immer noch außer Atem. »Der Stuhl – der Stuhl ist noch oben.«

Ellens Erleichterung verpuffte schlagartig, und wieder musste sie darum kämpfen, ruhig zu bleiben. Vorsichtig schob sie ihre Nase über den Rand des Felsens. »Er hat ihn nicht gesehen«, stellte sie erleichtert fest, »aber er wird gleich sehen, dass wir geflüchtet sind – Arnt, er ist auf dem Weg zum Eckturm, wir müssen weiter, schnell.«

»Lass uns jetzt bloß keinen Fehler machen«, sagte Arnt betont langsam, »wir machen weiter wie vorhin.« Er hatte seine Beine nebeneinandergelegt. Ellen zog ihn rückwärts aus dem Spalt und befreite auch den Stuhl aus der Verklemmung. Während Arnt sich selbst hineinhalf, hielt Ellen Ausschau nach den Fendern. Mittlerweile bewegte sich eine ganze Schar um das Kloster herum. Wir müssen mitten durch die Fender durch«, sagte sie mit gerunzelter Stirn.

Erneut begann das Auf und Ab über die Steine.

Ein lauter Schrei ließ sie herumfahren. Er klang anders, als der der Fender.

»Morphus! Er hat gemerkt, dass wir nicht mehr da sind.« Ellen beschleunigte ihre Schritte.

Nun erklang ein lauter Pfiff. Sofort stürmten die Fender los und hielten direkt auf sie zu. Ellen klammerte sich an den Stuhl und blickte auf ihre Füße. »Grau-grau-grau …«, murmelte sie, um Beherrschung ringend. Die Fender waren nur noch ein paar Schritte entfernt – da versagten ihre Knie. Kraftlos sackte sie hinter dem Stuhl zusammen. Sie konnte ihre Gedanken nicht mehr beherrschen, hatte ihre Angst nicht mehr im Griff. »Jetzt ist es endgültig aus«, stammelte sie, »jetzt haben sie uns …«

Die Kreaturen rauschten an ihnen vorbei.

Schwer keuchend starrte Ellen der schwarzen Meute hinterher.

»Morphus hat sie zu sich gerufen, das hat uns gerettet«, erklärte Arnt erleichtert. »Lass uns abhauen, los!«

Ellen verlor keine Sekunde. Sie riss den Stuhl über die Steine. Stolperte. Stand auf. Riss weiter … Die Brocken wurden kleiner, sie kamen gut voran, und kurz darauf hatten sie auch den letzten überwunden.

»Yeah, wir haben es geschafft«, rief Arnt aus. »Du kannst mich jetzt loslassen«, er griff energisch in die Räder.

Ellen dagegen konnte sich nicht freuen, sah sie doch bereits die Strecke, die noch vor ihnen lag: Der einzige Fluchtweg führte entlang des Klosters, gesäumt von mannshohen Büschen, die eine spärliche Deckung boten. Arnt stieß sich vorwärts, Ellen trabte mit schnellen Schritten neben ihm her.

Ein halbrundes, weit geöffnetes Fenster im Klostergebäude war durch die Büsche erkennbar und erregte Ellens Aufmerksamkeit. Sie verlangsamte die Schritte und spähte durch die Zweige. Sie wusste nicht, warum, doch sie konnte dem Gefühl nicht widerstehen, sich das näher anzuschauen.

Ohne auf Arnts Einwand zu achten, sprang sie zwischen den Büschen hindurch, schlich an dem Gebäude entlang und blickte dann vorsichtig durch das geöffnete Fenster. Ein feiner Duft von Bienenwachs schlug ihr entgegen und ließ sie tief einatmen. Vor ihr lag ein großer Raum mit gewölbter Decke. Es herrschte reges Leben darin.

»Kethamarr scheint Kunstliebhaber zu sein«, rief sie Arnt leise zu. »Da drin sind ganz viele kleine Männer und malen Bilder«, sie schüttelte verwundert den Kopf.

»Ellen! Komm jetzt!«, zischte Arnt, der immer wieder nervöse Blicke über seine Schulter warf.

»Sieht aus wie eine Gnomenkunstschule …« Von dem Anblick völlig eingenommen, winkte sie Arnt heran. »Immer zwei malen genau das gleiche Bild …«

»Ist mir vollkommen egal. Ellen, komm jetzt! Ich gehe!« Arnt setzte sich in Bewegung.

Ellen riss sich von dem unwirklichen Anblick los und hatte Arnt gleich darauf eingeholt. »Das hättest du sehen müssen«, schnaufte sie, »das passt gar nicht zu …«

»Wow … Wow!«, entfuhr es Arnt. Die Buschreihe hatte aufgehört und gab rechter Hand den Blick auf ein Trümmerfeld frei.

»Da ist der Flugzeugfriedhof«, rief er begeistert aus. »Schau, da drüben, eine alte Messerschmitt und dort – mein Gott, eine Focke-Wulf, total kaputt, wow, da würde ich gerne …«

»Vergiss es!« Ellen legte die Hand auf die Griffe und schob ihn energisch vorwärts.

»Du sollst das lassen!«

»Wir müssen weiter.«

»Ach ja?«

»Morphus!«, schrie Ellen plötzlich, »er ist hinter uns!«

»Verdammt, ich hab's gewusst, los weg hier!« Arnt griff in die Räder und auch Ellen spurtete los.

»Er kommt immer näher …«, rief sie keuchend, »wie kann das sein? Wie kann der nur so schnell laufen?« Sie versuchte, ihr Tempo nochmals zu steigern, doch lange würde sie das nicht durchhalten können.

Der Weg führte hinunter zu einem Sandplatz, der von tribünenartig angeordneten Felsen umgeben war.

»Wie kommen wir da unten weiter?«, rief sie aus.

»Keine Ahnung, aber wenn wir so weitermachen, kommen wir erst gar nicht so weit. Los, spring auf.«

»Okay, ich versuch's, fahr etwas langsamer«, japste Ellen und legte eine Hand auf die Armlehne. Nach ein paar Schritten stieß sie sich ab und landete hart auf Arnts Schoß. Ruckartig nahm er wieder Fahrt auf, der Rollstuhl schoss den Hang hinunter. Ellen krallte sich an Arnts Jacke und sah mit Schrecken, dass sich der Weg vor ihnen nach rechts und links teilte, während sie geradeaus auf den Sandplatz zurasten.

»Du musst abbremsen«, brüllte sie gegen den Fahrtwind, ihre Finger gruben sich in den Stoff, »Arnt, stopp endlich, wir überschlagen uns sonst …«

»Tu ich ja«, schrie Arnt, »es nutzt nur nichts, ich kann den Stuhl nicht so schnell bremsen – Aaachtung …«

Die Vorderräder blockierten schlagartig an der gemauerten Umfassung des Platzes, Ellen wurde vom Schoß wegkatapultiert, dicht gefolgt von Arnt, der sich knapp hinter ihr im Sand überschlug. Der Rollstuhl spickte nach oben und landete kopfüber neben Ellen, die schützend die Arme über dem Haupt verschränkte.

Morphus verlangsamte sein Tempo, und ein Lächeln setzte seine Stümpfe frei. Er wusste, sie konnten ihm nicht mehr entkommen.

»Mein Stuhl!« Voller Panik blickte Arnt auf die Räder, die noch immer mit unglaublichem Tempo in der Luft rotierten. Ächzend drehte er sich auf den Bauch und drückte sich mit den Händen vorwärts. Ellen konnte neben sich die Einschläge sehen, die Arnt bei seinem Sturz hinterlassen hatte, doch von ihr selbst fehlte jede Spur.

Das keckernde Lachen von Morphus war bereits hörbar.

»Wir müssen weiter!« Keuchend rappelte Ellen sich auf und stellte den Stuhl zurück auf die Räder. »Er hat den Sturz überlebt.«

Arnt hatte jetzt die Fußrasten erreicht. Ellen beobachtete überrascht, wie seine Beine mit leichten Zuckungen versuchten, ihn vorwärts zu schieben.

»Gebt doch endlich auf, dumm gelaufen, dumm gefallen.« Morphus trollte auf sie zu.

Ellen packte Arnts Unterarm und zog, doch er entriss sich ihrem Griff.

»So komme ich nicht rein«, rief er aus, »halt lieber den Stuhl.« Er stemmte sich rückwärts auf die Armlehne … Es knackte, die Lehne brach und Arnt polterte unbeholfen auf die Fußrasten.

Morphus hatte sie jetzt fast erreicht.

»Wir kommen hier nicht weg, lass uns kämpfen, wir sind zu zweit«, Arnt wischte sich die Haare aus dem Gesicht, sein gesundes Auge funkelte entschlossen in der Sonne. Drohend und scheinbar zu allem bereit, hob er, immer noch auf den Fußrasten sitzend, die Fäuste.

Morphus beschleunigte noch einmal kurz sein Tempo und hechtete auf Arnts Oberschenkel. Arnt versuchte, ihn herunterzustoßen, doch der Bucklige war überraschend kräftig. Er kniete sich auf den Sitz und nahm Arnt von hinten in den Schwitzkasten. Arnt rang nach Luft. Vergebens versuchte er, den Arm des Angreifers von seinem Hals zu reißen. Ellen sprang zur Hilfe, zerrte von hinten am Kopf des Buckligen, drosch auf seine fettigen Haare – er bemerkte es kaum.

Zur gleichen Zeit rauschte ein dunkler Trupp den Hang hinab.

»Die Fender«, schrie Ellen panisch, als sie gerade versuchte, den Alten an der Gurgel zu packen. Sein Geruch biss sie in der Nase. Die gellenden Schreie der herannahenden Kreaturen peinigten ihre Ohren und schälten ihre Nerven. Immer wieder blickte sie auf die schwarze Welle, die unaufhaltsam auf sie zuschwappte, dann ließ sie die Arme sinken. Es war aussichtslos. Sie konnte nicht mehr … wollte nicht mehr. Diesmal war alles zu spät. Rückwärts sank sie in den Sand.

»Wie schwach, wie schwach, armselige Gestalten.« Morphus lockerte seinen Griff ein wenig und Arnt schnappte nach Luft. Seine Augen schimmerten beide gläsern.

Was dann geschah, kam völlig unerwartet.

Etwas Graues schoss knapp über den Stuhl hinweg und traf Morphus im Gesicht. Krallen stachen in seine Haut und rissen seine Backen auf. Der Bucklige kreischte auf, die unerwartete Attacke ließ ihn rückwärts über die Lehne in den Sand stürzen.

Blitzschnell machte Charlotte kehrt und sprang auf Arnts Schoß. »Festhalten!«, fauchte sie.

Arnt packte Charlotte am Nacken, und auch Ellen stürzte herbei, um ihre Finger in das Fell der Katze zu bohren.

Jetzt erreichten auch die Fender den Sandplatz. Sie waren auf der Fährte ihrer Beute und beschleunigten das Tempo. Ihre Schreie waren nun so laut, dass sie Ellens Trommelfell fast zum Bersten brachten. Schon konnte sie in die Näpfe blicken, hörte das Schlürfen …

Morphus hatte sich wieder gefasst, sprang auf und grapschte nach Ellen. Doch genau in dem Moment, als er zugreifen wollte, verschwand sie zwischen seinen Fingern.

Laut brüllend schlug der Bucklige mit dem Gesicht in den Sand und hieb mit den Fäusten einen tiefen Krater hinein.

Ellen hatte das Gefühl, durch die Nacht zu rasen. Wie in einem flackernden Film tauchte sie von einem Ort in den nächsten. Die Bilder peitschten durch ihren Kopf wie Blitze, immer wieder, als wolle das Gewitter niemals enden. Ihr wurde schwindlig, ihr Magen drehte sich um und sie erbrach einen großen Berg ungegessener Mahlzeiten.

»Charlotte, was machst du?«, wollte sie schreien, doch die Stimme blieb ihr versagt. Wieder und wieder blitzten Bilder auf – reihten sich in einen zusammenhangslosen, zeitgerafften Film – dann war es vorbei.

Ellen keuchte eine Weile mit geschlossenen Augen, wischte sich den Mund, dann sah sie sich um. Sie befanden sich auf der Wiese unterhalb des Waldrandes, in dem sie vor einigen Tagen durch die Pforte gestiegen waren.

Mit butterweichen Beinen richtete sie sich auf. Charlotte lag neben ihr, sie wirkte entkräftet und streckte alle vier Beine stocksteif von sich. Arnts Finger verkrallten sich noch immer in ihrem Genick. Ellen versuchte, das anhaltende Schwindelgefühl loszuwerden, da zerriss Charlottes wütende Stimme die unwirkliche Szene.

»Pfoten weg, du Tölpel«, fauchte sie lautstark.

»Was – was ist passiert? Wo ist Morphus – die Fender?« Arnt, ebenfalls kreidebleich, blickte fassungslos um sich.

»Ich denke, du kannst sie jetzt loslassen.« Ellen zeigte auf Charlotte, die immer noch wütend und steif vor sich hin fauchte.

»Oh!« Er löste seine verkrampften Finger von dem Genick der Katze, die sogleich aufsprang und sich schwankend schüttelte, wobei sie Arnt mit erbosten Blicken torpedierte.

»Wo ist mein Stuhl?« Arnt sah sich um. Sein Blick traf erst Ellen, dann Charlotte, die sich bemühte, das Nackenfell wieder glatt zu bekommen.

»Sehe ich aus wie ein Möbeltransporter?«, zischte sie mit verdrehtem Hals.

»Da hinten ist er«, Ellen lief zu dem Rollstuhl, der hinter einem Busch einmal mehr kopfüber am Boden lag. Erleichtert stellte sie fest, dass die gebrochene Armlehne von vorhin der einzige Schaden zu sein schien.

»Was ist passiert?«, fragte Arnt – und es war seiner Miene deutlich anzusehen, dass es ihn Überwindung kostete, die Katze anzusprechen.

»Welch dumme Frage. Ich habe euch geholt, wie sonst solltet ihr hierhergekommen sein.« Sie knabberte an ihrer Pfote, ohne Arnt eines Blickes zu würdigen.

»Aber wie?« Arnt schüttelte verständnislos den Kopf.

»Wir haben geortswechselt«, sagte Charlotte, als wäre es das Normalste der Welt, »und zwar auf grandiosem Niveau, wenn ich das so sagen darf. Ich habe mich – einmal mehr – selbst übertroffen.« Sie fuhr sich mit der Pfote über ein Ohr.

Ellen kehrte mit dem Stuhl zurück. »Danke für die Rettung, Charlotte. Sie sind in allerletzter Sekunde gekommen, und Sie waren wirklich grandios, eine hochkarätige Meisterleistung.« Ellen meinte es ehrlich. »Sie haben die Umwege beim Ortswechseln wegen der Fender gemacht, richtig?«, fragte sie und beugte sich zu der Katze hinunter, in deren Augen ein geschmeicheltes Orange aufleuchtete.

»Richtig«, näselte sie. »Ich musste probieren, die Fender abzuhängen, und allem Anschein nach ist es mir gelungen.« Zufrieden blickte sie sich um. »Aber ich muss gestehen, dass ich selbst nicht sicher war, ob ich das schaffen würde«, schob sie zu Ellens Erstaunen noch nach.

»Aber woher haben Sie gewusst, dass wir Hilfe brauchen?«

»Sie haben in den letzten Tagen zwei Mal einen Reibestab benutzt. Der erste war zum Auffinden der Pforte, was Sie – na ja – überraschenderweise auch ohne meine direkten Anweisungen herausgefunden haben.« Sie wich Ellens Blick aus, als ob ihr diese Tatsache unangenehm sei. »Der Duft des zweiten kam aus einer unguten Richtung. Da dachte ich mir, dass Sie in Schwierigkeiten stecken. So bin ich dem Geruch gefolgt, bis hinauf in Kethamarrs Gemäuer und habe abgewartet … Nicht ganz ohne Risiko, doch die Fender schienen glücklicherweise anderweitig beschäftigt zu sein.«

»Sie haben das Stäbchen gerochen?«, fragte Ellen baff.

»Natürlich.« Charlotte hob die Nase in die Luft. »Wir Hygiellen haben ausgesprochen feine Näschen, nebst den vielen anderen Dingen, die bei uns wesentlich sensibler sind als bei euch Menschen.« Sie warf Arnt einen abschätzigen Blick zu. »Aber nun bitte zügig. Die vergeudete Zeit dürfte stark an Ihren Körpern gezehrt haben. Ein Wunder, dass Sie noch am Leben sind.« Sie erhob sich und fuhr mit gedämpfter Stimme fort: »Radin ist kaum mehr ansprechbar, ich mache mir allergrößte Sorgen. Haben Sie etwas herausfinden können?«

Ellen hatte diese Frage befürchtet. »Leider nein. Wir wurden gefangen genommen, bevor ich etwas tun konnte«, sagte sie beschämt. Wenigstens den Raben hätte sie fragen können, aber auch das hatte sie vor lauter Gedanken an ihre eigene

Rettung komplett vergessen. »Charlotte, ich glaube – ich habe alles vermasselt.«

Die Katze hob den Blick. »Ehrlich gesagt, überrascht mich das nicht.« Die Enttäuschung in ihrer Stimme legte sich wie eine Klammer um Ellens Hals. »Mir war es von Anfang an ein Rätsel, wie Radin seine Hoffnungen ausgerechnet auf Sie setzen konnte.« Sichtlich betreten wandte sie sich ab. »Und wenn Sie sich jetzt nicht beeilen, können Sie in Ihre eigenen Leichen schlüpfen.«

Ellen nickte wortlos und hielt Arnt den Stuhl, damit er sich hineinziehen konnte. Schweigend machten sie sich an den Aufstieg, bis sie den Kamm im Wald erreichten.

Charlotte bemerkte es als Erste – abrupt blieb sie stehen. Auch Ellen und Arnt starrten nun wie betäubt in die Senkung, die ohne die Tannen den Blick auf den Pfortenkreis freigab.

»Ihr seid weg«, stellte die Katze trocken fest.

»Aber – aber das ist doch nicht möglich …« Ellen war wie vom Donner gerührt.

Der Platz zwischen den Stämmen war leer.

KAPITEL 25

Der Silberspiegel

Ellen starrte in den Pfortenkreis, als wollte sie den Moment heraufbeschwören, der für ihr Verschwinden verantwortlich war.

Der Spieltisch in ihrem Kopf war leer, und sie versuchte vergebens, sich an den Moment zu erinnern, an dem sie den richtigen Stoß verfehlt und ihre eigenen Kugeln versenkt haben musste.

Charlotte setzte sich auf einen der herumliegenden Baumstämme. »Irgendjemand oder irgendetwas muss exakt den Weg gefunden haben, der zu dem Pfortenkreis führt«, sagte sie nachdenklich.

»Aber wer könnte ein Interesse daran haben, uns zu entführen?« Ellen fuhr herum. »Kethamarr!«

»Nein, er kennt diesen Ort nicht«, erwiderte Charlotte. »Das ist unmöglich. Radin hat ihn mit einer Kraft versehen, die ihn für Kethamarr und seine Leute unauffindbar macht – außer sie wüssten genau, wo er sich befindet und wie er aussieht. Das Unwissen darüber ist der Schutz. Es müsste euch schon jemand direkt gefolgt sein.«

»Die Raben?«, fragte Ellen.

»Die einfältigen Schwarzfedern? Unwahrscheinlich.«

»Wer immer es auch war, es muss ja nicht in der Absicht geschehen sein, uns zu entführen«, meldete sich Arnt zu Wort, der seit dem Schock über ihr Verschwinden das erste Mal wieder etwas sagte. »Wie würdest du reagieren, wenn du zufällig an diesen Ort kämst und dort zwei Menschen liegen sähst? Vielleicht hat hier jemand Pilze oder sonst was gesucht.« Er blickte Ellen an.

»Einen Krankenwagen rufen«, sagte Ellen, ohne lange zu überlegen. »Ich würde annehmen, dass die beiden bewusstlos wären oder verletzt.«

»Das sehe ich auch so.« Arnt griff sich in den Nacken. »Oder die Raben sind uns doch gefolgt und unsere Körper sind in einem Verlies gelandet.« Seine Stimme klang so sachlich, als spreche er über das Wetter.

Ein Schauer lief Ellen über den Rücken, während Arnt fortfuhr: »Wie auch immer, es bleibt uns nichts anderes übrig, als uns wiederzufinden. Und irgendwo müssen wir anfangen.« Er überlegte einen Moment. »Wo ist das nächste Krankenhaus?«

»Steilbach, nehme ich an.«

»Einen Moment«, mischte sich Charlotte ein. »Selbst wenn es Ihnen gelingen sollte, sich wiederzufinden – wie wollen Sie in Ihre Körper zurückgelangen? Möglich ist das nur hier, an diesem Ort, durch die Pforte …«

»Aber ich sehe keine andere Möglichkeit«, beharrte Arnt. »Wir müssen irgendwo beginnen und das bedeutet, dass wir zuallererst wissen müssen, wo sich unsere Körper befinden.«

Ellen nickte zustimmend und sah Charlotte fragend an.

»Ich bin auch kein Reiseveranstalter«, erwiderte die Katze schnippisch und sprang mit einem großen Satz vom Stamm.

»Charlotte, bitte, wir müssten sonst den Bus nehmen und würden eine Menge Zeit verlieren.«

»Ihr habt schon eine Menge Zeit verloren, und ich sage es einmal mehr: Radin muss den Verstand verloren haben, all seine Hoffnung in Sie zu setzen.«

»Wissen Sie was?«, sagte Ellen nun unerwartet scharf, »dann danke ich Ihnen für die Rettung – und das war's. Wir werden selber nach Steilbach kommen. Ich für meinen Teil habe die Nase gestrichen voll. Wenn ich ein Versager bin, sind Sie daran nicht ganz unschuldig!« Ellen wirbelte herum, dass ihr der Pferdeschwanz ins Gesicht schlug. »Lass uns gehen.« Sie ließ die Katze offenen Maules sitzen und nickte Arnt zu, ihr zu folgen.

Nachdem sie ein paar Schritte bergab gelaufen waren, sprang Charlotte an ihnen vorbei.

»Warten Sie, warten Sie«, rief sie und setzte sich vor Ellens Füße. »Also gut – ich räume ein paar Unterlassungen meinerseits ein, was allerdings an den Umständen lag, dass Sie sich nicht an meine Anweisungen gehalten haben, als Sie die Fender auf den Kirchplatz beschworen. Aber nichtsdestotrotz mache ich Ihnen einen Vorschlag.« Die Katze schien mit sich zu ringen. »Ich könnte in Erwägung ziehen, Ihnen beizubringen, wie das Ortswechseln funktioniert, auch wenn ich mir ehrlich gesagt nicht vorstellen kann, dass Sie in irgendeiner Form dazu befähigt sind.«

»Wie? Wir können das auch alleine?« Ellens Augen weiteten sich. »Und das sagen Sie erst jetzt?«

»Nun ja, ich hätte dieses Thema früher angeschnitten«, die Katze zuckte nervös mit der Schwanzspitze, »aber wie bereits gesagt, unglücklicherweise ließen uns die Erfordernisse der damaligen Ereignisse keine Zeit. Sie müssen wissen, dass eine gewisse Gabe der Vorstellungskraft vonnöten ist, die ich bei Ihnen stark anzweifele. Aber in Anbetracht der Umstände bin ich gewillt, es zu versuchen.« Sie kratzte sich hinter dem Ohr.

»Könnten Sie jetzt endlich mal Klartext reden?« Ellen zappelte von einem Fuß auf den anderen.

Charlotte holte tief Luft: »Für einen Ortswechsel müssen Sie sich mental bereits an dem anvisierten Ort befinden. Sie müssen ihn fühlen können. Sie müssen ihn in Ihrem Kopf genauestens vor Augen haben, was natürlich exakte Ortskenntnisse voraussetzt. Man kann nicht an einen Ort wechseln, den man nicht glasklar vor Augen hat. Je klarer das Bild ist, desto besser. Ansonsten könnte es passieren, dass Sie ganz woanders hingelangen oder bestenfalls einfach bleiben, wo Sie sind. Man munkelt auch, dass schon der ein oder andere verloren ging, weil er mehrere Bilder im Kopf hatte.« Mit ihren eigenen Worten sichtlich zufrieden, schleckte sie sich die Brust. Kurz darauf verstärkte ihre Stimme noch den lehrmeisterhaften Ton ihrer Erklärung: »Also, lassen Sie es mich einfacher ausdrücken: Ab einer gewissen Intensität des Sich-dort-Fühlens ist es so, dass man sich tatsächlich an diesem Ort befindet. Am Anfang schließen Sie dazu am besten die Augen und setzen sich hin.«

»Hätten Sie sich die Zeit genommen, Ellen das früher zu erklären, wäre der Weg aus Kethamarrs Gefangenschaft wesentlich einfacher gewesen«, warf Arnt erbittert ein.

»Oh, das ist nicht ganz richtig«, widersprach Charlotte. »Diese Art des Reisens funktioniert nicht überall. Und dass Sie den Ort so elegant verlassen konnten, liegt einzig und allein an meinen außergewöhnlichen Fähigkeiten, die – nebst vielem anderen – Weitblick, Spürsinn und überragende Intelligenz voraussetzen.« Sie machte eine kurze Pause, um ihre Worte wirken zu lassen, bevor sie fortfuhr: »Kethamarr ist nicht zu unterschätzen. Die Orte, an denen er sich aufhält, wechseln ständig den Zeitpunkt in der Geschichte. Man kann nie sicher sein, ein aktuelles Bild der Örtlichkeit vor sich zu haben. Zudem hat er das Gelände weiträumig versiegelt, wobei sich für minderwertig Denkende leider nicht voraussagen lässt, wo sich diese Siegel gerade befinden. Prallt man bei einem Ortswechsel auf einen solchen, kann das äußerst schmerzhafte Folgen haben.«

»Allem Anschein nach sprechen Sie aus Erfahrung«, sagte Arnt, der sich die Bemerkung mit Blick auf Charlottes Schnauze nicht verkneifen konnte.

»Hört auf«, fuhr Ellen dazwischen, bevor Charlotte die Luft, die sie nun lautstark einsog, in Worte fassen konnte. »Lasst uns jetzt keine Zeit verlieren. Wir werden es einfach versuchen, es klingt nicht nach einem Hexenwerk. Wo genau wollen wir hin? Vor den *Holler*?«

»Am besten direkt vor das Krankenhaus«, entgegnete Arnt. »Den Ort kenne ich in- und auswendig …«

»Hm, ich glaube, es ist besser, wenn wir es mit einem Ort versuchen, den wir beide sehr gut kennen«, sagte Ellen nachdenklich. »Ich war zwar schon oft vor dem Krankenhaus, aber wie es dort genau aussieht, weiß ich trotzdem nicht – komisch eigentlich …«

»Das kommt davon, wenn man mit zwei gesunden Augen blind durch die Welt läuft«, bemerkte Arnt beiläufig. »Aber gut, dann lass uns den *Holler* nehmen, von dort aus ist es ja nicht mehr weit.«

Ellen warf zögernd einen Blick auf Charlotte. »Kommen Sie mit?«

Die Katze schüttelte den Kopf. »Ich habe wegen Ihnen schon genug Zeit vertrödelt. Ich werde zu Radin zurückkehren. Vorausgesetzt, er ist noch unter uns, wird er sehnsüchtig auf gute Neuigkeiten warten, die ich ihm – wie befürchtet – nicht bringen kann.« Sie blickte seufzend in den Himmel.

»Wir werden tun, was wir können«, sagte Ellen schnell, bevor Charlotte es sich anders überlegen würde. Sie war nicht sonderlich scharf darauf, die ständig nörgelnde Katze dabeizuhaben. »Zuerst müssen wir unsere Körper finden – und dann werden wir uns um Radin kümmern. Versprochen.« Die Aussicht, selber ortswechseln zu können, hatte Ellen regelrecht beflügelt.

»Soll das heißen, du willst noch mal zu Kethamarr?«, fragte Arnt, als ob er sich verhört habe.

»Aber natürlich!« Ellen blickte überrascht auf. »Es geht ja schließlich auch um unsere Aurier …«

»Weißt du was? Die können mir so ziemlich gestohlen bleiben«, blaffte Arnt unerwartet heftig. »Ich habe die Schnauze gestrichen voll von Fendern und buckligen Gestalten … Ich will nur noch zurück. Zurück in meinen Körper und zurück nach Hause.«

»Aber Arnt …« Ellen wollte gerade etwas dagegenhalten, überlegte es sich jedoch anders. »Lass uns darüber nochmals reden, wenn wir wieder dort sind, wo wir hingehören«, sagte sie stattdessen. »Vorher können wir sowieso nichts bewegen. Jetzt hoffe ich nur, dass wir uns finden.«

»Das hoffe ich auch, denn ansonsten wäre alles für die Katz«, knurrte Arnt und blickte zu Charlotte, die ihn aus den Augenwinkeln anblitzte.

»Also los jetzt, wir haben keine Zeit mehr zu verlieren und müssen es einfach probieren!« Ellen hob die Augen in Richtung Himmel und blätterte in ihrem Kopf nach einem genauen Bild des *Hollers*. Bereits auf der dritten Seite konnte sie eins finden, das ihrer Ansicht nach passend war.

Mit festen Schritten trat sie an den Spieltisch, endlich lagen die Kugeln wieder klar verteilt. Beschwingt hob sie den Queue und machte sich bereit für den nächsten Stoß. Jetzt wusste sie, auf welches Loch sie zielen würde, sie hatte es exakt vor Augen …

»Gut, dann lass es uns versuchen. Charlotte, wären Sie so freundlich, noch einen Moment zu warten, falls wir Schwierigkeiten haben?«

»Das werde ich wohl müssen«, murrte die Katze. »Es würde mich äußerst wundern, wenn Ihnen der Ortswechsel auf

Anhieb gelingen sollte. Halten Sie sich auf jeden Fall aneinander fest, dann ist die Chance größer. Wenn es einem gelingt, ist auch der andere dabei. Aber wählen Sie um Himmels Willen den gleichen Ort …«

Ellen nickte, trat zu Arnt und streckte ihm die Hand entgegen. Zögernd ergriff er sie, während sich seine andere Hand um die intakte Armlehne klammerte. Mit konzentrierter Miene schloss er die Augen.

»Vor den *Holler*«, sagte Ellen, schloss ebenfalls die Augen und schlug die Seite drei in ihrem Kopf auf …

Ein paar Sekunden später saß Charlotte neben dem Pfortenkreis und starrte konsterniert auf den Fleck, an dem sich die beiden eben noch befunden hatten … Mit einem lautstarken »Pah« reckte sie die Nase und war kurz darauf ebenfalls spurlos verschwunden.

»Es hat funktioniert!« Ellen sprang vor Freude in die Luft, als sie den *Schwarzen Holler* erblickte. »Das ist einfach genial, ich kann das kaum glauben. Was meinst du? Habe ich dich mitgenommen oder du mich?«

»Da du etwas mitgenommen aussiehst, nehme ich stark an, dass ich es war. Außerdem sieht mein Auge eher glasklar als deins. Und jetzt hör auf zu hopsen und komm!« Arnt wendete den Stuhl und rollte in eine Seitenstraße.

»Und was, wenn unsere Körper nicht hier sind?« Je näher sie dem Krankenhaus kamen, desto geringer wurde Ellens Zuversicht.

»Dann sehen wir weiter«, entgegnete Arnt ruhig. »Oh, schau mal, der da vorne …« Er deutete auf einen sportlich gekleideten Anfangszwanziger, der vor einem Schaufenster stand und durch das Glas starrte. Sein linker Aurier fuchtelte wild mit den Armen, zeigte dabei immer wieder auf die Scheibe und brüllte seinem Träger ohne Unterlass ins Ohr.

»Den kenne ich«, Ellen verzog das Gesicht, »das ist der gestopfte Sohn des Besitzers der Car-Clean-Chain, stinkreich, arrogant und der Schönling schlechthin.«

Sie näherten sich dem jungen Mann und folgten seinem gebannten Blick.

»Wow«, entfuhr es Arnt, als er den silbernen Sportwagen im Schaufenster erblickte, »flunderflach, breit, bullig und doch elegant.« Er presste seine Nase an die Scheibe. »Voll cool …«

»Komm, weiter«, sagte Ellen, obwohl auch sie stehen blieb. Die beiden Aurier des Mannes hatten sie eine Weile lang angestarrt und setzten nun ihr aufgeregtes Geplapper fort.

»Wenn du dieses Auto hättest, könntest du die Weiber der Reihe nach abschleppen, eins nach dem anderen, stell dir nur vor, wie …«

Ellen hielt sich die Ohren zu. Angewidert blickte sie auf den linken, der zärtlich die Ohrlappen des Schönlings massierte.

»Du hast doch schon sieben Autos, was willst du denn mehr?«, meldete sich der rechte zu Wort, Ellen hatte ihre Ohren wieder freigegeben.

»Ja, aber der hier ist hundertmal besser. So einen Wagen hat sonst keiner. Mit dem Teil an der Uni vorfahren, Fenster runter, Sound an!« Der linke rockte auf der Schulter.

»Denk an deinen Vater, er wäre bestimmt dagegen …«, sagte der rechte nicht wirklich mit Nachdruck.

»Ach, was will der denn – einen glücklichen Sohn, oder? Worauf wartest du, hol dir das Glück, es wartet auf dich. Warum sonst hat dich der Zufall hierhergeführt? Doch nur aus diesem einen Grund …« Der linke gab alles.

Der junge Mann lächelte breit und öffnete entschlossen die Tür des Autohauses. Während der eine Aurier vor Freude auf seinen Kopf kletterte und triumphierend die Faust in den Himmel reckte, vergrub der andere den Kopf in den Armbeugen.

»Der wird ihn tatsächlich – einfach so – kaufen.« Arnt starrte immer noch fassungslos auf die Preistafel, die in der Windschutzscheibe klebte.

»Ja«, nickte Ellen mit zusammengekniffenen Lippen. »Ein stolzer Preis für ein Stück falsches Glück.«

»Falsch oder nicht falsch, was soll's.« Arnt seufzte. »Aber lass uns gehen, ich möchte nicht zusehen, wie sich dieser Typ meinen Wagen unter den Nagel reißt.«

»Tja«, sagte Ellen kantig, »jetzt entgeht dir das Glück all der schönen Weiber, die sich an dich kuscheln würden, weil sie deinen Wagen so lieben.« Hoch erhobenen Hauptes überquerte sie die Straße. Ihre Gedanken waren noch immer in Rage, als ein Krankenwagen herangebraust kam. Kreischend sprang sie zur Seite.

»Hier ist ein Zebrastreifen, du Spinner«, rief sie erbost und hob die Faust.

»Ellen«, raunte Arnt, »ich will mich ja nicht einmischen, aber …«

»Der hätte mich doch glatt über den Haufen gefahren, wenn ich nicht …«

»Ellen!«

»Was?«

»Er kann dich nicht hören.«

»Aber der … oh nein, verflixt …«

»Eben.«

»Warum vergesse ich das nur ständig?« Ellens Stimme hatte auf Kleinlaut gewechselt.

»Weil du mit den Gedanken immer noch bei dem Schönling bist«, sagte Arnt ohne Umschweife. »Aber auch wenn dich der Krankenwagen angefahren hätte, wäre nichts passiert, außer du hättest genau in dem Moment mit mir Händchen gehalten. Und übrigens – hast du nicht mal gesagt, du könntest dich nicht ärgern?« Arnt blickte sie schräg an. »Eins ist klar. Solltest du je deine Aurier zurückbekommen, werde ich respektvoll Abstand halten.« Er verbeugte sich grinsend. Allem Anschein nach war er wieder besserer Laune.

Ellen nickte nachdenklich. Sie liefen gerade auf das Krankenhaus zu, als sich die beiden hinteren Türen des Krankenwagens öffneten. Eine junge Frau lag auf der Bahre, mitten in ihrem Gesicht saß der rechte Aurier und murmelte leise vor sich hin. Der linke schrie so laut, dass Ellen ihn von Weitem verstehen konnte.

»Ich hab's ja gesagt, du kannst nicht Auto fahren. Ich hab schon immer gewusst, es wird etwas passieren …« Die zeternde Bahre verschwand in der Notaufnahme.

Ellen blickte einen kurzen Moment kopfschüttelnd hinterher. Sie hätte wetten können, dass der linke die Schuld an den Unfall trug.

Immer noch aufgewühlt, wandte sich sie sich dem Haupteingang zu. »Susan«, rief sie plötzlich aus und griff sich an die Stirn. »Wieso bin ich da nicht früher drauf gekommen. Meine Freundin arbeitet hier, wir können sie fragen. Sie weiß bestimmt, ob wir hier eingeliefert worden sind.« Eilig betrat sie das Gebäude.

»Ellen, warte, das geht nicht, du …«

Arnt verdrehte stöhnend sein Auge, als Ellen hinter der Tür verschwand.

»Ellen, sie sieht dich nicht, und sie hört dich nicht, du bist nicht da!« Arnt war ihr gefolgt.

Ellen verkrampfte merklich. »Das ist doch nicht wahr, oder? Arnt, ich glaube langsam, ich …« Sie blickte schnaubend zur Decke. »Okay, du hast recht, so geht es nicht. Es muss einen anderen Weg geben.«

»Lass mich mal überlegen.« Arnt legte die Hand in den Nacken. »Vielleicht finden wir eine Liste der Patienten, die hier stationiert sind.« Sein Blick fiel auf den Empfangsschalter.

Eine junge, hornbebrillte Frau saß dort und nahm gerade die Personaldaten einer neuen Patientin auf.

»Ich denke nicht, dass wir da drankommen«, murmelte Ellen. »Sieht ganz so aus, als müssten wir uns selbst auf die Suche machen.« Sie betrachtete den Schilderwald, der die Wege zu den verschiedenen Stationen wies. »Wenn wir hier irgendwo liegen, dann auf der Intensivstation. Lass uns dort anfangen.«

Arnt nickte und folgte ihr in einen weiß gestrichenen Gang, in dem sich eine Tür an die andere reihte.

»Das wird ewig dauern, wir können doch nicht warten, bis alle Türen aufgehen.« Seine Stimme klang gereizt.

»Stimmt. Es geht auch einfacher«, sagte Ellen und steckte ihren Kopf mitten in die Tür.

»Das sieht ekelhaft aus«, Arnt rümpfte die Nase.

»Aber es geht schneller. Hier sind wir nicht.«

Die nächste Tür schien eine Schiebetür zu sein.

»Sei vorsichtig«, ermahnte Arnt sie und beobachtete voller Skepsis, wie ihr Haupt zwischen den Türen verschwand.

Dann wurde es plötzlich laut.

Ellen zog den Kopf aus der Tür. Zwei Männer in weißen Kitteln kamen mit einer Bahre auf sie zu. Arnt quetschte sich mit dem Stuhl an die Wand. Die milchigen Augen einer alten Frau schienen Ellen zuzuzwinkern, als die Bahre in sie hineinfuhr. Ihre beiden Aurier tanzten freudig erregt auf der Brust und winkten. Überrascht sprang Ellen zur Seite. Die Schiebetür öffnete sich, und die Frau wurde von zwei grün bekleideten Männern übernommen.

»Komm – schnell!« Noch bevor sich die Tür geschlossen hatte und Arnt etwas erwidern konnte, hatte Ellen seinen Stuhl hineingestoßen.

»Du weißt, dass ich das hasse«, fuhr Arnt sie an. »Was willst du überhaupt hier?«

»Das kann ich dir nicht sagen, aber ich habe irgendwie so ein Gefühl – die Frau – ihre Aurier, irgendwas ist da …« Sie konnte es nicht erklären.

»Ich weiß wirklich nicht, ob ich das sehen will.« Arnt drehte den Kopf zur Seite.

Einer der Männer stülpte der alten Frau eine Maske über den Mund, der andere legte ihr zwei Klötze auf die Brust. Der Impuls, der aus den Klötzen schoss, ließ die Frau gekrümmt nach oben steigen, wieder und wieder, während die beiden Aurier brüllend auf die Hände der Ärzte eindroschen.

»Wir verlieren sie«, ächzte der Mann, der immer noch mit den Klötzen hantierte.

»Sieh doch nur – dort …«, rief Ellen plötzlich aus, »Arnt, schau …«

Genau über der Frau kam Bewegung in den Raum. Ellen hatte das Gefühl, unter Wasser zu stehen und von unten an die Oberfläche zu blicken, an der ein runder, silberner Spiegel schwamm, umgeben von wellenartigen Kreisen. Der schimmernde Spiegel vergrößerte sich immerzu und hüllte den Saal in sein prickelndes, wohltuendes Licht, wobei er das Spiegelbild in sich hineinzusaugen schien.

Ellen blinzelte erst, dann riss sie die Augen auf. Der Spiegel begann, sich zu drehen. Im gleichen Moment umfassten die beiden Aurier die Hände der Frau und zogen sie behutsam nach oben, hinauf zum Nabel des schillernden Strudels. Lächelnd und voller Dankbarkeit blickte die Frau zurück auf die Ärzte, die noch immer verzweifelt versuchten, ihrem Körper den Herzschlag zurückzugeben. Dann fing sie an zu tanzen. Ihr Gesichtsausdruck war ein einziges Strahlen.

Ellen wich mit offenem Mund zurück. Die Erkenntnis traf sie wie ein Schlag. Sie war schon einmal dort oben gewesen, sie kannte diesen Spiegel. Es war der Eingang zu dem Raum der Rahmen. Dort hatte sie ihre Aurier verloren. Die aufsteigende Erinnerung erdrückte sie fast. Ein Zittern durchfuhr ihren Körper, ausgelöst von dem unbändigen Verlangen, der Frau zu folgen, einfach alles hinter sich zu lassen. Ihre Finger ballten sich zu Fäusten, sie warf den Kopf hin und her, um das Verlangen abzuschütteln, das sie bis in die Zehenspitzen durchströmte.

Keuchend wandte sie sich Arnt zu – und erschrak. Sein Blick war entrückt. Die Haare hatten sein Glasauge freigegeben, in welchem sich der silberne Strudel in sich selbst spiegelte und Arnt aufs Vollkommenste in sein eigenes Auge projizierte.

»Arnt? Arnt!« Sie schüttelte seine Hand. »Ellen an Arnt, hörst du mich?« Eine schreckliche Vorahnung erfasste sie – zu spät.

Ruckartig riss Arnt seine Hand los, und ehe Ellen es verhindern konnte, hatte er die Arme erhoben, den Blick nach oben gerichtet, den Mund lächelnd geöffnet, und genau in dem Moment, als sich der Spiegel zusammenzog, hob er ab und verschwand mitsamt dem Stuhl in der schrumpfenden Scheibe.

Kurze Zeit später war alles vorüber. Ellen stand da wie vom Donner gerührt, unfähig zu erfassen, was soeben geschehen war. Angst und Enttäuschung machten sich gleichermaßen breit. Wo war Arnt? Wie konnte er sie nur so im Stich lassen! Vollkommen erschlagen verließ sie den Operationssaal. Kurz noch stand sie auf dem Gang wie betäubt, dann sackte sie in die Knie, den hämmernden Kopf in beide Hände gestützt.

Auf dem Spieltisch herrschte Chaos. Egal, welche Kugel sie auswählte, immer lag eine andere im Weg. Es gab nur eine einzige Möglichkeit: Sie würde über Bande gehen müssen.

Angestrengt versuchte Ellen, das Geschehene einzuordnen und den nächsten Schritt zu finden. Alles schien so kompliziert. Sie fühlte sich ausgelaugt von all den Ereignissen der letzten Stunden … der letzten Tage … Sie presste die Augen zusammen und wollte einfach nur noch weinen. Doch die erleichternden Tränen kamen nicht.

»Ellen!«

Erschrocken fuhr sie herum. Am Ende des Ganges bewegte sich etwas. War das Arnt? Verwirrt rieb sie sich die Augen. Arnt schoss in seinem Rollstuhl auf sie zu.

»Ellen, hörst du mich? Ich habe uns gefunden … Wir sind hier … Es gibt einen Weg: Du musst dir jemanden suchen, der stirbt, du musst ihm folgen …« Die Räder des Stuhls rollten ungebremst durch ihre Fußgelenke.

Ellen war plötzlich hellwach. »Er kann mich nicht sehen, also muss er wieder *drüben* sein«, murmelte sie.

»Ellen, suche dir jemanden, der stirbt«, brüllte Arnt immer noch und riss den Stuhl herum.

Zwei Krankenschwestern stürzten in den Gang, hielten den Rollstuhl fest und redeten beruhigend auf Arnt ein. Eine von ihnen war Susan.

»Ihr sollt mich loslassen, verdammt noch mal«, tobte Arnt immer mehr in Rage. Ein weiterer Pfleger kam angerannt, wollte den Stuhl greifen, da schlug Arnt ihm mit der Faust auf die Finger. »Suche jemanden, der stirbt«, brüllte er erneut wie von Sinnen. Der Pfleger umklammerte ihn von hinten, im gleichen Moment zog Susan eine Spritze hervor und setzte sie in Arnts Oberarm.

»Finde jemand, der stirbt, hörst du mich?« Arnts Bewegungen wurden langsamer. »Ellen … du …« Nur noch kurz bäumte er sich auf. Das Medikament wirkte schnell. Der Pfleger schob ihn davon. Arnts Arm baumelte schlaff neben dem Stuhl.

Ellen hielt die Hände auf den Mund gepresst und starrte dem Trupp hinterher. Sie hatte Susan zurufen wollen, dass sie ihre Hilfe brauchte, hatte Arnt zurufen wollen, dass er endlich ruhig sein sollte, dass sie ihn gehört hatte, stattdessen hatte sie die Szene hilflos mit ansehen müssen. Nun stand sie abermals allein auf dem weiten Flur. *Jemand finden, der stirbt … das kann ja ewig dauern …*

Seufzend blickte sie auf die Schiebetür, hinter der sie kurz zuvor ihre große Chance verpasst hatte.

Es muss einen anderen Weg geben, irgendwie … Susan! Ich muss mit Susan Kontakt aufnehmen, ging es Ellen durch den Kopf. Ihre Finger kreisten hektisch um eine Haarsträhne, während sie den Gang auf und ab lief. *Es muss einen Weg geben, es muss …* Ganz plötzlich riss sie ihren Finger aus dem verzwirbelten Haar, machte auf dem Absatz kehrt und rannte den Gang entlang; vorbei am Empfang und mitten durch die geschlossene Glastür hinaus auf die Straße. Ohne auf den Verkehr zu achten, hastete sie an dem Autohaus vorbei, warf kurz einen Blick auf Arnts verkauften Sportwagen und kam dann auf dem Kirchplatz an.

Ihr Blick flog über die Menschenmenge. Es dauerte nicht lange, bis sie Laila sah. Die alte Frau saß auf dem Brunnenrand und strickte. Als sie Ellen auf sich zukommen sah, ließ sie den halben Socken sinken.

»Wo ist denn der Freund mi'm Vogel?«, rief sie schon von Weitem.

»In Schwierigkeiten«, antwortete Ellen. »Laila, ich brauche dringend Ihre Hilfe.«

Nachdem Ellen alles erzählt hatte, rollte Laila den halb fertigen Socken über ihre Nadeln. »Ich hab euch doch gesagt, ihr sollt nach Haus' gehn.« Verdrossen stopfte sie alles in den Korb und lud ihn wie einen Rucksack auf den Rücken.

»Und wie stellst' dir das vor«, fragte sie, als sie gemeinsam den Weg in Richtung Krankenhaus einschlugen. »Warum sollt' mir jemand glauben? Man hält mich für verrückt«, Lailas Stimme wurde leiser, »die, die mit dem Brunnen spricht ...«

Die junge Dame am Empfangsschalter rückte das dicke Glas auf ihrer Nasenspitze zurecht und blickte der seltsam gekleideten Frau argwöhnisch entgegen.

»Ich möcht' Frau Kehrfein sprechen«, sagte Laila ohne Umschweife.

»Worum geht es denn?«, fragte die Empfangsdame mit einem Lächeln, das die Brille anhob.

»Oh, das ist eine sehr persönliche Angelegenheit. Etwas für – unter vier Augen – Sie verstehen?« Lailas Kopf kippte zur Seite und der Aurier hechtete in den Korb.

»Hören Sie«, sagte die junge Dame und richtete sich auf. »Frau Kehrfein ist sehr beschäftigt. Wenn es etwas Privates ist, warten Sie doch bitte bis Feierabend, sie ist um 18 Uhr fertig mit ihrem Dienst.«

»So lang kann ich leider nich' warten«, erklärte Laila, »sein's doch so gut und lassen's Frau Kehrfein herkommen – jetzt gleich.«

Der selbstsichere Ton in Lailas Stimme schien die Schalterdame zu verunsichern, ihre Augen huschten nervös von einem Brillenrand zum anderen.

»Bitte«, sagte Laila mit Nachdruck, »es ist wirklich dringend.«

»Na gut. Nehmen sie dort drüben Platz, ich werde schauen, ob Frau Kehrfein einen Moment Zeit hat.« Ohne Laila aus den Augen zu lassen, wählte sie eine Nummer und murmelte dann etwas in das kleine Mikrofon an ihrem Headset.

»Frau Kehrfein kann es einrichten, sie kommt in ein paar Minuten, aber bitte fassen Sie sich kurz.«

»So kurz, wie's eben geht.« Laila nahm den Korb vom Rücken und stellte ihn auf einen der Wartestühle.

Kurz darauf kam Susan herbeigeeilt. »Wer kann hier nicht warten?«, fragte sie streng.

Die Schalterdame nickte in Richtung der Stühle. »Aber pass auf«, flüsterte sie, und ihre Augen füllten das Glas, »ich habe das Gefühl, die Tante tickt nicht richtig.«

»Das ist die Durchgeknallte vom Kirchplatz«, stöhnte Susan leise, dann ging sie auf Laila zu.

»Kehrfein, wie kann ich helfen?« Susan streckte Laila lächelnd die Hand entgegen.

Ellen musste grinsen. Sie wusste, wie viel Überwindung es Susan kostete, Laila freundlich entgegenzutreten – und es überraschte sie, wie überzeugend sie es tat.

»Danke, dass Sie sich Zeit für uns nehmen«, sagte Laila geradeheraus. »Können wir irgendwo ungestört sprechen?«

Susans Blick flatterte einen kurzen Moment um die alte Frau herum. »Kommen Sie mit«, sagte sie dann und winkte Laila in ein freies Patientenzimmer.

»Ich mach es kurz, aber Sie müssen mir versprechen, über die Sache nachzudenken«, sagte Laila und stellte den Korb ab, in dem ihr Aurier eingeschlafen war.

Susan nickte zögernd. »Warum reden Sie von *uns*?«, fragte sie dann.

»Ellen ist mit mir hier«, antwortete Laila knapp.

»Ellen?« Susans Augen blitzten für einen kurzen Moment überrascht auf. »Ach so. Ja, klar«, ungeduldig trat sie von einem Fuß auf den anderen. Durch das feine weiße Leder der Schuhe konnte Ellen die ungeduldige Bewegung ihrer Zehen beobachten. »Verstehe. Also, um was geht es genau?«

»Haben Sie Sterbeanwärter hier im Spital?«

Sterbeanwärter? Sie meinen – äh – nein, im Moment gerade nicht, das heißt, man weiß ja nie, wann so etwas passiert …« Susan schüttelte sichtlich verwirrt den Kopf. »Wozu wollen Sie das wissen?«

»Nun ja, das hätt' die Sache vereinfacht. Aber wenn's nich' so ist, gibt's auch einen anderen Weg.« Laila dachte einen kurzen Moment nach, bevor sie fortfuhr: »Ellen ist in großen Schwierigkeiten, und nur Sie können ihr helfen. Sie müssen ihren Körper wieder an den Platz zurückbringen, an dem er gefunden wurde. Und zwar schnell. Außerdem müssen Sie den Jungen im Rollstuhl geh'n lassen, er ist bei bester Gesundheit … und … bitte, schau'n Sie mich nicht so deppert an.«

Susan klappte ihren Kiefer wieder nach oben und starrte, um Fassung ringend, an die Decke.

»Und das wäre dann alles? Haben Sie sonst keine Wünsche?« Die Freundlichkeit ihrer Stimme biss sich mit dem Ernst ihres Gesichtes.

»Nein, damit wär' uns vorerst geholfen«, nickte Laila zufrieden und schulterte ihren Korb. »Wir danken Ihnen.«

»So, Moment, nun aber mal halblang!« Susans Beherrschung zerplatzte wie ein Ballon. »Ellen wurde halb tot bei uns eingeliefert. Sie liegt immer noch im Koma, und jetzt verlangen Sie von mir, dass ich sie aus dem Krankenhaus entführe? Und damit nicht genug, ich soll auch noch einen Patienten auf die Straße lassen, der ganz offensichtlich eine starke psychische Störung aufweist?« Sie machte einen Moment Pause, dann holte sie tief Luft: »Ich danke Ihnen für das Gespräch, aber ich glaube, ich bin nicht die richtige Ansprechpartnerin für solche Dinge.«

Susans Schuhe quietschten, als sie kehrtmachte und die Türklinke nach unten drückte.

»Sie benutzen keine Tampons, weil Sie Angst haben, Sie könnten davon sterben!«

Susan erstarrte, dann fuhr sie blitzartig herum und blickte Laila direkt ins Gesicht. Ihr Kopf füllte sich mit Farbe, wie Rotwein das Glas.

»Wie … wie kommen Sie darauf?«, fragte sie perplex.

»Ellen hat's mir grad' gesagt und entschuldigt sich gleich noch dafür, dass ihr so schnell nichts Bess'res eingefallen ist.«

Susans Finger lösten sich von der Klinke. Sie konnte sich nicht daran erinnern, die Sache mit den Tampons jemand anderem als Ellen erzählt zu haben.

»Sie meinen also, Ellen ist tatsächlich hier im Raum? Und warum habe ich sie vorhin in einem ganz anderen Zimmer liegen sehen?«

»Das ist nur ihr Körper, das Mädel selbst steht genau neben mir.«

Susan schien einen kurzen Moment hin- und hergerissen zu sein zwischen ihrem Verstand und Lailas Aussage. Doch nach den letzten Tagen wunderte sie nichts mehr …

»Wie heißen meine Wellensittiche?«, fragte sie prüfend.

»Tiff und Tiffany«, antwortete Laila kurz verzögert. »Weil Sie buntes Glas lieben – ich übrigens auch«, sie kicherte, »haben Sie auch gern bunte Socken?«

»Nein, besten Dank, auf bunte Socken stehe ich nicht«, Susan ließ sich schwer auf einen Stuhl fallen.

»Aber Ihre Antwort war richtig.« Zögernd zog sie einen zweiten Stuhl unter dem Tisch hervor. »Bitte, setzen Sie sich doch und erzählen Sie mir mehr.«

Kapitel 26

Patientendiebstahl

Susan zog das Visitenkärtchen mit der Aufschrift *Spezialist* aus ihrem Geldbeutel. Mit nervösen Fingern wählte sie die Nummer, die auf der Karte stand.

Noch bevor das Telefon zweimal klingeln konnte, erklang eine Männerstimme. »Waghalsner?«

»Tilo, ich bin's, Susan. Hör zu, du musst mir helfen, ich habe nicht viel Zeit, dir alles zu erklären – es geht um Ellen …«

»Er wird kommen, Punkt 22 Uhr«, sagte sie zu Laila gewandt. »In dieser Zeit ist Schichtwechsel und wenig los. Das ist unsere einzige Chance, Ellen unbemerkt nach draußen zu bringen.« Sie hielt einen Moment inne, dann fuhr sie fort: »Ich werde tun, was ich kann, auch wenn ich noch keine Ahnung habe, wie ich das anstellen soll … Haben Sie vielen Dank für Ihre Hilfe.«

»Ich wünsch euch viel Glück, ich glaub', ihr könnt's gut 'brauchen.« Laila nickte einmal zu Susan und einmal in den Raum, dann schulterte sie erneut ihren Korb und machte sich auf den Weg zum Kirchplatz.

»Wo bleibst du denn?« Die junge Dame am Empfang blickte Susan vorwurfsvoll entgegen. »So langsam habe ich mir Sorgen gemacht, die suchen dich schon alle. Du sollst dich um den Rollstuhlfahrer kümmern und …«, sie stockte und rückte ihre Brille zurecht, »herrje, du siehst ja aus, als hättest du ein Gespenst gesehen.«

»Hätte ich es gesehen, wäre alles halb so schlimm …« Susan blies sich eine Strähne aus dem Gesicht. »Ähm – wie war das mit dem Rollstuhl?«

»Der Typ im Rollstuhl, du sollst dich um ihn kümmern«, wiederholte die junge Dame geduldig.

»Ach ja, der …«, sagte Susan geistesabwesend. »Ich geh schon.«

Ohne auf die Fragezeichen einzugehen, die hinter den Brillengläsern blinzelten, machte sie sich auf den Weg zu dem Zimmer, in das Arnt gebracht worden war.

»In was bin ich da nur hineingeraten?«, murmelte sie vor sich hin, während sie mit einer Hand ihren Batch an den Türöffner hob, mit der anderen kurz anklopfte und dann, ohne eine Antwort abzuwarten, den Raum betrat.

»Wurde aber auch langsam Zeit!« Arnt saß auf dem Bett und warf wütende Blicke zur Tür. »Spinnt ihr, mich einfach festzuhalten? Ich wache auf, keine Ahnung, wie ich hierhergekommen bin, und weit und breit niemand, den ich hätte fragen können, was soll der Mist?«

»Es ist alles nur zu Ihrem Besten«, sagte Susan ruhig und schloss leise die Tür. »Sie haben so wirres Zeug geredet, dass wir sicherstellen mussten, dass Ihnen nichts zustößt, darum hat man Ihnen etwas zur Beruhigung verabreicht und Sie anschließend hierhergebracht.«

»Und dann lässt man mich hier so lange sitzen?« Arnt war immer noch außer sich.

Susan trat neben das Bett. »Das ist mein Fehler«, sagte sie entschuldigend. »Ich hätte schon viel früher bei Ihnen sein sollen, es tut mir wirklich leid.« Sie streckte Arnt die Hand hin. »Ich bin Susan, Ellens Freundin. Ich wurde gerade von einer

Frau aufgehalten, die mir erzählte, was vorgefallen ist. Das alles ist einfach unglaublich …« Sie machte eine kurze Pause und nickte leicht mit dem Kopf, als wäre ihr gerade etwas klar geworden. »Aber es gibt den Worten, die du vorhin draußen im Gang gerufen hast, einen Sinn.« Sie blickte Arnt fest an. »Ich muss versuchen, Ellen zu helfen – auch wenn die ganze Geschichte total absurd klingt.«

»Und ich würde dir meinen Stuhl zum Sitzen anbieten, wenn er irgendwo wäre«, sagte Arnt mit einem Unterton, der immer noch leicht säuerlich klang.

»Oh, den hatten wir mitgenommen – ich hole ihn gleich, ich kann sowieso nicht lange reden.« Sie ließ sich trotzdem auf der Bettkante nieder. »Durch die Notfallaufnahme kann man einfach nach draußen gelangen. Um 22 Uhr ist dort Schichtwechsel und die Station ist für ein paar Minuten unbesetzt. In dieser Zeit werde ich versuchen, Ellen an den Ärzten vorbeizuschmuggeln. Auf dem Parkplatz wartet dann ein Freund mit einem Wagen auf uns. Wie ich Ellen unbemerkt von den Geräten abhänge, weiß ich noch nicht. Vermutlich wird mich das meinen Job kosten.« Seufzend blickte sie auf den Batch in ihrer Hand, dann erhob sie sich. »Ich werde einen der Ärzte schicken, dann kann er gleich den Stuhl mitbringen. Ich denke, nach einem letzten Check wirst du morgen das Krankenhaus verlassen dürfen. Erzähle am besten nichts mehr von irgendwelchen Sterbenden.«

»Geht klar«, nickte Arnt. »Dürfte ich noch einen Schluck zu trinken bekommen?« Er fasste sich an die Kehle. »Mein Hals fühlt sich an, als hätte ich Schmirgelpapier verschluckt.«

Susan brachte einen Becher Wasser, das Arnt, ohne abzusetzen, herunterkippte.

»Danke«, sagte er und unterdrückte ein Rülpsen. »Und auch dafür, dass du uns helfen willst, das ist wirklich sehr mutig.« Er gab ihr den Becher zurück und fasste sich an den Nacken.

»Hast du noch einen Moment Zeit?«, fragte er dann, »ich glaube, ich habe da eine Idee …«

Um 21.40 Uhr erschien Susan in der Eingangshalle des Krankenhauses.

»Ich habe etwas vergessen.« Sie lächelte dem rothaarigen Mann zu, der frisch im Team war. Der Neue strahlte hinter dem Bildschirm seines Computers hervor, als wäre er froh, dass endlich etwas passierte. Obwohl ihm nicht langweilig sein konnte, wie Susan aus dem Kartenspiel schloss, das sich in seinen Brillengläsern spiegelte. Sie hoffte für ihn, dass Oberarzt Dr. Malcom keinen Nachtdienst hatte, er würde postwendend dafür sorgen, dass er seinen Job los war.

Das Krankenhaus schien wie ausgestorben. Von dem geschäftigen Treiben der Stunden zuvor war nichts mehr zu spüren. Leise huschte Susan den Korridor entlang und öffnete Arnts Zimmer. Er saß bereits abrollbereit in seinem Stuhl und Susan winkte ihm, ihr zu folgen. Ein Pfleger kam ihnen entgegen, Susan grüßte ihn scherzend, der Pfleger strahlte zurück.

Dann standen sie vor der Tür des Raumes, in dem Ellen stationiert war. Susan sah sich noch einmal um, hob ihren Batch, und die Türen schoben sich auf. Der Raum war spärlich beleuchtet und es dauerte einen Moment, bis sie etwas erkennen konnten.

»Bekommt der nichts mit?«, fragte Arnt mit nervöser Stimme und deutete auf den zweiten Patienten, der neben Ellen lag.

Susan schüttelte den Kopf. »Der ist schon länger hier, man hat ihm ein künstliches Koma verpasst«, flüsterte sie. Dann traten sie an das Bett, in dem Ellen auf dem Rücken lag, als ob sie schlief. Ein kleines Gerät neben dem Bett vertonte ihren Herzschlag.

»Wenn ihr unterwegs etwas passiert, werde ich mir bis an mein Lebensende Vorwürfe machen«, murmelte Susan sichtlich aufgewühlt, als sie Ellens totenbleiches Gesicht betrachtete.

»Wird schon schiefgehen«, versuchte Arnt sie zu ermutigen, doch seine Stimme schwankte. »Ich bin sicher, Ellen schaut uns gerade zu und wartet nur darauf, dass sie endlich wieder sie selbst sein kann.«

Susan holte tief Luft. »Was mache ich hier bloß?«, sagte sie mehr zu sich selbst und winkte Arnt neben das Bett. »Bist du ganz sicher, dass du das tun willst?«

»Absolut!«, erwiderte Arnt und stemmte sich mit einem Ruck aus dem Stuhl. Susan half ihm mit den Beinen und kurz darauf lag er neben Ellen auf dem Bett.

Susan beugte sich über Ellens Arm, in dem eine Nadel steckte, verbunden mit dem durchsichtigen Schlauch, der zu einem Tropf führte, in welchem flüssige Nahrung schwamm. Sie drehte am Regler, zog vorsichtig die Nadel heraus und säuberte sie gründlich.

»Warte, Arnt, du musst dir noch etwas anderes anziehen. Dort drüben müssten weiße Hemden sein …« Sie lief zu einem Schrank.

»Wenn's sein muss.« Arnt hatte sich aufgesetzt und zog seufzend sein kariertes Hemd aus.

»Oh!« Susan konnte ihre Überraschung nicht verbergen, als sie ihm das Kleidungsstück reichte und ihre Augen über seinen Oberkörper huschten. »Ähm – die Nadel noch«, hektisch griff sie nach seinem Arm.

»Darf ich mich noch fertig anziehen?« Arnt eroberte seinen Unterarm zurück.

»Ach ja, natürlich.« Susan wandte schnell den Blick ab und wartete. Dann griff sie nach der Nadel und klebte sie mit einem Pflaster an der Innenseite von Arnts Handgelenk fest.

»Du musst jetzt ganz ruhig atmen. Ich werde die EKG-Elektroden und die Blutdruckmanschette tauschen. Versuche, deinen Herzschlag unter hundert zu bringen, alles was drüber ist, löst einen Alarm aus.«

»In Ordnung«, sagte Arnt und versuchte, sich zu entspannen. In der Zwischenzeit schob Susan den Rollstuhl hinter den Vorhang, der einen Teil des Zimmers abtrennte und kam mit einem leeren Bett wieder hervor.

»Ich werde deinen Puls jetzt mit Ellens vergleichen.«

Arnt nickte kaum merklich, als sich ihr Daumen auf sein Handgelenk presste.

»Dein Herz geht noch etwas zu schnell, so kann ich dich nicht anhängen. Mach deine Augen zu und versuche, ganz ruhig und tief zu atmen.«

Während Susan die Manschette wechselte, folgte Arnt ihren Anweisungen. Nach einer Weile hatte sich sein Herzschlag so weit beruhigt, dass sie es wagen konnte, die Elektroden umzuhängen. Es musste blitzschnell gehen. Flink riss Susan die Saugnäpfe von Ellens Brust und drückte sie bei Arnt in die Herzgegend.

In dem Moment fing die Manschette an zu summen.

»Das Ding misst in regelmäßigen Zeitabständen den Blutdruck«, erklärte Susan schnaufend, während sie Ellen auf das zweite Bett zog, das sie neben das erste geschoben hatte.

»Als ob ich das nicht wüsste …«, murmelte Arnt.

Geräusche von schnellen Schritten drangen vom Gang in das Zimmer.

»Verflixt, bestimmt haben sie die veränderten Werte gesehen. Deck dich zu und dreh den Kopf zum Fenster … und reg dich bloß nicht auf.«

»Natürlich nicht, warum denn auch?«, kommentierte Arnt tief durchschnaufend, zog die dünne Decke bis zur Nasenspitze und drehte, wie angewiesen, den Kopf zur Seite. Zur gleichen Zeit verschwand Susan mit Ellens Bett hinter dem Vorhang.

Die Zimmertür flog auf. Susan presste sich an die Wand. Durch einen Spalt konnte sie erkennen, wie ein Mann im weißen Kittel den Raum betrat. Er blieb kurz stehen, rieb sich die Augen, als hätte er gerade gedöst, dann betrachtete er den Bildschirm an Arnts Bett.

Susan hielt die Luft an. Ausgerechnet Oberarzt Dr. Malcom. Er war der einzige unter den Ärzten, zu dem sie keinen guten Draht hatte. Eigentlich mochte ihn niemand. Mit seiner penibLen Art ging er der gesamten Belegschaft auf die Nerven. Sie warf einen schnellen Blick auf die Uhr. Es blieben noch vier Minuten bis zum Schichtwechsel …

Langsam näherte sich der Oberarzt dem Bett, hob die Decke, legte Arnts Arm frei und warf kurz einen Blick darauf.

Susan hoffte inständig, er würde den verstärkten Haarwuchs nicht bemerken und überhaupt – nicht allzu genau hinschauen. Ihre einzige Hoffnung war das karge Licht … Und dann noch die Herztöne. Wenn Arnt jetzt nervös wurde … Sie lauschte dem gleichmäßigen Piep-Piep-Piep. Es schien seinen Rhythmus zu halten. Susan sprach ihm in Gedanken ein Kompliment aus. Es war ihr ein Rätsel, wie er das schaffte.

Dr. Malcom drückte noch ein paar Knöpfe auf dem Gerät und warf anschließend einen kurzen Blick auf den zweiten Patienten. Dann schien er zufrieden zu sein und ging zur Tür.

Susan atmete erleichtert auf und sah auf die Uhr. Es war genau 22 Uhr. Jetzt müssten die diensthabenden Notfallärzte zur Schichtübergabe im Besprechungsraum sein. Das Gespräch würde etwa fünf bis sieben Minuten dauern. In dieser Zeit musste sie es schaffen …

Kurz warf sie einen Blick auf Arnt, der schweigend seinen Daumen hob, dann öffnete sie die Tür zum Gang. Er war leer, zumindest, soweit sie ihn überblicken konnte.

Das Bett mit Ellen vor sich her schiebend, verließ Susan das Zimmer und wandte sich in Richtung Notaufnahme. Der glatte Boden ließ es fast von alleine rollen. Da hörte sie plötzlich ein Geräusch. Erst leise, dann lauter. Das Echo eiliger Schritte erfüllte den Gang. Sie fuhr herum. Noch war niemand zu sehen.

Susan gab dem Bett einen Schwenk in Richtung Lift und drückte hastig den Knopf, immer wieder warf sie einen Blick über die Schulter … Auf der Stockwerksanzeige des Liftes erschien die Drei.

»Mach schon!« Susan trat von einem Fuß auf den anderen, als könne sie den Lift damit beschleunigen.

Zwei.

Die Schritte kamen näher, flehend sah sie auf die Anzeige.

Eins.

Susans Blick klebte an den Zahlen – beschwor sie. Und endlich – die Null. Sie stieß das Bett hinein und hämmerte auf den *Tür zu*-Knopf. Im Spalt der sich schließenden Tür konnte sie gerade noch den Kittel des ablösenden Notfallarztes sehen. Ausgerechnet heute hatte er sich verspätet …

Susan wartete noch zehn Sekunden, dann drückte sie den *Tür auf*-Knopf.

Vorsichtig streckte sie den Kopf hinaus, der Gang war arztfrei. Ein kurzer Blick auf die Uhr sagte ihr, dass sie – die Verspätung mit einberechnet – noch zwei Minuten hatte. Das musste reichen, um an den Ärzten vorbeizukommen und die Notfallaufnahme zu erreichen.

Entschlossen packte Susan das Bett und lehnte sich dagegen, es setzte sich mühelos in Bewegung. Auf Zehenspitzen hastete sie an dem Besprechungsraum vorbei, dessen Tür einen Spalt offen stand. Am Tonfall der Stimmen erkannte sie, dass die Übergabe schon fast vorüber war. Schwungvoll bog sie in die Aufnahme ein. Tagsüber war es hier meist brechend voll, doch jetzt war es, zu Susans Erleichterung, leer – zumindest auf den ersten Blick.

Abrupt bremste sie ab. Lallende Töne kamen aus der Ecke. Ein offensichtlich stark Betrunkener erhob sich schwankend und kam ihr entgegen.

»Ssschön, dassschi mir dasch Pett pringen«, rülpste er und ließ seinen Oberkörper auf Ellens Gesicht fallen.

»Runter da«, zischte Susan und riss an dem nach Alkohol stinkenden Kerl, der sich an Ellens Hals klammerte.

»Dassch mein Pett«, johlte der und schwang ein Bein nach oben, wobei er fast nach hinten fiel. Ellens Hals wurde bedenklich gestreckt und Susan musste den Mann von hinten stützen, damit er Ellen nicht herunterriss.

»Was ist da los?« Eilige Schritte erklangen im Korridor.

Endlich gelang es Susan, Ellens Hals zu befreien. Fluchend zog sie an dem Besoffenen, der schon wieder quer über dem halben Bett hing.

In dem Moment sprang die Ausgangstür auf. »Wo bleibst du denn?« Tilos Kopf erschien. »Ich dachte, es muss alles punktgenau nach Zeitplan passieren – oh!« Blitzschnell hatte er die Situation erfasst.

»Verschwinde da, los runter!« Ohne zu zögern packte er den Lallenden unter einem Arm und legte diesen um sein Genick. Ein brachialer Rülpser fegte in sein Ohr, gefolgt von einem Schwall stinkender Schimpfwörter.

Susan packte das Bett, und genau in dem Moment, als sie die Station nach draußen verließ, kam einer der Notfallärzte um die Ecke gerannt.

»Was ist hier los?« Er blieb vor Tilo stehen, der unter der heftigen Umarmung des Alkoholisierten nach Luft rang.

»Der Typ lag mitten auf dem Parkplatz, er muss in seinem Zustand schwer gestürzt sein.« Tilo schob dem verblüfften Notarzt den Besoffenen in die Arme, der immer wieder »nixschtürzt« vor sich hin brabbelte, während sein Daumen in das ärztliche Nasenloch fuhr.

»Kennen Sie den Mann?«, fragte der Arzt, nachdem er seine Nase befreit und den Besoffenen auf Abstand gebracht hatte.

»Nein, keine Ahnung – und haben Sie besten Dank.« Mit diesen Worten machte Tilo kehrt und würgte das *Moment noch bitte* mit zuschlagender Türe ab.

Mitten auf dem Parkplatz drehte sich Susan mit dem Bett im Kreis.

»Wo ist das Auto?« schrie sie ihm entgegen.

»Ich habe weiter weg geparkt, dort unten.« Mit wenigen Schritten war Tilo bei ihr, griff das Bett, schob es an und stützte sich dann darauf ab.

»He, nicht so schnell, das ist kein Rennwagen«, brüllte Susan und stolperte hinterher.

Weiter unten konnte sie den hellblauen Lieferwagen erkennen, die Hecktüren standen offen. Tilo raste ungebremst auf den Wagen zu. Einen kurzen Moment lang dachte Susan, er würde hineinkrachen, dann gab es einen Ruck, das Bett stieg an und rollte geradewegs in den Lieferwagen hinein.

»Mensch cool, du hast eine Rampe am Auto«, keuchte sie schwer beeindruckt.

»Marke Eigenbau«, Tilo warf sich in die Brust, »speziell entwickelt für Krankenhausbettdiebstähle mit – oh«, ein Blick auf Ellen ließ ihn innehalten. Ihr Kopf hing seitlich vom Bett, und es fehlte nicht viel, bis ihr ganzer Körper herunterrutschen würde.

»Sie ist kurz vor dem Abstürzen. Warum war sie denn nicht angeschnallt?«, fragte Tilo vorwurfsvoll und zog Ellen an der Schulter wieder hoch.

»Ellen liegt in einem – wie du eben selbst gesagt hast – Krankenhausbett. Unsere Patienten sind normalerweise nicht angeschnallt, solange sie sich anständig benehmen. Außerdem konnte ich ja nicht ahnen, dass du hier ein Bettrennen veranstaltest.«

»Du hast gesagt, es kommt auf jede Sekunde an.« Mit verkniffenen Lippen verschränkte Tilo die Arme vor der Brust.

»Genau, darum lass uns jetzt losfahren … Aber nicht zu schnell, sie ist immer noch nicht angeschnallt.« Susan fixierte die Bremsen an Ellens Bett und kletterte auf die Beifahrerseite.

Kapitel 27

Das Versäumnis

Ellen saß in dem Lieferwagen und stützte nachdenklich den Kopf ihres eigenen Körpers, der in den Kurven unsanft hin und her geworfen wurde. Endlich erreichten sie die Landstraße, und sie war froh, dass es nun geradeaus ging, wenn auch noch immer viel zu schnell.

Die jüngsten Geschehnisse hatten sie aufgewühlt, und ihre Gedanken wanderten zurück zu dem Moment, als Susan sich vor Dr. Malcom versteckt hatte. Sie selbst war ebenfalls hinter den Vorhang gewesen, hinter dem sich ihr Körper auf dem Bett befunden hatte. Voller Erstaunen hatte sie sich betrachtet. Bis dahin kannte sie sich nur aus dem Spiegel, doch nun stellte sie fest, dass sie, trotz ihres bleichen, eingefallenen Gesichts, gar nicht so übel aussah, dass ihre Nase gar nicht so groß war, wie sie ihr das Spiegelbild verkaufen wollte. Es war ein eigenartiges Gefühl gewesen. Sich auf diese Weise nah zu sein, hatte sich fremd angefühlt. Sie hatte sich berührt, hatte sich schüchtern die Wange gestreichelt – und zu ihrem Erstaunen hatte sie sich spüren können. Auch das Bett war greifbar gewesen. Und als der junge Typ mit ihr über den Parkplatz gerast war, hatte sie sich selbst vor dem Absturz bewahrt.

Quietschende Reifen rissen sie aus ihren Gedanken und beinahe auf den Fahrzeugboden. Inständig hoffte sie, der hyperaktive Kerl, den Susan wer weiß woher organisiert hatte, würde seinen Fahrstil etwas mäßigen. Das Bett schaukelte bedenklich hin und her. Ab und zu warf der Fahrer einen Blick nach hinten und Ellen überlegte fieberhaft, wo sie ihn schon einmal gesehen hatte. Susan schien ihn gut zu kennen, was Ellen noch mehr überraschte, ja fast ein wenig enttäuschte, denn normalerweise wusste sie alles über ihre Freundin. Aber genau genommen hatte sie Susan ja auch nicht alles erzählt.

Während sie sich an dem Bett verkeilte, beobachtete sie interessiert die vier Aurier, die an den Kopfstützen des Lieferwagens herumkletterten. Immer wieder versteckten sie sich, winkten sich einander zu, neckten sich und hatten die Welt um sich herum scheinbar vollkommen vergessen. Auch Ellens zweifache Anwesenheit schien sie nicht zu interessieren.

»Tilo, es ist wirklich klasse von dir, dass du gekommen bist.« In Susans Blick lag eine Art nervöser Dankbarkeit, die Ellen als etwas übertrieben empfand.

»Na ja, irgendetwas musste ich ja tun. So wie es aussieht, bin ich ja schließlich schuld an dem ganzen Dilemma.« Er klebte den Innenspiegel, der in einer Kurve abgefallen war, zurück an seinen Platz. »Wäre ich Ellen und dem Rollstuhltyp nicht in den Wald gefolgt, wäre das Ganze nicht passiert – aber andererseits ...«, er grinste und zog mit einer Hand eine knisternde Tüte unter dem Sitz hervor, »hat Ellen es ja selber so gewollt.« Er griff in die Tüte und stopfte sich eine Handvoll Chips in den Mund.

Ellen starrte von schräg hinten auf den mahlenden Unterkiefer. *Was hatte sie so gewollt? Dass der Typ ihr folgte? Warum?*

»Ja. Und ich verstehe immer noch nicht, warum sie mir nichts davon erzählt hat«, sagte Susan jetzt mit beleidigter Stimme. »Sie erzählt mir sonst alles. Ich weiß nicht, was in sie gefahren ist, ich mache mir wirklich große Sorgen.«

»Weil sie auf mich steht?« Tilo grinste und warf einen kurzen Blick auf seine Beifahrerin.

»Nein, wegen dieser ganzen Situation«, stöhnte Susan und überhörte Tilos Bemerkung. »Alles scheint mir so unwirklich – langsam zweifele ich an meinem eigenen Verstand.«

Mir geht es genauso, dachte Ellen kopfschüttelnd. Und warum in aller Welt sollte sie auf diesen Chaoten stehen? Wie kam der überhaupt dazu, so etwas zu erzählen?

Mit einem Mal dämmerte es ihr, warum Susan im *Holler* so unwirsch reagiert hatte. Sie musste gedacht haben, dass sie ihr etwas verheimlichte. Irgendetwas musste da mächtig schräg gelaufen sein …

Kritisch blickte sie über den Spieltisch. Irgendwann in den letzten Tagen musste sie eine Kugel versenkt haben, ohne es zu merken … Und so, wie es aussah, war diese auch noch in das falsche Loch gerollt …

»Damit ich nicht auch noch anfange, an meinem Verstand zu zweifeln, wäre es nett, wenn du mich mal aufklärst«, kaute Tilo. »Warum bitte schön fahre ich hier bei Nacht und Nebel ein komatisiertes Mädchen durch die Gegend, um sie an einen Ort zu bringen, an den sie mit Sicherheit nicht hingehört?« Seine Worte zogen Ellen aus den Grübeleien.

»Wenn ich dir das erzählen soll, musst du mir versprechen, mich nicht für verrückt zu erklären«, erwiderte Susan.

»Nein, tue ich nicht.«

»Versprechen oder mich nicht für verrückt erklären?«

»Beides«

»Gut. Dann sage ich halt nichts!«

»Wirst du doch!«

Ellen verdrehte die Augen zur Wagendecke.

»Also gut«, seufzte Susan und begann zu erzählen.

Als sie schließlich Grollloch erreichten, konnte Tilo nur noch den Kopf schütteln. »Ich weiß zwar nicht, in was ich hier hineingeraten bin, aber ich hinterfrage das Ganze am besten nicht weiter.« Er bog in den Feldweg ein.

»Hier ist Fahrverbot«, bemerkte Susan und zeigte auf das rot umrandete Schild.

»Krankwirtschaftlicher Verkehr frei«, belehrte Tilo und holperte den Weg hinauf. »Glaubst du, ich habe Lust, Ellen den ganzen Weg hier hochzuschleppen? Ich bin diesen Weg schon einmal zu Fuß gegangen, der zieht sich.«

»Tilo, auf diesem Schild stand … Himmel, geht es nicht langsamer?«

»Das stand definitiv nicht dort.«

»Nein, aber du musst langsamer machen … Ellen …« Susan warf einen besorgten Blick über die Schulter.

»Wieso? Rutscht sie?«, fragte Tilo und blickte in den Rückspiegel, der wieder zu seinen Füßen lag.

»Wie durch ein Wunder ist sie noch oben, aber nicht mehr lange, fürchte ich.«

Susan konnte nicht sehen, dass Ellen sich wie ein Anschnallgurt über das Bett gelegt hatte und nur dank dem Einsatz all ihrer Kräfte verhinderte, dass ihr Körper nicht auf den Boden stürzte …

Ellen schnappte nach Luft. Einige Tage zuvor war sie diesen Weg auf dem Rollstuhl hinuntergeprescht, und jetzt das …

»Hier muss es sein«, sagte Tilo nach einer Weile, stellte den Motor ab und kletterte nach hinten, um die Hecktüren zu öffnen. Im spärlichen Licht des Wagens betrachtete er Ellens Körper genauer.

»Es geht ihr gut, soweit ich das beurteilen kann. Sie sieht wirklich ganz nett aus, so unschuldig schlafend in ihrem neckischen Negligé.« Er ergriff ihren Körper und legte ihn über seine Schulter, als wäre er mit Helium gefüllt.

Ellen beobachtete ihn kritisch, da fiel ihr Blick auf Tilos linken Aurier, der auf ihr steil in den Himmel ragendes Hinterteil geklettert war und sich amüsiert umblickte. Der hinten angesetzte Schlitz des dünnen, weißen Krankenhemdes gab im hellen Mondlicht den Blick auf eine Unterhose frei, die ganz sicher nicht aus ihrem Sortiment stammte. Während ihr spürbar die Röte ins Gesicht stieg, hoffte sie inständig, Tilo würde ihre peinliche Lage nicht bemerken, bevor Susan bedeckend eingreifen konnte. Aber Susans Blicke hingen in der Handtasche, in der sie ganz dringend etwas zu suchen schien.

Und dann drehte Tilo prompt seinen Kopf – und sah die Bescherung. Mit einem Pfeifen durch die Zähne fuhren seine Augenbrauen hoch.

»Donnerwetter! Gott sei Dank steht ihre Körpergröße in keinem Verhältnis zu dieser Unterwäsche, ich würde mich ja zu Tode schleppen.« Während er hemmungslos auf ihren Hintern starrte, hopste sein linker Aurier auf den Backen herum, als wäre er in einem Vergnügungspark und biss zudem noch kräftig hinein. Reflexartig holte Ellen aus, um Tilo ans Bein zu treten, doch im letzten Moment hielt sie inne und versuchte einfach nur, nicht zu platzen.

»Wir müssen uns mit dem Mondlicht zufriedengeben, die Taschenlampe tut es nicht mehr«, ärgerte sich Susan, die Tilos Bemerkung nicht gehört zu haben schien. »Komm, wir müssen uns beeilen, ich habe das Gefühl, dass Ellen es kaum erwarten kann, wieder zurückzukehren.«

Susans Aurier nickten beide heftig und Ellen warf ihnen einen dankbaren Blick zu.

»Dann los!«, sagte Tilo, »wir müssen hier hoch.« Er kämpfte sich mit dem schlaffen Körper auf der Schulter den Hang hinauf. »Als ich den beiden gefolgt bin, waren die Spuren noch gut zu erkennen, aber ich denke, ich finde den Weg auch so.«

Einige Zeit später erreichten sie die Kante.

»Himmel ist das schön«, rief Susan entzückt aus, als sie die Senkung erblickte. Das helle Mondlicht hatte die Umgebung in einen seidenen Glanz getaucht und erweckte die Farben des Mooses sanft zum Leben.

Auch Tilo war beeindruckt und hielt einen Moment inne, bevor sie sich an den Abstieg machten. Susan folgte ihm dicht auf den Fersen.

»Hier geht's rein«, rief er, nachdem sie die Tannen erreicht hatten. »Wir müssen einfach den abgeknickten Zweigen folgen, sie führen uns direkt zum Ziel.«

Ellen stand wie vom Donner gerührt. Kein Wunder, dass sie entdeckt worden waren … Die gebrochenen Äste hatten den Weg zum Pfortenkreis fast schon beschildert. Ungläubig starrte sie auf den Moment in ihrer Erinnerung, als sie wegen des Rollstuhls einen Ast nach dem anderen geknickt hatten, ohne sich auch nur die geringsten Gedanken über die Konsequenzen zu machen.

Einige Schritte später stand Ellen im Pfortenkreis. Da für sie selbst die Tannen nicht sichtbar waren, boten Susan und Tilo ein absonderliches Bild, als sie sich den Weg durch den Wald bahnten. Kurz darauf erreichten auch sie den Pfortenkreis. Tilo sah sich erst um, dann legte er Ellen vorsichtig in der Mitte der Baumstämme ab.

»Und jetzt?«, fragte er.

»Sieht so aus, als müssten wir abwarten, was geschieht«, flüsterte Susan, als hätte sie Angst, gehört zu werden. »Ich hoffe, es dauert nicht zu lange.« Sie blickte sich nervös um.

»Entspann dich«, sagte Tilo. »Ich bin bei dir, es kann also nichts passieren.« Er grinste breit.

»Wenn du meinst«, entgegnete Susan nicht ganz überzeugt und setzte sich neben ihn auf einen der Stämme. Sie wollte noch etwas hinzufügen, da verkeilten sich plötzlich die Worte in ihrem Hals. Stumm beobachtete sie Tilo von der Seite. Mit einem Mal konnte sie Ellen verstehen. Tilo hatte etwas. Etwas ganz Eigenes.

Er bemerkte ihren Blick und zwinkerte ihr zu. Susan fühlte sich auf unangenehme Weise ertappt und wandte gerade den Blick ab, da bemerkte sie plötzlich Rauch, der über dem am Boden liegenden Körper aufstieg.

»Himmel, was ist denn das?« Susan sprang auf. Gemeinsam wichen sie zurück und starrten auf den fliederfarbenen Nebel, der sich erst vor ihnen auftürmte und sich dann wie von Geisterhand formierte. Nach und nach erkannten sie die Pforte, die im Mondlicht unwirklich glänzte, ja fast lebendig wirkte und sich langsam drehend herabsenkte.

Susans Hand krallte sich in Tilos Jacke. Mit offenem Mund beobachtete sie die schimmernde Pforte, die sich nun langsam wieder auflöste. Im gleichen Moment regte sich etwas inmitten der Stämme.

»Ellen! Sie ist zurück!« Susan faltete dankbar die Hände vor ihrem Mund.

Ellen hustete und spuckte. »Wasser«, krächzte sie mit kaum hörbarer Stimme.

»Ich habe noch einen Rest im Wagen.« Tilo stürzte sich in die Tannen. Einige Zeit später tauchte er mit einer Flasche wieder auf.

»Ist nicht mehr ganz frisch«, keuchte er außer Atem, »aber besser als gar nichts.«

Ellen griff gierig danach und ließ das Wasser mitsamt einiger aufgequollener Chips-Reste in sich hineinplatschen.

»Danke«, sagte sie. »Jetzt geht es schon viel besser.«

Susan hatte sich neben ihr niedergelassen, ihre Augen glänzten feucht. »Mein Gott, Ellen, bin ich froh, dass du wieder da bist. Bist du durch diese gespenstische Tür gekommen?«

Ellen nickte schwach und hob das verkohlte Reibestäbchen hoch. »Damit«, hauchte sie knapp. Ihr Hals schmerzte immer noch, als hätte sich eine Ladung Tannennadeln darin verkeilt. Die Ameisen waren ihr diesmal erspart geblieben.

»Lasst uns zurückfahren«, drängte Tilo. »Vielleicht hat noch niemand den Patientenschwindel bemerkt, und du kannst dir eine Menge Ärger ersparen …« Er zwinkerte Susan zu.

»Ja, du hast recht«, nickte sie.

Sie nahmen Ellen stützend in ihre Mitte. »Es geht schon«, wehrte Ellen nach ein paar Schritten ab. »Ich kann alleine gehen.« Aber Susan ließ nicht locker.

Als sie einige Zeit später beim Wagen ankamen, war Ellen dankbar dafür. Sie hatte die Kräfte ihrer Beine überschätzt. Erschöpft fiel sie auf das Krankenbett.

»Alles klar?« Susan setzte sich neben sie und drückte ihr ein Salbeibonbon in die Hand.

Ellen nickte. »Ich fühle mich noch etwas schlapp und der Hals schmerzt, aber sonst ist alles okay. Danke, dass du das für mich getan hast.« Sie steckte das Bonbon in den Mund und legte erschöpft den Arm um Susan. »Woher kennst du ihn eigentlich?«, fragte sie dann und deutete auf Tilo.

»Ich traf Tilo vor deiner Haustür.« Susan kniff die Augen zusammen und sah Ellen schräg an. »Als er dich besuchen wollte.«

»Mich besuchen? Warum mich besuchen?«

»Na, weil … du hast doch …«

»Wegen deinem Zettel«, mischte sich Tilo ein und grinste in den frisch angeklebten Innenspiegel. Sehr originell, wirklich.«

»Originell?« Ellen schüttelte verwirrt den Kopf. »Und was für ein Zettel?«

»Na, das hier – warte«, Tilo kramte im Handschuhfach, »hier.« Er streckte ein Stück Papier nach hinten. »Darauf steht: FOLGE MIR!«

Ellen blickte erstaunt auf. »Aber das hab ich doch gar nicht geschrieben.«

»Aber sicher«, widersprach Tilo. »Du hast mir das auf dem Markt in die Hand gedrückt, zusammen mit den beiden Kaffeetassen und einem … hm … ich würde sagen, ziemlich eindeutigen Blick.«

»Ich? Aber …« Ruckartig griff sich Ellen an die Stirn. Nun war ihr klar, was passiert war – und jetzt wusste sie auch, wo sie den Typ schon mal gesehen hatte – und auch den Wagen. Er hatte am Wegrand gestanden, als sie mit Arnt den Hang hinuntergerast war. Jetzt passte alles zusammen.

»Das darf doch nicht wahr sein«, dämmerte es nun auch Susan. »Das ist der Zettel von dem Katzenbild, das Ellen geschenkt bekommen hat«, rief sie aus, »er muss an dem Geschirr geklebt haben …«

»Stimmt genau.« Ellen konnte sich ein Lachen nicht verkneifen.

»Oh!« Tilo warf einen Blick nach hinten. »Dann war der am Ende gar nicht für mich?«

Ellen schüttelte den Kopf.

»Du hast mir so herzhaft in die Augen geschaut, und … na ja, da habe ich nicht daran gezweifelt, dass … hm …« Er presste die Lippen aufeinander und schien das erste Mal keine Worte zu finden. Für einen Moment herrschte peinliches Schweigen.

»Also – deine Augen hätten das Zettelchen wirklich verdient, sie haben eine unglaubliche Farbe«, versuchte Ellen die Situation zu entspannen. »Aber diese Art von Kontaktaufnahme wäre gar nicht mein Stil …«

»Schade, ich fand's hammercool, schon allein aus dem Grund wollte ich wissen, wer die Frau ist, die dahintersteckt.« Tilo grinste bereits wieder.

»Oh je, und ich war so sauer auf dich, weil ich dachte …« Susan senkte betreten den Blick. »Aber im Moment läuft eh alles drunter und drüber. Martin spinnt total, ist mies drauf und kaum ansprechbar, Leah dreht vollkommen durch, gibt wilde Partys und hat irgendwelche Typen im Haus …«

»Herrgott, Leah!« Ellen erstarrte und presste die Hand auf den Mund. »Oh, nein, Susan, das ist alles meine Schuld. Wie konnte ich nur …« Sie blickte an sich hinunter. »Wo sind meine Kleider?«

»Deine Kleider?«, fragte Susan überrascht. »Die hat deine Mutter zum Waschen mitgenommen, nachdem sie dich im Krankenhaus besucht hatte. Sie waren total verdreckt. Warum fragst du?«

»Weil wir einen von Leahs Auriern weggenommen haben, damit sie sich nichts antut – ich habe ihn in die Jackentasche gesteckt und dann total vergessen.« Ellen versenkte das Gesicht in ihre Hände. »Ich muss sofort die Jacke holen. Tilo, könntest du bei meiner Mutter vorbeifahren? Ist nur ein kleiner Umweg.«

»Jetzt?«, fragte Tilo erstaunt. »Wir haben lange nach Mitternacht. Bis morgen früh kannst du eh nichts mehr ändern, außerdem müssen wir so schnell wie möglich zurück.«

»Das sehe ich auch so«, sagte Susan, »im Moment kannst du nichts machen. Lass uns ins Krankenhaus fahren, morgen früh sehen wir weiter. Offiziell liegst du ja auch noch im Koma, da sollte man es nicht übertreiben …«

»Wahrscheinlich habt ihr recht.« Ellen schwankte. Sie hielt sich nur mit Mühe aufrecht – und das lag nicht allein an Tilos Fahrstil. Die Müdigkeit kroch in jede Faser ihres Körpers, und das schlechte Gewissen war niederschmetternd.

»Als Erstes müssen wir unbemerkt zu Arnt kommen«, überlegte Susan laut. »Ich habe da eine Idee: Tilo, du gehst rein und erzählst, dass du ein Patientenbett im Lieferwagen hast, das mitten auf der Straße stand. Der Arzt wird mit rauskommen, um es zu holen.«

»Prachtsidee. Ein Patientenbett, mitten in der Nacht, mitten auf der Straße … Wo gibt's denn so was? Eigentlich habe ich mich mit dem Besoffenen schon genug blamiert …« Tilos Augenbrauen trafen sich hoch über dem Nasenrücken.

»Du musst es nur richtig anfangen. Sie sind normalerweise zu zweit – und sehr nett, sie werden dir ganz bestimmt helfen. Während ihr das Bett aus dem Lieferwagen holt, schleichen wir uns von der Seite ins Krankenhaus.«

»Krasse Geschichte«, Tilo drehte an seiner Schildkappe, »aber etwas Besseres fällt mir um diese Uhrzeit auch nicht ein.« Ohne weiteren Kommentar schwang er sich aus dem Auto, um die hinteren Türen zu öffnen. Dann zog er das Bett so weit nach draußen, dass es unter der Straßenlaterne gut zu sehen war.

»Also los«, sagte er, »es wird nicht einfacher, wenn wir noch mehr Zeit verlieren.«

»Warte trotzdem noch kurz.« Ellen machte einen zögernden Schritt auf ihn zu. »Tilo … ich – vielen Dank«, sagte sie leise. »Es sieht so aus, als ob du Arnt und mir das Leben gerettet hast. Ohne dich wären wir im Wald vertrocknet. Und – das mit dem Zettel tut mir leid«, sie senkte den Kopf, »ich … na ja, ist einfach dumm gelaufen …«

»Ist schon in Ordnung, in dem Fall war's ja eine glückliche Fügung« Tilo grinste breit. »War ein ganz nettes Gefühl – und hätte ja durchaus sein können – bei den Augen.« Er hob eine Braue und wandte sich dann an Susan: »Gib mir bei Gelegenheit mal Bescheid, wie die Sache ausgegangen ist, ja?«

»Klar, mache ich«, nickte Susan, »ganz bestimmt.«

Während Tilo in der Notaufnahme verschwand, versteckten sich Ellen und Susan hinter einem Busch neben der Eingangstür. Aus dem Inneren des Gebäudes drangen gedämpfte Stimmen. Kurz darauf erschien Tilo mit einem Arzt im Schlepptau.

Ellen und Susan duckten sich tiefer. »Mist, es ist nur einer«, flüsterte Susan, »ich hatte gehofft, sie würden beide mit rauskommen …«

»Ich kann mir das beim besten Willen nicht erklären.« Die Verständnislosigkeit stand dem Arzt ins Gesicht geschrieben, umso mehr noch, als er das Bett sah, das, halb aus dem Lieferwagen ragend, auf der Rampe stand. »Wo genau haben Sie es noch mal gefunden?«

»Dort unten, mitten auf der Kreuzung.« Tilo zeigte auf die Ansammlung blinkender Ampeln weiter unten an der Straße. »Da hat sich jemand einen gefährlichen Scherz erlaubt, wirklich unglaublich«, empörte er sich. »Es wäre nett, wenn Sie mir beim Ausladen helfen würden, ich sollte zügig weiter, ich habe heute schon genug Zeit verloren. Erst der Besoffene, dann das … Was für ein Tag! Allerdings klemmt ein Rad, ich habe das Bett kaum in den Wagen bekommen …«

»Kein Problem, warten Sie …« Der Arzt verschwand in der Notaufnahme und kehrte mit dem Kollegen zurück. »Jetzt sollte es gehen, dann können Sie direkt weiterfahren.«

»Wer kommt nur auf so eine blöde Idee«, äußerte sich nun auch der zweite Arzt, »und wie in aller Welt kam das Bett aus dem Gebäude?« Im Duo kopfschüttelnd folgten die beiden Tilo, der mit schnellen Schritten voranschritt und die Ärzte nonstop bequatschte.

Im gleichen Moment huschten Ellen und Susan durch die Tür, durchquerten die Notaufnahme und erreichten ohne weitere Zwischenfälle das Zimmer, in dem sie Arnt zurückgelassen hatten. Susan öffnete die Schiebetür. Leise schlüpften sie hinein und beugten sich über Arnt, der auf dem Rücken lag und im Schlaf vor sich hin lächelte.

»Arnt, wir sind zurück!« Ellen rüttelte vorsichtig an seiner Schulter. Verschlafen öffnete er ein Auge. Dann, als er Ellen erblickte, schnellte er empor, wodurch der Tropf beinahe aus der Verankerung riss.

»Du hast es geschafft!« Arnt war sofort hellwach. »Wie ist es gelaufen?«

»Das könnt ihr später besprechen«, fuhr Susan dazwischen. »Jetzt müssen wir machen, dass wir hier wegkommen. So, wie Arnts Herz rast, wird jeden Moment jemand hier auftauchen.« Tatsächlich hatte sich der Piepton des EKGs schlagartig beschleunigt. »Ellen, bist du bereit?« Susan riss das Pflaster von Arnts Handgelenk, die Manschette vom Arm und die Elektroden von seiner Brust. »Und jetzt runter vom Bett, ich stütze dich. Ellen, schnell, leg dich rein, häng dich an die Geräte an.« Susan war voll in ihrem Element. Im gleichen Moment hörten sie herbeieilende Schritte. »Mist, da kommt schon jemand – los mach, da runter, Arnt, komm …« Susan zog Arnt auf den Boden, geschickt hangelte er sich unter das Bett. Schnell schob sie seine Beine nach und klemmte sich dazu. Im gleichen Moment, da Ellen die Manschette schloss, ging die Tür auf.

Dr. Malcom erstarrte im Türrahmen.

Ellen saß kerzengerade im Bett und hantierte mit der Decke.

»Äh … hallo«, stammelte sie und suchte nach einer plausiblen Erklärung, obwohl sie noch gar nicht gefragt worden war. »Ich … ich glaube, mir geht es so weit wieder gut, sehr gut eigentlich, und ich bin – ähm – gerade aufgewacht, und ich glaube … gesund.« Sie lächelte schräg und schob gleichzeitig die Decke so vom Bett, dass Susan und Arnt noch besser vor Dr. Malcoms Blicken geschützt waren. Der Apparat neben ihr piepte wie eine Maus im Maul einer Katze.

»Haben Sie das entfernt?«, knurrte der Oberarzt, nachdem er an ihr Bett getreten war. Vorwurfsvoll wedelte er mit dem Nahrungsschlauch vor Ellens Gesicht. Susans Nase verharrte indessen knapp neben den ausgewaschenen Wollsocken, die in Sandalen steckten und rochen, als wäre es das einzige Paar im Besitz von Dr. Malcom.

Ellen nickte zögernd. »Na ja, wissen Sie, es hat gejuckt wie verrückt, und ich denke, ich benötige es nicht mehr.«

»Was Sie wann und wie lange benötigen, ist nicht Ihre Entscheidung«, wies sie Dr. Malcom zurecht und machte sich daran, die Nadel des Schlauches wieder an Ellens Arm zu befestigen. »Ihr Herz arbeitet, als hätten Sie gerade einen Hundert-Meter-Lauf hinter sich«, sagte er misstrauisch. »Haben Sie hier Liegestützen gemacht?«

Im gleichen Moment öffnete sich die Tür und einer der Notfallärzte kam herein. Vor sich her schob er ein leeres Bett.

»Dr. Malcom, das Bett hat jemand auf der Straße gefunden, es ist von dieser Station, Zimmer 131.«

Der Oberarzt starrte erst auf das Bett, dann auf den Notfallarzt, der kopfschüttelnd die Hände hob, und dann auf Ellen.

»Was in aller Welt … Irgendetwas stinkt hier doch zum Himmel«, knurrte er leise und ließ seinen Blick langsam durch den Raum schweifen. »Haben Sie etwas mit diesem Bett zu tun?« Er sah Ellen mit zusammengekniffenen Augen an.

»Ja natürlich, ich fahre jede Nacht eine Runde mit diesem Bett«, entschloss sich Ellen für die Flucht nach vorn. »Selbstverständlich nur, wenn ich nicht gerade im Koma liege.«

»Mädchen, mach dich nicht über mich lustig«, donnerte Dr. Malcom, dass Susan unter dem Bett in sich zusammenschrumpfte. »Haben Sie etwas mit dem Verschwinden dieses Bettes zu tun oder nicht?« Er wartete Ellens Antwort nicht ab, sondern trat zu dem Fenster, das den Blick auf den Parkplatz freigab. In der Ferne blinkten die Ampeln. »Also gut, wir werden das später klären«, fuhr er dann in ruhigerem Ton fort. »Sie legen sich jetzt wieder hin und schlafen.« Er trat nochmals an das Bett und betrachtete Ellens Arm. Seine Füße schlugen dabei an Susans Knie, sie zuckte zurück und unterdrückte einen Aufschrei.

»Und das hier«, er griff Ellen an den Arm, »bleibt so, wie es ist, haben Sie mich verstanden?«

Ellen nickte.

Dr. Malcom kontrollierte noch kurz die Funktionstüchtigkeit des Tropfes, dann fasste er den bleichen Notfallarzt an der Schulter und zog ihn in Richtung Tür.

»Und Sie erzählen mir jetzt, was genau es mit diesem Bett auf sich hat.« Die Schiebetür schloss sich und die Stimmen verhallten im Gang.

»Mann, war das knapp«, hauchte Susan und rutschte unter dem Bett hervor. »Jetzt aber raus hier. Arnt, ich bringe dich zurück in dein Zimmer«, eilig holte sie den Rollstuhl, der noch immer hinter dem Vorhang stand.

Arnt hatte sich mittlerweile selbst unter dem Bett hervorgearbeitet und zog sich rückwärts in den Stuhl.

»Ellen, wir sehen uns nachher. Ich versuche, noch einen Fingerhut voll Schlaf zu bekommen«, gähnte Susan.

»Verdammt bin ich froh, dass du wieder zurück bist«, sagte Arnt noch zu Ellen, die ihre Augen kaum mehr offen halten konnte. »Aber der Weg, den ich genommen habe, hätte dir bestimmt auch gefallen …« Er lächelte geheimnisvoll.

»Jetzt aber los«, drängte Susan. »Alles andere könnt ihr euch später erzählen.« Die beiden Schiebetüren gingen auf, und Susan blickte vorsichtig um die Ecke. Der Gang war leer.

Einige Minuten später erreichten sie das Zimmer, in welchem Arnt viele Stunden zuvor eingeschlossen gewesen war. Er trug noch immer das weiße Krankenhemd und wirkte auf eigentümliche Weise beschwingt. Susan betrachtete ihn neugierig, während sie ihm ins Bett half und seine Kleider am Bettrand platzierte.

»Du bist auch froh, dass Ellen wieder heil zurück ist, sie ist eine tolle Frau, habe ich recht?« Sie konnte den neugierigen Unterton in ihrer Stimme nicht verbergen.

»Ellen? Stimmt, sie ist wirklich eine tolle Frau – na ja, zumindest meistens.« Grinsend zog Arnt die Bettdecke bis unter das Kinn und winkte Susan zum Abschied. Susan hob ebenfalls matt die Hand, blieb noch einen kurzen Moment in der Tür stehen, als wolle sie noch etwas hinzufügen, dann wandte sie sich zum Gehen. Zu viel war passiert, ihr Kopf war müde und sie wollte nur noch nach Hause.

»Haben Sie gefunden, was Sie gesucht haben?« Der Neue saß immer noch am Empfang und blickte Susan schräg an. »War das … doch nicht etwa … ein Bett?«

Susan fixierte sehnsüchtig die Ausgangstür, aber jeder Fluchtversuch hätte unangenehme Fragen zur Folge gehabt. Daher entschloss sie sich zum Gegenangriff.

»Könnte sein«, sagte sie augenzwinkernd, »aber bitte, lassen Sie das ein Geheimnis zwischen uns bleiben.« Sie zwang sich zu einem Lächeln. »Ich werde auch nichts über Ihre Vorliebe für Kartenspiele auf Computern erwähnen.«

Der Neue zuckte zusammen. »Geht klar«, sagte er schnell.

»Ich bin übrigens Susan, willkommen im Team.«

Am nächsten Morgen schlug Ellen die Augen auf und suchte in allen Ecken ihres Gehirns nach einem Hinweis auf ihren aktuellen Standort. Nach und nach formte sich ein Bild, und die Erinnerung setzte wieder ein. Sie war am Morgen in ein anderes Zimmer verlegt worden und dort noch mal tief eingeschlafen. Ihr Hals schmerzte noch immer, und die Stelle, an der ihr Dr. Malcom die Nadel in den Arm gestochen hatte, brannte wie Feuer.

Vorsichtig richtete sie sich auf und suchte nach etwas Trinkbarem, doch die bleischwere Masse ihres Körpers ließ sie wieder in die Kissen sinken. Gerade überlegte sie, wie sie die Distanz zum Waschbecken mit ihren klumpigen Gliedmaßen überwinden könnte, da klopfte es an der Zimmertür. In Erwartung ihrer Mutter, die ihre Kleider bringen würde, hob sie den Kopf und presste ein »Komm rein!« aus dem Hals.

Es klang wie das erbärmliche Krächzen eines erdrosselten Hahnes.

Zu ihrer Überraschung trat Laila ein, stellte ihren Korb neben das Bett und setzte sich.

»Wie geht's?«, fragte sie mit ausdruckslosem Gesicht.

»Das versuche ich gerade herauszufinden«, erwiderte Ellen und fasste sich an den Hals. »Ich habe wahnsinnigen Durst.«

Laila öffnete den kleinen Beistellschrank und nahm eine Flasche Wasser heraus.

»Charlotte schickt mich«, begann sie ohne Umschweife und reichte Ellen den gefüllten Becher.

»Oh, ist sie hier?« Ellens Augen suchten nach einer unsichtbaren Katze.

»Nein, sie kam nur kurz zu mir an den Brunnen. Sie wollte Radin nicht so lang allein lassen …«

Ellen verspürte einen unangenehmen Druck in der Magengegend. »Sie kennen Radin?«, fragte sie leise.

»Ihr habt mich angelogen«, ignorierte Laila Ellens Frage. »Ihr habt mir gesagt, ihr sucht eure Aurier.«

»Das war nicht gelogen«, verteidigte sich Ellen. »Wir dachten nur nicht daran, dass Sie Radins Schicksal interessieren könnte.«

»Ha, dass mich sein Schicksal interessieren könnte?« Laila lachte bitter auf, dann blickte sie Ellen direkt an. Der Ausdruck ihrer Augen war erstaunlich klar. »Ich weiß nicht, ob dir die Wichtigkeit deiner Aufgabe bewusst ist, Ellen«, sagte sie mit eigentümlich verändertem Tonfall. »Radin ist der Schutzschirm der Welten. Und auch unserer Welt, hast du das gewusst?«

»Ja, das weiß ich«, entgegnete Ellen, verwirrt über Lailas veränderte Persönlichkeit.

»Wenn wir ihn verlieren würden«, fuhr Laila fort, »hätte Kethamarr freie Hand, und Gott bewahre, was dann passiert!«

Sie machte eine kurze Pause, und Ellen konnte ihre Besorgnis spüren, als bestünde sie aus Hitzewellen.

»Radin … darf nichts passieren«, Lailas Stimme stockte ganz plötzlich, »es darf einfach nicht sein, er ist …« Sie wandte sich ab.

»Was ist mit Radin?« Ellen fasste sie am Arm. »Laila, was? Sie klingen, als ob Sie sehr viel mehr über ihn wüssten, als Sie mir bis jetzt gesagt haben, habe ich recht?«

»Das tut nichts zur Sache …«

»Tut es wohl.« Ellen richtete sich mühsam auf. »Wie soll ich mir denn über die Wichtigkeit meiner Aufgabe im Klaren sein, wenn man mir wesentliche Dinge verheimlicht?« Sie nahm nochmals einen großen Schluck Wasser, das Reden schmerzte immer noch.

Lailas Augen rückten durch das Fenster in die Ferne. »Vielleicht hast du recht«, seufzte sie hörbar, »ich will es versuchen – aber ich …« Sie zwang ihren Blick zurück in das Zimmer. »Auch wenn du es dir vielleicht nicht vorstellen kannst«, sagte sie dann zögernd, »Radin und ich waren viele Jahre zusammen, bis …« Sie stockte und schluckte.

»Sie waren mit Radin zusammen?«, rief Ellen ungläubig aus. »Was ist dann passiert?«

Laila holte noch einmal Luft, als wolle sie fortfahren, dann schüttelte sie unmerklich den Kopf. »Damit habe ich schon genug gesagt, das andere ist eine Sache zwischen ihm und mir. Tut mir leid, Ellen, das andere hat mit deiner Aufgabe nichts zu tun und ich möchte auch nicht darüber reden!« Ihr Ton war plötzlich unerwartet schroff. Ellen hätte gerne mehr erfahren, doch sie wusste, sie würde auf diese Art nicht weiterkommen.

»Was würden Sie an meiner Stelle tun?«, fragte sie stattdessen.

»Gehe zu Runa«, antwortete Laila knapp und schulterte ihren Korb. »Ich muss wieder auf den Kirchplatz.« Sie erhob sich und blickte erneut aus dem Fenster. Eine Weile verharrte sie unbeweglich. »Die Vögel fliegen tief«, sagte sie dann nachdenklich und zog die Vorhänge zusammen, »gut möglich, dass sich da draußen etwas zusammenbraut.«

Ohne ein weiteres Wort hatte Laila den Raum verlassen. Ellens Blick hing träge an den noch schwingenden Vorhängen. Das Atmen viel ihr schwer. Das Gespräch hatte sich wie ein Stahlgürtel um ihren Brustkorb gelegt.

Die Kugeln auf dem Spieltisch rollten wild durcheinander, jede trug eine andere Aufschrift. Ellen ließ einige von ihnen durch ihre Hand gleiten. »Ich bringe Unglück«, stand auf einer; »Ich schaffe das nicht«, auf einer anderen; »Ich rolle nur rückwärts«, stand auf der nächsten. Ellen hatte keine Ahnung, welche sie zuerst versenken sollte.

Kurz darauf erschien der Essenswagen in der Tür, gefolgt von einer Pflegerin und Arnt. Sein Auge strahlte, und zu Ellens Überraschung kam er an ihr Bett gerollt, stützte sich mit einem Arm ab und umarmte sie mit dem anderen.

»Schön, dass du heil wieder da bist«, sagte er, wobei seine Mundwinkel fast an die Ohrläppchen stießen.

»Ebenfalls«, erwiderte Ellen, verwirrt über die ungewohnte Begrüßung. »Ich hätte mit dir gehen sollen, als du im Operationssaal der Sterbenden in diesen Spiegel gefolgt bist. Wäre wesentlich einfacher gewesen.« Sie öffnete die vergilbte Plastikhaube, unter der ihr Essen stand. »Puh, Suppe mit Stich und blinden Fettaugen.« Lustlos rührte sie in dem Teller herum. Nachdem sie einen Löffel geschlürft hatte, stülpte sie den Deckel wieder über die Mahlzeit. »Selbst kurz vor dem Hungertod bekäme ich das nicht den Hals hinunter.« Mit gerümpfter Nase stellte sie das Tablett auf den Beistelltisch.

»Erzähl, wie war es bei dir?« Ellen spülte den Suppengeschmack mit einem Schluck Wasser hinunter und versuchte dann, die feine Fettschicht, die an ihrem Gaumen klebte, mit der Zunge abzuschaben.

Arnt holte tief Luft, sein Auge wanderte verträumt ins Leere. »Es war eigenartig. Als dieses seltsame Ding an der Decke erschien, hatte ich das Gefühl, ich muss einfach in diese Öffnung … Die alte Frau, die vorher im Bett lag, ging vor mir. An den Wänden hingen lauter Rahmen, in die sie ständig hineinschaute und kicherte, als ob sie etwas darin sehen würde, aber die Rahmen waren alle leer. Und plötzlich«, Arnt schloss das Auge und seine Mundwinkel fuhren nach oben, »plötzlich standen wir vor einer Frau. Ellen, es war die schönste Frau, die ich je gesehen habe. Sie hat für mich einen Rahmen aufgehängt, mit einem Bild von mir drin. Ich sei ein wenig früh dran, hat sie gesagt. Dann hat sie mich gebeten, dort hineinzugehen. Ich wollte erst nicht, aber sie hat mir gesagt, ich würde dort noch gebraucht, und sie hat mir versprochen, dass ich sie wiedersehen würde. Sie war so …« Arnt seufzte lauthals. »Und so bin ich zurückgekommen. Dann habe ich dich gesucht, ich war so durcheinander, ich wollte dir sagen, dass …«

»Ja ja, schon gut, beruhige dich wieder. Ich habe gehört, was du gesagt hast, du bist mir mitten durch die Füße gerollt.« Dann grinste Ellen. »Sag mal, kann es sein, dass du verknallt bist? Wie ist das möglich?«

»Keine Ahnung, so was hatte ich noch nie.« Er holte tief Luft. »Ich habe in dieser Hinsicht wenig Erfahrung. Aber ich würde für sie sterben …« Seine Hände wirbelten vor seinem Körper, als stünde er vor einem Orchester.

»Okay, komm wieder auf den Boden!«, sagte Ellen schmunzelnd, dann wurde ihr Gesicht ernst. »Wir müssen so schnell wie möglich hier raus«, wechselte sie abrupt das Thema. »Wir haben Leah vergessen. Der linke Aurier, er muss noch in meiner Jacke stecken, und die hat meine Mutter mitgenommen. Ich bin mir sicher, sie hat sie gewaschen.«

»Heiliger Strohsack!« Arnt fasste sich ans Kinn. »An den beknackten Kleinen habe ich auch nicht mehr gedacht.«

»Und weißt du, was noch dazukommt?«

Arnt runzelte die Stirn: »Reicht das nicht schon?«

»Laila war da.« Ellen verknotete nervös die Finger. »Charlotte lässt ausrichten, dass es immer schlechter um Radin steht, dass ich mich beeilen muss …« Sie nahm einen großen Schluck Wasser.

Arnt starrte auf den Boden. »Na, da steht uns ja einiges bevor«, sagte er kurz darauf leise.

Ellen fuhr auf. »Dann bist du also noch mal mit dabei?«, fragte sie vorsichtig. »Trotz allem, was passiert ist?« Sie unterdrückte den Wunsch, ihn zu umarmen. Der Gedanke daran, dass Arnt *die Schnauze voll* haben könnte, wie er es selbst ausgedrückt hatte, hatte sie nicht mehr losgelassen.

»Was bleibt mir anderes übrig? Anscheinend werde ich noch gebraucht.« Er grinste.

»Dann lass uns Runa suchen, sie wird uns weiterhelfen«, sagte Ellen. Dann hielt sie inne. »Oder vielleicht sollten wir uns zuerst um Leah kümmern?« Ellen vergrub ihr Gesicht in den Händen. »Verflixt, ich habe keine Ahnung, wo wir anfangen sollen. Leah, Radin, Runa? Und unsere Aurier?«

»Wir müssen das ganze Schritt für Schritt angehen – eins nach dem anderen.« Arnt fasste sich in den Nacken. »Welche Aufgabe ist *jetzt im Moment* am Wichtigsten?«

»Leah, Radin, beide sind wichtig.«

»Okay«, nickte Arnt. »Und wer liegt dir mehr am Herzen?«

»Leah«, antwortete Ellen ohne zu zögern. »Andererseits sagen alle, wie wichtig Radin für uns ist …«

»Wir müssen uns entscheiden, sonst kommen wir nicht vom Fleck«, Arnt ließ nicht locker, »Leah also?«

»Ich denke einfach, wenn ihr wegen mir etwas zustößt, würde ich das niemals verkraften … aber Radin …« Ellen brach ab. *Entscheide mit dem Herzen und stehe dazu* … Radin selbst hatte diese Worte ausgesprochen. Entschlossen blickte sie auf. »Wir gehen zuerst zu Leah, das wird nicht viel Zeit kosten. Ich habe Mum bereits aufs Band gesprochen, dass sie mir dringend die Kleider bringen soll – und wie ich sie kenne, ist sie schon unterwegs.«

»Na siehst du«, Arnt lächelte, »so gefällst du mir schon besser.«

»Aber ich habe keine Ahnung, ob Aurier waschbar sind, womöglich noch bei sechzig Grad.«

»Vielleicht ist der kleine Großkotz ja etwas geschrumpft«, witzelte Arnt, doch in seiner Stimme spürte Ellen Besorgnis. »Aber abgesehen davon«, fuhr er fort, »wenn wir die Jacke haben, müssen wir zuerst zum Pfortenkreis.«

»Das stimmt«, nickte Ellen. »Schade, dass wir in unserer Welt nicht ortswechseln können … mit dem Bus dauert es ewig, bis wir dort ankommen und mein Auto ist zu klein für deinen Stuhl. Vielleicht könnte Tilo uns nochmal helfen.«

»Wer?«

»Tilo, der Typ, der mich letzte Nacht zum Pfortenkreis gebracht hat. Er hat einen großen Wagen. Ich werde Susan bitten, ihn zu fragen, ob er uns fährt.

Ellen diskutierte gerade mit einem Arzt, als ihre Mutter hereinkam. Die Erleichterung über den Zustand ihrer Tochter stand ihr ins Gesicht geschrieben, änderte sich jedoch schlagartig, als sie die besorgte Miene des Arztes erblickte.

»Frau Lang möchte partout heute schon das Krankenhaus verlassen, wir raten ihr jedoch dringend an, noch zwei Tage zur Beobachtung zu bleiben«, sagte der Arzt zur Mutter gewandt. »Sollte sie heute schon gehen«, fuhr er mit erhobenem Finger fort, »dann nur auf eigene Verantwortung – und nur, wenn sie uns das hier unterschreibt!«

»Werde ich«, sagte Ellen und trat auf ihre Mutter zu, deren besorgter Blick zwischen Ellen und dem Arzt hin und her huschte.

»Mum«, Ellen drückte sie fest, »danke, dass du so schnell gekommen bist. Hast du meine Kleider?«

Die Mutter hob eine Tüte hoch. »Hier ist alles drin, ist so gut wie trocken.«

»Dann – dann hast du alles gewaschen? Die Jacke auch?« Ellen wurde bleich, obwohl sie es geahnt hatte.

»Natürlich, das alte Ding war ja total verdreckt.« Die Mutter wirkte überrascht.

Ellen nahm die Strickjacke aus der Tüte, und obwohl ihr klar war, dass sich der Aurier nur in Anderland befinden konnte, öffnete sie ein kleines Stück des Reisverschlusses und streckte einen Finger hinein. Die Tasche war leer. Auch als sie das Ohr an die Jacke hielt, konnte sie keinen Laut vernehmen.

»Ellen, ist alles in Ordnung?« Die Mutter legte die Stirn in Falten. »Bist du sicher, dass du nicht doch noch eine Weile hierbleiben möchtest?«

»Mach dir keine Sorgen, ich bin völlig okay.« Ellen betastete noch immer das Kleidungsstück.

»Bitte denk nochmals darüber nach.«

»Mum, es ist wirklich alles gut bei mir«, sagte Ellen mit Nachdruck. »Und wie sieht es bei dir aus?«

Die Mutter zögerte einen Moment. »Abgesehen davon, dass meine Tochter bis gestern noch im Koma lag und partout heute schon das Krankenhaus verlassen will, ist alles bestens.« Ihr Blick fiel auf Arnt, der sich etwas entfernt hatte und in einer Zeitung blätterte.

»Oh, ihr kennt euch ja noch gar nicht«, rief Ellen aus, »Mum, das ist Arnt, Arnt, das ist meine Mum …«

»Ruth«, ergänzte die Mutter. Ein Klopfen unterbrach die Begrüßung und Susan trat ein. Ihre Augen trugen eine bügelfreie Brille mit bläulichem Rand. »Tilo kommt in einer halben Stunde«, sagte sie, »er parkt vor dem Haupteingang – oh, hallo Ruth.« Sie winkte zur Begrüßung.

»Ihr meint das also tatsächlich ernst mit dem Verlassen des Krankenhauses … Ellen, was – was geht hier vor?« Der Blick der Mutter flog zwischen Ellen, Arnt und Susan hin und her.

»Mum, Arnt und ich müssen noch etwas erledigen, ich erzähle dir alles, wenn wir zurück sind. Mach dir bitte keine Sorgen.«

»Ich weiß nicht, was ihr vorhabt, und ich weiß auch nicht, ob ich es gut finden würde, wenn ich es wüsste.« Die Mutter stand auf. »Versprecht mir einfach eins: Passt auf euch auf und überlegt, was ihr tut, bevor ihr es tut.« Mit diesen Worten umarmte sie Ellen und verließ das Zimmer.

»Ich muss mich noch umziehen.« Ellen zog die restlichen Kleidungsstücke aus der Tüte.

»Gut, ich muss auch noch meine Jacke holen«, sagte Arnt, »danach können wir starten.«

Froh, sich endlich der Krankenhauswäsche entledigen zu können, schlüpfte Ellen in ihre frisch gewaschenen Kleider und warf dabei einen Blick auf die Uhr. Tilo würde in zwanzig Minuten vor der Türe stehen. Nervös nahm sie die Zeitung, die Arnt hatte liegen lassen. Bei den Todesanzeigen erwischte sie sich dabei, wie sie die Namen der Verstorbenen überflog. Wieder blickte sie auf die Uhr. Noch fünf Minuten. Sie legte die Zeitung beiseite und öffnete die Zimmertür. Von Arnt war nichts zu sehen. *Er müsste längst hier sein,* dachte sie angespannt, und gerade, als sie sich auf die Suche nach ihm machen wollte, kam er in rasantem Tempo auf sie zugerollt.

»Meine Mutter war da – du kennst sie ja …«, er verdrehte sein Auge. »Jetzt aber los, wir sind schon fast zu spät.«

Sie hasteten zum Ausgang, vorbei an dem Empfangsdesk. Die hornbrillige Dame schoss raketenartig hoch.

»He!«, brüllte sie, »stopp! Sie können doch nicht einfach …« Doch Ellen und Arnt waren bereits durch die Ausgangstür verschwunden.

Der blaue Lieferwagen wartete bereits vor dem Gebäude. Tilo hatte die hinteren Türen geöffnet und die Rampe für den Rollstuhl herausgeklappt. Während Arnt mühelos in den Wagen rollte, kletterte Ellen auf den Beifahrersitz. Tilo schloss gerade die Heckklappe von innen, als ein lautes Hämmern durch das Auto dröhnte. Vor Ellens Fenster winkte ein Zettel, und hinter dem Zettel stand der Arzt mit stocksaurem Gesicht.

»Hier ist Halteverbot«, rief er erzürnt. »Außerdem müssen sie noch hier unterschreiben, Frau Lang, das Formular …«

Der Motor des Lieferwagens brüllte auf, Tilo trat aufs Gas und ließ den weißen Arzt in einer schwarzen Abgaswolke stehen.

Unterdessen hatte das hektische Treiben auf der Straße die Aufmerksamkeit eines Vogels geweckt. Als sich der Lieferwagen in Bewegung setzte, schwang er sich in die Lüfte und folgte ihm über die Landstraße hinweg, bis der Wagen am Waldrand hielt. Dann bog der Vogel ab und flog eilig in eine andere Richtung davon.

Kapitel 28

Scarabella

Morphus Knechtereff drückte sein Ohr an die Tür, um einige der Worte zu erhaschen, die wie Kanonenkugeln durch den Raum schossen.

»Von Hornochsen bin ich umgeben, von Nichtsnutzen und Nieten«, hörte er Kethamarr brüllen, und ein zufriedener Ausdruck überzog sein Gesicht. Von der Neugier gepackt, spähte er durch das Schlüsselloch. Kethamarr lief rastlos hin und her, wobei er sich in einem Wortschwall von Flüchen und Beschimpfungen übelster Art erbrach. Immer wieder trat er gegen den Triamesen, der zusammengekauert auf dem Boden hockte und verzweifelt versuchte, die Tritte mit den Händen abzuwehren.

»Erst lasst ihr sie entkommen und dann seid ihr zu dumm, sie wieder aufzutreiben. Ein Mädchen und ein Behinderter im Rollstuhl, wie hirnlos muss man sein, dass so was passiert.«

»Maestro, Sir …«, der Triamese hielt sich immer noch schützend die Hände über den Kopf, »unzählige Augen haben das Gebiet abgesucht, wir können uns nicht erklären, wo sie geblieben sind.« Er wagte es nicht, den Blick zu heben. Kethamarr trat erneut zu. Die Spitze seines Fußes traf den Triamesen am Hals. Einer der Beutel aus dem Kranz um seinen Hals platzte auf, und eine grünliche Flüssigkeit ergoss sich über den Boden. Ein jämmerliches Aufheulen erfüllte den Raum.

»Das ist deine letzte – deine allerletzte Chance!« Kethamarr beugte sich zu ihm herab, seine Stimme wurde gefährlich leise: »Ich will die beiden haben, hast du verstanden? Bring sie mir zurück, sonst reiße ich dir den Rest deines hässlichen Kragens vom Hals und zerquetsche deine widerwärtige Brut mit meinen eigenen Händen … einen nach dem anderen.«

In diesem Moment erklang ein leises Stöhnen. Das alte Gesicht auf der Schulter des Triamesen schrumpelte im Zeitraffer zusammen und fiel wie eine reife Feige auf den Boden. Der Kopf, den Kethamarr eben noch beschimpft hatte, klappte an die frei gewordene Stelle und tauchte in der Schulter unter, als wäre er froh, der Situation zu entkommen. Der neue Kopf, der mittlerweile so weit gewachsen war, dass die Zähne Platz darin fanden, erhob sich aus der anderen Schulter und rückte in die Mitte nach. An die dritte frei gewordene Stelle rückte einer der Beutel, der an dem Halskranz hing und sich langsam öffnete. Ein kleiner Schädel presste sich durch den Schlitz wie ein Schlangenbaby aus dem Ei. Er blinzelte kurz und verschwand in der Schulter.

»Dein Wesen ist so jämmerlich abstoßend«, sagte Kethamarr kopfschüttelnd und wandte sich ab.

»Sir, jetzt habe ich hier das Sagen«, erklang eine Stimme, deren Härte Kethamarr herumfahren ließ. Er starrte auf eine Reihe spitzer Zähne. »Wir werden die beiden finden, Sie können sich auf uns verlassen, voll und ganz.«

Kethamarr betrachtete die Kreatur mit zusammengekniffenen Augen. »Verschwinde, du widerst mich an«, zischte er, »mache dich auf den Weg und wehe – wehe dir, du versagst noch einmal.«

»Bei mir gibt es kein Versagen«, gab der Triamese zurück, erhob sich schwankend und torkelte rückwärts zur Tür.

»Wir laufen unrund«, piepste der Frischgeschlüpfte, der sich aus der Schulter erhoben hatte und sich jetzt neugierig umsah. Grüne Flüssigkeit tropfte von seiner Nase. »Soll ich es versuchen?«

»Du bist noch nicht dran, Grünschnabel«, erwiderte der Kopf in der Mitte nun mit sanfterer Stimme und leckte ihm über das Gesicht. »Ein paar Schritte, und ich habe das Laufen im Griff.«

Der kleine Kopf zog sich murrend zurück.

»Umgeben von Hirnrissigen«, schnaubte Kethamarr und rührte mit der Fußspitze in der grünlichen Masse, die aus dem Beutel geplatzt war. Mitten in der Flüssigkeit glibberten zwei Kugeln wie Froschlaich. Es knallte, als Kethamarr auf eine der beiden trat. Die andere starrte ihn angsterfüllt an. Kethamarr trat ein zweites Mal zu und die Masse am Boden erblindete wortlos.

Das Mädchen mit den erdbeerfarbenen Haaren erschien mit Schaufel und Besen.

»Lass das sein, Lucia, das erledigen die Vögel.« Kethamarr schnippte mit den Fingern, und drei Raben schossen aus der Ecke, als hätten sie nur auf sein Zeichen gewartet. Wild balgend machten sie sich über den Glibber her. Kethamarr drehte verächtlich den Kopf zur Seite und griff in das silberne Schälchen.

»Warum ist das leer?« Er fuhr herum.

»Ich … ich habe es heute Morgen aufgefüllt.« Lucia wich zurück. »Herr, Ihr habt den ganzen Tag davon gegessen, mehr als sonst …«

»Du sollst mich nicht Herr nennen«, brauste Kethamarr auf, dass das Mädchen die Schaufel fallen ließ. Dann wurde seine Stimme milder. »Nenne mich beim Namen.«

»Kethamarr.«

»Sehr schön.« Seine Lippen verzogen sich zu einem Lächeln. »Ich liebe es, ihn aus deinem Mund zu hören, so schüchtern, so rein …« Er beugte sich hinab und legte seine Hand erst in ihre Haare, dann glitt sie hinunter zu dem zarten runden Kinn. Vorsichtig drehte er ihr Gesicht in seine Richtung. »Ich weiß, du bist zu mir gekommen, weil du mir dienen wolltest. Aber ich habe dich bei mir aufgenommen, weil du mir gefällst und nicht, damit du für mich arbeitest. Das weißt du doch, oder?«

»Ja, ich weiß es«, nickte das Mädchen und blinzelte.

»Dann werde ich jetzt gehen und die Schale selber auffüllen.« Kethamarr strich noch einmal kurz über ihr Haar, dann verließ er den Raum.

Lucia wartete, bis er verschwunden war, dann wandte sie sich voller Abscheu den Raben zu, die ihre Schnäbel über den Boden schabten, um auch den letzten Rest der glänzenden Masse zu erhaschen.

Kethamarr betrat den gewölbten Raum, in dem die Staffeleien standen. Jede von ihnen war mit zwei Leinwänden bestückt, und vor jeder Leinwand bewegte sich eine Gestalt auf einem Hocker. Sie standen eng beieinander und trugen in rhythmischen Bewegungen eine leuchtende Farbmasse auf. Sie bewegten sich derart synchron, dass es wirkte, als wären sie vom gleichen Hirn gesteuert. Immer wieder tauchten sie ihre Pinsel in bunte Töpfe, um die Farbe einen Sekundenbruchteil später auf die Leinwand zu streichen. Unter jedem der Töpfe flackerte eine Kerze. Feine Dampfschwaden entstiegen der trägen Substanz, die darin brodelte und füllten den Raum mit feuchtem Dunst.

Kethamarr trat vor eine Staffelei und ließ seinen Blick über die Bildpaare huschen, als ob er sie vergleiche. Dann nickte er zufrieden.

An den Wänden des Saales hingen vollendete Werke. Sie alle waren in exakten Abständen zueinander angebracht. Ein einziges hob sich ab. Es war in einen goldenen Rahmen gefasst und hing allein über dem erloschenen Kamin.

Er folgte den Bildreihen, bis er zu einem wulstigen Etwas kam. Es hatte etwa die Länge eines Unterarms und glich einer fleischigen Raupe. Das Tier hatte sich an den Farben festgesaugt, während sein Hinterteil durch die Luft peitschte, als wolle es den malenden Gnomen den Takt angeben. Durch die farblose, dünne Haut schimmerte ein silberner Faden, der sich wellenartig aus dem Hinterleib schlängelte. Die geschickten Beine des Tieres fingen ihn dort auf und reichten ihn zum Kopf hin weiter, wo ihn die vorderen Beine zu einer Kugel rollten. Nachdem sie die Größe einer jungen Kirsche erreicht hatte, kappte die Raupe den Faden mit einem Biss, die Kugel fiel in den darunterhängenden Trichter und kullerte in eine Dose.

Kethamarr trat näher und nahm sich eine heraus, betrachtete sie kurz von allen Seiten und ließ sie über die Zunge in seinen Mund rollen. Dann fuhr er mit einem Finger direkt an die schlauchartigen Lippen der Raupe, und mit einem feinen *Plopp* löste sie sich von dem Bild. Zutraulich robbte sie über Kethamarrs ausgestreckten Arm und schmiegte sich an seine Brust.

»Scarabella, meine Teure.« Er lächelte väterlich auf sie hinab und strich über ihre nackten Wülste, die sich bei jeder Berührung wohlig aufblähten.

Nachdem er sie eine Weile liebkost hatte, setzte er das Tier zurück auf das Bild. Sofort rammte es seine Zähne in die Farbe, saugte sich daran fest und vollführte seinen peitschenden Tanz aufs Neue. Kethamarr sah eine Weile zu, dann öffnete er nacheinander die kleinen Dosen. Die meisten waren leer.

»Ich habe sie heute Morgen alle herausgenommen«, rief Lucia, die inzwischen gefolgt war. »Alle bis auf diese dort, wie es mir aufgetragen wurde.« Sie deutete auf das Bild oberhalb des Kamins.

Kethamarr warf einen missbilligenden Blick auf die Gnome, die beim Erscheinen Lucias aus dem Rhythmus zu kommen drohten. Dann trat er auf das Bild zu und öffnete die kleine

Dose, die unter dem goldenen Rahmen hing. Eine einzige, winzige Kugel schimmerte perlmuttfarben darin.

»Ist das alles?«, fragte er und pickte sie vorsichtig heraus.

»Ja, es ist seltsam«, Lucia zuckte die Schultern, »die Ernte an diesem Bild scheint immer schlechter auszufallen.«

»Ist schon gut«, raunte Kethamarr leise. »In diesem Fall ist weniger eine Menge mehr … Wenngleich auch immer noch zu viel.« Versonnen betrachtete er die Kugel zwischen seinen Fingerkuppen. »Lucia«, jetzt blickte er lächelnd auf, »bald ist es so weit. Radins Quelle ist so gut wie versiegt. Es ist nur noch eine Frage der Zeit, einer sehr kurzen Zeit – dann werde ich die Macht übernehmen.«

Der Triamese zog sich in seine Kammer zurück und entfernte mit schmerzverzerrtem Gesicht die Reste des geplatzten Beutels von seinem Hals.

Der frisch geschlüpfte, mittlerweile getrocknete Kopf war alles andere als wortkarg. »Wie konntet ihr nur so dumm sein und die beiden laufen lassen«, wetterte er los, »sechs Augen sollten doch genügen, um auf zwei Personen aufzupassen, erst recht, wenn eine der beiden im Rollstuhl sitzt.« Er schüttelte brüskiert den kleinen Kopf.

»Kaum geschlüpft, wirst du schon aufmüpfig«, der mittlere Kopf entblößte seinen Zahnkranz, »halt mal besser die Schnauze. Wenn ich das Sagen gehabt hätte, wäre das nicht passiert. Aber der Dummkopf da«, er drehte sein Kinn zu seinem Vorgänger, »der hat kümmerlich versagt.«

»Hey, Dummkopf, was sagst du dazu?« Der Neuling blickte am Hals des mittleren Kopfes vorbei auf die gegenüberliegende Schulter.

»Ich kann es mir auch nicht erklären. Sie müssen unsichtbar gewesen sein.« Der älteste Kopf gähnte gelangweilt und schloss die Augen, die jetzt von Furchen umrandet waren.

»So ein Quatsch, wahrscheinlich hast du gepennt«, knurrte der mittlere. »Schau dich doch an.«

Da fuhr der Kopf des ältesten hoch. »Zu dem Zeitpunkt war ich noch jung und mehr als fähig, die beiden aufzuspüren. Sie waren nicht da und damit basta«, grollte er. »Und du da drüben, hör endlich auf, hier den Allwissenden zu spielen, du hast gerade erst den Schleim von der Nase geschüttelt.«

»Mag sein, aber ich habe schon jetzt genug gesehen, um ...«

Ein Krächzen unterbrach seinen Redeschwall. Ein Rabe war auf dem Sims gelandet. Der Triamese öffnete das Fenster und ließ ihn herein.

»Sie sind im Wald bei Grollloch, ihr müsst euch beeilen«, erklärte der Vogel außer Atem.

»Sehr gut.« Der Triamese schloss das Fenster, warf ein paar Körner auf den Boden und setzte sich daneben. »Erzähl mir ganz genau, wo du sie gesehen hast.« Er steckte eines der Körner zwischen seine nagelneuen Zähne.

Der Rabe pickte das Futter und fing an zu berichten, wobei er immer wieder ein Wort verschluckte. Der Triamese wartete in angespannter Geduld.

»Das hast du sehr gut gemacht«, lobte er, nachdem der Vogel geendet hatte. »Wenigstens auf einen ist Verlass.«

Der Rabe fraß das letzte Korn, dankte mit geplusterter Brust und verließ dann sein Leben durch die geschlossene Scheibe.

Den Triamesen kümmerte das gebrochene Genick nicht, mit dem der Rabe vor seinem Fenster lag. Er stürzte die Treppe hinunter und sattelte sein Renntier, das erregt mit den gespaltenen Hufen stampfte.

»Jetzt haben wir sie«, rief er, sprang in den Sattel und griff nach dem Horn.

Kapitel 29

Drei Köpfe

Im Wald bei Grollloch angekommen, hatte Tilo den Wagen so geparkt, dass Arnt das erste, steile Hangstück mithilfe der Rampe überwinden konnte.

»Ich begleite euch noch bis zum Pfortenkreis«, sagte er und half Arnt den Berg hinauf. Zu Ellens Verdruss hatte Arnt nichts einzuwenden, doch sie verkniff sich eine Bemerkung und lief nebenher.

»Hoffentlich folgt uns diesmal niemand, der Weg ist leider immer noch gut zu erkennen«, sagte sie, als sie die Tannen erreichten und Ellen darauf achtete, diesmal behutsamer vorzugehen.

»Auf dem Rückweg werde ich versuchen, die Spuren zu verwischen«, presste Tilo hervor und wuchtete den Stuhl über die schlangenartige Wurzel. Ein paar Minuten später hatten sie den Pfortenkreis erreicht.

»Ich wünsche euch viel Glück! Ich glaube, ihr habt es bitter nötig.« Tilo hob die Faust mit gedrücktem Daumen. Er hatte von Susan einiges erfahren, aber das, was Ellen während der Fahrt noch ergänzt hatte, übertrumpfte alles.

»Und wenn ich etwas tun kann … Ihr wisst ja, wo ihr mich findet.«

»Tilo, ich weiß nicht, was wir ohne dich machen würden.« Ellen warf ihm einen dankbaren Blick zu. Dann lehnte sie die zwei Wasserflaschen, die sie dieses Mal vorsorglich mitgebracht hatte, an einen Baumstamm und zog eines der beiden noch übrigen Reibestäbchen darunter hervor. Sie musste mehrmals über das Holz streichen, bis sich der Stab entzündete. Wieder stieg die Rauchsäule auf und die Pforte formte sich aus den Nebelschwaden.

Ellen umfasste nervös die Griffe von Arnts Stuhl und drehte sich nochmals zu Tilo um.

»Sollte mein Mund offen stehen, wärst du so nett und würdest ihn schließen?«

»Ich werde vorher ein paar Ameisen reinwerfen«, Tilo grinste, »euer Durchgang ist da, ihr müsst los.«

»Wehe dir«, rief Ellen noch, kniff die Lippen zusammen und schob Arnt mit einem Ruck durch den Nebelrahmen. Im gleichen Augenblick fielen ihre Körper in sich zusammen. Obwohl Tilo wusste, was geschehen würde, erfüllte es ihn mit Grauen. Gerade versicherte er sich, dass bei den beiden der Mund geschlossen war, da ließ ein Schrei ihn aufhorchen. Er klang gedämpft, wie in Watte gepackt.

»Wir müssen zurück!« Ellen stolperte rückwärts und krallte sich so an den Griffen fest, dass die Nägel in ihr Fleisch schnitten. Vor ihnen stand der Triamese mit seinen klimpernden Orden, doch diesmal hatte er drei Köpfe.

Ellens Blick hastete zur Pforte – es war zu spät. Um Beherrschung ringend, starrte sie auf das vielköpfige Wesen, das sich unweit vor ihr befand. Da erkannte sie den äußeren Kopf wieder. Es war der, der mit ihr auf der Brücke über Leah gesprochen hatte – nur wirkte er deutlich gealtert. Der Kopf in der Mitte grinste, wobei sein Gebiss aussah wie ein Reißverschluss aus spitzen Zähnen, der sich um die Hälfte des Kopfes zog. Der dritte schien noch sehr jung zu sein, doch die kantige Gesichtsform verlieh ihm schon jetzt einen draufgängerischen Ausdruck. Sie alle hatten die gleichen, glubschigen Augen, wulstige Lippen und eine grünliche Hautfarbe.

»So sehen wir uns wieder«, blaffte der alte, schrumpelige Kopf. »Habt wohl gedacht, ihr könntet uns entkommen, wie?«

»Was wollt ihr von uns?« Arnt hatte erstaunlich schnell die Fassung wiedergewonnen.

»Was wir von euch wollen?« Der alte Kopf lachte laut auf, während die beiden anderen Ellen von oben bis unten mit ihren Froschaugen musterten.

»Nun ja, wir direkt möchten nichts von euch. Aber eure Aurier baten uns, euch abzuholen«, sagte der alte Kopf mit gespitztem Mund. »Sie können es kaum erwarten, euch wiederzusehen.«

»Du widerlicher Lügner!« Ellen löste sich aus der Lähmung. »Du hast uns letztes Mal schon angelogen, Leah hatte gar nicht vor, sich umzubringen.«

»Haha, gelogen?« Der alte stülpte seine Lider halb über die golfballgroßen Augen. »Nein, nicht gelogen. Ich war höchstens der Zeit voraus. Wenn sie es damals nicht tun wollte, wird sie es spätestens jetzt versuchen.« Wieder lachte er. »Ich habe sie gesehen, mit ihrem einsamen Zwerg, wirres Zeug hat sie geredet, vermutlich kannst du ihre Gebeine bald unter der Brücke zusammenkehren, wenn sie nicht schon eingesammelt sind.« Der alte schien seine Energie wiedergewonnen zu haben. Die beiden anderen Köpfe stimmten in das Gelächter ein.

»Leah ist nichts passiert!«, Ellen ballte die Fäuste, »und es wird ihr auch nichts passieren. Wir werden das verhindern.«

»Gar nichts werdet ihr verhindern«, zischte nun der mittlere Kopf durch die Zahnspalten, »ihr werdet mit uns kommen. Auf persönlichen Wunsch unseres Herrn und Meisters. Auf persönlichen Wunsch von – Kethamarr.«

Während der Triamese redete, verschwand Arnts Hand in der Hosentasche. Ellen beobachtete aus den Augenwinkeln, wie er langsam seine Steinschleuder herauszog und zwischen den Beinen versteckte. Sie bezweifelte, dass Arnt den Dreiköpfigen mit seinem Spielzeug beeindrucken konnte, doch einen Versuch war es wert. Doch womit wollte er schießen? Ellen vermutete, dass Arnt gerade das gleiche dachte. Ihr Blick huschte über den Boden und fixierte einen Erlenzapfen, der hinter Arnts Rad lag.

»Verflixt, ich habe meinen Ohrring verloren«, sie griff sich ans Ohrläppchen, »er … er war von meiner Mutter …«

Die sechs Augen des Triamesen hefteten sich überrascht an Ellen, die sich mit einer Hand an dem Stuhl hielt und mit der anderen über den Waldboden fuhr.

»Das ist nicht dein einziges Problem, Mädchen.« Der junge kantige kniff die Augen zusammen.

»Moment«, rief der mittlere, »ich trau der nicht – hey! Hör sofort damit auf!«

Unauffällig ließ Ellen den kleinen Zapfen in ihrer Hand verschwinden.

»Es scheint, du bist der einzige kluge Kopf hier«, sagte nun Arnt zu dem Reißverschluss-Gesichtigen und nickte anerkennend. »Der eine ist zu alt, um zu denken, und der andere zu jung, um zu wissen.«

»Was bin ich?«, brüllte der kantige prompt, seine Augen traten weit hervor. »Wir lassen uns nicht beleidigen! Los, kipp den Lahmen aus dem Stuhl. Mach schon! Beweg unseren Arsch!« Er rüttelte mit seinem Kopf vor und zurück, als könne er sich damit vorwärtsbringen.

Der mittlere Kopf mahlte knirschend mit den Zähnen, als wolle er abwägen, ob es sich lohne, Arnt anzugreifen, da nutzte Ellen den Moment, und drückte Arnt den Zapfen in die Finger.

Blitzschnell hatte er die Schusswaffe geladen. Das Gummi straffte sich zu hauchdünnen Bändern, und das Geschoss wurde lediglich von zwei schmalen Fingerkuppen am Abfeuern gehindert.

»Fertig diskutiert. Verschwindet, sonst verpasse ich euch eins mitten in die Fratze, und das schmerzt, darauf könnt ihr Gift nehmen.«

Ellen sah Arnt mit großen Augen an. Seine Stimme klang ungewohnt hart. Prompt wich der Triamese einen Schritt zurück, der junge Kopf bleckte die milchigen Zähne.

»Sollen wir uns von dem Krüppel Angst machen lassen?«, blaffte er den mittleren an. »Tritt ihm die Schleuder aus der Hand, los, jämmerlicher Feigling!«

»Haltet sofort euer Maul, ihr Vollidioten«, rüffelte der mittlere, »der wird nicht schießen.«

»Du bist wirklich bescheuert«, mischte sich nun der alte ein, »und was, wenn doch? Was, wenn er uns am Hals trifft? Dank Kethamarr haben wir sowieso schon eine Generationslücke …«

Arnt senkte die Schleuder etwas tiefer.

»Bist du eigentlich voll verkalkt?«, brüllte der mittlere jetzt außer sich. »Geht's denn noch dämlicher? Und du Milchgesicht hältst endlich dein dummes Maul, kapiert! Ich habe hier das Sagen und sonst niemand, und langsam habe ich die Schnauze voll von eurem Geschwätz!« Rasend vor Wut fasste er den alten und den jungen Kopf an ihren mageren Haarschöpfen und schüttelte sie, während diese wild zeternd versuchten, auf ihn einzubolzen.

Mitten im Getümmel hielt der junge kantige plötzlich inne. Seine Nasenlöcher weiteten sich im gleichen Maß, wie sich die wütend funkelnden Augen verengten und sein Gesicht nahm bedenklich an Farbe zu.

»Jetzt reicht's«, zischte er schon fast dunkelgrün. »Jetzt übernehme ich hier das Kommando!« Blitzschnell drehte er seinen Kopf und biss dem mittleren von hinten kräftig in den

Hals. Der Reißverschluss platzte auf, und der Triamese griff sich brüllend ins Genick. Taumelnd sank er in die Knie, schrie noch einmal schmerzverkrümmt auf, bevor er zur Seite kippte und dann winselnd am Boden liegen blieb.

Ellen sprang zurück. Jetzt rutschte der kantige in die Mitte des Halses. Mit gebleckte Zähnen setzte er sich auf und blickte triumphierend auf seine Fäuste, die er öffnete und schloss, als wolle er die Funktionstüchtigkeit überprüfen, dann riss er sich die grünschleimigen Fetzen seines Vorgängers vom Hals.

In der Zwischenzeit erschien ein neuer, glitschiger Schädel auf dem leeren Platz. Der alte schien den Rückzug angetreten zu haben und war in der Schulter verschwunden.

»Jetzt oder nie. Schnell!«, flüsterte Ellen, »schieß auf seinen Hals, dann lass uns ortswechseln, bevor er sich wieder gesammelt hat.«

»Wohin willst du ortswechseln?«

»Vor Leahs Haustür.«

»Aber – er wird uns folgen«, Arnts Stimme klang butterweich.

»Ich denke nicht, dass er das in seinem Zustand schafft, wir müssen es versuchen, es ist unsere einzige Chance …«

Ellen, ich kann grad weder schießen noch ortswechseln, ich – ich glaube, ich muss kotzen.« Arnt schob seine Beine auseinander und würgte einen Brocken Luft vor seine Füße.

»Dann werde ich versuchen, zu ortswechseln«, flüsterte Ellen und griff nach seiner schlaffen Hand.

»Vergiss meinen Stuhl nicht«, quetschte Arnt hervor und hielt mit einer Hand das Rad fest.

Ellen schloss die Augen, blinzelte kurz, schüttelte den Kopf und schloss sie wieder – nichts geschah.

»Was ist los?« Arnt rüttelte ungeduldig an ihrer Hand.

»Ich bekomme das Bild nicht hin.« Sie warf einen kurzen Blick auf den Triamesen, der gerade versuchte, sich zu erheben wie ein kleines Kind, das laufen lernte. Und er lernte schnell …

»Probier's noch mal«, hauchte Arnt, »schau nicht auf das, was vor dir passiert.«

»Es verschwimmt immer so – ich kann es nicht richtig halten.«

Der Triamese war wieder auf den Beinen und der kantige begann, den neugeschlüpften trockenzulecken, als wäre er ein Welpe.

»Das ist ein guter Moment«, sagte er erstaunlich liebevoll und schlabberte dem Frischling über das Gesicht. »Ein guter Moment, um die Augen zu öffnen.«

Arnt gab abermals ein würgendes Geräusch von sich, das klang wie: »Vergiss einfach alles um dich rum!«

»Okay.« Ellen schloss die Augen und atmete ein paar Mal tief durch. Sie spürte die Luft in ihren Lungen, spürte Arnts Hand in der ihren, dann schritt sie in Gedanken auf Leahs Haus zu, wie schon so viele Male zuvor. Noch einmal holte sie tief Luft, dann hob sie den Fuß und setzte ihn auf die erste Stufe …

Der Triamese, der Wald, alles verblasste, und kurz darauf spürte sie, wie das Bild einrastete.

KAPITEL 30

Leah

Sie waren angekommen. Arnt hing mit seinem Stuhl auf den Treppenstufen und konnte nur durch einen reflexartigen Balanceakt den Sturz verhindern.

»Musst du ausgerechnet auf einer Treppe landen«, keuchte er in übler Schräglage.

»Entschuldigung, dass ich uns gerade gerettet habe«, empörte sich Ellen. »Außerdem ist das nur, weil – Achtung!«, blitzartig sprang sie auf und stützte den Stuhl. »Wieso probierst du es nicht einfach mal ohne das Ding«, platzte es aus ihr heraus.

Arnt fuhr wütend herum, doch seine Worte blieben ihm im Magen stecken. Er würgte erneut.

Ellen seufzte resigniert, dann sah sie sich um. Außer ein paar Jugendlichen, die mit Bierdosen auf der Straße kickten und dabei einen ohrenbetäubenden Lärm verursachten, konnte sie niemand sehen. Bis jetzt schien die Flucht gelungen zu sein. Hektisch nestelte sie an ihrer Jackentasche.

»Meinst du, er ist noch drin?«

»Der Triamese?«, hauchte Arnt benommen.

»Nein, Leahs Aurier. Ich hatte noch gar keine Zeit, zu schauen, ob …«

Ellen rüttelte an dem Reißverschluss. »Verflixter Mist, er klemmt, das muss vom Waschen kommen.« Ungehalten zerrte sie an dem kleinen Zipper. Endlich gab er nach. Langsam öffnete sie die Tasche und griff vorsichtig hinein. Ihre Hand schloss sich um nichts Spürbares, doch als sie sie wieder herauszog, klemmte der Aurier schlaff zwischen ihren Fingern.

»Er ist noch da«, frohlockte sie leise. »Aber – du meine Güte – sieht der zerrupft aus.« Sie legte den Kleinen in ihre flache Hand. Erschöpft lag er da und starrte ins Nichts. Seine Haare waren verknotet und ragten wie dünne Rasterlocken in alle Richtungen. Ellen pustete ihn ein wenig an. Der Kopf des Auriers drehte sich schwach ab.

»Ich glaube, es geht ihm nicht so gut«, bemerkte sie, und in ihrer Stimme schwang fast ein wenig Bedauern.

»Vielleicht hast du auch Mundgeruch«, hauchte Arnt und erntete dafür einen sauren Blick.

»Hauptsache, er ist da. So eine Gehirnwäsche kann in manchen Fällen ja nicht schaden.« Sie warf Arnt einen vielsagenden Blick zu. Dann schob sie den Aurier vorsichtig zurück in die Jackentasche und zog den Verschluss wieder zu. Arnt hing immer noch in seinem Stuhl wie ein Häufchen Elend.

»Wir müssen uns beeilen, der Triamese kann jeden Moment hier auftauchen. Geht's wieder?«

»Ist schon okay. Ich muss nur dieses geplatzte Hirn aus meinem Kopf kriegen.«

»Dann lass uns Leah ihren kleinen Teufel zurückbringen.«

»Moment noch«, Arnt hob schwach die Hand, »die Fender, was machen wir mit den Fendern? Sie werden den Kontakt bemerken.«

»Wie damals, als wir ihn weggenommen haben, du hast recht«, Ellen presste ihre Unterlippe zusammen, »am besten, ich gehe alleine rein, schaue schnell nach Leah und lege den Aurier irgendwo ab. Bis der sich erholt hat und wieder auf der Schulter motzt, sind wir locker über alle Berge.«

»Klingt gut.« Arnt verzog das Gesicht zu etwas, das Ellen als Lächeln interpretierte.

Vorsichtig steckte sie den Kopf durch die geschlossene Haustür und hielt die Luft an. Irgendetwas stimmte hier nicht … und zwar ganz und gar nicht.

»Arnt, ich habe ein mieses Gefühl«, sagte sie mit matter Stimme. »Es ist dunkel und totenstill, ich geh' da nicht alleine rein …«

»Warte!« Arnt wendete den Stuhl, und Ellen half ihm nach oben. Vorsichtig drückte er die Türklinke.

»Sie hat nicht mal abgeschlossen«, stellte Ellen fest und schluckte trocken. »Leah schließt immer ab …«

»Lass mich voraus«, sagte Arnt, der scheinbar den Anblick des Triamesen verdaut hatte und die Tür mit solchem Schwung öffnete, dass sie gegen die Wand schlug.

Ellen zuckte zusammen. In der Wohnung war es stockfinster. Langsam rollte Arnt den langen, muffigen Flur entlang. Unter seinen Rädern knirschte etwas. Ellen hielt die Griffe des Stuhls umklammert und folgte ihm auf Zehenspitzen.

»Mein Gott, schau dir das nur an«, ihre Augen hatten sich leidlich an die Dunkelheit gewöhnt, »lauter Scherben …« Ungläubig betrachtete sie das scharfkantige Durcheinander. Der Geruch von Alkohol stach in ihre Nase.

»Was war hier los?« Zögernd drückte Ellen den Lichtschalter. Es blieb dunkel. »Vermutlich haben sie ihr den Strom abgestellt«, überlegte sie laut. »Leah war ja ständig pleite …«

»Da vorne flackert etwas.« Arnt rollte langsam in das abgedunkelte Wohnzimmer. Auf dem Tisch standen zwei Kerzen, umgeben von Blumen und Gräsern. Zwischen den Kerzen lag ein Zettel.

Ellen fühlte ihren Magen, als würde er von einem Stahlgurt zerquetscht. Sie zwang ihre Finger, das Papier zu greifen, hielt es sich vor die Augen, schüttelte es, als ob sie dadurch etwas an der Nachricht ändern könnte …

BITTE VERZEIHT MIR,
ABER ES IST DER EINZIGE AUSWEG
LEAH

Der Zettel trudelte zu Boden – und mit ihm sank Ellen in die Knie.

»Das ist nicht wahr. Sag mir, dass das nicht wahr ist, Arnt … bitte …« Sie bedeckte ihr Gesicht mit den Händen. »Der Triamese hatte recht – und das alles wegen mir. Charlotte hatte mir doch gesagt, dass man die Aurier nicht wegnehmen soll. Warum habe ich nicht auf sie gehört? Warum habe ich nicht nachgedacht, bevor ich …«

»Dann tu es jetzt!«

»Was?«

»Na, nachdenken! Sieh dir den Tisch doch einmal an. Die Kerzen brennen noch nicht lange und die Blumen sind noch frisch.«

»Du meinst …«

»Genau!«

»Du hast recht. Sie kann noch nicht lange weg sein.« Ellen sprang auf. »Vielleicht schaffen wir es noch, lass uns …«

Knirschende Schritte unterbrachen ihre Worte. Ellen umklammerte erneut Arnts Stuhl. Die Schritte kamen näher.

»Der Triamese … er – er kommt …«, wisperte sie und fixierte den Türrahmen, der im Schein der Kerzen geisterhaft lebendig wirkte.

Arnt zog mit einer Hand die Schleuder aus seiner Hosentasche, mit der anderen tastete er über den Boden. Zwei Finger schlossen sich um eine Scherbe. Die Tür ließ er nicht aus dem Auge.

Das Knirschen kam näher. Erst langsam, zögernd, dann schneller … Eine Gestalt schob sich in das Licht der Flammen. Ellen starrte wie gebannt an Arnts Kopf vorbei. Es war nicht der Triamese, dazu war der Eindringling zu groß. Jetzt erkannte sie die grün-roten Stachelhaare. Ellen atmete ein wenig auf. Der Kerl würde sie nicht sehen können, und sie war heilfroh darüber. Sie konnte sich noch gut an das aggressive Verhalten erinnern, das er bei dem Streit mit den Glatzköpfen an den Tag gelegt hatte. Die Nieten seiner Jacke blitzten im Kerzenschein auf, als er an dem Tisch herantrat und sich dann zu dem Zettel herabbeugte.

»Leah?« Er nahm eine Kerze, hielt sie hoch und ließ seinen Blick durch den Raum gleiten. »Scheiße, Leah, mach keinen Mist!« Er riss die Toilettentür auf. Laut fluchend machte er kehrt, warf einen Blick in die Küche und verharrte einen kurzen Moment. Dann blies er die Kerze aus, warf sie auf den Tisch und eilte nach draußen.

»Weg hier«, flüsterte Ellen. »Lass uns zur Brücke ortswechseln – erledigst du das?« Sie löschte die zweite Kerze, legte die Hand auf Arnts Rollstuhl, und nahezu im selben Moment erreichten sie die Stelle, an der sie den Triamesen das erste Mal getroffen hatten.

»Gut gemacht«, sagte Ellen. »Du hast das eindeutig besser im Griff als ich.«

»Auf jeden Fall punktgenauer und zeitnäher«, entgegnete Arnt mit hochgezogener Augenbraue.

Die Sonne tauchte die Brücke in gedämpftes Licht, es musste bald Abend sein. Ellen hatte jegliches Zeitgefühl verloren. Da zerschnitten ganz plötzlich giksende Schreie die Luft. Sie fuhr herum. Gegen die dämmernde Sonne erkannte sie die Silhouette einer Frau, die auf der gemauerten Brüstung der Brücke stand.

»Verdammte Welt, verdammtes Leben«, schrie sie in den Himmel. »Ihr könnt mich alle mal!« Dann lachte sie wie von Sinnen, schwankte gefährlich, bevor sie erneut begann, sich die Seele aus dem Leib zu brüllen: »Mich gibt es nicht mehr, es ist aus, nichts, nichts gibt es mehr … nichts … verdammtes Leben …«

In Ellens Jackentasche wurde es lebendig.

»Um Himmels Willen, das ist Leah!« Ellen stürzte los. »Leah – Leah, stopp!« Während sie um Leahs Leben rannte, versuchte sie, den widerspenstigen Reißverschluss ihrer Jacke zu öffnen. »Leeeaaah!!!« Ellen brüllte, dass ihr Hals schmerzte.

»Hör auf zu schreien, sie kann dich nicht hören«, rief Arnt, der seinen Rollstuhl herumgerissen hatte und ihr hinterhersetzte. »Du kannst nichts tun …«

»Ich hasse dieses Leben, ich hasse euch alle.« Leah stand nun breitbeinig auf der Steinmauer. »Nichts gibt es mehr …« Kurz noch krächzte ein irres Lachen aus ihrem Hals, dann verstummte sie jäh und starrte mit geweiteten Augen hinab in die Tiefe.

Ein paar Passanten blieben stehen und begannen zu tuscheln, als hätten sie endlich Gelegenheit, einem der Schauspiele beizuwohnen, von denen sie schon so oft gehört hatten. Mit glänzenden Augen gafften sie auf die junge Frau, deren Gesicht jetzt einen entschlossenen Ausdruck angenommen hatte.

Derweil gebärdete sich der Aurier in Ellens Jackentasche wie wild. Er tobte derart, dass sie seine Schläge trotz ihrer eigenen Bewegungen spüren konnte.

Der rechte Aurier war unterdessen auf Leahs Kopf geklettert und riss brüllend an ihren Haaren, als könne er damit den Absturz verhindern. Die nackte Angst stand ihm ins Gesicht geschrieben.

Endlich erreichte Ellen die schwankende Gestalt, griff nach ihrem Bein, wollte sie von der Mauer zerren, wollte sie halten – doch ihre Hand fuhr ins Leere. Immer wieder griff sie zu, fuchtelte verzweifelt mit den Händen – sie konnte Leah nicht greifen. Leahs Fußballen rückten Stück für Stück über den Abgrund. Erneut schrie sie auf – und kippte nach vorne.

»Leah, neeein!«, kreischte Ellen wie von Sinnen und bedeckte ihr Gesicht mit den Handflächen. In ihrem Kopf drehte sich alles.

»Ellen! Ellen!« Arnts Stimme drang durch ihr hemmungsloses Schluchzen. Erst fern, dann deutlicher.

»Ellen!«

Sie öffnete die Augen. Durch die gespreizten Finger sah sie Arnt, der mit seinem Oberkörper über dem Mauerrand hing.

»Die hat ganz schön Gewicht«, keuchte er mit verzerrtem Gesicht.

»Du hast sie!« Ellen versagte fast die Stimme. Wie in Trance starrte sie auf Arnts Arm, auf dem die Adern hervortraten, als wollten sie platzen, während er das schluchzende Mädchen langsam zurück über den Mauerrand zog.

Immer noch boxte es in Ellens Tasche. Mit bebenden Fingern griff sie nach dem Reißverschluss, rüttelte diesmal vorsichtig daran – und öffnete ihn. Der Aurier schnellte heraus, schüttelte seine verfilzten Haare und kletterte blitzartig auf Leahs Schulter. Der rechte sah ihn erst verblüfft an, dann lachte er schallend. Ob es wegen des Aussehens des linken oder vor Freude war, konnte Ellen nicht deuten, doch bevor sie die Überlegung zu Ende bringen konnte, begann der linke bereits wieder, auf Leah herumzuhacken.

»Siehst du, nicht mal das schaffst du, ich hab's ja gewusst …« Er schien sich bestens erholt zu haben.

Auch unter den Passanten hatte sich eine Diskussion entfacht. Sie schienen sich nicht erklären zu können, was da gerade geschehen war.

Leah war auf der Straße in die Knie gesunken und lehnte mit dem Rücken an der Mauer, den Blick fassungslos auf ihren Unterarm gerichtet, auf dem sich Arnts Finger in immer tiefer werdendem Rot abzeichneten. Das Gesicht von Unverständnis gezeichnet, erhob sie sich und schob langsam den

Kopf über den Mauerrand, auf dem sie kurz zuvor gestanden hatte.

»Oh, mein Gott«, flüsterte sie, als sie in die Tiefe blickte. »Was habe ich nur getan …«

»Sie hat sich wieder gefangen«, Ellen atmete auf, »dem Himmel sei Dank!«

Ein spitzes Geräusch setzte die Luft in Bewegung. Es schien von überall her zu kommen. Ellen zuckte derart zusammen, dass ein Schrei aus ihrer Kehle stieß. Langsam drehte sie sich zu Arnt.

»Ja«, bemerkte dieser trocken. »Die Fender – sie kommen.« Er ließ den Kopf in den Nacken fallen. »Wie dumm sind wir eigentlich? Wir haben *drüben* eingegriffen …«

»Auch wenn wir daran gedacht hätten, hätte das nichts geändert«, rief Ellen aus. »Lass uns abhauen, noch ist Zeit … schnell … lass uns Ortswechseln … vielleicht schaffen wir es noch …«

»Bist du lebensmüde? Sie sind schon viel zu nah, wir sind nicht Charlotte – so schnell bin ich nicht – und du erst recht nicht.«

»Ich will aber nicht schon wieder im Magen von diesen Monstern landen«, japste Ellen, »noch mal überlebe ich das nicht.«

Das Kreischen schnitt sich in ihre Ohren, splitterte durch ihre Körper – dann sahen sie die ganze Horde. Von beiden Seiten der Brücke rückten sie langsam auf sie zu. Es gab keinen Ausweg, sie saßen in der Falle.

Das Vibrieren der Luft wurde schier unerträglich. Ellen taumelte rückwärts und hielt sich die Ohren zu, doch die Schreie der Fender bewegten sich auf einer Frequenz, die alles durchdrang. Dann verstummten sie. Die Beute war ihnen sicher.

Sie kannten die Richtung ihres Zieles und spürten es mehr als deutlich. Schon begannen einige von ihnen, das Kontaktloch einzusaugen. Genüsslich schwenkten ihre Näpfe hin und her, das nasse Schlürfen raubte Ellen fast den Verstand.

»Verdammte Scheiße!« Arnt drehte sich mit dem Stuhl um die eigene Achse. »Es kann doch nicht sein, dass …«

Er hielt inne und starrte auf Leah, die sich mit schweren Schritten auf den Weg gemacht hatte.

»Verdammt, beneide ich sie«, fuhr er dann fort, »sie kann einfach verschwinden und hat keinen blassen Schimmer, was hier eigentlich abgeht.«

»Es ist nur unsere Angst.« Ellen versuchte die Panik in ihrer Stimme zu unterdrücken. »Wir dürfen keine Angst haben, wir haben das schon mal geschafft, wir müssen sie einfach abstellen. Grau … weißt du noch?«

»Wirklich klasse«, erwiderte Arnt hitzig. »Wie denn bitte abstellen – wir sitzen voll in der Klemme, die haben uns schon längst im Napf … Ich schaffe das grad nicht … unmöglich … gibt es denn nichts anderes? Irgendwas?«

»Es gibt noch eine Möglichkeit«, sagte Ellen zögernd und warf einen unsicheren Blick auf Arnt, »wir haben noch eine Chance, aber ich bin mir nicht sicher, ob …«

»Alles außer ortswechseln oder Gedanken abstellen, was auch immer – mach!«

»Bist du sicher?«

»Schnell!« Arnts Blick rotierte zwischen Ellen und den nahenden Fendern hin und her.

»Wir müssen gute Gefühle erzeugen.«

»Gute Gefühle?«

»Ja, ich meine …«, rang Ellen nach Worten, »… so richtig starke, gute Gefühle.«

»Ach ja? Hast du dich schon mal umgeschaut? Mein gutes Gefühl befindet sich bereits im Darmtrakt dieser Kreaturen.«

»Liebe mich!«, sagte Ellen leise aber bestimmt.

»Was?«, Arnt fuhr herum, »bist du jetzt vollkommen durchgeknallt? Uns hängen hier die Fender am Hals ... und du ...«

»Eben, genau darum musst du mich lieben.«

»Was heißt lieben – wie lieben, was meinst du mit lieben?« In seinem Auge konnte Ellen einen Anflug von Panik erkennen – und kurz fragte sie sich, ob es wegen der Fender war oder wegen ihrer Aufforderung. Doch eigentlich wollte sie das gar nicht so genau wissen. Zögernd wandte sie sich Arnt zu und stützte ihre Hände von vorne auf seine Armlehne. Arnt presste sich wortlos in den Stuhl und starrte sie perplex an. Einen Moment zögerte sie noch ...

Das Spielfeld lag offen vor ihren Augen, sie kannte den nächsten Stoß, und sie kannte das Ziel, es gab nur diese eine Möglichkeit – und diese eine Chance. Ellen hob den Queue, sie würde einen Direktschuss wagen, würde alles geben ...

»Du hast mich nach einer anderen Idee gefragt – hier ist sie. Lass mich einfach machen, wir haben nichts zu verlieren – vertrau mir, Arnt, bitte, es ist unsere einzige Chance ...«

Entschlossen stieg sie auf seinen Schoß und blickte ihm direkt ins Gesicht. Sie spürte deutlich, wie er verkrampfte und sich noch tiefer in den Sitz presste. Sein Haar verdeckte das Glasauge, mit dem anderen starrte er sie regungslos an, als sie sanft ihre Hände auf seine Wangen legte.

»Vergiss alles um dich herum.« Ellen hatte sich zu seinem Ohr gebeugt, um das ansteigende Kreischen der Fender zu übertönen, das nun wieder eingesetzt hatte. Langsam zogen sie ihren Kreis enger. Einen kurzen Moment lang meinte Ellen, die Beherrschung zu verlieren, doch dann gelang es ihr, sich zu fangen. *Ich habe das schon einmal geschafft* ... Ihre Gedanken klammerten sich an den Moment in der Kirche, als sie in Charlottes Augen getaucht war. *Ich kann das!* Augenblicklich spürte sie, wie sich ihr Herzschlag verlangsamte. Vollkommen ruhig strich sie Arnt mit einem Finger über die Augenbraue.

»Stell dir vor, ich wäre die wunderschöne Frau, die du in dem Silberspiegel getroffen hast. Ich wäre die Frau, die dich zurück in dein Leben geschickt hat – schließe einfach deine Augen, vertraue mir – vertraue ihr!«

»Du …? Sie …?« Arnts Gesicht hatte einen Du-hast-den-Verstand-verloren-Ausdruck angenommen. »Ellen, was zum Teufel …«

»Lass deine Gedanken los, Arnt«, mit einer Hand schloss sie zärtlich sein Auge, »lass deine Gefühle zu und vertraue ihr, sie ist hier – in diesem Moment – du weißt es …«

»Ellen, das ist Blödsinn, ich kann das nicht, ich …« Arnt hob abwehrend den Arm.

»Doch, du kannst«, Ellen drückte seine Hand sanft zurück auf die Lehne, »lass die Augen zu und lass alles los. Probiere es – bitte – ihr zuliebe …« Die Fender bewegten sich in Ellens Blickfeld.

»Ich bin die Frau …« Entschlossen, alles auf eine Karte zu setzen, schlang sie zärtlich die Arme um Arnts verkrampften Hals. »Entspann dich, es ist alles gut – tu es für sie – kannst du sie spüren? Sie ist hier, bei dir …« Ihr Gesicht näherte sich ihm langsam, bis ihre Lippen sein Ohrläppchen streiften. Ellen konnte spüren, wie er erzitterte, und sie wusste mit Sicherheit, dass er noch nie auf solche Art berührt worden war. Ihre Hände wanderten über seine Schulter hinab und berührten seine muskulösen Oberarme. Sie waren hart wie Basketbälle.

»Ich bin es …«, wiederholte Ellen leise, »ich bin die Frau, die du liebst …« Ihr Mund arbeitete sich über seine Wange und berührten seine Lippen. Sie waren butterweich. Arnts Atem beschleunigte sich. Ellen drückte sich an ihn, küsste zärtlich seine Mundwinkel und spürte, wie sein Widerstand mehr und mehr nachließ, sich seine Muskeln entspannten. Ihre Fingerkuppen strichen sanft über seine Brust, ihre Zungenspitze ertastete seine Lippen. Er ließ sie gewähren, öffnete leicht ein Auge und Ellen konnte an seinem verklärten Blick erkennen, dass sie auf dem richtigen Weg war – und zu ihrem eigenen Erstaunen fühlte es sich verdammt gut an.

Röchelnd schwangen die Fender ihre Näpfe im Kreis und näherten sich ihrem Ziel.

»Ellen … ich … du …« Arnts Stimme war nur mehr ein Hauchen.

»Pssst, ich bin nicht Ellen …«

Die Fender waren nun direkt neben ihnen. Arnt kümmerte es nicht mehr. Seine Augen waren jetzt geschlossen und seine Brust hob und senkte sich in schnellen Zügen. Ellen beugte sich erneut zu ihm herab, ihre Lippen schwebten hauchzart über seinen. Deutlich konnte sie sein erwachendes Verlangen spüren. Kurz noch stemmte er sich gegen sie, dann gab er schlagartig jeglichen Widerstand auf. Seine kräftigen Arme schlangen sich um ihren Hals und ein leises Stöhnen entrang seiner Kehle, während er sich ihren Küssen hingab, erst verhalten, dann fordernd. Sein Atem stockte …

Ganz plötzlich wichen die Fender zurück, als würden sie von einem Magneten abgestoßen. Wütend kreischend umkreisten sie die beiden. Immer wieder stießen ihre Näpfe vor, um dann noch weiter zurückzuweichen. Noch lauter wurden ihre Schreie, als wollten sie die Angst ihrer Beute zurückerobern, doch es war, als ob sie abprallten, als ob ihr eigenes Gezeter an den beiden reflektierte und sie sich selbst damit in die Flucht schlugen. Immer weiter entfernten sie sich von Ellen und Arnt, dann verstummten sie wie auf Kommando. Kurz noch schienen sie unschlüssig, dann sammelten sie sich und verschwanden in Richtung Kirchplatz, vorbei an der alten

Frau mit dem Korb auf dem Rücken. Laila lehnte neben dem großen Tor mit der Schulter an der Mauer. In ihrem Gesicht trug sie ein ein breites Lächeln.

»Sind sie weg?« Ellen löste sich aus Arnts Armen.

»Ja«, sagte Arnt knapp, wobei er den Kopf senkte, als wolle er Ellens Blick ausweichen, dann starrte er mit geschlossenem Auge in den Himmel.

Ellen stieg von seinem Schoß. Ihre Beine waren cremeweich und ihr Herz pochte, als wolle es ihr die Brust sprengen. Sie vermochte nicht zu sagen, ob es wegen der Berührung mit Arnt oder wegen der Fender war. Um sich zu beruhigen, konzentrierte sie sich auf das Blatt einer Pflanze, die aus der Brückenmauer wuchs. Es nutzte nichts – ihre Gedanken fuhren gnadenlos Achterbahn und rasten durch das erdrückende Schweigen, das von Sekunde zu Sekunde unerträglicher wurde.

»Hast du das vorhin auch gesehen?«, fragte sie, nur um das Nichtssagen zu brechen.

»Das Blatt?«, fragte Arnt unsicher.

»Nein, die Reaktion von Leah. Nachdem der motzende Aurier zu ihr zurückgekehrt war, schien sie fast wieder glücklich zu sein, fast so, als bräuchte sie ihn, um sich selbst zu spüren. Er gibt ihr Sicherheit.« Ellen fuhr mit dem Finger über das Blatt und war froh, sich in ein Thema stürzen zu können. »Ich hoffe, Leah kommt wieder ins Gleichgewicht, auch wenn es absurderweise aus Höhen und Tiefen zu bestehen scheint. Aber daran lässt sich arbeiten …«

»Anscheinend ist sie auf dem besten Weg«, meinte Arnt und räusperte sich. Auch er schien froh zu sein, über irgendetwas sprechen zu können. »In dem Fall ist das Schlechte wohl mal gut. Oder was meint deine studierte Ader dazu?«

Ellen überlegte einen Moment. »Da gibt es keine Standardregel. Das Gute ist manchmal schlecht und umgekehrt, aber was für den einen gut ist, muss für den anderen nicht ebenfalls gut sein …«

»Genau«, nickte Arnt. »Aber Fakt ist: Zu viel des Guten ist oftmals schlecht und zu viel des Schlechten ist ebenfalls schlecht, also tendenziell ist alles eher schlecht.« Er wagte es immer noch nicht, Ellen in die Augen zu sehen.

»Ja, aber dafür glaube ich, dass das Gute mehr Gewicht hat und somit – ach, Arnt, wir quatschen komplett im Dreieck – und ich denke, wir sollten dringend über das sprechen, was eben geschehen ist, statt uns hinter dem Philosophieren zu verstecken.« Sie schluckte, die Worte waren unüberlegt aus ihrem Bauch gesprudelt.

Arnts Blick entwischte in einen Mauerspalt. »Ja, wahrscheinlich hast du recht – also war das vorhin nun gut oder schlecht?«

»Wie auch immer, es hat uns für den Moment gerettet. Es war das Mittel zum Zweck und ich glaube, wir sollten es auch als solches sehen.« Sie blickte ihn schräg an. »Außerdem hast du nicht mich geküsst, sondern deine heimliche Flamme aus dem Silberspiegel.«

»Das stimmt«, nickte Arnt und sah Ellen das erste Mal wieder in die Augen. »Und wen hast du geküsst?«

Ellens Gesicht erlitt einen leichten Farbwechsel. »Ich weiß nicht recht – aber auf keinen Fall dich!« Sie fixierte erneut das kleine Blatt und versuchte, ein ernstes Gesicht zu machen – doch ihre zusammengepressten Lippen verzogen sich zu einem Grinsen.

»Da habe ich ja noch mal Glück gehabt.« Arnt schnaufte laut auf. Auch er hatte jetzt ein Lächeln im Gesicht. »Wo soll es denn nun hingehen?«, fragte er dann.

»Heute können wir nichts mehr ausrichten. Lass uns einen Platz für die Nacht suchen. Wie wäre es in der Kirche?«

»Nur, wenn du dich dort zusammenreißt«, murmelte Arnt schmunzelnd.

»Felsenfest versprochen«, sagte Ellen, froh darüber, dass sich die Situation entspannt hatte, auch wenn ihre innere Ordnung noch immer Kopf stand. Sie konnte sich nicht daran erinnern, dass ein Kuss von Martin sie jemals so aufgewühlt hatte. Ein unerwarteter Gedanke jagte durch ihren Kopf und entlud sich wie ein Blitz in ihrem Körper. Wenn es mit Arnt schon so war – wie musste sich das erst anfühlen, wenn sie komplett wäre und auch noch den richtigen Partner hätte …« Eine unbekannte Sehnsucht krabbelte über ihre Haut und hinterließ angenehme Abdrücke.

»Dann lass uns gehen«, sagte sie schnell, um die Spuren zu verwischen.

Kapitel 31

Die Strafe

Der Triamese streckte den Kopf aus dem Fenster des Klosters und starrte in drei Richtungen.

»Die Fender werden die beiden kriegen«, murmelte der kantige Kopf in der Mitte und fuhr sich mit der Zunge über die Lippen.

»Was, wenn sie es nicht tun?«, die Stimme des frisch geschlüpften zitterte fein. Mit blinzelnden Augen drehte er seinen Kopf zu dem kantigen.

»Das steht außer Frage«, antwortete dieser. »Die beiden werden dem Mädchen ihren Aurier zurückgeben – und dann sind sie geliefert – verlass dich drauf!«

»Hör endlich auf, mit den Zähnen zu klappern, es schüttelt bis hierher!« Der alte Kopf lehnte sich nach hinten und warf dem Frischling auf der anderen Seite der Schulter einen wütenden Blick zu.

»Ischt esch scho bescher?«, fragte dieser und nuckelte an einem Orden.

»Du siehst dämlich aus – und verhältst dich auch so«, wandte sich der alte ab.

»Ist ja auch eine Frühgeburt«, mischte sich der kantige ein.

»Daran bischt du Schuld«, sagte der frische beleidigt.

»Halt die Klappe, es war – he, da kommt etwas.« Der Triamese deutete auf eine Gruppe von Fendern, die in weiter Ferne am Waldrand aufgetaucht war.

»Haben sie die beiden?« Der alte reckte den Kopf, dass sich sein Hals entfaltete wie eine Ziehharmonika.

Die Fender erreichten den Eingang des Klosters.

»Das ist nicht wahr … Wie ist das möglich?« Der kantige erfasste die Situation als Erster.

»Haben schi schi nischt?«

Sechs Augen starrten fassungslos nach unten.

»Sie kommen tatsächlich ohne die beiden.« Auch der alte konnte es nun erkennen.

In dem Moment betrat Morphus die Kammer, und gleich darauf hatte er die Fender ebenfalls entdeckt.

»Ich hab's gewusst«, keckerte er, »ich hab's gewusst, sie kommen alleine. Kethamarr wird gar nicht erfreut sein, ganz und gar nicht«, buckelnd sprang er im Kreis. Noch bevor ihn die Flüche des Triamesen treffen konnten, hatte er sich davongetrollt und auf die Suche nach seinem Herrn gemacht.

Er fand ihn in dem Gewölbekeller, in dem die Staffeleien standen. Kethamarrs Anwesenheit schien die kleinen Gnome zu beflügeln, sie legten sich ins Zeug und vollführten ihren Tanz in ekstatischen Rhythmen, während sich auf beiden Leinwänden der Takt in bunten Farben widerspiegelte. Kethamarr ließ seinen Blick über Tänzer und Bilder schweifen, dann fand er, was er suchte.

Das fette Tier saß auf einem fertigen Bild, der Faden ergoss sich aus ihrem peitschenden Hinterleib und verwandelte sich zwischen den geschickten Beinen zu einer glänzenden Kugel. Kethamarr löste die Raupe vorsichtig ab, küsste ihre fleischigen Wülste, die selektiv erbebten und setzte sie auf das Bild mit dem goldenen Rahmen über dem Kamin. Dort schob sie sich kurz hin und her, als suche sie den idealen Ort, dann schlug sie ihre spitzen Zähne ein und saugte sich fest. Ihr Körper setzte sich erneut in Bewegung, und die hinteren Beine drehten sich im Kreis. Eine Weile lang geschah nichts, dann glitt lückenhaft ein feiner, schimmernder Faden aus dem Hinterleib. Die Raupe rollte ihn auf, doch immer wieder spulten ihre Beine ins Leere.

Kethamarr hob nachdenklich die Augenbrauen. »Radins Leben hängt an einem dünnen Faden«, sagte er laut zu sich selbst, »aber er ist zäh – weitaus zäher, als ich dachte.« Er betrachtete die winzige, diesmal perlmuttfarbene Kugel genauer. Sie drehte sich, kaum sichtbar, zwischen den Beinen, ohne ihre Größe merklich zu verändern. Kethamarrs Gesichtszüge entspannten sich.

»Es geht zu Ende, es wird jeden Moment so weit sein – und es wird Zeit … allerhöchste Zeit …«, murmelte er und fuhr der Raupe mit einem Finger über den Kopf. »Gut gemacht, Scarabella – jetzt warten wir nur noch auf den Jungen und das Mädchen, dann hätten wir auch diese Plage vom Hals. Und ihre Aurier sind frei. Frei für mich.«

Ein feines Räuspern ließ ihn aufblicken. »Morphus, du bringst Neuigkeiten?« Kethamarr hatte den Buckligen zwischen den Staffeleien entdeckt und beobachtete argwöhnisch, wie er an den zuckenden Gnomen vorbei auf ihn zu humpelte.

»Leider keine guten, Grandseigneur.« Morphus blickte Kethamarr von schräg unten an. »Ich befürchte, Sie werden auf den Jungen und das Mädchen verzichten müssen.«

»Was sagst du da?«, fuhr Kethamarr dazwischen. »Ich werde auf nichts verzichten. Sterben will ich sie sehen, hier, vor meinen Augen …«

Morphus wich einige Schritte zurück. »Die Fender sind zurückgekehrt, und wie ich vermutet hatte, sind sie leer, ganz leer.« Er konnte die Schadenfreude in seiner Stimme nicht verbergen.

Kethamarr verharrte bewegungslos. Unter seinen Augenlidern loderte eine Flamme auf. »Sag, dass das nicht wahr ist!«, zischte er um Beherrschung ringend, »sag mir sofort, dass das nicht wahr ist. Bring mir den Triamesen! Sofort und auf der Stelle!!!«

Morphus duckte sich kurz, machte bückelnd kehrt und trollte grienend davon.

Es dauerte nicht lange und das metallische Klingeln der Orden ertönte. Zwei Fender kamen in den Saal, aus einem von ihnen ragte der Oberkörper des Triamesen, der wild auf den Napf eindrosch, welcher ihn eng umschlungen hielt. Von den beiden äußeren Köpfen war nichts zu sehen. Als sie Kethamarr erreichten, blickte ihm der kantige Draufgänger mit wild funkelnden Augen entgegen.

»Ich kann es mir nicht erklären«, zeterte er los, »die Fender waren es, die versagt haben, die Fender waren es …« Er schlug erneut nach seinem Peiniger, der ihn unbeeindruckt vor Kethamarrs Füße spuckte.

»Kommt raus«, donnerte Kethamarr, »alle!«

Die anderen Köpfe schälten sich zäh aus der Schulter.

»Ich habe mit der Sache nichts zu tun.« Der alte schüttelte den Kopf.

»Ger ga isch Schuld«, druckste der Frischling herum und kaute nervös auf dem Orden, wobei er dem mittleren vorwurfsvolle Blicke zuwarf.

»Maestro, gebt uns noch eine Chance!« Der Triamese hatte sich offenbar gefangen. Sein Kopf ragte gestreckt nach oben, während die beiden äußeren schutzsuchend unter die Orden geschlüpft waren. »Diesmal werden wir euch nicht enttäuschen, bestimmt nicht.«

»Immer wieder das gleiche Geschwätz.« Kethamarr spie verächtlich auf den Boden. »Eure Chance ist vertan, unwiderruflich!« Er schnippte mit den Fingern. Crock kam eilends herangeflogen.

»Erledige das für mich«, befahl Kethamarr, »aber diesmal richtig.«

Noch bevor der Triamese etwas erwidern konnte, hackte Crock mit seinem Schnabel drei Mal kräftig zu. Der Triamese stöhnte kurz auf, brach taumelnd zusammen und sank auf den Boden in seine eigene grünliche Flüssigkeit, die schwallartig aus den schrumpfenden Köpfen schoss und sechs erblindete Augen ausspuckte, die wie Tischtennisbälle durch den Raum rollten.

Lucia erstarrte für einen Moment, dann fasste sie sich an die Kehle. Das Würgen unterdrückend, rannte sie aus dem Raum.

Sofort schoben sich zwei der Beutel am Hals des Triamesen nach und formierten sich neu. An dem Platz rechts außen fehlte der Beutel, er wurde lediglich von einem fleischigen Stummel besetzt.

»Darf ich die auch noch platzen lassen?«, Crock flatterte aufgeregt um den Triamesen herum.

»Nein, warte!« Kethamarr schob sich eine der silbernen Kugeln in den Mund, dann hob er die Hand. »Es ist genug. Vielleicht können wir ihn doch noch gebrauchen. Hängt ihn ins Verlies.«

Ein Fender kam heran, saugte den Gebeutelten aus der schleimigen Suppe und trug ihn mit sich fort.

»Also gut«, sagte Kethamarr, »Morphus, wie viele Morthoren haben wir noch?«

Der Bucklige, der immer noch ein zufriedenes Grinsen im Gesicht trug, verbeugte sich kurz, ehe er antwortete: »Nicht mehr allzu viele, Grandseigneur, aber bald wird es einer mehr sein. Einer der Gefangenen ist fast reif. Er hat bereits versucht, sich das Leben zu nehmen, aber unglücklicherweise hat er versagt. Ich bin jedoch zuversichtlich, dass es klappen wird, sehr zuversichtlich sogar.«

»Nicht mehr viele sind zu wenig und einer mehr als wenig ist immer noch jämmerlich. Lass Krotzler ausrichten, er soll sich anstrengen. Der Nachschub von seiner Seite ist kümmerlich, die Zahl der Morthoren schrumpft, statt zu wachsen. Wenn nicht bald mehr kommen, werde ich ihm die Pillenrationen streichen. Das wird ihm gar nicht gefallen.« Er blickte verärgert aus dem Fenster, hinüber zu dem Innenhof, in dem sich der Oberst gerade vor den Gefangenen positionierte. »Wo sind die Morthoren jetzt?«

»Einige sind hier und die anderen sind unterwegs. Wir haben eine große Lieferung, sehr groß.«

»Gut, Morphus, wenigstens das funktioniert. Dann ist es nur eine Frage der Zeit, bis wir auch von dieser Seite Nachschub bekommen.« Er griff erneut nach einer Kugel und ließ sie sich genüsslich auf der Zunge zergehen, bis ein feines Zittern seinen Körper durchfuhr. Die Augen von Morphus weiteten sich, und er trippelte näher. »Grandseigneur«, bettelte er, »denken sie nicht, dass ich …«

Kethamarr schnippte ihm eine Kugel vor die Füße.

»Danke, Grandseigneur, danke.« Der Bucklige stürzte sich begierig auf die Kugel, warf sie sich in den Mund und trollte davon.

»Positioniert zwei Morthoren an den Eingängen und schickt die anderen auf die Suche nach den beiden Bastarden«, befahl Kethamarr. »Ich will keine Überraschungen mehr erleben.«

»Herr, sollten wir nicht lieber die Fender schicken?«, meldete sich Crock zu Wort. »Was, wenn wir Morthoren verlieren? Ihr wisst, sie sind verletzbar, im Gegensatz zu den Fendern, und ihre Anzahl ist begrenzt …«

»Du bist ein kluger Vogel, Crock. Aber anscheinend sind die Fender nicht in der Lage, die beiden zu fassen. Den Triamesen kann ich nicht brauchen, und Morphus will ich bei mir behalten. Die Morthoren sind wesentlich klüger und stärker.« Er hielt inne. »Aber wenn ich so darüber nachdenke, kann es nicht schaden, auch die Fender zu schicken. Das erhöht die Chance, wenn auch nicht merklich.«

»Es ist natürlich Ihre Sache, Herr …«, der Rabe flatterte auf die Lehne einer Sitzbank in der vordersten Reihe. »Aber sind die beiden denn derartig wichtig, dass sich der Einsatz lohnt?«

»Wie du selbst sagtest, ist es meine Sache, Crock«, zischte Kethamarr. »Und sie ist mir wichtig – äußerst wichtig – sagen wir – fast schon ein persönliches Anliegen. Ich lasse mir nicht gerne auf der Nase herumtanzen. Außerdem habe ich mir etwas ganz Spezielles einfallen lassen.« Er kickte mit der Spitze seines Fußes zwei der milchigen Bälle vor Crocks Krallen. »Ich stelle sie vor die Wahl. Entweder werden sie sich selber töten«, er presste die Fußspitze auf den Boden, bis es knallte, »oder ich werde das für sie tun.« Es knallte ein zweites Mal. »In beiden Fällen werde ich davon profitieren, jedoch wäre es mir weitaus lieber, wenn sie sich selbst richten – und somit meinen Bestand an Morthoren erhöhen würden. Und dass ihre Entscheidung meinem Wunsch entspricht, dafür werde ich auf anschauliche Weise sorgen.« Ein schräges Lächeln umspielte seine Mundwinkel und seine Augen funkelten, als sähe er das Geschehen bereits vor sich. »Aber davon abgesehen«, sein Gesicht wurde wieder ernst, »warum zeigen unsere Bilder nicht stärkere Wirkung? Die Menschen müssten ersticken in ihrer Trübsal, müssten sich reihenweise erlösen wollen. Ein ganzes Heer von Morthoren müsste ich in meinen Diensten haben.« Er kratzte sich am Kinn. »Es ist wirklich äußerst erstaunlich, wie lange sie das aushalten.«

»Oh, ja, Herr«, nickte Crock eifrig. »Die Menschen sind sehr leidensfähig – und manche von ihnen scheint das gar nicht zu stören, im Gegenteil. Es sieht so aus, als ob sie mit ihrem verdrossenen Dasein zufrieden sind, kaum einer beschäftigt sich damit, woher es kommen könnte, geschweige denn, wohin es führt.«

»Interessant … Es ist gut, Crock, du kannst gehen.«

»Danke, Herr.« Der Rabe verbeugte sich kurz, dann flog er zurück zu dem Rest der Schar, die sich im Vorhof um eine Schnecke balgte.

»Zwei Morthoren sollen das Gelände bewachen, alle anderen machen sich auf die Suche«, befahl Kethamarr erneut, diesmal an Morphus gewandt, der mittlerweile zurückgekehrt war. »Aber bevor du sie losschickst …«, er blickte angewidert auf die Reste des Triamesen, die inzwischen angetrocknet waren, »wisch mir die Sauerei hier weg.«

Als er zur Tür blickte, entspannte sich sein Gesichtsausdruck augenblicklich. Am Eingang des Raumes stand Lucia.

»Ah, du bist zurückgekommen?« Seine Stimme klang mild, als er sich in den Sessel setzte und sie zu sich winkte. »Du verlierst deine Schüchternheit, das gefällt mir.« Lucia war zu ihm auf den Stuhl geklettert. »Eines Tages wirst du nicht anders können, als mich zu verehren.« Seine Finger strichen durch die roten Locken. »Der Junge und das Mädchen können kommen, wir sind bestens vorbereitet. Und ich werde dafür sorgen …«, er grinste hämisch, »dass sie diesmal an sich selber scheitern.«

Kapitel 32

Die Kelvins

Als der Küster am nächsten Morgen die Kirche öffnete, schlüpften Ellen und Arnt ungesehen hinaus und machten sich auf den Weg zum Spielplatz, um Runa zu suchen.

Der Spielplatz lag im Außenbezirk von Steilbach an einem Berghang. Unter den vordersten Baumkronen des angrenzenden Waldes befand sich ein grosser Holztisch, umringt von sitzgerecht zugeschnittenen Stämmen.

Auf einer Bank saßen bereits zwei Mütter in der Morgensonne und tratschten, während ihre Sprösslinge an den Spielgeräten tobten.

Ellen hatte plötzlich den Geschmack von Butterstulle und Capri-Sonne im Mund. »Hier bin ich oft mit meinem Vater gewesen«, sagte sie und verschwand kurz in ihren Erinnerungen. Mit wehmütigem Blick trat sie zu dem Holzpferd, das auf einer großen Spiralfeder befestigt war und wegen seines wilden Reiters fast ins Gras biss.

»Zu meiner Zeit stand hier noch ein Motorrad. Mein Vater hat sich daraufgesetzt und ist mit dem ganzen Ding umgekippt.« Sie lächelte verkrampft – und konnte nicht weitersprechen. Nicht nur, weil die Erinnerung ihren Hals verstopfte. Vielmehr war es Arnts Gesichtsausdruck, der sie innehalten ließ.

»Was ist los?«

»Nichts.« Arnt sah zur Seite.

»Ich sehe dir doch an, dass etwas ist«, bohrte Ellen weiter.

»Also gut, wenn du es unbedingt wissen willst …« Arnt wandte sich ihr wieder zu. »Ich kann das Gerede über deinen Vater nicht mehr hören, das ist alles.«

»Oh, aber …« Ellen stockte verunsichert und versuchte sich zu erinnern, wann sie über ihren Vater gesprochen hatte. Oft konnte es nicht gewesen sein. »Arnt, weißt du«, begann sie vorsichtig, »ich glaube nicht, dass mein Vater hier das Problem ist. Vielleicht solltest du mal das Verhältnis zu deinem Vater überdenken, es scheint mir …«

»Hör mir bloß auf mit diesem Psycho-Scheiß! Das ist meine Sache. Du wolltest wissen, was los ist. Jetzt weißt du es!«

»Okay, okay, ist ja schon gut.« Ellen wandte sich ab. Sie wusste, dass sich Arnts Reaktion auf sein eigenes Problem bezog, trotzdem machte es sie wütend. Doch eine Diskussion führte zu nichts und sie beschloss, die Sache auf sich beruhen zu lassen.

»Schau, dort«, wechselte sie das Thema und deutete auf eine Schaukel am Hang, deren Kette weit oben in der Baumkrone verschwand. Ein kleines Mädchen saß darauf und flog höher und höher in den Himmel.

»Das ist die coolste Schaukel der Welt und …«

Ellen riss erstaunt die Augen auf. »Schau da, die Kelvinkinder … Sie turnen auf dem Mädchen.«

»Kelvinkinder?« Arnt kniff sein Auge zusammen.

»Die vom Brunnen, bei Laila …«

Jetzt sah Arnt sie auch. Ellen trat näher. Zwei von ihnen hingen an den Turnschuhen des Mädchens, zwei weitere ritten auf den Oberschenkeln. An den beiden Zöpfen turnten ebenfalls zwei kleine Wesen und schienen sich gegenseitig mit ihrer Akrobatik übertrumpfen zu wollen.

Als Ellen genauer hinsah, erkannte sie das Kelvinkind mit dem Blumenröckchen, das mit einem Fuß im Haargummi des

Mädchens hing und kopfüber brüllte vor Vergnügen, während an dem anderen Zopf der kleine Aurier turnte. Auch er stimmte in das Freudengeheul der Meute mit ein.

Das Mädchen hatte offensichtlich keine Ahnung, dass es die Schaukel mit so vielen anderen teilte, es genoss den Moment für sich alleine.

Ellen erinnerte sich deutlich an das Gefühl, wie es gewesen war, mit dieser Schaukel zu schwingen. Hatte man erst einmal den Mut gefunden, am Hang zu starten, trug sie einen meterhoch über den Boden, der Wind rauschte in den Ohren und für einen kurzen Moment war man schwerelos … Wie hatte sie diese Schaukel geliebt! Unwillkürlich wippte sie mit den Hüften, als würde sie mit dem Mädchen in den Himmel fliegen.

»Komm jetzt bloß nicht auf die Idee, hier zu schaukeln«, schien Arnt ihre Gedanken zu lesen.

»Ich würde sowieso nur unter der Schaukel im Gras sitzen«, verzog Ellen das Gesicht, »außer du würdest mich auf deinem Schoß …«

»Vergiss es!«

»Schade.« Wehmütig betrachtete Ellen das Mädchen, das jauchzend seine Fußspitzen in den Himmel bohrte.

Dann hörte sie auf einmal ein Klopfen. Eine zierliche Frau trat zwischen den Bäumen hervor und schlug kräftig mit einem Kochlöffel auf einen Topf. Vier der fünf Kelvinkinder erklommen blitzartig die Kette der Schaukel, kletterten flink über den Ast, um dann über den Stamm nach unten zu gelangen. Das fünfte Kelvinkind saß auf der Fußspitze des Mädchens, wartete auf den passenden Moment und nutzte den Schwung, um im hohen Bogen durch die Luft zu sausen. Der bunte Rock flatterte im Wind und kurz darauf überschlug es sich lachend im Gras des Hanges.

»Zoe, wie oft habe ich dir schon gesagt, du sollst das nicht machen«, schimpfte die Frau von Weitem, den Kochlöffel drohend erhoben. Das Kelvinkind trollte sich kichernd zu den anderen, und gemeinsam verschwanden sie im Wald.

»Vielleicht ist das die Frau, von der uns Laila erzählt hat«, sagte Ellen. »Komm, wir fragen sie.«

Arnt holperte durch das Gras hinter ihr her.

»Hallo«, rief Ellen und schwang ihre Hand über dem Kopf. Die Frau sah ihnen entgegen. Ihr Gesicht hatte einen dunklen Teint und war umrandet von schwarzen Locken. Ellen war erstaunt über ihr jugendliches Aussehen. Dem Auftreten und der Stimme nach hatte sie eine ältere Person erwartet.

Die Frau wirkte ebenfalls überrascht. »Wie kommt es, dass ihr in Anderland seid?«, fragte sie und steckte den Kochlöffel in die Tasche ihrer Schürze, als wäre er ein Revolver. Die Kinder kamen herbeigestürzt, drei zogen an ihrem Rock, eins versteckte sich darunter.

Das fünfte Kind näherte sich dem Rollstuhl und betrachtete ihn neugierig. Dann kletterte es an Arnts Beinen herauf auf seinen Schoß. Die Augen des Mädchens strahlten.

»Das sieht toll aus, mit den Rädern am Stuhl«, sagte sie und schlang ihre kleinen Arme um Arnts Hals, als würde sie ihn schon ewig kennen. »Hast du die, damit du schneller bist?«

Arnt verkrampfte sichtlich und schien überrumpelt von dem ungestümen Verhalten der Kleinen. Energisch schob er sich das Kind vom Hals.

»Die brauche ich zum Laufen«, antwortete er knapp.

Der kleine Mund formte sich zu einem überraschten »Oh. Aber dafür hast du doch die Beine …« Sie betätschelte Arnts Oberschenkel.

»Die funktionieren aber nicht«, entgegnete Arnt barsch.

»Doch, es geht ganz einfach, schau so …« Sie hopste auf Arnts Beinen, dass ihr buntes Röckchen nur so wippte.

»Zoe! Hör auf damit! Rein jetzt in die Stube, und ihr vier auch, dort lang, marsch!« Die Frau zog den Löffel aus der

Schürze und wies damit auf den Stamm einer dicken Eiche. Alles, was Ellen an diesem Stamm erkennen konnte, war ein geschnitztes Herz im Holz, versehen mit einem krummen Pfeil, der sich mitten hindurchbohrte.

»Fast gleich und bald sofort«, erklärte Zoe, kletterte an Arnts Bein herunter und setzte sich zu seinem Fuß auf die Raste. Einen Moment lang blickte sie sich um, dann griff sie nach einer Weinbergschnecke und klebte sie blitzschnell unter dem Hosenbein an Arnts Wade.

»Hey, lass das!« Arnts Bein zuckte in die Höhe, die Schnecke löste sich und flog heraus.

»Siehst du, sie funktionieren doch.« Triumphierend verschränkte das Kind die Arme vor der Brust.

Arnt stieg das Blut in den Kopf. »Was fällt dir ein, du …«, fuhr er die Kleine mit zornig funkelndem Auge an. Zoe wich erschrocken zurück.

»Aber Arnt, was soll das? Sie ist doch ein Kind …« Ellen schüttelte brüskiert den Kopf. »Sie wollte doch nur …«

»Jetzt ist aber Schluss, Zoe, sofort rein mit dir!«, unterbrach die Frau und schwang den Löffel. Schnell sprang das Mädchen davon. Die vier Geschwister folgten ihr kichernd und alle fünf drängelten sich durch eine Tür, dessen Griff das Herz im Stamm zu sein schien.

Ellen hatte sich von Arnt abgewandt und starrte nun ungläubig auf die Stelle, an der die Kinder verschwunden waren.

»Es tut mir sehr leid. Zoe ist manchmal nicht zu bremsen, ein Wildfang ohnegleichen – aber – herzensgut«, seufzte die Frau. »Doch nun zu euch. Was wollt ihr hier?«

»Wir sind auf der Suche nach Runa«, sagte Ellen.

»Da seid ihr bei mir goldrichtig, das bin ich«, entgegnete die Frau. »Das Frühstück steht auf dem Herd, kommt doch mit herein und leistet uns Gesellschaft.« Sie zeigte auf die Eiche. »Dann könnt ihr mir sagen, wie ich euch helfen kann.«

»Ähm, das ist sehr nett, aber …« Ellen war sich nicht sicher, ob sie Runa richtig verstanden hatte. »Sie meinen, wir sollen dort hineingehen?« Sie blickte auf die Stelle, an der sich eben noch das Herz befunden hatte.

»Ja, natürlich, oh …« Runa schüttelte den Kopf. »Diese Lausebande!« Sie stemmte eine Hand in die Hüfte und blickte sich um. »Manchmal übertreiben sie es wirklich mit ihren Streichen – ah, da ist sie ja.« Sie ging auf einen Baum zu, dessen Stamm gerade mal den Durchmesser von Ellens Oberschenkel aufwies.

Das Herz mit dem Pfeil überlappte sich selbst.

»Wir können auch hier lang«, sagte Runa und hielt das Türgriff-Herz fest, als befürchte sie, es könne wieder verschwinden. »Kommt rein!«

Ellen blickte stirnrunzelnd auf Runa und dann auf die Tür, welche jetzt äußerst schmal, dafür sehr hoch geöffnet stand.

»Aber wie soll denn das funktionieren?«

»Geht einfach hinein – keine Angst, ich halte sie fest, sie kann nicht fort.«

»Es ist nicht deswegen«, Ellen blickte an sich herunter, »es ist – na ja, wir sind doch viel zu groß.«

Runa sah sie erst überrascht an, dann lächelte sie. »Man merkt, dass ihr noch nicht oft hier wart, ihr müsst noch einiges lernen. Denkt einfach nicht an groß oder klein, lauft einfach hinein«, reimte sie fröhlich und verschwand in dem Stamm, dessen Eingang auch für sie viel zu schmal schien.

»Arnt, kommst du?«, fragte Ellen, nachdem sie sich von der Überraschung erholt hatte.

»Da kannst du alleine reingehen, mit keinem Rad werde ich in diesen Baum fahren.« Arnt knickte einen Zweig.

»Jetzt sei nicht so. Nur wegen des Vorfalls mit dem Kind.«

»Es ist nicht wegen des Kindes!« Wütend hob er einen Stein auf und schleuderte ihn in den Wald. Ein Vogel flatterte laut krächzend aus dem Gebüsch. Ellen zuckte erschrocken zurück.

»Ich habe einmal mehr die Schnauze voll, so sieht es aus«, zischte Arnt. »Das alles hier geht mir langsam aber sicher so richtig auf die Nerven. Du kannst gerne da reingehen, aber ohne mich. Und ich sag dir eins: Am liebsten würde ich zurückgehen und mein Leben so weiterleben wie bisher. So schlecht war das nämlich gar nicht, wenn ich genauer darüber nachdenke.« Er kehrte ihr den Rücken zu.

Ellen war wie vom Donner gerührt. »Ach ja, da haben wir's wieder«, sagte sie scharf. »Sobald es um deine Probleme geht, blockieren bei dir die Räder. Aber du willst dir ja nicht helfen lassen. Ich gehe jetzt da rein und wenn du willst, kannst du gerne nachkommen. Vielleicht nutzt du ja auch die Gelegenheit, mal einen Versuch zu starten, deine Beine zum Gehen statt nur zum Selbstbemitleiden zu gebrauchen.« Sie machte auf dem Absatz kehrt und ging hoch erhobenen Hauptes durch den Eingang in dem Baum, als handele es sich um ein Schlossportal.

Arnts wütender Blick bohrte sich kurz in Ellens Hinterkopf und dann in das geschnitzte Herz, bevor er sich in den Nacken griff und schnaubend in die Baumkronen fluchte.

Ellen betrat einen großen runden Raum und hatte sofort das Gefühl, hier schon einmal gewesen zu sein. Erstaunt blickte sie sich um. Schlafzimmer, Küche und Essbereich, alles befand sich am gleichen Ort. Als sie die sieben Bettchen an der linken Wand entdeckte, kam sie sich ein wenig vor wie Schneewittchen. Voller Wehmut drängte sich ihr der Gedanke auf, dass es wohl kaum eine Königin gab, welche die Absicht hätte, sie wegen ihrer Schönheit zu vergiften, und schlimmer noch – dass kein Prinz ihr die Probleme vom Hals schaffen würde.

Gegenüber den Betten befand sich eine offene Kochstelle. Gleichmäßiges Knistern und ein angenehmer Duft nach frischem Wald erfüllten den Raum. Er entströmte dem Kessel, der über dem Feuer hing, doch als Ellen hineinsah, schnürte sich ihr Mageneingang zusammen. Lauter kleine, grüne Würmer wuselten in einer undefinierbaren Flüssigkeit durch den Topf. Schnell wandte sie sich ab und betrachtete die bunten Schränke, die den Rest der freien Wand säumten.

In der Mitte des Raumes stand ein großer Holztisch, umringt von zugeschnittenen Stämmen, die als Hocker dienten. Fünf der Hocker waren besetzt von den Kindern, die hin und her zappelten und sich über die Spiegelbilder in ihren Löffeln lustig machten. Während sie die Kinder beobachtete, wurde ihr klar, woher sie den Raum kannte. Es war weniger der Raum, als der Tisch mit den Hockern.

»Ja, es ist der Tisch vom Spielplatz«, verriet Runa, die Ellens Blick gefolgt war. »Er ist wie für uns gemacht.«

»Ich habe gar nicht gewusst, dass dieser Tisch in einem Zimmer steht«, sagte Ellen verblüfft.

»Nun ja, wie soll ich das sagen … Unsere Bleibe ist eine Art Gedankenzelt, das mein Mann und ich konstruiert haben. Es hat den Vorteil, dass wir es überall mit hinnehmen können – aber meistens sind wir hier. Hier ist unser Zuhause. Besuchen kann uns nur, wer Zugang zu diesem Teil unserer Gedanken hat – und dieser Zugang führt durch eine der Türen, durch die auch du gekommen bist.«

»Wow, unglaublich!« Ellen war beeindruckt. »Und wenn Menschen aus der Stadt hier eine Party feiern?«

»Dann feiern wir mit, die Kinder lieben das. Aber nur, solange sich die Gäste anständig benehmen. Manchmal wird es einfach zu wild, vor allem bei den Halbwüchsigen. Dann ziehen wir vorübergehend um, das kommt schon mal vor. Aber setz dich doch. Möchtest du auch etwas?«, fragte sie und nahm ein paar Schälchen aus dem Schrank. »Das ist Grünnadelsuppe, eine Spezialität. Sie macht fidel und ist gesund.«

»Äh, nein danke«, winkte Ellen ab. »Ich bin überhaupt nicht hungrig.« Belustigt sah sie zu, wie sich die Gesichter der Kinder mundauf- und mundabwärts immer grüner färbten.

»Ihr Froschgesichter habt genascht«, stellte Runa fest und schwang erneut den Löffel, als sie sich an den Tisch setzte. »So, jetzt kann ich uns endlich vorstellen. Das hier sind Flora, Frons, Zoe, Scyra und Fabres. Laurin, mein Mann, ist schon unterwegs, er hat im Moment viel um die Ohren.« Sie klopfte mit der flachen Hand auf den Tisch, und sofort hörten ihre fünf Kinder auf, sich die stibitzte Suppe in die Ohren zu stecken. »Wir kommen ursprünglich aus dem Tal der Kelvaner. Vor vielen Jahren sind wir hierhergezogen. Laurin ist etwas empfindlich gegen Kälte und das Klima hier bekommt ihm besser.« Runa lächelte. »Aber nun zu euch, was führt euch zu mir?« Ohne eine Antwort abzuwarten, fuhr sie fort: »Wollt ihr neue Aurier? Davon rate ich euch dringend ab. Ihr seid schon ziemlich alt …«

»Neue Aurier?«, unterbrach Ellen Runas Redeschwall. »Nein, wir sind auf der Suche nach unseren eigenen. Laila, die Frau vom Marktplatz, hat uns zu dir geschickt.«

»Ja«, rief Zoe, »ich habe dich ein bisschen bei Laila gesehen.« Sie war mittlerweile an Ellen, die neben dem Tisch stand, heraufgeklettert und schmiegte sich an sie. Ihr Mund hinterließ eine grüne Spur auf Ellens Hals.

»Zoe, bitte!«

»Ist schon gut«, winkte Ellen ab und strich Zoe über den Rücken.

Dann erzählte sie die ganze Geschichte, warum sie hier waren und was sie alles erlebt hatten. Alle sechs hörten ihr bis zum Schluss aufmerksam zu und unterbrachen sie kein einziges Mal. Nur als Runa erfuhr, dass Radin sehr krank war, holte sie hörbar Luft und presste ihre Hand auf den Mund.

Während Ellen redete, wurde ihr erneut klar, wie wenig sie bis jetzt erreicht hatte, und je länger sie redete, desto kraftloser wurde ihre Stimme.

»Ich fürchte, dass Radin sich in mir getäuscht hat«, sagte sie abschließend. »Vielleicht bin ich nicht die Richtige für diese Aufgabe. Bis jetzt habe ich nichts zustande gebracht, außer Probleme zu schaffen, die es ohne mich gar nicht gegeben hätte. Und Radin geht es von Tag zu Tag schlechter, wenn er überhaupt noch am Leben ist.« Ellen blickte Runa in die schönen dunklen Augen. »Und jetzt sind wir zu dir gekommen, in der Hoffnung, dass du uns sagen kannst, wo wir Kethamarr finden – und wie wir weiter vorgehen sollen …«

»Hm, zu ihm vorzudringen ist sehr gefährlich. Aber vielleicht kann ich dir über diese Welt hier etwas erzählen, was euch hilft, die Zusammenhänge besser zu verstehen und dann selbst zu entscheiden, wie ihr vorgehen könnt …« Runa sah Ellen nachdenklich an. »Zuallererst erzähle ich dir etwas von mir – warte, ich kümmere mich nur noch schnell um die Suppe. Wenn sie anfängt, sich zu verteidigen, ist sie fertig …« Als sie sich dem Topf mit einem Messer näherte, klappten die grünen Nadeln wie die Stacheln eines Igels nach oben, wobei sich die Spitzen immer in die Richtung neigten, aus der das Messer kam.

»Perfekt, es ist so weit.« Runa schnitt die grüne Abwehrtruppe in mehrere Teile, um sie in die Schälchen zu verteilen. »Willst du dich nicht zu uns an den Tisch setzen?«

»Ähm – danke, es geht schon.« Ellen errötete.

»Aber – ah, ich verstehe … einen Moment.« Runa erhob sich und verschwand in einem der Schränke. Kurz darauf kehrte sie mit einem großen, grünen Ball zurück, der ebenfalls aus Nadeln zu bestehen schien.

»Der hier wird dich tragen, du kannst darauf Platz nehmen.« Als sie Ellens kritischen Blick bemerkte, fügte sie lächelnd hinzu: »Keine Angst, sie sind friedlich.«

Ellen betastete kurz die weiche Kugel, dann ließ sie sich dankend darauf nieder.

»Also, ich bin eine Weiserin«, begann Runa und schubste ein Schälchen nach dem anderen über den Tisch. »Meine Aufgabe ist es, den Menschen ihre Aurier zuzuweisen.«

Ellen sah sie überrascht an. »Du machst das? Aber – wie funktioniert das – und warum?«

Runa schöpfte sich selbst das Schüsselchen voll und setzte sich wieder. »Es ist ziemlich kompliziert, aber ich werde versuchen, es in einfache Worte zu fassen. Mensch und Aurier leben in einer Art Symbiose. Sie profitieren voneinander. Mit jedem Menschenleben lernen die Aurier auf irgendeine Weise etwas dazu und tun dies so lange, bis sie vollkommen und frei sind. Um es in euren Worten auszudrücken: sie kommen dann ins Paradies.«

Ellen blickte sie stirnrunzelnd an. »Das klingt, als ob die menschliche Existenz lediglich der Vervollkommnung der Aurier dient?«

Runa lächelte. »Ja und nein. Wie gesagt, es ist ein gegenseitiges Profitieren. Die Aurier dienen euch in vielerlei Hinsicht. Du kannst das sicherlich gut beurteilen, denn ohne sie fehlt dir etwas. Man kann zwar ohne sie existieren, aber nur sehr oberflächlich. Es ist ein wenig so, als würde man nur zwei- statt dreidimensional leben.«

Ellen schluckte. Diese Worte umschrieben genau das, was sie empfand.

»Zudem können sie bei Entscheidungsfindungen sehr nützlich sein – wenn man weiß, wie man sinnvoll mit ihnen kommuniziert. Sie wissen wesentlich mehr über euch als ihr selbst.« Runa nahm einen Löffel voll Suppe. »Andererseits«, fuhr sie fort, »lernen die Aurier bei jedem Menschen etwas, was sie vorwärtsbringt. So werden sie mit jedem Menschenleben ein wenig reifer und vollkommener und gleichzeitig lebt jeder Mensch in ihnen weiter, wodurch er quasi unsterblich wird.«

»Und wie entscheidest du, zu wem welche Aurier kommen?«

»Ich versuche sie jeweils den Menschen zuzuordnen, bei denen sie am meisten lernen können. Willst du nicht doch etwas Suppe? Sie ist köstlich.«

Ellen schüttelte dankend den Kopf. »Aber du weißt doch gar nicht vorab, welche Art von Leben ein Mensch führen wird«, warf sie ein.

Runa schmunzelte. »Jeder Mensch hat sein eigenes Thema. Ich versuche die Aurier so passend wie möglich zu verteilen, wenngleich ich nicht immer exakt richtig liege. Es ist nicht ganz einfach und erfordert viel Erfahrung …«

»Dann habe ich meine Aurier auch von dir bekommen?«

»Nein, dann würde ich dich kennen. Ich bin ja schließlich nicht die einzige Weiserin …« Runa zog den Kindern einige Stacheln aus dem Gesicht und wischte ihnen den Mund mit einem Nadelkissen sauber, bevor sie fortfuhr: »Wie du sicher bereits bei den Menschenkindern gesehen hast, vergebe ich immer nur einen.«

Ellen nickte wortlos.

»Ab einem gewissen Alter beginnt der Aurier, sich zu teilen, dann geht es los mit den Konflikten – und je unerfahrener die Aurier sind, desto stärker fallen diese aus.«

»Aber warum müssen sich die Aurier teilen? Wäre es nicht einfacher, sie würden eine Einheit bleiben?«, fragte Ellen ganz und gar eingenommen von Runas Ausführungen.

»Dann wäre die persönliche Entwicklung sehr eingeschränkt. Bevor die Menschen etwas verändern, gehen immer Wünsche oder Konflikte voraus, das treibt sie an, das ist der Motor für alles. Unbewusst möchte jeder Mensch im Einklang mit den beiden Auriern leben – und dementsprechend verändert er etwas. Tut er das nicht, wird er unglücklich und entfernt sich von sich selbst. Vielleicht hast du die Seelenschatten der Menschen schon gesehen …«

»Gesehen nicht, aber ich habe davon gehört.«

»Je weiter diese weg sind, desto weniger ist der Mensch im Einklang mit sich – und auch mit seinen Auriern. Aber das alles ist sehr komplex und ich will dich nicht verwirren.«

»Das tust du nicht«, sagte Ellen schnell. »Nur – warum gibt es Aurier, die Schlechtes zu den Menschen sagen?« Unwillkürlich war ihr Leah in den Sinn gekommen.

»Das kann viele Gründe haben. Jeder Aurier und jeder Mensch ist anders. Manche Menschen sind von Natur aus schwach oder unter problematischen Bedingungen aufgewachsen. Auch bei den Auriern gibt es Unterschiede. Manche von ihnen sind noch sehr unerfahren. Schlimmstenfalls kommt alles zusammen, dann wird es schwierig. Leider lässt sich nicht immer alles vorher abschätzen. Wir Weiserinnen tun unser Bestes, aber auch wir haben unsere Stärken und Schwächen und sind nicht allwissend.« Runa zuckte bedauernd die Schultern.

Ellen nickte und vermutete stark, dass Leah Anfänger abbekommen hatte. Vor ihr stieg das Bild ihrer eigenen Aurier auf. Ihre kleinen, angstverzerrten Gesichter, als sie aus ihrem Körper gerissen worden waren. Erneut schwor sie sich, sie wiederzufinden.

»Runa, was würdest du an meiner Stelle tun?«, fragte sie.

»Hm«, dachte Runa nach. »Ich an deiner Stelle würde zu Maureen gehen, eine wunderbare Frau. Sie stammt aus dem Tal der Silberfeen und hat die wundervolle Aufgabe, die Menschen am Ende ihrer Reise im Empfang zu nehmen. Sie ist sehr weise, und sie kennt Kethamarr wie niemand sonst. Sie wird dir weiterhelfen können.«

»Gut«, nickte Ellen, »und wo finde ich Maureen?«

»Das ist leider nicht ganz einfach. Der Ort, an dem sie wohnt, ist abgelegen. Und selbst wenn du ihn finden würdest – meistens ist sie unterwegs …« Runa rührte nachdenklich in dem Rest ihrer friedlich gewordenen Suppe. »Aber vielleicht könnte dich einer von uns …«

Der Knall einer ins Schloss fallenden Tür unterbrach sie. Ein kurzbeiniger Mann mit langem, abstehendem Schnurrbart kam herein. Er durchquerte das Zimmer mit kurzen strammen Schritten und warf seine Jacke auf eines der Betten.

»Paps!« Die Kinder sprangen auf und kletterten johlend an ihm herauf. Zoe war als Erste oben und bedeckte sein Gesicht mit Küssen. Doch der Vater erwiderte sie nicht, stattdessen setzte er wortlos ein Kind nach dem anderen auf den Hocker zurück. Sichtlich enttäuscht fassten sich die Kleinen an den Händen und starrten ihn an.

»Du meine Güte, was ist los?«, blickte Runa überrascht auf.

»Die Fender durchkämmen das Land«, sagte er schroff. »Alle sind in Aufruhr. Sie scheinen irgendetwas zu suchen und schrecken nicht einmal davor zurück, in Häuser einzudringen. Es ist eine Schande!«

Runas Blick fiel auf Ellen, die zweimal schluckte und nach Worten suchte. »Es könnte sein …«, stammelte sie, »ich meine, es wäre möglich, dass sie nach uns suchen.« Sie schluckte noch ein drittes Mal und versuchte, den Kloß, der sich in ihrem Hals bildete, in den Griff zu bekommen.

Der Vater fuhr herum. Er hatte Ellen erst jetzt bemerkt.

»Dann gehört der junge Mann, der da draußen im Rollstuhl sitzt und ein gurkensaures Gesicht macht, zu dir?«

Ellen nickte errötend, während Runa eine Schüssel voll Grünnadelsuppe für ihren Mann auf den Tisch stellte.

»Das ist Ellen«, sagte sie und nickte Ellen zu. »Ellen, das ist Laurin, mein Mann.« Runa hängte seine Jacke an einen Haken und erklärte ihm den Grund von Ellens Anwesenheit. »Und nun dachte ich, wir könnten Maureen um Rat fragen, aber so, wie die Lage aussieht, scheint es im Moment nicht einfach zu sein …«

»Da hast du recht, es könnte in der Tat schwierig werden.« Laurin fuhr sich mit dem Ärmel über den Mund. »Zudem sind nicht nur Fender unterwegs …« Seine Stimme wurde leise und auf seiner Stirn bildeten sich tiefe Furchen. »Es wurden auch Morthoren gesehen.«

Runa wirbelte herum. »Morthoren?«, sie sank auf einen der Hocker, »dann muss es ihm sehr ernst sein.«

Ellen blickte verständnislos von einem zum anderen. »Morthoren?«

»Ja, Morthoren. Das sind die traurigen Reste jener Menschen, die sich selbst das Leben nehmen. Sie bleiben zwischen den Welten hängen, und Kethamarr bedient sich ihrer. Im Gegensatz zu den Fendern können sie selbstständig denken, und was das Schlimmste ist, sie haben die Fähigkeit, die Welten zu wechseln. Gesichtslose Wesen, die sich unter die Menschen mischen, indem sie in ihre Körper eindringen und sie nach ihrem Willen benutzen. Schreckliche Gestalten. Auch hier, in Anderland, richten sie Schaden an und sind gefürchtet, weitaus mehr als die Fender …«

Ellen durchfuhr ein Schaudern. Sie hatte so ein gesichtsloses Wesen schon mal gesehen. Nur wo? Einen Moment lang überlegte sie fieberhaft, dann schob sie den Gedanken beiseite.

»Aber – auch wenn draußen Kethamarrs Leute patrouillieren, wir können jetzt nicht warten«, sagte sie entschlossen. »Unsere Körper liegen irgendwo da draußen in einem Wald, und wenn wir nicht verdursten oder verhungern, wird uns Kethamarr womöglich finden und …«, sie stockte entsetzt. »Der Triamese – er hat uns dort gesehen!« Die Erkenntnis schoss eiskalt über ihren Rücken. »Er wird uns verraten …«

»Bis jetzt scheint ihr unentdeckt geblieben zu sein, sonst würde Kethamarr nicht nach euch suchen lassen«, entgegnete Laurin und zwirbelte seinen Schnurrbart, in den sich ein paar Nadeln eindrehten.

Runa räumte klappernd die leeren Schüsseln beiseite. »Wie auch immer, wir müssen so schnell wie möglich etwas unternehmen, wir haben keine Wahl.« Sie blickte ihren Mann durchdringend an. »Laurin, du musst versuchen, Ellen und ihren Freund zu Maureen zu bringen.«

»Hm, auch ohne Kethamarrs Truppe wäre das nicht einfach. Du weißt doch, dass sie meistens unterwegs ist. Der einzige Ort, an dem man sie sicher antrifft, ist das Glutmondfest, aber das dauert noch eine Weile.«

»Das Glutmondfest findet alle drei Jahre beim neunten Vollmond statt«, erklärte Runa. »In dieser Nacht verwandeln sich die Glutwürmchen zu Karmesinfaltern. Sie steigen auf und färben das Mondlicht rot ein. Ein himmlisches Spektakel. Viele reisen von weit her an ...«, sie hielt inne. »Es gab Zeiten, da war auch Kethamarr mit dabei, erinnerst du dich?«

»Ja«, nickte Laurin. »Auch wenn es schon eine Weile her ist.«

»Aber Maureen lässt sich das Fest nicht entgehen.« Runa zupfte die Nadeln aus seinem Bart.

»Was wäre auch der Tanz im glutrotem Schein ohne sie ...« Laurins Blick entrückte, bis Runa ihn kräftig am Barthaar zog. Augenblicklich kehrten seine Gedanken zurück, und an Ellen gewandt, fuhr er fort: »Am besten, wir versuchen, zu ihrem Haus zu gelangen. Dort können wir vielleicht herausfinden, wo sie steckt. Und wenn wir ganz viel Glück haben, treffen wir sie sogar zu Hause an.« Kurz entschlossen stand er auf. »Wir werden einen kleinen Umweg machen und die Dörfer meiden. Ich befürchte zwar, dass sich einige von Kethamarrs Spionen bei Maureens Haus aufhalten, aber das Risiko müssen wir eingehen.«

»Ich will mit.« Zoe kam herangesprungen. »Ich komme an den Fendern vorbei. Ich bin klein und flink, sie werden mich nicht fangen.« Sie kicherte, rannte ihrer Mutter zwischen den Beinen hindurch und kletterte dann an ihnen herauf.

Runa fuhr dem Mädchen durch das dunkle Haar. »Das kommt nicht infrage, mein Schatz, das ist viel zu gefährlich. Ellen, ihr Freund und Laurin werden das schon schaffen, da bin ich ganz sicher.«

»Dann ortswechseln wir jetzt zu Maureens Haus?«, fragte Ellen und strich Zoe über die schmollende Stirn.

»Das geht nicht«, antwortete Laurin. »Leider kenne ich diesen Ort nicht gut genug, es wäre zu riskant. Außerdem ist ihr Anwesen versiegelt, wir kämen da nicht durch.«

»Wie bei Kethamarr«, sagte Ellen leise.

»So ähnlich«, nickte er und warf allerlei Dinge in seinen Rucksack. »Aber ich kenne einen Platz in der Nähe des Dorfes. Bis dorthin können wir ortswechseln. Ein paar Schritte laufen müssen wir aber trotzdem, ich hoffe nur, dass der Rollstuhl deines Freundes geländegängig ist …«

»Wie auch immer ihr es anstellt, ihr müsst einen Weg finden, mit Maureen zu sprechen«, warf Runa beschwörend ein. »Es wäre eine Katastrophe, Radin zu verlieren. Eine unglaubliche Katastrophe – Kethamarr – wenn er die Allmacht bekäme – ich wage gar nicht, daran zu denken …« Sie machte eine Geste, als wolle sie den Gedanken abschütteln.

»Und eure Aurier, die armen kleinen …« Behutsam legte sie die Hand auf Ellens Arm. »Es wird nicht einfach werden … Ihr müsst sehr, sehr vorsichtig sein.«

Mit Sorgenfalten im Gesicht half sie ihrem Mann, den Arm in die zweite Schlaufe des Rucksacks zu stecken. »Du meine Güte, was hast du da alles drin?«, murmelte sie leise, dann nahm sie Ellens Hand. »Ellen, wenn ich es mir so recht überlege … Meinst du nicht, es wäre besser, wenn dein

Freund bei uns bleiben würde?« Sie öffnete die Tür. »Ihr würdet einfacher vorankommen und könntet zur Not schneller reagieren.«

»Auf keinen Fall«, erwiderte Ellen prompt. »Arnt ist …«, sie spähte nach draußen und verstummte, bevor sie leise hauchte: »… nirgends zu sehen!«

Kapitel 33

Jesias

Wieder und wieder umrundete Ellen den Baumstamm, aus dem sie soeben getreten war.

»Hier sind Spuren von Rädern.« Laurin zückte eine Brille aus der Jackentasche, die aussah wie ein kleines Fernglas. »Sie hören ganz plötzlich auf – genau hier.« Er bohrte die Schuhspitze in den Boden.

»Vielleicht hat er an dieser Stelle geortswechselt.« Das flaue Gefühl in Ellens Bauch wurde immer stärker.

»Hm, vielleicht wollte er zurück. Zurück in eure Welt – so unglücklich, wie der dreinschaute …«, bemerkte Laurin und drehte an seiner Brille, als ob er sie scharf stellen wollte.

»Das kann ich mir einfach nicht vorstellen«, sagte Ellen bewusst ruhig, um ihren immer schneller werdenden Herzschlag auszugleichen. »Meinst du, es wäre möglich, dass ihn die Fender geholt haben?« Zögernd blickte sie in Laurins Gesicht.

»Glaubst du, dass sie euch gefolgt sein könnten?«, fragte er zurück.

Ellen überlegte einen Moment. »Nein. Zumindest haben wir auf dem Weg hierher weder welche gesehen noch gehört – aber …« Sie quetschte mit den Fingern ihre Unterlippe zusammen. Der Gedanke, dass Arnt nach *drüben* zurückgekehrt sein könnte, auf welche Weise auch immer, ließ sie nicht los. Wütend genug war er ja gewesen, und sie war nicht ganz unschuldig daran. Aber würde er sie einfach so im Stich lassen? Doch je länger sie über die letzten Gespräche nachdachte, desto stärker wurde die Vermutung, dass seine Rückkehr nicht ganz abwegig, ja sogar wahrscheinlich war.

»Der Vogel«, rief sie so plötzlich, dass Laurin die Brille von der Nase rutschte. Ohne Vorankündigung war der Gedanke durch ihren Kopf geschossen. »Arnt hat einen Stein in das Gebüsch geworfen – dort drüben – und einen Vogel aufgeschreckt.«

»Es könnte einer von Kethamarrs Raben gewesen sein ...« Wie angewurzelt starrte sie auf die Stelle, an der sie das Tier gesehen hatte.

Laurin packte seine Brille wieder ein. »Wir müssen gehen«, sagte er drängend, doch Ellen hörte ihn nicht. »Ellen, komm, du hast keine andere Wahl. Wenn du dich jetzt um deinen Freund sorgst, verlierst du zu viel Zeit. Er kann wer weiß wo stecken.«

»Ich kann nicht«, hauchte Ellen und suchte vergebens nach Halt an einem der Bäume. »Ich muss wissen, was ihm passiert ist.« Sie verbarg ihren Kopf in den Händen. »Ich hätte ihn nicht so anfahren dürfen – und ich hätte wissen müssen, dass der Vogel eine Gefahr bedeuten kann. Warum bin ich nur so kopflos? Warum?«

»Ellen, bitte, hadern führt zu nichts.« Laurin ließ nicht locker. »Wir müssen los, und du musst mir versprechen, dass du die Angst um deinen Freund ablegst, wenn wir jetzt gleich ortswechseln. Sonst können wir uns auch direkt in die Hände von Kethamarr begeben. Die Fender warten nur darauf.« Er rüttelte sanft an ihrer Schulter. »Lass uns jetzt Maureen suchen. Sie ist die einzige, die uns weiterhelfen kann, auch was deinen Freund betrifft. Lass uns eins nach dem anderen angehen, am besten in einer sinnvollen Reihenfolge, meinst du nicht auch?«

»Okay«, seufzte Ellen laut, »ich weiß, du hast recht … Einen kleinen Moment noch, ich bin gleich so weit.« Sie atmete tief durch und versuchte, sich zu sammeln.

»Nimm meine Hand«, Laurins Finger klopften auffordernd an ihren Unterarm. Zögernd griff Ellen danach, und fast zeitgleich fand sie sich auf einer kleinen Waldlichtung wieder.

»Jetzt müssen wir ein wenig laufen«, sagte Laurin leise.

»Ist gut.« Ellen blickte sich um. Sie hatte nicht die geringste Ahnung, wo sie sich befand. Trampelpfade führten in alle Richtungen.

»Es gibt mehrere Wege, aber da wir deinen Freund mit dem Rollstuhl nicht dabei haben, können wir den da nehmen.« Laurin hatte die Brille wieder aufgesetzt und zeigte auf den Pfad, der Ellen am unzugänglichsten erschien. Zum Teil war er zugewachsen, als würde er wenig begangen. Mit kläglichem Erfolg versuchte sie, die Gedanken an Arnt zu verdrängen und sich darauf zu konzentrieren, mit Laurin Schritt zu halten. Obwohl seine Beine noch kürzer waren als ihre eigenen, legte er ein beachtliches Tempo vor.

Der Weg schlängelte sich einen Berg hinauf und führte größtenteils an senkrechten, teils überhängenden Felswänden entlang. Immer höher gelangten sie und Ellen wurde schwindlig, als sie in die Tiefe blickte. Ihre Beine kribbelten wie perlender Sekt, mit jedem Schritt wurde ihre Verkrampfung größer – und der Weg schmaler.

Plötzlich blieb Laurin stehen und gab ihr ein Zeichen, still zu sein, was sie ohnehin schon war. Ein feines Rauschen ließ die Luft vibrieren und Ellen spürte, wie sich ihr Magen verkrampfte. Laurin drehte sich zu ihr um.

«Hast du immer noch Angst um deinen Freund?«, fragte er mit leichtem Vorwurf in der Stimme.

»Eigentlich nicht.« Ellen blickte ihn nervös an. »Im Moment habe ich ganz andere Sorgen – die Höhe, der Weg ist an manchen Stellen so furchtbar schmal … Ich bin nicht schwindelfrei …«

»Der Weg ist breit genug, es kann dir nichts passieren. Aber du musst deine Angst abstellen, ich kann sie im Nacken spüren, und ich bin nicht der Einzige. Du bist wie ein brennendes Streichholz in der Dunkelheit.« Er lächelte ihr ermutigend zu. »Vertraue uns beiden, schüttele deine Angst ab, dann sind wir für die Fender unsichtbar.«

»Ich weiß. Wenn das nur so einfach wäre …« Ellen holte tief Luft und bemühte sich, ihre Gedanken wieder in den Schritten zu bündeln und den Blick in den Abgrund so gut es ging zu vermeiden. Sie liefen immer noch bergauf, als sich nach einer Biegung ein schmaler Spalt auftat. Er führte durch einen Felsen, an dessen Ende ein schmaler Lichtschlitz erkennbar war.

Ellen blieb abrupt stehen und starrte in die dunkle Spalte. »Ist das der einzige Weg?«, fragte sie, obwohl die Antwort vor ihren Füßen lag.

»Ja, wir müssen hier durch, aber das ist kein Problem, es sind nur ein paar Meter.«

»Aber – ich bin dafür doch viel zu groß …«, stieß Ellen aus. Gleichzeitig wurde ihr bewusst, dass sie diesen Satz noch nicht allzu oft in ihrem Leben ausgesprochen hatte – und heute gleich zweimal. Das Vibrieren in der Luft wurde stärker.

»Ellen, du musst dich beeilen, und hör endlich auf, dich zu fürchten. Du kannst da ganz einfach durchlaufen – schau, so …« Laurin schlüpfte in den Spalt.

Doch Ellen sah ihn nicht wirklich. Sie kämpfte gegen Panikattacken, und je stärker sie versuchte, sie zu zügeln, desto mehr gingen sie mit ihr durch, wie eine Horde aufgepeitschter Pferde. Der Gedanke, in dem kalten Fels zu stecken, erdrückte sie wie ein steinernes Korsett, das sich immer enger schnürte.

»Ich kann das nicht!« Schwer keuchend und mit gesenktem Blick presste sie sich rücklings an die Felswand.

Laurin wandte sich um. »Ellen, gütiger Himmel, beruhige dich.« Schnell machte er kehrt und tätschelte ihren Arm. »Komm wieder zurück, es sind deine Gedanken, die dir Angst machen und nicht dieser Weg. Probiere es, ich weiß, dass du das kannst.«

Seine Stimme legte sich wie ein wohliger Mantel um die beklemmenden Bilder in ihrem Kopf – und nach und nach beruhigte sich ihr Atem. Vorsichtig hob sie den Blick und sah in Laurins Augen, die hinter der fernglasartigen Brille ungewöhnlich klein wirkten und ihr aufmunternd zuzwinkerten.

Ich weiß, dass ich das kann … wiederholte Ellen in Gedanken seine Worte und gab sich einen Ruck. *Ganz ruhig atmen, ich gehe jetzt einfach nur hindurch, nur ein paar Schritte, dann ist es vorbei.* Sie atmete kräftig durch und versuchte, ihren Kopf zu leeren – und einen kurzen Moment gelang es ihr sogar, bis ihr Blick oberhalb des Spaltes auf etwas Kleines, Schwarzes fiel. Ein fingernagelgroßes Insekt krabbelte über das Moos an dem Felsen empor.

»Ich kann da nicht durch«, gickste Ellen, jegliche Beherrschung verlierend, »es wimmelt da von Spinnen, Insekten, die Fender … Ich wäre gefangen …«

»Die Spinnen fressen dich nicht, nun komm schon, und die Fender sind auch noch weit weg … Noch sind sie es …« Laurin konnte seine wachsende Ungeduld nicht verbergen.

»Nein, ich gehe nicht!« Ellen stand stocksteif. »Es muss einen anderen Weg geben. Es tut mir leid, Laurin.« Sie drehte sich auf dem Absatz um, vermied den Blick in die Tiefe und machte sich mit zittrigen Beinen an den Abstieg.

»Ellen, warte«, Laurin setzte ihr nach. »Der andere Weg ist viel länger, außerdem ist die Gefahr dort größer, dass wir auf Kethamarrs Leute treffen.«

»Das ist mir egal«, Ellen fuhr herum, »verstehe mich doch, ich kann da nicht durch.«

»Also gut«, Laurin gab sich geschlagen, »dann halt außen rum.«

»Danke, Laurin«, sagte Ellen erleichtert. »Ich hätte es niemals durch diese Ritze geschafft.«

»Natürlich hättest du das. Deine eigenen Ängste waren es, die diese Ritze verstopft haben. Aber jetzt komm, es ist wie es ist, wir müssen uns beeilen.« Er lief abwärts voran.

Bergab ging es schneller und kurz darauf waren sie wieder auf der Lichtung. Diesmal wählte Laurin den Weg, der links neben dem Pfad lag, den sie zuvor gegangen waren. Er war ausgetreten und gut begehbar.

»Wenigstens hast du jetzt aufgehört, mit den Zähnen zu klappern«, sagte er. »Ich glaube, die Fender haben unsere Spur verloren.«

»Hoffen wir es …«, bemerkte Ellen argwöhnisch. Während sie liefen, dachte sie an Arnt. Die Angst, dass ihm etwas zugestoßen sein könnte, fraß sie nach wie vor fast auf. Trotzdem gelang es ihr, eine gewisse innere Ruhe zu bewahren. Immer wieder rief sie sich Laurins Worte in den Sinn. *Eins nach dem anderen, in einer sinnvollen Reihenfolge …*

Sie umrundeten den Berg, der Weg zog sich tatsächlich in die Länge. Ellen hoffte inständig, dass sie bald ans Ziel kämen, wagte aber nicht, Laurin danach zu fragen. Dann endlich, als sie einen kleinen Wasserlauf überquerten, konnte sie das Ende des Waldes erkennen.

»Wir sind gleich da«, sagte Laurin. »Da rechts ist der Pfad, auf dem wir gekommen wären, wenn wir nicht diesen Umweg gemacht hätten.«

Ellen seufzte erleichtert und beschleunigte ihre Schritte. Fast wäre sie mit Laurin zusammengestoßen, er hatte sein Tempo ganz plötzlich verlangsamt. Wortlos, mit erhobener Hand deutete er ihr an, dass etwas nicht stimmte. Ellens Tritt verlagerte sich auf die Zehenspitzen.

»Laurin, was ist los?«, flüsterte sie und beugte sich im Laufen zu ihm hinunter.

»Ich kann es dir nicht sagen, aber irgendetwas liegt hier in der Luft. Kein Vogel zwitschert, kein Laut ist zu hören.«

Ellen blickte in die Baumkronen. Es stimmte. Jetzt spürte sie es auch. Die Stille legte sich wie ein kalter Mantel um ihren Körper. Mit leisen Schritten näherten sie sich dem Waldausgang. Auf der rechten Seite stand ein Baumstumpf. Der große Busch zur Linken ließ seine Zweige wie ein Torbogen zu ihm herüberwachsen. Langsam hielten sie darauf zu, blieben immer wieder stehen. Nichts war zu sehen, und doch wollte das beklemmende, kalte Gefühl nicht weichen, verstärkte sich mit jedem Schritt.

Endlich standen sie unter dem Bogen und blickten hinab auf ein Dorf. Das Weiß der Häuser stach heraus aus einem Farbenmeer von Blumen und Blüten. Es wirkte wie gemalt. Doch ohne Leben. Als hätten sich die Einwohner zurückgezogen.

»Siehst du das Haus mit dem großen Garten?«, flüsterte Laurin und drehte an seiner Brille. »Dort wohnt Maureen.«

Ellen nickte abwesend. Ihr Blick wanderte über die Dächer, ohne sie richtig zu sehen. Das erdrückende Gefühl legte sich immer stärker um ihre Brust. Auch Laurin trat nervös von einem Fuß auf den anderen.

Und dann entlud sich die Spannung. Eine flüssige Stimme zerriss die Stille und schwappte Ellen durch Mark und Bein: »Welch erfreuliche Gegebenheit.« Das dumpfe Flüstern kam von etwas, das sich ganz in ihrer Nähe befinden musste. Sie wirbelte herum. Unfähig, sich zu bewegen, starrte sie auf den Baumstumpf, der sich jetzt aufrichtete und langsam in ihre Richtung drehte.

Ihr Aufschrei war lautlos. Etwas starrte sie an. Die Kapuze ließ das tief liegende Gesicht nur erahnen. Wässrig und formlos schimmerte es unter der dunkelgrauen Krempe.

Der Morthor versperrte ihr den Weg und vollführte den Ansatz einer Verbeugung. »Ich hatte mir erhofft, dich hier zu treffen«, sagte er mit nassem Ton, während seine schwimmenden Augen so tief in ihre eigenen tauchten, dass sie meinte, sie würden in sie hineinfließen.

Aufkeuchend fuhr sie zurück. Drehte sich um. Rannte. Ein hämisches Lachen folgte ihr, und im nächsten Moment schlang sich ein züngelnder Schmerz um ihre Waden. Ellen stürzte, und ihr Kinn schürfte über den Boden, als sie unsanft zurückgezogen wurde.

»Wage das nicht noch mal«, raunte der Morthor gefährlich leise. »Bei mir gibt es kein Entkommen.« Er lockerte die lederne Leine seiner Peitsche und gab Ellen wieder frei. »Kethamarr erwartet dich – komm!« Bevor Ellen etwas erwidern konnte, hatte der Morthor sie ergriffen und an sich gedrückt.

Ellen brachte keinen Ton hervor. Hilflos wand sie sich in der stählernen Umarmung, die sie kaum atmen ließ.

»Warte«, fuhr Laurin dazwischen. »Was willst du dafür, wenn du sie gehen lässt?«

Der Morthor drehte langsam seinen Kopf und schien den kleinen Mann erst jetzt wahrzunehmen.

»Was ich will, kannst du mir nicht geben, Winzling«, sagte er in abschätzigem Ton und beugte sich zu Laurin herunter, der tapfer stehen blieb. Mit einer Hand fasste der Morthor unter Laurins Kinn und zwang ihn, den Blick zu heben, während er Ellen immer noch an sich gepresst hielt, als wäre sie eine Puppe.

In diesem Moment öffnete sich die Klappe des Rucksacks.

»Sind wir da?«, piepste eine feine Stimme, und ein Kopf lugte heraus. Zoes Augen strahlten, als sie die Situation erblickte. »Du hast Ellen und Laurin lieb, so wie ich«, rief das Kind und sprang behände aus dem Sack.

»Zoe, um Himmels Willen, geh zurück, geh wieder da rein«, rief Laurin außer sich und versuchte, sie zu erwischen. Aber

Zoe dachte gar nicht daran. Wieselflink kletterte sie an dem Cape des Morthoren hinauf.

»Zoe lass das, geh zurück«, schrie nun auch Ellen, hilflos mit den Beinen schlagend. Doch Zoe schien sie beide nicht zu hören. Sie wirkte ganz und gar angetan von dem neuen Bekannten. Freudig reckte sie die kleinen Arme und schlang sie um den Hals des Morthoren, der sichtlich erstarrte.

»Ich habe Ellen und Laurin auch lieb, so wie du«, flötete sie und presste juchzend ihre Wange an die dunkle Kapuze.

In diesem Moment geschah etwas Unerwartetes. Der Mund des Morthoren öffnete sich, wurde größer und größer und begann, sich wie ein Kreisel zu drehen. Bald schon hatte er das ganze Gesicht erfasst, der Morthor stöhnte auf und torkelte rückwärts. Ellen fiel zu Boden und sah mit Entsetzen, wie das Ungetüm in sich zusammenbrach. Ächzend und gurgelnd fiel es auf die Knie, bäumte sich nochmals auf, stieß einen letzten röchelnden Laut aus, bevor es in den Staub sank und verblasste. Alles ging ganz schnell.

Zoe saß inmitten der dunkelgrauen Hülle und blickte ungläubig an sich hinunter. Zaghaft hob sie die Kapuze an. Sie war leer. Dicke Tränen quollen aus den Augen des Kindes und tropften auf den gräulichen Stoff, der sie gierig verschlang.

»Hast du dir wehgetan, Zoe?« Laurin stürzte herbei und nahm das Mädchen in seine Arme.

Sie schüttelte den Kopf und betrachtete dabei fassungslos ihre kleinen Hände. »Ich habe ihn kaputt gemacht«, schluchzte sie auf. »Hier, damit.« Sie streckte Laurin die zarten Handflächen entgegen.

»Nein, Zoe«, Laurin strich ihr über das Haar, »ich glaube nicht, dass du ihn kaputtgemacht hast – ich glaube eher, du hast ihn erlöst.«

Zoe warf ihm einen verständnislosen Blick zu. »Aber wo ist er denn jetzt?«

»Ich denke, er durfte nach Hause gehen – und du hast ihm dabei geholfen – und somit auch uns.« Laurin drückte sie liebevoll an sich, seine Augen glänzten feucht. »Aber trotz allem …«, seine Stimme wurde jetzt streng, »warum in aller Welt bist du in den Rucksack gestiegen!«

»Ich wollte doch mit dabei sein«, piepste Zoe und blickte mit ihren großen, dunklen Augen von einem zum anderen. »Ich wollte euch helfen, ich wollte …«

Ein lautes Kreischen schnitt Zoes Worte ab. Die vibrierende Luft brachte jegliches Leben zum Erstarren. Ellens Finger krallten sich in Laurins Schulter und Zoe verbarg ihr Gesicht in seiner Jacke. Die Fender – sie hatten sie aufgespürt – und sie kamen von allen Seiten.

»Sie haben unsere Angst gespürt.« Laurin zerrte an den Trägern des Rucksacks, schlüpfte mit einem Arm hinaus und öffnete ihn. »Hier rein, Zoe, schnell.«

Diesmal folgte Zoe bereitwillig, und auch Ellen wäre am liebsten mit hineingestiegen, ganz weit nach unten. Weg von all den Gefahren. Weg von dem zermürbenden Kampf, in welchem jeder errungene Sieg nur neue, noch größere Hürden brachte. Und diese hier schienen unüberwindlich. Die Fender kesselten sie ein, der Ring zog sich enger.

Ellen hatte keine Kraft mehr. Die pulsierenden Näpfe waren auf sie gerichtet, für die Fender musste sie leuchten wie ein Glühwurm in der Nacht. Angst und Verzweiflung pulsierten unaufhaltsam durch ihre Adern, sie kam nicht mehr dagegen an, sank in die Knie …

»Steh auf, Ellen«, flüsterte Laurin in ihr Ohr, ohne sich strecken zu müssen. »Lass uns versuchen, die Reihen zu sprengen, vielleicht kommen wir durch. Noch ist nicht alles verloren.«

Ellen schüttelte träge den Kopf. »Es geht nicht, Laurin, ich kann nicht mehr …«

»Lass es uns wenigstens versuchen. Ich laufe voraus und probiere, ein paar von ihnen wegzulocken. Wenn sie sich aus dem Kreis lösen, läufst du durch die Lücke. Versuch dabei, nichts zu fühlen …« Laurin rüttelte hitzig an ihrer Schulter. »Denk an Arnt, denk an Radin … Lass es uns versuchen …«

»Okay«, nickte Ellen wie abwesend, sammelte noch einmal all ihre Kräfte und rappelte sich mühsam auf die Beine. Der Kreis der Fender schloss sich fortwährend, immer näher kamen sie heran, pendelten dabei im Gleichtakt hin und her, als vollführten sie einen Siegestanz.

Laurin verlor keine Zeit. Mit vorgehaltenen Fäusten, geschultertem Rucksack und eingezogenem Kopf stürmte er johlend auf die schwankende Mauer zu. Einen kurzen Moment lang schloss er die Augen – dann war er durch. Das Erstaunen stand ihm ins Gesicht geschrieben, als er sich umwandte. Die Fender hatten ihn nicht einmal bemerkt. Verzweifelt versuchte er, sie seine Angst spüren zu lassen, ihre Aufmerksamkeit auf sich zu lenken. Vergeblich. Enger und enger drängten sie sich um Ellen, ihr Kreischen war verstummt – sie hatten gefunden, was sie suchten.

Ellen begriff, dass jeglicher Fluchtversuch sinnlos wäre. Hilflos ließ sie sich auf den Boden fallen, schlang ihre Arme um die Knie und schloss die Augen, als könne sie damit die saugenden Näpfe verschwinden lassen, die von allen Seiten auf sie gerichtet waren. Am ganzen Körper zitternd, wartete sie darauf, in einen der Schlünde gezogen zu werden. Aus der Ferne erklang ihr Name, und sie meinte, Zoes Stimme zu vernehmen. Hinter ihren geschlossenen Lidern wurde es dunkel, als sich einer der Angreifer vornüberbeugte. Ein beißender Geruch stieg ihr in die Nase. Der Fender stank aus dem Napf.

In dem Moment mischte sich ein neues Geräusch unter das Schlürfen. Es klang wie das Bellen eines Hundes. Und es kam schnell näher. Der Tonlage nach musste er ziemlich groß sein und Ellen meinte, eine gewisse Nervosität unter den Fendern zu spüren. Plötzlich, vollkommen unerwartet, stoben sie auseinander. Ellen riss die Augen auf und blickte auf sechs Beine, die im Zickzackkurs zwischen den Kreaturen hin und her jagten und den Kreis immer weiter öffneten. Dann erkannte sie, dass vier von ihnen einem pferdeartigen Wesen und zwei einem Mann gehörten, der das Tier mit unglaublicher Geschicklichkeit lenkte. Obwohl er weder Sattel noch Zügel besaß, reagierte es auf jede seiner Bewegungen, als wären sie miteinander verschmolzen.

Es dauerte nicht lange, und er hatte die Fender zum Waldrand getrieben. Ein großer, schwarzer Hund stob um sie herum und sorgte mit lautem Bellen dafür, dass keiner aus der Reihe tanzte. Stück für Stück drängte er sie zurück, schnappte nach jedem, der sich nicht schnell genug bewegte. Kurz darauf war der düstere Trupp im Wald verschwunden.

Der Unbekannte steuerte sein Tier auf Ellen zu, die sich erneut mühsam aufrappelte. Sie schaffte es bis auf die Knie, dann wurde sie von hinten unsanft angestoßen. Der Hund war zurückgekehrt und fuhr mit der Zunge so heftig über ihr Genick, dass Ellen fast den Halt verlor.

»Sei nicht so stürmisch, Kiff«, rief der Fremde, und Ellen konnte an dem Tonfall seiner Stimme erkennen, dass er lächelte. Eine Hand streckte sich ihr entgegen.

»Kannst du reiten?«

»Ich – ich weiß nicht, ich bin noch nie …«, stockte Ellen, verwirrt über die unerwartete Wendung der Ereignisse.

»Dann wird es höchste Zeit.« Der Fremde sprang zu Ellen herunter, und ehe sie etwas erwidern konnte, fasste er sie an der Hüfte und hob sie mühelos auf den Rücken des tänzelnden Tieres. Nach Balance suchend, griff Ellen nach einem Horn, das direkt vor ihr aus dem Nacken ragte – und musterte voller Erstaunen den Kopf des unbekannten Wesens. Er war, wie auch der Rest des Körpers, karamellfarben, hatte eine schlanke Form, wodurch er eher dem eines Windhundes als dem eines Pferdes glich. Die Augen waren groß und freundlich, die herabhängenden Ohren verschwanden in einem zotteligen, fast weißen Schopf, der sich bis zum Horn erstreckte.

»Halt dich an der Mähne fest.« Der Mann schwang sich hinter Ellen auf das Tier. Sie spürte seine Wärme auf ihrem Rücken und seinen Atem an ihrem Nacken. Ellen schluckte eine große Portion Luft, als sich seine kräftigen Arme links und rechts an ihr vorbeischoben.

»Los, Flux«, sagte er dann und packte das Horn, während sich ihre Finger in den hellen Schopf krallten.

Das Tier tänzelte mit den Vorderläufen, hob kurz die Ohren, als würde es lauschen, dann setzte es sich in Bewegung. Kurz darauf ging es in atemberaubender Geschwindigkeit hangabwärts. Wie ein Ball hopste Ellen auf und ab und fürchtete, jeden Moment unter den Hieben, die von unten auf ihr Gesäß einschlugen, entzweizubrechen.

»Du musst dich der Bewegung anpassen«, zwei Hände legten sich um ihre Beckenknochen, »lass hier locker und geh mit …«

Normalerweise hätte Ellen eine derartige Berührung nicht geduldet, doch in Anbetracht ihrer instabilen Lage entschloss sie sich, dem Druck der unbekannten Hände nachzugeben. Es ging tatsächlich besser.

Endlich erreichten sie das Dorf und das Tier verfiel in Schritttempo, bis es schließlich vor einer hohen Mauer stehen blieb. Inmitten der Steine befand sich ein Tor, gesäumt von einem Rosenbogen.

»Wer bist du?«, fragte Ellen mit schwacher Stimme und zog ein Stück Mähne zwischen ihren Zähnen hervor.

Der Fremde sprang schwungvoll auf den Boden. »Mein Name ist Jesias«, sagte er und reichte ihr die Hand. »Ich gehöre zu den Einwohnern von Kronstedt, so heißt das wunderschöne Dorf hier. Und das ist Flux, mein Renntier.« Er legte seine Hand sanft hinter die Ohren des Tieres, das die Nase in der Tasche seines Umhangs versenkt hatte.

»Und was sind das für Tiere?«, fragte Ellen weiter und ließ sich heruntergleiten, wobei sie das Gesicht verzog. Ihr Hintern schmerzte, als hätte sie eine Tracht Prügel verpasst bekommen.

»Diese Tiere gibt es nur in Anderland«, erklärte Jesias. »Sie sind wunderbare Gefährten. Schnell, klug und zuverlässig, wenngleich auch etwas schreckhaft.« Er lächelte und zog die Schnauze des Renntieres aus der Tasche. »Und verfressen sind sie – für Laub und Rinde von Espen tun sie fast alles. Renntiere sind eine wunderbare Alternative zum Ortswechseln, wenn man das Ziel nicht ganz genau kennt ...« Dann wandte er sich dem Hund zu. »Und das hier ist Kiff, mein treuer Freund, ihr habt euch ja schon begrüßt.« Er fuhr mit den Fingern über das weiße Ohr des Hundes, das neben dem ansonsten schwarz gelockten Fell wie angemalt wirkte. Ellen fasste sich an ihr Genick, an dem sie den feuchten Hundekuss immer noch zu spüren meinte.

Während Jesias sein Renntier an einem Pflock festband, betrachtete sie ihn von der Seite. Er musste ungefähr in ihrem Alter sein. Seine langen, goldblonden Locken und die hohen Wangenknochen ließen ihn fast weiblich wirken und bildeten einen starken Kontrast zum Rest seiner Erscheinung. Er überragte Ellen bei Weitem und hatte einen athletischen Körperbau. An seinem Gürtel baumelte ein kleiner, schwarzer Sack – und Ellen fragte sich unwillkürlich, was er wohl enthalten mochte.

Jesias bemerkte ihren musternden Blick und lächelte. »Und du bist Ellen, nicht wahr?«

Ellen hob die Augenbrauen. »Woher weißt du das?«

»Charlotte hat mir von dir erzählt.«

»Charlotte?«, stieß Ellen verblüfft hervor. »Du kennst sie?«

Jesias nickte, nahm den kleinen Beutel vom Gürtel und öffnete ihn.

»Ich erzähle dir gleich mehr darüber, aber vorher muss ich mich noch bei Flux bedanken.« Er zog eine Handvoll Blätter heraus, deren runde Form Ellen bekannt vorkam.

»Ist das Espenlaub?«, fragte sie und blickte erst auf die Blätter, dann auf das Renntier, das beim Anblick des Grünzeugs freudig erzitterte.

»Ja, das ist es.« Jesias öffnete die Hand und der gesamte Inhalt verschwand mit einem Bissen. Dann bedeutete er Ellen, ihm zu folgen.

Sie traten unter den Rosenbogen, der prall gefüllt war mit blutroten Köpfen. Während Jesias das Tor öffnete, trat Ellen ganz nah an die Rosen heran und nahm einen tiefen Atemzug. Der Duft war so intensiv, dass sie das Gefühl hatte, der Geschmack der Blüten lege sich auf ihre Zunge.

Hinter dem Tor befand sich ein Garten und als Ellen ihn in seiner ganzen Größe erblickte, entwich ihr ein lautes »unglaublich«. Ein einziges Farbspiel ergoss sich vor ihren Augen und füllte den großzügigen Innenhof. Kleine Wege, gesäumt von niedrigen Büschen, unterteilten den Garten in wohlproportionierte Abschnitte. Jeder beherbergte eine andere Pflanzenart, die nur eins gemeinsam hatten – allesamt leuchteten sie wie Millionen kleiner Sonnen. Ellen konnte sich nicht daran erinnern, jemals in ihrem Leben eine solche Farbenpracht gesehen zu haben.

Die Wege führten von allen Seiten zu einem zentralen Platz, in dessen Mitte ein Teich im Sonnenlicht glitzerte. Ein Wasserfall ergoss sich über eine hölzerne Muschel und ließ die ungewöhnlich großen Seerosen, die fast die ganze Oberfläche bedeckten, spielerisch wippen. Neben dem Teich befand sich ein Sitzplatz, überwachsen mit Weinreben, die angenehmen Schatten spendeten.

»Setz dich«, sagte Jesias, deutete auf einen Stuhl und ließ sich an der gegenüberliegenden Seite des Tisches nieder. Obwohl Ellen von Laurin wusste, dass sich Kronstedt ganz und gar in Anderland befand, legte sie prüfend eine Hand auf die Lehne. Sie verspürte wenig Lust, sich vor Jesias auf dem Boden zu wälzen. Das Holz war fest.

Eine Frage, die ihr schon die ganze Zeit auf der Seele lag, kam endlich über ihre Lippen: »Weißt du, was aus dem kleinen Mann mit dem Rucksack geworden ist? Der von vorhin, bei den Fendern …«

»Du meinst Laurin? Der Mann von Runa?«

Ellen war wenig überrascht, dass Jesias auch ihn kannte. Sie nickte nur und setzte sich.

»Er ist im Wald verschwunden, als er mich sah. Ich nehme an, er wusste, dass du in Sicherheit bist.«

»Gott sei Dank!« Ellen atmete auf. Es tat gut, zu wissen, dass Laurin und Zoe nichts passiert war. »Und du? Wohnst du hier?«, fragte sie weiter.

»Manchmal«, gab Jesias zur Antwort. »Das Anwesen gehört Maureen. Wenn sie fort ist, sehe ich hier nach dem Rechten – und dann wohne ich auch hier.« Er wischte ein paar Blätter vom Tisch. »Du hast vorhin nach Charlotte gefragt«, wechselte er das Thema. »Sie lebt bei meinem Vater.«

»Bei deinem Vater?« Ellen blickte ihn perplex an. »Dann – dann ist Radin dein Vater?«

Jesias nickte.

Ist das möglich? Ist die Welt wirklich so klein?, dachte Ellen und sah ihm das erste Mal richtig in die Augen. Erst jetzt entdeckte sie den feinen goldenen Ring, der Jesias' dunkle Pupillen einfasste. Er war Radins Sohn, das war eindeutig. Bevor sie noch etwas anfügen konnte, fuhr Jesias fort: »Charlotte war hier und hat mir alles erzählt.« Er folgte mit dem Fingernagel einer Holzwurmspur auf der Tischplatte, dann sah er Ellen direkt an. Wärme lag in seinem Blick. »Ellen, du glaubst gar nicht, wie dankbar wir sind, dich bei uns zu haben. Unsere Zukunft liegt in deinen Händen.«

Ellens Magen krampfte sich spürbar zusammen und ihr Blick heftete sich auf das kleine Wurmloch unter Jesias' Finger. *Ich kam nicht her, um Radin zu retten. Alles, was ich wollte, war, mein Leben in Ordnung zu bringen,* hätte sie am liebsten ausgerufen. Sie konnte es nicht.

»Warum setzt ihr nur alle so viel Hoffnung in mich?«, platzte sie stattdessen heraus. »Ich habe das nicht verdient. Ich bin schon lange unterwegs und habe nichts erreicht – überhaupt nichts, im Gegenteil. Radin muss mich verwechselt haben – oder er täuscht sich gewaltig in meinen Fähigkeiten.« Sie warf Jesias einen flüchtigen Blick zu. »Ich weiß nicht, wie er darauf kommen konnte, dass gerade ich … Ich meine …« Sie brach ab und legte ihre Stirn in die Handflächen.

Jesias lächelte. »Ich bin mir sicher, mein Vater weiß ganz genau, was er tut – und du hast sehr wohl schon eine Menge erreicht, sonst wärst du nicht hier, und Kethamarr wäre nicht auf der Jagd nach dir.«

»Jaaa, ich habe Kethamarrs Monstertruppe am Hals, tolle Leistung – und nicht nur das …« Sie ließ sich in die Rückenlehne fallen und blickte zwischen den Weinblättern hindurch in den Himmel. Mit einem Mal hatte sie das Gefühl, unter der Last der Aufgabe zu ersticken; alles, was sie bis jetzt vorzuweisen hatte, war blankes Versagen.

Eine unnatürlich bleierne Müdigkeit überrollte sie und riss schmerzhaft an ihren Augenlidern. Die Weinreben verschwammen mit dem Himmel.

Jesias war aufgestanden und legte ihr aufmunternd eine Hand auf die Schulter. »Wart's ab«, flüsterte er, »alles hat in seiner Weise einen Sinn, auch wenn er uns manchmal nicht klar ist.«

Ellen öffnete angestrengt ein Auge und blickte ihn benommen an. Seine Worte taten ihr gut, doch sie schwächten ihre Zweifel nicht spürbar. Irgendwie schien ihr die Kraft für den letzten Rest Glauben an sich selbst abhandengekommen zu sein. Sie konnte das Gewicht auf ihren Schultern förmlich spüren – und das lag nicht an Jesias' Hand …

Ellens Oberkörper schwankte nach vorne und sie musste sich abstützen, um nicht umzufallen.

»Ellen, was ist los?« Jesias packte sie mit beiden Händen an den Schultern.

»Ich kann einfach nicht mehr …« Ellen stockte. Kraft und Worte schienen sich mit allem um sie herum aufzulösen. Jesias' Stimme drang aus der Ferne an ihr Ohr, seine Worte verloren die Bedeutung. Eine angenehme Leere umfing sie, legte sich um sie wie ein warmes Tuch in der eisigen Kälte. Laut aufseufzend kippte Ellen zur Seite.

Jesias fing ihren Sturz auf. »Wie lange bist du schon unterwegs?«, fragte er und legte sie behutsam ins Gras.

Ellen antwortete nicht.

»Ellen«, er tätschelte nervös ihre Wangen, »Ellen, hörst du mich?«

Aus ihrem Mund vernahm er zusammenhangslose Laute, die er nicht deuten konnte. Dann lag sie da wie reglos. Verzweifelt rüttelte er an ihren Schultern. »Komm zurück, Ellen, bitte …« Minutenlang starrte er fassungslos in ihr bleiches Gesicht, rief immer wieder ihren Namen, den sie nicht mehr hören konnte. Dann seufzte er laut auf, nahm sie behutsam in seine Arme und trug sie in Maureens Haus. Als er sie auf das Bett legte, jagten tausend Gedanken durch seinen Kopf. Er musste etwas tun – und das so schnell wie möglich. Aber dazu gab es nur einen Weg. Er presste die Lippen aufeinander. Es war ein Weg, der ihm gar nicht gefiel.

Kapitel 34

Am Löwenbrunnen

Jesias traf am Rande des Kirchplatzes ein und ließ seinen Blick über die bunte Menschenmenge schweifen. Flux tänzelte nervös zwischen seinen Schenkeln, als übertrage sich die Nervosität des Reiters auf ihn. Auch Kiff schien angesteckt. Er stand, entgegen seiner lebhaften Art, wie versteinert neben seinem Herrn und warf nur hin und wieder verstohlene Blicke nach oben. Jesias bemerkte es nicht, zu sehr war er mit seinen Gedanken beschäftigt, hatte sämtliche Möglichkeiten durchgespielt und war schlussendlich immer wieder zum gleichen Ergebnis gekommen. Die einzige Person, die ihm helfen konnte, war seine Mutter. Es war schon viele Jahre her, dass er sie gesehen hatte, und er war sich nicht sicher, ob er sie erkennen würde. In seiner Erinnerung war sie schön, wenngleich stolz und mit strengen Zügen. Deutlich vor Augen hatte er ihre langen braunen Haare, die sich wie Spiralen um ihren Kopf wanden, wenn sie nicht gerade in einem Dutt gebändigt waren.

Jesias ließ sich langsamer als sonst von Flux' Rücken gleiten. Ohne wirklich hinzusehen, hielt er dem Tier ein paar Blätter unter die Schnauze. Von den Einwohnern seines Dorfes wusste er, dass seine Mutter viel Zeit auf dem Steilbacher Kirchplatz am Löwenbrunnen verbrachte, wo sie selbst gestrickte Dinge verkaufte – und dass die meisten Menschen sie für verrückt hielten. Jesias fiel es schwer, sich dieses Bild seiner Mutter auszumalen, passte es doch gar nicht zu dem, das er tief in sich trug.

In seinen Gedanken versunken, befahl er Kiff und Flux zu bleiben, während er sich auf den Weg zum Brunnen machte.

Kurz darauf sah er ein paar Kinder, die eifrig auf den Löwenköpfen herumkletterten. Eins von ihnen saß auf dem Brunnenrand und zappelte mit den Beinen, während es mit einer alten Frau redete, die ihr aufmerksam zuhörte. Neben der Frau stand ein Korb voller bunter Stricksachen. Jesias näherte sich zögernd. An den Locken erkannte er eindeutig seine Mutter. Sie waren grau, doch noch immer wippten sie verspielt auf und ab, wenn sie den Kopf bewegte.

Als er nur noch ein paar Schritte entfernt war, entdeckte ihn das kleine Mädchen und winkte ihm fröhlich zu. Laila folgte ihrem Blick und augenblicklich verwandelte sich ihre Miene zu Stein. Sie hatte keine Sekunde gebraucht, um zu wissen, wer er war. Jesias erstarrte ebenfalls, als er ihr ins Gesicht blickte. Jahresringe zerfurchten ihre Haut, sie wirkte ungepflegt und geschrumpft, als wäre sie vom Leben durch zu schwere Lasten gestaucht worden. Einen Moment lang blickten sie sich an, dann ergriff Jesias das Wort: »Ich brauche Hilfe«, sagte er geradeheraus. Seine Stimme klang härter, als er es gewollt hatte und auch die Wortwahl seiner Begrüßung entsprach nicht der, die er sich ursprünglich vorgenommen hatte.

»So? Und warum …«, Laila kniff die Augen zusammen, »kommst du dann ausgerechnet zu mir?!«

»Du bist die Einzige, die helfen kann«, sagte Jesias und senkte seinen Blick. »Ich weiß, ich habe dich enttäuscht, aber …«

»Enttäuscht?« Laila warf lachend den Kopf in den Nacken. »Du hast mich mehr als enttäuscht, mein Sohn«, fuhr sie in bitterem Ton fort, »wie kannst du es wagen, hier aufzutauchen, nach all dem, was du uns angetan hast …«

Ein Marktbesucher, der sich ihnen näherte, änderte kopfschüttelnd die Richtung.

»Mutter, bitte. Ich weiß. Und es tut mir unglaublich leid. Aber es ist nicht allein meine Schuld. Ihr habt mich damals zu früh aus dem Haus geschickt. Ich war noch nicht so weit. Ich war noch viel zu jung, um mich von euch zu lösen. Ich war zu jung für die Hochstabenschule.«

»Zu jung?« Laila kniff die Augen zusammen. »Dein Bruder ist genauso alt wie du und er ist mit Freude auf diese Schule gegangen, auch wenn er sie nicht abgeschlossen hat.«

»Gerold hat einen anderen Charakter. Er war schon immer weiter als ich, war immer stärker als ich. Er ist ein Kämpfer, ein Draufgänger, aber so bin ich nicht.«

»Ein Feigling bist du«, zischte Laila. »Bei Gerold hat es am Verstand gefehlt, aber du hattest alles, was es benötigt hätte, um in deines Vaters Fußstapfen zu treten. Du wärst der richtige Nachfolger gewesen und jetzt schau dich an. Dein Leben ist sinnlos vergeudet. Schau mich an. Wie die verfluchten Raben hänge ich in beiden Welten gleichzeitig fest und muss die Verrückte spielen, damit es eine Erklärung für mein Verhalten gibt. Damit ich mich frei bewegen kann, ohne dass die Fender ständig hinter mir her sind. Schau unsere Familie an, alles ist zerbrochen. Und das nur, weil du dich geweigert hast …« Lailas Lippen bebten.

»Dass unsere Familie zerbrochen ist, kann nicht nur meine Schuld sein«, unterbrach Jesias. »Aber bitte glaube mir, wenn ich nochmals die Chance hätte, würde ich es anders machen. Ich würde alles dafür geben, um Vaters Amt zu übernehmen. Doch ich kann die Zeit nicht zurückdrehen – und jetzt bin ich zu alt. Aber ich leiste gute Dienste für mein Dorf, und keiner dort würde mich je als Feigling bezeichnen.« Er sah sie eindringlich an. »Doch der Grund, warum ich hier bin, ist ein ganz anderer …«

»Wenn du Hilfe brauchst, dann geh zu deinem Vater«, fuhr Laila ihn an.

»Das kann ich nicht. Ich habe bereits alles versucht und versuche es immer wieder. Er lässt sich von mir nicht finden. Auch er grollt mir noch.«

»Das wundert mich nicht«, entgegnete Laila, doch ihre Stimme klang gemäßigt. »All seine Hoffnung hatte er in dich gesetzt, du warst sein ganzer Stolz. Er wollte sich zurückziehen, dir sein Amt überlassen, und jetzt ist er krank. Weißt du, was das für uns bedeuten kann?«

»Genau aus diesem Grund bin ich hier«, sagte Jesias. »Bitte, vergiss für einen Moment deine Bitterkeit und höre mir einfach nur zu. Ich brauche deine Hilfe nicht für mich, ich brauche sie für …«

»Ellen«, quiekte das Kind dazwischen und machte ein Rad auf dem Brunnenrand.

Jesias nahm das Mädchen erst jetzt richtig wahr. »Aber, wer bist du denn?«, fragte er überrascht, »und woher kennst du Ellen?«

»Ich heiße Zoe, ich gehöre zu den Kelvins, und ich habe Ellen gerettet, als ein Morthor sie mitnehmen wollte.« Die Kleine platzte fast vor Stolz.

»Dann bist du eine der Töchter von Runa und Laurin. Und du hast Ellen vor einem Morthoren gerettet?« Jesias blickte sie ungläubig an.

»Ja«, sagte Zoe und nickte dabei so heftig, dass sie vom Brunnenrand abhob. »Ich habe ihn zerschrumpelt, schau, so.« Sie kletterte auf Jesias' Schulter und legte die Hände an seine Wangen. Dann hielt sie inne. »Zerschrumpelst du nicht, wenn ich dir das zeige?« Ihre großen, dunklen Augen funkelten ihn unsicher an.

»Ich weiß nicht, was genau du vorhast, aber ich glaube – nein«, sagte Jesias.

»Dann ist es gut.« Zoe schlang ihre kleinen Arme um seinen Hals, drückte ihn ganz fest und sah ihn dann strahlend an. »So war das – und dann ist er zerschrumpelt.«

»Das hast du wirklich gut gemacht, Zoe«, lobte Jesias ehrlich beeindruckt und hielt das kleine Mädchen vor sich in den Händen, um es genauer zu betrachten.

»Du auch«, entgegnete sie und strampelte vergnügt. »Ich habe dich gesehen. Du hast Ellen den Fendern weggeschnappt. Du, das Renntier und der Hund mit dem weißen Ohr, ihr wart toll …« Sie warf ihm einen ehrfürchtigen Blick zu.

Jesias stellte Zoe zurück auf den Brunnenrand und wandte sich wieder seiner Mutter zu. »Bitte«, sagte er eindringlich, »bitte gib mir fünf Minuten und höre mir einfach nur zu …«

»Au ja, bitte, Lila-Laila, hör ihm zu, ich will ihm auch zuhören.« Zoe setzte sich, zog Lailas Hand zu sich auf den Schoß und spitzte die Ohren, als Jesias zu erzählen begann.

Kapitel 35

Besuch im Pfortenkreis

Am späten Abend desselben Tages legte Tilo sein neu erworbenes iPad zur Seite und lief laut fluchend zum Telefon. Gerade hatte er eine Seite mit ungewöhnlichen Kochrezepten entdeckt und ließ sich nur ungern stören.

»Waghalsner«, grummelte er in den Hörer.

»Tilo, hier ist Susan, hast du einen Moment Zeit?«

Tilos Miene änderte sich schlagartig. »Natürlich, schieß los, was gibt's? Soll ich wieder jemand aus dem Krankenhaus stehlen? Oder wollen wir diesmal ein Flugzeug entführen?«

»Nein, ich muss nach Ellen und Arnt sehen, du weißt doch …«

»Du meinst, nach dem, was von ihnen übrig ist – wenn überhaupt …«

»Tilo, bitte, Spaß beiseite«, unterbrach Susan. »Ich sterbe fast vor Sorge um die beiden. Vorhin kam die Verrückte vom Kirchplatz wieder zu mir ins Krankenhaus … Sie hat mir gesagt, dass Ellen Nahrung braucht. Morgen früh muss ich zu ihnen in den Wald. Ich werde sie beide versorgen, sonst werden sie verdursten, verhungern oder von den Ameisen aufgefressen.«

»Bei denen ist ganz schön der Wurm drin«, bemerkte Tilo.

»Du bist widerlich.«

»Soll ich trotzdem mitkommen?«

»Na ja, wenn du unbedingt willst«, seufzte Susan erleichtert auf, »ich hole dich morgen früh um sechs Uhr ab.«

»Um sechs?« Tilo starrte auf sein Telefon, als hätte es ihn ins Ohr gebissen. »Geht's nicht noch früher?«

»Leider nein«, entgegnete Susan.

»Du bist 15 Minuten zu spät«, bemerkte Tilo gähnend, als er Susan am nächsten Morgen die Türe öffnete.

»Das ist das akademische Viertel«, entgegnete sie und blickte verlegen auf die kleine Uhr aus farbigem Glas, die an ihrem Handgelenk fehlte.

»Ach, dort wohnst du also …«, grinste Tilo breit, »ich bin parat.« Er stülpte sich die neongrüne Kappe auf den Kopf und nahm alle vier Stufen auf einmal. »Wollen wir heute deine ma-rote Blechschachtel nehmen oder lieber mein blaublütiges Gefährt?« Mit einladender Geste und gekonnter Verbeugung pries er seinen Lieferwagen an.

»Ich bevorzuge das Reisen in der Schachtel. Die Überlebenschance ist bei Weitem höher und die Umweltverschmutzung deutlich geringer«, entgegnete Susan spitz.

»Na dann …« Tilo zuckte mit den Schultern und stieg ohne weiteren Kommentar in Susans Auto.

»Wie lange kann ein Mensch ohne Essen und Trinken überleben?«, fragte er, als sie auf die Schnellstraße nach Grollloch einbogen.

Susan überlegte kurz. »Ganz genau kann man das nicht sagen, es kommt auch auf die Umstände an. Das Essen ist normalerweise weniger das Problem, aber das Trinken … Ab drei Tagen wird es problematisch.«

»Aber so lange sind sie ja noch gar nicht unterwegs.«

»Schon, aber bei Ellen kommt dazu, dass sie diese Reise direkt aus dem Krankenhaus begonnen hat – und so wie ich sie kenne, hat sie dort nicht viel zu sich genommen. Sie war also vorher schon geschwächt. Und was mit Arnt ist, weiß ich nicht. Auf jeden Fall habe ich etwas mitgebracht, wir müssen es nur in sie hineinbekommen. Ich habe da einen Schlauch – das müsste fürs Erste helfen.«

»Du willst ihnen … einen Schlauch …« Tilo fasste sich an die Kehle. Auch wenn ihm fast schwindlig wurde bei dem Gedanken an Susans Vorhaben, nickte er doch anerkennend. »Das ist super«, sagte er und wirkte dabei fast ernst. »Du denkst wirklich an alles.«

»Na ja, das liegt ja auch ein wenig auf der Hand bei meinem Beruf …«, sagte Susan errötend. Sie lenkte den Wagen an dem Fahrverbotsschild vorbei auf den Feldweg. Das Fahrzeug hoppelte brüllend den Hang hinauf.

»Hoffentlich zeigt mich niemand an. Einen Strafzettel könnte ich nicht unbedingt gebrauchen«, bemerkte sie stirnrunzelnd.

»Vermutlich wäre er mehr wert als dieses Gefährt«, brummte Tilo, während er versuchte, das Handschuhfach zu schließen, das nach unten geklappt war und vor sich hin wippte, als würde es ihn auslachen.

Susan überhörte die Bemerkung. Sie parkte den Wagen am Straßenrand, griff nach ihrem Rucksack und machte sich eilig auf den Weg. Tilo musste sich sputen, um ihr folgen zu können. Einige Zeit später standen sie vor den Tannen.

»Gehst du voraus?«, fragte Susan und suchte nach den abgeknickten Ästen. »Komisch, hier ging es doch irgendwo rein.«

»Ich hatte den Eingang ein wenig versteckt, warte …« Tilo entfernte einen großen Ast und verschwand dann zwischen den Bäumen. Susan folgte ihm auf dem Fuß. Als sie auf die Lichtung traten, lagen die Körper von Ellen und Arnt noch immer genau so da, wie Tilo sie verlassen hatte. Susan zog zwei Flaschen und zwei Schläuche aus der Tasche.

»Sieht nicht sehr gut aus«, sagte sie besorgt und beugte sich zu Ellen herunter, um ihr ein paar Ameisen aus der Nase zu pulen. »Kannst du ihr den Kopf hochhalten, damit ich nicht aus Versehen die Luftröhre erwische?«

Tilo setzte sich neben Ellen und hob ihren Kopf genau so, wie Susan es gezeigt hatte. Mit angespanntem Blick sah er zu, wie sie den Schlauch in Ellens Mund schob und dann die Flüssigkeit langsam in einen kleinen Trichter goss.

»Mehr können wir nicht tun«, sagte sie seufzend, »wir können nur hoffen, dass sie bald zurückkehren.« Vorsichtig zog sie den Schlauch aus Ellens Hals, zupfte noch ein paar Insekten aus ihren Haaren, dann wandte sie sich Arnt zu, um auch ihn zu versorgen.

Kapitel 36

Der weiße Salamander

Als Ellen gegen Mittag erwachte, sah sie als Erstes Jesias, der neben ihrem Bett saß und sie aufmerksam betrachtete. Benommen richtete sie sich auf und durchforstete ihren Kopf nach dem Wo, Wie und Warum. Es blieb dunkel.

»Was – was ist passiert?«, stammelte sie verwirrt.

»Du bist zusammengebrochen, ich habe dich ins Haus getragen«, ein erleichtertes Lächeln huschte über sein Gesicht, »ich bin froh, dass es dir besser geht.«

Jetzt erinnerte sich Ellen, wie sie am Tisch gesessen hatte und die Welt um sie herum plötzlich verblasst war.

»Was war denn nur los mit mir?« Ihre Stimme klang immer noch schwach.

»Wann hast du das letzte Mal etwas gegessen?«, stellte er die Gegenfrage.

»Gegessen? Lass mich überlegen.« Sie drückte beide Hände an ihre Schläfe. »Wenn ich mich richtig erinnere, war meine letzte Mahlzeit intravenös …«

»Ach«, Jesias zog die Augenbrauen hoch, »und dann wundert es dich, dass du zusammenklappst? Ellen, Ellen …«

»Aber – wieso geht es mir jetzt besser? Gegessen habe ich immer noch nichts …«

»Daran bin wohl ich schuld«, er zwinkerte ihr zu, »ich habe jemanden beauftragt, sich um den anderen Teil von dir zu kümmern. Allem Anschein nach ist es gelungen.«

Ellen brauchte nicht lange nachzudenken. »Das kann nur Susan gewesen sein. Aber woher wusste sie …?«

»Ist nicht so wichtig«, entgegnete Jesias. »Wir müssen jetzt so schnell wie möglich Maureen finden. Ich weiß nicht, wie lange du das noch durchhältst.«

»Warte noch«, Ellen griff nach seinem Ärmel. »Ich verdanke dir nun schon zum zweiten Mal mein Leben, wie soll ich das je wieder gutmachen?«

»Indem du meinen Vater rettest«, sagte Jesias prompt. »Sein Leben ist jetzt alles, was zählt.«

»Das sagst du so einfach«, stöhnte Ellen. »Könnte ich nicht etwas anderes für dich tun? Wie du an meinem Zusammenbruch gesehen hast, bin ich einer solchen Verantwortung nicht wirklich gewachsen.« Sie richtete sich auf. »Warum rettest du nicht deinen Vater und ich kümmere mich um meinen Teil? Das würde Radins Überlebenschance immens erhöhen.«

»Wenn das so leicht wäre …« Jesias stand auf und lief im Kreis. »Du kannst das nicht wissen, aber es ist ein Schwur. Ein Schwur, der uns verbietet, Kethamarrs Reich zu betreten. Diesen Schwur zu brechen, würde das Ende von Anderland bedeuten, so steht es geschrieben in einem Buch, das für uns heilig ist, es ist unser Regelwerk. Es ist das uralte *Buch der Staben*. Darin steht, dass Grundbesitz tabu ist. Keiner darf den Grund und Boden eines anderen ohne dessen Zustimmung betreten. Und kein Anderländer darf diese Regel jemals verletzen. Weiter heißt es, dass kriegerische Handlungen, egal welcher Art, in ganz Anderland untersagt sind. Was auch kommen mag, wir dürfen uns nicht bekämpfen. Das bedeutet, uns kann nur jemand von *drüben* helfen, jemand, der nicht an den Schwur gebunden ist. Und du bist von *drüben* …« Jesias blickte sie eindringlich an. »Ich weiß, das ist schwer zu verstehen, und ich wünschte mir von ganzem Herzen, es wäre anders, aber …«

Der Ausdruck seines Gesichtes bohrte sich in Ellens Magen. Er brauchte nichts mehr hinzuzufügen. Angesichts der Aufgabe, der sie gegenüberstand, kamen ihr ihre eigenen Probleme mit einem Mal fast lächerlich vor.

»Also gut«, sagte sie widerstrebend. »Ich werde mein Bestes geben, auch wenn ich noch keine Ahnung habe, wo sich das bei mir versteckt. Und wo finden wir Maureen?«

»Das ist das nächste Problem.« Jesias wandte den Blick dem Fenster zu.

»Aber wie soll ich sie finden, wenn nicht einmal du es weißt?«, fragte Ellen verständnislos.

»Sie ist immer dort, wo Leute sterben.«

»Na prima ...« Ellen hatte das Gefühl, dringend an die frische Luft zu müssen. »Und wie kommen wir so schnell an einen Sterbenden? Sollen wir vielleicht – jemanden umbringen?« *Wie viel einfacher wäre alles gewesen, wenn ich Arnt im Krankenhaus begleitet hätte, als er der Sterbenden folgte,* dachte sie. Mit einem Mal war ihr der Gedanke gekommen, dass Maureen und die Frau, die Arnt in ihren Bann gezogen hatte, ein und dieselbe Person sein mussten. Schwungvoll stand sie auf und lief hinaus zu dem Sitzplatz. Von Minute zu Minute fühlte sie sich besser, Susan musste ihr einen Power-Cocktail verabreicht haben.

Kiff kam herangesprungen und ließ sich hinter den Ohren kraulen.

»Es stirbt ständig irgendjemand, irgendwo«, sagte Jesias und lief neben dem Ufer des Teiches hin und her. »Vielleicht in ...«

»... einem Altersheim oder Krankenhaus«, ergänzte Ellen.

»Krankenhaus? Versucht man da nicht eher, die Leute am Leben zu erhalten?« Jesias fuhr sich durch die Haare. »Vielleicht doch eher Altersheim ...«

»In Steilbach gibt es eins, wir werden dort anfangen«, sagte Ellen entschlossen.

»Ellen, du sprichst von *wir*«, Jesias fischte einen paddelnden Käfer aus dem Teich, »du weißt – ich kann nicht mitkommen. Du musst das alleine schaffen.«

»Aber – kannst du mich nicht wenigstens ein Stück begleiten?« Ellen beobachtete, wie der Käfer zurück ins Wasser krabbelte und meinte, eine gewisse Parallele zu ihrer eigenen Situation zu erkennen.

»Das geht nicht. Ich bin verantwortlich für die Sicherheit des Dorfes. Die Leute hier brauchen mich, sie verlassen sich auf meinen Schutz, und den haben sie im Moment bitter nötig. Du hast gar keine Vorstellung davon, was da draußen los ist, und es wird immer schlimmer …«

»Aber ich dachte …« Ellen wusste nicht recht, was sie Jesias' Worten entgegensetzen sollte.

»Du bekommst das von hier aus nicht mit, Ellen, aber die Fender gebärden sich wie toll. Ich bin sicher, einige waren wegen dir hier, aber jetzt werden es immer mehr. Die steigende Angst der Leute im Dorf scheint sie anzuziehen und in einen Rausch zu versetzen, immer wieder dringen sie unerlaubt in Häuser ein. Letztens haben wir einen Fender geöffnet, weil er die Katze eines alten Ehepaares verschlungen hatte, und wir fanden in ihm auch noch die qualmende Pfeife des Mannes und das Gebiss seiner Frau. Wahrscheinlich stand ihnen der Mund offen vor Angst, als sie in den widerlichen Schlund dieser Kreatur blickten. Damit nicht genug. Immer wieder tauchen auch Morthoren hier auf. Ich werde gebraucht, dringend, eigentlich sollte ich schon längst wieder draußen bei meinen Leuten sein.«

Ellen ließ die Schultern hängen. »Aber wie soll ich das ganz alleine schaffen?« Schon der Gedanke daran, Maureens schützende Mauern zu verlassen und sich allein auf den Weg zu machen – womöglich verfolgt von Fendern und Morthoren – verpasste ihr eine Gänsehaut.

»Kannst du ortswechseln?«, ignorierte Jesias Ellens Frage.

Sie nickte.

»Dann wirst du von hier aus starten. Es gibt einen Platz, der ohne den Schutz ist, von dort aus kannst du raus.«

Ellen stutzte. »Aber könnte dann nicht auch jeder hier reinkommen?«, fragte sie überrascht.

»Nein, das ist nicht ganz so einfach«, Jesias lächelte geheimnisvoll, »du wirst schon sehen …«

»Also gut«, sagte sie zögernd. »Dann bleibt mir wohl nichts anderes übrig, als von dort aus zu starten.«

Sie widerstand dem Drang, Jesias nochmals um Begleitung zu bitten. Dabei beobachtete sie, wie er mit einem langen, gegabelten Stock eine Seerose nach der anderen herumdrehte. Als er fertig war, holte er eine Strickleiter aus einer hölzernen Truhe, band einen Stein an die unterste Stufe und ließ sie in das Nass hinabgleiten.

»Soll das ein Scherz sein? Mein Bikini hängt zu Hause …« Ellen beugte sich über den Rand des Teiches und blickte voller Unbehagen auf die Leiter, die lautlos in der Tiefe verschwand. Zu ihrer Überraschung war es dort unten nicht dunkel, vielmehr schien es, als ob unzählige Lichter unter der Wasseroberfläche tanzten.

»Die Blüten dieser Seerosenart sammeln das Sonnenlicht«, erklärte Jesias, sichtlich erfreut über Ellens erstaunten Gesichtsausdruck. »Wenn man sie nach unten dreht, fällt das Licht heraus. So kannst du dort unten sehen.«

»Es sieht gewaltig aus, aber – ich soll jetzt wirklich da runtersteigen? Ins Wasser?« Ellens Erstaunen hatte sich in Entsetzen gewandelt.

»Genau. Und mach dir keine Sorgen, du kannst atmen – und du wirst nicht nass. Du wirst das schaffen, da bin ich sicher.«

»Schön, wenn wenigstens einer sich sicher ist«, gab Ellen zurück und blickte angespannt in die erleuchtete Tiefe. *Es sind deine Ängste, die den Teich verstopfen*, kamen ihr Laurins Worte leicht abgewandelt in den Sinn. Sie wollte nicht schon wieder kneifen. Diesmal nicht – auch wenn sie sich im Wasser mehr als unwohl fühlte. Aber wenigstens war der Teich groß genug und würde sie nicht einengen.

»Dort unten wird sich ein Schlüssel zeigen. Sobald du ihn erkennst, kannst du gehen«, erklärte Jesias.

»Ein Schlüssel? Was für ein Schlüssel?«

»Wie er aussieht, weiß ich nicht, er ändert immer wieder seine Form, als Schutz, damit niemand eindringen kann. Aber du wirst ihn erkennen, vertraue mir.« Er strich ihr eine Haarsträhne aus dem Gesicht.

Ellen nickte und presste die Lippen zusammen. Einen kurzen Moment lang starrte sie beklommen auf die Kehrseite der Seerosenblätter, die wie grüne Teller auf der Oberfläche schaukelten, um dann entschlossen nach den beiden Stricken zu greifen.

»Danke Jesias, danke für alles«, sagte sie mit fester Stimme und setzte schnell einen Fuß auf die Leiter, bevor sie es sich anders überlegen würde. Sie durfte jetzt nicht zögern. Sobald sie anfangen würde, nachzudenken, wäre es vorbei.

Stufe um Stufe stieg sie in den Teich hinab, das Wasser stieg höher, berührte ihr Kinn und bedeckte ihre Augen. Noch einmal warf sie einen Blick nach oben auf den Bauch des strampelnden Käfers. Darüber schwebte verschwommen Jesias' Gesicht, dessen Lächeln mehr und mehr besorgten Zügen wich, je tiefer sie im Teich verschwand. Immer weiter stieg sie hinab, dann berührten ihre Füße den weichen Grund.

Voller Erstaunen musterte Ellen die ungewohnte Umgebung. Obwohl sie sich weit unter der Wasseroberfläche befand, fühlte sie sich in keiner Weise unwohl. Die kleinen Lichtpunkte befanden sich weit oben und schickten feine, hell leuchtende Fäden zu ihr herab. Wie die Lichter eines Feuerwerks kamen sie herangeschwebt und schienen alle an einen einzigen Ort zu streben, um sich dort zu bündeln. Und jetzt entdeckte Ellen es. Etwas formte sich vor ihren Augen. Je mehr Fäden dem Lichtkegel zustrebten, desto deutlicher konnte sie es erkennen. Ellen blickte wie gebannt auf das anwachsende Gebilde, das mehr und mehr erstrahlte. Fast vergaß sie, warum sie hier unten war.

Aus den Lichtern formte sich ein Wesen. Zuerst hielt Ellen es für einen Frosch, aber kurz darauf bemerkte sie, dass sich der Schwanz des Tieres um sie herum erstreckte, sie einschloss. Erstaunt drehte sie sich im Kreis, und dann erkannte sie es. Ein weißer Salamander hatte sich vor ihr aufgebaut. Stolz erhob sich sein Kopf über der starken Brust. Ellen spürte die Kraft, die er ausstrahlte; wie ein feines Kribbeln durchdrang es ihre Haut. Einen Moment lang verharrte sie, unfähig sich zu bewegen. Das Gefühl, das sie durchdrang, war so überwältigend, dass es ihr schwerfiel, ihre Gedanken auf das zu lenken, was sie vorhatte. *Ich muss weiter …* Ellen schloss die Augen. Nur mit Mühe gelang es ihr, die Erinnerungen an den kleinen Platz vor dem Altersheim heraufzubeschwören. Immer wieder blinzelte sie durch die Augenlider zu dem strahlenden Salamander. *Du musst los, konzentrier dich …*

Dann endlich gelang es ihr. Jetzt sah sie das Heim deutlich vor ihren Augen. Linker Hand die verschnörkelte Bank, die abgerundete Treppe vor dem Eingang, die weiß angestrichenen, eisernen Tische mit den Stühlen, an denen sie auf ihrem Schulweg so oft vorbeigelaufen war – der Ort rastete ein.

KAPITEL 37

Das Gespräch im Garten

Im Bruchteil einer Sekunde stand Ellen inmitten einer Gruppe von alten Leuten. Zwei Greise waren in eine Diskussion verwickelt, andere standen herum, stützten sich auf ihre Gehstöcke und beobachteten mit trübem Interesse das Gespräch, das immer wieder von vorne begann. Ein paar Frauen saßen an den kleinen Tischen und tranken Kaffee mit verkniffenem Mund. Die verschnörkelte Bank war besetzt mit einer runzeligen Dame. Ihre knöchrigen Finger fuhren durch das Fell einer Katze, die schnurrend auf ihrem Schoß lag. Die Frau blickte leer in Ellens Richtung. Ihre Haut spannte sich über die Knochen wie dünnes Seidenpapier. Der Unterkiefer zitterte rhythmisch auf und ab, als würde sie längst vergangenen Freunden ihr Leid klagen.

Zuerst glaubte Ellen, dass sie von ihr gesehen würde, doch als sie ein paar Schritte nach vorne tat, veränderte sich die Blickrichtung der Frau nicht. Wohl aber diejenige der Katze. Diese beobachtete den Neuankömmling aufmerksam und Ellen hätte es nicht gewundert, wenn sie sie angesprochen hätte. Aber das Tier verharrte in schweigendem Schnurren. Hoffnungsvoll wanderte Ellens Blick über die alten Menschen. Würde ihr einer von ihnen den Gefallen tun und sterben? Einer von ihnen musste doch kurz vor dem Ende sein … Im gleichen Moment schoss ihr die Absurdität ihrer Gedanken durch den Kopf. *Was zur Hölle mache ich hier eigentlich? Wünsche ich tatsächlich gerade jemandem den Tod?* Mit ungutem Gewissen betrachtete sie erneut die alte Dame auf der Bank. Sie war dem Ende am nächsten, wie Ellen vermutete, und doch konnte es noch Jahre dauern … Auch an den Auriern konnte sie nichts erkennen. Sie plapperten monoton vor sich hin, wobei es ihnen egal zu sein schien, ob jemand zuhörte oder nicht. Als Ellen genauer hinsah, erkannte sie, dass auch sie voller Falten waren. Allem Anschein nach erklärten sie sich in diesem Punkt mit ihren Trägern solidarisch.

Ellen kehrte den alten Leuten den Rücken zu und begab sich in das Gebäude, das von außen betrachtet perfekt auf die betagte Belegschaft abgestimmt war. Umso überraschter stellte sie fest, wie geschmackvoll es im Inneren wirkte. Die bequeme Sitzecke und der große Kamin gaben dem Empfangsbereich etwas Ehrwürdig-Herrschaftliches. Ellen folgte einem langen Flur, der das Echo der unsicheren Schritte und das Klacken der Stöcke mit einem rotfarbenen Kuschelläufer verschluckte. Immer wieder warf sie einen Blick durch die verschlossenen Türen. Viele Zimmer waren leer.

Dann entdeckte sie einen Greis, der ihr Interesse weckte. Ellen betrat den Raum. Das Fenster war leicht geöffnet. Grellgelbe Vorhänge schaukelten im Wind, als winkten sie dem alten Mann zu, der bewegungslos auf dem Rücken in einem Bett lag, das, der Größe nach, für zwei gedacht zu sein schien. Sein Blick hatte sich weit in der Ferne verloren und ab und zu gab er röchelnde Geräusche von sich. Ellen trat näher und versuchte abzuschätzen, wie es um ihn stand. So, wie er aussah, könnte es jeden Augenblick so weit sein – aber auch noch wochenlang dauern …

Gedankenverloren machte sie kehrt und verließ das Gebäude. Offenbar gab es nur zwei Personen, die für ihr Vorhaben in Frage kämen, doch wie lange sie warten müsste, das stand in den Sternen. Noch einmal steuerte sie die runzelige Frau an, deren Finger noch immer durch das Fell der längst verschwundenen Katze walkten, dann änderte sie ihren Plan. Sie würde es im Krankenhaus versuchen.

Als Ellen sich gerade auf das Ortswechseln vorbereitete, fiel ihr Blick auf ein paar Statuen, die den Garten zierten: ein Baby, eine junge Frau und eine ältere Dame mit Stock. Der Stock! Ellens Blick klinkte an ihm ein, als wäre er magnetisch. Etwas in ihr regte sich – es fühlte sich an, als wäre da etwas. Ihre Gedanken stocherten ins Leere. Die alte Frau mit dem Stock – an wen nur erinnerte sie die alte Frau mit dem Stock? Grübelnd näherte sie sich dem Kunstwerk. Ihr Blick wanderte über die marmorierte Oberfläche des furchigen Handrückens, der sich über den Knauf legte. Dann, ganz plötzlich, verwandelte sich das vage Gefühl zu einem Bild. Martins Mutter. Gudrun. Seit ihre Krankheit fortgeschritten war, hatte sie zum Gehen immer einen Stock benutzt. Martin hatte ihr doch noch vor einigen Tagen erzählt, wie schlecht es ihr ginge und dass sie nur darauf wartete, erlöst zu werden.

Ellen hätte sich ohrfeigen können: Warum war sie nicht schon früher darauf gekommen? Hoffentlich war es noch nicht zu spät.

Ohne eine Sekunde zu verlieren, ortswechselte sie mitten in Gudruns Wohnung hinein, die sie in und auswendig kannte und stand kurz darauf auch schon vor ihrem Bett. Die Erleichterung, dass die Mutter noch da war, vermischte sich mit dem schockierenden Anblick, den sie bot. Ellen schnappte nach Luft. Doch das, was von Martins Mutter übrig war, schien noch zu leben. An ihrem Hals lagen die beiden Aurier und hielten sich an den Händen. Sie wirkten entspannt und zufrieden, fast so, als freuten sie sich auf das bevorstehende Ereignis. Eine junge Frau saß neben dem Bett und setzte Gudrun von Zeit zu Zeit eine Sauerstoffmaske auf den Mund, um ihr das Atmen zu erleichtern.

Ellen war hin und hergerissen zwischen Trauer und großer Dankbarkeit, dass Martins Mutter noch lebte. Der Weg bis zu ihrem Tod war nicht mehr weit, das spürte sie deutlich, und es schien ihr fast so, als habe Gudrun auf sie gewartet.

Gerade als sie an das Bett der Sterbenden trat, zerstörte heftiges Gebrüll die friedliche Atmosphäre. Ellen erkannte Martins Stimme. Er schien heftig mit jemandem zu streiten. Kurze Zeit später krachte die Tür auf, Martin und sein älterer Bruder Oliver betraten den Raum. Oliver war sichtlich bemüht, Martin zu beruhigen, der einen Wortfetzen nach dem anderen vor sich auf den Teppich spie, genau neben ein Geschenk, das dort am Boden lag. Ellen erkannte sofort, dass es von Martin sein musste. Es war in Weihnachtspapier gewickelt … Bestürzt wich sie zurück. So unbeherrscht hatte sie ihn noch nie erlebt.

Als er sich seiner Mutter zuwandte, verstummte er abrupt. Den Kopf in den Handflächen vergrabend, sank er in die Knie. Er sah nicht, wie sich auf dem Bett eine Hand erhob und sich zitternd nach ihm ausstreckte.

Ellen konnte in Gudruns Gesicht lesen, dass es sie enorme Anstrengungen kostete, die Hand zu heben. Um die Augen zu öffnen, schien die Kraft nicht zu reichen. Oliver ergriff ihre Finger und rüttelte an Martins Schulter. Ellen beobachtete ihren ehemaligen Freund, der mit sich rang, als wolle er nicht wahrhaben, was gerade geschah. Doch dann blickte er auf und legte seine Finger vorsichtig in die Hand seiner Mutter. Stille Tränen liefen über seine Wangen und hinterließen feuchte Flecken auf dem Laken.

Die junge Frau wollte gerade die Maske auf Gudruns Mund setzen, da erkannte sie, wie sich in den dünnhäutigen Wangen ein kleines Grübchen formte, das die Lippen der Sterbenden zu einem feinen Lächeln erhob. Statt das Lächeln mit der Maske zu verdecken, streichelte die junge Frau zärtlich ihre Schläfe.

Fast im gleichen Moment erfüllte helles Licht den Raum von oben und Ellen erblickte den silbernen Spiegel. Er begann, sich zu drehen, wuchs über sich selbst hinaus und setzte die Luftmassen in Bewegung. Obwohl Ellen das Schauspiel kannte, war sie erneut so überwältigt, dass es ihr fast den Atem verschlug.

Aus Gudrun löste sich jetzt das zarte Selbst. Begleitet von ihren Auriern erhob sie sich aus dem Bett und glitt hinauf in den leuchtenden Strudel. Oben angekommen, drehte sie sich nochmals um. Ihre Hände legten sich flach unter den Mund und unzählige Küsschen strichen darüber. Dann erblickte sie Ellen und winkte ihr zu. Das unfassbare Verlangen, das Ellen schon einmal ergriffen hatte, setzte erneut ein – und diesmal gab sie ihm nach. Mit den Zehen stieß sie sich ab und folgte Gudrun, die sich nun tanzend mit dem Fluss des Spiegels drehte. Sie bewegte sich leicht wie eine Feder und genoss es sichtlich, all den Gebrechen zu entschwinden.

Als Ellen sich ihr näherte, öffnete sie lächelnd die Arme. »Ich habe mir immer gewünscht, dich noch einmal zu sehen«, sagte sie und strich Ellen über das Haar. »Du warst für mich immer die Tochter, die ich mir so sehr gewünscht hatte.«

Ellen presste beschämt die Lippen zusammen und kämpfte gegen den Druck in ihrer Brust. Warum nur hatte sie nicht öfter die Gelegenheit ergriffen, mit Gudrun zusammen zu sein, obwohl sie sie sehr gerne mochte?

»Ich danke dir, dass du auf mich gewartet hast«, sagte Ellen mit belegter Stimme. »Du kannst dir nicht vorstellen, wie froh ich bin, dich nochmals zu sehen.«

»Ja, ich hätte schon viel früher gehen können. Aber irgendwie hatte ich das Gefühl, der Zeitpunkt sei noch nicht gekommen. Doch vorhin konnte ich deutlich spüren, dass es nun so weit ist – heute ist doch ein besonderer Tag …« Gudrun blickte sich strahlend um und wieder begann sie, zu tanzen. Ihre Aurier taten es ihr gleich, und gemeinsam bewegten sie sich auf den ersten Rahmen zu, dem eine schier endlose Reihe folgte.

»Sieh hier, Gudrun winkte ihr zu, komm, hier bin ich – oh, du meine Güte, wie klein ich mal war …«

Zögernd warf Ellen einen Blick in den Rahmen, doch sie konnte nichts sehen. »Genieß du die Eindrücke für dich«, sagte sie leise. »Es ist dein Leben und die Bilder sind nur für dich bestimmt. Ich werde vorne auf dich warten.« Die Leichtigkeit und die Freude, die sie empfand, verleiteten sie dazu, ein paar Sprünge zu machen, wie sie es immer tat, wenn ihre Träume sie an diesen Ort führten, und doch war es diesmal anders. Sie spürte deutlich, dass sie nur zu Besuch war.

Kurze Zeit später erreichte Ellen einen silbern schimmernden Schleier, der den Raum abtrennte. Vorsichtig legte sie ihre Finger auf den sonderbaren Stoff. Es schien ihr, als wäre er kalt und warm, flüssig und hart zugleich, und obwohl sie ihn fühlte, konnte sie ihn nicht greifen.

»Lauf einfach hindurch.« Eine glockenhelle Stimme tingelte so fein durch Ellens Körper, dass sie nicht sagen konnte, ob sie sie gehört oder nur gespürt hatte. Kurz wandte sie sich zu Gudrun um, dann trat sie vor. Ein zartes Prickeln huschte über ihre Haut, und im gleichen Moment erblickte sie eine Frau. Das erste, was sie wahrnahm war, dass ihre Kleidung aus dem gleichen Material gemacht sein musste wie der Schleier, durch den sie gerade getreten war. Sogar ihr Haar ergoss sich wie ein glitzernder Wasserfall um ihre Hüften. Dann fiel Ellens Blick in das lächelnde Gesicht. Silberblaue Augen strahlten ihr entgegen und füllten ihre Brust mit einer Wärme, wie sie Ellen noch nie zuvor verspürt hatte. Kein Ton wollte über ihre Lippen. Diese Frau musste Maureen sein, dessen war sie sich sicher. Arnt kam ihr in den Sinn und jetzt wusste sie, was er gefühlt haben musste …

Maureen betrachtete Ellen einen Moment lang mit zärtlicher Aufmerksamkeit. »Du trägst die Last einer großen Aufgabe«, erklang ihre Stimme in Ellens Ohren und in ihrem Herzen.

Ellen gelang es, zu nicken.

»Warte hier auf mich«, sagte Maureen dann, »ich werde meinen Gast noch ein Stück begleiten. Danach komme ich zu dir zurück.«

Wieder nickte Ellen, immer noch unfähig, zu sprechen. Ergriffen sah sie der schillernden Erscheinung nach, die sich nun Gudrun zuwandte, die bei jedem Rahmen stehen blieb, manchmal herzlich lachte und manchmal ernst blickte. Als sie das letzte Bild hinter sich gelassen hatte, trat Maureen ihr entgegen und reichte ihr die Hand.

»Willkommen zu Hause«, sagte sie mit ihrer zarten Stimme, und Ellen konnte erkennen, dass auch Gudrun von Maureens Anblick tief berührt war. Dankbarkeit lag in ihren Augen, als sie die filigrane Hand annahm und sich von ihr führen ließ. Weiter und weiter entfernten sich die beiden von Ellen und schienen dabei mit jedem Schritt zu verblassen. Kurz noch drehte Gudrun sich um und winkte Ellen zu, die ihrerseits die Hand hob und den beiden nachsah – so lange, bis ihr Blick an einem dunklen Punkt haften blieb. Ellen blinzelte. Er schien ihr wie ein Schandfleck in all der Reinheit … *Kann das sein?* Ellen blinzelte nochmals. *Die Art, wie er sich bewegt … Das ist doch nicht möglich …* Ellen spürte, wie ein unangenehmes Gefühl sie durchdrang. Es fühlte sich schwarz und eisig an. Falsch. Es passte nicht zu diesem Ort. Dies schien ihr ein Ort des Friedens und der Liebe. Niemals hätte sie hier einen Fender erwartet.

Und plötzlich traf sie die Erinnerung, dass ihr der Atem stockte. *Es zieht mich in den Rahmen … schwarz … widerlich … Etwas löst sich aus mir … ich kann es nicht greifen … kann es nicht halten… All das ist hier passiert …*

Der Zauber der letzten Minuten war erloschen. Der Punkt kam näher, wurde langsam größer, und sein Wachsen schien sich mit Ellens zunehmender Angst zu beschleunigen. Entsetzt wich sie zurück.

Da hörte sie aus der Ferne Maureens Stimme: »Fülle deine Gedanken mit Liebe, dann wird dir nichts geschehen.« Es war, als würden die Worte aus ihrem eigenen Herzen kommen. »Vertraue dir.«

Ellen gelang ein wortloses Nicken, sie schloss die Augen und atmete. *Vertraue dir.* Das Gefühl der Liebe und Wärme, das Ellen zuvor verspürt hatte, war noch frisch. Sie versuchte es zu greifen, versuchte, es in sich aufsteigen zu lassen. Mit jedem Atemzug füllte sie ihre Brust damit. Und als sie die Augen wieder aufschlug, hatte sich der Fender so weit entfernt, dass er kaum noch zu erkennen war. Als hätte er das Interesse an ihr verloren. Stattdessen sah sie Maureen auf sich zukommen. Sie kam allein.

»Siehst du, du kannst das«, sagte sie lächelnd.

Ellen fand das erste Mal die Sprache wieder: »Wie kommt es, dass der hier ist?« Ihr Finger bebte noch immer, als sie auf den dunklen Fleck in der Ferne deutete.

»Es ist genauso der Ort von Kethamarr, wie es auch der meine ist«, antwortete Maureen ganz selbstverständlich. »Die Fender sind hier, um die Aurier vereinzelter Menschen zu holen.«

»Vereinzelter Menschen? Von welchen? Haben sie die von Gudrun etwa auch geholt?«

»Nein, mach dir keine Sorgen. Sie kommen nur an die Aurier jener Menschen heran, die sie durch ihr Handeln selbst abstoßen. Aber es muss schon allerhand passieren, bis die Aurier ihren Menschen verlassen. Dann gibt es noch die Männer und Frauen, die durch ihr eigenes, bewusstes Handeln hierherkommen.« Maureens Lächeln verschwand.

»Du meinst die, die sich umbringen?«

Maureen nickte und fuhr bedrückt fort: »Diese Menschen sind ihre begehrteste Beute. Sie nehmen sie mit, mitsamt ihren Auriern …«

»Und Kethamarr macht sie zu Morthoren«, ergänzte Ellen mit tonloser Stimme.

»Richtig«, stimmte Maureen leise zu. »Dagegen bin ich machtlos.« Sie schwieg einen Moment, dann lächelte sie wieder. »Und dann gibt es solche Fälle wie dich …« Maureens zarte Finger strichen Ellen eine Haarsträhne aus dem Gesicht. »Manche Menschen nähern sich diesem Ort, bevor die Zeit reif ist. Auch da kann es passieren, dass die Aurier von den Fendern geholt werden und die Menschen ohne sie in ihr Leben zurückkehren. Das alles ist schon seit jeher so und unumstößlich.« Sie nahm Ellen an der Hand, und wieder floss das warme Gefühl durch deren Körper.

»Aber komm, wir suchen einen Platz, an dem wir bequemer reden können. Wie wäre es im Garten?« Ohne Ellens Antwort abzuwarten, ging Maureen durch den Schleier zurück in den Raum. Beim ersten Rahmen hielt sie an. »Lass uns die Abkürzung nehmen.«

Ellen trat zu ihr und blickte mit gerunzelter Stirn in das leere Bild. Erst als sie hindurchstieg, erkannte sie Gudrun, die bleich und erstarrt in ihrem Bett lag. Um sie herum saßen Martin, Oliver und das Mädchen, das Ellen nicht kannte. Ihr Herz verkrampfte sich. Oliver hielt die Hand seiner Mutter, Tränenspuren glänzten auf seinen Wangen und zitterten an seinem Kinn. Martin saß auf dem Bettrand, den Kopf geneigt, mit beiden Händen sein Genick umfassend.

»Es … es ist doch … ihr … Geburtstag …« Am Vibrieren seines Körpers konnte Ellen erkennen, dass er von Weinkrämpfen geschüttelt wurde. Sein Geschenk für Gudrun lag unausgepackt neben seinen Füßen. Das fremde Mädchen hatte die Arme um Oliver geschlungen, doch trotz der bedrückenden Stimmung meinte Ellen, in ihrem Gesicht die Spur einer Erleichterung zu erkennen, als wisse sie, dass es Gudrun nun endlich gutging.

Maureen und Ellen blieben einen Moment lang neben dem Bett stehen und betrachteten den zurückgelassenen Körper. Ellens Blick verharrte auf Gudruns Gesicht, das wirkte, als würde die Tote etwas Schönes träumen. In der Zwischenzeit ging Maureen auf die beiden Söhne zu und legte ihnen die Hand an die Stirn. »Lasst eure Mutter gehen«, sprach sie leise. »Sie ist erlöst und glücklich.«

Ellen wusste nicht, ob die Brüder die Worte hören konnten, aber sie zeigten Wirkung. Oliver erhob sich, und Martin löste sich aus seiner Verkrampfung, nahm mit bebenden Händen das Geschenk und legte es behutsam neben Gudruns Schulter.

Ellen und Maureen ließen die Trauernden allein und machten sich auf den Weg in Gudruns Garten. Ein Beet aus Scheinmohn zierte einen Teil davon, daneben stand eine Holzbank, auf der Martins Mutter so gerne gelesen hatte.

Maureen deutete auf die Bank: »Lass uns hier hinsetzen.«

»Ich stehe lieber«, entgegnete Ellen und versenkte ihren Blick in den blauen Blüten.

»Warum?« Maureen sah sie überrascht an.

»Na ja, die Bank trägt mich nicht«, erklärte Ellen betreten.

»Aber natürlich tut sie das«, Maureen lachte herzlich auf. »Du musst es nur wollen.«

»Es liegt nicht daran, dass ich nicht will, es geht einfach nicht. Diese Bank steht *drüben*, und alles was *drüben* ist, kann ich nicht berühren.« Ellen kickte mit dem Fuß nach einem Stein, der an Ort und Stelle blieb. »Kannst du mir erklären, warum das so ist?« Sie blickte Maureen an. »Erinnerst du dich an Arnt? Der junge Mann im Rollstuhl mit dem Glasauge? Bei ihm ist das anders. Er kann Dinge greifen und bewegen. Wieso?«

»Ganz einfach. Arnt hat sich eine wundervolle Fähigkeit bewahrt, die den Menschen mehr und mehr abhanden kommt – nämlich bei allem, was er macht, im Jetzt und Hier zu sein – und bei allem, was er tut, nur das zu tun, was er gerade tut. Das verdichtet seine Kraft so weit, dass er die Dinge greifen kann.«

»Und ich mache das nicht?« Ellen hob die Augenbrauen.

»Nein, sonst würde es auch bei dir funktionieren. Wenn du etwas bewegen willst, Ellen, dann musst du dein Sein auf das richten, was tu tust. Das ist sehr wichtig.«

»Können denn alle, die in Anderland leben, Dinge in der Menschenwelt berühren?«, wollte Ellen wissen.

»Das können wir. Aber wir Anderländer müssen sehr vorsichtig sein bei dem, was wir tun. Es darf niemals die Aufmerksamkeit der Menschen erregen. Sobald wir etwas tun, was bei den Menschen zu Erstaunen führt, zu einem starken Gefühl des Unbegreifens, entsteht ein Kontaktloch. Die Welten müssen jedoch getrennt bleiben, sie dürfen nicht zusammenkommen, auf keinen Fall. Und hier zeigen die Fender ihre nützliche Seite, denn sie sorgen dafür, dass dieses Loch beseitigt wird und bringen den Verursacher vor den Richter. Und dieser Richter heißt …«

»Kethamarr«, nickte Ellen und erschauderte gleichzeitig. Nur zu gut konnte sie sich daran erinnern, wie sie bei den Fendern schon in den Fettnapf getreten war.

»Aber hier sind wir allein. Schau her.« Maureen hob einen kleinen weißen Stein auf und reichte ihn Ellen. Als sie danach griff, fiel er auf den Boden.

»Versuche, ihn aufzuheben. Mache nur das und nichts anderes. Denke nicht an das Warum, auch nicht an das Davor oder Danach und schon gar nicht daran, dass du es nicht kannst. Sondern nur daran, ihn aufzuheben.«

Ellen bückte sich zögernd und griff nach dem Stein. Er rührte sich nicht.

»Probiere es weiter«, sagte Maureen geduldig, »und hör auf, an dir zu zweifeln. Das entfernt dich von dem, was du willst.«

Ellen bückte sich abermals. Wieder blieb der Stein am Boden. »Ich kann es nicht«, sagte sie deprimiert, »ich schaffe nicht mal das.«

»Aber natürlich schaffst du das, es ist viel leichter, als du meinst.« Maureen lächelte ihr ermutigend zu. »Hast du denn in Anderland niemals die Erfahrung gemacht, dass du etwas berühren konntest? Irgendetwas …?«

Ellen dachte nach. »Wenn ich Kontakt mit Arnt hatte, dann ging es … Aber sonst …«, dann leuchteten ihre Augen auf, »doch – es ging, als ich mich selbst im Krankenhaus betrachtet habe, da bin ich sogar auf das Bett geklettert.«

»Na also. Dann weißt du, dass es funktioniert. Konzentriere dich nur auf den Moment.«

Ellens Hände zitterten leicht, als sie sich nochmals hinunterbeugte. Doch wieder griff sie vergebens nach dem Stein. Grimmig trat sie mit dem Fuß nach ihm – und er sprang davon. Verblüfft blickte Ellen auf.

»Na siehst du, du hast es geschafft – probiere es gleich noch mal.«

Ellen nickte und schloss die Augen. *Konzentriere dich auf das, was du tust und auf das, was du willst,* murmelte sie in Gedanken. Dann bückte sie sich und tastete mit ihrer Hand nach einem weiteren Stein, der neben ihrem Fuß lag. Sie hatte es schon einmal geschafft, diesmal würde es klappen …Und tatsächlich, sie spürte ihn. Ihre Finger schlossen sich. Rund und glatt lag er in ihrer Hand.

»Ich habe ihn.« Ellen blickte triumphierend zu Maureen.

»Es ist wichtig, dass du lernst, mit dieser Fähigkeit umzugehen. Grundsätzlich ist es so, dass du als Materie nicht vorhanden bist. Bündelst du deine Energien, ist es dir möglich, Dinge zu bewegen. Dein Freund scheint das unbewusst zu tun. Das ist bei euch *drüben* auch nicht anders. Auch dort ist es wichtig, mit den Gedanken bei dem zu sein, was man tut, sonst funktioniert es nicht richtig, weil ein Teil der Kraft verloren geht.

Ellen nickte stumm und dachte dabei an ihr Leben. Es stimmte, sie war selten mit den Gedanken bei der Sache. Immer wieder ärgerte sie sich über verlorene Dinge, unnötige Fehler, Sachen, die einfach nicht klappten oder die sie vergaß, zu tun. Arnt war da ganz anders …

»Also, setzen wir uns?« Maureen deutete erneut auf die Bank. Ellen schloss die Augen, konzentrierte sich und ließ sich langsam auf ihr nieder. Sie wusste nun, dass sie es konnte. Und sie saß.

»Na also.« Maureen sah sie lächelnd an, und Ellen durchfloss wieder das Gefühl der Wärme, die sie umgab.

»Und jetzt lass mich wissen, was dich zu mir führt.«

Ellen erzählte ihr die Geschichte in allen Einzelheiten. Und wie schon die Male zuvor wurde sie immer niedergeschlagener, je länger sie erzählte.

»Jetzt bin ich hier …«, sagte sie, nachdem sie geendet hatte, »und ich habe keine Ahnung, wie ich das schaffen soll. Je mehr ich nach vorne möchte, desto mehr gehe ich rückwärts, und jetzt habe ich auch noch Arnt verloren.« Ellen schluckte. »Radin liegt im Sterben, und ich habe noch überhaupt nichts bewirkt.« Sie vergrub ihre Stirn in den Handflächen und sagte zum wiederholten Mal: »Radin muss sich in mir getäuscht haben, aber ich kann nicht mehr zurück – ich bin schon viel zu weit gegangen.« Ellen spürte einen ungewohnten Druck der Tränen in sich aufsteigen. *Das muss wohl an Maureens Gegenwart liegen*, dachte sie aufgewühlt und ließ sie hemmungslos kullern.

Maureen hob die Hand und strich ihr behutsam über die Wange. »Den Weg, den du zu gehen hast, kann ich dir nicht zeigen, denn nur du trägst ihn in dir. Aber ich werde tun, was ich kann, um dich zu unterstützen« Maureen dachte einen Moment lang nach. »Weißt du, wann du am stärksten bist?«

»Eigentlich nie«, antwortete Ellen seufzend.

»Am stärksten bist du, wenn du liebst – und dankbar bist«, ignorierte Maureen ihre Bemerkung. »Ich meine damit nicht nur die Liebe zwischen Mann und Frau, sondern alles zu lieben, was dich umgibt, sowohl das Gute als auch das Ungute.«

»Das Ungute?« Ellen legte die Stirn in Falten.

»Richtig. Damit nimmst du ihm den Wind aus den Segeln. Wenn jemand etwas Gemeines zu dir sagt, hat es nur dann Wirkung, wenn du es auch als solches empfindest. Wenn dir etwas Schlimmes widerfährt, ist es nur schlimm, weil du es als solches definierst. Wenn du vor etwas Angst hast, nährst du sie mit deinen Gefühlen.«

Ellen nickte nachdenklich und dachte kurz an Zoe, deren furchtlose Liebe sogar einen Morthoren besiegt hatte.

»Wenn du liebst«, fuhr Maureen fort, »bist du immer mit dem Herzen bei der Sache – und wie zwei gute Freunde gehören Liebe und Dankbarkeit zusammen. Mit der Dankbarkeit gibst du allem, dem du sie zukommen lässt, mehr Gewicht – und damit öffnest du das Tor für neue, gute Dinge. Dinge, die du lieben kannst …«

»Puh.« Ellen schwirrte der Kopf. »Meinst du, wenn ich meine Aurier hätte, würde mir das leichter fallen?«

»Es funktioniert auch ohne sie«, sagte Maureen belustigt, »nur in etwas – sagen wir – abgespeckter Form.« Dann wurde sie wieder ernst. »Wenn du ein Problem zu lösen hast, Ellen, gehe es nicht mit dem Gefühl an, es nicht zu schaffen, sondern sei überzeugt von dem, was du tust. Sei vollkommen bei dir selbst und spüre die Liebe für das, was du bist, willst und tust. Dann bist du am stärksten. Dann wirst du von dem, was dich umgibt, Unterstützung erhalten. Mit deinen Auriern würde dir das natürlich noch leichter fallen, schließlich reden sie darüber, laut genug, damit auch andere es hören.«

Ellen dachte an Radin. Er hatte ähnliche Worte verwendet, als ob er gewusst hätte, was auf sie zukommen würde.

»Du weißt, wie alles ausgeht, wie das Ende aussieht, habe ich recht?« Ellen presste die Lippen zusammen und sah Maureen eindringlich an.

»Kannst du mir denn sagen, was das Ende ist?«, entgegnete Maureen. »Wenn du einen Kreis vor dir siehst, wo beginnt er, wo hört er auf? Das Ende ist allgegenwärtig, so wie der Anfang auch, immerzu, in jeder Sekunde. Moment mal«, unterbrach Maureen ihre eigenen Worte und rutschte näher an Ellen heran. »Schließe die Augen.«

Vorsichtig löste sie ein Stück Stoff aus ihrem Mantel und hielt es Ellen vor das Gesicht.

»Jetzt schau.«

Ellen öffnete die Augen und zuckte zusammen. Einen Moment lang versagten ihr die Worte, dann flüsterte sie ganz langsam: »Oh – mein – Gott.«

Maureen schien ihre Reaktion erwartet zu haben und lächelte zustimmend. Ellen drückte den Stoff an ihre Schläfen und versuchte, einfach nur zu begreifen. Sie konnte die Schönheit des Bildes nicht mit ihren Blicken erfassen, es war das Auge ihres Herzens, das alles wahrnahm. Sie wusste, was es war, sie kannte es, und trotzdem war es neu. Begierig blickte sie in einen glitzernden, allumfassenden Nebel und sah – *Alles*. *Alles* bewegte sich in einem gleichmäßig fließenden Schimmer und hatte doch seinen festen Platz. *Alles,* was scheinbar wild und unkontrolliert durcheinanderfloss, pulsierte doch im gleichen Rhythmus, hatte seine unabdingbare Ordnung, *Alles* zog sich an, stieß sich ab, ordnete sich zu neuen Formen – und doch blieb es immer dasselbe, in seiner unfassbaren Einzigartigkeit. Und *Alles* entsprang dem gleichen Kern. Ellen blickte in den

Himmel, den Stoff an sich pressend, als wolle sie ihn mit ihrer Haut verschmelzen, ihn sich zu eigen machen. Sie sah die Wolken und das All, sie sah spielende Kinder und Greise, Kirchen und Gefängnisse, Krieg und Frieden, sie sah Mörder und Mönche, Liebe und Hass, Freude und Leid, Kälte und Hitze, Arm und Reich, die Zukunft und die Vergangenheit, Geburt und Tod, den Lärm und das Schweigen. *Alles* war da, und eine Erkenntnis keimte in Ellen auf, wuchs heran, bis sie Gewissheit hatte.

»*Alles ist eins*«, platzte es aus ihr heraus. »Alle Dinge gehören zusammen.« Sie konnte es spüren und sehen, nur nicht in die Worte fassen, die sie empfand. Tief sog sie das Glücksgefühl ein, das sie durch und durch erfüllte, als ihr klar wurde, dass auch sie ein kleiner Teil dieses fantastischen Ganzen war.

Doch mit einem Mal veränderte sich der Fluss der Bilder, sie begannen, sich im Kreis zu drehen. Zuerst dachte Ellen, es würde sich wieder ein Spiegel auftun, da erkannte sie, wie sich die Eindrücke nach und nach verdichteten und fortwährend zu einem flüssig-schimmernden Arm zusammenflossen; Ellen vermochte nicht zu sagen, ob sie es wirklich sah oder nur fühlte. Eine geöffnete Hand streckte sich ihr entgegen. Ellen betrachtete sie wie hypnotisiert, dann hob sie, einem Impuls folgend, ihrerseits den Arm und legte ihre Finger vorsichtig hinein. Das Gefühl, das sie nun durchströmte, bestand aus reiner, unendlicher Liebe. Mit einem Aufseufzen schloss sie die Augen.

»Du darfst mir den Stoff wieder geben.« Maureen war aufgestanden und hielt erwartungsvoll die Hand auf. Ellen zuckte zusammen, als wäre sie aus einem Traum erwacht. Zögernd gab sie das Stoffstück zurück.

»Nie habe ich etwas derartig Schönes gesehen«, hauchte sie.

Nickend setzte Maureen sich diesmal ins Gras und deutete Ellen an, es ihr gleichzutun.

»Du bist mittendrin in diesem Schönen und es befindet sich in dir, entsteht durch dich und lässt dich entstehen. *Alles* ist eins, du hast es wunderbar gedeutet.« Maureen ließ eine Biene auf ihrem Finger krabbeln. »Alles besteht aus einer einzigen Kraft. Alles hängt zusammen, ist ineinander verwoben und zieht sich gegenseitig an. Wer Schlechtes denkt, zieht Schlechtes an, wer Angst hat, wird den Grund dafür ernten, wer liebt und vertraut, wird dankbar sein dürfen.« Sie setzte die Biene auf ein Gänseblümchen. »Das heißt jedoch nicht, dass alles so funktioniert, wie man es sich ausmalt«, sagte sie mehr zu sich selbst und lächelte dabei ein wenig. »Es gibt Dinge, die jenseits aller Vorstellungskraft liegen.« Maureen ließ die Bedeutung ihrer Worte bei Ellen ankommen, bevor sie fortfuhr: »Ich könnte noch sehr viel weitergehen, aber was ich dir eigentlich damit sagen will, Ellen, setze Vertrauen in das, was dir widerfährt. Wenn du etwas absolut nicht ändern kannst, nimm es an, akzeptiere es und kämpfe nicht dagegen an. Wenn du dem Leben vertraust, was immer es auch von dir fordert, dann ist kein Gegner zu groß und keine Situation zu schwierig.«

»Du meinst, es ist so ähnlich wie bei einer Fliege im Netz der Spinne: Je mehr sie dagegen anstrampelt, desto mehr klebt sie fest?«

Maureen schmunzelte. »Ja, so ähnlich. Nur in dem Fall spielt es keine Rolle, denn gefressen wird sie so oder so. Wer unaufmerksam unterwegs ist, dem nutzen auch die guten Gedanken nichts.« Lachend stand sie auf. »Jetzt aber genug philosophiert, du hast noch eine große Aufgabe vor dir.«

»Nein, warte«, Ellen hob die Hand, »ich würde dir gerne noch ein paar Fragen stellen – natürlich nur, wenn du noch ein wenig Zeit hast.«

Maureen hielt inne. »Ich unterliege nicht – wie du – den Gesetzen der Zeit. Somit habe ich genug davon und teile sie gerne mit dir.« Sie setzte sich wieder.

Ellens Gedanken überschlugen sich. Sie flatterten wie Schmetterlinge in ihrem Kopf herum. Ungeschickt versuchte sie, einen davon zu erhaschen.

»Wenn Kethamarr vorhat, die Macht zu übernehmen und gegen die Regeln verstößt, warum wehrt ihr euch denn nicht?«, fragte sie. »Du sprachst von *unaufmerksam unterwegs sein* – auch eine Fliege würde nicht freiwillig in ein Netz fliegen … Könnte man ihn nicht irgendwie aus dem Weg schaffen? Dann wäre doch nur noch das Gute übrig.«

Maureen sah sie mit ihren klaren Augen an. »Ja, da hast du recht, aber was genau ist denn gut? Wo fängt es an, wo hört es auf? Gut kann auch ungut sein und umgekehrt. Würden wir Kethamarr verstoßen, würde alles aus dem Gleichgewicht geraten. Wer würde dann die dunkle Seite von Anderland überwachen? Und außerdem«, fuhr sie fort, »würdest du schlechter als das Ungute sein wollen, nur um es zu besiegen?«

»Nein.« Ellen schüttelte betreten den Kopf.

»Gutes und Ungutes ergänzen sich«, erklärte Maureen weiter. »Ohne das Gute gäbe es das Ungute nicht und umgekehrt. Du empfindest es nur als zweigeteilt, weil es sich oftmals widerspricht. Versteh mich bitte nicht falsch, Ellen, ich möchte damit nicht das Ungute entschuldigen, doch es ist eine Möglichkeit, auch ihm etwas Gutes abzuringen.« Sie lächelte wieder und machte eine kurze Pause. »Es gibt bei uns gewisse Regeln, die seit Jahrhunderten bestehen.« Maureens Blick schien in die Ferne zu schweifen. »Einst herrschte ein furchtbarer Krieg in Anderland. Es dauerte viele Generationen, bis wir verstanden, dass diese Kämpfe nur verlieren und niemals gewinnen bedeuten konnten, denn die Mächte waren – jede auf ihre Art – gleich stark. Um Anderland zu retten, wurde ein Regelwerk erstellt, ein Werk, das für alle gleichermaßen gültig ist. Diese Regeln wurden verankert in dem großen Buch der Staben, der Schrift allen Seins, auf die jeder Anderländer einen

Schwur ablegen muss. Ein Bruch der Regeln würde für Anderland den Untergang bedeuten, so wurde es festgelegt.« Sie hob zwei kleine Steine auf und legte sie auf ihre Handfläche. »Jede der beiden Streitmächte bekam einen Anführer. Jeder mit gewissen Aufgaben und speziellen Fähigkeiten, die das friedvolle Fortbestehen Anderlands sicherstellen sollten.«

»Radin und Kethamarr«, sagte Ellen.

»Richtig«, nickte Maureen. »Sie beide tragen die Verantwortung für Anderland. Und eines Tages, so steht es geschrieben, wird ein wahrer König erscheinen. Ein König, der Licht und Schatten vereint. Ein König, in dessen Adern das Blut für beide Seiten fließt. Ein König, der für dauerhaften Frieden sorgen wird.« Maureen tauschte die beiden Steine gegen einen einzigen aus. »Aber bis zu diesem Zeitpunkt darf es keinen Krieg mehr geben – und jeder ist zur Einhaltung der Regeln verpflichtet. Nur dann kann sich die Prophezeiung erfüllen. Doch wie es aussieht, ist Kethamarr seine Macht in den Kopf gestiegen, und er hat nicht mehr die Absicht, sie eines Tages abzugeben. Im Gegenteil, er strebt danach, ganz Anderland unter seine Kontrolle zu bringen.«

»Und noch dazu auch die Welt der Menschen,« ergänzte Ellen kaum hörbar.

»Das steht zu befürchten«, Maureen legte den Stein auf die Bank und blickte Ellen eindringlich an. »All das darf auf keinen Fall geschehen, Ellen. Kethamarr darf auf keinen Fall die Allmacht erlangen, es wäre der Untergang für uns alle. Für Anderland und erst recht für euch Menschen.«

Ellen schluckte. Der Gedanke, die Fender in aller Öffentlichkeit durch Steilbach jagen zu sehen, ließ sie frösteln.

»Aber du hast gesagt, Anderland würde untergehen, wenn die Regeln gebrochen werden«, wandte Ellen ein, »Kethamarr hat sie gebrochen, die Fender stürmen die Häuser, die Morthoren ziehen durch die Straßen …«

»Richtig«, nickte Maureen. »Und Rache wäre genau jene triebhafte Reaktion, die den Schriften ihre Wahrheit verliehe, die den Untergang herbeiführen würden. Und genau aus diesem Grund dürfen wir unserem Zorn nicht nachgeben, wir müssen eine andere Lösung finden.«

»Dann hat Kethamarr freie Hand? Kann tun und lassen, was er will?«, wütend ballte Ellen die Faust.

»Was immer er auch tut, wird uns nicht dazu bewegen, es ihm gleichzutun. Und du bist es, die diesen anderen Weg finden wird.« Die Güte in Maureens Augen wurde von einer Entschiedenheit unterstrichen, die es unmöglich machte, ihren Worten etwas entgegenzusetzen.

Ellen nickte und senkte den Kopf. Obwohl in ihren Gedanken noch hunderte Fragen wirbelten, konnte sie keine mehr greifen – nur eine einzige drängte sich in den Vordergrund. *Warum gerade ich?* Doch sie wusste, es hatte keinen Sinn, diese Frage zu stellen. Wie auch immer die Antwort lautete, es gab kein Zurück.

»Bevor ich gehe, habe ich noch etwas für dich.« Maureen griff in ihr fließendes Kleid und zog vorsichtig eine Kette heraus. An einem silbernen Band hing ein kleiner Stein. Seine Form erinnerte entfernt an ein Herz. Ellen legte ihn auf ihre Handfläche und betrachtete ihn verzückt von allen Seiten. Er fühlte sich an, als wäre er aus weichem Glas. Eine helle, auberginefarbene Masse ergoss sich ungleichmäßig durch das Innere. Sie war durchzogen von Verästelungen, die sich scheinbar wahllos kreuzten und trotzdem – oder auch genau deshalb – eine eigentümliche Ordnung bildeten. Ellen stutzte. Als sie genauer hinsah, erkannte sie, dass diese Ordnung etwas darstellte …

»Ein Salamander«, hauchte sie ungläubig, »genau wie in …«

»In meinem Teich?«

Ellen nickte.

»Dann hat sich dir mein schönster Schlüssel gezeigt. Ich liebe diese Tiere – schau hier …« Maureen hob ihr langes Haar und kehrte Ellen den Rücken zu. Auf Maureens Nacken konnte sie die Zeichnung eines weißen Salamanders erkennen, der sich sanft an ihren Hals schmiegte.

»Er ist wunderschön«, flüsterte Ellen, »genau wie diese Kette. Ich danke dir, Maureen.«

»Es freut mich, dass sie dir gefällt«, Maureen ließ ihr Haar wieder herabgleiten. »Aber der Stein hat noch eine andere Eigenschaft. Eine Eigenschaft, mit der du äußerst bedachtsam umgehen musst.« Sie legte ihre Hand sanft auf Ellens Brust. »Er hat die Kraft, Gefühle zu verstärken. Wenn du in eine Situation kommst, in der du Mut und Entschlossenheit brauchst, nimm ihn in deine Hand, schließe die Augen und lasse diese Gefühle durch Gedanken entstehen. Wenn dir das schwerfällt, beginne immer mit der Dankbarkeit, sie ist am greifbarsten. Aber Vorsicht! Wenn du spürst, dass sich deine Gefühle verstärkt haben, sei genügsam. Übertreibe es nie, denn zu viel Mut führt zu Übermut, und das kann schlimme Folgen haben. Nutze ihn umsichtig.

»Ja«, nickte Ellen ehrfürchtig, »das werde ich tun.«

»Und noch ein Letztes, Ellen. Wenn es euch gelingt, eure Aurier zu befreien, werden sie sich haltlos auf euch stürzen, das darf auf keinen Fall passieren. Ihr dürft erst zusammenkommen, wenn ihr wieder *drüben* seid. Ich werde dir etwas zukommen lassen, was dabei helfen wird«, sie lächelte verheißungsvoll.

»Ich habe dir so viel zu verdanken«, sagte Ellen und legte andächtig die Kette um ihren Hals.

»Nein, Ellen. Nein, es ist umgekehrt. Wir haben dir zu danken. Und nun wünsche ich dir Glück, meine Gedanken werden dich begleiten.« Sie küsste Ellen zart auf die Stirn und als Ellen wieder aufsah, war Maureen aus dem Garten verschwunden.

Ellen blickte noch lange auf die Stelle, an der sie gestanden hatte, und stellte dabei fest, dass sie in all den Jahren ihres Studiums nicht so viel gelernt hatte wie in diesem einen Gespräch.

Ehrfürchtig sah sie sich um, entdeckte sich selbst neu positioniert als Teil des Spiels, sah sich umgeben von all den bunten Kugeln, in der jede die Laufbahn der anderen beeinflusste … Selbst wenn sie am Abgrund lag, konnte ein gezielter Stoß das Schicksal ändern und in vollkommen neue Bahnen lenken … Alles war dann wieder offen – wenn sie nur von Herzen daran glaubte.

Das Flattern eines Schmetterlings riss sie aus ihren Gedanken, Ellen fuhr hoch. Arnt. Sie hatte vergessen, nach Arnt zu fragen. Wo er sich befinden könnte, war eine der Fragen gewesen, die sie unbedingt hatte stellen wollen. Hätte stellen müssen! Gerade wollte sie sich mit Selbstvorwürfen überschütten, da hielt sie inne. Langsam streckte sie den Arm aus, beobachtete kurz, wie der Schmetterling über ihre Hand hinwegflog und auf einer blauen Blüte landete.

»Ich werde ihn auch so finden«, sagte Ellen laut, beugte sich vor und blies ihm unter die Flügel.

Kapitel 38

Crock

Kethamarr hatte die Hände hinter dem Rücken verschränkt, seine Fingerspitzen trommelten gegeneinander, während er neben dem Altar auf und ab lief.

»Kannst du jetzt endlich reden«, fuhr er den Raben an, der kurz zuvor auf einer Banklehne der dritten Reihe gelandet war und erst einmal zu Atem kommen musste. Er ließ sich dabei Zeit, denn er wusste, die Neuigkeiten die er mitbrachte, würden Kethamarr nicht gefallen.

»Wir haben alles abgesucht«, sagte Crock schließlich zögernd. »Das Mädchen ist wie vom Erdboden verschluckt, wir können uns das nicht erklären.« Unruhig trippelte er hin und her. »Und einen Morthoren haben wir auch noch verloren. Wir fanden ihn bei Kronstedt – oder besser gesagt, das, was von ihm übrig war. Wir nehmen an, dass er das Mädchen gestellt hat. Sie muss seine Schwachstelle entdeckt haben … Wir haben das Cape mitgebracht …«

»Ich schere mich nicht um das Cape!« Kethamarr wirbelte auf dem Absatz herum. »Das Mädchen«, schmetterte er, »das Mädchen will ich«, seine Augen sprühten vor Zorn, »und wenn sie die Schwachstelle der Morthoren entdeckt hat, erst recht!«

»Herr, ganz sicher sind wir uns nicht.« Crock flog auf den Kronleuchter und löschte dabei ein paar Kerzen.

Der Aurier, der diese gerade angezündet hatte, riss entrüstet an der Schwanzfeder des Raben.

»Hohlköpfe seid ihr, alle zusammen. Wie kann es sein, dass ein Mädchen und ein Behinderter mich derart lächerlich machen? Wir haben eine Armee von Fendern, haben Spione, die sich für klug halten, haben vermeintlich intelligente Späher und sind nicht in der Lage, ein Mädchen zu fassen?« Er schmetterte seine Faust auf den Altar, dass die silberne Schüssel wankte. »Wie lange lasst ihr euch noch an der Nase herumführen?«

»Aber Herr, wir haben doch immerhin den Jungen«, krähte Crock von dem Leuchter herunter und flatterte dabei erschrocken auf. Der Aurier hatte die Kerzen wieder angezündet und seine Schwanzfedern qualmten verdächtig.

»Den Jungen, ja, den haben wir, in der Tat. Ihr könnt stolz darauf sein, einen Krüppel gefasst zu haben, welch grandiose Leistung.« Kethamarr spie auf den Boden und zerquetschte die schreiende Spucke mit seinem Fußballen.

»Immerhin habt Ihr seine Aurier zur freien Verfügung, wenn er stirbt«, versuchte Crock die Situation zu entschärfen, während er seine Schwanzfedern in dem Taufbecken löschte.

»Ich will nicht nur die Aurier von dem Jungen, ich will auch dieses Mädchen.« Erneut lief Kethamarr im Kreis. »Das alles werden sie mir büßen. Büßen bis aufs Blut. Alle zusammen, Radin vorneweg.« Seine Finger fuhren in die silberne Schüssel und pickten eine kleine Kugel heraus, die er mit zuckenden Wangenknochen zermalmte. Nach und nach entspannten sich seine verhärteten Züge. Dann blieb Kethamarr stehen und rieb sich die Hände.

»Du hast recht, Crock, was rege ich mich auf? Ich werde sie bekommen, früher oder später. Ihre Körper werden verenden, und dann werden ihre Aurier frei für mich sein. Doch an Auriern habe ich kaum Mangel, ich war zurückhaltend in letzter Zeit. Was ich wirklich brauche, sind Morthoren.« Er fuhr herum, seine Augen funkelten heimtückisch. »Wenn ich die beiden habe, werde ich sie nicht einfach nur sterben lassen«, sagte er und zog die Worte bewusst in die Länge, als wollte er sie genießen. »Ich werde dafür sorgen, dass sie sich selber richten – und nicht nur das. Jeder wird dem Schauspiel des anderen beiwohnen, und ich werde als Zuschauer meinen Beifall spenden.« Sein Gesicht verzog sich zu einem zufriedenen Grinsen. »Ich werde hautnah dabei sein, Crock, welch ein Spektakel wird das werden!« Lachend warf er den Kopf in den Nacken, wobei der Rabe erneut aufstob.

»Aber Herr, wie wollt ihr sie dazu bringen, das zu tun?« Der Vogel war wild flatternd zurück auf eine Lehne geflogen, diesmal in der zweiten Reihe.

Kethamarrs Augen verengten sich. »Sterben werden die beiden so oder so, und ich habe ihre Aurier. Doch ich würde ihnen erlauben, sie zu retten. Ich wäre bereit, ihren Auriern die Freiheit zu schenken – und du kannst Gift darauf nehmen, Crock, sie werden alles dafür tun. Alles!« Er beugte sich zu dem Vogel hinab, der um ein paar Krähenfüße zur Seite wich und flügelschlagend versuchte, die Balance zu halten. »Aber es muss schnell passieren, lange halten ihre Körper nicht mehr durch. Ganz davon abgesehen, dass sie uns dann keinen Zuwachs an Morthoren bringen würden, wäre es zu schade, wenn uns der Spaß durch die Lappen ginge, indem sie zu früh sterben und da draußen vergammeln.«

»Vielleicht ist das Mädchen schon längst zu ihrem Körper zurückgekehrt oder sogar gestorben.« Crock sah seinen Herrn in geduckter Haltung an. »Das würde auch erklären, warum wir sie nicht finden …«

»Hör auf, dich rauszuschwafeln. Das Mädchen ist zäh – und schlau. Es gibt für sie nur zwei Wege. Entweder taucht sie hier auf, was ich sehr stark vermute, denn sie wird ihren Freund nicht im Stich lassen. Oder sie gibt auf und kehrt zurück in ihren Körper. Kommt sie hierher, werden wir sie gefangen nehmen, und wenn du nicht so dämlich gewesen wärst, die Köpfe des Triamesen zu zerhacken, wüssten wir auch, wo ihr Körper liegt. Der Triamese wusste, wo sich die beiden befinden. Als Morphus mir das sagte, war es leider schon zu spät. Wie einfach wäre es, sie dort abzufangen.« Er schleuderte dem Raben einen zornerfüllten Blick zu.

»Aber Herr, Ihr habt doch selbst …«

»Schweig!«, donnerte Kethamarr. »Geh und schau, wie es um den Triamesen steht. Vielleicht kann er ja schon wieder reden.«

»Jawohl Herr.« Crock schoss in gefährlicher Schräglage unter den Sitzbänken hindurch und dann durch den Spalt, den die Türraben geöffnet hielten, hinab in das Klosterverlies.

Der Triamese hing, an einem Bein angekettet, kopfüber an der Decke. Crock schlüpfte durch das Gitter. Unterhalb des Hängenden hatten sich grünlich eingetrocknete Pfützen gebildet. An zwei Halsrümpfen waren die zarten Ansätze von Köpfen zu erkennen, der dritte Rumpf war leer. Crock betrachtete den Baumelnden von allen Seiten. Es war nicht schwierig festzustellen, dass er noch nicht vernehmungsfähig war.

»Er ist noch nicht so weit, Herr«, verkündete Crock, nachdem er zu Kethamarr zurückgekehrt war. »Aber es wird nicht mehr lange dauern.«

»Nicht mehr lange ist zu lange«, knurrte Kethamarr. »Wir haben keine Zeit zu verlieren.« Er trommelte mit seinen Fingern auf den Altar. »Der Behinderte. Dann werden wir ihn zum Reden bringen.«

»Aber Herr, Morphus hat es schon mehrmals versucht. Der Junge hängt apathisch im Stuhl und schweigt wie ein Grab.«

»Wir werden einen Weg finden …« Kethamarr verließ das Kirchenschiff, rauschte mit geblähtem Mantel über die Mauersteine hinunter in den Hof, in dem die Gefangenen, dumpf vor sich hin starrend, den Brunnen umrundeten. Morphus kam ihm entgegen.

»Wie geht es dem Behinderten?«, fragte Kethamarr.

Morphus zuckte die Schultern. »Es ist seltsam, Grandseigneur, eine Zeit lang dachte ich, er würde sterben, dann hat er sich plötzlich wieder erholt. Aber er spricht immer noch kein Wort, gar keins, glotzt nur vor sich hin …«

»Wir werden sehen.« Kethamarr öffnete das Gitter des Eckturms und trat hinter Arnt, der bewegungslos vor dem efeuverwachsenen Fenster saß. »Ich nehme an, du weißt, dass du sterben wirst, wenn du nicht bald zurück in deinen Körper kommst«, begann er und ließ sich auf dem Schemel nieder. »Hör gut zu, ich mache dir ein Angebot.«

Arnt reagierte nicht.

»Du sagst mir, wo eure Körper liegen, und ich sorge dafür, dass *du* wieder freikommst. Du kannst zurückkehren und dein gewohntes Leben weiterleben. Zurück in dein Haus, zurück zu deiner Familie und zu deinen Freunden. Was hältst du davon?« Kethamarr machte eine kurze Pause, um seine Worte wirken zu lassen.

Arnt drehte sich langsam um und musterte die hagere Gestalt auf dem Schemel.

»Sie sind Kethamarr, richtig?«, fragte er, ohne eine Miene zu verziehen.

»Sehr wohl, und wie du siehst, bestehe ich – entgegen meines Rufes – nicht nur aus schlechten Seiten. Mein Angebot ist durchaus großherzig.«

Arnt blickte eine Weile in die stahlblauen Augen. »Nein«, sagte er langsam.

Kethamarr verharrte, als habe er sich verhört. Seine Mundwinkel zuckten. »Ist das deine Antwort? Mehr hast du nicht zu sagen?«, zischte er dann mit vorgeschobenem Unterkiefer.

»Das ist sie, mehr habe ich nicht zu sagen«, entgegnete Arnt und wandte sich wieder dem Efeu zu. Abscheu stand ihm ins Gesicht geschrieben.

»Nun denn«, raunte Kethamarr leise, »du hast das Sterben gewählt, so sei es – ich werde deiner Entscheidung mit Freude entgegenblicken.« Mit rauschendem Mantel verließ er den Eckturm, schloss das Gitter und eilte zurück zur Kirche. Dort öffnete er das Tor mit solcher Wucht, dass es rücklings an die Mauer schlug. Einer der Türraben stürzte geplättet zu Boden.

Crock flatterte auf die Kanzlei. »Will er nicht sprechen?«, wagte er nach einer Weile zu fragen.

Kethamarr rührte mit seinen Fingern in den Kugeln, spießte zwei davon auf seinen Nagel und zog sie mit spitzen Lippen von dem Horn.

»Wie immer es auch kommt, sie haben keine Chance«, erwiderte er sichtlich beherrscht. »Sie werden sich meinem Willen fügen, alle beide.« Mit hasserfülltem Lächeln sah er hinauf zu Crock. »Bald werde ich mich an ihrem Leid ergötzen – und sie werden leiden, glaube mir – und wie sie leiden werden!« Mit diesen Worten wandte er sich Lucia zu, die auf einem Stuhl saß und die ganze Szene schweigend beobachtet hatte. »Was meinst du dazu, meine Teure?«

»Ihr seid einzigartig«, flüsterte sie und neigte ergeben ihr Haupt.

Kapitel 39

Im Kloster

Früh am nächsten Morgen träumte Ellen von einer Hand, die angenehm sanft ihre Schulter wärmte. Sie war nach dem Gespräch mit Maureen zum Altersheim zurückgekehrt und hatte sich entschlossen, dem alten Mann, der immer noch starr in die Ferne blickte, für eine Nacht Gesellschaft zu leisten.

Langsam schlug sie die Augen auf. Es musste noch sehr früh sein, das grelle Gelb der Vorhänge war noch nicht erwacht. Verblüfft bemerkte sie, dass das Gefühl auf ihrer Schulter hartnäckig verharrte. Sie fuhr herum.

»Jesias, du?« Irritiert blickte sie auf den jungen Mann, der neben ihrem Bett stand. »Was machst du hier? Du hast mir doch nicht etwa beim Schlafen zugeschaut …?«

»Wäre nicht das erste Mal«, grinste er so breit, dass Ellen errötete und sich schnell der Hundeschnauze zuwandte, die auf ihrem Oberschenkel ruhte.

»Ich habe dir etwas mitgebracht«, sagte Jesias geheimnisvoll und griff in seinen Umhang. »Das soll ich dir von Maureen geben.« Er warf ihr einen kleinen Beutel zu.

Ellen ließ von Kiff ab und betastete den Stoff. Er fühlte sich wie Seide an und lag wie ein Bündel Daunen in ihrer Hand.

»Und was soll ich damit?« Ellen blickte ihn fragend an. Die ersten Sonnenstrahlen gaben Jesias' blonden Locken eine ungewöhnliche Nuance, und sie musste sich eingestehen, dass er richtig gut aussah. *Das ist mir bis jetzt noch gar nicht aufgefallen,* dachte sie und spürte, wie die Röte in ihrem Gesicht nachdunkelte.

»Der ist für eure Aurier«, unterbrach Jesias ihre verirrten Gedanken. »Wenn ihr sie gefunden habt, müsst ihr sie dort reinstecken, bis ihr wieder in eurer Welt seid. Das wird ihnen zwar nicht gefallen, aber der Stoff wird euch getrennt halten und zudem die Emotionen auffangen, die bei euren Auriern mit Sicherheit hoch explosiv sein dürften.« Jesias schmunzelte. »Wenn sie in dem Beutel stecken, kommt ihr einfacher an den Fendern vorbei. Die Aurier dürfen auf keinen Fall zu früh mit euch zusammenkommen, aber das hat Maureen dir sicher erklärt.«

»Hat sie«, nickte Ellen. »Ich danke dir, Jesias.« Ellen ließ den feinen Stoff durch ihre Finger gleiten. »Ich hoffe sehr, dass ich ihn gebrauchen kann.«

»Das hoffen wir alle, Ellen, für dich, für deinen Freund und …«

Er hielt inne und blickte sie an, als ringe er um die richtigen Worte.

»Und?«, fragte Ellen.

»Und für uns alle!«

»Jesias, du … Was ist passiert?« Ellen spürte ein Ziehen in der Magengegend.

»Ellen …« Jesias stand auf und blickte aus dem Fenster, als könne er die Worte so leichter über die Lippen bringen. »Die Schutzwand zwischen Anderland und *drüben* wird dünner. An mehreren Orten haben die Menschen dunkle Gestalten gesehen, schattenhaft nur, aber es hat gereicht, um sie in Panik zu versetzen.« Er starrte auf eine Tanne, deren Zweige mit dem Wind spielten. »Das kann nur eins bedeuten …«

»Dein Vater …« Ellens Stimme klang heiser.

»Seine Kraft lässt nach, lange kann er den Grenzwall nicht mehr aufrechterhalten.« Ganz unerwartet schlug Jesias mit der Faust auf das Fensterbrett. »Zum Henker, wenn er mich nur zu sich lassen würde.«

»Selbst wenn er das täte, könntest du nichts für ihn tun«, versuchte Ellen, ihn zu beruhigen. Der Alte im Bett hustete röchelnd.

»Mag sein, dass ich nichts für ihn tun kann«, Jesias' Blick hing immer noch an den Zweigen, »aber wenigstens würde ich ihn dann noch einmal sehen.« Als er sich Ellen zuwandte, erschrak sie über den gequälten Ausdruck in seinen Augen. »Es bleibt uns nur der eine Weg«, fuhr er fort. »Du musst herausfinden, was Kethamarr meinem Vater antut und nicht nur das. Du musst direkt handeln, wir haben keine Zeit mehr! Du bist die Einzige, die uns jetzt noch helfen kann. Ich weiß, es ist unglaublich viel verlangt, aber«, er schluckte schwer, »wenn Vater dich für diese Aufgabe ausgesucht hat, dann hast du die Fähigkeiten, sie zu erfüllen. Dann musst du sie haben! Bitte, Ellen, nutze sie! Nutze sie schnell!«

Ellen blickte seufzend auf ihre Hände. Die Last, die sich durch Jesias' flehende Augen auf sie legte, ließ sie tief in die Kissen sinken.

»Ich werde dich bis zum Waldrand begleiten. Die Lage im Dorf hat sich etwas entspannt – vielleicht spüren die Fender, dass du nicht mehr dort bist. Ich kenne einen versteckten Eingang zum Kloster, von da aus musst du alleine weitergehen. Und nun komm, wir dürfen keine Zeit mehr verlieren.« Mit der einen Hand fasste er Kiff am Schwanz, die andere streckte er Ellen entgegen. Sie musterte kurz die schlanken Finger, dann schloss sich sein Griff um ihre Hand.

Ohne Vorwarnung ortswechselten sie so abrupt, dass Ellen gestürzt wäre, hätte Jesias sie nicht gehalten. Die weißen Wände des Zimmers hatten sich in Büsche und Felsbrocken verwandelt. Ihr Blick blieb an Jesias' Unterarm haften, der sie in ihrer Schräglage stützte. Seine Haut war glatt und spannte sich über die Sehnen seines Handgelenks. Unter ihrem Kinn spürte sie den Glasstein baumeln. Unwillkürlich fasste sie danach.

»Alles klar?«, Jesias beugte sich zu ihr und blickte sie mit seinen dunklen, goldumrandeten Augen an, »Ellen?«

»A… alles klar.« Ellens Stimme stockte und sie war wie gebannt von seinem Blick. Ein plötzliches Ziehen erfüllte ihre Brust, als ob tief in ihrem Inneren etwas erwachte. Es schien aus ihrem Herzen zu quellen und breitete sich fortwährend in ihrem ganzen Körper aus. Wie gelähmt verharrte sie, starrte hilflos in sein Gesicht, in seine Augen, die sie nun ganz und gar gefangen nahmen.

»Ich … ich …«, stammelte sie – und presste verlegen ihre Finger um den Stein, als könnte sie sich daran festhalten. Heiß und kalt durchströmte es abwechselnd ihr Genick und schoss den Rücken hinunter, ihr Herzschlag beschleunigte sich zunehmend. Der Wunsch, sich noch stärker an Jesias zu lehnen, ihn zu berühren, übermannte sie gleich einer Welle, die unaufhaltsam gegen die Felsen schlug. Langsam neigte sie die Stirn an seinen Oberkörper. Er roch nach dem frischem Holz junger Bäume … Ellen sog seinen Duft in ihre Lungen und wusste nicht mehr, wie ihr geschah. Ihr ganzer Körper begann zu beben, als sie ihren Kopf in Richtung seines Gesichtes drehte. Von der Heftigkeit des unbekannten Gefühls überwältigt, schloss sie die Augen.

Er wich ihr nicht aus. In seinem Gesicht spiegelte sich Überraschung, als er ihre fein vibrierenden Lippen bemerkte. Sie waren voll und sinnlich – so lebendig und nah … Jesias stockte der Atem. Er hatte sie schon mehrmals intensiv betrachtet – doch noch nie hatte er sie so gesehen. Von einem plötzlichen Verlangen erfasst, näherte er sich Ellens Lippen. Seine Augen huschten über die flackernden Wimpern, über ihre Stirn, ihre Wangen, zu ihrem Hals. Das Geräusch ihres schweren Atems drang in sein Ohr. Jesias schloss die Augen, holte Luft … Dann riss er sich los. Schüttelte den Kopf, als wolle er den Gedanken loswerden, der ihn zu überwältigen drohte.

»Ellen, ich möchte nicht, dass wir etwas tun, was wir nachher bereuen.« Seine Stimme strauchelte, als er vorsichtig nach ihrer Hand griff und sie mit sanftem Druck von dem Stein der Kette löste.

Ellen öffnete ein wenig die Augen und blickte ihn durch einen Schleier an. »Ich werde nichts bereuen«, hauchte sie leise, »bitte, bitte, ich verspreche es – ich …« Noch während sie das sagte, traf sie das Schamgefühl mit voller Wucht. »Jesias, ich …« Ellen sprang zurück. Keuchend starrte sie ihn an.

»Ist schon in Ordnung«, sagte er etwas zu beiläufig. »Hat dir Maureen nicht gesagt, mit welcher Wirkung sie den Stein versehen hat?«

»Doch schon, aber ich – ich hatte das irgendwie vergessen. Und ich hätte doch nie erwartet – oh, Jesias, so bin ich nicht …« Händeringend blickte sie auf den Boden und hatte das Gefühl, dass ihr Kopf leuchtete wie eine Laterne. Sie kam sich vor wie ein albernes Schulmädchen. Sogar Kiff wandte ihr den Rücken zu.

»Mach dir nichts draus, ist schon vergessen«, grinste Jesias. »Ich weiß um die Wirkung des Steins – und die Angst vor einer nachfolgenden Ohrfeige hat mich in diesem Fall zurückgehalten, wenngleich … na ja …«

Ellen sah ihm an, dass auch er versuchte, die Situation zu überspielen, und sie war ihm dankbar dafür.

»Jetzt aber los«, drängte Jesias.

Sie folgten einer langen Mauer, hinter der Ellen die Wracks der Militärflugzeuge vermutete. Dann wand sich der schmale Pfad steil abwärts, und kurz darauf standen sie vor einem breiten Bach. Steine ragten aus dem Wasser wie die Rücken junger Nilpferde. Jesias reichte ihr die Hand, als sie den Bach mit kleinen Sprüngen von Stein zu Stein überquerten. Dann bog der Pfad plötzlich ab und Ellen betrachtete voller Staunen die gewaltige Felswand, die linker Hand in die Höhe ragte. Die eingelassenen Haken an den Felsen ließen sie erahnen, dass diese Wand von Kletterern genutzt wurde. Sie fröstelte bei dem Gedanken, dass es Leute geben könnte, die hier hinaufstiegen. Oben auf der Felswand ging der Stein in einen gemauerten Teil über, und dieser erstreckte sich nochmals in die Höhe. *Das muss das Amphitheater sein*, dachte Ellen und hielt sich die Hände über die Augen, um besser sehen zu können. Die emporragenden Zinnen, die wie mahnende Zeigefinger in die Höhe ragten, bestätigten ihre Vermutung. Eine Weile folgten sie dem Wasserlauf, dann teilte sich der Weg.

»Hier links, hinter der Brücke, geht es hoch zum Kloster«, erklärte Jesias. »Durch den Felsen führt ein Gang, der früher von den Mönchen genutzt wurde. Damals war das Kloster in eurer Welt noch vorhanden. Erst sehr viel später wurde das Ganze zu einem Militärgelände umfunktioniert.«

»Ein Gang durch den Felsen?« Ellen runzelte die Stirn. Ihr Blick folgte dem zugewachsenen Pfad, der nach der Brücke zwischen den großen Steinen verschwand. Dann entdeckte sie, oberhalb einiger Büsche, eine schmale Einkerbung in der Wand.

»In dem Felsen führt eine Treppe nach oben. Es wird recht dunkel sein, aber ich denke, du wirst es schaffen«, sagte Jesias.

»Aber dann könnte ja jeder dort hinauf, wäre das nicht …«

»Dieser Eingang ist in eurer Welt nicht sichtbar, was nicht heißt, dass er nicht da ist.«

»Wirklich?« Ellen hielt überrascht inne. »Wenn ein Kletterer zufällig dort in die Wand einsteigen würde, könnte er tatsächlich den Weg entdecken?«

»Das wäre theoretisch möglich, ist aber ziemlich unwahrscheinlich. Die Wand ist an dieser Stelle zu glatt, sie eignet sich nicht zum Klettern. Warum fragst du?«

»Ah, nur so, ist nicht wichtig«, winkte Ellen ab. Doch je länger sie darüber nachdachte, desto mehr nahm ihr Gedanke Formen an …

»Wenn du oben rauskommst, wirst du dich etwas unterhalb des Klosters befinden«, unterbrach Jesias ihre Überlegungen.

Ellen runzelte die Stirn. »Das muss dann ungefähr neben den Tribünen sein«, schätzte sie.

»Genau – und von dort aus kennst du ja den Weg.«

»Allerdings.« Ihr wurde kalt bei dem Gedanken, wie sie mit Arnt dort hinuntergerast war, verfolgt von Morphus, gar nicht daran zu denken, was danach geschehen war … Arnt … Ellen hob den Kopf und blickte auf das gewaltige Felsmassiv. Ob er hier irgendwo war?

Blitzschnell fokussierte ihr Blick die Einkerbung in der Wand. Etwas hatte sich dort bewegt. Fast zeitgleich gab Kiff ein leises Knurren von sich.

»Jesias, schau …«, Ellen stockte und zeigte auf die Stelle, an der sie etwas zu sehen glaubte, »dort …«

»Zum Henker, ein Morthor!« Jesias presste die Lippen aufeinander und schnippte mit den Fingern, Kiff verstummte sofort. »Das habe ich fast befürchtet. Kethamarr lässt den Tunnel bewachen, komm!« Jesias drängte Ellen rückwärts in den Wald. »Ich wette, er wartet dort, um dich in Empfang zu nehmen.«

»Wäre ein äußerst ungeschickter Weg, in den Armen eines Morthoren ins Kloster zu gelangen«, raunte Ellen und verschwand hinter einem Stamm.

Der Gesichtslose steuerte auf die Brücke zu.

»Ellen, deine Jacke und dein Haargummi«, sagte Jesias knapp, »ich werde ihn weglocken. Kiff, bleib!« Der Hund setzte sich widerwillig.

»Sobald der Morthor die große Eiche dort vorne erreicht, läufst du los.« Er hielt kurz inne, strich ihr mit dem kleinen

Finger eine Haarsträhne aus dem Gesicht und legte seinen Umhang über ihre Schultern. »Ich wünsche dir viel Glück, Ellen. Pass gut auf dich auf.«

Sie nickte. »Du auch.«

Die groben Maschen hielten der Zerreißprobe stand, als Jesias sich in die Strickjacke zwängte. Schnell bändigte er noch seine Locken mit dem Haargummi und lief auf die Eiche zu. Immer wieder versteckte er sich hinter den Bäumen, als wolle er nicht gesehen werden.

Der Morthor verharrte beobachtend auf der Brücke und es dauerte nicht lange, dann biss er an. Ellen überkam eine Gänsehaut, als die düstere Gestalt recht nah an ihr vorbeistob. Sie konnte nur hoffen, dass Jesias mit dem Morthoren klarkommen würde.

Kiff erhob sich, um seinem Herrn zu folgen.

»Warte!«, befahl Ellen und schlüpfte in Jesias' Umhang, der ihr über die Knie reichte. Kurze Zeit später war der Morthor hinter der Eiche verschwunden.

»Jetzt lauf Kiff, lauf und hilf Jesias!«, rief Ellen und klatschte in die Hände. Der Hund stob wie ein Pfeil davon, während sie selbst auf die Felswand zusteuerte. Um nicht gesehen zu werden, wählte sie den Weg durch den Bach, der an dieser Stelle zwar breit, aber nicht tief war. Kurz darauf war sie am Eingang des Tunnels angelangt. Es blieb ihr keine Zeit, darüber nachzudenken, ob sie sich den dunklen Gang wirklich zutraute, denn aus den Augenwinkeln sah sie, dass der Morthor stehen geblieben war. Sie konnte jedoch nicht erkennen, in welche Richtung er blickte. Ellens Gedanken flogen zu Arnt, zu Radin, zu ihren Auriern … Entschlossen stieg sie Schritt für Schritt nach oben. Das spärliche Licht erlosch nach kurzer Zeit, und Ellen hielt sich verzweifelt an dem kleinen Punkt fest, der weit oben das Ende des Tunnels verhieß. *Konzentriere dich auf das, was du willst, zweifele nicht an dem, was du tust*, zwang sie ihre Gedanken in eine Endlosschleife. Sie spürte mehr als deutlich, dass sie kurz davor war, in Panik zu geraten. Ihre Füße tasteten sich vorwärts. Hin und wieder stolperte sie und stieß sich die Ellenbogen an dem kantigen Fels. Dann wurde es heller und sie erkannte Konturen der steinernen Treppenstufen. Kurz darauf war sie oben. Keuchend blieb sie stehen und stellte fest, dass sie mit ihrer Vermutung richtig gelegen hatte. Die Sitzreihen des Theaters erstreckten sich linker Hand in die Höhe. Nun würde sie spontan entscheiden müssen, was zu tun ist: Erst Arnt suchen, dann die Aurier? Kethamarr aushorchen – aber wie sollte sie an ihn herankommen? Oder sollte sie zuerst versuchen, Corvus zu finden? Je länger sie über ihr Vorgehen nachdachte, desto mehr sank ihr Mut. Sie war so sehr damit beschäftigt gewesen, zu dem Kloster zu gelangen, dass sie ganz vergessen hatte, sich darüber klar zu werden, wie sie weiter vorgehen sollte, wenn sie angekommen war.

Mit einem Mal fühlte sie sich schrecklich allein und die Bürde ihrer Aufgabe lastete bleischwer auf ihren Schultern. *Lass dich jetzt nicht gehen*, schalt sie sich selbst, *denke an Maureens Worte …* Ellens Hand wanderte an den Stein der Kette. *Beginne mit der Dankbarkeit …* Ihre Finger legten sich um das Glas. Sie schloss die Augen und dachte an Jesias, wie er ihr zur Seite stand. Und an all jene, die sie in den letzten Tagen hatte kennenlernen dürfen. Sie alle glaubten an sie, sie alle standen hinter ihr …

Sofort konnte sie spüren, wie die Angst einem neuen Gefühl wich. Atemzug um Atemzug. Es strahlte in ihrer Brust und verteilte sich von dort in alle Gliedmaßen: *Ich werde das schaffen, ich werde Arnt finden, ich werde Radin helfen …*

Ein Geräusch, das aus dem Tunnel zu ihr heraufschallte, schreckte sie auf, der Morthor konnte jeden Moment dort auftauchen. Sie öffnete die Finger, und der Stein fiel warm zurück an ihren Hals.

Ohne eine Sekunde zu verlieren, rannte sie los, vorbei an dem Bolzplatz, hinauf zum Kloster. Sie würde sich zuerst bei den Flugzeugen verstecken, um die Lage zu überblicken.

In der Hoffnung, unbemerkt zu bleiben, lief sie über die Wiese und duckte sich neben dem Propeller der ramponierten Messerschmitt.

Ein paar rasende Herzschläge später hob sie den Kopf und blickte sich um. Es war niemand zu sehen. Neben ihr lag ein weiteres Flugzeug wie eine zertretene Libelle im Gras, aus der Mitte klafften zerfetzte Innereien. Jesias' Umhang enger um sich ziehend, schlich sie an der Tragfläche entlang und verharrte dort einen Moment. Immer wieder warf sie einen Blick zurück zu dem Tunnel, während sie fieberhaft überlegte, was sie als Nächstes tun sollte. Noch einmal spielte sie in Gedanken die Möglichkeiten durch …

Die Sanduhr krümelte die letzten Körner heraus, sie spielte auf Zeit. Gehetzt umrundete sie den Spieltisch, die Blicke hin und her werfend, abschätzend, abwägend, doch je angestrengter sie versuchte, den geeigneten Stoß zu finden, desto mehr verlor sie den Überblick, starrte flach atmend auf ein buntes Wirrwarr von Kugeln … Ein paar Körner noch …

Die eben noch gespürte Energie verpuffte aus ihren Adern, als hätte jemand eine Nadel in einen Ballon gestoßen. Ihre Gedanken kamen ins Stocken, fraßen sich fest – alle, bis auf einen. Ein Gedanke überholte alle anderen und drängte sich unaufhaltsam in den Vordergrund. *Du wirst in Situationen kommen, die dich vor Herausforderungen stellen, dich zu Entscheidungen zwingen … Entscheide mit dem Herzen …*

Zankende Stimmen drangen von der Ferne an ihr Ohr. Sie wusste, sie kamen von den Gefangenen. Einmal mehr schien bei ihnen die Hölle los zu sein. Ellen nahm es als Wink des Schicksals – ihre Entscheidung stand fest. Sie würde das

Gefängnis erst einmal meiden und im Kloster mit der Suche nach Corvus beginnen. In seinem Amt als Türrabe war die Chance groß, ihn im Gebäude zu finden.

Erleichtert stellte sie fest, dass mit der getroffenen Entscheidung auch die Kraft zurückkehrte. Bis zum Eingang des Gebäudes gab es keine Deckung. Das Risiko, dass sie jemand von den Fenstern aus sehen würde, war hoch, auch konnte der Morthor jeden Moment unten am Tunnel auftauchen, doch eine andere Möglichkeit gab es nicht. *Konzentriere dich auf das, was du tust – und nicht auf das, was passieren könnte …*

Ellen holte Luft – und lief los. Sie rannte nicht, sondern ging festen Schrittes.

Ohne Zwischenfälle erreichte sie den Seiteneingang zum Kloster. Die große Tür stand offen, zögernd blickte sie hinein. Es war totenstill. Alles verlief so einfach – zu einfach, wie es ihr schien … Sie trat ein paar Schritte in das Gebäude. Vor ihr lag ein lang gezogener Korridor. An den Wänden flackerte das Licht längst erloschener Kerzen, die zwischen grobschlächtigen Holztüren die Wände zierten. Ellen suchte nach etwas, was ihr Deckung geben würde, aber der Korridor war leer. Nur eine kleine Nische mit grünsamtigen Polstermöbeln war zu sehen. Schräg gegenüber der Sitzecke befand sich eine Treppe.

Ellen horchte auf. Ein seltsames Geräusch hallte dumpf dröhnend von den Wänden wider. Es klang, als hätte jemand einen Wasserhahn aufgedreht, dessen Gurgeln die Stille hinwegspülte. Sie drehte sich um die eigene Achse. Was auch immer das war, sie musste verschwinden und zwar schnell. Zurück war keine Lösung – sie wollte nicht noch einmal die Wiese überqueren – also entschloss sie sich für die Flucht nach vorn. Sekunden später erreichte sie die kleine Nische und presste sich hinter einer Stehlampe an die Wand. Der Ständer war aus grobem Holz gefertigt, sodass er leidlich Deckung bot.

Das Plätschern wurde lauter, es schien von oben zu kommen. Mit angehaltenem Atem starrte Ellen auf die gegenüberliegende Treppe. Und dann sah sie es. Das sprudelnde Geräusch ergoss sich in Form eines lebendigen Wasserfalls die Treppe hinunter. Dieser bestand aus unzähligen Auriern, die wie Gummibälle hopsten und dabei pausenlos plapperten oder vor sich her sangen. Dann erkannte sie Morphus, der die Schar mit einem langen Stock vor sich her trieb. Um die Meute herum pendelten drei Fender. Wie Schäferhunde hielten sie die Aurier in Schach.

Ellen versuchte, ruhig zu atmen. Sie durfte jetzt keine Gefühle zeigen, nicht jetzt … Ihre Augen huschten über die quirligen Gestalten. Ihre Aurier – es war durchaus möglich, dass sie hier dabei waren. Die unerwartete Konfrontation wühlte sie auf, vermischte sich mit der Angst, entdeckt zu werden. *Keine Gefühle … Jetzt bloß keine Gefühle!* Verzweifelt versuchte sie, ihre Gedanken zu zähmen, ihr wild schlagendes Herz zu beruhigen.

Einer der Fender ließ sich zurückfallen. Als der lärmende Trupp hinter einer der großen Holztüren verschwand, hielt er inne. Mit dem Knall der zuschlagenden Tür war es augenblicklich still. Der schwarze Napf zog langsame, witternde Kreise. Er hatte etwas gespürt …

Ellen drehte ihr Gesicht zur Wand. Sie durfte jetzt an nichts denken. *Hier stehe ich und betrachte die Steine, hier stehe ich und betrachte die Steine …* immer wieder schickte sie die Worte über ihre Lippen, flüsternd, flehend …

Der markerschütternde Schrei des Fenders verbreitete sich explosionsartig im ganzen Raum und fuhr Ellen eiskalt in die Glieder – er bemerkte ihren Schreck sofort. Das saugende Röcheln des Napfes drang in ihre Ohren, kam näher … Ellen krallte sich an der Stehlampe fest, da verdunkelte sich das Licht des Eingangs.

Wieder ein Schrei.

Eine Gestalt erschien an der Tür, auch sie musste den Lärm gehört haben. Langsam betrat sie den Korridor und näherte sich. Die Kapuze … das Cape …

Ellen verlor die Beherrschung. Wie eine Flutwelle schwappte ihre Angst über den Damm. Sie saß in der Falle. Gleich würde der Morthor sie entdecken, gleich würde der Schlund des Fenders sich öffnen … Ellen ließ sich auf den Boden fallen. Die hallenden Schritte des Morthoren drangen in ihr Ohr. In ihrer Verzweiflung schob sie sich unter die Couch. Der Staub, den sie einatmete, kitzelte in ihrer Nase und reizte zum Niesen. Ellen presste die Lippen aufeinander und zog sich den Stoff von Jesias' Umhang vor das Gesicht. Der Stoff … ein verbliebener Rest kontrollierbarer Gedanken setzte sich in Bewegung – vielleicht die letzte Möglichkeit …

Wieder ein Schrei.

Ellens Finger bebten. Ungeschickt zog sie Maureens Beutel aus der Hosentasche und stülpte ihn über den Kopf. Wenn er die Emotionen der Aurier schluckte, könnte das auch bei ihr funktionieren … Durch das feine Gewebe sah sie die glänzenden Stiefel des Morthoren. Obwohl sie durch den Beutel ganz gut atmen konnte, hatte sie das Gefühl, an ihrer eigenen Angst zu ersticken.

Wieder ein Schrei.

Ellen presste die Hände auf die Ohren. Eine Ewigkeit, wie es ihr schien, verharrte sie unter der Couch, ohne dass etwas passierte. Sie hatte das Gefühl, dass das Beben ihres Körpers den ganzen Boden in Schwingungen versetzte. Immer noch versuchte sie krampfhaft, sich zu beruhigen. Dann endlich machte der Morthor kehrt. Doch die lederne Haut des Fenders schwang weiter vor der Couch, als könne er nicht glauben, sich getäuscht zu haben. In alle Richtungen schleuderte er seinen Napf, versuchte sein Opfer zu orten – und mit einem Mal wurde es ganz still. Der Fender verharrte noch einen Moment, dann ließ auch er von der Nische ab und verschwand hinter der hölzernen Tür.

Ellen ließ die Stirn auf den Boden sinken, nahm sich einige Sekunden Zeit zum Durchatmen, dann flüsterte sie ein *Danke* in den Staub und robbte vorsichtig aus ihrem Versteck. Es war niemand zu sehen. Erleichtert riss sie sich den Beutel vom Kopf und lief auf Zehenspitzen zu der Tür, hinter der die Aurier, Morphus und die Fender verschwunden waren. Stimmengewirr erreichte sie. Vorsichtig fuhr sie mit der Hand über das Holz. Es war fest, sie konnte nicht hindurchschauen. Mit angehaltenem Atem spähte sie durch das Schlüsselloch. Doch kaum hatte sie einen Blick hindurchgeworfen, verdunkelte sich das Bild. Die Klinke fuhr herunter und verfehlte nur haarscharf ihr Nasenbein. Ellen sprang zur Seite. Für eine Flucht in die Nische war es zu spät. Blitzschnell hatte sie den Beutel wieder über den Kopf gezogen und presste sich an den kalten Stein. Die Tür öffnete sich, etwas berührte ihr Bein. Ellen zuckte zusammen, rührte sich jedoch nicht. Mit angehaltenem Atem harrte sie aus – dann wagte sie einen Seitenblick. Der Fender hatte sie nicht bemerkt. Im Bruchteil einer Sekunde stellte Ellen ihren Fuß in den Türspalt, gerade noch rechtzeitig, bevor sie ins Schloss fallen konnte.

Vorsichtig warf sie einen Blick in den Raum. Durch das feine Tuch erkannte sie die dürre Gestalt von Morphus. Er schien die Aurier in zwei Gruppen einzuteilen. Die einen erhielten kleine Besen, die anderen Tücher. Ellen wich zurück. Sie hatte genug gesehen. Jetzt ging es darum, ihre Gedanken zu ordnen und sich über den nächsten Schritt klar zu werden. Sie musste Corvus finden: Er würde wissen, ob Arnt hier war, und vielleicht konnte sie auch endlich etwas über Kethamarr erfahren.

Entschlossen lief sie zu der Treppe, auf der die Aurier kurz zuvor heruntergekommen waren. Die Stufen führten nach oben und nach unten. Sie hatte sich gerade für den Weg nach oben entschieden, da hörte sie plötzlich ein Wimmern. Lang gezogene, jämmerliche Töne. Es schien von unten zu kommen. Konnte das Arnt sein? Wenn ja, wollte sie sich nicht ausmalen, in welcher Lage er sich befand.

Ellen änderte ihren Plan und stieg die Treppe hinab. Ein schmaler, dunkler Gewölbegang lenkte sie nach rechts. Soweit sie es erkennen konnte, war er vollgestopft mit alten Handkarren und Gerätschaften, die ihr nichts sagten.

Das Gejammer wurde lauter. Ihre Augen hatten sich noch nicht ganz an die Dunkelheit gewöhnt, nur die erbärmlichen Schreie drangen schneidend in ihr Ohr. Hinter einem vergitterten Tor zeichnete sich eine Silhouette ab. Etwas hing von der Decke, gefesselt an einem Bein.

Ellen riss sich den Beutel vom Kopf. War das Arnt? Sie kniff die Augen zusammen – und atmete auf. Das konnte unmöglich Arnt sein. Das hängende Etwas war wesentlich kleiner.

»Ellen, hilf uns!« Eine piepsige Stimme hallte im Gewölbe wider. Ellen zuckte zusammen.

»Hilf uns, hol uns hier raus …«

Es klimperte – und jetzt erkannte Ellen die Orden am Rock des Hängenden. Überrascht stellte sie fest, dass es der Triamese sein musste, der da von der Decke baumelte.

Die Nase rümpfend, trat sie an das Gitter heran. »Ich weiß nicht, welchen Grund ich hätte, dir zu helfen«, sagte sie voller Abscheu.

»Wir haben dich nicht verraten, wir haben dich geschützt«, sagte eine andere Stimme. Jetzt konnte Ellen den Triamesen deutlich erkennen, und sie bemerkte, dass er nur zwei Köpfe hatte. Sie sahen anders aus als die, die sie zuletzt bei der Begegnung im Wald gesehen hatte. Nervös blickte sie sich um, außer dem Baumelnden war niemand zu sehen.

»Ich habe euch noch nie gesehen, woher sollten wir uns kennen?«, fragte sie flüsternd.

»Wir sind neu, aber unser Wissen ist alt«, sagte der zweite Kopf. »Wir haben uns geweigert, dich zu verraten, wir haben dich geschützt, und darum hat Kethamarr uns aufhängen lassen.« Vier glubschige Augen warfen ihr mitleidserregende Blicke zu.

»Du lügst«, zischte Ellen, »wie du jedes Mal lügst, wenn du den Mund aufmachst.« Sie musste sich zügeln, um ihn nicht anzuschreien.

»Das ist nicht wahr«, widersprach der Triamese und zappelte heftig mit dem freien Bein.

»Und schon wieder gelogen«, fauchte Ellen. »Ich kann und will dir nicht helfen«, entschlossen wandte sie sich zum Gehen.

»Nein, bitte bleib!«, bettelte der Triamese.

Ellen beschleunigte ihre Schritte – und stoppte unversehens. Sie hatte jegliche Vorsicht außer Acht gelassen. Von vorne kam etwas pfeilschnell auf sie zugeflogen und ließ ihr keine Chance, sich zu verstecken.

»Tauch ab, sie kommen«, raunte es und schoss an ihr vorbei.

Das muss Corvus gewesen sein, dachte Ellen, sprang zur Seite und presste sich zwischen zwei Karren, die randvoll gefüllt waren mit Jutesäcken. Dann sah sie den Rest der Rabenschar herannahen. Laut zeternd machte sie vor dem Gitter des Triamesen Halt. Der größte der Raben schlüpfte zu dem Gefangenen hinein.

»Du weißt, wo die Körper von dem Jungen und dem Mädchen liegen«, krächzte seine Stimme durch das Gewölbe. »Sag es uns!«

»Was nutzen euch die Körper, die liegen *drüben*«, antwortete der Triamese gelassen.

»Zwei Morthoren werden sich der Sache annehmen.« Der Vogel flog auf die Fessel des strangulierten Fußes. »Jeder von ihnen hat einen Menschen übernommen, das wird es ihnen ermöglichen, die Körper unauffällig hierherzubringen.«

»Was bekomme ich dafür?«, fragte der Triamese spitz.

Ellen sank zwischen den Karren in sich zusammen. Allem Anschein nach waren sie bis jetzt unentdeckt geblieben. Wenn der Triamese sie nun verraten würde, wären sie endgültig verloren. *Wahrscheinlich habe ich gerade meine letzte Chance vertan*, dachte sie zermürbt. *Wenn ich den Triamesen nur nicht so abgekanzelt hätte …*

»Du bekommst dein Leben«, krächzte der Rabe.

»Ich will mein Leben und meine Freiheit, häng uns hier ab!«, forderte der Triamese.

»Versprochen. Du wirst beides erhalten, wenn du uns sagst, wo wir sie finden«, krähte der Rabe übertrieben freundlich und kackte dem Triamesen zwischen die Orden.

Wenn du uns sagst, wo wir sie finden … Die Worte brannten in Ellens Brust. Sie hörte nicht mehr weiter zu. Ihr Kopf fiel auf die Knie. An zwei Fronten konnte sie nicht gleichzeitig kämpfen, es war zu viel – sie konnte das alles nicht mehr stemmen. Von Weitem sah sie eine Gruppe Fender herankommen, es war ihr egal. Schluchzend schloss sie die Augen. Sie hatte alles gegeben, doch jetzt war alles aus. Sie hatte keine Kraft mehr, sie wollte nicht mehr, konnte nicht mehr …

Ellen öffnete die Hand, der Beutel glitt zu Boden.

*****

Jesias saß auf einem Felsen im Wald. In der einen Hand hielt er einen Stock, in der andern ein Messer, mit dem er das Holz bearbeitete. Kiff sprang freudig hin und her und versuchte, die Späne zu erhaschen, die hoch durch die Luft spickten. Der Stock, der längst nicht mehr spitzer werden konnte, verlor mehr und mehr an Länge. Eigentlich hätte er zu seinem Dorf zurückkehren sollen, doch er konnte nicht. Wieder und wieder kreisten seine Gedanken um das Gespräch, das er mit Maureen geführt hatte, als sie ihm den Beutel für Ellen übergab. Ihr Gesichtsausdruck hatte größte Besorgnis verraten.

»Du weißt, was auf dem Spiel steht«, hatte sie gesagt. »Und ich weiß, dass du ein mutiger Mann bist, bereit, alles zu geben für diejenigen, die dir am Herzen liegen. Trotzdem möchte ich dich um eines bitten. Begleite Ellen nur bis zur Grenze, bis zu dem Punkt, an dem Kethamarrs Reich beginnt. Von dort aus lass sie alleine ziehen und kehre zurück nach Kronstedt. Mische dich nicht ein, halte dich aus allem raus, du kennst die Regeln.«

»Die Regeln, die Regeln«, hatte er erwidert. »Kethamarr macht, was er will – und wir halten still. Wie lange sollen wir uns das gefallen lassen?«

»Jesias, bitte – bitte halte dich zurück. Wir haben schon genug Probleme mit deinem Bruder. Seit Kethamarrs Leute unterwegs sind, ist er kaum noch zu bändigen. Wir haben alle Hände voll zu tun, ihn an Kriegshandlungen zu hindern. Und mittlerweile gibt es viele, die sich ihm anschließen würden. Das darf nicht passieren. Niemals.

»Gerold …« Jesias konnte sich seinen Bruder nur zu gut vorstellen, wie er an der Spitze einer Truppe in die Schlacht zog, mit erhobener Waffe, bereit zu allem. Tief in seinem Inneren beneidete er ihn. Gerold wäre Maureen nicht so ergeben wie er, er würde handeln …

»Nein, Jesias, nein, das ist nicht der Weg«, hatte Maureen mit Nachdruck wiederholt, als ob sie seine Gedanken gelesen hätte. »Ich weiß, das es nicht einfach zu akzeptieren ist. Aber wenn wir die Regeln jetzt brechen, käme es zu Kämpfen, zu Tod und Verderben.« Sie hatte sein Gesicht zwischen ihre zarten Hände genommen. Noch nie zuvor hatte Jesias ihre Augen so betrübt gesehen.

»Anderland würde in Schutt und Asche versinken, wie es schon einmal geschehen ist«, war sie fortgefahren. »Wir müssen und werden einen anderen Weg finden. Ich weiß, dass ich mich auf dich verlassen kann. Beweise mir deine Stärke nicht im Kampf, zeige sie mir in der Zurückhaltung, Jesias, versprichst du mir das?«

»Und was, wenn Vater stirbt, bevor Ellen etwas erreichen kann?«, hatte er dagegengehalten. »Sein Tod ist nah, der Grenzwall schwindet bereits an vielen Orten und Ellen ist auf sich allein gestellt. Was passiert mit uns allen, wenn sie es nicht schafft? Was geschieht mit Anderland, was geschieht mit den Menschen?«

»Wir müssen an sie glauben, jeder Einzelne von uns. Wir müssen Ellen durch unseren Glauben an sie stärken, das ist der einzige Weg.« Maureen hatte ihm ihre Hand gereicht, diese zarte, zerbrechliche Hand, in der so viel Stärke lag. »Vertraust du mir? Versprichst du mir, dass du dich an die Regeln halten wirst?«

»Natürlich vertraue ich dir.« Schweren Herzens hatte er seine Finger um Maureens Hand geschlossen. »Und ich verspreche es.«

Erbittert hackte er das Messer in das nackte Holz. Schuldgefühle übermannten ihn. Nicht, weil er schon längst in sein Dorf hätte zurückkehren müssen, und auch nicht, weil er Maureens Bitten nicht ganz entsprochen – und den Morthoren abgelenkt hatte – zumindest das war er Ellen und seinem Vater schuldig gewesen. Vielmehr haderte er mit seiner Vergangenheit. Wäre er bereit gewesen, das Amt seines Vaters zu übernehmen, wäre die Situation heute eine andere. Er hätte das Zeug dazu gehabt, in ihm steckte das Erbe Radins – wenn er nur gewollt hätte …

Doch jetzt war es zu spät. Seine Mutter und sein Vater würden ihm nie verzeihen. Und jetzt war Ellen bei Kethamarr, kämpfte einen Kampf, der eigentlich der seine war. Ihr aller

Schicksal hing von Ellen ab und er konnte nichts tun, außer hier zu sitzen und einen Speer zu schnitzen, den er nicht einmal verwenden durfte. Laut fluchend hob er das Stück Holz und schoss es fadengerade in einen Baum. Vibrierend blieb es stecken.

Kiff vergrub winselnd seine Schnauze im Laub.

Kapitel 40

Der Schwur des Triamesen

Eingeklemmt zwischen den Karren mit den Jutesäcken, den Kopf an die Knie gepresst, wartete Ellen darauf, von dem Fender ergriffen zu werden. Seine lederne Haut schlug rhythmisch an ihre Schulter, wieder und immer wieder. Er ließ sich Zeit.

Ellen wagte kaum, zu atmen. Vorsichtig hob sie den Blick. Auch er schien auf etwas zu warten, sein Napf ragte starr aus dem pendelnden Körper, als wäre er unentschlossen, als hätte noch etwas anderes seine Aufmerksamkeit erregt …

Ein markerschütterndes Brüllen ließ Ellen zusammenfahren, und als hätte der Fender nur darauf gewartet, stob er davon. Er hatte sie nicht angerührt. Ermutigt durch die unerwartete Wendung des Geschehens, tastete sie nach dem Beutel, stülpte ihn über den Kopf und blickte hinter dem Karren hervor. Eine Horde Fender drängelte sich vor dem Tor des tobenden Triamesen.

»Verräter, fieses Gesindel, ihr habt es versprochen, verlogener Abschaum.« Der Triamese schrie, fauchte und spie reihenweise Schimpfwörter aus, wobei ein Kopf den anderen an Zornesausbrüchen übertrumpfte.

Ellen sah, wie sich ein Vogel zwischen den Fendern hindurchdrängte, sie zuckte zurück. Crock glitt an ihr vorbei, den Schnabel krächzend geöffnet. Es kam ihr vor, als ob er lachen würde.

Der Triamese hat dem Vogel alles verraten, aber der hat ihn nicht freigelassen, ging es Ellen durch den Kopf. *Wenn sie jetzt unsere Körper finden, wird das unser Ende sein.* Das Gespräch mit Maureen schob sich in ihre Gedanken: *Vertraue in das, was dir widerfährt*, hatte sie gesagt, *vertraue …*

Ellen überkamen Zweifel, ob Maureen überhaupt eine Ahnung davon hatte, was im Leben alles schieflaufen konnte. Dann dachte sie an Jesias – und ihr Herz wärmte sich auf. *Er vertraut Maureen blind, warum sollte ich an ihr zweifeln?* Ein kleiner, warmer Funken Hoffnung machte sich in ihr breit. Schnell umfasste sie mit einer Hand den kleinen Anhänger ihrer Kette. *Danke, dass ich Jesias getroffen habe, danke, dass ich dem Fender entkommen bin …* Sofort zeigte der Stein seine Wirkung. *Noch bin ich am Leben, noch ist nichts verloren …* Der lähmende Gurt der Angst, der sie umschlungen hatte, lockerte sich. Es war, als atme sie ihn weg. Zug um Zug.

Währenddessen rangelten die Fender um den besten Platz vor dem Gitter des Triamesen und pressten ihre schlürfenden Näpfe an die Stäbe. Sie sogen seine Wut in sich hinein, schlürften sie auf, labten sich daran …

Mit einem Mal hörte Ellen entferntes Stimmengewirr. Ein kleiner Trupp kam die Treppe herunter und umringte einen großen hageren Mann mit rotem Umhang. *Das ist also Kethamarr*, dachte Ellen, und war sich dessen sicher, obwohl sie ihn noch nie zuvor gesehen hatte. Mit einem Finger schob sie den Beutel nach oben, um ihn besser betrachten zu können. Seine Erscheinung überraschte sie. Er entsprach in keiner Weise ihren Vorstellungen. Sein Gesicht war interessant, fast schön zu nennen – trotz seiner raubvogelartigen Züge. Neben ihm standen zwei Morthoren, die sich mit ihren fließenden Gesichtern und den langen Mänteln deutlich von den drei Fendern abhoben, die sich ebenfalls neben Kethamarr bewegten – gefolgt von einer Frau, die fast noch ein Kind zu sein schien, und einer Schar flatternder Raben. Der Trupp bewegte sich langsam an Ellen vorbei, die sich wieder zwischen den Karren versteckt hatte und ihre kleine Statur für ein Mal als Vorteil empfand.

Kethamarr und sein Gefolge strebten in Richtung des Verlieses, in dem sich der Triamese noch immer in Schimpfwörtern erbrach.

»Dann ist es jetzt so weit, Crock«, verstand Ellen gerade noch, »du wirst …«

Der Rest des Satzes ging – zu ihrem Ärger – in dem wilden Gekrächze der Vögel unter. *Er wird sie schicken, um unsere Körper zu holen*, dachte sie und presste ihre Hand erneut um den Stein der Kette, um die Hoffnung nicht zu verlieren, die sie eben noch verspürt hatte. Einen kurzen Moment lang dachte sie daran, sich an Kethamarr heranzuschleichen, um sein Vorhaben zu belauschen, doch es waren zu viele Augen, die ihn umgaben. Es musste einen anderen Weg geben.

Ohne zu zögern, kroch sie zwischen den Karren hervor, huschte ungesehen die Treppe hinauf und warf vorsichtig einen Blick in den kerzenbeschienenen Gang. Er war leer. Nur am Eingang hatte ein Morthor seinen Platz eingenommen, doch der drehte ihr den Rücken zu. Ellen behielt ihn im Auge, während sie sich an der Wand entlangstahl und versuchte, eine der Holztüren zu öffnen. Die ersten beiden waren verschlossen. Bei der dritten hatte sie Glück. Vorsichtig öffnete sie sie einen Spalt und blickte in den Raum, in dem sie die malenden Gnome beobachtet hatte, als sie mit Arnt auf der Flucht gewesen war. Ein paar Fender hingen wie riesige Fledermäuse an den Wänden, festgesaugt mit ihrem Napf. Ellen vermutete, dass das ihre Schlafhaltung war.

Schnell huschte sie hinein. An Maureens Worte denkend, hatte sie den Stein losgelassen und versicherte sich, dass der Beutel ihren Kopf vollkommen bedeckte.

Neben dem Zimmer mit den malenden Gnomen befand sich, getrennt durch einen offenen Steinbogen, ein zweiter Raum. Ellen erkannte an dem Geschwätz, dass sich die Aurier darin befinden mussten. Ihr Blick hastete zwischen dem geöffneten Fenster und dem Torbogen hin und her. Sollte sie durch das Fenster fliehen und im Hof der Gefangenen nach Arnt suchen? Oder nach Corvus? Andererseits bestünde hier die Gelegenheit, an ihre Aurier zu kommen – aber würde sie diese überhaupt erkennen? Und die von Arnt? Es war kaum anzunehmen, dass sie in kleinen Rollstühlen fuhren …

Sie verwarf den Gedanken. Es war noch zu früh, sich um die Aurier zu kümmern. Sie musste einen anderen Weg gehen. Schweren Herzens wandte sie sich dem geöffneten Fenster zu. Dabei trat sie näher an die Doppel-Gnome heran, die sich in ekstatischen Bewegungen vor den Leinwänden bewegten. Immer wieder tauchten sie kleine Eisen in die Töpfe, die über Kerzen hingen. Flüssigkeiten in verschiedensten Farbtönen schimmerten darin. Ab und an hielten sie das Eisen selbst in die Flamme. Allem Anschein nach musste das Werkzeug erhitzt werden. Ellen fiel auf, dass bei allen Staffeleien jeweils ein Topf ohne Kerze war. Neugierig reckte sie den Kopf. Eine gallertartige, farblose Flüssigkeit bewegte sich darin. Ihr Magen zog sich zusammen. Die Masse wirkte, als wäre sie mit einem Eigenleben versehen …

Ein hysterisches Geschrei riss ihren Blick aus dem Topf. Irgendetwas hatte die Aurier in Aufregung versetzt. Sie konnte die Panik spüren, die in den Schreien lag. Von einer dunklen Vorahnung erfasst, hastete sie zu dem Torbogen und spähte in den angrenzenden Raum. Jetzt ploppten auch die Fender von den Mauern und begaben sich zu Morphus, der sich in breitbeiniger Haltung vor den Auriern aufgebaut hatte. Diese drückten sich gegenseitig in die Ecke, die vordersten krabbelten rücksichtslos nach hinten, bis sie sich an der Wand nach oben türmten. Morphus' Blick wanderte über die panische Horde. In seinen funkelnden Knopfaugen meinte Ellen den Genuss zu erkennen, mit dem er seine Aufgabe erfüllte.

»Stellt euch nicht so an«, keckerte er. »Ihr wisst doch, ich brauche nur wenige von euch, ich brauche die Versager, die ihre Träger in den Tod getrieben haben, die geben mehr her, viel mehr …« Er buckelte vor der wimmernden Pyramide hin und her. »Versager suche ich, Versager, die es nicht verdient haben – kommt raus«, säuselte er nun zuckersüß, »ihr könnt eure Schuld wieder gutmachen, kommt raus – ich weiß, unter euch gibt es noch welche, ich weiß es …«

Dann blieb er stehen, den Blick fest auf einen der Aurier gerichtet. Der kleine wusste sofort, wer gemeint war und stürzte sich kopfüber in die Menge. Ein Fender hob seinen Napf, saugte ihn mit einem gezielten Schlürfen aus dem Haufen und spuckte ihn Morphus vor die Füße. Der hob den strampelnden Aurier auf und übergab ihn einem einzelnen, missmutig dreinblickenden Gnom mit spitzem Kinn, der bereits ungeduldig mit den Fingern trommelte. Auf einem Tisch vor ihm befand sich ein Trichter, der durch ein kleines Rohr mit einem Gefäß verbunden war. Drumherum standen kleine Fläschchen mit Pulver. Ellen trat ein wenig näher und drückte sich neben dem Torbogen an ein Regal, das gefüllt war mit farbigen Wachsblöcken, Eisen und den kleinen Pulverfläschchen.

»Was, nur einer?«, monierte der Gnom, nahm den zappelnden Aurier am Fuß und warf Morphus einen scharfen Blick zu.

»Suizid-Aurier sind rar geworden, sehr rar«, entgegnete Morphus kühl.

»Der wird nicht lange reichen«, rüffelte der Gnom weiter, während er den schluchzenden Aurier mit einer Hand in den Trichter stopfte und mit der anderen nach einer Kurbel griff. »Wenn es so weitergeht, müssen wir welche von denen hinzunehmen.« Der Gnom zuckte mit seinem Kinn in Richtung der wimmernden Gesellschaft, die nun erneut voller Angst zurückwich.

Morphus schüttelte den Kopf. »Nä«, keckerte er. »Der Mord am eigenen Fleisch ist es, der sie so wirksam macht, die anderen kannst du auf die Leinwand schmieren, aber es würde wenig bringen, viel zu wenig. Keine guten Perlen für Kethamarr, keine guten Perlen für mich …«

Ein ohrenbetäubendes Quieken erfüllte den Raum. Ellen starrte wie betäubt auf den Gnom, der nun an der Kurbel drehte, während der Aurier in dem Trichter um sein Leben strampelte. Dann wurde es ganz plötzlich still. Der Aurier tropfte lautlos aus dem Rohr in das Gefäß. Der Gnom wartete, bis sich der letzte Tropfen gelöst hatte, dann gab er portionsweise von dem Pulver dazu und vermischte das Ganze zu der glibbrig-wabernden Flüssigkeit, die Ellen zuvor in den Töpfen gesehen hatte. Einige der Doppel-Gnome erhoben sich und streckten ihre Schälchen aus, um ein wenig von der fein pulsierenden Masse zu ergattern.

An der Seitenwand des Schrankes sank Ellen in die Knie. Ihr war speiübel. Nicht nur wegen des zerquetschten Auriers … Noch eine andere Erkenntnis lähmte sie und nahm ihr fast den Atem. Mit einem Schlag war ihr klar geworden, woher sie die Bilder kannte, welche die Gnome so eifrig malten. Und wieder einmal fragte sie sich, wie es möglich sein konnte, dass ihr das erst jetzt aufgefallen war …

Der Stoß war so offensichtlich gewesen, das Spielfeld hatte glasklar vor ihren Augen gelegen – und doch hatte sie ihn nicht gesehen. Sie umrundete den Tisch und suchte nach einem neuen Weg, zu punkten, diesmal durfte sie nichts übersehen. Immer wieder beugte sie sich hinunter, schloss ein Auge und verlängerte die Laufbahn der Kugel mit dem Blick, versuchte herauszufinden, welche von ihnen das Ziel erreichte, ohne den Gegner zu touchieren und ihm womöglich einen weiteren Vorteil zu verschaffen. Dann sah sie eine Möglichkeit, eine kleine zwar, doch sie musste es versuchen …

Sie wusste nun, was sie zu tun hatte: Als Erstes musste sie Arnt finden, und das so schnell wie möglich. Ihr Blick wanderte zu dem halb geöffneten Fenster. Ein Fender schwenkte durch die Reihen der malenden Doppel-Gnome und drehte sich dabei langsam im Kreis. Ellen war sich nicht sicher, ob er sie gespürt hatte, obwohl ihr Kopf in dem Beutel steckte. Sie musste hinter dem Schrank hervor und an das Fenster gelangen, doch dann würde sie in das Blickfeld von Morphus geraten. Ihr blieb nichts anderes übrig, als zu warten, bis er sich abwandte.

Und dann sah sie sie. Ihre Aurier. Ganz hinten an der Wand krochen sie aus dem Haufen heraus und warfen bittere Blicke auf Morphus, der nun wieder angefangen hatte, Besen zu verteilen. Ohne jeden Zweifel waren es ihre, Ellen hätte sie auch ohne die großen Nasen erkannt. Ihr Herz sprengte sich fast durch die Brust. Da waren sie. So nah! Ihre Finger krallten sich an das Holz des Schrankes. Sie durfte jetzt nicht den Kopf verlieren, durfte nicht loslaufen, um sie schützend in ihre Arme zu nehmen, sie an sich zu pressen … *Noch ist es zu früh, noch ist es viel zu früh* … Der Kloß in ihrem Hals wuchs, während sie um Beherrschung rang. *Ich werde sie holen, ich werde sie retten, aber noch nicht jetzt* … Innerlich zerrissen, warf sie noch einmal einen Blick auf ihre beiden Aurier, die sich gegenseitig den Besen zuschoben, als hätte keiner Lust, zu putzen.

In diesem Moment knarrte eine Tür, ein Mädchen kam schnellen Schrittes hereingelaufen, die roten Locken rieben sich an ihren Wangen.

»Lucia!« Morphus' Blick verklärte sich augenblicklich. Sogar die Doppel-Gnome zeigten das erste Mal eine Reaktion, unterbrachen ihre Arbeit und starrten die Kleine begierig an.

Farbe kleckste auf den Boden. In der vordersten Reihe rumpelte es. Ein Gnom war zweimal vom Schemel gestürzt.

»Du sollst zu Kethamarr kommen«, sagte das Mädchen in singendem Tonfall. »Sie warten unten im Kellersaal auf dich, alle sind dort.«

Ohne eine Sekunde zu verlieren, pfiff Morphus durch seine Finger. Die Fender stoben auf. Wie Hirtenhunde folgten sie dem Befehl und trieben die Aurier zusammen.

»Bringt sie in den roten Turm, sie werden ihre Arbeit später verrichten«, befahl Morphus. Dann trabte er – erstaunlich aufrecht – den roten Locken hinterher.

Ellen sah ihre Chance gekommen. Sofort sprang sie auf, rannte zum Fenster und kletterte hinaus. Auf dem Gelände war niemand zu sehen. Sie steckte Maureens Beutel in ihre Hosentasche und lief eilig zu der eingestürzten Mauer, in der starken Hoffnung, Arnt in dem Eckturm zu finden, in dem sie beide gefangen gewesen waren.

Im Innenhof der Kaserne war gerade eine der üblichen Prügeleien im Gange. Zwei Männer droschen aufeinander ein. Die anderen ließen sich nicht davon stören und liefen ihren Kreis um den Brunnen.

Ein fettleibiger Mann lehnte an der Mauer und betrachtete das gewaltige Schauspiel mit sichtlicher Genugtuung. Hin und wieder nahm er einen Zug von seiner Zigarre und blies kleine Kringel in die Luft. Kurz darauf war einer der Streithähne unterlegen, bewegungslos lag er im Kies.

»Genug!«, brüllte der Wamstige mit donnernder Stimme. Ellen fuhr zusammen. Der Kerl hatte das Organ eines Schiffhorns. Sie konnte den Schall in den Mauersteinen spüren, über die sie kletterte und war heilfroh, dass er sie nicht sehen konnte.

Kurze Zeit später erreichte Ellen den Innenhof. Der Gegenläufer kam geradewegs auf sie zu, seine Aurier sprangen auf, als sie sie erblickten.

»Die Frau ist wieder da«, plapperte einer drauflos. »Sie ist gekommen, um uns hier rauszuholen, sie ist zurück, sie wird uns helfen.« Er tanzte im Kreis.

»Die hat uns schon einmal sitzen lassen«, sagte der andere und verschränkte die Arme vor der Brust.

Das Gesicht des jungen Mannes nahm einen selbstzufriedenen Ausdruck an. Ellen nahm an, dass der tanzende Aurier weitaus mehr Einfluss auf ihn hatte. In seinen Gedanken schien er bereits außerhalb der Gefängnismauern zu sein, auch wenn er vermutlich nicht recht wusste, warum.

Ellen wurde einmal mehr schwer ums Herz, und sie wusste nicht, was sie hätte sagen sollen. So lächelte sie ihnen kurz zu und lief dann weiter zum Eckturm. Als sie durch das Gitter lugte, tat ihr Herz einen Sprung. Arnt saß am anderen Ende des Raumes und starrte an die Wand.

»Arnt!« Ellen rüttelte an den Gitterstäben.

Arnt schnellte herum, und als er Ellen sah, erstrahlte ein Lächeln in seinem Gesicht. »Ellen, mein Gott bin ich froh, dich zu sehen. Wie …«

»Keine Zeit …« Hastig stürzte sie sich auf den Ring an der Mauer. »Alles andere später, wir müssen uns beeilen.«

»Warte noch einen Moment«, sagte Arnt und kam an das Gitter gerollt. »Ich glaube, da tut sich grad was.«

Ellen hörte den Pfiff einer Trillerpfeife und fuhr herum. Die beiden Männer im blauen Overall durchquerten den Hof. Jeder von ihnen trug einen der Prügelknaben über der Schulter, wobei einer wie leblos schien und der andere lauthals brüllte. Der Brunnen wurde geöffnet und der Brüllende an der Kette befestigt. Gemurmel erhob sich, als ein Großteil der Gefangenen herbeieilte, um dem Spektakel beizuwohnen.

»Wir müssen los.« Ellen griff nach dem Ring. Vorsichtig zog sie das Seil aus der Mauer, gerade weit genug, dass Arnt unter den Gitterstäben durchrollen konnte.

»Mensch Ellen, ich dachte schon, du …«

»Unsere Körper sind in Gefahr«, schnitt Ellen den Satz ab.

»Sie sind was?«, fragte Arnt, als ob er sich verhört hätte.

»Unsere Körper: Sie wissen, wo sie sind, und Kethamarr schickt vermutlich gerade ein paar Morthoren aus, um sie zu holen.«

»Verdammt, dann haben sie es herausgefunden …«

»Wir können das später besprechen.« Ellen packte die Griffe des Stuhls und stieß Arnt, dessen Protest ignorierend, durch den Kies.

»Wir müssen unsere Aurier holen«, keuchte sie. »Morphus hat sie in den roten Turm bringen lassen – frag mich nicht, wo der ist. Aber ich habe eine Idee, wie wir es herausfinden können – vielleicht schaffen wir es noch, zurückzukommen, bevor sie unsere Körper entdecken, uns töten oder wer weiß was mit uns machen.«

»Jetzt mach aber mal halblang!« Arnt bremste die Räder. »Könntest du mich bitte mal abholen? Ich glaube, das wäre nach den letzten Horrorstunden durchaus angebracht.«

»Arnt, reg dich jetzt bitte nicht auf, willst du, dass wir entdeckt werden?«, sagte Ellen mit flehender Stimme.

»Du tauchst nach einer dreifachen Ewigkeit hier auf, erzählst mir nur Bruchstücke von dem, was hier abgeht und erinnerst mich gleichzeitig daran, dass ich mich nicht aufregen soll?«, entgegnete Arnt hitzig. »Was soll ich denn …«

Arnt brach abrupt ab. Ellen hatte ihm den Beutel über den Kopf gestülpt.

»Ich bitte vielmals um Entschuldigung für meine Verspätung«, zischte sie ihm ins Ohr. »Und solange du dich so aufregst, lass das Teil bitte auf.

»Spinnst du? Was soll das?« Arnts Stimme klang gedämpft.

»Ich sagte doch schon, ich erkläre es dir später. Jetzt lass das Ding auf dem Kopf und sei endlich still!«

»Ellen!«

»Arnt, bitte, vertrau mir einfach!« Ohne weiter auf seinen Protest zu achten, spähte sie hinauf zum Kloster. Niemand war zu sehen. Sie postierte Arnt mit dem Rücken zu den Mauerbrocken und zog ihn hoch. Arnt hatte die Arme verschränkt und lehnte resigniert im Stuhl.

Ohne Zwischenfall erreichten sie den Weg, der am Kloster entlangführte. Ellen bog ab, schob den Stuhl mit dem schmollenden Passagier über das Gras und hielt hinter dem Wellblechteil einer halb zerfallenen Ju, bei deren Anblick sich Arnts Laune ein wenig hob. Mit den nötigsten Worten schilderte sie ihm, was geschehen war, und als sie Maureen erwähnte, schien alles um ihn herum vergessen.

»Du hast sie wirklich getroffen?«, strahlte er durch den Stoff.

»Habe ich – aber es ist jetzt nicht der richtige Zeitpunkt für Details. Arnt, ich muss noch mal ins Kloster und mit dem Triamesen reden. In seiner Wut verrät er uns vielleicht etwas über den roten Turm, in dem unsere Aurier stecken – und vielleicht kann ich ihn dazu bringen, Kethamarrs Wege zu durchkreuzen ... Hast du dich wieder abgeregt?«

»Hab ich eine Wahl? Und was soll eigentlich der Blödsinn mit diesem Sack?«

»Erkläre ich dir später«, antwortete Ellen knapp und befreite seinen Kopf.

»Später – alles später!«, monierte Arnt. »Und warum willst du unbedingt alleine gehen?«

»Alleine ist es sicherer, glaube mir ...« Sie steckte den Beutel in ihre Hosentasche und wünschte, Maureen hätte ihr zwei davon überlassen. »Wenn ich in einer halben Stunde nicht zurück bin, musst du dich auf den Weg zum Pfortenkreis machen. Vielleicht kannst du noch etwas retten ... Möglicherweise kannst du ja von hier aus ortswechseln.« Sie stülpte sich das feine Tuch über die Haare.

»Ortswechseln? Machst du Witze?« Arnt lachte spöttisch. »Meinst du, daran hätte ich nicht gedacht? Das habe ich genau ein Mal probiert. Hat dir schon mal jemand eine glühende Faust ins Gesicht geschmettert? So ungefähr fühlen sich die Siegel an, die hier wer weiß wo überall sind – da ist kein Durchkommen, unmöglich!«

»Aber Charlotte hat es doch auch geschafft …«

»Die Katze, jaaa, die besitzt ja auch außergewöhnliche Fähigkeiten und ist nicht so minderwertig denkend wie wir.« Arnt rollte sein Auge.

»Dann musst du runter zum Theater«, sagte Ellen schnell, »auf der linken Seite führt ein Tunnel durch den Felsen nach draußen. Allerdings«, sie zögerte, »mit vielen Stufen – und es könnte sein, dass einer der Morthoren den Eingang dort unten bewacht – und …«

Sie brach ab.

»Ein Spaziergang also.«

»Sieht fast so aus«, Ellen nickte betreten.

»Die Stufen sind kein Thema, und wenn der Morthor den Eingang bewacht, werde ich den Ausgang nehmen. Ist sonst noch was?«

»Oh, Arnt«, Ellen lächelte. »Okay, ich werde zurück sein … Es muss einfach klappen! Zu zweit schaffen wir die Flucht! Mein Gott, ich bin so froh, dass du wieder da bist, ohne dich war es so …«, sie schluckte.

»So was?«

»Na ja, so ohne dich halt.« Ellen errötete und wandte sich zum Gehen.

»Ellen, warte!« Arnt stupste sie am Arm. »Apropos ohne dich: Hast du auch mal darüber nachgedacht, was uns die Aurier nützen, wenn wir unsere Körper verlieren? Meinst du nicht, wir sollten lieber alles vergessen und sofort zurück zum Pfortenkreis gehen?«

»Nein.« Ellen schüttelte entschlossen den Kopf. »Arnt, wir müssen Radin helfen, wir schweben alle in größter Gefahr, alles hängt von uns ab. Und außerdem – ich habe die Aurier gesehen. Wir müssen unsere da rausholen, und wenn wir es jetzt nicht schaffen, schaffen wir es niemals.«

»Also gut«, nickte Arnt. »Dann gehen wir aufs Ganze. Ich nehme an, du weißt, was du tust, und ich werde hier auf dich warten …« Er griff nach ihrer Hand und drückte sie fest. »Und wenn es sein muss – bis in alle Ewigkeit.«

»Danke, Arnt!« Ellen presste die Lippen aufeinander. Die unerwartete Bekundung seiner Zuneigung grub sich tief in ihr Herz. Schnell wandte sie sich zum Kloster. Inständig hoffte sie, dass niemand aus dem Fenster schauen würde, doch das Risiko musste sie eingehen. Der Moment schien günstig, auch der Eingang war unbewacht.

Ohne ein weiteres Wort zu verlieren, lief sie los und erreichte kurz darauf den langen Korridor. Die Tür zu dem Saal der malenden Gnome stand geöffnet. Während sie vorbeihastete, warf sie einen kurzen Blick hinein. Auch die Gnome waren verschwunden. Die Leere kam ihr seltsam vor, doch für Überlegungen blieb keine Zeit.

Mit festem Schritt stieg sie die Treppe hinunter, und schon von Weitem konnte sie das Fluchen des Triamesen vernehmen. Vor dem Gitter blieb sie stehen und betrachtete es eingehend. Es hatte den gleichen Öffnungsmechanismus wie der Eckturm. Der Triamese war jetzt still geworden und beobachtete interessiert, wie Ellen einige Jutesäcke aus dem Karren fischte und sie der Länge nach aufrollte. Dann band sie die rötlich gefärbten Fasern aneinander, sodass sie ein Seil ergaben, welches sie wiederum an dem Öffnungsring des Gitters befestigte.

»Schimpf weiter«, flüsterte sie ihm zu, »so, wie vorhin.«

Die Köpfe des Triamesen blickten sie überrascht an, dann fluchten sie erneut, während Ellen kurz verschwand, mit einem dreibeinigen Schemel wieder auftauchte und dann an dem Juteseil zog, um das Gitter zu öffnen. Als sie mit dem Schemel unter dem Arm in seine Zelle schlüpfte, legte sie das Seil so, dass sie die Möglichkeit hatte, das Gitter auch von innen zu öffnen.

»Du wirst uns also doch retten?«, rief der Triamese mit dunkelgrünen Köpfen.

»Warum sollte ich? Du hast mich verraten!« Ellen zuckte die Schultern.

»Stimmt nicht – fast nicht, nur ein wenig, nachdem du uns hast hängen lassen!«

»Schweig, ich habe keine Zeit für dein falsches Gerede«, zischte Ellen.

»Was willst du dann hier?«, fragte der Triamese misstrauisch.

Anschwellendes Gemurmel drang in Ellens Ohr. Es schien so, als habe sich Kethamarr mit seiner gesamten Belegschaft versammelt. Der Raum musste ganz in der Nähe sein.

Hastig wandte sie sich an den Baumelnden. »Vielleicht gebe ich dir doch noch eine Chance«, sagte sie beiläufig. »Aber ich habe zwei Bedingungen.«

Der Triamese blickte sie erwartungsvoll an.

»Erstens verpfeifst du mich nicht noch mal und du hast mich hier nie gesehen, klar?« Ohne eine Antwort abzuwarten, fuhr sie fort: »Zweitens zerstörst du alle Bilder in dem Saal, in dem die Gnome malen. Alle! Verstanden?«

Der Triamese nickte bereitwillig.

»Und noch etwas. Wenn ich etwas verspreche, dann halte ich mich daran, das gleiche gilt für dich, hast du auch das verstanden?« Ellen sah ihn scharf an. »Kannst du mir das schwören?«

Der Triamese nickte jetzt so stark, dass er hin und her schwang. »Wir schwören es.« Er ballte die Fäuste. »Wird uns eine Freude sein, Kethamarrs Bilder zu zerstören – hätte uns hier verrecken lassen, obwohl wir ihm immer treu gedient haben – falsches Pack – Mörder.«

»Also gut, zwei Fragen habe ich noch, bevor ich dich hier runterlasse«, sie überlegte kurz. »Wo finde ich den roten Turm und wie komme ich dort hinein?«

»Du – du willst zu den Auriern?« Der Triamese schluckte heftig hoch, und beide Köpfe blickten sie mit kugelrunden Augen an. »Würde ich nicht tun – der Schutz – zu gefährlich – lauert der Tod …« Das aufgeregte Durcheinandergequatsche ließ Ellen kein Wort mehr verstehen.

»Worin besteht der Schutz?«, bohrte sie hartnäckig weiter.

»Wissen wir auch nicht genau – muss ganz furchtbar sein – schrecklich …«

»Schon gut«, seufzte Ellen. Der Triamese schien tatsächlich nicht mehr zu wissen und die Zeit drängte. »Dann sag mir wenigstens, wo ich den roten Turm finde.«

»Auf der hinteren Seite vom Kloster, nicht weit – ist geschützt …«

»Okay«, nickte Ellen. »Dann nur noch eins …«, sie konnte sich die Frage nicht verkneifen. »Warum hast du nur zwei Köpfe? Wo ist der dritte?«

»Der Rabe hat ihn zerhackt, als er noch Sacklaich war – bestialisch – skrupellos«, empörte sich der Triamese. »Jetzt haben wir eine Generationslücke …«

Erneutes Stimmengemurmel ließ Ellen aufhorchen und den Triamesen verstummen. Sie musste sich beeilen. Vorsichtig fasste sie seine Schultern und drückte ihn nach oben. Er war nicht schwer, Ellen vermutete, dass das Schwerste an ihm die Orden waren, die alle nach unten hingen und ihn aussehen ließen wie einen geschuppten Fisch. Dann betrachtete sie die Kette, an der er aufgehängt war. Das letzte Glied wurde durch einen Eisenhaken gehalten, der aus der Decke ragte. Ellen stieg auf den Schemel und drückte die Kette mit aller

Kraft ein Stück nach oben. Der Raum war nicht sehr hoch, sodass es ihr gerade reichte, die Öse aus der Verankerung zu nehmen, um ihn vorsichtig herunterzulassen.

Ungeschickt stand der Triamese auf und torkelte eine Weile im Kreis. »Wir stehen auf dem Kopf«, jammerte er und Ellen hatte das Gefühl, dass er eine bläuliche Farbe angenommen hatte.

»Geht's?«, fragte sie ernsthaft besorgt.

»Ja, es – es geht schon – wird schon werden – auf den Händen laufen«, stammelte er und stützte sich Halt suchend an die Wand.

»Denk an deine Abmachung – und sieh zu, dass dich keiner erwischt, wenn du die Bilder zerstörst«, sagte Ellen mit Nachdruck. »Sonst bist du gleich wieder hier drin. Und beeil dich …«

Der Triamese machte erneut ein paar Gehversuche, dann hielt er inne, seine vier Augen fragend auf Ellen gerichtet. »Eins wollen wir wissen. Warum vertraust du uns plötzlich? Vorhin hast du gesagt, wir würden lügen, wenn wir den Mund aufmachen.«

»Jeder kann sich bessern«, entgegnete Ellen großmütig, »und ich denke, auch du hast deinen Stolz. Kethamarr behandelt dich wie Dreck, und so wenig ich dich auch mag, das hast du nicht verdient. Du stehst ihm treu zur Seite und er tritt dich mit Füßen.«

»Sie hat recht – tritt uns in den Hintern – der Vogel scheißt auf uns – es stimmt, wir sind kein Dreck – treu – immer für ihn da«, quakte der Triamese durcheinander.

In der Zwischenzeit öffnete Ellen ohne allzuviel Lärm das Gitter und schlüpfte hinaus. Der Triamese folgte ihr schwankend. Vorsichtig spähte sie um die Ecke und atmete auf. Kethamarr und seine Gesellschaft waren noch immer in einem der Kellerräume versammelt.

Mit großen Schritten sprang sie die Treppe hinauf und machte sich auf den Weg zu Arnt. Der Triamese bog torkelnd in den Saal mit den Staffeleien ab.

»Gott sei Dank, du bist zurück«, sagte Arnt erleichtert, als Ellens Kopf hinter dem Wellblech erschien. »Hat alles geklappt?«

»Ja, aber irgendwie scheint mir alles – fast zu einfach – aber lass uns losgehen, ich weiß jetzt, wo …«

Das Aufblitzen einer roten Mantelspitze am Heck des Flugzeuges ließ sie den Rest des Satzes verschlucken.

»Sehr erfreut, euch hier zu finden«, höhnte eine Stimme.

Ellen stockte der Atem. Langsam hob sie den Blick.

Vor ihr stand Kethamarr und sah ihr direkt in die Augen.

Kapitel 41

Lackschuhe und Nadelstreifen

Tilo saß neben Susan auf dem Beifahrersitz und wühlte in einer Tüte Chips. »Willst' auch?«, fragte er kauend.

»Nein danke, das ist ungesund und macht dick.« Susan rümpfte die Nase.

»Richtig. Dann nimm besser keine«, riet er und stopfte sich eine Handvoll in den Mund.

»Ich weiß nicht, was ich machen soll«, sagte Susan, ohne auf seine Worte einzugehen. Das kann doch nicht so weitergehen. Sie müssten schon längst zurück sein. Wie lange wollen wir da noch zuschauen?«

»Hm«, brummte Tilo und fischte mit der Zungenspitze nach ein paar Bröseln in seinen Mundwinkeln. »Keine Ahnung. Suchen können wir sie nicht, es bleibt uns nur, zu hoffen, dass sie in dieser komischen Welt klarkommen.«

»Die Aussage ist nicht unbedingt hilfreich.« Susan drückte ungeduldig aufs Gaspedal. »Außerdem krümelst du mir das ganze Auto voll.«

»Und wenn wir sie wieder mit ins Krankenhaus nehmen? Wäre ja nicht das erste Mal …«, sagte Tilo mit trockenem Mund, pickte ein paar Chips-Reste von seiner Hose und warf sie aus dem Fenster. »Darf ich davon einen Schluck nehmen? Ich komme fast um vor Durst.« Er griff nach der Flasche mit der Flüssigkeit, die Susan für Ellen und Arnt vorbereitet hatte.

»Wenn's unbedingt sein muss. Aber nur einen ganz kleinen. Wieso nimmst du auch so ungesundes, scharfes Zeug mit!«

»Ich stehe halt auf ungesund scharf«, grinste Tilo, unterließ es jedoch gleich wieder, als Susans Blick ihn traf. »Nein, ehrlich, lass uns heute ihre Körper einpacken. Sie werden wissen, wo sie suchen müssen, wenn sie zurückkommen. Wenn wir nichts tun, verrotten sie irgendwann auf dem Waldboden, zur Freude der Maden, die sich den Ranzen vollhauen.« Er rümpfte die Nase. »Made in Ellen, na lecker.«

»Kannst du denn nicht mal ernst sein?«, verdrehte Susan die Augen.

»Das ist meine Art, dem Ernst zu begegnen«, erwiderte er trocken. »Und ich meine es so, wie ich es sage.«

»Ellen hat uns gebeten, ihre Körper dort liegen zu lassen.«

»Sie hat nicht gesagt, wie lange. Und meine innere Uhr sagt mir, dass es jetzt an der Zeit ist, sie zurückzuholen. Außerdem haut das mit der Versorgung auf Dauer so nicht hin.«

Susan wusste, dass er recht hatte. »Aber – was ist, wenn sie gar nicht wiederkommen? Ich meine …« Tränen füllten ihre Augen. »Irgendwie habe ich das Gefühl, Ellen nicht richtig ernst genommen zu haben. Vielleicht hätte ich das Ganze verhindern können, vielleicht …«

»Vielleicht, vielleicht, was wäre, wenn – ich nun meinen Schlaf verpenn'«, fiel Tilo ihr ins Wort. »Das sind Worte ohne festen Boden, Susan. Ich wüsste nicht, was du besser hättest machen können … Bäh, das Zeug schmeckt ja zum Kotzen.« Angewidert schraubte er die Flasche zu. »Kein Wunder, dass sie nicht zurückkommen …«

Susan presste die Lippen zusammen. Zu schnell fuhr sie den Waldweg nach oben und bremste mit blockierenden Rädern.

»Mosere du noch mal über meinen Fahrstil«, knurrte Tilo, während er aus dem Auto stieg und ein paar Chips-Krümel von seinem Pullover klopfte.

Kurze Zeit später folgten sie der kleinen Schneise durch die Tannen, die immer noch deutlich erkennbar war. Ellen und Arnt lagen unverändert inmitten der Stämme.

Susan kniete neben Ellen nieder. »Wo bist du nur?«, flüsterte sie bekümmert und streichelte die eiskalte Stirn.

»Am besten bringen wir sie gleich zum Auto.« Tilo beugte sich über Arnt. »Wir hätten mit meinem Wagen kommen sollen. Ich weiß nicht, ob wir den Stuhl in deine Kiste kriegen.«

»Warte«, sagte Susan. »Ich gebe ihnen noch schnell etwas von der Flüssigkeit, sie sehen nicht gut aus. Tilo, kannst du sie halten?«

»Bin ja schon halber Profi.« Tilo hob Ellens Kopf ein wenig an, damit Susan den Schlauch in Ellens Hals führen konnte. »Du bist eine wunderbare Krankenschwester«, sagte er dann, und in seiner Stimme lag Respekt und Bewunderung.

»Danke«, erwiderte Susan errötend, »und du ein wunderbarer – ähm – Freund.«

»Einfach nur Freund? Oder Freund?« Tilo sah sie schräg an.

»Freund«, erwiderte Susan knapp und hantierte nervös mit der Flasche. Als sie fertig war, packte sie Ellen an den Kniekehlen. »Nimm du vorne.«

Tilo griff Ellen unter die Arme. »Bald fliegt sie von allein«, stellte er fest, als er sie anhob.

Sie wollten gerade loslaufen, da ließ ein Knacken sie innehalten. Susan ließ Ellens Beine zurück auf den Boden gleiten. »Was war das?«, flüsterte sie angespannt.

»Hört sich an, als ob jemand auf einen Ast getreten wäre«, sagte Tilo leise und blickte nervös in die Tannen. »Vielleicht sucht dieser Jemand Pilze.«

Das Knacken wurde lauter. Es kam genau aus der Richtung, aus der auch sie gekommen waren.

»Meinst du, da kommt jemand?« Susan biss sich auf den Kragen ihrer Jacke.

Jetzt war es eindeutig. Die Schritte kamen näher. Und den Geräuschen nach zu urteilen, waren es nicht nur die Schritte eines Einzelnen …

Susan drückte ihren Handrücken auf den Mund, um nicht zu schreien. »Aber wer außer uns hat hier was zu suchen?«, presste sie hervor.

»Keine Ahnung. Lass uns vorsichtshalber abchecken, wer oder was da kommt, bevor es uns sieht.« Er packte Susan am Arm, doch sie schüttelte ihn ab.

»Wir können die beiden nicht hier liegen lassen. Was ist, wenn …«, sie war der Panik nahe.

»Jetzt lass uns erst mal sehen, wer es ist, komm, mach schon.« Tilo umfasste Susans Handgelenk mit eisernem Griff und zog sie zwischen die Tannen, wo sie sich hinter einen Felsbrocken kauerten und auf beiden Seiten hervorspähten.

In dem Moment traten zwei Männer auf die Lichtung.

»Was sind denn das für Clowns?«, flüsterte Susan überrascht, »ziemlich overdressed für diesen Ort, findest du nicht?«

»Warum? Mit den Nadelstreifen passen sie doch gut hierher.«

Susan versetzte Tilo einen Seitenhieb.

»Nur die weißen Lackschuhe von dem einen …«, fuhr er fort, »voll an der Mode vorbeigeschrammt. Und die Krawatte von dem anderen quietscht vor gelb …«

»Pssst, nicht so laut …« Susan ruderte mit den Händen. »Was wollen die nur hier?« Besorgt reckte sie den Hals.

Die beiden Männer liefen in den Pfortenkreis und blieben vor Ellen und Arnt stehen. Durch ihre großen Sonnenbrillen betrachteten sie kurz die Umgebung, dann beugte sich einer von ihnen zu Ellen hinab.

Susans Körper spannte sich an.

»Das müssen sie sein«, sagte er.

Der andere tippte mit der Spitze seines weißen Schuhs an Susans Flasche. »Sieht so aus, als wurden sie ernährt.« Er bückte sich und zog den Schlauch aus dem Glas. »Das erklärt auch, warum sie immer noch am Leben sind.« Erneut blickte er sich um und riss dabei den Schlauch in Einzelteile, als wäre er aus Papier.

»Hast du das gehört? Sie leben!«, flüsterte Susan aufgeregt.

»Ja, aber so wie es aussieht, stecken sie ziemlich in der Scheiße«, entgegnete Tilo, der die beiden Männer nicht aus den Augen ließ.

Sie schienen über etwas zu beraten, dann legte der mit den weißen Schuhen Ellen über seine Schulter, während der andere Arnt aus dem Rollstuhl zog.

»Tilo, wir müssen was machen, schnell …« Tilo war bereits aufgesprungen. Ungestüm preschte er zwischen den Tannen hervor.

»Was haben Sie mit den beiden vor?«, fragte er forsch und stellte sich breitbeinig auf.

Die beiden Männer fuhren überrascht herum, Ellen und Arnt wären um ein Haar mit den Köpfen zusammengestoßen. Einen Moment lang fixierten sie Tilo durch ihre Brillen.

»Schau an, hier ist ja richtig was los«, schnarrte der mit den weißen Schuhen. »Bist du ein Freund von den beiden?«

Tilo nickte stumm.

»Dann hast du bestimmt nichts dagegen, wenn wir sie mitnehmen, es ist nur zu ihrem Besten«, seine Stimme stellte auf scharf, »und jetzt mach, dass du Land gewinnst!«

»Warte, warte, mischte sich der mit der gelben Krawatte ein. Vielleicht ist es dem jungen Mann ja gar nicht recht, wenn wir sie mitnehmen.«

»Treffer«, antwortete Tilo. »Wohin würdet ihr sie bringen?« Es raschelte in den Tannen. Susan war ebenfalls hervorgetreten und näherte sich zögernd.

»Ist hier ein Nest oder was?«, grunzte der Weiß-Beschuhte.

»Eure Freunde brauchen dringend Hilfe«, sagte der andere mit zuckendem Lächeln, »und dazu müssen wir sie mitnehmen. Sonst dauert es nicht mehr lange und ihr werdet beide unter die Nadeln scharren können.«

»Also verzieht euch endlich, bevor es zu spät ist!« Der Mann mit den weißen Schuhen baute sich vor Tilo auf, der immer noch nicht zur Seite wich. »Mach die Fliege, du hast doch gehört, deine Freunde brauchen Hilfe.«

»Und woher soll ich wissen, dass das stimmt?«, fragte Tilo und verschränkte die Arme vor der Brust.

»Mach jetzt, dass du …«

»Warte«, unterbrach der mit der gelben Krawatte. »Ich nehme an, der Wagen dort unten gehört euch. Warum folgt ihr uns nicht einfach, dann könnt ihr selber sehen, was mit euren Freunden passiert«, er verzog das Gesicht zu einem Grinsen, »und jetzt müssen wir los, sonst wird es keine Wiederkehr geben – und das wollt ihr doch bestimmt nicht auf euer Gewissen laden, oder?«

Tilo und Susan wechselten unsichere Blicke.

»Ich traue denen nicht über den Weg«, sagte Tilo laut.

»Aber wenn sie recht haben?« Susan sah ihn beklommen an. »Was ist, wenn wir nachher schuld sind, wenn sie sterben?«

»Und warum kommen Ellen und Arnt nicht hierher? Warum kommen sie nicht selber zurück zu ihren Körpern?«, fragte Tilo an die beiden gewandt.

»Es ist ihnen nicht möglich, hierherzukommen, genau darum bringen wir die Körper zu ihnen«, die Stimme des Krawattierten klang beherrscht.

»Tilo, bitte, ich glaube, wir haben keine andere Wahl, das Risiko wäre viel zu groß. Vielleicht sollten wir doch besser hinterherfahren.«

Tilo schien mit sich zu ringen. »Also gut, wenn du meinst«, sagte er dann zögernd und trat einen Schritt zur Seite.

Die Männer waren mit einem Pick-up gekommen. Er parkte direkt hinter Susans Auto, die Klappe der Ladefläche hing bereits herunter. Die Männer legten die beiden Körper hinten auf den Wagen.

»Lass mich fahren!«, sagte Tilo.

Susan drückte ihm wortlos den Schlüssel in die Hand, das Gesicht bleich wie ein Stück Geist. »Wir sollten die Polizei verständigen«, mit zittrigen Fingern kramte sie ihr Telefon aus der Handtasche, »Mist, kein Empfang – vielleicht unterwegs …« Susan behielt das Telefon während der Fahrt im Blick, jedoch ohne Erfolg.

Die Strecke führte immer weiter aufs Land hinaus. Endlich bogen sie ab, fuhren einen bewaldeten Bergweg hinauf und steuerten einen Waldparkplatz an, der an eine hohe, mit Stacheldraht bestückte Mauer grenzte.

»*Marienfels*, hast du davon schon mal gehört?«, fragte Tilo, der das Gebäude neben der Mauer begutachtete. Susan schüttelte den Kopf, ohne hinzusehen. Sie konzentrierte sich auf die beiden Männer, die nun die schlaffen Körper erneut auf ihre Schultern luden. Dann wandten sie sich zu dem Pfad, der entlang der Mauer führte. Keiner sprach ein Wort.

Susan und Tilo folgten den beiden mit einigen Metern Abstand. Nach dem steilen Abstieg überquerten sie den Bach und folgten dem Weg entlang der Felsen. Dann kamen sie zu der Brücke. Erneut überquerten sie den Bach, stiegen den Hang hinauf, bis sie vor einer Felswand stehen blieben. Jetzt sahen sich die Männer das erste Mal um. Susan drückte sich hinter Tilo.

»Hier geht es rein. Ihr könnt einfach durchgehen«, sagte der mit der gelben Krawatte eine Spur zu freundlich und verschwand in der Wand. Der andere tat es ihm gleich, und auch er war wie vom Erdboden verschluckt.

»Das gibt's doch nicht, oder?«, Tilo starrte mit offenem Mund auf die Steine, »die sind da einfach reingelaufen – irre krass!«

»Himmel, Tilo«, Susan krallte sich von hinten an seinen Hosengurt, »sollten wir nicht lieber umkehren, das ist doch – alles nicht wahr.«

»Lass uns doch einfach nachsehen«, sagte Tilo und warf einen Blick zurück. »Aber dazu musst du mich loslassen, ich weiß nicht, ob du den Anblick verkraftest …«

Susan nahm errötend ihre Hände zu sich, und Tilo machte ein paar Schritte auf die Stelle zu, an der die Männer verschwunden waren. Neugierig streckte er seine Hand aus. Es knackte. »Autsch«, er rieb sich die Knöchel.

»Ich glaube, es war mehr hier drüben«, sagte Susan und tastete über den Stein. »Hier, Tilo, schau, hier geht es rein, unglaublich …«

»Also bitte, Ladys first.« Tilo machte eine einladende Geste.

»Nein, nein, nein!« Susan sprang zwei Schritte rückwärts. »Wenn ich überhaupt da durchgehe, dann nur hinter dir, da drin kann wer weiß was sein …«

»Ach ja? Und dann ist es dir lieber, wenn wer weiß was zuerst mich auffrisst?« Er schüttelte tadelnd den Kopf und steckte ihn dann vorsichtig in die Felsen. »Es ist ein Tunnel, ich sehe den Ausgang – ziemlich weit oben …« Tilos Stimme hallte dumpf. Zögernd trat er ein, und einen kurzen Moment lang konnte Susan noch einen Teil seiner nach hinten gerichteten, neongrünen Schildkappe sehen, dann war auch die verschwunden.

»Alles bestens, du kannst kommen«, seine Hand schoss winkend aus dem Felsen und hätte Susan fast eine Ohrfeige verpasst. Sie strauchelte kurz nach hinten, dann griff sie nach seinen Fingern. Mit Schwung zog er sie herein.

»Das ist ja … Wahnsinn …« Ungläubig sah sie sich um. Dicht an Tilos Fersen geheftet, machte sie sich an den Aufstieg.

Als sie schnaufend oben ankamen, blieb Tilo wie angewurzelt stehen. »Das sieht ja aus wie ein Amphitheater – mit

Beach-Fußballplatz. Und alles ist voll in den Felsen gebaut, irre krass.«

»Noch ein paar Schritte und ich kann auch mitreden«, murrte Susan und schob Tilo energisch vorwärts. Dann blieb auch sie stehen und blickte beeindruckt auf die verwitterten Steine, die sich kreisförmig vom Schauplatz aus erhoben.

»Dort oben sind noch Mauerreste von einem alten Gebäude. Sieht aus, als wäre da mal eine Kirche oder so was gewesen.« Tilo hatte die Hand über seine Augen gelegt und starrte den Hügel hinauf. »Sieh nur – ein paar alte Bomber!«

»Eine Kirche mit Bombern und Amphitheater? Wie passt das denn zusammen?« Susan schüttelte den Kopf und wandte sich wieder der Tribüne zu. »Ob die hier noch Aufführungen machen?«

»Klar«, deutete Tilo einladend auf die Sitzplätze, »heute für Sie im Programm: *Die Rückkehr der verlorenen Seelen.* Komm, wenn wir uns beeilen, kriegen wir noch einen Logenplatz, die Show hat begonnen, die Hauptdarsteller sind schon da.« Tilo deutete auf die Körper von Ellen und Arnt, die von den Männern in den Sand gelegt worden waren.

Während sie die Tribüne betraten, ließ Susan die beiden Männer nicht aus den Augen, die sich rechts und links an dem Weg positioniert hatten, der an den Sandplatz grenzte. Wie versteinert standen sie da, beide hatten die Arme vor der Brust verschränkt.

»Auf was die wohl warten?«, überlegte sie laut.

Tilo zuckte mit den Schultern. »Keine Ahnung, vielleicht kommen Ellen und Arnt von dort oben …«

»Mir gefällt das alles überhaupt nicht.« Susan rutschte näher an Tilo heran. »Irgendwie ist hier alles so gespenstisch, so ritualhaft, die Typen sind so komisch, und überhaupt ist das alles so unwirklich – wie in einem Thriller.« Sie schüttelte sich.

Tilo nahm ihre Hand. »Hitchcock lässt grüßen«, sagte er und zeigte auf ein paar Raben, die sich ganz oben auf den Zinnen der Tribüne niedergelassen hatten. »Mir gefällt es auch nicht, aber das Einzige, was wir tun können, ist abzuwarten, was passiert. Wenn wir Ellen und Arnt helfen wollen, haben wir keine andere Wahl.«

Kapitel 42

Tödliches Angebot

Kethamarr warf den Kopf ins Genick und stieß ein Lachen aus, das wie Hagel auf Ellens Haut niederprasselte.

»Radins ganze Hoffnung, versteckt hinter einem Flugzeugwrack. Ein Behinderter und ein Mädchen, meine Hochachtung.« Er verbeugte sich theatralisch. »Aber eins muss ich euch lassen«, fuhr er fort, »trotz eures erbärmlichen Daseins seid ihr weit gekommen, mein Kompliment.«

Ellen starrte mit geweiteten Augen in sein Raubvogelgesicht. Ihre Finger tasteten nach Arnts Stuhl, sie hatte das Gefühl, dass ihre Beine jeden Moment den Dienst quittierten.

Die Fender bewegten sich nervös, kreisten mit den Näpfen und schlürften ihre Nähe ein. Immer wieder stießen sie vor.

»Wartet«, Kethamarr hob die Hand, und die Fender hielten augenblicklich inne. Dann beugte er sich zu Ellen hinab. »Schieb den Kinderwagen in meine Räumlichkeiten«, sagte er in einem aufgesetzt freundlichem Ton. »Ich würde gerne ein paar Worte mit euch wechseln.«

Ellen nickte. Den Kopf voller düsterer Vorahnungen stieß sie Arnt hinter Kethamarr her in Richtung des Klosters und war einmal mehr froh, sich an den Griffen des Rollstuhls festhalten zu können. Arnt saß starr vor ihr, während sich der ungleiche Trupp auf den Kirchenteil des Gebäudes zubewegte.

Vor dem Eingangstor zog Ellen ihn rückwärts die Stufen herauf, den Blick fest auf die Fender gerichtet – eine Flucht war unmöglich. Jedes Mal, wenn sie in das pulsierende Loch des Napfes starrte, wölbte sich ihr Magen, als wolle er den Anblick herauswürgen. Deutlich konnte sie die fleischfarbene, vibrierende Membran erkennen, die sich in regelmäßigen Abständen nach innen öffnete und den Blick in den großen dunklen Schlund freigab. Die Erinnerung an das Innere dieser Kreaturen brachte sie fast um den Verstand.

Endlich waren sie oben. Kethamarr hielt vor dem großen Eingangsportal und pfiff durch die Zähne. Ein Flügel der Tür öffnete sich unter lautem Gekrächze der Raben.

Das Bild, das sich nun Stück für Stück in dem Türspalt auftat, ließ Ellen erstarren. Normalerweise empfand sie an solchen Orten Hoffnung und Trost, doch hier hatte sie das Gefühl, die Hölle zu betreten. Überall an den Wänden schossen Flammen hinauf, und obwohl sie wie eingefroren wirkten, meinte Ellen, die Hitzewelle zu spüren, die ihr entgegenschlug. Es war, als stünde sie vor einem zeitgenössischen Abbild einer Katastrophe, die von dem prunkvollen Gebäude Besitz ergriffen hatte. In einem letzten Aufbäumen schien das Innere den verbleibenden Teil seiner einstigen Pracht preiszugeben, bevor es Stunden später in sich zusammenfallen würde.

Kethamarr wandte sich Ellen zu und sein Gesicht verzog sich zufrieden, als er ihre Reaktion bemerkte. »Ich liebe die Macht des Feuers, durch nichts aufzuhalten als durch den Stillstand der Zeit … Wie ich sehe, seid ihr von der Wahl meines Moments beeindruckt, ich habe ihn eigens für euch ausgesucht. Obwohl der Krieg im gleichen Monat endete, fiel ihm diese Kirche mitsamt dem Kloster zum Opfer, welch ein Jammer für die Menschheit …« Er machte eine ausschweifende Geste. »Tretet ein und bewundert diesen Teil meines Reichs.«

Mit angehaltenem Atem musterte Ellen die riesigen Gemälde an den Wänden. Sie waren zum Teil mit Flammen bedeckt, zum Teil halb verbrannt und rußgeschwärzt. Ihr Blick fiel auf das Porträt eines Mannes, dessen eine Hälfte bereits vom Feuer zerfressen war, das verbleibende Auge funkelte unter einem befiederten Hut hervor, als buhle es um eine letzte Aufmerksamkeit, bevor es zu Asche verfallen und unkenntlich am Boden verenden würde. Oben, an der Decke, entdeckte Ellen ein paar himmlische Gestalten mit frohlockenden Gesichtern, als könnten ihnen die Flammen nichts anhaben. Es kam ihr vor, als habe der Maler gewusst, was geschehen würde, strebten sie doch in Richtung des klaffenden Lochs im Dach des Seitenschiffs, um dem Unheil zu entfliehen.

In der Mitte der Kirche stand, erhöht, der steinerne Altar. Daneben befanden sich ein schwarzer, samtüberzogener Sessel und eine Staffelei mit einem Bild, das Ellen als ein Werk der Doppelgnome erkannte. *Der Triamese hat sein Versprechen noch nicht in die Tat umgesetzt*, ging es ihr gequält durch den Kopf, *oder ist ihm dieses Bild durch die Lappen gegangen?* Sie betete, er möge sich an die Abmachung halten.

Über dem Altar kronte ein Leuchter, dessen Größe Ellens Vorstellungsvermögen übertraf. Hunderte flackernde Kerzen waren ringförmig darauf angebracht und verstärkten in ihr das Gefühl, die Unterwelt zu betreten. Im Gegensatz zu dem eingefrorenen Brand schienen sie echt zu sein. Die Ketten, an denen der Leuchter hing, erstreckten sich bis unter das Dach, und an den Wänden kauerte eine Reihe von Auriern. Mit Argusaugen beobachteten sie die Kerzen, als hätten sie Angst, dass eine von ihnen erlöschen könnte.

Ein heftiger Schlag in den Nacken ließ Ellen vorwärtstorkeln, ein Fender hatte sie in die Kirche gestoßen. Hinter ihnen knarrte die Tür, und Ellen fuhr herum – der Ausweg aus der Hölle war verschlossen.

»Kommt näher, kommt näher«, Kethamarr war zu dem Samtsessel getreten und winkte ihnen auffordernd zu. Erst jetzt entdeckte Ellen das rot gelockte Mädchen, das sie schon einmal gesehen hatte. Mit ausdruckslosem Gesicht stand sie neben der Staffelei und hielt eine kleine, silberne Schüssel in den Händen.

»Willkommen in meinem Reich«, rief Kethamarr mit unverhohlenem Stolz. Der Hall von den gebrandmarkten Wänden verlieh seiner Stimme etwas Unwirkliches. Er bemerkte Ellens Blick, der zwischen dem Mädchen und dem Bild hin und her huschte.

»Ja, ich liebe schöne Dinge«, sagte er bedeutungsvoll. »Sie geben mir sehr viel.« Kethamarr fuhr mit seinen Fingern erst über die Leinwand, dann durch die roten Locken. Das Mädchen schenkte ihm ein Lächeln, das nicht dem Ausdruck ihrer Augen entsprach.

Ellen betrachtete sie verwundert. Sie hätte nicht annähernd zu sagen vermocht, wie alt sie war, und schon gar nicht, was in ihrem Kopf vorging.

»Das haben diese Zweifach-Wesen nebenan im Kloster gemalt, richtig?« Ellen hatte sich von dem Mädchen abgewandt und war an das Bild herangetreten.

»Diese Zweifach-Wesen nennen sich Duplikauster«, belehrte sie Kethamarr. »Eine seltene Gattung der kleinen Inseln, weit im Süden. Wundervolle Künstler, nicht wahr? Sie erfüllen meine Wünsche punktgenau.«

»Sie lassen sie für sich arbeiten, um die Menschen zu berauben …« Ellen presste die Lippen aufeinander und sah Kethamarr das erste Mal direkt in die Augen.

»So jung und doch cleverer, als ich dachte«, entgegnete Kethamarr, und sein anerkennendes Nicken schien ehrlich.

Arnt war inzwischen ebenfalls aus seiner Erstarrung erwacht. »Ellen, um was geht es hier?«, fragte er konsterniert.

»Kethamarr macht die Menschen krank, indem er ihnen Bilder verkauft. Dadurch entsteht eine Verbindung, die er irgendwie ausnutzt.«

»Du hast es fast verstanden«, sagte Kethamarr und verzog sein Gesicht zu einem Grinsen. »Die Menschen lieben diese Werke, weil jedes von ihnen eine eigene, ganz persönliche Erinnerung weckt. Eine Erinnerung an einen Moment von größter Bedeutung.«

»Und darum können zwei Menschen das gleiche Bild auf unterschiedliche Weise interpretieren«, sagte Ellen mehr zu sich selbst und dachte daran, wie sie sich darüber gewundert hatte, was ihre Mutter in dem Bild zu sehen glaubte.

»Genau so ist es. Einzig und allein die Duplikauster besitzen die Fähigkeit, solche Werke zu erschaffen. Die meisten Menschen vergessen sich, wenn sie diese Bilder ansehen, sie lassen ihre Gefühle frei, und die machen wir uns zu eigen, holen sie zu uns herüber. Sehen meine Opfer direkt auf das Bild, ist der Ertrag am höchsten. Aber selbst wenn es nur im Raum hängt, reicht es aus, dass für mich etwas abfällt.«

»Und wenn das Bild lange genug wirkt, verlieren die Menschen ihre Lebensfreude und ihre Kraft …«, hauchte Ellen fassungslos.

»Richtig, sie verkümmern, Stück für Stück, leiden an ihrem eigenen Dasein und verlieren die Lust am Leben. Sie geben sich auf«, Kethamarr lachte schmierig, »und im besten Fall enden sie als Morthoren unter meinen Fittichen …«

»Und ihre Aurier werden gepresst und auf das Bild gestrichen«, Ellen schnürte sich der Hals zu bei dem Gedanken an den Aurier, der durch den Trichter gequetscht worden war.

»Du weißt tatsächlich mehr, als ich erwartet hatte. Leider wären die Bilder ohne diese Zutat so gut wie wirkungslos.« Kethamarr deutete auf die silberne Schüssel. »Lucia, präsentiere unseren Gästen, was wir da drin haben, oder seid ihr darüber auch schon im Bilde?«

Das Mädchen holte die Schüssel und streckte sie Kethamarr entgegen. Mit spitzen Fingern griff er hinein und hielt eine kleine, silberne Kugel zwischen seinen Kuppen. Dann streckte er die Zunge heraus und rollte sie mitsamt dem Inhalt zurück in den Mund. Ein feines Zittern durchlief seinen Körper und für einen kurzen Moment weiteten sich seine Pupillen.

»Ein unbeschreibliches Gefühl«, sagte er zufrieden und fuhr sich mit dem Daumen über die Lippen. »Zu schade, dass ihr nicht in den Genuss kommen werdet.« Dann schnippte er mit den Fingern. Einer der Türraben erhob sich und landete auf der Staffelei.

»Richte Morphus aus, wir wollen es uns ein wenig gemütlich machen, er soll noch einen Stuhl bringen.« Kethamarr bedachte Arnt mit einem spöttischen Blick. »Praktischerweise hast du deinen ja schon dabei. Und dann soll er Scarabella holen – unsere Gäste werden beeindruckt sein.«

Der Rabe nickte ergeben und flatterte durch das Loch im Dach davon.

Kurze Zeit später öffnete sich eine Tür im Seitenschiff, und Morphus humpelte herein, beladen mit einem Stuhl und einem wulstigen Etwas, das aufgeregt hin und her schlug.

»Stell ihn dort hin«, befahl Kethamarr und zeigte auf einen Platz neben seinem eigenen. »Und nicht so grob mit meinem begabten Mädchen.« Er nahm Morphus das Etwas ab, das sich als rattengroße Raupe entpuppte.

»Das ist Scarabella, meine kleine Sonne.« Zärtlich streichelte er die fetten Wülste, die sich unter der Berührung vergrößerten und gallertartig vibrierten. »Ist sie nicht wunderschön? Sie ist ein Teil von mir«, Kethamarr hob den Arm, »ich habe sie aus meiner eigenen Achsel geboren.«

»Waaas?« Ellen schüttelte sich von Kopf bis Fuß und unterdrückte das heraufsteigende Würgen. Unterdessen hatte Kethamarr das Tier auf das Bild gesetzt, wo es sich mit seinem wellenartigen Gang über die Farben bewegte, als würde es etwas suchen. Bei einem schimmernden Punkt spannte sich der Körper an, die messerscharfen Zähne stießen in die Farbe, und zeitgleich begannen die Hinterbeine wie kleine Räder zu rotieren.

»Dieses Kunstwerk ist mir das Wertvollste. Es wird mich zum alleinigen Herrscher machen. Es ist das Bild, das Radin zum Verhängnis werden wird. Wenn es so weit ist, werde ich sein Amt übernehmen und endlich das erlangen, was mir angemessen ist.« Seine Augen funkelten. »Scarabella, lass uns wissen, wie weit wir mit Radin sind.«

Sofort fingen die hinteren Wülste der Raupe an zu pulsieren. Ihre Beine zogen einen perlmuttartig glänzenden Faden aus dem Hinterleib; der hauchdünne Strang war mit bloßem Auge kaum zu erkennen. Immer wieder riss er ab. Das Tier ließ den Faden nach vorne laufen, wo es flink mit den Vorderbeinen arbeitete. Erst konnte Ellen nichts erkennen, doch nach unzähligen Umdrehungen entstand eine winzige, runde Kugel, die kaum merklich anwuchs.

»Radins Leben hängt an diesem seidenen Faden. Er kämpft verbissen, unglaublich verbissen, doch der Faden hat bereits Lücken – und sie werden immer größer … Und im gleichen Maß nimmt der Schutz zwischen Anderland und der Menschenwelt ab.« Kethamarr rieb sich die Hände. »Bald wird es geschehen, jeder Moment kann der meinige sein.« Liebevoll kraulte er die Raupe zwischen den Wülsten. »Wunderbar, Scarabella, du hast es bald geschafft.«

Morphus stand neben der Staffelei und blickte mit glänzenden Augen auf die Kugel, die inzwischen auf Erbsengröße angewachsen war. Dann riss der Faden wieder ab. Die Raupe drehte erneut, spulte und pulsierte energisch. Als trotz aller Bemühungen kein Faden mehr aus ihrem Hinterleib kommen wollte, hielt sie inne.

»Gib sie mir«, befahl Kethamarr, nahm vorsichtig die Kugel entgegen und hielt sie zwischen den Fingern gegen das

Kerzenlicht. Pure Genugtuung flackerte in seinen Augen. »Radins Perlen …«, sagte er und rollte sie ehrfürchtig zwischen seinen Kuppen hin und her. »Diese sind mir am liebsten. Ihre Kräfte sind gewaltig und sie werden mir helfen, meine Pläne zu verwirklichen. Es war nicht ganz einfach, das Bild in seiner erbärmlichen Unterkunft zu platzieren, aber dennoch ist es mir gelungen …«

»Das Bild mit dem Löwen«, keuchte Ellen in plötzlicher Erkenntnis, »hinter der rot gefärbten Jute mit dem Löwen ist es versteckt – ich habe diesen Stoff gesehen, in einem Karren unten im Keller.«

»Genau so ist es«, nickte Kethamarr. »Leider ist die Wirkung durch die Tarnung etwas gedämpft, aber die Zeit arbeitet für mich. Nichts wird mich mehr aufhalten können …« Er winkte Morphus heran. »Versorge diese Perle – aber vorsichtig, auch wenn sie sehr klein ist – es könnte Radins letzte sein.«

Der Alte kam herangebuckelt und legte die kleine Kugel auf seine Handfläche. Sein Unterkiefer klappte herunter und Ellen konnte den Speichel sehen, der sich darin sammelte. Auch Kethamarr entging das nicht und er beobachtete Morphus genau, wie dieser nach kurzem Zögern eine Flamme beiseite schob und dann widerwillig das Porträt einer düster dreinblickenden Person von der Wand nahm. Dahinter befand sich ein Loch in der Mauer, und mitten darin stand ein golden glänzender Kelch. Hörbar seufzend nahm Morphus ihn aus dem Versteck und ließ die Kugel in das Gefäß rollen.

»Du weißt, sie sind gezählt – Morphus …«, Kethamarr hob drohend die Faust, »und es kostet dich deinen Kopf, wenn auch nur eine fehlt.«

Während Kethamarr wartete, bis Morphus den Kelch sicher verstaut hatte, beobachtete Ellen ein paar Aurier, die geschickt an dem Kronleuchter turnten und die heruntergebrannten Kerzen durch neue ersetzten.

»Warum erzählen Sie uns das alles?«, fragte Arnt, der sich sichtlich gefasst hatte.

Kethamarr beugte sich mit schräg gelegtem Kopf zu Arnt herab, die Adlernase berührte fast sein Gesicht.

»Warum ich euch das erzähle?«, er lachte kurz auf, »weil ich so großzügig bin, meine Genialität mit euch zu teilen. Ihr solltet mir danken, denn es wird das Letzte sein, was ihr in diesem Leben bewundern könnt. Und wenn wir gerade beim Thema sind …« Kethamarr hatte sich abgewandt, begab sich zu seinem Sessel und wies Ellen an, sich ebenfalls zu setzen. Morphus kauerte sich neben ihm auf den Boden.

»Wir haben noch viel zu besprechen, daher werde ich ein wenig für Unterhaltung sorgen.« Kethamarr hob die rechte Hand und schnippte mit den Fingern. Fünf Aurier eilten herbei, als hätten sie nur auf diesen Befehl gewartet. Der kleinste unter ihnen hatte eine Mundharmonika in der Hand und fing an, erstaunlich gekonnt darauf zu spielen. Sofort setzten sich die anderen vier in Bewegung und versuchten, ihren Tanz an den Takt zu heften, der durch den Hall der Wände stark verzerrt wurde. Kethamarr beobachtete zufrieden, wie sie ihre winzigen Hüften gekonnt im Rhythmus des Echos im Kreise schwangen.

Ellen hätte schwören können, dass diese Aurier zu Bauchtänzerinnen gehört hatten.

»Ihr seid mir in letzter Zeit ziemlich in die Quere gekommen, ich schätze so etwas nicht«, grollte Kethamarr mitten in das Konzert, seine Miene hatte sich verdüstert. »Normalerweise wärt ihr nicht mehr am Leben. Aber auch ich habe meine guten Seiten, und so werde ich euch einen Vorschlag unterbreiten.« Er lehnte sich in seinem Stuhl zurück. »Sterben werdet ihr auf jeden Fall, da gibt es nichts zu diskutieren. Aber ich gebe euch die großzügige Chance, einen Teil von euch zu retten.«

Ellen schluckte, getroffen von der plötzlichen, todbringenden Prophezeiung. »Sie meinen … unsere Aurier retten?«, fragte sie zögernd.

»Richtig«, nickte Kethamarr. »Ich biete euch zwei Möglichkeiten. Erstens: Ich sperre euch mit euren Körpern ein. Unten im Kloster ist ein tiefer Schacht, der auch in eurer Welt noch existiert, und aus dem es kein Entkommen gibt. Das würde euren Tod beschleunigen, dem ihr euch so hartnäckig widersetzt habt, wie immer euch das gelungen sein mag – bis jetzt.«

»Dann – dann haben Sie unsere Körper gefunden?« Ellens Stimme war nur mehr ein Hauchen.

»In der Tat, sie sind in meinen Händen. Auch eure Aurier befinden sich in meiner Obhut, und sobald ihr tot seid, kann ich *alles* mit ihnen machen. Über Aurier, die durch – nennen wir es glückliche Fügung – zu mir gelangen, kann ich bestimmen, doch sie stehen noch unter einem gewissen Schutz. Erst wenn die Menschen tot sind, kann ich vollkommen frei über sie verfügen. Ich bediene mich ihrer, wie es mir beliebt und bin immer froh über Zuwachs, auch wenn sie mir bei Weitem nicht so wertvoll sind wie die Morthoren. Richten sich die Menschen selbst, gewinne ich doppelt. Aurier für die Duplikauster und Morthoren für meine Dienste …« Er warf einen Blick zu Morphus und nickte. Der Alte schien zu verstehen und buckelte davon, schob an einer anderen Stelle ein halb zerstörtes Porträt zur Seite und kam kurz darauf mit einer fein verarbeiteten, hölzernen Zigarrenschachtel zurück. Kethamarr griff hinein und nahm etwas Längliches heraus, das eigenartig wimmernde Geräusche von sich gab. Ellen dachte zuerst, es sei eine Art selbst spielende Flöte, dann sah sie, dass es sich bewegte. Wie ein fetter Regenwurm im Schnabel einer Krähe wand es sich zwischen seinen Fingern. Kethamarr legte die Lippen um das eine Ende des zuckenden Etwas' und streckte es dem Aurier entgegen, der bereits mit einer brennenden

Kerze herbeigeeilt war. Die Kerze in der Hand des kleinen zitterte so heftig, dass die Flamme Mühe hatte, am Docht zu bleiben. Kethamarr beugte sich vor und sog einen tiefen Zug in seine Lunge. Ellens Finger krallten sich in die Stuhllehne, als sich das Wimmern in ohrenbetäubendes Quieken verwandelte. Stocksteif saß sie da und brachte kein Wort mehr hervor.

Arnt fand als erster die Sprache wieder. »Ist das in dem Rohr ein Aurier?«, presste er hervor.

Kethamarr grinste und entblößte dabei seine Zähne, ein paar gräuliche Schwaden quollen zwischen den Lücken hervor, während das Röhrchen in seinem Gebiss lauthals schrie und sich krümmte.

»Richtig«, zischte er und nahm erneut einen tiefen Zug. Das Quieken schwoll noch einmal kurz an, dann brach es abrupt ab. Die hüftschwingenden Aurier tanzten um ihr Leben. Kethamarr setzte nochmals an, das leblose Röhrchen verkürzte sich merklich. »Die schmecken besser, wenn sie leben«, sagte er verächtlich und schnippte den Rest auf den Boden. Morphus stürzte sich sofort darauf und sog den halb verkohlten Stummel gierig in sich hinein.

»Und deine Aurier …«, fauchte Kethamarr nun Arnt an, »deine werde ich bis zum Ende rauchen – selbst wenn sie zum Kotzen schmecken.« Er lehnte sich entspannt zurück. »Das wäre Angebot Nummer eins«, sagte er selbstzufrieden. »Aber ich habe noch einen zweiten Vorschlag. Einen, der für uns alle – sagen wir – diverse Vorteile bietet.« Seine Stimme wurde leise. »Ich biete euch die einmalige Chance an, euch selbst zu richten. Mit einem Speer. Euer Tod wird schnell und schmerzlos sein …«, verschwörerisch blickte er die beiden an, »und er garantiert euren Auriern ein Fortbestehen. Das ist ein Teil des Deals, dafür werde ich persönlich sorgen. Auf diese Art werdet ihr im Kreislauf des Lebens verewigt, ein Teil von euch würde bleiben, und eure kleinen Aurier würden es euch danken – würden stolz auf euch sein.« Er stützte das Kinn auf seinen Handrücken. »Nun, was sagt ihr dazu?«

»Sie wollen Morthoren aus uns machen?« Ellens Stimme war nur mehr ein Hauchen.

»Nochmals richtig«, nickte Kethamarr. »Ich will ehrlich sein. In letzter Zeit sind mir einige abhandengekommen und ich benötige dringend Nachschub. Der Vorteil für mich ist, dass die Morthoren in beiden Welten existieren und für mich Botengänge erledigen können. Ich behandele sie nicht schlecht und sie genießen einen gewissen Freiraum – sofern er zu meinen Gunsten ist.«

»Und wer garantiert, dass unsere Aurier trotz Eurer Versprechung nicht zu Farbpaste verarbeitet werden?«, fuhr Ellen dazwischen.

Kethamarr hob die Augenbrauen. »Ihr vertraut mir nicht?«

»Nein«, erwiderte sie.

»Nun, in diesem Fall müsst ihr euch wohl auf mein Wort verlassen. Denkt darüber nach, in der Zwischenzeit will ich euch noch etwas anderes zeigen.« Kethamarr griff erneut in die Schüssel, die Lucia noch immer in den Händen hielt. »Morphus, du weißt, was du zu tun hast.« Er schnippte dem Buckligen eine Kugel zu. »Und beeil dich.«

Wie ein Hund erhaschte Morphus die Kugel im Flug, dann nickte er zufrieden und sprang in beachtlichem Tempo davon. Kurze Zeit später kehrte er mit einem Käfig zurück, der mit einem dunklen Stoff bedeckt war. Kethamarr riss diesen herunter, und im gleichen Moment schlug sich Ellen die Hand vor den Mund. Auch Arnt fuhr überrascht hoch.

»Das – sind unsere – unsere …« Arnt schluckte schwer, als er die vier kleinen Gestalten erblickte, die nach einem kurzen Moment des Erkennens außer Rand und Band gerieten, übereinander an den Stäben emporkletterten und jauchzend ihre kleinen Hände durch die Eisen streckten.

Ellen spürte, wie sich der Druck in ihrem Kopf erhöhte, wie ihr Herz zu springen begann … Aufgewühlt trat sie näher und streckte auch ihre Hand aus – doch dann, mit einem Ruck, hielt sie inne. *Ich darf sie nicht berühren,* schrie ihre innere Stimme, *nicht hier* … Als ob sie sich verbrannt hätte, zog Ellen den Arm zurück. Taumelnd sprang sie rückwärts. Ein wohlbekannter Schmerz stach ihr in die Brust; das alles hatte sie schon mehrmals erlebt, schon mehrmals durchlitten in unruhigen Nächten – und wieder konnte sie die kleinen Hände nicht festhalten – wieder musste sie sie gehen lassen … Ellen hatte alle Mühe, nicht in die Knie zu sinken.

»Wir können euch nicht da rausholen, nicht jetzt«, presste sie kaum hörbar hervor.

Kethamarr warf den Umhang wieder über den Käfig, in dem die Aurier immer noch vor Freude jubelten, als schienen sie die Lage nicht zu begreifen.

»Genug mit dem Theater – bring sie zurück in den Turm«, befahl er. Morphus entfernte sich buckelnd und der haltlose Jubel verstummte langsam im Korridor des Klosters.

Ellen hatte das Gefühl, es schneide ihr das Herz aus der Brust. Mit brennenden Augen blickte sie zu Arnt, der schräg in seinem Stuhl hing, und sie konnte deutlich erkennen, dass es ihm ebenso ging.

»Das wär's«, Kethamarr lehnte sich in seinem Sessel zurück, »denkt darüber nach, ihr könntet sie retten. Es liegt in eurer Hand. Ich gebe euch zwei Minuten.« Er senkte seinen Blick auf die immer noch tanzenden Geschöpfe zu seinen Füßen. Ihre Bewegungen glichen gequälten Zuckungen nach verstummten Tönen. Die Mundharmonika lag am Boden, der kleine Aurier saß entkräftet daneben.

»Nun, wollt ihr euch nicht beraten?«

Ellen warf Arnt einen fragenden Blick zu. Er musste nichts sagen. Der Ausdruck seines Gesichts war Antwort genug.

»Wenn uns keine andere Wahl bleibt, dann werden wir uns selber richten, aber nur unter einer Bedingung«, sagte Ellen.

»Und die wäre?« Kethamarr zuckte interessiert mit den Augenbrauen.

»Ihr müsst uns versprechen, unsere Aurier an Maureen zu übergeben – und Ihr müsst uns beweisen, dass Ihr dieses Versprechen einhaltet.«

»Es ist nicht an euch, Forderungen zu stellen.« Kethamarr kniff die Augen zusammen.

»Ihr wollt uns als Morthoren?« Ellens Stimme klang erstaunlich klar. »Dann garantiert uns, dass Ihr das Versprechen einhaltet. Ansonsten werden wir uns für den Tod im Schacht entscheiden.«

Arnts Kopf fuhr hoch, doch er sagte nichts.

Auch Kethamarr schwieg eine Weile, bevor er antwortete: »Wie ich schon sagte, ist es nicht an euch, Bedingungen zu stellen, aber nun gut«, er hob die Hand wie zu einem Schwur, »ihr habt mein festes Wort unter Zeugen.« Kethamarr warf einen Blick auf Morphus, der zurückgekehrt war. »Das muss genügen. Zudem ist mein Interesse an mir ergebenen Morthoren größer als an rebellischen – allein von diesem Standpunkt aus macht es für mich Sinn, mein Versprechen zu halten. Ihr seht, ihr könnt mir also durchaus vertrauen.«

Ellen seufzte. Die Antwort stellte sie keineswegs zufrieden, doch sie hatten keine andere Wahl.

»Ich werde meine Pflicht erfüllen«, fuhr Kethamarr fort, und sein Gesicht verzog sich zu einem hämischen Grinsen. »Und jetzt seid ihr dran. Morphus, geh und bereite alles vor – und wenn es so weit ist, wirst du uns Bescheid geben. Doch zuvor versorge noch das Bild in meinem Gemach, ich möchte mich später noch ein wenig daran ergötzen.« Er wandte sich wieder an Ellen und Arnt: »Unterdessen können wir uns noch am Anblick der kleinen Künstler erfreuen.« Er stupste mit der Fußspitze die Aurier an, die nun keuchend am Boden knieten.

Ellen brachte kein Wort mehr hervor. Jegliche Hoffnung war geschwunden. Sie konnte es nicht fassen, konnte es nicht begreifen – ihre Gedanken waren ein einziger Trümmerhaufen.

Während Morphus mit Radins Duplikat im Seitenschiff verschwand, blickte Arnt mit starrem Auge durch den Altar hindurch. Immer wieder schüttelte er kaum merklich den Kopf, als wolle auch er nicht wahrhaben, was hier gerade geschah.

Nach einer Weile erschien Morphus mit einer ausgiebigen Verbeugung, wobei seine Nase einen schleimigen Tropfen auf den Boden stempelte.

»Grandseigneur«, sagte er und zog die Worte dabei in die Länge, »es ist angerichtet, alles ist vorbereitet, alles.«

»Bestens, Morphus, bestens« Kethamarr schnippte ihm erneut eine Kugel zu, die in dem Tropfen kleben blieb. »Dann lasst uns zur Tat schreiten.«

Morphus und die Fender positionierten sich neben den Gefangenen, sodass keine Möglichkeit zur Flucht bestand. Ellen stützte sich schwer auf Arnts Rollstuhl, die Ereignisse schlugen auf sie ein wie ein Trommelfeuer. Sie hatte keine Ahnung, wie sie dieser Situation entfliehen könnten. Unentwegt blickte sie zu Arnt, der schweigend auf seine Oberschenkel starrte.

Der Trupp bewegte sich den Weg bergab auf das Amphitheater zu. Mit jedem Schritt wurde Ellen ein wenig langsamer. Das Ortswechseln ging ihr durch den Kopf, doch sie verwarf den Gedanken wieder. Der Ort war so gut wie überall geschützt, zudem war es ihr unmöglich, sich in dieser verzweifelten Lage zu konzentrieren. Ihr Kopf glich einem Sandsturm in der Wüste. Sie hatte gänzlich versagt, nicht nur vor sich selbst, sondern auch vor allen anderen. Ein Gefühl der Schuld und der Ohnmacht überrollte sie mit einer Heftigkeit, die sie so nicht kannte.

»Arnt, es tut mir so leid«, flüsterte sie mit schluchzender Stimme. »Ich habe dich da mit reingezogen – es tut mir so leid«, fast blieb sie stehen.

Morphus stieß sie von hinten an. »Macht vorwärts«, keckerte er. »Ich habe noch anderes zu tun, viel anderes.«

Ohne den Kopf zu wenden, fasste Arnt über seine Schulter und nahm Ellens Hand. »Das hast du schon einmal gesagt – du weißt doch, es ist okay, Ellen, ich habe es ja selber so gewollt. Außerdem«, jetzt sah er sie direkt an, »auch wenn du es nicht glauben willst, aber ich habe noch nie in meinem Leben eine so erfüllte Zeit gehabt. Um nichts in der Welt wollte ich all das missen – und dürfte ich wählen, ich würde wieder mit dir kommen, also mach dir keinen Kopf …« Arnt ließ ihre Hand los und stieß die Räder an. »Du bist schon speziell«, fuhr er plötzlich fort, »steckst selber bis zum Hals in der Scheiße und machst dir Sorgen um mich. Ich wüsste niemand …«, er machte eine kleine Pause und schluckte, »niemand, der das für mich tun würde. Und das – das ist ein verdammt gutes Gefühl.«

»Danke«, sagte Ellen und legte den Kopf in den Nacken. »Weißt du noch, was du im Eckturm zu mir gesagt hast?«, fragte sie dann.

»Natürlich«, nickte Arnt. »Solange es uns gibt, haben wir eine Chance … Aber diesmal habe ich das Gefühl, wir haben unsere Chance verspielt …« Er verzog das Gesicht und fuhr kaum hörbar fort: »Der Teufel ist uns einen Zug voraus.«

Ellen schwieg. Sie hatte dem nichts entgegenzusetzen.

Kurz darauf erreichten sie den Sandplatz unterhalb des Theaters. Links und rechts standen zwei Morthoren, sie verbeugten sich kurz, als Kethamarr vorüberschritt. Ellen starrte geradeaus, um sie nicht ansehen zu müssen.

»Da vorne liegen wir«, flüsterte sie Arnt zu und blickte entmutigt auf ihre beiden Körper, die auf dem Rücken mit ausgestreckten Gliedmaßen im Sand lagen.

Kethamarr steuerte an ihnen vorbei und nahm auf der Tribüne Platz. Lucia setzte sich neben ihn und zappelte unruhig mit den Beinen.

»Das Stück scheint begehrt zu sein, wir haben Gäste«, sagte Kethamarr erfreut – und deutete auf die beiden Personen, die unweit von ihm auf den Steinen saßen. »Oberst Krotzler begrüßt freiwilligen Zuwachs – ebenso wie ich. Die beiden Morthoren werden ihm im Anschluss an unser Stück eine kleine Freude bereiten und die unerwarteten Herrschaften überbringen …«

Auch Ellen hatte sie nun erblickt. »Susan, Tilo«, hauchte sie wie benommen. »Nicht sie auch noch, nicht sie …« Ohne weiter nachzudenken, rannte sie los, quer über den Platz. »Suuu«, brüllte sie schon von Weitem, »Suuu, das ist eine Falle, sie werden euch …«

Morphus stürzte herbei, sprang Ellen in den Rücken und presste seinen Arm um ihren Hals.

»Suuu«, krächzte Ellen wie von Sinnen und versuchte, Morphus abzuschütteln. Er erwischte ihren Arm und drehte ihn auf den Rücken, Ellen knickte ein und fiel rückwärts in den Sand.

*****

Susan stützte den Kopf auf die Handflächen, ihre Zehen trommelten beinahe hörbar in den Schuhen. »Wie lange sollen wir noch warten«, fragte sie leise. »Die zwei starren Typen und diese unheimliche Stille machen mich langsam wahnsinnig. Alles ist wie ausgestorben, nichts regt sich …« Unruhig rutschte sie hin und her.

»Sei doch nicht so ungeduldig«, sagte Tilo tadelnd. »Die erste Action-Szene lief doch gerade.«

»Ach ja? Da muss ich wohl etwas verpasst haben. Was lief denn?«

»Die beiden Typen, sie haben sich zugenickt.«

»Nein, wirklich? Das ist ja ein richtiges Spektakel.« Susan seufzte.

»Besser als gar nichts«, entgegnete Tilo verdrießlich und zuckte die Schultern.

»Wir sitzen hier nur blöd rum. Ich muss irgendetwas tun, irgendetwas, sonst drehe ich noch durch«, entschlossen stand Susan auf. »Warum können wir die beiden nicht einfach mitnehmen«, sagte sie gereizt. »Wir sollten sie, so wie wir es vorhatten, ins Krankenhaus bringen und ...«

Die Köpfe der beiden Männer fuhren blitzartig herum. Der Weißbeschuhte zeigte mit dem Finger auf Susan und schüttelte dabei langsam den Kopf. Sein scharfer Blick und seine Geste waren mehr als eindeutig.

Susan zuckte kurz zusammen und sank wortlos zurück auf die steinerne Bank.

*****

»Suuu«, brüllte Ellen immer noch im Sand liegend und versuchte, ihren Arm freizubekommen. Morphus hockte auf ihrer Brust. Einige Fender näherten sich und pendelten nervös röchelnd über den Platz.

»Es hat doch keinen Wert, Ellen, sie können dich nicht hören, wann begreifst du das endlich ...« Arnt stieß sich mühevoll durch den Sand. »Und selbst wenn, könnten sie nichts machen. Die Morthoren sind in beiden Welten, der eine hat Susan gerade ein Zeichen gegeben, und sie hat darauf reagiert. Wir würden sie nur in Gefahr bringen.«

»Sie sollen ja nicht uns helfen, sondern sich selbst, sonst laufen sie gleich mit diesen anderen Idioten um den Brunnen herum.« Ellen griff sich stöhnend an den Arm. Morphus hatte sie wieder freigegeben. »Und es kann nicht sein, dass die Morthoren in beiden Welten sichtbar sind, Susan wäre schon längst laut schreiend davongerannt.«

»Ich bin ziemlich sicher, die sehen *drüben* anders aus«, erwiderte Arnt.

»Stimmt«, nickte Ellen, der das Gespräch mit Runa in den Sinn gekommen war. »Du hast recht. Sie haben die Fähigkeit, von den Menschen Besitz zu ergreifen.«

Morphus winkte Ellen heran und deutete auf den Speer, den er ihr entgegenstreckte. »Bereit für den Einsatz«, keckerte er grinsend und blitzte sie mit seinen Knopfaugen an.

Heftiger Applaus drang in Ellens Ohr. Sie drehte sich um und starrte auf Kethamarr, der händeklatschend aufgestanden war.

»Welch ein Drama«, rief er begeistert aus. »Die besorgten Freunde wohnen nichts ahnend einem Suizid der Sonderklasse bei. Wirklich zu schade, dass wir keine Möglichkeit haben, sie herüberzuholen, damit sie es auch sehen könnten.« Er warf lachend den Kopf ins Genick. »Das ist die beste Darbietung seit Langem, nicht wahr meine liebe Lucia?« Seine Hand legte sich auf den Kopf des Mädchens. »Sehr unterhaltsam, wirklich – fahrt fort.«

*****

»Ich glaube, jetzt passiert was. Die Männer gehen zu Ellen und Arnt – und schau, da im Sand, überall die komischen Spuren … Himmel … wie aus dem Nichts«, sie zerrte hitzig an Tilos Jacke, »lass uns gehen, Tilo, lass uns Hilfe holen, das alles ist …«

»Warte«, sagte Tilo energisch. »Ich glaube, sie kommen. Das könnten die Spuren von Arnts Stuhl sein. Wir können jetzt nicht weg, Susan, nicht jetzt. Hilfe holen würde viel zu lange dauern, das hätten wir uns vorher überlegen müssen, und jetzt beruhige dich …« Er legte beschwichtigend seine Hand auf Susans Schulter, während diese laut schnaufend auf die beiden Körper starrte, die immer noch reglos mitten auf dem Sandplatz lagen.

*****

Morphus winkte auch Arnt heran und warf ihm den Speer auf den Schoß. Einen kurzen Moment betrachtete Arnt sich selbst. Der Kopf seines Körpers war von ihm abgewandt, als wolle er mit dem drohenden Szenario nichts zu tun haben.

»Die Haare sind wirklich ein bisschen lang«, murmelte er vor sich hin, »vielleicht hat meine Mutter doch recht, ich sollte sie mir schneiden lassen.« Seine Stimme war monoton. Er blickte auf den Speer in seinen Händen. »Und ich habe mich nicht einmal verabschiedet …«

»Los jetzt, macht vorwärts«, brüllte Morphus und tänzelte von einem Fuß auf den anderen. Ellen stand wie erstarrt vor ihrem Körper. Sie fühlte sich ohnmächtig, am Ende einer Sackgasse angelangt, aus der es kein Zurück mehr gab. Nie hätte sie so etwas für möglich gehalten. Schwindel erfasste sie und sie kniete in den Sand, das Gesicht in den Händen begrabend. »Jesias, Maureen, Mum, das kann doch nicht sein … Doch nicht so …«, schluchzte sie in ihre Handflächen. Gedanken schossen wie Pfeile durch ihren Kopf. Dankbarkeit, Stärke, Vertrauen … All das schien ihr so weit weg, schien viel zu gewichtig und nicht für sie bestimmt zu sein. Kurz noch fasste sie an den Stein an ihrem Hals, dann ließ sie die Hand sinken. Es gab weder etwas, das ihr Mut machen – noch etwas, wofür sie dankbar sein konnte. Sie fühlte sich ausgepumpt und leer.

Ellens Hand griff nach dem Speer. Sie ließ den hölzernen Stab durch die Finger gleiten und betrachtete die glänzende Spitze. Diese hatte einen hellen Schimmer, und einen Moment lang hatte Ellen den Eindruck, sie wäre aus dem gleichen, fließenden Material geschaffen, aus dem auch Maureens Kleider gefertigt waren. *Alles ist eins*, sagte sie zu sich selbst und erhob sich langsam, *es wird nicht wehtun.*

*****

Jesias lief am Waldrand hin und her und versuchte, einen klaren Gedanken zu fassen. Wie Maureen es gewünscht hatte, war er nach Kronstedt zurückgekehrt, doch lang hatte er es dort nicht ausgehalten. Der Gedanke, dass Ellen etwas zustoßen könnte, fraß ihn förmlich auf. So war er zurückgekehrt, um wenigstens in ihrer Nähe zu sein … Kurz darauf war Ellens Schrei nach Susan an sein Ohr gedrungen. Die Panik, die in ihrer Stimme gelegen hatte, hatte ihm fast den Verstand geraubt. Jesias' Blick durchbohrte die Felswand, als könnte er sie damit zur Seite sprengen. Kiff hatte den Schwanz weit eingezogen und lauschte mit hängendem Kopf den Worten seines Herrn.

»Warum muss Ellen das alleine schaffen. Was hat Maureen sich nur dabei gedacht? Und was, wenn sie es nicht schafft? *Du darfst nicht zu ihr gehen, egal, was auch passiert, auch wenn es dich fast umbringt … Die Regeln …* Jesias spulte im Kreis. »Ich hätte ihr mein Wort nie geben dürfen, nie! Ich hätte Ellen niemals allein dort reingehen lassen dürfen. Und Vater? Was, wenn auch er sich geirrt hat? Was, wenn sie Ellen in einen sinnlosen Tod schicken, den ich verhindern könnte?« Er sah Kiff an, der nun flach auf dem Boden lag und leise winselte.

»Warum muss ich das zulassen?« Seine Faust schlug gegen einen Baum. »Sag mir, warum?«

Der Hund seufzte laut durch die Nase.

»Ellen ist in großer Gefahr. Ich könnte da reingehen, könnte sie beschützen, könnte sie dort rausholen …« Er blickte auf seine Hände. »Warum nur habe ich Maureen mein Versprechen gegeben – warum nur?«, wiederholte er in blinder Wut und rammte den selbst geschnitzten Speer mit solcher Wucht in den Waldboden, dass Kiff erschrocken davonsprang. »Verdammt, Ellen, ich kann nicht«, sagte er dann mit leerer Stimme und sackte taumelnd auf einen Stein. »Ich darf nicht. Ich habe Maureen die Treue geschworen. Ich darf diesen Schwur nicht brechen.« Seine Fingernägel bohrten sich in die Handflächen.

Kiff grub die Schnauze unter Jesias' Arm, dann leckte er die bebende Faust.

*****

Ellen stand mit zusammengezogenen Schultern vor dem Spieltisch. Um nicht alles zu verlieren, würde sie gegen sich selbst antreten müssen … Sie konnte die Partie nicht gewinnen … doch sie war am Zug – und sie hatte keine Wahl. Der Stoß konnte nur in eine Richtung gehen …

Langsam richtete Ellen sich auf. Sie hatte die Augen geschlossen und würde sie nur noch ein einziges Mal öffnen, ganz kurz nur, um den Stoß nicht zu verfehlen. Entschlossen hob sie den Speer.

Arnt blickte zu ihr. Bewunderung trat in sein Auge. Er würde gemeinsam mit ihr gehen – und auf eine eigentümliche Weise erfüllte es ihn mit Stolz. Bedachtsam brachte er den Rollstuhl in Position, um sich den Speer auf den Punkt genau in sein eigenes Herz zu stoßen.

»Sag mir, wenn du so weit bist«, sagte er leise, aber bestimmt, »wir gehen gemeinsam.«

Ellen nickte stumm und suchte mit ihren Füßen nach sicherem Halt. Der Stoß musste sitzen, und sie konnte zielen, das wusste sie … »Ich zähle von drei rückwärts«, sagte sie leise.

»Okay«, hauchte Arnt.

Kethamarr war aufgestanden und stierte auf das Schauspiel, das sich ihm bot. An seiner Hand hielt er Lucia, auch sie blickte begierig hinüber.

»Sie haben Charakter und Mut, das muss man ihnen lassen«, sagte er zufrieden. »Sie werden vortreffliche Morthoren abgeben.« Mit glänzenden Augen sah Kethamarr zu, wie die beiden ihre Speere erhoben.

»Drei … zwei …«

»Keeethaaamaaarrr!«

Ein markerschütternder Schrei hallte durch das Amphitheater und ließ die Luft vibrieren. Kethamarr fuhr so schnell herum, dass Lucia strauchelte.

Im letzten Moment bremsten Ellen und Arnt die Stöße ab und ließen die Speere sinken. Schwer atmend blickte Ellen in die Richtung, aus der der Schrei gekommen war. Gegen die Sonne konnte sie die Silhouette einer Gestalt erkennen, die sich oberhalb des Theaters aufgebaut hatte. Ihre Hände zitterten, als sie sie über ihre Augen hielt, um besser sehen zu können.

»Du wagst es …« Kethamarr war aufgesprungen, seine Worte ließen das Theater erbeben, sodass Lucia sich verstört die Ohren zuhielt, wobei auch ihre Augen in die Sonne blinzelten.

»Wer ist das?«, fragte Arnt verwirrt.

Ellen kniff die Augen zusammen. »Ich kann ihn nicht recht erkennen«, angestrengt blickte sie nach oben, »aber er hört sich an wie …«

»Wir haben uns an dir gerächt, Kethamarr – du hast uns behandelt wie Dreck – wir haben all deine Bilder zerstört – haben sie zertreten wie Müll – zerschmettert …«

Ellens Speer fiel in den Sand. »Der Triamese«, stieß sie aus, »es ist der Triamese, er hat Wort gehalten, er hat die Bilder vernichtet!«

»Yeah!«, brüllte Arnt und rammte den Speer neben seinem Körper in den Boden.

»Wenigstens das haben wir erreicht«, jubelte Ellen, »wenigstens die Verbindungen konnten wir kappen.« Doch dann hielt sie inne. *Radins Bild,* fuhr es ihr durch den Kopf und ihre Euphorie zerplatzte wie eine Seifenblase, *es ist nicht zerstört. Kethamarr hat es in sein Zimmer bringen lassen – kaum anzunehmen, dass der Triamese bis dorthin vorgedrungen ist. Wie hätte er es auch wissen sollen …*

»Jetzt hast du dein Leben verwirkt!« Kethamarrs Faust fuhr senkrecht in die Höhe. »Holt ihn mir her! Sofort!« Augenblicklich setzten sich die Fender in Bewegung.

»Halt!«, brüllte der Triamese, »ruf sie zurück. Sieh her, was wir hier haben …« Er hielt etwas Glänzendes, Kelchartiges in die Höhe. »Radins Lebensenergie … All seine Perlen … Wir werden nicht zögern, sie über diese Mauer in den Abgrund zu werfen.«

Augenblicklich hob Kethamarr die Hand und gebot den Fendern Einhalt. »Du verdammter Nichtsnutz«, tobte er. »Du Ausgeburt an Widerlichkeit, du …«, die Wut presste seine Augen aus den Höhlen.

Da sprang Lucia auf, rüttelte an seinem Bein und rief ihm etwas zu. Sie musste es mehrmals tun, bis Kethamarr sie wahrnahm. Gleich darauf veränderte sich sein Gesichtsausdruck, und er nickte ihr zu.

»Also gut, Triamese«, rief er dann, »du hast recht, ich war nicht immer fair zu dir und ich verstehe deinen Zorn.«

Verhalten sprach er weiter: »Gib mir den Kelch, ich werde dich wieder bei mir aufnehmen und ich verspreche dir, du wirst behandelt, wie es dir gebührt.«

Der Triamese hielt inne. Offensichtlich hatte er nicht mit solchen Worten gerechnet und fing an, heftig zu debattieren.

»Er darf nicht darauf reinfallen«, sagte Ellen bangend. Entschlossen formte sie mit ihren Händen einen Trichter vor dem Mund. »Trau ihm nicht«, brüllte sie, was ihre Lunge hergab, »er stellt dir eine Falle … Er will nur den Kelch!«

»Schweig!«, Kethamarr wirbelte herum, »oder ich lasse euch beide in Stücke reißen.«

Der Triamese trippelte scheinbar unentschlossen oberhalb der Tribünen hin und her und wackelte dabei mit den Köpfen. »Ellen hat recht,« rief er dann, als wäre er sich einig geworden. »Er hat nur gesagt, er behandelt uns, wie es uns gebührt – aber wie gebührt es uns denn? Jaaa, wie gebührt es uns denn? – Er wird uns zerhacken lassen – das haben wir nicht verdient – wir sind kein Dreck – Kethamarr muss bestraft werden.« Im gleichen Moment streckte er sich und hob den Kelch über seine Köpfe.

»Das wirst du nicht wagen«, donnerte Kethamarr. »Das würde deinen sicheren Tod bedeuten.« Dann wurde er leiser: »Komm zu mir, Triamese, gib mir den Kelch, und ich werde dich fürstlich belohnen – und wenn nicht …«, seine Stimme hob sich erneut, »dann lasse ich dich in tausend Stücke hacken. Das ist deine letzte Chance, deine allerletzte!« Die Worte hallten hundertfach durch das Theater.

Der Triamese erstarrte. Erneut schien er in seiner Entscheidung zu wanken, ein Kopf drehte sich zu Kethamarr, der andere jedoch blickte zur Mauer. Dann streckte er sich und stieg auf den Rand hinauf.

»Neeeiiin!«, Kethamarrs Schrei war so gellend, dass er die Vögel im Wald aufschreckte.

Der Triamese hatte den Kelch geworfen.

»Holt ihn mir, bringt ihn mir her, ich werde ihn eigenhändig zerfetzen!!!«

Neben den Fendern stürzten nun auch die Morthoren los. Beinahe hatten sie den Triamesen erreicht – da sprang er von der Mauer.

Keuchend vor Wut starrte Kethamarr auf die Stelle, an welcher der Triamese verschwunden war, sein Gesicht leuchtete rot verzerrt. Lucia wich bestürzt zurück, machte kehrt und lief davon. Während sie sich eilig entfernte, buckelte Morphus herbei und nahm ihren Platz ein.

»Grandseigneur, darf ich sie einsammeln? Die Perlen? Ich werde sie finden, unten am Fluss. Für Sie werde ich sie finden«, bettelte er.

»Das könnte dir so passen.« Kethamarrs Blicke bohrten sich in sein Gesicht. »Nein«, zischte er schwer atmend, »du wirst hierbleiben und auf die beiden aufpassen.« Er wirbelte herum. »Ich werde gehen.« Dann hielt er inne und wandte sich den Morthoren zu. »Ihr haltet ebenfalls Wache«, fuhr er sie an, »und wagt es nicht, euch von der Stelle zu rühren, bis ich wieder zurück bin. Wenn der Triamese den Sturz überlebt hat, werde ich ihn in die Hölle schicken, mit meinen eigenen Händen.« Sein roter Mantel wehte im Wind, als er in Richtung des Tunnels davoneilte.

Ohne zu zögern, positionierten sich die Morthoren hinter Ellen und Arnt. Morphus näherte sich von vorne.

»Glück gehabt, was? Großes Glück! Dürft noch ein paar Minuten länger leben, ein paar Minuten noch.« Er patrouillierte vor den beiden hin und her.

Ellen blickte sich um. Die Fender kamen von allen Seiten auf den Schauplatz geströmt, angelockt durch Kethamarrs Zorn, wie sie vermutete. Die Anzahl überraschte sie, wie ein Meer schwarzer Trichter füllten sie das Theater.

»Wenn wir überhaupt eine Chance haben, dann haben wir sie jetzt«, sagte sie.

»Bist du blind?«, fragte Arnt perplex, »schau dich doch mal um!«

»Jaaa, dummer Witz, so dumm«, keckerte Morphus und schlug sich mit der Hand auf sein Knie.

Das Glück ist auf unserer Seite, es hat uns gerettet, noch leben wir, noch gibt es uns … Von neuem Mut erfasst, schloss Ellen die Augen, zog die Kette aus ihrem Shirt und umfasste den Stein. Sie hatte nichts zu verlieren, sie konnte nur noch gewinnen. Ihre Dankbarkeit richtete sie an den Triamesen, der sie nicht enttäuscht hatte, dann fuhr ihre Hand über den Stoff von Jesias' Umhang. Sie dachte an ihn, an Radin, Maureen, an Runa, an Laurin, an Susan, an Tilo, die alle hinter ihr standen. Sie alle glaubten an sie, stärkten sie mit ihren Gedanken. Das warme Gefühl durchströmte ihr Herz. Unmittelbar erwachte in ihr eine neue Kraft, und sie spürte, wie sie von Sekunde zu Sekunde lebendiger wurde.

»Solange es uns gibt, gibt es eine Chance … Vertraue …«, murmelte sie und spürte dabei deutlich, wie die Entschlossenheit durch ihren Körper floss. Wie eine glasklare Quelle sprudelte der Moment durch ihren Kopf, sie suchte nach der rettenden Idee … Es gab sie, sie wusste es.

Langsam drehte sie sich um und betrachtete die Morthoren. Ein schreckliches Schicksal hatte sie zu dem gemacht, was sie waren, sie alle hatten gelitten … Sie alle waren einsam gewesen … Sie alle hatten keinen Ausweg gewusst … Alles ist eins … Es gelang ihr, einen Funken Verständnis für das Dasein der wässrigen Kreaturen zu entfachen, und mit dem Stein in ihrer Hand spürte sie, wie sich das Gefühl verstärkte. Aus dem Verständnis wurde Mitgefühl, aus dem Mitgefühl wurde Zuneigung. Sie presste ihre Hand zusammen, sah das Leid ganz deutlich vor sich – und nach und nach verwandelte sich die Zuneigung in Liebe. Eine Liebe, die nicht nur die Morthoren umfasste. Je länger sie so verharrte, desto mehr breitete sich diese Liebe aus, schien das ganze Universum einzuschließen … drohte ihr die Brust zu sprengen, fast schmerzte es …

Keuchend ließ Ellen den Stein los und trat einem der Morthoren entgegen. Noch ehe Morphus etwas sagen konnte, legte sie ihre Arme um den Wässrigen, schloss die Augen und küsste ihn zärtlich in die Mitte der verlorenen Masse. Diese fühlte sich fahl an auf ihren Lippen, wie der trostlose Wind eines verlassenen Ortes …

Ellen hielt die Augen geschlossen und konnte das Aufblitzen der verschwommenen Pupillen nicht sehen, das ganz kurz die Kapuze erhellte.

Arnt beobachtete die Szene mit offenem Mund. »Ellen – was – was tust du?«, rief er außer sich. »Bist du jetzt vollkommen durchgeknallt? Bist du …«

Ein gedämpftes Rauschen unterbrach seine Worte. Die Kleidung des Morthoren fiel in sich zusammen, die Kapuze rutschte nach hinten und gab den Blick auf die trostlose Masse frei, die sich zu formieren schien, oder löste sie sich auf? Ellen trat keuchend einen Schritt zurück – sie vermochte es nicht zu sagen. Innert kürzester Zeit hatte sich aus dem Morthoren ein Mann herausgeschält. In seinem Nadelstreifenanzug und seiner gelben Krawatte wirkte er auf Ellen wie ein Kaufmann aus dem letzten Jahrhundert – und so entrückt, wie er sich umblickte, schien er aus tiefstem Schlaf erwacht zu sein.

Morphus fluchte laut und stürzte auf Ellen zu, doch bevor er sie erreichen konnte, war sie bereits an den zweiten Morthoren herangetreten. Er war keinen Schritt von der Stelle gewichen, fast so, als stünde er bereit. Ellen umarmte und küsste auch ihn mit der gleichen aufrichtigen Liebe, und mit einem Rauschen fand wie zuvor die eigentümliche Verwandlung statt.

Beide Männer sahen sich kurz an, stotterten ein paar Satzfetzen. Dann spurteten sie in den Tunnel hinein, als wäre der Teufel hinter ihnen her.

*****

Susan sprang auf. »Hast du das gesehen«, rief sie verstört.

»Habe ich«, entgegnete Tilo nervös, und sein Blick haftete an der Stelle, an der die beiden Männer im Tunnel verschwunden waren. »Es würde mich sehr interessieren, was in die gefahren ist.«

»Tilo … Wir sollten auch verschwinden. Jetzt sofort!« Die Hände in seine Jacke gekrallt, starrte Susan ebenfalls in die Richtung, aus der immer noch verworrene Laute zu hören waren. »Wir könnten sie mitnehmen – die beiden Typen sind fort …«

»Nein, warte! Wenn ich mir den Sand anschaue, muss hier richtig was los sein. Wenn sie in ihre Körper zurückkehren wollen, ist es durchaus möglich, dass sich jetzt und hier die beste Möglichkeit bietet. Vielleicht haben sie die ganze Zeit auf diesen Moment gewartet.« Tilo legte seine Hand auf Susans Schulter. »Ob wir noch ein wenig länger hier sitzen oder nicht – darauf kommt es nun auch nicht mehr an, oder?«

»Doch! Ich habe schreckliche Angst, mir tut der Hintern weh und … ach«, stöhnend ließ sie sich auf die Steine fallen, »wenn wir nur sehen könnten, was da los ist.«

*****

Morphus buckelte stampfend auf der Stelle. »Ihr kennt die Schwachstelle der Morthoren, aber das wird euch nichts nützen, an mir kommt ihr nicht vorbei, an mir nicht!« Er gebot den Fendern, sich rund um den Schauplatz zu verteilen. Dann heftete sich sein Blick an Ellens Hals. Er hatte sehr wohl beobachtet, wie sich ihre Finger um den Stein gelegt hatten.

»Du hast da etwas Schönes, etwas sehr Schönes«, raunte er, und bevor Ellen sich versah, sprang er sie an und riss ihr die Kette vom Hals. »Die brauchst du jetzt nicht mehr«, höhnte er und blickte entzückt auf das Schmuckstück in seiner Hand.

»Gib sie mir zurück«, fauchte Ellen, »sie gehört dir nicht!«

»Glaubst du, das interessiert mich?« Der Bucklige sprang im Kreis. »Was willst du noch damit, du bist nichts wert, nichts, hast so was nicht verdient.« Immer wieder öffnete er seine Faust und warf einen verzückten Blick hinein. Ellen beobachtete, wie sich sein Gesicht mehr und mehr verhärtete.

»Eine Plage seid ihr, alles dreht sich nur noch um euch, nichts als Ärger«, pöbelte er sie an. Sein Atem ging schneller, die Augen verengten sich, dass sie kaum mehr sichtbar waren. »Habt es verdient, den Tod. Sterben müsst ihr – und zwar gleich, sehr gleich, nichts als Ärger. Haltet euch für was Besseres. Meint, uns an der Nase herumführen zu können, dummes Pack, dummes«, die letzten Worte schossen wutentbrannt aus seinem Gesicht.

Die Fender schienen seinen Hass zu spüren. Wie Seegras im Wellengang schwangen ihre Näpfe vor und zurück, begleitet von dem gleichmäßig pulsierenden, schlürfenden Geräusch.

Arnt riss an seinem Stuhl. »Was ist hier eigentlich los?«, rief er und drehte sich um die eigene Achse, »kannst du mir mal sagen …«

Ellen hob die Hand und schüttelte unmerklich den Kopf. »Morphus, wer ist neben Kethamarr der wichtigste Mann hier?«, fragte sie mit butterweicher Stimme.

»Das bin ich«, knurrte der Alte. »Was für eine dumme Frage, eine eurer letzten dummen Fragen, Zeit, dass ihr sterbt, ihr seid eine Plage, nichts als eine Plage – er grapschte nach einem der Speere im Sand.

»Warte«, sagte Ellen und trat einen Schritt näher an ihn heran. »Hat dir Kethamarr jemals eine von Radins Perlen gegeben?«

»Ich habe noch nie eine bekommen, sie sind zu mächtig, sie gehören Kethamarr, ihm ganz alleine.«

Ellen fixierte Morphus' Knopfaugen, die jetzt weit hervortraten, dann sagte sie leise: »Weißt du, was ich glaube? Ich glaube, *du* hättest es verdient, hier Herrscher zu sein. Die Fender folgen dir aufs Wort. Kethamarr weiß das, darum behandelt er dich wie einen Diener. Und wenn du die Perlen von Radin hättest, wärst du weitaus stärker als er. Hast du daran schon einmal gedacht, Morphus?«

Morphus hielt kurz inne, dann schüttelte er den Kopf. »Das ist nicht wahr«, widersprach er, doch Ellen konnte den Funken des Zweifels spüren, der von ihm Besitz ergriffen hatte. Er ballte die Faust, in der noch immer der Stein lag.

»Wenn du die Perlen von Radin hättest«, flötete Ellen weiter, »dann wärst du weitaus mächtiger als Kethamarr – du wärst der Herrscher über das ganze Reich, Morphus. Er weiß das ganz genau. Du hast jetzt schon die Macht über all sein Gefolge …«

Morphus' Augen blitzten kurz auf, und Ellen erkannte, dass ihre Pfeile ins Schwarze getroffen hatten.

»Was glaubst du wohl, warum er nicht wollte, dass du die Perlen von Radin suchen gehst?«, mischte Arnt sich ein, der Ellens Absicht zu durchschauen schien. »Ganz einfach. Er hat Angst, dass du mächtiger wirst als er. Lucias Liebe könnte sich dir zuwenden. Er will dich klein halten, er …«

Ein wütender, unkontrollierter Schrei entfuhr Morphus' Kehle, er konnte nicht mehr an sich halten. Völlig außer Kontrolle erzitterte sein Körper, als stünde er unter Strom.

»Jaaa«, johlte er los, »er hält mich klein, ich bin mächtiger als er, ich bin viel besser als er – Lucia – ich habe es schon immer gewusst, schon immer.« Morphus reckte sich zu voller Größe. »Kommt mit mir«, brüllte er den Fendern zu. »Wir holen uns, was uns gehört, nur uns!« Den Speer hoch erhoben rannte er in den Tunnel. Die Fender rauschten kopflos hinterher, verstopften kurz den Eingang, bevor sie nach wildem Gerangel darin verschwanden.

»Heiliger Strohsack, ist der ausgerastet.« Arnt schüttelte ungläubig den Kopf. »Was hast du mit ihm gemacht?«

»Erzähle ich dir später. Das ist unsere Chance. Arnt, wir müssen unsere Aurier holen, los, komm.«

»Alles erzählst du mir später – aber jetzt sage ich dir mal was: Aurier hin oder her, wir müssen unsere Körper wegbringen, und zwar bevor die alle zurückkommen, sonst können wir das hier vergessen.«

Ellen fuhr herum. »Dafür ist jetzt keine Zeit. Bis wir unsere Körper weggebracht haben, wird Kethamarr zurück sein.«

»Ich meine ja nicht, dass wir es tun …« Arnt deutete auf Susan und Tilo. »Die beiden warten schon eine Ewigkeit darauf, uns zu helfen – jetzt könnten sie unsere Körper zum Pfortenkreis bringen.«

»Wir können es ihnen gerne sagen«, sagte Ellen schnippisch, »aber nutzen wird es nichts. Sie hören uns nicht! Vergessen?«

»Natürlich geht es, schau doch hier.« Arnt deutete auf die Spuren. »Wir informieren via Sandpost.« Er beugte sich hinunter und zog seinen Finger durch den Sand. »Und weil Susan und Tilo wissen, dass wir es sind, die diese Striche machen, sollte sich ihre Verwunderung in Grenzen halten und somit kommen auch die Fender nicht zurück.«

»Mensch Arnt … du bist … « Ellen strahlte ihn an. »Ich werde sie herholen.« Sie sprang zu ihrem Körper, konzentrierte sich kurz und fasste nach ihrem eigenen Arm, der schlaff im Sand lag. Vorsichtig hob sie ihn an und schwenkte die kraftlosen Finger, als ob sie winke.

Susan boxte Tilo in die Seite. »Ellen – da, sie ist zurück«, stieß sie aus und sprang auf. Tilo folgte ihr durch den Sand. »Sie sehen nicht sehr unternehmungslustig aus«, bemerkte er mit kritischem Blick auf die leblosen Körper.

Ellen konzentrierte sich erneut und zeichnete etwas kreisförmiges aus geraden Linien in den Sand. Zwischen den Linien ließ sie jeweils eine kleine Lücke.

Tilo fasste sich ans Kinn. »Sie wollen uns etwas sagen, aber was soll das sein? Eine eckige Sonne?«

»Keine Ahnung.« Susan schüttelte den Kopf.

»Wieso verstehen sie denn nicht?«, rief Ellen und griff sich an die Stirn. »Das ist doch sonnenklar.«

»Für dich vielleicht«, bemerkte Arnt und fasste nach dem Speer, der kurz zuvor noch einen vollkommen anderen Zweck erfüllen sollte. Neben die eckige Sonne schrieb er *Pforte* in den Sand.

»Okay, eins zu null für dich«, brummte Ellen kleinlaut.

»Zwanzig zu eins«, entgegnete Arnt grinsend.

»Der Pfortenkreis. Sie wollen, dass wir sie in den Pfortenkreis zurückbringen.« Tilo drehte an seiner Kappe. »Sollen wir euch in den Pfortenkreis bringen?«, fragte er ins Nichts.

Ja, erschien im Sand.

Und: *Schnell*.

»Aber wie sollen wir sie denn schnell hier wegbringen?«, fragte Susan mit verzweifeltem Unterton.

»Na, einer für jeden. Du darfst auch Ellen nehmen, wenn du unbedingt willst«, erwiderte Tilo pragmatisch.«

»Wirklich großzügig von dir«, entgegnete Susan spitz.

»Tja, so bin ich halt.« Ohne zu zögern machte sich Tilo daran, Ellen über Susans Schulter zu hieven. Auch wenn Ellen nicht schwer war, ächzte Susan bedenklich unter dem Gewicht.

»Ich schaffe das niemals bis zum Auto«, keuchte sie, machte sich aber trotzdem auf den Weg. Tilo lud Arnt auf die Schulter.

»Jetzt können wir einfach nur hoffen, dass sie heil da rauskommen«, seufzte Ellen und beobachtete mit Sorge, wie Susan schwankend und Tilo festen Schrittes in dem dunklen Loch des Felsens verschwanden.

Kapitel 43

Spiegel der Angst

Komm«, sagte Ellen beherzt und half Arnt durch den Sand, »lass uns zum roten Turm gehen, wir haben schon viel zu viel Zeit verloren.«

Seite an Seite machten sie sich auf den Weg zur Klosteranlage, die wie ausgestorben vor ihnen lag. Nur ein paar Vögel kreisten über den Dächern.

Ellen schickte gerade ein Gebet in den Himmel, dass diese nicht zu Kethamarrs Gefolge gehören mochten, da drehten sie plötzlich wie auf Kommando ab und verschwanden hinter den Zinnen des Amphitheaters.

»Hast du die Vögel gesehen?« Hastig beschleunigte Ellen das Tempo. »Sie werden Kethamarr informieren, da bin ich mir sicher. Wir müssen uns beeilen.« Sie fingerte nach den Griffen. »Wir biegen da vorn rechts ab, der Turm muss sich auf der Rückseite des Klosters befinden.«

»Heee, du schrottest noch den ganzen Stuhl, die Armlehne ist schon genug …«, rief Arnt mit stark holpernder Stimme, während Ellen ihn rücksichtslos zwischen zwei Büschen hindurchstieß.

»Schau, dort!«, sagte sie einige Schritte später, »der Turm mit der Brücke, das muss er sein.«

»Der ist aber grün«, warf Arnt ein.

»Das stimmt allerdings«, Ellen verlangsamte die Schritte, »aber er muss doch hier irgendwo sein …«

»Lass uns weiter vorne nachsehen.« Arnt hatte das Kommando über seinen Rollstuhl wieder an sich genommen und hielt weiter auf den Turm zu.

»Nichts. Weit und breit kein roter Turm«, sagte Ellen ungläubig, als sie das efeuüberwachsene, schlanke Gebäude erreicht hatten. »Das kann doch nicht sein, es muss doch …«

»Warte mal«, Arnt kniff sein Auge zusammen, »schau dir mal die Steine an, dort am Eingang. Der Turm ist aus …«

»… roten Backsteinen«, rief Ellen erleichtert aus.

Kurz darauf hielten sie vor der Brücke, die über einen Graben zu dem zugewucherten Turm führte. Der Eingang bestand lediglich aus einer halbrunden Öffnung, eine Tür war nicht zu sehen.

»Und du meinst, wir können jetzt dort hineinspazieren und unsere Aurier einpacken? Das erscheint mir alles etwas zu einfach.« Arnt rieb sich das Kinn und bedachte Ellen mit einem zweifelnden Blick.

»Kethamarr hat den Turm mit einem Schutz versehen«, entgegnete sie. »Ich habe keine Ahnung, was das ist – es bleibt uns nichts anderes übrig, als es zu versuchen.«

Vorsichtig setzte sie einen Fuß auf die Brücke. Nichts geschah. Arnt folgte ihr mit etwas Abstand. Schritt für Schritt arbeitete Ellen sich vorwärts, immer wieder blieb sie stehen, wartete einen Moment – wieder ein Schritt.

Und dann geschah es. Ohne Vorankündigung. Der Turm vor ihr begann zu wachsen – oder war sie am Schrumpfen? Ellen wusste es nicht. Entsetzt blickte sie auf die Holzlatten, die sich unter ihren Füßen verbreiterten, immer näher auf sie zukamen. Da schob sich ein Schatten in ihr Blickfeld und verdunkelte das Sonnenlicht. Etwas Langes, Haariges rammte vor ihr auf die Planken. Ellen stolperte zurück. Langsam hob sie den Kopf, den Mund zu einem stummen Schrei verzerrt. Vor ihren Augen erhob sich ein riesiges Etwas, ummantelt von dickem schwarzem Pelz. Zwei tellergroße, pechschwarze Augen glotzten nassglänzend auf sie herab. Das Klappern der mächtigen Greifwerkzeuge bohrte sich in Ellens Kopf, lähmte ihre Beine, lähmte ihre Gedanken.

Ein zweites Wesen dieser Art tauchte auf. Ellen sah, dass es einen Schmetterling zwischen seinen Beinen hielt. Verzweifelt schlug dieser mit den Flügeln, während das Monster begann, ihn wie ein Grillhähnchen zu drehen, wobei es ihn mit einem mattgrauen Faden umwickelte, als schnüre es ein Paket. Ellen starrte mit aufgerissenem Mund auf das Schauspiel. Ihr Atem brach stoßweise hervor. Noch immer schrumpfte sie und hatte nun etwa die Größe des Schmetterlings, der zwischen den Krallen des Monsters um sein Leben kämpfte. Mit jeder Umdrehung erschlaffte seine Gegenwehr. Ein letztes Zucken, und auch die Augen der Beute waren hinter dem Faden verschwunden.

Etwas Klebriges schoss an Ellens Beine, schreiend sprang sie auf und wankte rückwärts. Vor ihrer Nase klapperte das Ungetüm mit seinen knöchrigen Greifwerkzeugen.

»Und du willst Ellen sein?«, stieß es schnarrend aus, »die Retterin der Welten? Du hässlicher Winzling? Was kannst du überhaupt außer versagen, bringst allen nur Unglück. Und weißt du, was das bedeutet?«

Ellen brachte nicht mal ein Kopfschütteln zustande.

»Das bedeutet, dass du sterben musst … Und es wird mir eine Freude sein …« Ein zweites haariges Bein mit einer glänzend schwarzen Kralle fuhr auf Ellen zu. Sie strauchelte, fiel rücklings auf die Brücke, blieb wie gelähmt liegen, während sie, ohne es zu wollen, röchelnde Schreie ausstieß.

»Was zur Hölle ist hier los?«, hörte sie Arnt plötzlich brüllen, und die Panik, die in seiner Stimme lag, riss Ellen aus der Lähmung.

»Ich – keine Ahnung – wir müssen hier weg«, kreischte sie, »die werden uns fressen – die …« Ihre Stimme überschlug sich.

Verzweifelt warf sie sich hin und her, um der Kralle des haarigen Beines zu entkommen, die sie immer wieder stolpern ließ. Kaum gelang es ihr, aufzustehen, strauchelte sie erneut. Das Ungetüm schien sich über ihre Angst zu amüsieren und gab dabei rasselnde Geräusche von sich, die beinahe wie ein Lachen klangen.

Endlich hatte Ellen sich aufgerappelt und schaffte es, über die heranschnellende Kralle zu springen, ohne dabei zu stürzen. Noch bevor der nächste Angriff kam, hetzte sie zurück. Um eine einzelne Holzplanke zu überqueren, benötigte sie etliche Schritte – und der Graben zwischen den Planken erforderte einen Sprung. Wieder fiel sie, das Rasseln des Ungeheuers vibrierte in ihrem Hinterkopf. Auf allen vieren kämpfte sie sich weiter vor, dann kam sie wieder auf die Beine, rannte weiter, sprang, rannte, die Brücke schien ihr endlos, ein letzter Sprung – dann hatte sie endlich wieder festen Boden unter den Füßen. Laut keuchend fuhr sie herum. Die beiden Wesen waren verschwunden. Auch ihre normale Größe war zurückgekehrt. Schnell blickte sie zu Arnt. Er war immer noch auf der Brücke. Wie gebannt fixierte er etwas, das sie selbst nicht sehen konnte.

»Aaarnt, komm zurück«, schrie sie panisch. Er hörte sie nicht. Wie erstarrt saß er in seinem Sitz.

Ohne weiter nachzudenken, stürzte Ellen los. Nach ein paar Schritten auf der Brücke, begann sie erneut zu schrumpfen. *Ich muss ihn erreichen, bevor ich zu klein bin, ich muss ihn erreichen, noch ein paar Schritte*, endlich packte sie die Griffe, die sich bereits auf Stirnhöhe befanden und zog den Stuhl rückwärts über die Planken.

»Herrgott, so hilf mir doch«, schrie sie fast heiser, »Arnt, du musst mir helfen«, sie hing jetzt in der Luft, ließ die Griffe los und rannte vor den Stuhl, um ihn rückwärts zu stoßen – nur noch ein kurzes Stück …

Es klapperte hinter ihrem Rücken … »Aaarnt, hilf mir!«, sie konnte den Stuhl nicht mehr bewegen, er war viel zu groß geworden.

Da gab es einen Ruck. Arnt hatte endlich in die Räder gegriffen und den Stuhl rückwärts in Bewegung gesetzt. Ellen jagte hinterher, die schwarze Kralle erwischte ihren Fuß, sie stolperte, robbte vorwärts und griff nach Arnts ausgestreckter Hand, die sie über den Rest des Holzes schleifte.

Kaum hatten sie die Brücke verlassen, war alles vorbei. Schweigend gab Arnt ihre Hand frei.

»Ist gerne geschehen«, schnaubte Ellen, nachdem sie sich einigermaßen gefasst hatte.

Arnt blickte sie an. »Was?«, fragte er tonlos.

Ellen sprang auf. »Was meinst du mit *was*«, rief sie entnervt. Die Angst des soeben Erlebten traf sie noch einmal mit voller Wucht. »Falls du es nicht mitbekommen hast, ich habe dich gerade vor diesen monsterartigen Spinnen gerettet, sonst würdest du jetzt eingewickelt wie eine Mumie auf der Brücke liegen.«

»Die Einzige, die hier spinnt, bist ja wohl du!«, Arnt zog die Augenbrauen zusammen, »was ist denn in dich gefahren? Da gab es nichts zu retten. Ich konnte nur nicht weiter, weil die Brücke zu schmal war. Ich wäre mit dem Stuhl abgestürzt, mitten in die Leute rein, die da unten im Graben standen und zu mir nach oben gafften.« Sein Gesichtsausdruck verfinsterte sich. »Mein Vater war unter ihnen, und ich schwör dir, wäre ich runtergefallen, hätte ich ihn mit meinem Stuhl erschlagen.«

»Dein Vater? Welche Leute? Und was für eine schmale Brücke?«, fragte Ellen verwirrt.

»Na die Brücke hier.« Arnt reckte das Kinn. »Sie war auf einmal total schmal, hast du das nicht bemerkt? Und die Leute, die unten standen, haben mich ausgelacht, allen voran mein Vater.« Seine Miene nahm einen Ausdruck an, der Ellen zurückweichen ließ. Bitterkeit und Hass schwappten über sein ganzes Gesicht.

»Erzähl!«, sagte sie leise und legte eine Hand auf die gebrochene Lehne.

»Er stand ganz vorne, sah zu mir hoch. *Du bist und bleibst eine hochgradige Niete*, hat er gebrüllt, *dich zu zeugen, war ein absoluter Fehlschuss.*« Arnt lief hochrot an, in seinem Auge glitzerte eine gläserne Träne. »Alle haben gelacht«, presste er dann hervor und ein Zittern durchfuhr seinen Körper. »Einäugiges Monster, haben sie gerufen …«

»Arnt, beruhige dich – beruhige dich, es ist alles okay. Das kann nicht wirklich gewesen sein, das war nur in deinem Kopf.«

»Unmöglich, ich würde niemals so etwas denken!«

»Ganz tief in deinem Inneren schon«, sagte Ellen und rollte ein paar Haare um den Zeigefinger. Je mehr sie darüber sprach, desto klarer wurde ihr, was geschehen sein musste. »Wir haben beide etwas anderes gesehen«, sagte sie nachdenklich.

»Was war es bei dir? Spinnen?« Arnt hatte sich wieder etwas gefasst.

»Da waren riesige Spinnen.« Ellen musste sich zwingen, ruhig zu sprechen. »Mit haarigen Beinen. Ihre zwei hässlichen Augen haben mich fast durchbohrt, ich bin immer kleiner geworden und …« Sie hielt inne und blickte Arnt fest an. »Das war der Schutz, den Kethamarr um den Turm gelegt hat«, sagte sie. »Das muss er sein. Was ist der allerbeste Schutz?«

»Klar! Das, was man am meisten fürchtet.« Arnt nickte beeindruckt.

»Richtig«, sagte Ellen. »Ich habe panische Angst vor Spinnen, ich habe Komplexe, weil ich so klein bin und eine hässliche Nase habe, und ich leide unter Klaustrophobie. All diese Dinge haben mich davon abgehalten, die Brücke zu überqueren …«

»Ach …?« Arnts Augenbrauen hoben sich.

»Nein, ich meine …« Ellen spürte die Röte in sich aufsteigen. »Und du hast Angst davor, aufzustehen«, lenkte sie schnell ab, »ausgelacht und verhöhnt zu werden. Du trägst ein großes, quälendes Paket mit dir herum, das du deinem Vater verdankst.« An seiner Reaktion konnte sie erkennen, dass sie mitten ins Schwarze getroffen hatte.

Arnt warf ihr einen scharfen Blick zu. »Das muss niemand erfahren«, knurrte er. »Und übrigens: Spinnen haben acht Augen.«

»Acht? Bist du sicher?«

»Na ja, mag sein, dass …«

Ein lang gezogener, dumpfer Ton unterbrach das Gespräch.

»Was war das?«, riefen sie gleichzeitig.

»Es klang wie das Husten eines erkälteten Fenders.« Ellen trat von einem Fuß auf den anderen. »Wir haben gerade viel Zeit verloren«, sagte sie drängend, »was immer wir jetzt auch tun, wir müssen uns beeilen.«

Kapitel 44

Rettende Speere

Jesias konnte die Speere, die er geschnitzt hatte, kaum mehr zählen. Immer wieder hatte er Schreie gehört, immer wieder war er aus dem Wald gehetzt und hatte an der Felswand emporgestarrt. Und immer wieder musste er sich selbst Einhalt gebieten, um sein Versprechen nicht zu brechen. Es brachte ihn fast um den Verstand.

Dann hielt er plötzlich inne. Irgendetwas lag in der Luft. Etwas, was anders war … Auch Kiff winselte nervös neben seinem Herrn. Er trat an den Waldrand und hielt verblüfft inne. Vor seinen Augen vollzog sich ein seltsames Schauspiel. Nahe dem Eingang zum Klostertunnel führte ein kleiner Trampelpfad entlang des Gesteins.

Jesias entdeckte ein buckliges Wesen, das, scheinbar in Eile, den Pfad entlanghastete. Hinter ihm, schwarz an schwarz aus der Felswand quellend, eine Schlange aus Fendern. Dann blieb der Bucklige stehen, reckte einen Speer in den Himmel und spuckte eine nicht enden wollende Salve an Flüchen aus, bis er schließlich, halb rennend, halb stürzend, zwischen den Felsen den Hang hinabhastete.

Jesias konnte seine wutgetränkten Schreie trotz der beachtlichen Entfernung deutlich verstehen. Schnell kletterte er auf einen Baum, um besser sehen zu können.

»Kethamarr?« Jesias kniff die Augen zusammen, schüttelte kurz den Kopf, um dann erneut den rot ummantelten Mann zu fixieren, der da am Bachufer hin und her lief und verbissen nach etwas zu suchen schien.

Morphus näherte sich ihm von hinten. Noch immer sprudelten ungehaltene Sätze aus seinem Mund. Jesias' Augen weiteten sich, als er beobachtete, wie Kethamarr sich langsam zu voller Größe reckte und sich dann umdrehte, um sich dem Angreifer entgegenzustellen. In der Ruhe seiner Bewegungen lag die Spannung eines Raubtieres. Kurze Zeit später sprang der Bucklige johlend den letzten Felsabsatz hinunter, während die Masse der Fender wie schwarze Lava um ihn herum aufquoll und zu Jesias' Verdruss die Sicht auf das Geschehen vereitelte. Mit den Büschen als Deckung wechselte er den Standort, um näher an das Gemenge heranzukommen, das von wildem Geschrei und dem widerwärtigen Schlürfen der Fender begleitet wurde. Mit angehaltenem Atem blickte er dem nächsten Moment entgegen. Doch bevor Jesias Einzelheiten erkennen konnte, wurde seine Aufmerksamkeit von zwei weiteren Personen abgelenkt. Eine junge Frau und ein junger Mann taumelten aus den Klostertunnel ins Freie. Beide liefen nach vorn gebeugt, die Schritte der Frau wankten schwer unter der Last, umso mehr, da der Weg steil bergab führte. Immer wieder blieb sie stehen.

Jesias reckte den Hals und gebot Kiff, der gerade bellen wollte, leise zu sein.

Als sich die beiden der Brücke näherten, erkannte Jesias, dass sie die Körper von Ellen und einem jungen Mann auf ihren Schultern trugen. Es blieb ihm keine Zeit, die Situation zu hinterfragen, am Himmel waren Raben aufgetaucht. Sie drehten einige Kreise, dann stießen sie im Sturzflug herunter; Krallen voraus fetzten sie an Haar und Kappe der schwer Beladenen.

Die Frau schrie auf, ihre Beine drohten einzuknicken, als sie heftig torkelnd versuchte, einen Sturz zu vermeiden. Die

Raben ließen kurz ab, stiegen abermals in den Himmel und sammelten sich zu einem erneuten Angriff. Jesias stürzte zu den Holzspeeren.

Die Raben schossen erneut herab, doch diesmal krallten sie sich an den Köpfen fest und hackten auf sie ein. Die Frau fiel auf die Knie, verzweifelt schlug sie nach den Peinigern, Blut rann über ihre Schläfen, Ellens Körper polterte zu Boden und blieb reglos auf der Brücke liegen.

Im gleichen Moment zischte ein Speer durch die Luft und durchbohrte den Raben, der auf dem Kopf der blonden Frau saß. Ein zweiter Schuss riss den Vogel vom Haupt des Mannes, der wie erstarrt stand, als der Speer über ihm einschlug. Er schien aus dem Nichts gekommen zu sein.

Die restlichen Vögel ließen von ihren Opfern ab und stoben wütend krächzend in den Himmel. Erneut schoss ein Speer durch die Luft und erwischte den langsamsten der aufsteigenden Raben. Krächzend trudelte er zu Boden.

»Yeah! Tell sei Dank, wir haben Unterstützung.« Tilo reckte die Faust in die Luft. Blut lief über sein Auge, es störte ihn nicht. »Was für Schüsse, irre krass!« Mit einer galanten Verbeugung hob er seine Schildkappe auf.

»Wem auch immer sei gedankt«, stöhnte Susan und blickte sich nervös um. »Aber das hätte böse ins Auge gehen können. Wo kamen diese Geschosse nur her?« Mühsam rappelte sie sich auf und stemmte schwerfällig die Hände in den Rücken. Dann fiel ihr Blick auf Ellen, die verkrümmt am Boden lag. »Wir müssen hier weg, aber ich weiß wirklich nicht, ob ich das noch schaffe«, sagte sie zerknirscht und rieb sich die Schläfe. Als sie ihre Hand betrachtete, zuckte sie entsetzt zusammen. Blut schimmerte auf ihrem Handrücken. »Und ich habe nicht einmal was zum Desinfizieren«, rief sie aus. »Wahrscheinlich sterbe ich hier noch an einer Blutvergiftung – diese verdammten Viecher …«

»Jaaa, da führt vermutlich kein Weg dran vorbei«, stimmte Tilo zu. »Aber warte noch mit dem Abschied. Ich bringe Arnt zum Auto, dann komme ich wieder und nehme dir Ellen ab.«

»Nein!«, Susan wirbelte herum, »ich bleibe hier keine Sekunde alleine, lieber schleppe ich …«

Sie verstummte jäh und riss die Augen auf. Etwas schien Ellen anzuheben. Ungläubig starrte sie auf das, was sich vor ihr abspielte. Ellen hing in der Luft. Es sah aus, als würde sie in den Armen von irgendjemand liegen, der sie liebevoll an sich drückte.

»Himmel, Tilo – schau dir das an!«

»Irre krass!«, entfuhr es ihm. »Das ist ja unglaublich!«

»Tilo, was ist das? Und da – da ist noch was – irgendwas umgibt uns …« Susan zog den Kopf zwischen die Schultern. »Spürst du auch das Vibrieren in der Luft – ganz fein und – diese Schatten …« Susan rieb sich die Augen und wich von der Brücke, das Gesicht kreideweiß.

»Ich kann weder etwas spüren noch sehen, vielleicht hast du bessere Antennen als ich. Aber wir sind definitiv nicht allein, so viel ist klar. Doch was immer es auch ist«, sagte Tilo mit Nachdruck, »es wird uns nichts anhaben, es ist auf unserer Seite.«

Er konnte die Fender nicht sehen, die zuhauf schlürfend um sie herumstoben, um das Kontaktloch zu beseitigen, das durch Jesias' Eingreifen entstanden war. Auch das ohrenbetäubende Kreischen, das sie dabei ausstießen, entging ihm. Dann ebbte das Geräusch mit einem Schlag ab. Die Fender hatten gefunden, was sie suchten und stießen vor, von allen Seiten. Jesias stand in ihrer Mitte, Ellens Körper fest an seine Brust gedrückt. Und so sehr die Fender auch versuchten, sich auf ihn zu stürzen, sie kamen nicht an ihn heran.

Susan rannte voraus und öffnete die Autotür. Tilo folgte ihr und lud Arnt auf dem Rücksitz des Wagens ab. Dann sah er kopfschüttelnd zu, wie Ellen behutsam eingestiegen wurde.

»Wer oder was immer du auch bist – danke!«, sagte er leise.

»Ich habe euch zu danken«, entgegnete Jesias, obwohl er wusste, dass sie ihn nicht hören konnten. Dann lief er einige Male um das Auto herum, als wolle er sich alles ganz genau einprägen. Vor allem der Aufkleber mit der gelben Blüte, der links vorne den Kotflügel zierte, hatte es ihm angetan. Kiff war in den Wagen gesprungen und beschnüffelte neugierig das Lenkrad, doch Jesias pfiff ihn wieder heraus. Er hatte hier noch etwas zu erledigen …

Während Susan damit beschäftigt war, Ellen und Arnt anzuschnallen und ihre Köpfe zu stabilisieren, damit sie während der Fahrt nicht aneinanderschlugen, fasste Jesias Kiff am Schwanz und ortswechselte zurück zu der Stelle, an der er zuvor Kethamarr beobachtet hatte. Kein Laut war zu hören. Als hätte das Geschehene die Vögel im Wald verstummen lassen. Kurz darauf entdeckte er am Bachufer den reglosen Buckligen. Vorsichtig näherte er sich der zusammengekrümmten Gestalt, deren Beine sich im seichten Wasser mit der Strömung bewegten. Jesias beugte sich zu Morphus hinab und zog ihn aus dem Wasser. An seinem Kopf klaffte eine große Wunde. Vorsichtig legte er die Hand auf seine Brust. Sie hob und senkte sich flach. Morphus war am Leben.

Kiffs aufgeregtes Winseln lenkte Jesias' Aufmerksamkeit auf die Hand des Buckligen. Immer wieder bohrte der Hund seine Nase in die verkrampfte Faust. Jesias öffnete die starren Finger – und zuckte entsetzt zusammen.

»Du verdammter Schweinehund«, zischte er wutentbrannt, als er Ellens Kette aus der Umklammerung löste. »Du hast ihr die einzige Hilfe genommen, die sie hatte. Die einzige! Gott gebe, dass sie noch am Leben ist, sonst …« Jesias' Stimme zitterte vor unterdrückter Wut. Er warf einen hasserfüllten

Blick in Morphus' Gesicht, in dessen Knopfaugen sich eine Wolke spiegelte und einen milchigen Schimmer hinterließ. Mit bebenden Fingern steckte Jesias die Kette in Ellens Jacke, die er immer noch trug und blickte sich abermals um. Von Kethamarr war keine Spur zu entdecken.

»Lass uns zu Ellen und ihren Freunden zurückkehren«, sagte er, um Beherrschung ringend. »Ich glaube, wir werden dort eher gebraucht. Wenn ich noch länger auf diese Felsen starren muss, werde ich wahnsinnig.«

Kiff wedelte zustimmend mit dem Schwanz und Jesias legte die Finger an den Mund. Dreimal pfiff er scharf hindurch, dann setzte er sich neben Kiff ins Gras und wartete.

Kapitel 45

Die Spinne

Ratlos starrten Ellen und Arnt auf den efeuverhangenen Zugang zum roten Turm auf der anderen Seite der Brücke. Das gleichmäßige Wischen der Besen und der monotone Gesang der Aurier erfüllten die Luft.

Ellens Herz tat weh, als sie sie beobachtete und dabei an ihre eigenen Aurier dachte. »Wir sind so nah dran.« Sie konnte den verzweifelten Unterton in ihrer Stimme nicht verbergen. »Wir können doch jetzt nicht einfach aufgeben, es muss einen Weg geben, in den Turm zu gelangen!«

»Und wie sollen wir so schnell unsere Ängste ablegen, Frau Psychiater? Klappe auf, weg damit und los geht's?«, Arnt fummelte an seiner Stirn, »das Thema wiederholt sich, nur diesmal sind es nicht die Fender, die uns Probleme bereiten …«

»Wir können uns doch nicht von etwas abhalten lassen, was gar nicht da ist.« Ellen verknotete die Finger. »Wir stehen uns selber im Weg.«

»Mal ganz was Neues …«, brummte Arnt.

Ein klirrendes Geräusch ließ beide herumfahren. Eine Amphore lag in Scherben, und zwei Aurier gaben alles, um sie unauffällig in einem Busch verschwinden zu lassen.

»Wir dürfen nicht weiter hier rumsitzen, Kethamarr kann jeden Moment hier sein.« Ellen legte den letzten Rest Entschlossenheit in ihre Stimme: »Wir müssen uns entscheiden. Hier und jetzt liegt unsere einzige Chance, und ich bin dafür, dass wir es noch mal versuchen – jetzt oder nie.« Ihre Hand wanderte in Richtung Hals, obwohl sie wusste, dass der Stein nicht mehr da war. Sie hätte ihn jetzt so gut gebrauchen können. Maureens Worte flatterten durch ihren Kopf. *Die Angst ist genauso groß, wie du sie selber machst … verinnerliche sie, akzeptiere sie, dann nimmst du ihr den Wind aus den Segeln … genau das ist es …*

»Es gibt diese Klappe, mit der wir die Ängste ablegen können, Arnt, wir tragen sie in uns«, platzte Ellen heraus, und die unerwartete Klarheit über die Bedeutung von Maureens Worten beschleunigte ihren Herzschlag. »Alles, was wir tun müssen, ist, die Angst reinzulassen, statt sie auszusperren, wir müssen uns vertrauen«, die Worte sprudelten nur so aus ihr heraus.

»Ach, ist das wieder so ein Psycho-Gesülze?«, gab Arnt zurück. »Soll ich meinem Vater etwa um den Hals fallen und ihm für seine netten Worte danken? Und die Brücke finde ich auch ganz toll, natürlich nur, weil sie sich zusammenzieht, damit ich runterstürze und sich die Meute darüber amüsiert? Jaaa, danke dafür!«

»Ich weiß, es klingt komisch … Aber genau das ist es. Ich werde es jedenfalls versuchen. Ich muss es versuchen!« Ellen schloss die Augen. *Ich muss vertrauen. Das, was ich vor mir sehe, ist nicht wirklich, es ist nur in meinem Kopf …*

Tief einatmend legte sie erneut ihre Hand an die Stelle, an der sich der Stein befunden hatte. Dann öffnete sie die Augen und trat einen Schritt vor. Dann den nächsten – dann noch einen. Wieder schrumpfte sie. *Die Größe spielt keine Rolle,* ermahnte sie ihre aufbrausenden Gedanken. *Ich bin auch so groß genug, es reicht allemal* … Noch einen Schritt. Direkt vor ihr tauchten die behaarten Beine auf.

»Du willst wohl unbedingt gefressen werden«, schnarrte die Spinne über ihrem Kopf und rammte die Kralle vor Ellen ins Holz wie eine Kriegserklärung.

Ellen blickte entschlossen auf und zählte voller Grausen die Augen, die auf sie herabfunkelten. Diesmal waren es acht.

»Du bist nicht echt«, sagte sie und versuchte, ihrer Stimme einen festen Ton zu geben. »Ich habe keine Angst vor dir, du bist nur eine Illusion, deine Augen haben dich verraten.« Ihre eigenen Worte machten ihr Mut. »Aber du machst deine Sache nicht schlecht …« Sie trat noch einen Schritt vor. »Kethamarr muss sehr zufrieden sein mit dir, habe ich recht? Und – wo hast du denn deine Freundin?«

Während sie sprach, hatte sie das Gefühl, dass das Tier etwas blasser wurde – oder bildete sie sich das nur ein?

»So?«, schnarrte die Spinne. »Dann wollen wir doch mal sehen, ob das hier auch nur eine Illusion ist …« Ein schwarzes Bein schnellte hervor und grapschte nach Ellen. Diese zuckte zusammen, der borstige Pelz rieb sich an ihrem Nacken.

»Ich habe keine Angst vor dir«, wiederholte Ellen und wehrte sich nicht, wild entschlossen, alles auf eine Karte zu setzen. Die Kralle des zweiten Beins stach sie in den Rücken. Der unerwartete Schmerz ließ Ellen zusammenfahren, er war echt, daran gab es nichts zu zweifeln …

»Und war das auch nur eine Illusion, wie? Und das?«, das Tier stach erneut zu.

Ellen stöhnte auf vor Schmerzen, doch mit zusammengebissenen Zähnen versuchte sie, den Zweifel, der in ihrer Brust entflammte, mit Vertrauen zu löschen. Aber alles schien so echt … Der brennende Schmerz des Stichs verteilte sich über ihren Rücken. Sie atmete tief, bäumte sich auf gegen die Welle des Ekels, Schaumkronen aus Angst tanzten darauf, ebbten ab, um sich erneut aufzutürmen …

Das Tier schien ihre Unsicherheit zu spüren. Es packte Ellen und warf sie auf den Rücken. Aufschreiend riss sie die Augen auf, blickte nach oben, geradewegs in das halb geöffnete, bärtige Maul unterhalb der klackernden Werkzeuge.

Da war es mit Ellens Beherrschung vorbei. Die Welle stürzte auf sie ein, riss sie unaufhaltsam mit sich fort. Verzweifelt versuchte sie, sich irgendwo festzuhalten, doch ihre Gedanken gerieten außer Kontrolle. Laut brüllend schlug sie um sich. Da verlor sie den Boden unter den Füßen, zappelnd hing sie in der Luft. Glucksende Laute quollen aus dem Rumpf des Tieres. »So gefällt es mir, jaaa, so macht es Spaß«, rasselte es und drehte Ellen im Kreis, während sie einen klebrigen Faden aus ihrem Maul erbrach, der sich gnadenlos um das Opfer wickelte.

Jeglicher Versuch, ihn zu zerreißen, scheiterte, zerschnitt Ellens Finger bis auf die Knochen. Je mehr sie sich gegen die Fesseln wehrte, desto straffer wurden sie.

Wer unaufmerksam unterwegs ist, dem nutzen auch die guten Gedanken nichts ... Auch das hatte Maureen gesagt, und die Erinnerung daran traf Ellen wie ein Keulenschlag. Sie war zu weit gegangen. Hatte zu viel gewagt ... *Maureen, warum führst du mich so in die Irre ... Warum?* Die Verzweiflung umklammerte sie wie ein stählernes Band.

Ellens Arme klebten am Körper, ihre Beine wurden steif. Die Spinne wickelte sie ein, immer schneller drehte sie sich, es wurde enger und enger, sie schrie, schrie aus Leibeskräften, zuckte und zappelte wie ein Wurm am Haken – es nutzte nichts. Jetzt trieb die Panik sie bis zum Äußersten – da versagte ihre Stimme. Machtlos hing sie in dem rotierenden Kokon.

Ein grausamer Schmerz durchzuckte Ellens Stirn. Sie überschlug sich, wieder und wieder, wusste nicht mehr, wo oben und unten war. Sie verspürte einen letzten, schweren Schlag – dann wurde es ruhig. Langsam kippte sie vornüber, trieb noch eine Weile an der Oberfläche, dann schoss Wasser durch das zersplitterte Seitenfenster, füllte den Wagen, stieg höher. Ellens Finger rissen an dem Anschnallgurt, das Wasser stieg ihr ins Gesicht, nahm ihr den Atem. Der Gurt ... Ihre Finger rissen verzweifelt an der Schnalle. Sie war gefangen. Wasser, überall, sie sank tiefer und tiefer. Dann ein dumpfer Aufprall, der Wagen klemmte fest. Die Frontscheibe hatte sich in ein dicht gewebtes Netz aus Kristallen verwandelt und versperrte die Sicht. Endlich lösten ihre Finger die Schnalle, da bemerkte sie eine Hand, die sich in ihren Haaren verfangen hatte.

»Dad!« Ellens Aufschrei erstickte im Wasser. Durch eine Wolke aus Blut erkannte sie die leblosen Augen ihres Vaters, der schräg über ihr im Gurt hing. Sie hatte keine Zeit, etwas für ihn zu tun, ihre Lunge schrie nach Luft. Die Tür … Ellen rüttelte verzweifelt, sie ging nicht auf, versperrt durch die Felsen, zwischen denen sich der Wagen verkeilt hatte. Ihre Sicht war vernebelt. In blinder Panik drosch sie die Reste des zersplitterten Glases aus dem Rahmen der Seitentür, spürte den Schmerz an den Armen nicht. Ihr eigenes Blut vermischte sich mit dem des Vaters und hüllte sie in rote Finsternis. Mit letzter Kraft riss sie die leblose Hand aus ihren Haaren, quetschte sich durch die Öffnung der Tür …

Dann wurde es schwarz. Ganz kurz noch erwachte sie aus der Dunkelheit. Ihr Brustkorb schmerzte. Das Gesicht eines Mannes flimmerte über ihr. Seine Augen hatten die Farbe des Meeres. Er sprach etwas. Seine Stimme klang wie ein zischender Wind. Er lächelte. An seinen Mundwinkeln formten sich Grübchen wie Halbmonde im Sand, bevor sich der Sturm erhob und Ellen mitnahm, sie fortspülte, bis sie in den Wellen der See ertrank. Alles war vorbei.

Der letzte Faden kappte die Farben zur Außenwelt …

»Und ich soll nicht echt sein?« Das dumpfe, verhöhnende Lachen durchdrang ihre Fesseln und riss sie zurück in den Kokon. Ohnmächtig vor Angst verdrehte Ellen die Augen. Das Wasser hatte sie verschont, doch jetzt erwartete sie der tödliche Biss. Gepeinigt schrie sie noch einmal auf … Und dann wurde es ganz plötzlich still …

Eine gedämpfte Ruhe in Form von Gewissheit umgab sie vollkommen unerwartet, wie aus dem Nichts. Sie würde sterben, das war jetzt klar – und zu ihrem eigenen Erstaunen beruhigte sie diese Gewissheit. Es war entschieden. Es gab kein Zurück.

Ihre Gedanken wanderten zu Radin. Sie hatte alles gegeben, um ihn zu retten. Dann sah sie Jesias vor sich, und auch er würde wissen, sie hatte gekämpft bis zum bitteren Ende. Sie sah Arnt, der das erste Mal einen Sinn in seinem Leben entdeckt hatte. Sie wusste endlich, was mit ihr selbst und ihrem Vater passiert war … Und sie würde Maureen wiedersehen – ihr alles erzählen. Ein Lächeln huschte über ihr Gesicht. Sie war nicht gescheitert, im Gegenteil. Alles ist eins. Was zählte ihr Schicksal in dem Ganzen? Sie hatte ihren Beitrag geleistet. Das Gleichgewicht würde sich finden, auf anderen Wegen …

Eine Welle der Dankbarkeit durchflutete sie. Dankbarkeit dafür, dass sie auserwählt worden war. Dankbarkeit für all die Dinge, die sie hatte erleben dürfen. Dankbarkeit für all die Freunde, die zu ihr standen.

Alles war richtig so – und es war gut so.

Ellen schloss die Augen und fühlte sich auf einmal unglaublich befreit und vollkommen vereint mit einer Person, die sie für sich entdeckt hatte, obwohl sie sie schon lange kannte; sie fühlte sich tief verbunden und im Reinen mit sich selbst.

Laut seufzend öffnete sie ihr Herz und ließ alles los.

Es war so weit. Sie war bereit, zu gehen.

Kapitel 46

Rückkehr zum Pfortenkreis

Jesias hätte nicht mehr zählen können, wie oft er nun schon den Stock geworfen hatte, der immer wieder vor seinen Füßen landete. Kiff hatte seine Freude daran und sprang schwanzwedelnd im Kreis, doch Jesias geriet mehr und mehr in Rage.

»Wo bleibt er bloß?« Wieder warf er den Stock, diesmal bis in den Bach. Dann endlich raschelte es hinter ihm – und Flux preschte hervor.

»Wo hast du so lange gesteckt?«, fragte Jesias vorwurfsvoll, doch ein Blick auf das kauende Maul des Tieres war Antwort genug. »Du hast dich mal wieder nicht losreißen können, was?« Jesias musste trotz seines Unmuts lächeln, als er in die großen Augen seines Renntieres blickte, die ihn schuldbewusst anblinzelten.

Mit dem Stock im Maul kam Kiff herangesprungen und schüttelte sich so kräftig, dass eine Fontäne von Wassertropfen aus seinem Fell stob. Flux tänzelte schnaubend zur Seite. Er hatte sichtlich Mühe mit dem pudelnassen Hund.

»Ein bisschen Wasser schadet nicht«, sagte Jesias und schwang sich auf den Rücken seines Reittieres.

»Los, Kiff, spring.« Doch weder Kiff noch Flux schienen von der Idee begeistert zu sein.

»Ich weiß, du würdest lieber laufen, aber es wird zu weit sein. Jetzt komm schon.« Jesias rutschte weiter nach hinten und klopfte auffordernd vor sich auf Flux' Rücken. Mit einem leisen Winseln ließ Kiff den Stock fallen, dann nahm er Anlauf. Flux schüttelte missmutig den Kopf, doch er blieb an Ort und Stelle stehen, als Kiff an ihm hochsprang und sich, um Balance ringend, auf dem angewiesenen Platz niederließ. Jesias umschloss ihn auf beiden Seiten, als er nach dem Horn griff. Dann konzentrierte er sich auf Susans Wagen. So genau wie möglich ließ er das Bild vor seinen Augen aufsteigen, und es dauerte nicht lang, bis Flux schnaubend zu verstehen gab, dass er verstanden hatte.

Kurze Zeit später befanden sie sich neben Susans Auto am Waldrand. Tilo war gerade dabei, Ellen zu schultern. Von Arnt war nichts zu sehen, und Jesias nahm an, dass er sich bereits im Pfortenkreis befand. Schnell sprangen sie von Flux' Rücken und folgten Susan, Tilo und Ellen durch den Wald.

*****

»Und jetzt«, fragte Tilo, nachdem auch Ellens schlaffer Körper an Ort und Stelle lag.

Susan zuckte die Schultern. »Wir können nicht mehr tun, als abzuwarten«, sagte sie und setzte sich auf einen der Stämme.

»Endlich mal was Neues«, bemerkte Tilo seufzend und ließ sich neben Susan nieder. Eine Weile lang saßen sie schweigend da, starrten auf die beiden Körper vor sich, dann wandte Tilo den Kopf und betrachtete Susan von der Seite. Sie regte sich nicht, als seine Hand sich zögernd hob und ihr vorsichtig über die Wunde an der Stirn strich.

»Du warst toll«, flüsterte er.

»Du auch«, erwiderte sie prompt und ein Hauch von Rot überzog ihre Wangen. »Ohne dich hätte ich …«

Weiter kam sie nicht. Der Rest des Satzes ertrank haltlos in Tilos Lippen.

Auf der gegenüberliegenden Seite hatte Jesias sich ebenfalls gesetzt und verbarg sein Gesicht in den Händen. Er wollte nicht mit ansehen, was vor seinen Augen geschah. Zu sehr keimte die Erinnerung an den Moment auf, als Ellen in seinen Armen gelegen hatte, mit dem begehrenden Ausdruck in ihrem Gesicht, auch wenn er wusste, dass es nur die Macht des Steins in ihrer Hand gewesen war. Nach einer Weile richtete er seinen Blick auf Kiff, der leise wimmernd die Schnauze unter Ellens Nacken geschoben hatte, dann stand er auf und kniete sich neben sie. Sanft fuhren seine Fingerspitzen über ihre kühle Wange.

»Du musst es schaffen«, flüsterte er leise, »komm zurück, Ellen, komm zurück, bitte.«

Kapitel 47

Der rote Turm

Ellen!« Der Ruf drang aus weiter Ferne an ihr Ohr. War sie gestorben? Von der Spinne gefressen? Mühevoll sortierte Ellen die Gedanken in ihrem Kopf, schob sie hin und her, bis sie die Person fand, zu der die Stimme passte. Arnt. Vorsichtig bewegte sie erst die Hand, dann den ganzen Arm und öffnete schließlich blinzelnd die Augen.

Sie lag auf dem Bauch, mitten auf der Brücke – der Kokon war verschwunden. Sie war frei. Auch die Spinne war weg. Erleichtert und verwirrt zugleich stöhnte sie auf. Doch es blieb keine Zeit, über das Geschehene nachzudenken. Ihr Blick fiel auf ein Paar Schuhe, das ihr sehr bekannt vorkam … Konnte es sein? Langsam hob sie den Kopf.

»Arnt – du?«, brachte sie irritiert hervor. Ihr Blick arbeitete sich an seinem Hosenbein empor und verharrte dann in dem Gesicht, das nervös zuckend auf sie herabsah. »Ist das hier gerade wahr? Wo ist dein Stuhl?«

»Du hast geschrien und gezappelt wie verrückt«, antwortete Arnt mit belegter Stimme. »Dann bist du auf der Brücke zusammengebrochen und lagst da wie tot.« Er machte eine Pause. »Da – nun ja, ich wollte dir helfen … habe die Leute da unten lachen lassen, es war mir egal. Nur die Brücke war wieder zu schmal. Dann kamen mir deine Worte in den Sinn und die von Laila … Ich dachte an die Zeit, als ich noch laufen konnte, und so bin ich aufgestanden. Und als ich stand und die ersten Schritte auf dich zu machte, wurde die Brücke wieder breit … Und auch die Leute waren verschwunden, mitsamt meinem Vater.« Er schüttelte kaum merklich den Kopf. »Verdammt, Ellen, ich hatte eine solche Angst um dich. Nach deinem Kampf gegen was auch immer glaubte ich schon, ich hätte dich verloren …«

Ellen nickte und schenkte ihm ein zögerndes Lächeln. »Das Vieh hat mich mit seinem klebrigen Faden umwickelt«, sagte sie erschaudernd. »Ich dachte echt, es wäre um mich geschehen.« Die Bilder des schrecklichen Moments drängten sich in ihren Kopf und ihr Herz zog sich zusammen. Kurz holte sie Luft, um von dem tödlichen Unfall und ihrer knappen Flucht aus dem Wagen zu erzählen, da merkte sie, wie ihr die Worte im Hals stecken blieben. Sie konnte noch nicht darüber reden. Sie musste das, was sie nun endlich wusste, erst für sich selbst verarbeiten.

»Es ist seltsam«, fuhr sie leise fort und zwang sich in andere Gedanken. »In dem Moment, als ich vollkommen am Ende war und dachte, alles wäre vorbei, da verlor ich plötzlich meine Angst. Es war fast ein schönes Gefühl, so verrückt das auch klingt. Irgendwie – als ob man nichts mehr zu verlieren hat, so unglaublich frei. Frei von allem …« Einen tiefen Atemzug lang durchlebte sie noch einmal das angenehme Gefühl. Dann musterte sie Arnt, der für sie ein ungewohntes Bild abgab. »Arnt, ich freue mich unglaublich für dich«, sagte sie leise, »und ich danke dir, dass du das für mich getan hast.«

»Ist doch kein Thema, dazu sind wir ja zu zweit«, grinsend streckte er ihr die Hand entgegen, »komm, ich helfe dir hoch.«

Ellen ergriff die Hand, doch als sie sich daran hochziehen wollte, wankte Arnt und kippte um Haaresbreite vornüber.

»Na ja, ganz so sicher stehe ich wohl doch noch nicht auf meinen Beinen«, keuchte er und blickte zerknirscht auf Ellen, die seinen Sturz verhindert hatte.

»Es wird schon gehen«, sagte Ellen aufmunternd, »aber jetzt müssen wir los, der Weg ist frei – aber wer weiß, wie lange noch. Jetzt holen wir unsere Aurier … Arnt, wir waren unserem Ziel noch nie so nah!«

»Warte – mein Stuhl – vielleicht sollte ich ihn doch …«

»Den brauchst du jetzt nicht. Wie willst du mit dem Stuhl den Turm hinaufkommen? Dort gibt es sicher keinen Fahrstuhl. Jetzt ist genau der richtige Zeitpunkt, um mit dem Rollen aufzuhören.« Ellens Stimme klang euphorisch, obwohl sie nervös von einem Fuß auf den anderen trat.

»Also gut«, seufzte Arnt. »Aber auf deine Verantwortung. Dann darfst du mich jetzt ausnahmsweise mal schieben.« Er schenkte ihr ein verzerrtes Lächeln und streckte die Hand aus. Ellen hielt sie fest, während Arnt einen Schritt nach dem anderen machte. Die Anstrengung war ihm deutlich anzusehen. Immer wieder zögerte er, um die Standfestigkeit zu überprüfen.

Ellen blickte sich nervös um. Die Tatsache, dass von Kethamarr und seinen Leuten immer noch nichts zu sehen war, erleichterte und beunruhigte sie zugleich. Es war so still – so unheimlich still. Nur das Wischen der kleinen Besen war zu hören. Selbst die Aurier hatten aufgehört zu singen.

Nach einer Ewigkeit, wie es Ellen schien, standen sie endlich vor dem Eingang des roten Turms. Der Efeu hatte den ganzen Bau erobert, nur ein paar Fenster waren zu erahnen, dort, wo lichte Stellen im Grün hervortraten. Ellen wollte nicht wissen, wie viele Spinnen in den Kletterpflanzen hausten, doch zu ihrer Zufriedenheit stellte sie fest, dass sie der Gedanke kaltließ, zumindest fast …

Vorsichtig drückte sie die hängenden Ausläufer des grünen Vorhangs auseinander und spähte ins Innere des Turmes. Nach und nach zeichneten sich Stufen in der Dunkelheit ab. Eine hölzerne Treppe wendelte sich an der Wand empor, alle paar Meter fiel ein wenig Licht auf die Tritte. Weiter oben konnte Ellen ein Plateau erkennen, das sich an der Mauer entlangzog und in der Mitte den Blick bis zum Dach freigab – und das schien ihr sehr weit oben zu sein.

»War der Turm von außen auch so hoch?«, fragte Arnt, dessen Blick dem von Ellen gefolgt war. »Wenn unsere Aurier ganz oben sitzen, werde ich sie in diesem Leben nicht erreichen.«

»Ach was, du schaffst das«, sagte Ellen. »Komm, halt dich hier am Geländer fest, deine starken Arme helfen dir.«

Arnt fasste gerade an das Holz, da ließ ein Geräusch sie innehalten. Feines Gemurmel hallte durch die Mauern.

»Hörst du das?«, Ellen fuhr aufgeregt herum, »das müssen Aurier sein!«

»Durchaus möglich«, Arnt setzte einen Fuß auf die erste Stufe, »Ellen, ich weiß nicht, ob …«

»Nun probiere es doch einfach«, fiel sie ihm ins Wort, »du wirst sehen, es geht. Glaube an dich.«

Unsicher zog er das zweite Bein nach und stellte es bedächtig neben das erste.

Ellen sammelte sich kurz, testete ihren eigenen Halt auf den Stufen, dann huschte sie an Arnt vorbei, der leise vor sich hin fluchte, während er mit den Tritten kämpfte.

Als sie auf dem ersten Plateau angekommen war, stutzte Ellen. Entlang der Mauern waren vergitterte Erker eingelassen, die Türen standen offen. Kurz spähte sie durch das halb zugewachsene Fensterloch der Turmmauer. In der Ferne entdeckte sie vier Raben, die über dem Kloster kreisten. Es schien ihr klar, nach wem sie Ausschau hielten.

Auch Arnt hatte nun das Plateau erreicht. Verdrossen starrte er auf die leeren Käfige. »Sieht so aus, als würden sie die Aurier hier reinstecken, wenn sie nicht gerade am Schuften sind«, schnaufte er und tastete sich an der Mauer entlang. Hier gab es kein Geländer.

»Wir müssen höher«, sagte Ellen und nahm erneut seine Hand. »Geht es nicht ein ganz, ganz klein wenig schneller?«

»Du verlangst ein ganz, ganz klein wenig viel, findest du nicht?«, Arnt zog eine Grimasse. »Ich bin heilfroh, dass es überhaupt geht. Und außerdem geht es nicht mehr lange, meine Beine fühlen sich an wie Betonstümpfe«, er stützte sich schwer auf das Geländer des zweiten Treppenabschnitts. Nach einigen weiteren Stufen hielt er plötzlich an. »Ellen, ich kann nicht mehr, geh du alleine hoch, lass mich hier warten.«

»Nein, wir trennen uns nicht noch mal. Wir gehen da zusammen hoch«, sagte sie drängend.

Arnt schüttelte resigniert den Kopf. »Du willst das nicht verstehen, richtig? Ich kann nicht ...«

»Natürlich kannst du, wenn du willst – Arnt, wir sind so kurz vor dem Ziel, so kurz ... Was sind die paar Stufen verglichen mit dem, was wir schon durchgemacht haben? Deine Beine sind nicht so schwer, wie sie sich anfühlen.« Ellens Stimme klang beinahe flehend. »Warte«, sie beugte sich zu seinen Beinen und hob von hinten einen Fuß auf die nächste Stufe. Arnt zog sich hoch. »Und jetzt der andere.«

Stück für Stück ging es weiter. Immer wieder blickte sie nach unten, der Gedanke, dass Kethamarr jeden Moment dort erscheinen konnte, war kaum auszuhalten.

Endlich erreichten sie das zweite Plateau, doch der Anblick war ernüchternd. Auch hier zogen sich etliche Erker an der Mauer entlang, doch auch sie waren alle leer. Ein entferntes Krächzen ließ Ellen herumfahren. Aus den Augenwinkeln sah sie, wie sich das einfallende Licht für einen Sekundenbruchteil verdunkelte.

»Wir müssen von den Fenstern wegbleiben«, flüsterte sie geduckt, komm weiter«. Wieder half sie Arnt mit den Beinen und allmählich kamen sie schneller voran. Das Krächzen der Vögel war mal leiser, mal lauter.

»Sie umkreisen den Turm«, schnaubte Arnt, »bestimmt haben sie uns gesehen. Sieht fast so aus, als könnten wir einpacken.«

»Würdest du bitte aufhören, zu unken, das hilft gar nichts, im Gegenteil«, energisch rammte Ellen seinen Fuß auf die nächste Stufe. »Wir können nur noch nach vorn. Wir sind schon so weit gekommen, jetzt lass es uns einfach versuchen – hab Vertrauen.«

»Vertrauen?«, Arnt lachte bitter auf. »In wen? Kethamarr?«

»Nein«, sagte Ellen mit fester Stimme. »In dich … in mich …«

Wieder hallten leise Laute von den Wänden wider.

»Sie rufen uns, Arnt, hörst du das auch? Das sind bestimmt unsere Aurier. Sie spüren, dass wir da sind. Sie wissen es, bitte, gib noch mal alles.«

Arnt horchte auf und schien neue Kräfte geschöpft zu haben. Ohne Ellens Hilfe zog er sich die letzten Stufen hinauf. Kurze Zeit später standen sie auf dem dritten Plateau. Ellens Schultern wurden schlaff. Entmutigt starrte sie auf die Käfige. Auch hier waren sie leer.

»Ich hätte schwören können, dass sie hier sind«, sagte sie verdrießlich.

Arnt hob den Zeigefinger an seine Lippen. »Pssst, vielleicht …«, sie lauschten in die Stille.

»Wir müssen noch höher.« Ellen warf einen zögernden Blick auf Arnt.

»Neee«, stöhnte er und sackte an der Wand herunter. »Jetzt ist es endgültig aus, ich kann nicht mehr.«

»Es sind nur noch ein paar Stufen, sie sind bestimmt da oben, ich bin mir ganz sicher, höher geht es nicht mehr …« Ellens Augen flehten ihn an.

»Verstehst du eigentlich gar nichts?« Arnt legte den Kopf auf die Knie. »Es geht nicht mehr!« Dann blickte er auf: »Und außerdem sieht es so aus, als hätten wir uns geirrt. Vielleicht kamen die Stimmen von draußen. Schau dir diese Stufen doch mal an, sie sind total überwuchert, hier ist schon ewig niemand mehr hochgegangen. Zudem scheint mir der Turm hier oben ziemlich marod ...«

Ellen blickte betrübt auf die Turmmauer, die an vielen Stellen große Löcher hatte, als hätten Kanonenkugeln die Wände durchschlagen. Die Stufen der Treppe waren kaum zu sehen, überall hatte der Efeu seinen Platz erobert.

»Dann werde ich eben alleine da hochgehen. Ich muss es wissen ...«

»Ellen, jetzt glaub mir doch ...« Arnt winkte ab. »Sei bloß vorsichtig!«

Ellen tastete sich vorwärts. Das Geländer war zerbrochen, die Stufen kaum zu erkennen, und sie hatte alle Mühe, nicht abzurutschen. Mit vorsichtigen Schritten erklomm sie den Dachgiebel und entdeckte hinter den wild wuchernden Pflanzen einige Erker. Ohne auf Spinnen und anderes Ungeziefer zu achten, riss sie den Efeu auseinander. Noch hatte sie einen Funken Hoffnung, als sie sich hinunterbeugte, um in die Käfige zu sehen. Der erste war verschlossen – und leer. Ungläubig wütete Ellen in dem Gesträuch, riss an Strängen und Blättern, und nachdem sie in den letzten leeren Käfig geschaut hatte, kniete sie erschöpft nieder.

Da kam ihr plötzlich ein Gedanke. Wie hatte sie glauben können, Kethamarr würde das wahre Versteck ihrer Aurier verraten? Morphus musste sie woanders hingebracht haben. Das erklärte auch, warum Kethamarr es mit seiner Rückkehr nicht eilig hatte. Er wusste, dass sie die Aurier hier nicht finden würden. Wahrscheinlich würde er in aller Ruhe unten am Eingang warten und sie beide vom Baum pflücken wie reife, dumme Pflaumen. Nicht einen Moment hatte sie sich darüber Gedanken gemacht. Nicht einen Moment daran gezweifelt, dass ihre Aurier in diesem Turm waren. Ellen stützte die

Stirn in ihre Hände. *Aber ich habe sie doch gehört … Wir beide haben sie gehört …*

Schwer erhob sie sich. Ihr Kopf fühlte sich an wie leergesaugt, fernab von jeglichem klaren Gedanken.

Wie in Trance machte sie sich an den Abstieg. Ihre Finger krallten sich in die Pflanzen, ihr Fuß suchte Halt auf den verborgenen Stufen. Auf halber Höhe blieb sie stehen – und starrte nach unten. Von einem Aufstöhnen begleitet, krampfte sich ihr Magen zusammen. Dort, wo Arnt gesessen hatte, waren nur noch platt gedrückte Gewächse.

»Neeein«, kreischte sie hysterisch, »Aaarnt.« Sie strauchelte. Der Efeu dämpfte ihren Fall, als sie die Treppe hinunterpolterte und unten aufschlug. Trockene Tränen der Enttäuschung und des vermeintlichen Schmerzes rannen in den Staub, als sie liegen blieb und mit der Faust auf die Pflanzen schlug.

»Pssst, spinnst du? Mach doch nicht so einen Krach!«

Ellen riss den Kopf hoch. Arnt kauerte auf der anderen Seite des Plateaus. »Sie müssen hier irgendwo sein, hier hinten«, flüsterte er.

Energisch schüttelte Ellen das Grünzeug von den Kleidern. »Dir ist nicht entgangen, dass ich wegen dir gerade abgestürzt bin, oder?«, ereiferte sie sich. »Du hast mich zu Tode erschreckt.«

»Ist mir nicht. Aber ein Sturz war sowieso längst überfällig, ich habe schon an dir gezweifelt.« Er presste ein Ohr an die Wand. »Und schlimm kann es nicht gewesen sein. Wenn Susan und Tilo es geschafft haben, liegt dein verletzbarer Körper geschützt im Pfortenkreis. Natürlich nur, wenn nicht gerade ein Morthor den Speer hineinrammt.«

Ellen schluckte. An diese Gefahr hatte sie gar nicht gedacht. War Kethamarr vielleicht dort? Hatte er Morthoren dorthin bestellt, um sie beide zu töten? Oder erledigte er es sogar höchstpersönlich? Susan, Tilo …

»Arnt, wir müssen …«

»Leise sein! Da ist es wieder, es kommt von hier.« Arnt betastete die Mauer.

Ellen hielt die Luft an. Jetzt konnte auch sie das feine Stimmengewirr vernehmen. »Du meinst, unsere Aurier stecken hinter diesen Steinen?«

»Sag mal, bist du grad eben auf den Kopf gefallen? Was sonst sollte ich hier machen – etwa Mauerkraulen? Hier, schau her …«

Als Ellen näher trat, erkannte sie einen Stein, der sich durch die hellere Färbung von den anderen abhob. Arnt fuhr mit den Fingern in die Ritzen, der Stein ließ sich bewegen. Er versuchte, ihn herauszuziehen.

»Warte!« Ellen legte eine Hand auf seinen Arm. Wenn wir den Stein rausnehmen, werden uns die Aurier entgegenspringen. Das darf auf keinen Fall passieren.«

»Und warum nicht?« Arnt blickte überrascht auf.

»Habe ich dir das nicht gesagt?«

»Unsere Gesprächszeiten waren in den letzten paar Stunden ziemlich limitiert … Außerdem habe ich sowieso das Gefühl, dass du mit deinen Informationen eher sparsam umgehst …«

»Maureen hat mir diesen Beutel gegeben.« Ellen zog das feine Stück Stoff aus der Hosentasche. »Weißt du noch, warum wir uns in Anderland aufhalten können?«

»Weil wir keine Aurier haben?«

»Richtig. Und darum dürfen sie hier auf keinen Fall mit uns zusammenkommen. Sobald die Aurier Kontakt mit uns haben, fallen wir zurück in unsere Welt – und haben keine Chance mehr, in unsere Körper zurückzugelangen. Wir würden körperlos herumhängen, bis wir …« Ellen verzog den Mund.

»Aber für was der ganze Aufwand, wenn wir sie nicht mitnehmen können?« Arnt blickte sie an, als habe sie den Verstand verloren.

»Wir können sie ja mitnehmen. Aber nur in diesem Beutel!« Ellen winkte ungeduldig mit dem Stoff. »Er isoliert Gefühle und verhindert so die Verbindung zwischen den Auriern und uns. Und wir kommen damit einfacher an den Fendern vorbei.«

»Ach! Jetzt kapier ich auch, warum du mich in das Ding gesteckt hast«, murrte Arnt. »Vielen Dank für die zeitnahe Aufklärung.«

»Gerne! So wie du vor Wut geschäumt hast, wäre es für die Fender ein Festessen gewesen.«

Wieder konnten sie die Aurier rumoren hören. Auch wenn sie deren Worte nicht verstanden, war die Aufregung in den Stimmen eindeutig erkennbar.

»Jetzt können wir nur noch hoffen, dass es auch wirklich unsere sind«, sagte Ellen. »Aber die Tatsache, dass sie so gut versteckt sind, spricht dafür.« Sie faltete den Beutel auseinander. »Wir müssen das Loch verdecken.« Ellen drückte den Stoff an die Mauer.

Ein feiner Schatten rauschte am Fenster vorbei, so nah, dass sie den Flügelschlag hören konnten.

»Die Vögel! Hol du den Stein raus, schnell, ich ziehe den Beutel nach.«

Arnt grub seine Finger in die Fugen. Der Stein ließ sich mühelos bewegen. »Hey, ich glaube, die schieben da drin«, sagte er grinsend.

»Warte – der Beutel – klapp den Stein schräg nach unten weg!« Blitzschnell zog Ellen den Stoff herunter und spannte ihn mit gespreizten Fingern um das Loch.

»Sind sie drin?«, fragte Arnt und legte den steinernen Verschluss vorsichtig auf den Boden.

»Ich weiß es nicht. Ich habe die Hände an der Wand – und hören tue ich auch nichts mehr.«

»Wahrscheinlich haben sie nicht damit gerechnet, dass wir sie zur Begrüßung in den Sack stecken …«

»Gut möglich.« Ellen hielt ihr Gesicht an den feinen Stoff. Schemenhaft konnte sie die Aurier erkennen.

»Kommt hier rein«, flüsterte sie. »Wir müssen euch hier drin mitnehmen.«

Es war ruhig.

»Warum?«, wollte dann eine feine Stimme wissen. Ellens Knie wurden weich. Sie spürte sofort, es war einer der ihren.

»Bitte kommt, steigt hier rein«, drängte sie, »wir haben jetzt keine Zeit für Erklärungen, schnell …«

Ein leises Stimmengewirr erklang. Die Aurier schienen über etwas zu diskutieren.

»Jetzt beeilt euch doch«, flehte Ellen, die plötzlich befürchtete, sie könnten es sich anders überlegen. »Vertraut uns, es ist alles okay.«

Wieder war es ruhig. Dann gab es einen kaum spürbaren Ruck in Ellens Hand. Der erste Aurier schien in den Beutel gesprungen zu sein. Kurz darauf ein zweiter, ein dritter, ein vierter.

»Hoffentlich sind es auch wirklich deine«, räumte Ellen ihre Zweifel ein, doch Arnts Gesichtsausdruck sprach Bände. Auch er schien es zu spüren, trotz des Stoffes, der sie trennte.

Ellen nahm ein Stück Efeustrang und band den Beutel zu. »Jetzt müssen wir nur noch hier rauskommen.«

»Pass bloß auf, dass du nicht wieder hinfällst«, murmelte Arnt mit Blick auf den Beutel, der eine außerordentliche Eigendynamik entwickelt hatte. Dann packte er das Geländer und machte sich in erstaunlichem Tempo an den Abstieg.

Ellen folgte ihm, die Aurier hatte sie unter ihren Pulli gesteckt. Am Ausgang schob sie vorsichtig den Efeuvorhang zur Seite. Arnts Stuhl stand immer noch auf der anderen Seite der Brücke.

»Ein Wegweiser mit der Aufschrift *Wir sind hier drin* hätte ungefähr die gleiche Wirkung gehabt«, brummte Arnt, der stirnrunzelnd beobachtete, wie ein paar Aurier den Rollstuhl – sichtlich angestrengt – mit kleinen Handtüchern bohnerten.

»Da hast du allerdings recht«, stimmte Ellen beklommen zu. Plötzlich fuhr sie zusammen. Ein nur allzu bekanntes Kreischen drang in ihr Ohr, schwoll an. Sofort ließen die Aurier von dem Stuhl ab, warfen die Handtücher und trollten sich.

»Die Fender, sie kommen zurück«, sagte Ellen mit tonloser Stimme. »Dann wird Kethamarr auch nicht weit sein. Schnell rüber!« Sie nahm Arnt an die eine Hand, mit der anderen stützte sie die quirlige Beule, die den Pulli verräterisch wölbte. Arnt stolperte hinter ihr her.

»Den Stuhl brauchst du jetzt nicht mehr, oder?«, fragte Ellen, als sie die Brücke überquert hatten.

»Aber sicher brauche ich den«, entgegnete Arnt in einem Ton, der keinen Widerspruch zuließ. »Damit bin ich viel beweglicher – und so geglänzt hat der noch nie …«

Ellen seufzte – aber Arnt hatte recht, mit dem Stuhl war er wirklich schneller. »Jetzt bleibt uns nur eine Möglichkeit«, sagte sie – und blickte auf den einzigen Fluchtweg, der sich mehr und mehr mit Fendern füllte. »Wir müssen erstens versuchen, unbemerkt an ihnen vorbeizukommen und zweitens hoffen, dass Kethamarr uns nicht entdeckt. Drittens dürfen uns keine Morthoren im Weg stehen und viertens keine Raben über unseren Köpfen kreisen … Das wäre dann alles.« Ellen schluckte. »Es gibt keine andere Möglichkeit, wir müssen da durch – irgendwie.« Krampfhaft versuchte sie, die Unsicherheit in ihrer Stimme zu verbergen, doch je länger sie die Fender vor sich betrachtete, desto mehr schwand der Glaube an eine erfolgreiche Flucht. Die Anstrengungen der letzten Stunden hatten ihrer Zuversicht die Grenzen aufgezeigt.

»Dann lass uns gehen, wir haben das schon mal geschafft.« Arnt saß wieder in seinem Rollstuhl und schien neue Kraft geschöpft zu haben. Zielstrebig wandte er sich in Richtung der schwarzen Kreaturen. »Schlimmstenfalls werde ich dich küssen.« Er grinste und warf ihr einen schrägen Blick über seine Schulter zu.

Ellen lächelte, beeindruckt von dem Stimmungswandel, der ohne Zweifel seinen Auriern und dem Stuhl zuzuschreiben war. Einmal mehr dachte sie daran, wie gut es war, ihn bei sich zu haben. Es schien ihr fast, als ob sie sich unbewusst ergänzten. War einer mutlos, war der andere umso stärker. Sie warf einen dankbaren Blick auf seinen Hinterkopf, legte beide Hände auf den äußerst lebendigen Pulli und wurde ohne Vorwarnung von einem starken, mütterlichen Gefühl überrollt. Errötend schüttelte sie es ab und zwang ihre Gedanken in andere Gänge.

»Du hast recht, wir haben schon so viel geschafft, dann wird uns das auch noch gelingen«, murmelte sie und fischte ein wenig Mut aus ihren eigenen Worten. »Bist du bereit, an nichts zu denken?« Entschlossen legte sie Arnt eine Hand auf die Schulter.

Er nickte wortlos und stieß sich vorwärts. Ellen lief zügig nebenher. Ein paar Fender bewegten sich auf sie zu. Ellen konzentrierte sich auf ihr Ziel, die kleine Brücke am Bach, atmete tief ein, tief aus, während die beiden sich durch die Schar der pendelnden Gestalten bewegten. Es klappte so perfekt, dass Ellen sich beherrschen musste, um mit ihrer Skepsis keine unerwünschten Gefühle zu erzeugen. Einen kurzen Moment lang geriet ihre Beherrschung ins Wanken, als sie meinte, einen Morthoren in dem Gewühl der Fender entdeckt zu haben, doch als sie genauer hinsah, war nichts zu erkennen. Schnell ließ sie den Gedanken los und konzentrierte sich wieder auf ihr Ziel.

Arnt schien ebenfalls einen Weg gefunden zu haben, sich selbst unter Kontrolle zu halten, er hielt seinen Blick starr geradeaus gerichtet und summte kaum hörbar ein Lied.

Ohne weitere Zwischenfälle ließen sie die Fender hinter sich und erreichten den Weg, der am Kloster entlang hinunter zum Amphitheater führte.

»Arnt … Ich muss noch schnell … Warte hier, ganz kurz.« Noch bevor Arnt etwas erwidern konnte, machte Ellen einen Schwenk zu dem Fenster, hinter dem sich die Duplikauster befanden.

Entsetzen und Freude machten sich gleichermaßen breit, als sie in den Gewölbekeller blickte, der ein chaotisches Bild bot. Kunstwerke lagen zerschmettert am Boden, Staffeleien türmten sich kreuz und quer. Farbkessel waren durch den Raum geschleudert worden, und der Inhalt ergoss sich erkaltet und bunt über die Trümmer. Unter den Duplikaustern herrschte heilloses Durcheinander. Ellen sah, wie einer von ihnen versuchte, das Wachs mit einem Schaber vom Holz der Staffelei zu kratzen, während sein Partner im Gleichzug den Hinterkopf eines Kollegen rasierte. Sie schubsten sich gegenseitig, purzelten durcheinander und schienen alles noch viel schlimmer zu machen.

Ellen frohlockte innerlich. Der Triamese hatte ganze Arbeit geleistet.

Schnell kehrte sie zurück und folgte Arnt, der ihr einen missbilligenden Blick zuwarf, während er sich bereits in Richtung Theater bewegte. Dann bremste er ruckartig ab.

»Was ist?« Ellen kam keuchend heran.

»Schau dir das an, da vorne – das ist doch …«

»Scarabella!«

Ellen starrte auf das Tier, das sich ebenfalls in Richtung Theater bewegte. Mit schubartigen Bewegungen stieß es sich vorwärts. Ellen und Arnt hielten auf Scarabella zu, und als sie sich neben ihr befanden, stoppte die Raupe und richtete sich auf. Das kleine, aufgerissene Maul entblößte messerscharfe Zähne, an denen noch farbige Wachsreste klebten. Ein knurrender Laut entfleuchte den Wülsten.

»Die haut wohl auch ab, jetzt, wo alles zerstört ist«, überlegte Ellen laut.

»Möglich, aber lass uns weitergehen – das alles hier kommt mir seltsam vor – so ruhig …« Arnt stieß seine Räder an und kurz darauf gelangten sie zu dem Tunnel, der sie noch von der Freiheit trennte. Ellen starrte in das dunkle Loch. Ein sattsam bekanntes, lähmendes Gefühl durchzog ihren Nacken, sie hob den Kopf. *Ich bin hier schon einmal durchgegangen*, versuchte sie sich selbst zu ermutigen – und fragte sich gleichzeitig, wie sie das hatte schaffen können. Dann dachte sie an den Unfall, dem sie ihre Angst vor allem, was sie einengte, nun zuschreiben konnte – und es gelang ihr, sich ein wenig zu fangen. Vorsichtig hob sie den Pulli, legte den strampelnden Beutel auf Arnts Schoß und schob ihn zur Treppe. Nur noch diese Stufen ...

Nichts denken, keine Angst haben, nichts denken … Langsam ließ sie Arnt die Treppe hinunter, Stufe um Stufe – der Tunnel war frei. *Nur noch hier durch, dann haben wir es geschafft* …

Stück für Stück arbeiteten sie sich durch die Dunkelheit, nur noch ein paar Meter …

Ellen bremste den Rollstuhl so ruckartig, dass Arnt um Haaresbreite nach vorne gekippt wäre. Der Tunnelausgang hatte sich verdunkelt, knapp vor ihnen erschien eine Gestalt. Breitbeinig stand sie da. Nur die Umrisse waren zu erkennen – doch das reichte vollkommen.

»Das habt ihr euch so gedacht!«, schmetterte es hundertfach durch den Fels.

Kethamarr versperrte den letzten Meter ihrer Flucht.

Obwohl Ellen wusste, dass es kein Entkommen gab, zog sie Arnt rückwärts, doch im gleichen Moment fuhr das Kreischen der Fender in ihren Nacken. Sie kamen von oben. Ellen sah keine Möglichkeit, an ihnen vorbeizukommen. Tausend Gedanken schossen durch ihren Kopf, und sie alle wurden von Angst gespeist. Für die Fender mussten sie das reinste

Festmahl sein. Das anschwellende Wimmern der Aurier auf Arnts Schoß bohrte sich zusätzlich in ihr Herz. Es schien, als wüssten auch sie, dass die Reise hier zu Ende war.

Noch mehr Fender verstopften den Tunnel und schoben sich von oben herab. Ihre Schreie stießen sich an den Wänden und raubten Ellen den letzten Rest ihres Verstandes.

Da dröhnte Kethamarrs Stimme durch das Gewölbe. Sofort verstummten die Fender.

»Diesmal – ist es – vorbei! Endgültig vorbei!« Die Flügel seiner Nase hoben und senkten sich. »All meine Bilder sind zerstört. Alle bis auf eins, doch das bringt mir jetzt nichts mehr. Radins Perlen – eine einzige habe ich retten können. Eine einzige! Der Rest ist unauffindbar mit dem Wind verweht oder treibt in dem verdammten Bach – und Nachschub wird es nicht mehr geben. Radin ist tot.« Seine Augen verzogen sich zu Schlitzen. »Auf diesen Moment hatte ich lange gewartet, sehr lange, doch nun war er nicht vollkommen. Ihr seid mir in die Quere gekommen. Mein Lebenswerk ist zerstört!!!«

»Radin … ist … tot?« Die Worte legten sich um Ellens Hals wie ein Strick. »Das – das ist nicht möglich …«, hauchte sie und presste sich an die Wand, um nicht umzufallen.

»Der Faden ist versiegt, die Perlen sind verloren. Radins Perlen …« Kethamarrs Faust schlug gegen die Wand und erwischte Ellen fast an der Schläfe. Sie konnte seinen Atem auf ihrer Haut spüren und war unfähig, ihm auszuweichen. Wie erstarrt klebte sie am Fels.

Da sah sie aus den Augenwinkeln, wie etwas zwischen den Fendern hindurch auf sie zukam. Ellen kniff die Augen zusammen und erkannte die fleischige Raupe. Sie wirkte verstört, als sie die Treppe herunterrobbte und auf ihren Herrn zuhielt. Auch Arnt hatte sie jetzt entdeckt – und reagierte sofort. Blitzschnell griff er in seine Hosentasche und zog die Steinschleuder hervor, ertastete mit einer Hand einen losen Stein am Boden, spannte das Gummi und zielte auf die Raupe, die sich nun fast neben ihm befand.

»Stopp das Vieh oder es zerplatzt wie ein nasser Ballon«, brüllte er und spannte das Gummi stärker.

Kethamarrs Augen weiteten sich, erst überrascht, doch dann, als er erkannte, auf was Arnt zielte, ließ die Wut seinen Körper erbeben. »Du wirst es nicht wagen … Das wirst du nicht wagen …«, zischte er durch die Zähne und trat auf Arnt zu.

»Halt! Noch einen Schritt und ich öffne die Finger.«

Kethamarr hielt inne, die Adern an seinen Schläfen traten sichtlich hervor. Auch die Raupe verharrte bewegungslos, als würde sie verstehen.

Arnts Blick hastete zwischen ihr und Kethamarr hin und her. »Du wirst jetzt langsam aus dem Tunnel gehen. Ellen wird die Raupe mitnehmen. Wenn wir ohne Zwischenfälle unten angekommen sind, lassen wir sie wieder frei.«

»Jaaa«, Kethamarrs Augen blitzten auf, »jaaa, nimm sie nur, Ellen, nimm sie mit, nur zu …«

»Arnt, warte«, fuhr Ellen dazwischen. »Es geht nicht, die Raupe ist bissig wie eine tollwütige Ratte. Er soll uns den Weg freigeben. Sie kommt mit uns zur Brücke runter.«

»Du hast es gehört, Kethamarr. Und eins garantiere ich dir. Wenn nicht alles genau so abläuft, wie wir es sagen, wird deine geliebte Scarabella jämmerlich verenden. Und ich werde sie nicht verfehlen, das schwör ich dir«, der Klang seiner Stimme war messerscharf.

Kethamarr wich zurück. Mit zorngerötetem Gesicht starrte er Arnt an, und einen kurzen Moment lang befürchtete Ellen, er würde sich auf ihn stürzen, da hob er die Hand.

»Tu, was er sagt, Scarabella, geh runter zur Brücke.« Mit großen Schritten gab Kethamarr den Ausgang frei.

Die Raupe setzte sich sofort in Bewegung, hielt sich neben Ellen und Arnt, der seine Schleuder noch immer auf sie richtete. Immer wieder schnappte das Tier nach seinem Fuß. Die farblosen Wülste krümmten und streckten sich, während die Beine mit größter Präzision arbeiteten.

»Noch weiter zur Seite, Kethamarr«, befahl Ellen, »und halte die Fender oben.«

Der Trupp zog an Kethamarr vorbei, dessen Kopf blutrot angelaufen war.

Meter um Meter näherten sie sich der Brücke. »Verdammt, wenn wir das Vieh nur mitnehmen könnten«, sagte Arnt grimmig. »Wenn Kethamarr uns folgt, haben wir nichts mehr gegen ihn in der Hand.«

»Du hast recht, es wäre gut, sie als Geisel zu nehmen – aber wenn wir sie anrühren, wird sie uns den Arm zerfleischen.« Fieberhaft suchte Ellen nach einer Möglichkeit, das Tier zu bändigen.

Als sie an der Brücke angekommen waren, hatte Kethamarr sich nicht von der Stelle gerührt. Mit zusammengekniffenen Augen beobachtete er jede ihrer Bewegungen wie eine Raubkatze vor dem Sprung.

»Warte noch einen Moment«, sagte Ellen. »Vielleicht gibt es doch einen Weg, die Raupe festzuhalten.« Sie lief ein paar Schritte abseits des Weges und hob eine Astgabel auf. *Vielleicht kann ich sie damit auf Arnts Fußrasten klemmen,* ging es ihr durch den Kopf, doch sie verwarf den Gedanken wieder. In dem Moment fiel ihr Blick auf drei kleine schwarze Hügel im Gras. Einer davon strampelte mit den Beinen.

»Ellen, mach, das Mistvieh türmt …«, rief Arnt.

»Warte«, entgegnete Ellen, »dort vorne liegt etwas, ich glaube …« Schnell schritt sie auf das strampelnde Etwas zu und bückte sich, um es genauer zu betrachten. »Corvus, bist du das? Du meine Güte!«, entfuhr es ihr.

Der Vogel lag zitternd auf dem Rücken und ruderte mit den Beinen. Genau wie damals auf dem Hamsterrad.

»Sie ist gleich außer Schussweite, Ellen, mach jetzt!« Arnts Stimme wurde haltlos. »Kethamarr, sag deiner verdammten Raupe, sie soll stehen bleiben!«

Ellens Blicke rasten zwischen Corvus und der fliehenden Raupe hin und her, fieberhaft suchte sie nach dem geeigneten Weg. *Entscheide dich!*, brüllte es in ihrem Kopf.

Dann, ohne eine weitere Sekunde zu verlieren, warf sie die Astgabel weg und schob ihre Finger vorsichtig unter den federleichten Körper. Behutsam legte sie den Raben in ihre Armbeuge und kehrte zu Arnt zurück, der noch immer auf die fliehende Raupe zielte.

»Ich habe Corvus, er ist verletzt, lass uns ortswechseln.« Entschlossen fasste sie Arnts Handgelenk.

»Bist du verrückt? Kethamarr wird uns folgen, und wenn er das tut, führen wir ihn direkt zu …«

Im gleichen Moment waren sie von der Brücke verschwunden.

Kapitel 48

Auge in Auge

Bist du noch ganz bei Trost? Willst du Kethamarr mit dem Vogel erpressen?«, tobte Arnt los, noch bevor sie neben dem Pfortenkreis aufgetaucht waren.

»Ich weiß nicht, ob wir Kethamarr damit beeindrucken würden«, sagte Ellen ruhig und bettete Corvus in ein Gebüsch. »Aber ich konnte ihn nicht dort liegen lassen. Er hat uns …«

Ellen konnte nicht weitersprechen. Sie hatte Susan und Tilo erblickt, die eng umschlungen auf einem Baumstamm saßen und wortlos in die Mitte des Kreises starrten. Ihre vier Aurier hatten sich wohlig aneinandergekuschelt.

Dann entdeckte sie Jesias, der sich ihre Jacke umgebunden hatte und auf dem gegenüberliegenden Stamm mit trüber Miene an einem Stock schnitzte.

»Jesias«, rief sie erfreut aus.

»Ellen, Gott sei Dank!«, sofort sprang er auf, »du hast es geschafft.«

»Ja«, knurrte Arnt, »und nicht nur sie.« Er rümpfte die Nase.

»Jesias, das ist Arnt. Arnt, das ist Jesias«, sagte Ellen knapp.

Beide nickten kurz, dann wandte sich Jesias an Ellen. »Erzähl mir, was passiert ist.«

»Na wunderbar, redet ihr nur.« Arnt stieß seinen Stuhl in den Pfortenkreis. »Aber wundert euch nicht, wenn wir gleich einen unerwünschten Gast hier haben.« Verdrossen wandte er sich ab.

In knappen Worten schilderte Ellen die Geschehnisse der letzten Stunden. Kethamarrs Behauptung, Radin sei gestorben, ließ sie beiseite, sie brachte es nicht übers Herz.

Noch ehe sie geendet hatte, hob Jesias plötzlich die Hand. »Ich glaube, wir haben ein Problem«, flüsterte er kaum hörbar. Sein Gesicht wirkte wie eingefroren und Ellen verstummte schlagartig. Wie aus dem Nichts lag eine Spannung in der Luft, die in ihrem Nacken knisterte und jede Bewegung lähmte.

Ohne die Richtung seines Blickes zu ändern, trat Jesias rückwärts, griff nach dem frisch geschnitzten Speer und legte ihn einsatzbereit zwischen seine Finger.

»Jesias!« Ellen wich erschrocken zurück. Ihre Vorahnung bildete einen Kloß in ihrer Kehle, der jeden weiteren Ton erstickte. Ganz langsam drehte sie sich um … und blickte direkt in Kethamarrs zorngerötetes Gesicht.

Ellens Herz begann zu rasen.

Mit versteinerter Miene trat Jesias dem Eindringling entgegen, aus dessen Augen nun knisternde Blitze schossen.

»Was machst du hier?«, grollte Kethamarr. »Die Regeln verbieten es dir, dich einzumischen.«

»Falsch«, entgegnete Jesias gefasst. »Die Regeln verbieten es mir, dein Reich zu betreten, Kethamarr, und daran habe ich mich bis jetzt gehalten. Und das auch nur, weil Maureen mich darum bat.«

»Maureen, pah!« Kethamarr warf den Kopf in den Nacken und lachte hämisch auf. »Du kuschst vor ihr wie ein Hund!«

»Es gab auch schon andere Zeiten, erinnerst du dich?«, gab Jesias zurück. »Auch du warst Maureen wohlgesonnen, so verschieden eure Ansichten auch gewesen sein mögen. Aber jetzt hast du die Regeln verletzt, du hast deine Grenzen überschritten, das ganze Land ist in Aufruhr. Trotzdem hält sie sich zurück. Erwarte das nicht von mir!« Jesias kniff die Augen zusammen. »Ich werde es mit dir aufnehmen, wenn es sein muss, und du weißt ganz genau, dass du keine Chance gegen mich hast, alter Mann.«

Ellen blickte wie gebannt auf Jesias, der seinen Speer ausrichtete. Sie hatte keine Ahnung, ob er seinem Gegenüber gewachsen war, doch er wirkte überzeugend.

»Nimm den lächerlichen Zahnstocher weg und verschwinde«, fauchte Kethamarr und hob drohend die Faust.

»Keinen Schritt werde ich tun«, sagte Jesias scharf. »Du bist derjenige, der weichen muss.«

»Den Teufel werde ich …« Kethamarr deutete auf Ellen und Arnt. »Diese Brut hat mir alles zerstört«, zischte er. »Sie waren es, die den Triamesen gegen mich aufgehetzt haben. Sie waren es, die ihn dazu gebracht haben, mein Lebenswerk zu zertrümmern.« Seine Hand tauchte in den Umhang und holte eine murmelgroße, perlmuttfarbene Kugel hervor. »Aber ihr Erfolg weist Lücken auf, denn das Wichtigste habe ich hier.« Behutsam drehte Kethamarr die Kugel zwischen seinen Fingerkuppen. »Diese hier ist die letzte ihrer Art. Lange habe ich am Bach nach ihr gesucht. Und das Beste ist«, jetzt lächelte er Jesias an, »sie ist von deinem Vater. Sie ist alles, was von ihm übrig ist – und nun wird sie gegen den eigenen Sohn antreten – welch eine Ironie des Schicksals.«

Ellen spürte den trockenen Schweiß auf ihrer Stirn, als sie auf Jesias blickte, dessen unterdrückte Wut den Speer in seiner Hand erzittern ließ.

»Jesias, lass dich nicht auf seine Worte ein«, ihre Stimme klang wie das Piepsen einer Maus, »er will dich nur provozieren!«

»Dein Vater ist tot«, setzte Kethamarr nach, als wäre Ellen nicht vorhanden. »Gestorben an nichts anderem als an meiner Genialität.« Er verbeugte sich.

»Das ist nicht wahr«, Jesias atmete schwer, »ich würde es wissen …«

»Dann weißt du es jetzt.«

»Ich glaube dir kein Wort.« Jesias bebte nun am ganzen Körper.

»So? Dann schau doch, dort …« Er nickte zu Susan, die wie erstarrt in ihre Richtung blickte.

»Siehst du? Die Grenze beginnt sich aufzulösen, es ist nur noch eine Frage der Zeit, bis sich die Welten vereint haben. Jetzt bin ich der Herrscher. Ich habe die Allmacht!« Er warf den Kopf zurück und lachte schallend.

Besorgt blickte Ellen zu Susan, deren Gesichtsausdruck verriet, dass sie kurz davor war, die Nerven zu verlieren. Und im gleichen Moment meinte sie, noch etwas anderes bemerkt zu haben. Kurz nur hatte sie es gesehen. Etwas Pelziges … hinter den Stämmen …

»Und jetzt«, grollte Kethamarrs Stimme erneut, »befehle ich dir ein allerletztes Mal, den Zahnstocher runterzunehmen.«

»Deine Minuten sind gezählt.« Jesias trat einen Schritt vor. Wenn ihn die Worte Kethamarrs beeindruckt hatten, so ließ er sich nichts anmerken.

»Du kannst mich nicht ernsthaft besiegen wollen«, fuhr Kethamarr fort. »Wer würde die Welten kontrollieren? Die Fender? Die Morthoren? Etwa du?«, er lachte höhnisch auf, »ein Versager an der Macht? Nun gut, nur zu!«

Ellen hatte sich von Susan abgewendet und bangte nun um Jesias, der wie ein Raubtier vor Kethamarr lauerte, ein Raubtier, das bereit war zum Sprung …

»Nein, mein Freund«, Kethamarr spuckte auf den Boden, »du bist es, der verlieren wird. Das verräterische Pack gehört mir. Und wenn ich die hier genommen habe«, er reckte Radins Perle in die Höhe, »dann wird mich nichts mehr aufhalten, nichts auf der Welt …«

Der Knall kam völlig unerwartet. Er klang wie zersplitterndes Glas. Mit einem Aufschrei spreizten sich Kethamarrs Finger, die Perle spickte weit davon. Jesias reagierte sofort.

Pfeilschnell stürzte er auf die Stelle, an der die Lebensenergie seines Vaters liegen musste. Seine Hände fuhren suchend über den Waldboden, und noch bevor Kethamarr begriff, was geschehen war, hielt Jesias sie in seiner Hand.

»Gib sie mir«, brauste Kethamarr auf, »gib mir die Perle, sie gehört mir.«

Jetzt hielt Jesias die schimmernde Kugel zwischen seinen Fingern. »Das ist es, was dich so verändert hat, Kethamarr, die Gier nach Macht hat dich um den Verstand gebracht.«

»Gib sie her!« Kethamarr brüllte so laut, dass der Boden vibrierte. »G-i-b s-i-e m-i-i-i-r!«

»Nein«, Jesias rührte sich nicht von der Stelle, »ich werde sie demjenigen zurückgeben, dem du sie gestohlen hast.«

»Auch wenn sie unglaubliche Kräfte besitzt«, Kethamarrs Stimme bebte vor Beherrschung, »sie kann keinen Toten zum Leben erwecken. Deinem Vater nutzt sie nichts mehr, es ist zu spät. Sein Lebensfaden ist vor kurzem versiegt …« Er streckte die Hand aus. »Gib sie mir zurück – jetzt – das ist ein Befehl!«

»Mein Vater lebt«, gab Jesias zurück, doch Ellen konnte am Ton seiner Stimme erkennen, dass seine Überzeugung wankte.

Im gleichen Moment entfuhr Susan ein gellender Schrei.

*****

»Himmel, Tilo, schau doch nur … Arnt …« Susan hatte sich neben Arnts am Boden liegenden Körper gestürzt und betrachtete ihn voller Entsetzen. Auch Tilo war aufgesprungen. Mühevoll unterdrückte er ein Würgen, als er sich herunterbeugte.

»Was zur Hölle passiert hier?«, rief er aus und wankte rückwärts. »Arnts Auge …«

»Ich – ich weiß es nicht, Tilo … diese Stimmen …« Dann erstarrte sie. »Da – da wieder – da ist wieder dieses schreckliche

Geräusch … und es wird immer lauter.« Sie sprang auf und riss an seinem Unterarm. »Irgendetwas ist hier, es umringt uns, es – es ist überall … bitte Tilo, lass uns hier abhauen, lass uns endlich Hilfe holen!«

»Nein«, sagte Tilo entschieden, »nicht jetzt, wir warten.«

»Aber Arnt … schau ihn dir doch an …« Susans Stimme war nur mehr ein Schluchzen.

»Was immer auch geschieht«, Tilo nahm Susans Kopf zwischen seine Hände, »es passiert in der anderen Welt. Uns wird nichts geschehen, vertrau mir. Ellen und Arnt brauchen uns. Hier und jetzt.«

*****

Ellen drehte sich im Kreis, ihre Hände wurden feucht. »Die Fender«, hauchte sie.

»Ja, schaut euch nur um, jetzt ist es endgültig vorbei«, Kethamarrs Zorn war einem grimmigen Lächeln gewichen. »Denn das hier untermauert meine grenzenlose Macht …« Er vollführte eine ausschweifende Bewegung hin zu dem Meer wogender Gestalten, die von überall herzukommen schienen. Wie eine schwarze Welle schwappten sie über den Rand der offenen Seite des Talkessels und fluteten herab. Das Kreischen in der Luft wurde lauter und lauter.

Dann hatten sie den Pfortenkreis erreicht. Einige stoben vor und stürzten sich zwischen die Stämme.

Arnt riss seinen Stuhl rückwärts. Nackter Ekel zeichnete sein Gesicht, als sich die Kreaturen seinem am Boden liegenden Körper näherten und gierig schlürfend ihre Näpfe über seinem Kopf hin und her schleuderten. Mit einem letzten Stoß verschwand Arnts bleiches Haupt in einem der Näpfe, dann ließen sie von ihm ab und reihten sich wieder in die dunkle Masse ein, deren Kreis sich enger zog.

Kiff stürzte sich beißend in die Meute, doch für jeden Fender, der zurückwich, quollen zwei nach vorne – wütend stießen sie nach dem Hund.

»Kiff, hier!« Jesias hob die Hand und Kiff kam augenblicklich an seine Seite. »Folgen dir die Fender auch so aufs Wort?« Er warf Kethamarr einen herausfordernden Blick zu.

»Wann immer ich es will – sofern ich es will.« Kethamarr verzog die Lippen. »Meinst du, ich mache mir an euch die Hände schmutzig?« Wieder warf er seinen Kopf in den Nacken und lachte, dass es Ellen fröstelte. Ihr Blick streifte Jesias, dessen Speer leicht auf und niederwippte, als mache er sich erneut bereit für einen gezielten Schuss. Die Fender waren inzwischen verstummt. Verharrend pendelten sie hin und her, das Aneinanderreiben der ledernen Körper klang wie das Rauschen eines Wasserfalls.

»Dein Lachen wird dir gleich vergehen, Kethamarr, deine widerwärtigen Kreaturen beeindrucken mich nicht. Du warst schon immer machtgierig, aber nun ist es genug. Schau dich an, was aus dir geworden ist.« Jesias musterte ihn mit verächtlichem Blick. »Nur dank der Kraft anderer bist du fähig, zu leben, deine Genialität hat dich zu deinem eigenen Sklaven gemacht. Du hast den Triamesen verloren, du hast Morphus geschlagen. Treue Leute, die einst zu dir hielten. Doch damit ist Schluss, du lässt mir keine Wahl. Ich werde dich vernichten. Wenn Morphus wieder bei sich ist, wird er dein Amt übernehmen und …«, er senkte seine Stimme, »… vielleicht gelingt es ihm sogar, das Herz deiner kleinen Freundin zu erobern, die äußerst entzückend sein soll, wie man hört …«

»Morphus ist tot«, fauchte Kethamarr. »Ich selbst habe ihn erschlagen!«

»Morphus lebt. Ich habe ihn am Bach gefunden«, die Spitze seines Speers zielte auf Kethamarrs Brust, »dein Schlag war zu schwach …«

An dem kurzen Aufzucken von Kethamarrs Augen konnte Ellen erkennen, dass Jesias' Worte ihn getroffen haben mussten, doch seine Züge verhärteten sich nun umso mehr.

»Entscheide dich, Kethamarr: Kämpfe gegen mich, und du wirst unterliegen«, setzte Jesias nach, »oder übernimm die Verantwortung für dein Handeln und halte dich wieder an die Regeln.« Seine Stimme schnitt scharf durch das Rauschen der Fender. »Ich bin auf alles vorbereitet ... Auf alles! Und wenn es sein muss, wird die Macht meines Vaters mich dabei unterstützen. Du hast verspielt. Auch deine schwarze Armee kann dir nicht mehr helfen ...«

Jesias spannte seinen Körper an, in der einen Hand den Speer, in der anderen Radins Energie, bereit, sie zu schlucken. Kiff hatte den Kopf zwischen die Vorderbeine gesenkt und gab ein grollendes Knurren von sich, als Kethamarr einen Schritt auf sie zukam, den Arm drohend erhoben, die Augen zu roten Schlitzen verengt ...

Gleich wird er auf Jesias losgehen, es darf nicht zum Kampf kommen ... Anderland ... die Prophezeiung ... Gelähmt durch ihre eigenen Gedanken, war Ellen unfähig, sich zu bewegen. Auch Arnt wagte nicht, sich zu rühren.

»Dann nimm sie, nimm die Perle, du wirst sie brauchen.« Ganz unerwartet hatte Kethamarr den Arm sinken lassen, seine Stimme klang plötzlich verändert. Er wirkte gefährlich ruhig. »Aber auch sie wird dir nichts nützen«, jetzt lachte er schmierig, »denn gegen meine Übermacht bist du so gut wie – tot!«

Und dann sahen sie es. Ein unkontrollierter Schrei entwich Ellen, als sie die Morthoren erblickte, die, mit Peitschen bewaffnet, aus dem Pulk der Fender traten.

»Sehr schön, ihr seid alle gekommen, wenngleich nicht sehr viele, doch immer noch genug.« Kethamarr rieb sich zufrieden die Hände. »Sieh dich um, Jesias«, deutete er auf sein Gefolge, das sie jetzt nahtlos eingeschlossen hatte. »Und nun zu euch beiden.« Er wies auf Ellen und Arnt. »Tretet vor! Ihr habt mich um das Ende unser nettes Schauspiels gebracht, schon vergessen?«

»Nein!« Jesias trat vor und deckte Ellen mit seinem Körper. »Du wirst sie in Ruhe lassen.« Er hob die Kugel an den Mund.

»Jesias, nein, nimm sie nicht!« Ellen wusste, sie musste handeln. Jetzt. Aber wie? *Entscheide dich …*

»Es darf nicht zum Kampf kommen, Jesias, denk an Maureens Worte …« Energisch schob sie ihn beiseite. »Nimm mich, Kethamarr«, sagte sie entschlossen. »Ich werde dir folgen, dafür lässt du Arnt und Jesias gehen.«

»Das lasse ich nicht zu«, erwiderte Jesias scharf, »niemals!«

»Dein Vater lebt, Jesias. Versuche ihn zu finden und bringe ihm die Perle. Rette Anderland – rette meine Welt – kümmere dich nicht um mich!«

»Radin gibt es nicht mehr, kapiert ihr das denn nicht?«, fuhr Kethamarr dazwischen. »Nimm die Perle, Jesias, ziehe gegen uns in den Kampf, tu es!«

»Das darfst du nicht«, Ellen war am Rand der Verzweiflung, »du spielst in seine Hände. Er will den Kampf provozieren. Ein Bruch der Regeln würde die Prophezeiung verhindern und ihn auf ewig an die Macht lassen. Außerdem hast du gegen seine Übermacht keine Chance, auch mit der Kraft deines Vaters nicht.« Sie legte die Hände auf seine Wangen. »Jesias, du darfst ihm nicht glauben, dein Vater ist nicht tot, dein Vater ist am Leben …«

»Glaubst du daran?«, in Jesias' Augen spiegelte sich Schmerz, »hast du nicht gesehen, wie deine Freundin auf uns reagiert? Sie kann uns sehen … Vaters Energie hält die Grenze nicht mehr aufrecht.«

»Könnte Susan das alles hier sehen, wäre sie längst nicht mehr dort«, sagte Ellen mit flehender Stimme. »Mag sein, dass sie etwas spüren kann, Susan war schon immer sehr feinfühlig. Außerdem ist an diesem Ort die Grenze dünner, das hat Charlotte selber gesagt.«

In dem Moment geschah etwas vollkommen Unerwartetes. Als hätte sie nur auf ihren Namen gewartet, sprang die Katze in den Pfortenkreis.

Die Morthoren reagierten schnell, ihre Peitschen knallten zwischen die Stämme. Charlotte duckte sich, schlug einen Haken und wich den Schlägen mit geschmeidiger Geschicklichkeit aus. Ellen schrie auf, als ein Peitschenhieb direkt neben Charlottes Pfoten den Boden aufriss. Dann schoss die Katze über einen Stamm und hielt direkt auf Ellen zu. Ein erneuter Hieb schlug hinter ihr ein.

»Die Perle! Du muss sie ihr geben.« Ellen riss Jesias' Hand herunter, öffnete seine Finger und grapschte die Kugel heraus.

Im gleichen Moment schien Kethamarr zu begreifen: Mit schnellen Schritten versperrte er Charlotte den Weg. Sie bremste scharf ab, ein Peitschenhieb traf sie am Schwanz und schälte ein Fellbüschel herunter.

Der Katze zugewandt, konnte Kethamarr nicht sehen, wie Ellen ein paar Schritte zur Seite wich. Augenblicklich bewegte sich Charlotte in die gleiche Richtung, Ellen warf …

Mit einem gekonnten Sprung erhaschte die Katze die Kugel im Flug, setzte ihren Weg im Zickzackkurs fort und verschwand blitzschnell zwischen den Fendern, die ihre Näpfe knapp hinter ihr auf den Boden rammten.

»Nette Darbietung«, zischte Kethamarr durch seine Zähne. »Doch leider vergebens. Auch wenn die kleine Bestie schnell ist, es wird ihr nichts nützen, sie kommt zu spät … Für euch alle ist es schon lange zu spät!«

Die gelassene Art, mit der Kethamarr sprach, dämpfte Ellens Freude an der gelungenen Aktion.

»Und nun zu dir«, Kethamarr wandte sich an Jesias. »Da deine kleine Freundin dir den Trumpf genommen hat, wirst du kaum noch gegen uns antreten wollen, wie bedauerlich. Deine Anwesenheit ist hier nicht mehr von Bedeutung.« Er grinste hämisch, dann wandte er sich an die Morthoren: »Nehmt das Mädchen und den Jungen mit! Und ihn …«, er deutete auf Jesias, »… überlasse ich euch als Spielzeug.«

Gerade als ein paar Morthoren aus den Reihen traten, kam Aufruhr in die Fender. Erst in den hinteren Reihen, dann weiter vorn. Ein Spalt tat sich auf … Zwischen den erregten Körpern erschien ein Renntier, das sich farblich kaum von den Fendern abhob.

»Jesias?« Ellen traute ihren Augen kaum, als sie den Mann auf dem Rücken des Tieres erblickte.

»Gerold!« Jesias starrte fassungslos auf seinen Bruder.

»Zur Seite«, befahl Gerold und lenkte das Reittier, ungeachtet seines Bruders, direkt auf Kethamarr zu, »endlich ist es so weit. Auf diese Gelegenheit habe ich lange gewartet.«

Kethamarr kniff die Augen zusammen. »So so, ihr habt also Verstärkung, wie schön …« Er winkte die Morthoren zu sich. Mit erhobenen Peitschen verteilten sie sich hinter ihm. »Aber das wird euch auch nichts nützen.«

Der Pulk der Fender hatte sich wieder geschlossen, auch sie rückten näher.

»Da wäre ich mir nicht so sicher, Kethamarr.« Gerold entblößte grinsend seine Zähne, dann stieß er einen gellenden Pfiff durch die Finger.

Ellen hob den Kopf. Am Rand des Talkessels tauchten Gestalten auf, bewaffnet mit Schwertern und Speeren. Immer mehr erschienen, in einer Vielfalt, die sie niemals für möglich gehalten hätte.

Kethamarr hatte sie ebenfalls entdeckt und es war ihm deutlich anzusehen, dass auch er mit einem solchen Aufmarsch nicht gerechnet hatte. Erneut entflammte Wut in seinen Augen.

»Deine Zeit ist vorbei, Kethamarr, wir alle wollen Frieden für Anderland. Und jeder, der sich dem in den Weg stellt, ist ein toter Mann. Du stehst im Weg!« Gerold sprang elegant von seinem Renntier.

Ellen spürte, wie sie innerlich verkrampfte. Eine derartige Wendung des Geschehens konnte nichts Gutes verheißen. Fieberhaft versuchte sie, die Situation neu einzuschätzen. Ihr Blick traf Gerold, in dessen Augen sich Hass und Verachtung spiegelten, obwohl er von Frieden sprach. Er wirkte entschlossen, und sie war sich sicher, er würde nicht zögern, skrupellos zu töten. *Maureen … Wenn doch nur Maureen hier wäre …*

»Halt!« Ellen trat vor. Ohne zu wissen, was sie tat, stellte sie sich Gerold in den Weg. »Kethamarr zu töten ist keine Lösung.«

»So?« Gerold blickte auf sie herab. Ein amüsierter Zug spielte um seinen Mund.

»Du kennst die Regeln«, pflichtete ihr nun auch Jesias bei.

»Und du warst schon immer ein Feigling …«

»Das ist nicht wahr«, fauchte Jesias. »Wenn du ein wenig mehr Grips hättest, würdest du erkennen, dass ein Bruch der Regeln katastrophale Folgen für uns alle hätte.«

»Der Bruch der Regeln bedeutet mir gar nichts.« Gerold zog ein Schwert aus der Scheide und richtete die Spitze auf Kethamarr. »Alles, was ich will, ist die Vernichtung dieser Kreatur.«

»Nein, Gerold, warte«, fuhr Ellen dazwischen und griff nach seinem Arm. »Warte, tu das nicht!«

»Nenne mir einen Grund, der mich davon abhalten sollte«, zischte Gerold und schüttelte ihre Hand ab.

»Dein Vater!«, platzte es aus Ellen heraus. »Du bist ein Sohn des Friedens, weißt du das denn nicht? Willst du alles kaputt machen, wofür dein Vater steht?«

Gerold blickte sie scharf an.

»Du bist ein starker Mann, das ist nicht zu übersehen«, Ellens Gedanken waren mit einem Mal glasklar, »und du kämpfst für Anderland, kämpfst für den Frieden – aber willst du ihn mit Blut erobern? Willst du schlechter sein als Kethamarr? Wie viele deiner Freunde würdest du opfern für diesen Frieden?« Sie deutete mit dem Finger auf das bunt gemischte Heer. »Sieh sie dir an. Fünfzig? Hundert? Vielleicht sogar alle?«

Gerold schwieg einen Moment und schien zu überlegen. »Kethamarr ist die Pest unseres Landes«, sagte er dann, »und Krankheiten muss man auslöschen.«

»Krankheiten wird es immer geben«, hielt Ellen dagegen. »Löscht man eine aus, kommt die nächste nach, und wenn man Pech hat, ist diese noch schlimmer.« Sie machte eine Pause, um ihre Worte wirken zu lassen. »Auch wenn Jesias das Gegenteil behauptet: Ich glaube, du hast Grips, sogar eine Menge. Du bist klug und stark und mutig.« Ihre Stimme klang nun sanft und fordernd. »Du musst nichts beweisen. Warum willst du kämpfen, wenn es auch einen anderen Weg gibt? Einen Weg, bei dem alle deine Gefährten wieder zurückkehren können, zurück zu ihren Familien, anstatt diese in Elend und Trauer zurückzulassen. Es gibt diesen Weg – und du kennst ihn.«

Eine Weile lang sagte keiner ein Wort. Die Spannung, die in der Luft lag, war hörbar.

»Die Zukunft Anderlands, die Zukunft all dieser Leute und auch unserer Welt liegt hier und jetzt in deinen Händen, Gerold. Du trägst eine große Verantwortung. Entscheide weise.«

Mit diesen Worten trat Ellen zurück.

Einen Moment lang schien die Zeit stillzustehen. Die Fender verharrten in nervöser Bewegung, die Morthoren hatten ihre Peitschen erhoben und schienen nur darauf zu warten, sie herunterzuschmettern. Weiter oben blitzten die Waffen von

Gerolds Gefolge. Sie alle waren kampfbereit, sie alle warteten nur auf das eine Signal …

Ellen war von ihren eigenen Worten überrumpelt worden, doch sie gefielen ihr. Aber würden sie ausreichen, um Gerold vom Kampf abzuhalten? Und selbst wenn, wie sollte es weitergehen? Sie wusste nur, dass in den nächsten Sekunden etwas passieren würde. Die Spannung zwischen den Fronten schrie nach Entladung. Und wenn sie sich im Kampf entlüde, würde das mit voller Wucht geschehen. Qualvolle Sekunden verstrichen, in denen sie kaum zu atmen wagte.

Gerold schien mit sich selbst zu ringen. Immer wieder zuckten seine Blicke zwischen Kethamarrs und seiner eigenen Truppe hin und her, dann brach er das Schweigen.

»Nun gut«, sagte er zu Kethamarr gewandt, das Schwert noch immer erhoben. »Dich zu töten wäre mir ein Leichtes, aber du bist das Blut nicht wert, das im Kampf vergossen werden würde. Ziehe dich mit deinen Bestien zurück. Tust du es nicht«, er rammte sein Schwert mit der Spitze voraus in die Erde, »sind wir jetzt und hier bereit zum Kampf.«

Kethamarrs Unterkiefer zitterte vor Wut, als er Gerold entgegentrat und die Morthoren hinter ihm aufrückten. Wie ein Raubvogel schien er abzuwägen, ob sich der Sturz auf die Beute lohnte oder nicht …

Gerold zog das Schwert aus dem Boden und auch Jesias erhob seine Waffe. Seite an Seite standen sie Kethamarr gegenüber. Endlose Sekunden verstrichen …

Dann fiel die Entscheidung.

Ganz unerwartet ließ Kethamarr den Blick auf die Brüder los. Mit pochenden Schläfen ballte er die Hand zur Faust.

»Ich werde einen Weg finden, euch wiederzusehen«, spuckte er Ellen und Arnt entgegen, »und dann werdet ihr büßen, darauf könnt ihr Gift nehmen. Ihr werdet wünschen, ihr hättet euch den Speer ins Herz gerammt. Für alles werdet ihr bezahlen … für alles! Das letzte Wort ist noch nicht gesprochen!«

»Es gibt nichts mehr zu besprechen«, schleuderte Ellen zurück, bemüht, das Beben in ihrer Stimme zu verbergen. Kethamarr warf ihr einen vernichtenden Blick zu, hob ein letztes Mal die Faust, dann wandte er sich um und verschwand auf der Stelle. Kiff ließ ein überraschtes Winseln hören. Mit Kethamarr hatten sich auch die Fender und Morthoren in Luft aufgelöst.

Kapitel 49

Zurück

Ellen ließ seufzend den Kopf in den Nacken fallen und blickte in den Himmel. Sie konnte nicht glauben, dass alles vorüber war.

Jesias ließ den Speer sinken und starrte noch eine Weile auf die Stelle, an der Kethamarr verschwunden war, dann atmete auch er auf und drehte sich auf dem Absatz um.

Gerold hatte die Waffe ebenfalls in die Scheide gesteckt. Sein Blick heftete sich an Ellen, und er trat auf sie zu.

»Ein verdammt kluges Mädchen bist du«, sagte er verblüffend sanft. »Und hübsch dazu«, er legte ihr die raue Hand unter das Kinn.

»Lass Ellen in Ruhe«, zischte Jesias.

»Ist schon gut, Jesias.« Ellen nahm Gerolds Finger von ihrem Kinn und hielt sie. Dann blickte sie in seine Augen, die denen von Jesias so sehr glichen. »Ich danke dir, Gerold, ich danke dir für dein weises Handeln. Du hast Anderland und wohl auch unsere Welt vor einem großen Unglück bewahrt.«

»Du warst das, Ellen«, warf Jesias ein. »Es waren deine Worte, die uns gerettet haben.«

»Aber Gerold hat sie umgesetzt, und das mit Erfolg«, beharrte Ellen und betrachtete die Brüder. Die Ähnlichkeit verwirrte sie noch immer. »Jetzt bleibt uns nur zu beten, dass Kethamarr wirklich Unrecht hat und Radin noch lebt – und dass Charlotte nicht zu spät kam«, flüsterte sie.

»Ja«, Jesias nickte stirnrunzelnd. »Die Zukunft der Welten liegt im Maul einer Katze.«

»Nicht im Maul irgendeiner Katze«, sagte Ellen und musste unwillkürlich lächeln.

»Nun, wir werden es erfahren.« Gerold schwang sich auf den Rücken seines Renntieres. »Vielleicht sehen wir uns ja bald wieder – wäre schön«, sagte er mit vielsagendem Blick zu Ellen und zwinkerte dann Jesias zu, dem die Röte ins Gesicht geschossen war. »Pass gut auf dein Schätzchen auf, kleiner Bruder«, mit diesen Worten kehrte er ihnen den Rücken zu und preschte den Hang hinauf.

»Alles Gute, Gerold!«, rief Ellen und winkte ihm nach, bis er mit seinem Gefolge verschwunden war. Dann wandte sie sich Jesias zu. »Ihr mögt euch nicht besonders. Das ist schade«, bemerkte sie.

»Du kennst ihn nicht!«, knurrte Jesias. »Er ist ein Draufgänger und Schürzenjäger, wie er im Buche steht!« Sein Kopf war immer noch rot.

»Und doch versteckt sich in ihm ein gutes Herz.« Ellen lächelte Jesias aufmunternd zu.

»Das wäre mir neu«, entgegnete Jesias missmutig, doch seine Augen hatten ein fröhliches Funkeln angenommen. Auch von ihm schien die Anspannung abzubröckeln.

»Wie konnte er uns überhaupt finden?«, fragte Ellen.

»Er hat ein gutes Renntier. Auch wenn wir uns nicht häufig sehen und nicht sonderlich mögen – tief in unserem Inneren sind wir miteinander verbunden und es würde mich nicht wundern, wenn er die Gefahr gespürt hätte, in der ich mich befand. Ihm kam es nur gelegen, denn er hasst Kethamarr bis aufs Blut. Schon als Kind hat er Strohballen nach ihm benannt und sie mit Speeren durchbohrt.«

Jesias wollte sich gerade abwenden, da hielt Ellen seinen Arm fest. »Warte, Jesias, eins würde mich noch interessieren.

Als du kurz davor warst, Radins Perle zu schlucken, hattest du tatsächlich vor, gegen Kethamarr zu kämpfen? Trotz der Regeln?«

»Ich habe bis zum Schluss gehofft, ihn mit einem Bluff davon abzuhalten …« Jesias legte seine Hand unter Ellens Kinn und drehte ihren Kopf, dass er ihr direkt in die Augen blicken konnte. »Aber wie auch immer es gekommen wäre, ich hätte dich ihm niemals kampflos überlassen.«

»Dann ist jetzt wohl alles vorbei.« Arnt kam herangerollt, den Blick gesenkt.

»Ja, wir haben es tatsächlich geschafft«, stimmte Ellen zu und versuchte, die Verwirrung abzuschütteln, die Jesias' Worte in ihr hervorgerufen hatten. »Ihr seid unglaublich!«

»Nein«, entgegnete Jesias, »Ellen, du bist es, die unglaublich ist – Maureen hat es gewusst, und mein Vater hat es gewusst …«

»Das stimmt nicht, ohne euch …« Ellen blickte errötend von einem zum anderen, dann hielt sie plötzlich inne – und schluckte. »Arnt, was in aller Welt …«

Arnt hielt den Kopf immer noch gesenkt, eine Hand verdeckte sein Auge. »Ist schon okay«, presste er hervor. »Sieht einfach scheiße aus, aber das hat es vorher auch schon.«

»Dein Auge«, Ellen sank neben ihm in die Knie, »was ist mit deinem Auge passiert.«

»Das liegt in tausend Stücken auf dem Waldboden.« Arnt wandte den Kopf ab.

»War es dein Auge, das Radins Perle aus Kethamarrs Hand gerissen hat?«

Arnt nickte.

»Das war ein unglaublicher Schuss. Aber warum mit deinem Auge?«

»Ich hatte so schnell nichts anderes, was sich geeignet hätte. Erst hatte ich es mit dem hier versucht«, er deutete auf die

Stelle, die er mit seiner Hand verdeckte, »aber das hat irgendwie nicht funktioniert. Daraufhin bin ich in den Pfortenkreis gegangen und habe das Glasauge von meinem Körper genommen. Aber lass nur, es ist schon okay.«

Ellen starrte ihn mit offenem Mund an. »Ich fasse es nicht … Der Schuss mit deinem Auge hat uns das Leben gerettet, und nicht nur unseres … Er hat …«

»Sollten wir nicht langsam gehen?«, unterbrach Arnt ihre Lobeshymne. »Tilo und Susan sehen nicht so aus, als würden sie noch lange warten. Ich glaube, mein Anblick hat ihnen einen rechten Schock versetzt … Außerdem wollen die Aurier raus.« Er blickte auf seinen Schoß. Der Beutel war wieder quietschlebendig geworden. Ellen meinte, die Melodie von *Eye of the Tiger* zu vernehmen. Einer der Insassen versuchte, durch den Stoff hindurch die Steinschleuder zu spannen.

»Das ist sicher einer von meinen.« Arnt lächelte das erste Mal wieder und strich mit einem Finger über die beiden winzigen Hände, die sich auf dem feinen Stoff des Beutels abzeichneten, als sie den Griff der Schleuder umklammerten.

»Warte noch«, rief Ellen, der plötzlich alles viel zu schnell ging, »ich habe noch eine Rechnung zu begleichen. Ich weiß, es ist ein unpassender Moment, aber – es ist sehr wichtig für mich.« Sie blickte zu Jesias, der sich abgewandt hatte. »Jesias, würdest du mich dabei begleiten? Arnt, wäre es okay, wenn wir …«

»Ja, ja, schon gut, ich habe verstanden. Wie lange braucht ihr?« Arnt blickte noch immer nach unten, und Ellen meinte, in seiner Stimme einen leicht verbitterten Unterton zu vernehmen.

»Das kann ich nicht so genau sagen, aber es sollte nicht lange dauern. Wir beeilen uns … Ist es wirklich in Ordnung für dich?« Sie fühlte sich nicht ganz wohl dabei, Arnt jetzt einfach so sitzen zu lassen, aber der Wunsch, Jesias als Unterstützung dabei zu haben, war stärker. Sie wollte kein Risiko mehr eingehen, schon gar nicht, da sie jetzt ihre Aurier dabeihatten.

»Es bleibt mir ja nichts anderes übrig, als zuzustimmen«, knurrte Arnt etwas lauter als nötig. »Aber du bist ja in bester Begleitung.« Er wendete den Stuhl.

Ellen starrte einen Moment lang auf seinen Nacken, dann stieg sie in den Pfortenkreis und griff nach den versteckten Reibestäbchen.

»Du könntest schon mal rübergehen, bis wir zurück sind, damit Susan und Tilo Bescheid wissen …« Sie wagte nicht, ihn anzusehen.

»Steck das weg«, mischte sich Jesias ein und deutete auf den Reibestab. »Ich werde Arnt zeigen, wo die Pforte ist, ich kann sie sehen.« Er betrat den Kreis, in dem die Körper von Ellen und Arnt wie zwei Zinnsoldaten in Spalierhaltung nebeneinanderlagen. Die Köpfe waren auf ihre Rucksäcke gebettet.

»Du siehst ganz schön übel aus, Ellen«, bemerkte Arnt, der nun ebenfalls in den Pfortenkreis gekommen war. »Lebst du überhaupt noch?«

»Ich hoffe doch …« Ellen warf einen besorgten Blick auf ihr eigenes Antlitz, das unnatürlich steif und dünnhäutig wirkte. Die Wangen waren eingefallen und ließen ihre Nase noch größer erscheinen. Neben ihr wirkte Arnt fast frisch, zumindest der Teil seines Gesichtes, der nicht von dem Taschentuch bedeckt war, das Susan über die leere Augenhöhle gelegt hatte.

»Dort oben ist es, auf dem Weg schräg nach unten.« Jesias deutete in die Luft. »Jetzt dreht es sich noch einmal um sich selbst, dann müsste es dort unten links ankommen, Moment noch.« Er hob kurz die Hand, dann winkte er. »Arnt, bist du so weit?«

Arnt drehte seinen Stuhl in Position. »Ja«, nickte er und wirkte nun sichtlich erfreut darüber, wieder in seinen Körper zurückkehren zu können.

»Und – Arnt«, Ellen deutete auf den zappelnden Beutel, »bitte warte noch mit den Auriern.«

»Geht klar«, rief Arnt, dessen Stimme stolperte. Jesias hatte ihn mit einem Ruck durch das Tor geschoben.

Während Susan vor Schreck fast rückwärts von ihrem Sitzplatz stürzte, als Arnt sich plötzlich am Boden regte, reagierte Tilo gelassen.

»Endlich, das wurde aber auch Zeit«, bemerkte er mit einem Blick auf seine Uhr, als hätte ein Zug Verspätung.

Jesias wandte sich Ellen zu, die zur Seite getreten war und nachdenklich auf das Gebüsch starrte, in dem Corvus noch immer auf dem Bauch lag. Starr vor Angst fixierte er Kiffs Schnauze neben seinem Schnabel, wobei sich sein Federkleid hob und senkte, als würde es von einem Blasebalg angepustet.

»Dann lass uns jetzt gehen«, drängte Jesias.

»Gleich, ich muss Corvus nur noch kurz etwas fragen.« Ellen bückte sich zu dem Vogel herunter. »Bist du so weit in Ordnung?« Sie hob ihn vorsichtig auf ihren Schoß.

»Mein Kopf ungeglaublich schmerzt«, jammerte der Rabe, »und ach, mein Geflügel, autsch …« Er spreizte schwach die Federn.

»Hm, gebrochen kann der Flügel nicht sein, sonst könntest du ihn nicht bewegen. Ich glaube, das wird schon wieder. Am besten hältst du dich einfach ruhig.«

Corvus nickte vorsichtig.

»Wer hat dir das eigentlich angetan?«, fragte Ellen weiter und massierte dabei mit einem Finger sein kleines Haupt.

»Der Gelockte. Hat auf mich gespeergeschossen, als hätte ich deine Freunde im Ernst attackiert, dabei habe ich nur so getan als ob.«

»Jesias? Aber er konnte nicht ahnen, dass du …« Sie nickte mitfühlend. »Darf ich trotzdem etwas von dir wissen?«

Corvus brummte etwas, was Ellen als *Ja* deutete, und stellte ihm einige Fragen, um ihr letztes Vorhaben in die Tat umzusetzen. Corvus antwortete bereitwillig – und Ellen stellte erleichtert fest, dass der Rabe, sich der Wichtigkeit seiner Worte bewusst, die Schmerzen immer mehr zu vergessen schien.

»Ich danke für die Informationen, Corvus, sie helfen mir enorm.« Sie bettete den Vogel zurück neben das Gebüsch.

»Kiff, würdest du auf Corvus aufpassen, bis wir wieder zurück sind?«, sie strich über den kräftigen Hundenacken, »es wird nicht lange dauern.«

Kiff hob mit einem Laut den Kopf und der Vogel rollte wild mit den Augen.

»Dann lass uns jetzt gehen«, sagte Jesias unruhig. »Was hast du überhaupt vor?«

»Hm – es ist etwas, das mir persönlich sehr am Herzen liegt …«, antwortete Ellen knapp und fasste Jesias an der Schulter. Kurz noch beobachteten sie Arnt, der eifrig am Erzählen war, dann schloss Ellen die Augen.

Zwei Versuche später befanden sie sich vor einem großen Tor, über dem ein Schild schräg in den Angeln hing.

»Marienfels?« Jesias sah Ellen verdutzt an. »Wie romantisch! Willst du etwa mit Kethamarr Perlen naschen?«

»Nein, ich habe hier noch eine Schuld zu begleichen.«

Gerade als sie begonnen hatte, Jesias von dem Gegenläufer zu berichten, öffnete sich die große hölzerne Eingangstür und Oberst Krotzler trat heraus. Das Hemd hing offen über der verwaschenen Jeans und gab den Blick auf seine Wampe frei, die wie ein Pudding über den Gurt quoll. Er hielt die Tür geöffnet und schien auf jemanden zu warten.

»Wir haben Glück.« Ellen packte Jesias am Arm.

»Das nennst du Glück?« Er verzog das Gesicht.

»Krotzler verlässt gerade seinen Bunker. Auch wenn er uns nicht sehen kann, ist es einfacher, wenn er nicht dabei ist. Komm, lass uns gehen!« Schnell lief Ellen voraus, doch als sie gerade in das Gebäude eintreten wollte, bremste sie scharf ab. Vollkommen unerwartet schoben sich die Brüste der Drallen links und rechts an ihrem Ohr vorbei. Ellen presste die Lippen zusammen und war mehr als froh, dass sie durch sie hindurchgegangen waren und ihre Nase nicht in der schaukelnden Masse steckte.

Hinter ihr riss Jesias die Augen auf, als die dralle Pracht in wogenden Wellen auf ihn zu schwappte. Einen kurzen Moment zögerte er, dann trat er einen Schritt zur Seite.

»Wow«, entfuhr es ihm, während sein Blick an dem roten Rock klebte, der mit jedem Schritt hin und her zuckte. »Wow, das ist wirklich ...« Er schluckte zweimal.

»Jesias, bitte ...« Ellen warf ihm einen tadelnden Blick zu. »Das hier muss das Büro von Krotzler sein«, sagte sie schnell und betrat einen großen Raum, der mit seiner Wohnwand aus Eichenholz und der schwarzen Ledercouch eher einem modern eingerichteten Wohnzimmer als einem Gefängnisbüro ähnelte. Lediglich ein kleiner Schreibtisch mit einem Computer und einer Arbeitslampe erinnerten entfernt an einen Arbeitsraum. Das fette Parfum der Drallen klebte in der Luft. Die leere Flasche Martini und die Kissen am Boden ließen Ellen Dinge erahnen, über die sie lieber nicht genauer nachdenken wollte.

»Die Gefangenen tragen um den Hals eine Fessel mit Zahlenschloss. Wir müssen die Kombinationen finden. Corvus war sich sicher, dass sie hier im Büro sind.« Sie sah sich hastig um, dann stürzte sie zu der Wohnwand, sammelte sich kurz und riss die erste Schranktür auf.

Jesias kümmerte sich inzwischen um den Schreibtisch und öffnete eine Schublade nach der anderen.

»Wir müssen uns beeilen.« Ellen überflog die Beschriftungen der Ordnerrücken. »Hier ist nichts … aber vielleicht hier?« Sie zog einen Ordner heraus und öffnete ihn. Etliche Damen, deren Bekleidung so durchschaubar war wie ihre Absichten, posierten vor Ellens Augen.

»Jesias, sieh nur!« Sie streckte ihm die Bilder entgegen.

»Der scheint Frauen sehr zu mögen«, kommentierte Jesias und kräuselte die Stirn.

»Ich finde hier nichts, stell den Computer an, vielleicht hat er die Daten irgendwo gespeichert – hoffentlich ohne Passwort …« Ellen schlug den Ordner zu und stieß ihn zurück in den Schrank.

»Welches Wort passt wo nicht?« Jesias blickte irritiert umher.

»Da, der Computer, du musst ihn erst starten.«

»Starten? Keine Ahnung, von was du redest.«

»Hier …« Ellen eilte herbei und drückte auf den Startknopf, während Jesias sich wieder den Schubladen zuwandte.

»Ich habe etwas gefunden«, rief er triumphierend und zog ein kleines, schwarzes Heft hervor, in dem über viele Seiten hinweg vierstellige Zahlen aufgeführt waren. Hinter jeder Zahl stand ein Name. Etliche von ihnen trugen einen Stempel in Form eines Totenkopfs.

»Du meine Güte, hier muss es irgendwo ein Massengrab geben«, sagte Ellen, als sie Seite für Seite über die Namen huschte. Bei *Alex Steinsteiger* hielt sie an. »Der hier ist es«, erleichtert nahm sie einen Bleistift und riss das Blatt eines Notizblockes ab. »Krotzler scheint sich sicher zu fühlen, wenn er Buch und Computer so ungeschützt lässt. Das, was er mit den Gefangenen anstellt, würde ihn hinter Gitter bringen. Ich verstehe gar nicht, wie so etwas in unserer Welt überhaupt möglich ist, normalerweise …«

Das Krachen der hölzernen Eingangstür ließ beide zusammenfahren.

»Er kommt zurück.« Jesias griff hastig nach dem Heft. »Hast du die Zahlen?«

Ellen kritzelte die Kombination auf das kleine Blatt und schrieb noch *Freiheit* darunter, dann reichte sie Jesias den Zettel. »Nimm du ihn lieber, sonst verliere ich ihn noch.«

In diesem Augenblick betrat Oberst Krotzler rülpsend den Raum. Während Ellen bereits auf dem Weg zur Tür war, verstaute Jesias das Heft und schloss leise die Schublade. Als er aufsah, bemerkte er Ellens entsetzten Blick.

»Die Schranktür …«, flüsterte sie. Der Ordner, den Ellen geöffnet hatte, ragte weit heraus. Oberst Krotzler stand rücklings davor und beobachtete durch das Fenster die Dralle, die sich gerade hinter das Lenkrad eines kleinen Fiats quetschte. Zu Ellens Erleichterung schienen seine Aurier kein Interesse an irgendetwas zu haben, sie hingen schlaff und zufrieden über seiner Schulter.

»Der Computer ist auch noch an«, rief Ellen bestürzt, hastig lief sie an dem Oberst vorbei und griff nach der Maus.

»Was hast du vor?« Jesias blickte erstaunt auf das runde Stück Kunststoff in Ellens Hand, mit der sie scheinbar mühelos die Schriftbilder hinter der Scheibe verschwinden ließ.

»Ich fahre ihn runter.« Ellens Hand sauste auf dem Tisch herum.

»Machst du das mit dem da?« Jesias schien sichtlich beeindruckt.

»*Dem da* ist eine Maus.«

»Du fährst mit der Maus herunter?« Er schüttelte verwirrt den Kopf.

»So kann man es nennen.« Der Bildschirm wurde genau in dem Moment schwarz, als Oberst Krotzler sich von dem Fenster losriss. Der Fiat der Drallen ächzte aus dem Hof.

Jetzt noch die Schranktür, Ellen presste die Lippen aufeinander. Krotzler stand nun mitten im Raum und blickte sich um, als wüsste er nicht richtig, was er mit dem nächsten Moment anfangen sollte. Zu Ellens Entsetzen ging er geradewegs auf den Schrank zu, schob gedankenverloren den Ordner hinein und nahm eine kleine Holzschachtel aus dem oberen Regal. Allem Anschein nach war er gedanklich so weit entrückt, dass er die offen stehende Tür nicht hinterfragte, was Ellen einen erleichterten Seufzer entlockte. Die Fender hätten ihr jetzt gerade noch gefehlt.

Leise pfeifend öffnete Krotzler eine weitere Flasche Martini und schenkte sich ein Glas ein, dann fiel er breitbeinig auf die Couch. Ein fettes Grinsen wuchs in seinem Gesicht, als er die kleine, hölzerne Schachtel öffnete … *Forever young*, kam es beschwingt über seine Lippen, und auch die Aurier stimmten mit ein. Dann nahm er etwas heraus, was Ellen sehr bekannt vorkam.

»Das sind die Kugeln von Scarabella«, flüsterte sie Jesias zu – und mit einem Mal hatte sie das letzte Puzzleteil gefunden. Nun fügte sich zusammen, was hier ablief. Die unverkennbare Neigung des Obersts zu der Damenwelt, das Provozieren der Gefangenen bis aufs Blut …

»Ich bin mir sicher, dass wir hier Bilder der Duplikauster finden«, sagte sie aufgeregt. »Mit deren Hilfe produziert die Raupe jede Menge dieser Kugeln. Kethamarrs Ziel ist es, dass sich die armen Teufel aus Frust irgendwann das Leben nehmen. Dann kann Krotzler den Totenkopf stempeln, und er selbst hat gleich noch ein paar Morthoren dazu …«

»Und als Gegenleistung lässt Kethamarr ihm Scarabellas Energiehappen zukommen«, ergänzte Jesias verächtlich. »Er muss einen Weg gefunden haben, sie nach *drüben* zu schicken.

»Und diese Happen halten Krotzler jung und rüstig … Du meine Güte, ist das krank.« Ellen schüttelte fassungslos den Kopf. »Und das alles auf dem Rücken der armen Tröpfe, die zum Teil unschuldig hier drinsitzen und aufeinander losgelassen werden wie Hähne in einem Kampf … Und wenn jemand aus Versehen in den Klostertunnel gerät, wird er einkassiert. Das erklärt auch das ominöse Verschwinden der Kletterer in den letzten Jahren. Auch Alex ist auf diesem Weg hier gelandet, da bin ich mir sicher. All die armen Teufel werden dann mit den Geisteskranken und Verbrechern zusammengepfercht!« Ellen warf einen von Ekel erfüllten Blick auf den feisten Oberst, der gerade eine der Kugeln mit einem Schluck Martini hinunterspülte. Dann verließ sie fluchtartig das Zimmer. Jesias war bereits im Gang.

Durch eine vergitterte Tür blickten sie in den Innenhof, in dem der Brunnen stand. Es war niemand zu sehen.

»Sie sind bestimmt in ihren Zellen«, überlegte Ellen laut und stieg eine Treppe hinauf, die in die erste Galerie führte. Sie war durchgehend zum Innenhof geöffnet. Tür an Tür reihten sich die Zellen aneinander. Dazwischen befand sich jeweils ein kleines Fenster.

Ellen stellte sich auf die Zehenspitzen, um hindurchzusehen, doch sie erhaschte lediglich einen Blick auf die Neonröhren an der Decke.

»Zu klein«, murrte sie. »Kannst du was sehen?«

»Warte …« Jesias legte die Hände um ihre Taille und hob sie an, als wäre sie aus Watte.

»Oh, ich – danke«, presste Ellen hervor. Der Druck seiner kräftigen Hände, und der Atem in ihrem Nacken verwirrten sie. Sie hätte schwören können, seine Lippen verharrten kurz vor ihrer Haut. Irritiert blickte sie in die Zelle. Sie wirkte düster und spartanisch; ein Doppelstockbett, ein Spind und ein kleiner Tisch – alles aus Metall. Stühle gab es keine. Ellens Blick heftete sich an den einzigen Farbklecks im Raum, der sich von den kalten Grautönen fast stechend abhob. Da war es. Das Bild der Duplikauster.

»Hier ist er nicht, lass uns zum nächsten Fenster gehen …« Ellen lief voraus. Etliche Male wurde sie hochgehoben und blickte durch die kleine Scheibe in die Räume der Gefangenen. Die Männer stritten sich, glotzten stumm vor sich hin oder schliefen.

Dann endlich sah sie ihn – aufgeregt biss sie sich auf die Unterlippe, als sie den jungen Mann betrachtete, der müde auf seinem Bett saß und mit einem Stock eine unsichtbare Acht auf den Boden malte. Seine Aurier hingen schweigend über den Schultern und betrachteten mit gleichgültigen Mienen das nicht enden wollende Kunstwerk. Auf dem Tisch lag ein Stapel Papier, Zeitungen und ein Buch.

»Das ist er! Das ist Alex!« Sie zupfte an Jesias' Ärmel. »Wir müssen ihm den Zettel zukommen lassen, ohne dass er es merkt.«

»Lass mich mal machen.« Jesias ließ Ellen runter und trat durch die verschlossene Tür in den Raum.

Ellen reckte vorsichtig den Kopf hinterher und fragte sich gleichzeitig, warum in aller Welt sie vorher durch die Fenster geschaut hatte.

Während Alex träge seine Kreise fuhr, sprangen die beiden Aurier auf und nahmen den unerwarteten Besuch plappernd in Beschlag.

Ellen verstand das Durcheinander nur bruchstückhaft, aber sie konnte sich lebhaft vorstellen, was die Aurier diskutierten. Inzwischen waren sie von den Schultern gesprungen und patschten mit ihren kleinen Händen auf das Buch. Jesias nickte und schob das Papier vorsichtig unter den Buchdeckel. Dann kam er zurück, hob Ellen erneut hoch und presste sie an seinen Körper, während sie sich beide erwartungsvoll an die kleine Scheibe drängten. Ellen schnappte nach Luft. Errötend ertappte sie sich bei dem Gedanken, dass dieser Moment ruhig etwas länger dauern könnte …

Währenddessen gebärdeten sich die beiden Aurier wie toll, rissen an den Ohrläppchen und Haaren des jungen Mannes und quasselten ununterbrochen auf ihn ein.

Alex gähnte und ließ den Stock außer Acht. Als würde er einer Intuition folgen, stand er auf, nahm das Buch und legte sich damit aufs Bett. Als er es aufschlug, fiel ihm der Zettel direkt auf die Brust. Langsam richtete er sich auf und betrachtete das Blatt in seinen Händen.

»Endlich«, entfuhr es ihm dann, und in seinem Gesichtsausdruck war keineswegs Erstaunen zu lesen. Er drückte das Stück Papier mit dem Zahlencode an sein Herz, als hätte er immer gewusst, dass er ihn eines Tages in den Händen halten würde. Ein Lächeln begleitete die Handbewegung, mit der er an die Fessel seines Halses griff.

Und in diesem Moment war Ellen sich sicher: die Grübchen! Sie hatte die kleinen Einkerbungen, die sich wie Halbmonde an seine Mundwinkel legten, eindeutig erkannt. Und sie passten zu der Farbe seiner Augen. Er war es, der sie aus dem Wasser gezogen hatte – den Tod verscheuchend mit einem Lächeln im Gesicht. Und er musste es gewesen sein, der sie ins Krankenhaus gebracht hatte. Ein Bergsteiger. Zu Fuß unterwegs, im richtigen Moment, am richtigen Ort. Ellen hätte ihn am liebsten umarmt. Er hatte sie unbemerkt gerettet, jetzt würde sie es ihm gleichtun.

Sie warf den Auriern, die sich auf seinen Schultern gegenseitig in die Hände klatschten, ein Küsschen zu.

»Die Fender«, Ellens Kopf fuhr so plötzlich herum, dass ihre Nase an Jesias' Kinn stieß. »Das Kontaktloch … Wir haben die Fender vergessen, sie werden kommen …«

»Keine Sorge«, lächelte Jesias, »selbst wenn sie jetzt hier auftauchen würden, kämen sie keine hundert Meter an uns heran.«

Er drückte sie fest.

Als sie kurz darauf zurückkehrten, blieben beide wie angewurzelt stehen. Susan saß im Pfortenkreis und hatte Ellens Kopf auf den Schoß gebettet. Die trommelnden Zehen, die sich im Leder des Schuhs abzeichneten, verhießen nichts Gutes. Susans Aurier saßen mitten in Ellens Gesicht und tätschelten ihre Wange.

»Wenn sie nicht bald kommt, wird es zu spät sein, sie ist so schwach …« Aufgelöst blickte sie zu Arnt und Tilo, die sich ebenfalls zu Ellen herabgebeugt hatten. Sie alle konnten Kiff nicht sehen, der in den Pfortenkreis gesprungen war und mit hängenden Ohren den schlaffen Körper abschnupperte. Hin und wieder leckte er Ellens Hand.

»Wir müssen sie ins Krankenhaus bringen, wir können das nicht mehr verantworten«, drängte Susan.

»Nein, bitte warte, nur noch ganz kurz. Sie müsste jeden Moment zurück sein«, sagte Arnt, doch auch ihm stand die Sorge ins Gesicht geschrieben.

Ellen riss sich von dem Anblick los. *Es ist höchste Zeit zu gehen*, dachte sie beklommen, doch aus irgendeinem Grund hatte sie es gar nicht so eilig. Ihr Blick suchte nach Corvus. Der Vogel war verschwunden. Unentschlossen drehte sie sich im Kreis.

»Du musst sofort zurück«, sagte Jesias ohne Umschweife.

»Aber ich fühle mich gar nicht so schlecht«, entgegnete Ellen stockend, wohl wissend, dass er recht hatte. Doch der Gedanke, Anderland für immer zu verlassen, schien ihr plötzlich unerträglich.

»Noch fühlst du dich nicht schlecht. Aber erinnerst du dich an deinen letzten Zusammenbruch? Der kam ganz plötzlich, und ich befürchte, du bist nicht weit davon entfernt. Du bist schon viel zu lange fort, dein Körper braucht dich, dringend.«

Ellen brachte nur ein betretenes Nicken zustande. »Und Corvus?«, fragte sie dann leise, »er ist verschwunden.«

»Ihm wird nichts passiert sein«, beruhigte sie Jesias. »Nicht, solange Kiff auf ihn aufgepasst hat. Bestimmt hat sich der Rabe erholt und ist schon längst wieder bei Kethamarr.«

»Wahrscheinlich hast du recht«, murmelte Ellen nachdenklich. Dann sah sie Jesias an. »Ich hoffe so sehr für dich und für uns alle, dass mit Radin alles in Ordnung ist«, sagte sie und ihre Stimme klang heiser. »Ich werde zu seinem Haus gehen, wenn ich wieder *drüben* bin.«

Jesias ergriff ihre Hand und Ellen zog sie nicht weg. Einige Herzschläge lang beobachteten sie schweigend den Pfortenkreis. Ellen hörte die aufgeregten Worte nicht, welche dort gesprochen wurden. Sie stand einfach nur da, mit der bangen Gewissheit, dass es in Kürze vorbei sein würde. Dass sie gleich zurückkehren würde, zurück in ihre Welt, mit einer neuen Freude und dem Verlust eines Freundes – und der brennenden Frage, ob die Welten wirklich gerettet waren, ob Radin tatsächlich noch am Leben war.

Stumm umrundete sie den Spieltisch. Sie hatte alles gegeben, hatte das außergewöhnliche Spiel zu dem ihrigen gemacht, die Kugeln waren versenkt … Und doch fühlte sie sich nicht wirklich als Siegerin …

»Ich glaube, es ist jetzt an der Zeit, dass du gehst«, sagte Jesias. Es klang schwerfällig, als versuche er, sich selbst von der Notwendigkeit seiner Worte zu überzeugen.

Ellen nickte kaum wahrnehmbar. »Wir werden uns nie wieder sehen, nicht wahr?« Die Worte kamen brüchig über ihre Lippen.

Jesias senkte den Blick. »Nein. Sobald du mit deinen Auriern vereint bist, ist dieses Land für dich unerreichbar.« Er hob langsam den Kopf. »Ellen, ich wünschte – ich wünschte so sehr – wir könnten …«, er verstummte.

»Was?«, fragte Ellen.

»Es geht nicht, es hat keinen Sinn«, antwortete er verbittert.

»Wovon sprichst du?«

»Es ist nur … Ich habe noch nie – so jemanden wie dich … Oh, verdammt, es ist so aussichtslos!« Dann sah er direkt in ihre Augen und sein Blick bohrte sich tief in ihr Herz. »Wenn ich dich halte, wirst du nie fähig sein, mich zu lieben. Und wenn du fähig bist, mich zu lieben, dann …«, er stockte, blickte gequält auf seine leeren Handflächen und fuhr leise fort, »dann kann ich dich nicht mehr halten!«

Einen kurzen Moment lang herrschte Schweigen und er wandte sich ab, als wolle er ihrem Blick ausweichen. Dann holte er tief Luft und sagte in entschlossenem Ton: »Du hast dein Leben, ich habe meins … Das lässt sich nicht vereinen.«

»Nein«, Ellen schüttelte kaum merkbar den Kopf, »das lässt sich nicht vereinen …« Sie zupfte von hinten an einer seiner goldblonden Locken und spürte, wie sich ihre Kehle zuschnürte. »Aber ich werde dich niemals vergessen, Jesias. Danke. Danke für alles, du bist so ein wunderbarer Freund.«

Als Jesias sich ihr zukehrte und beide Hände auf ihre Schultern legte, war der goldene Rand seiner Augen verschwommen.

»Du hast den schönsten Platz in meinem Herzen, Ellen. Bitte vergiss das nie. Und du wirst ihn auf ewig behalten, das verspreche ich dir.« Er strich kurz über ihre Wange, dann öffnete er den Knoten der Jacke, die er noch immer um seine Hüften trug und streckte ihr das Kleidungsstück entgegen. »Die sollte ich dir noch zurückgeben.«

»Du kannst sie behalten«, flüsterte Ellen, die plötzlich ebenfalls unter dem Druck der Tränen litt, »ich habe ja noch das Original.«

»Nein, Ellen, bitte nimm sie mit«, erwiderte er schnell, »es ist noch etwas darin – etwas für dich …«

Erstaunt blickte sie auf, dann nahm sie ihre Jacke entgegen, schlupfte aus Jesias Umhang und reichte ihn ihm.

»Die Pforte«, sagte Jesias dann tonlos, »sie macht sich gerade auf den Weg nach unten.«

»Okay, dann ist es nun wohl so weit«, flüsterte Ellen. Sie bückte sich und streichelte noch einmal Kiffs Nacken, wobei dieser leise winselte, als wüsste er genau, was gleich geschehen würde.

»Du musst los«, rief Jesias und griff nach Ellens Arm. »Jetzt!«

Mit diesem Wort zog er sie an sich, küsste sie sanft auf die Stirn, dann öffnete er seine Finger … Ellen zögerte noch kurz, ein gequältes Lächeln huschte über ihr Gesicht, als sie ihn noch einmal anblickte, bevor sie sprang.

Ohne auf Susans erschrockenen Aufschrei und die Schmerzen zu achten, die ihren durchs lange Liegen malträtierten Körper durchfuhren, setzte Ellen sich auf und würgte ein paar Käfer auf den Boden.

»Ellen! Endlich!«, schrie Susan auf. Tränen der Freude verwischten die Spuren der Angst auf ihren Wangen, als sie die Arme um Ellens Hals schlang.

»Gott sei Dank bist du wieder zurück.« Auch Tilo kam heran und begrüßte sie mit einem breiten Lächeln.

»Wasser – bitte.« Ellens Stimme klang wie das jämmerliche Quaken eines zertretenen Frosches.

Während Susan eine Flasche aus ihrem Rucksack zog, in dem noch ein Rest Wasser übrig war, versuchte Ellen, Arme und Beine zu bewegen. Sie verzog das Gesicht. Jede Bewegung verursachte ihr Schmerzen.

»Nimm das.« Tilo reichte ihr ein Stück Traubenzucker.

Arnt kam herangerollt. »Willkommen zurück«, sagte er fast tonlos, wobei er, noch mehr als sonst, eine Gesichtshälfte mit den Haaren verdeckt hielt. »Hast du alles erledigen können, was du dir vorgenommen hattest?«

»Habe ich.« Ellen wollte nicken, unterließ es jedoch. Dann blickte sie ihn genauer an. »Arnt, was ist los? Ist alles okay?«

»Ich bin nicht ganz sicher«, sagte Arnt und senkte betreten den Blick. »Seit ich zurück bin, scheint der hier leer zu sein«, er deutete auf den Beutel, der schlaff auf seinem Schoß lag. Ellen zog sich schwerfällig an dem Rollstuhl hoch auf die Knie und betrachtete das Stück Stoff, das vorher noch so munter gezappelt hatte.

»Wo ist der Efeustrang, mit dem ich den Beutel zugebunden hatte?«, krächzte sie, das Reden strengte an.

»Der ist nicht mit rübergekommen«, erklärte Arnt. »Nur der Beutel war da – offen – genau so, wie er jetzt hier liegt. Ich habe ihn nicht angerührt.«

»Sie müssen da drin sein, wir können sie nur nicht sehen.« Ellen legte die Finger an den Stoff und hielt die Luft an, als sie die Öffnung Stück für Stück anhob. Nichts geschah. *Kann das sein? Haben wir unsere Aurier etwa verloren*? Von einem schrecklichen Gedanken gepackt, schüttelte sie den Beutel kopfüber …

Es geschah ganz plötzlich. Ellen zuckte mit einem Schrei zusammen. Etwas schien von oben durch ihren Kopf zu fließen. Es rann den Hals hinunter bis zur Herzgegend, dehnte sich dort aus – weiter und weiter. Es war, als wolle es ihre Rippen sprengen, und doch war es beglückend … Sie rang lautstark nach Luft – und plötzlich begann sie zu lachen. Tränen rannen wie Sturzbäche über ihre Wangen, sie weinte und lachte in einem, wollte schreien, etwas herausschreien, für das es keine Worte gab. Laut keuchend warf sie einen Blick auf Arnt, der sich in seinem Stuhl nach vorn gebeugt hatte. Sein ganzer Körper war ein einziges Beben. Auch er schien nicht zu wissen, wie ihm geschah.

In diesem einzigartigen, unglaublichen Moment hätte sie die ganze Welt umarmen können. Aufseufzend streckte sie sich und schlang die Arme um Arnts Hals, der sie seinerseits fest an sich drückte.

»Es ist – es ist unglaublich, es ist – es ist …« Ellen ließ von Arnt ab und erhob sich. Auch wenn ihre Beine wie eingerostet waren, fühlte sie sich, als könne sie einen Marathon gewinnen.

»Oh, mein Gott«, schrie sie in den Himmel. »Su! Ellen fiel auch ihr um den Hals. »Ich danke dir! Von ganzem Herzen. Ich danke euch!« Sie warf Tilo einen strahlenden Blick zu. »Ihr seid so großartig, ohne euch …« Schwankend blickte sie zu Arnt, zu Susan, zu Tilo. Ellen konnte ihr Glück kaum fassen – es prasselte auf sie ein wie tausend glitzernde Sonnenstrahlen.

Doch dann hielt sie plötzlich inne. Mit einem Mal war es, als ändere der Glücksfluss seine Richtung … Vorsichtig betastete sie die Jackentasche. Da war etwas – ihre Hand fuhr hinein und schloss sich um etwas Festes. Ellen konnte nicht deuten, was es war, sie wusste nur, es musste das Etwas sein, von dem Jesias gesprochen hatte.

Jesias! Wie von einer Keule getroffen, taumelte sie rückwärts. Schlagartig brannte ihr Herz, als hätte sich eine Flamme darin entzündet. Am ganzen Körper bebend, zog sie die Hand aus der Tasche und öffnete vorsichtig die Finger. Da lag er. Fassungslos stolperte sie gegen einen Stamm und ließ sich darauf nieder. In ihrer Hand hielt sie Maureens Stein. Ein glühender Pflock rammte sich in ihren Magen, als sie die Kette durch die Finger gleiten ließ, bohrte sich tiefer, zog sie nach unten. Ellen sackte auf die Knie, der Salamander fiel zu Boden.

»Jesias …«, stammelte sie und fand keine Worte für den Schmerz, der sturzbachartig über sie hereinbrach. Den letzten Moment mit ihm heraufbeschwörend, starrte sie auf die Stelle, an der sie eben noch zusammen gestanden hatten, der Kuss auf ihrer Stirn entzündete sich, und gleichsam brach ein nie gekanntes Gefühl mit solcher Wucht über sie herein, dass sie meinte, den Verstand zu verlieren.

»Himmel, Ellen, was ist los?« Susan stürzte herbei.

»Ich – ich – Su …«

»Was ist, Ellen?«, Susan rüttelte sanft an ihrer Schulter, »so sag es mir doch …«

»Ich …«, rang Ellen um Worte, »… ich habe endlich das gefunden, was ich mir so sehr ersehnt – was ich mir seit Jahren erhofft hatte …« Schluchzend vergrub sie den Kopf in den Händen. »Aber es hat mir nie jemand gesagt, dass es so wehtun würde …« Tränenüberströmt blickte sie auf. Jesias war dort, sie wusste es, er war dort und blickte zu ihr herüber. So nah und doch unerreichbar … Sie wollte aufstehen, wollte ihn in die Arme nehmen, ihn an sich drücken, seine Wärme spüren, das Glück mit ihm teilen … Ein wilder Sturm wütete in ihrem Kopf. *Wie habe ich ihn nur gehen lassen können? Warum bin ich nicht bei ihm geblieben? Warum habe ich es nicht wenigstens versucht? Warum?*

»Lass den Stein los, Ellen«, sagte Arnt und rollte heran.

»Ich halte ihn doch gar nicht, Arnt, ich halte ihn nicht, es ist nicht das …«

»Dann ist es …«, er machte eine kurze Pause, als müsse er sich sammeln, »… wegen Jesias!«

»Arnt, ich …« Ellen brach ab und verbarg ihr nasses Gesicht.

»Dann habe ich recht. Du liebst ihn. Liebst ihn über alles …« Seine Stimme klang fahl.

»Ellen und Liebeskummer?«, hob Susan ruckartig den Kopf, »du hast dich verliebt? Aber das ist ja wunderbar. Wer ist dieser Jesias?« Sie konnte ihre Neugier kaum im Zaum halten.

»Jesias ist – er ist …«

Ellen konnte nicht weitersprechen, der brennende Schmerz schnürte ihr die Kehle zu.

Susan nahm ihre Hände. »Er lebt in Anderland, habe ich recht?«

Ellen nickte schwach.

»Wirst du ihn wiedersehen?«

»Nein.«

Susan schüttelte betroffen den Kopf. »Jetzt hast du endlich jemand gefunden …« Aber glaube mir, du wirst darüber hinwegkommen, auch wenn es sich jetzt gerade nicht danach anfühlt. Das Wichtigste ist doch, dass du überhaupt wieder lieben kannst.« Aufmunternd drückte sie Ellens Finger. Dann wandte sie sich Arnt zu, der am Rand des Pfortenkreises saß und ihnen den Rücken zugekehrt hatte. »Ist bei dir alles okay?«, fragte sie leise, »abgesehen von deinem Auge natürlich …«

»Ich möchte jetzt nicht reden«, entgegnete Arnt, ohne den Kopf zu wenden. »Tut mir leid, Susan, es ist gerade alles etwas zu viel … Gib mir ein wenig Zeit …«

»Klar«, sagte Susan – und eine Weile herrschte Schweigen.

»Wisst ihr was?«, rief Tilo mit einem Mal aus. »Ich glaube, wir alle sollten erst mal etwas Richtiges essen.« Er zwinkerte Ellen und Arnt zu. »Nach einem guten Essen sieht die Welt ganz anders aus.«

»Das ist eine wunderbare Idee«, pflichtete Susan bei und strahlte Tilo an.

»Vielleicht hast du recht.« Ellen nickte träge und bemühte sich, ihre Gedanken und ihre Beine gleichermaßen unter Kontrolle zu bekommen. Die Aussicht auf eine richtige Mahlzeit munterte sie tatsächlich ein klein wenig auf, zumal sie erst jetzt bemerkte, dass ihr fast schlecht vor Hunger war. Auch Arnt nickte, griff nach seinem Rucksack und stieß sich wortlos aus dem Pfortenkreis.

Wie in Trance ließ Ellen sich von Susan an der Hand nehmen und die beiden Freundinnen steuerten hinter den anderen auf die kleine Schneise im Tannenwald zu.

Kurz vor den Tannen blieb Ellen stehen und drehte sich noch einmal um. Durch tränenverschleierte Augen betrachtete sie den Pfortenkreis. Niemand würde je für möglich halten, was sich hier abgespielt hatte. Ihr Blick suchte Jesias. Ellen wusste, dass er dort irgendwo stand und zu ihr herübersah, neben ihm Kiff, mit seinem hängenden weißen Ohr … Zaghaft hob sie die Hand. Tränen fielen lautlos auf den Boden und versickerten in den Nadeln … *Wenn ich dich halte, wirst du nie fähig sein, mich zu lieben. Und wenn du fähig bist, mich zu lieben, dann kann ich dich nicht mehr halten* … Der Gedanke an seine Worte schnitt in ihr Herz. Innerhalb weniger Minuten hatte ihre Bedeutung ein vollkommen neues Ausmaß angenommen … Sie hatte ihre Liebe gefunden, doch es war eine Liebe ohne Heimat, eine Liebe, die nicht sein konnte … nicht in dieser Welt und auch nicht in der anderen …

»Nun komm schon«, rüttelte Susan an ihrer Hand, »du musst so schnell wie möglich auf andere Gedanken kommen.«

Ellen ließ sich widerwillig führen. Immer wieder blickte sie zurück, bis der Hügelrand die Sicht auf die Tannen nahm. Noch einmal reckte sie den Hals, dann stiegen alle gemeinsam den Hang hinab zu Susans Auto.

Tilo demontierte bereits die Armlehnen des Rollstuhls, die in dieser Welt keinen Schaden genommen hatten.

»Da ist was reingeschnitzt«, bemerkte er und betrachtete neugierig die Unterseite einer Lehne. »Was bedeutet S.W.?«

Arnt fuhr auf dem Rücksitz herum: »Das geht niemand etwas an.«

»Wie hieß dein Vater mit Vornamen?«, fragte Ellen, der mit einem Mal ein Licht aufging. »Er hat diesen Stuhl für dich gebaut, richtig?«

»Das ist ganz allein meine Sache!«, bellte Arnt zurück.

»Okay, ist ja schon gut. Kein Grund, hier Gift zu spucken.« Tilo bugsierte den Rollstuhl in den Kofferraum, der ohne die Armlehnen zentimetergenau hinter die Heckklappe passte. »Wir haben einen Grund zum Feiern und zwar einen deftigen!«

»Da stimme ich dir zu«, sagte Arnt mit einem Stimmungswandel, der wohl dem Hunger zuzuschreiben war. »Die paar Ameisen haben nicht wirklich satt gemacht.«

»Essen …« Tilo biss sich heftig auf die Unterlippe. »Das Cordon blökt schon in der Pfanne! Wie wär's mit dem *Holler*?«

»Wo sonst?«, rief Arnt zu ihrer aller Verblüffung. »Worauf warten wir, Susan, wir sind schon spät dran, tritt aufs Gas!«

Im *Schwarzen Holler* wurden sie von Larissa mit einem breiten Lächeln empfangen. »Bleiben die Herrschaften heute bis zum Schluss?«, fragte sie und zwinkerte Ellen zu.

»Ganz bestimmt! Versprochen!«, nickte Ellen und steuerte ihren Lieblingstisch an, der gerade frei geworden war. Sie wollte sich gerade unter den Erpel setzen, da stutzte sie und blickte nach oben. Überrascht stellte sie fest, dass sie sich ernsthaft Gedanken darüber machte, ob der Vogel gut genug an der Wand befestigt war.

Während Susan die Speisekarte wie jedes Mal rauf und runter las, blickte Ellen durch das Fenster nach draußen. Ihre Gedanken wanderten zu Radin. Sie würde ihn gleich am nächsten Tag aufsuchen, in der festen Hoffnung, dass sich alles zum Guten gewendet haben würde.

Ein freudiges »Ich hab's« riss sie aus ihren Überlegungen. Susan hatte ungewöhnlich schnell ihre Wahl getroffen und sich zu Ellens größtem Erstaunen für ein Cordon bleu mit Pommes entschieden.

»Ihr beide solltet mit etwas Leichterem anfangen, euer Magen ist deftiges Essen nicht mehr gewöhnt«, mahnte sie und blätterte erneut in der Karte. »Wie wäre es mit einer Fladensuppe?«

Arnt prustete in seinen Holunderpunsch. »Willst du uns umbringen?«, rief er vorwurfsvoll. »Ich brauche was zum Essen, nicht zum Trinken …«

Die Stimmung wurde ausgelassen. Ellen und Arnt durchlebten noch einmal die letzten Tage und füllten Susans und Tilos Wissenslücken. Umgekehrt erfuhren Ellen und Arnt, wie die mit Anzug und Lackschuhen getarnten Morthoren ihre Körper nach Marienfels gebracht hatten. Immer wieder redeten alle vier auf einmal, lachten und schüttelten ungläubig den Kopf.

Auch Ellen konnte langsam wieder fröhlich sein. Das Essen und der Holunderpunsch trugen das Ihre dazu bei und je länger der Abend dauerte, desto ausgelassener wurde sie. Immer wieder fasste sie an den Stein ihrer Kette und hatte sofort das Gefühl, Kraft aus ihm zu schöpfen, obwohl seine Wirkung in dieser Welt nicht die gleiche zu sein schien. Doch das spielte für sie keine Rolle.

Lächelnd blickte sie zu Arnt, dessen Verhalten sie zunehmend in Staunen versetzte. Er hatte sich unglaublich verändert. Noch nie zuvor hatte sie ihn so offen erlebt, auch wenn er eine Hälfte seines Gesichts immer noch bedachtsam verdeckt hielt.

Auch sie fühlte sich wie verwandelt. Mit der Ruhe in ihrem Kopf war es vorbei, ständig huschten mal mehr, mal weniger sinnvolle Gedanken unter ihrer Stirn hindurch. Es würde noch eine Weile dauern, bis sie sich an das ständige Geplapper ihrer Aurier gewöhnt haben würde, doch sie war mehr als glücklich darüber.

Einige Male, wenn sie sich unbeobachtet fühlte, legte sie vorsichtig die Hände auf ihre Schultern und fragte sich, was die beiden jetzt wohl gerade trieben. Und obwohl sie sich auf eine neue Art ausgeglichen und zufrieden fühlte, wusste sie doch, dass ein Teil ihres Herzens für immer bei Jesias bleiben würde. Aber das war gut so und sie würde lernen, damit zu leben. Sie gehörte in diese Welt und er in seine, so sehr es auch schmerzte.

Zum Abschluss spielten sie im Nebenzimmer noch eine Partie Billard. Ellen staunte nicht schlecht, als Arnt die meisten Kugeln gekonnt versenkte – und das, obwohl er noch nie einen Queue in der Hand gehabt hatte. Als Ellen den Siegesstoß über mehrere Banden vollführte, war es Tilo, der sich verblüfft zeigte.

»Hm, du hat gewonnen, aber das letzte Wort ist noch lange nicht gesprochen«, dröhnte er mit tiefer Stimme, zog seine Kappe weit über die Augen und erhob den Queue, als hielte er einen Speer in der Hand.

»Es gibt nichts mehr zu besprechen«, knurrte Ellen zurück und allgemeines Gelächter füllte den Raum.

Doch nach und nach wurde es ruhiger am Spieltisch. Die Anstrengung der letzten Tage holte alle vier ein. Trotzdem staunte Ellen, wie viel Energie sie noch besaß. Vermutlich würde sie die nächsten Tage durchschlafen.

Kurz vor Mitternacht brachen sie auf. Susan brachte Tilo nach Hause und Arnt begleitete Ellen noch bis zum Brunnen. Eine Weile betrachteten sie schweigend die steinernen Löwen, die durch das helle Mondlicht wie lebendig wirkten. Dann legte Ellen die Hand auf Arnts Schulter.

»Weißt du noch, wie ich dich dort drüben angesprochen habe und du vor den Fendern geflohen bist, als wäre der Teufel hinter dir her?«, fragte sie mit einem Lächeln im Gesicht.

»Klar«, nickte Arnt. »Das werde ich niemals vergessen. Ich glaube, ich habe dort schon gemerkt, dass etwas ganz Spezielles passiert war. Ich wusste nur nicht, was …« Er ließ seinen Blick über den Platz schweifen. Im gedämpften Licht wirkten die Umrisse der Gebäude fast geisterhaft. »Glaubst du, dass dieser Alex Krotzlers Krallen entkommen kann?«, fragte er dann in die Stille.

»Klar, alles andere würde mich wundern. Für seine Aurier war Freiheit ja ein ständiges Thema.«

»Hättest du ihm auch geholfen, wenn sie nicht davon gesprochen hätten?«

Ellen überlegte einen Moment, ob sie Arnt die Geschichte über die gegenseitige Rettung erzählen sollte, dann verwarf sie den Gedanken. Sie wollte nicht jetzt über den Unfall sprechen, sondern das in Ruhe bei einem Glas Holunderpunsch tun. »Ich denke schon, er hat uns ja auch geholfen«, sagte sie stattdessen. »Aber ganz bestimmt haben die Aurier den Gedanken, ihm zu helfen, verstärkt und seine Unschuld unterstrichen.«

»Es ist erstaunlich«, Arnt versenkte seinen Blick im Wasser, »da laufen Dinge um uns herum ab, die wir überhaupt nicht mitbekommen.«

»Stimmt.« Ellen nickte nachdenklich. »Vielleicht ist das eine Erklärung dafür, warum manche Menschen das Gute und andere das Schlechte anziehen. Oder warum man manche auf Anhieb mag und manche nicht …« Gedankenverloren blickte sie auf den zweiten Mond im Brunnen.

»Arnt, ich danke dir«, brach Ellen dann das Schweigen. »Ohne dich hätte ich das niemals geschafft. Ohne dich wäre alles in Kethamarrs Hände gefallen und ohne dich wären unsere Aurier immer noch gefangen. Du warst genial, einzigartig … und du bist … ein wunderbarer Freund … und Schütze.«

»Ja«, Arnt lachte auf, »wer hätte das gedacht. Der Freund mit dem Kinderspielzeug …« Er holte die Schleuder hervor und drehte sie im Mondlicht. »Ich danke dir auch, Ellen. Dank dir hat mein Dasein wieder einen Sinn – und es fühlt sich so lebendig an, dass ich es fast nicht beschreiben kann.« Er zog sich seine Haare dicht über die eine Gesichtshälfte, dann blickte er direkt in Ellens Augen, so lange, bis sie das Gefühl hatte, er könne ihre ansteigende Röte im Mondlicht erkennen. Sie war sich sicher, dass er an das Erlebnis auf der Brücke dachte …

»Es hat dich recht erwischt, nicht wahr?«, sagte er plötzlich und wandte den Blick wieder ab.

Ellen musste nicht fragen, was er meinte. »Das kann man so sagen«, antwortete sie leise und pochte mit der Fußspitze gegen die Brunnenmauer. »Aber es ist – es ist sinnlos. Jesias und ich, wir leben in zwei verschiedenen Welten. Ich muss lernen, das zu akzeptieren, auch wenn ich noch nicht weiß, wie ich das schaffen soll …« Sie zwang sich zu einem Lächeln. »Und wie steht es bei dir?«

»Ziemlich ähnlich«, sagte er und schluckte schwer. »So, wie es aussieht … unerreichbar.« Er blickte sie flüchtig an. »Aber vielleicht finde ich ja mal ein Mädchen, mit dem es funktioniert … und – naja, wenn alle Stricke reißen, habe ich ja ganz am Ende noch Maureen …«

»Da hast wenigstens du Hoffnung auf ein Wiedersehen.« Ellen zog verlegen eine Haarsträhne um ihren Finger. Sonst fiel ihr nichts ein, was sie dazu hätte sagen können. Selbst ihre Aurier schwiegen für einen Moment. »Wie sieht es eigentlich mit dem Laufen bei dir aus?«, wechselte sie unvermittelt das Thema.

»Es ist gut so, wie es ist.« Arnt warf ihr kurz einen missmutigen Blick zu, dann huschte ein Lächeln über sein Gesicht. »Na ja, vielleicht probiere ich es mal – irgendwann. Aber zuerst brauche ich ein neues Auge. Das, was ich noch zu Hause habe, ist aus einer Halloween-Tischbombe. Vermutlich wird es schwierig, damit eine nette Bekanntschaft zu machen.« Er zog eine Grimasse, dass Ellen lauthals losprustete. Arnt fiel mit ein und sie lachten so lange und laut, dass sogar der Mond im Brunnen sich glitzernd kräuselte.

Kapitel 50

Das neue Leben

Am nächsten Morgen krähte sich Uwe rücksichtslos in Ellens Tiefschlaf. Im ersten Moment dachte sie an einen Notfall, der sie mitten in der Nacht aus den Träumen riss, dann realisierte sie, dass es bereits hell war und – der hoch stehenden Sonne nach – schon eine ganze Weile hell sein musste. Bleischwer hievte sie sich in die Senkrechte, nahm Uwe vom Nachttisch und ließ ihn reden: »Ellen, dem Himmel sei Dank, wie geht es dir?«, fragte eine erleichterte Stimme.

»Mum!« Ellen freute sich, ihre Mutter zu hören. »Alles bestens, es geht mir wunderbar«, sagte sie, wenngleich sie sich fühlte, als habe sie ein Panzer überrollt. Ganz zu schweigen von dem schmerzhaften Stich, den sie in der Herzgegend verspürte.

»Und bei dir?«, fragte sie so beschwingt wie möglich.

»So weit, so gut«, antwortete die Mutter knapp.

»Mum, wenn du so sprichst, ist irgendetwas nicht in Ordnung«, entgegnete Ellen skeptisch. Gleichzeitig holte sie das schlechte Gewissen ein, dass sie sich nicht schon am Vorabend gemeldet hatte. »Was ist denn los?« Sie versuchte, möglichst belanglos zu klingen.

»Das fragst du noch? Ich bin fast umgekommen vor Sorge um dich! Wo hast du nur gesteckt?«

Ellen wollte ihrer Mutter das Geschehene nicht am Telefon erzählen. Von Susan hatte sie die Nachricht erhalten, dass am

Nachmittag die Beerdigung von Gudrun stattfinden würde, und so verabredete sie sich mit ihrer Mutter für den nächsten Tag. Mit einem Mal konnte Ellen es kaum erwarten, ihr alles zu berichten, haargenau so, wie es geschehen war. Nur einen Teil würde sie auch ihrer Mutter gegenüber vorerst weglassen. Die Bilder, die sie seit Kurzem von ihrem Vater in sich trug …

Obwohl Ellen sich immer noch schlapp fühlte, zwang sie sich aus dem Bett, streckte ihren steifen Körper und setzte die Kaffeemaschine in Gang. Als die Tasse auf dem Tisch stand, schloss sie die Augen, senkte die Nase über den Tassenrand und sog den aufsteigenden Duft in sich hinein. Wie lange hatte sie schon keinen Kaffee mehr getrunken! Und irgendwie hatte sie das Gefühl, er röche noch besser als sonst! Ihre Lebensgeister regten sich und erinnerten sie an die morgendlichen Sportrunden auf dem Hamsterrad. Auch wenn sie es in gemäßigtem Tempo angehen würde, war es wichtig, wieder Normalität in ihr Leben zu bringen. Gerade überlegte sie, wo sich die Joggingschuhe wohl diesmal versteckt hielten, da machte sich eine andere Stimme bemerkbar. Fein, aber hartnäckig. Mit allen Mitteln versuchte sie Ellen davon zu überzeugen, dass es in ihrem Zustand absolut unverantwortlich sei, joggen zu gehen. Viel besser wäre es, das Training auf den nächsten Tag zu verschieben und heute noch ein wenig zu entspannen. *Eigentlich keine so schlechte Idee,* dachte Ellen. So machte sie es sich vor ihrer Tasse bequem und betrachtete die tiefschwarze Flüssigkeit, in deren Mitte sich der Tropfen Rahm zu einem einbeinigen Vogel formierte. Ihr Magen war ebenfalls erwacht und rumorte lautstark. Ellen öffnete den Brotkasten. Zwei Brezeln waren noch da, beide mit Zahnbrecherpotenzial.

Der Gedanke an die frischen Brezeln der Bäckerei ließ ihr das Wasser im Mund zusammenlaufen. Kurzerhand stieg sie in ihre Jeans, die in den letzten Tagen gewachsen zu sein schien. Die Sonne hatte bereits schweißtreibende Kraft in ihrem

Licht, und Ellen konnte es nicht lassen, kurz stehen zu bleiben, um sich die Wärme durch den Körper kribbeln zu lassen.

Als sie die Bäckerei erreichte, fiel ihr sofort der silberne Sportwagen auf, der halb auf dem Gehweg direkt vor dem Eingang parkte und ganz offensichtlich das Halteverbotsschild verspottete. Ellen wusste sofort, wem der Wagen gehörte. Festen Schrittes betrat sie die Bäckerei. Wie immer war viel los, und als sie sich der Warteschlange anschloss, fiel ihr Blick auf die hübsch dekorierten Tische und die gemütlichen Sitzecken. Die Vasen waren heute mit bunten Blumen bestückt. Sie passten perfekt zu den hübsch verzierten Vorhängen, und Ellen fragte sich, ob sie schon vorher dort gehangen hatten. Noch nie war ihr aufgefallen, dass das Café so liebevoll eingerichtet war.

Dann entdeckte sie weiter vorne das Gesicht des Falschparkers. Allem Anschein nach hatte seine neue Errungenschaft den Reiz verloren, sein Gesicht wirkte noch mürrischer als sonst. Vielleicht war auch der Ansturm all der Weiber ausgeblieben, was Ellen ihm insgeheim wünschte. Unwillkürlich fragte sie sich, was er wohl als Nächstes kaufen würde, um für ein paar Stunden das Gefühl zu haben, glücklich zu sein. Das Gebäck, das er gerade bezahlte, konnte es nicht sein …

Als ob er ihren Blick bemerkt hätte, drehte er sich plötzlich um und sah ihr direkt in die Augen. Ertappt wandte Ellen sich ab und kramte in ihrem Geldbeutel.

»Hey Süße, steck das Geld weg, ich lade dich ein«, erklang eine blasierte Stimme.

Ellen blickte sich um. Hinter ihr standen eine alte Frau und einige Männer.

»Wen … mich?«, fragte sie perplex.

»Wen sonst?« Der Schöne bestellte an der Theke, verzichtete huldvoll auf das Rückgeld und hielt ihr eine Zuckerschnecke vor die Nase. »Willst du auch was trinken?«

»Das ist wirklich sehr nett …«, Ellen warf einen Blick in sein Gesicht, das allem Anschein nach ebenso süß wirken sollte wie das Gebäck, das er in der Hand hielt, »… aber vielleicht sparst du dir das Geld, um den Strafzettel für deine falsch geparkte Protzkiste zu bezahlen.«

Dem Schönen klappte der Unterkiefer herunter, er blickte Ellen kurz ungläubig an, dann rammte er seine makellosen Zahnreihen in die Zuckerschnecke und verließ hoch erhobenen Hauptes die Bäckerei.

Ellen schnappte nach Luft. Hatte sie das gerade wirklich gesagt?

»Zwei Brezeln, Frau Lang?«

Ellen fuhr herum. War das möglich? Die Verkäuferin war für sie da, ohne dass sie sich durch lächerliches Hampeln bemerkbar machen musste, und das, obwohl sie ohne ihre Joggingkleider fast inkognito unterwegs war. Zudem war sie während des Wartens weder getreten noch angerempelt worden.

»Ja, zwei Brezeln bitte!« Ellen strahlte.

Kurz darauf saß sie mit einer Brezel und Uwe am Küchentisch. Der Arme platzte fast vor Mitteilungsbedürfnis. Der Kaffee war längst kalt und der einbeinige Vogel hatte sich gleichmäßig in der Tasse verteilt. Nur ein zwinkerndes, schwarzes Knopfauge war übrig geblieben, das sich als strampelnde Fruchtfliege entpuppte. *Ich muss unbedingt Ordnung schaffen – und zwar richtig.* Ellens Blick heftete sich an die Obstschale, deren Inhalt gerade damit beschäftigt war, dem Gärungsprozess zum Opfer zu fallen.

Aber als Erstes musste sie wissen, wie es Radin ging. Bis jetzt hatte sie noch keine Anzeichen dafür entdeckt, dass die Grenze zu Anderland gefallen war, doch sie wollte Gewissheit.

Während sie das aufgeblähte Obst in den Mülleimer bugsierte, ertappte sie sich voller Erstaunen dabei, wie eine heftige

Diskussion in ihrem Kopf entbrannte, deren Inhalt sich um die Nutzung ihres Wagens drehte. Eigentlich wäre das gar kein Thema gewesen, vor einigen Tagen hätte sie ganz einfach ihre Trainingseinheiten zu Radins Haus verlegt, das Fahrzeug wäre ihr gar nicht in den Sinn gekommen. *Es müssen die Aurier sein*, dachte sie, wobei sie nicht wusste, welcher der beiden der Faulpelz war. *Jetzt erst recht!* Schnell zog sie – beide! – Joggingschuhe unter dem Bett hervor.

Gemischte Gefühle durchliefen sie, als sie sich auf den Weg machte, auf dem sie – vor Monaten, wie es ihr schien – Charlotte gefolgt war. Was hatte sich in der Zwischenzeit nicht alles ereignet … Ellen konnte es kaum glauben. Sie spürte deutlich, dass ihre Beine noch längst nicht in Form waren. Der Straßenbelag fühlte sich an, als wäre er mit einer fetten Schicht Klebstoff bepinselt. Immer wieder machte sie kleine Pausen, nur das Abrissviertel durchquerte sie zügig.

Doch je mehr sie sich ihrem Ziel näherte, desto unsicherer wurde sie. *Was, wenn Radin nun doch tot ist? Was, wenn Charlotte es nicht geschafft hat?* Ihre Fantasie malte sich alle möglichen Bilder aus. Je länger sie darüber nachdachte, desto mächtiger wurden ihre düsteren Vorahnungen, wuchsen mit jedem Schritt. Immer klarer umrissen sich die unheilvollen Bilder und lähmten ihre Beine. So konnte es nicht weitergehen. Der Einfluss auf ihre Gedanken nahm überhand – zu viel für ihren Geschmack.

»Hört ihr wohl auf, so einen Blödsinn zu reden«, rief sie energisch. »Wartet gefälligst ab, bis wir wissen, was los ist, bevor ihr schwarzmalt!« In ihrem Kopf herrschte überraschtes Schweigen. Sofort legten sich die düsteren Vorstellungen, und Ellen setzte ihren Weg deutlich zuversichtlicher fort. Doch es dauerte nicht lange und ihre Gedanken schweiften erneut ab. *Ich glaube, ich habe ziemliche Sturköpfe abbekommen,* dachte sie liebevoll und ließ sie diesmal plappern, ohne ihren Worten

Bedeutung beizumessen. Erfreut stellte sie fest, dass sich das unheilvolle Gerede umso mehr in Luft auflöste, je länger sie lief. *Es kommt eh meist anders, als man denkt,* hielt sie den Auriern noch entgegen, dann blieb sie abrupt stehen. Nicht im Entferntesten hatte sie damit gerechnet, *wie* anders alles kommen konnte …

Ellen rieb sich die Augen und starrte den Hang hinauf. Ihr Blick fiel auf Radins Haus, das mit wiesengrüner Abwesenheit glänzte. Noch einmal schloss sie die Augen und öffnete sie wieder. Nichts. Verwirrt drehte sie sich im Kreis. *Das kann doch nicht sein …* Zögernd stapfte sie nach oben. An der Stelle, an der das Haus gestanden hatte, waren nichts als Wildblumen und Gräser zu erkennen. Es sah auch nicht so aus, als wäre hier vor Kurzem etwas abgerissen worden. Einzig das Fass, aus dem sie Wasser geschöpft hatte, stand neben den Tannen im hohen Gras. Sie warf einen Blick zurück. Auch der Briefkasten war verschwunden. Stattdessen saß dort etwas auf einem Stein. Graziös und unbeweglich. War es möglich …?

Ellen beschleunigte ihre Schritte, dann flog sie förmlich den Hang hinunter. Auf dem Stein saß Charlotte und warf ihr ein leuchtendes Orange entgegen.

»Charlotte, wie schön, Sie zu sehen.« Ellen meinte es mehr als ehrlich. Die Katze erhob sich und machte kurz einen Buckel, als warte sie schon seit Stunden.

»Haben Sie es geschafft? Konnten Sie Radin die Perle rechtzeitig geben?«, fragte Ellen komplett außer Atem.

Charlotte blickte sie ausdruckslos an, dann gab sie einen Laut von sich, den Ellen weder als Ja noch als Nein deuten konnte.

»Charlotte, Sie wissen doch, ich kann Sie hier nicht verstehen.« Erschöpft ließ sie sich ins Gras fallen. Dabei fiel ihr Blick auf Charlottes Schwanz, den sie zwischen ihren Hinterbeinen verbarg. Ellen vermutete, dass sie den Makel, den ihr der Peitschenhieb des Morthoren verpasst hatte, nicht zeigen wollte, doch sie unterließ es, die Katze darauf anzusprechen. »Sie waren einmal mehr grandios«, lobte sie stattdessen und meinte, ein Aufblitzen in Charlottes Augen zu erkennen. »Aber was ist denn nun mit Radin?«

Anstelle einer Antwort senkte die Katze den Kopf.

»Charlotte, nein …«, rief Ellen aus, bevor sie bemerkte, dass die Katze ihre Augen auf etwas richtete, was sich neben dem Stein befinden musste. Ellen folgte ihrem Blick und entdeckte einen kleinen, schwarzen Sack, zugebunden mit einer glänzenden, mintgrünen Schleife.

»Was ist das?« Ellen betrachtete ihn näher.

In winzigen, goldenen Buchstaben stand *Ellen* auf dem Band.

»Für mich?«, rief sie erstaunt. Neugierig zupften ihre Finger an der Schleife und tasteten sich in den Sack. Etwas Rundes, Hartes befand sich darin. Vorsichtig zog sie es heraus – und hielt einen hölzernen Spiegel in der Hand.

»Charlotte, das ist ja … du meine Güte, er ist wunderschön«, hauchte sie und strich über die filigranen Blumenkelche, deren ineinander verschlungenen Stängel den Griff bildeten. »Dieser Spiegel ist sehr alt, nicht wahr?«, fragte sie, ohne eine Antwort zu erwarten. »Radin muss mich wirklich gut kennen … Aber ein Spiegel? Warum ausgerechnet ein Spiegel?« Verwundert betrachtete sie das Geschenk von allen Seiten. Als ihr Blick auf ihr Spiegelbild fiel, unterdrückte sie ein Seufzen. Dunkle Schatten klebten unter ihren Augen und ließen sie älter erscheinen. Ihre Haut wirkte fahl und kraftlos.

Plötzlich zuckte sie zusammen, als hätte sie sich verbrannt. Der Spiegel fiel geräuschlos ins Gras. Hinter ihrem Kopf waren zwei Augen aufgeblitzt – oder hatte sie sich getäuscht? Sie fuhr herum. Dort war niemand. Verwirrt betrachtete Ellen das Geschenk, das ihr demonstrativ den Rücken zuwandte.

Ein paar Mal atmete sie tief durch, dann drehte sie den Spiegel mit spitzen Fingern herum. Ein Stück Himmel lag zwischen den Halmen, von den Augen keine Spur. Vorsichtig legte sie das Kleinod in ihre Hände und blickte hinein. Erneut stockte ihr Atem. Nach und nach erschien ein Gesicht darin, eins, das nicht das ihre war. Nur mit Mühe hielt sie der Versuchung stand, den Spiegel wegzuschleudern. Doch je länger sie hinsah, desto bekannter kamen ihr die Augen vor.

»Je... Jesias?« Ihr Herz begann zu rasen, doch dann erkannte sie, dass nicht er es war …

»Radin!«, Ellens Herz tat erneut einen Sprung, »Gott sei Dank, Sie sind wohlauf«, rief sie erleichtert aus.

Radins weiß gerahmtes Porträt blickte ihr nun entgegen und zwinkerte schelmenhaft. »Mein außerordentliches Kompliment, meine liebe Ellen, du hast ganze Arbeit geleistet«, begann er zu sprechen.

Ellen rang nach Worten. »Wieso – warum – sind Sie hier drin?«, stammelte sie. »Und wo ist …«

»Mein Haus?«

Ellen nickte.

»Es ist da, wo es immer ist, nur kannst du es nicht mehr sehen. Aber diese Tatsache dürfte im Hinblick auf deine wiedergewonnene bezaubernde Gesellschaft zu verschmerzen sein.« Er lächelte verschmitzt.

»Radin … das Bild …«

»Ich weiß über alles Bescheid, Ellen. Ich habe das Bild rechtzeitig vernichtet.«

»Vernichtet? Aber woher wussten Sie …«

»Du selbst hast es mir gezeigt. Ich habe – lass es mich so ausdrücken – den leeren Platz der Aurier eingenommen. Ich war die ganze Zeit bei dir. Und mit all dem, was du erlebt hast, hast du mich zu der richtigen Antwort geführt. Sobald ich wusste, was im Gange war, ließ ich das Bild zerstören, doch fast wäre es zu spät gewesen. Im allerletzten Moment brachte Charlotte mir das letzte Quantum meiner eigenen Kraft zurück. Damit konnte ich die Genesung in Gang setzen – und nun …«, seine Augen funkelten, »… bin ich schon wieder fast der Alte.«

Er machte eine kurze Pause, bevor er fortfuhr: »Ellen, ich weiß nicht, ob dir klar ist, was du für uns alle getan hast – und ob du dir der Tragweite des Unglücks bewusst bist, das über uns hereingebrochen wäre, ohne deinen beherzten Einsatz.«

»Ich … ich war das nicht allein.« Ellen spürte, wie ihr das Blut in die Wangen schoss.

»Aber du bist es gewesen, die losgezogen ist. Du hast den Mut aufgebracht, gegen Unvorhersehbares und vermeintlich Übermächtiges anzutreten. Dafür gebührt dir mein aufrichtiger Dank und mein größter Respekt.« Er schloss die Augen und neigte kurz den Kopf. »Behalte den Spiegel. Er kann dir nützlich sein, wenn du ihn mit Bedacht verwendest. Mit seiner Hilfe ist es dir möglich, jederzeit einen Blick nach Anderland zu werfen und diejenigen zu erkennen, die nicht das sind, was sie vorgeben, zu sein. Bewahre ihn gut.« Radins Augen lächelten sanft zwischen ihren Händen. »Du bist eine bemerkenswerte Frau, Ellen, bitte vergiss das niemals!«

Nach diesen Worten verschwand sein Gesicht mit den vorüberziehenden Wolken – und noch bevor Ellen etwas erwidern konnte, war nichts mehr von ihm übrig als die endlose Weite des Himmels. Eine Weile lang starrte sie auf das blau schimmernde Glas, dann steckte sie den Spiegel zurück in den Beutel, schlüpfte mit einer Hand in das mintgrüne Band und presste es fest zwischen die Finger.

»Dann ist es nun wohl an der Zeit, Lebewohl zu sagen«, wehmütig kraulte sie Charlotte hinter den Ohren. Ein lautes Schnurren setzte ein, und Ellen musste unwillkürlich lächeln.

»Ich danke Ihnen für Ihre Hilfe.« Sie blickte auf die Katze hinab, die zu ihrer Überraschung sitzen blieb und sich die

Berührung gefallen ließ. »Passen Sie gut auf Radin auf. Und wenn Sie Jesias sehen – dann sagen Sie ihm bitte – dann sagen Sie ihm – dass ich ihn liebe …« Sie presste die Lippen aufeinander.

Charlotte nickte, warf ihr einen ihrer unergründlichen Blicke zu, dann machte sie kehrt und trabte den Hang hinauf. Ohne sich noch einmal umzusehen, verschwand sie in Radins Haus – wie Ellen vermutete. Kurz noch winkte Ellen ihr nach, dann machte auch sie sich auf den Heimweg.

Im Abrissviertel wurde sie von zwei Betrunkenen angepöbelt, doch sie setzte ihren Weg unbeeindruckt fort. Im Moment hatte sie das Gefühl, dass nichts auf der Welt ihr etwas anhaben könnte.

Am Nachmittag trat Ellen erneut gegen ihren Faulpelz an, setzte sich durch und machte sich zu Fuß auf den Weg zum Friedhof. Es fiel ihr schwer, zu trauern, wenn sie an den herzlichen Abschied dachte, den sie von Gudrun genommen hatte – auch wenn ihr die Hinterbliebenen, vor allem Martin, sehr leidtaten.

Die meisten Trauergäste waren schon da und versammelten sich vor der kleinen Kapelle am Eingang des Hofs, der alles andere als friedlich war. Lautes Schluchzen vermischte sich mit dem Geplärr einiger Kinder, die nicht begreifen wollten, warum man auf Grabsteinen nicht herumklettern durfte. Zwischen den Gästen entdeckte sie Martin, der etwas abseits auf einem Mauervorsprung saß. Er hatte den Kopf in den Händen vergraben und lehnte jede Beileidsbekundung kopfschüttelnd ab. Seine schwarze Hose war übersät von noch schwärzeren, feuchten Flecken. Ellen setzte sich neben ihn und schwieg.

»Meine Mutter hätte sich gefreut, dass du da bist«, sagte Martin nach einer Weile leise und schnäuzte sich die Nase. »Danke, dass du gekommen bist.«

»Ist doch selbstverständlich …« Ellen holte tief Luft. »Martin, ich muss dir etwas sagen«, fuhr sie dann zögernd fort. »Es mag zwar komisch klingen, aber ich muss es einfach …« Sie suchte nach den richtigen Worten. »So traurig es für uns alle ist, Gudrun verloren zu haben – aber dort, wo sie jetzt ist, ist sie sehr, sehr glücklich.«

Martin blickte auf, seine Augen waren rot unterlaufen. »Wie kommst du denn darauf?«, presste er hervor.

Ellen wickelte ihren Finger in eine Strähne. Lang hatte sie überlegt, ob sie ihm von dem speziellen Abschied, den sie von seiner Mutter genommen hatte, erzählen sollte und war dann zu dem Schluss gekommen, es einfach zu tun. Vielleicht konnte sie ihm damit etwas Trost spenden.

»Ich weiß es, weil ich sie auf ihrem letzten Weg begleitet habe. Das ist schwer zu verstehen, aber sie war befreit von allen Schmerzen und weltlichen Problemen … Du hättest sie sehen sollen. Sie lachte und tanzte und war nur noch sie selbst. Und sie war wunderschön«, fügte sie leise hinzu.

Martin warf ihr einen kurzen Blick zu, schüttelte heftig den Kopf, dann sprang er auf. »Das ist wohl nicht der richtige Moment, mir so einen Schwachsinn aufzutischen«, schleuderte er ihr mit hochrotem Gesicht entgegen.

»Das wäre das Letzte, was ich tun würde«, entgegnete Ellen ruhig. »Ich dachte nur, es wäre ein wenig tröstlich, wenn ich das, was ich gesehen und erlebt habe, mit dir teile … auch wenn es sonderbar klingt.«

»Sonderbar klingt?«, fauchte Martin. »Du – du hast ja keine Ahnung …« Er warf ihr einen vernichtenden Blick zu, dann machte er kehrt und verschwand in der Kapelle.

Ellen wickelte den ganzen Pferdeschwanz um ihren Finger. *Hätte ich doch nur den Mund gehalten,* haderte sie mit sich. Da entdeckte sie Susan, die hinter Martin herzueilen schien. Vielleicht würde sie bessere Worte finden.

Ellen verzichtete darauf, den beiden zu folgen. Sie verzichtete auch darauf, in der Kapelle die Trauerworte des Pfarrers anzuhören, stattdessen begab sie sich direkt zu Gudruns Grab, das bereits geöffnet auf den letzten Weg der Verstorbenen wartete. Unter einer großen Weide, die ihre Arme trauernd über die Gräber senkte, nahm Ellen Platz und betrachtete voller Ehrfurcht die vielen kleinen Blätter, die den Baum in einen hoffnungspendenden, grünen Mantel hüllten.

Der Trauerzug näherte sich, verteilte sich schweigend um das Grab und der Sarg wurde hinabgelassen. Möglichst unauffällig stand Ellen auf, mischte sich unter die Trauergesellschaft und warf eine weiße Rose auf den Deckel der letzten Ruhestätte. Ohne es zu wollen, sah sie Gudrun in ihren Gedanken mitten unter den Gästen stehen, fast meinte sie, ihre Rufe zu hören: »Ihr Lieben, freut euch mit mir, es geht mir wieder gut, freut euch mit mir und feiert. Freut euch über das Leben und freut euch darauf, wenn das Ende seinen neuen Anfang findet … Warum macht ihr so traurige Gesichter? So feiert doch, seid fröhlich …« Ein Lächeln huschte über Ellens Gesicht, und sie senkte beschämt den Kopf.

Nach den letzten Worten des Pfarrers lief sie voraus, um hinter dem Ausgang auf Susan zu warten, doch an ihrer Stelle kam Martin um die Ecke und winkte sie zur Seite.

»Ellen, es tut mir leid, was vorhin passiert ist«, sagte er leise und strich mit der Handfläche über seine Stirn. »Weißt du … auch wenn es verrückt klang, was du gesagt hast … aber – deine Worte haben mir gutgetan.« Ein verzerrtes Lächeln umkräuselte seinen Mund. »Ich weiß auch nicht, was in letzter Zeit in mich gefahren ist. Ich habe das Gefühl, mich selbst nicht mehr zu kennen.« Er hieb mit seiner Ferse eine Kerbe in den Boden.

»Ist schon gut, Martin. Du hast viel durchgemacht in den letzten Wochen und Monaten, das wirft einen schon mal aus der Bahn. Aber glaube mir, jetzt wird es besser werden. Auch wenn der Tod schmerzlich ist, so ist doch die Zeit der Unsicherheit vorbei. Es ist entschieden. Gudrun lebt in unseren Herzen weiter, und dort werden wir sie hüten und lieben, solange es uns gibt.«

»Danke, Ellen … danke!« Martins Lächeln ließ die Tränen auf seinen Wangen trocken.

»Ist schon gut.« Ellen nahm seine Hand und drückte sie kurz. Dass es auch das Bild der Duplikauster gewesen war, das ihm zugesetzt hatte, behielt sie lieber für sich. Das Gegenstück war zerstört, es konnte ihm nichts mehr anhaben.

In diesem Moment erschien Susan. Sie war, wie alle, ganz in Schwarz gekleidet, trotzdem stach sie aus der Menge wie ein Edelstein aus einem Kohlehaufen.

»Gehen wir zu Fuß zurück?«, fragte sie, »ich bin mit dem Fahrrad da, aber ich kann es ja schieben.«

»Klar, gern«, nickte Ellen.

Sie nahmen herzlich Abschied von Martin und machten sich gemeinsam auf den Heimweg.

»Du hast mit ihm gesprochen, stimmt's?«, fragte Ellen nach ein paar Schritten.

Susan nickte. »Ich hatte euch beobachtet und mir gedacht, dass du es ihm erzählt hast.«

»Danke, das war lieb von dir. Apropos lieb – wie geht es Tilo?«

Susans Strahlen war Antwort pur. »Oh, Ellen, ich bin ja so glücklich. Tilo ist einfach wunderbar.«

»Dann pinkelt er im Sitzen?«, foppte Ellen.

»Ich glaube – in Zukunft ja«, Susan kicherte albern, »ach, ich könnte jede Minute mit ihm verbringen. Er ist so witzig, so leidenschaftlich – und – er kann wunderbar kochen!« Der letzte Satz klang wie ein langes Seufzen. »Ich hoffe nur, das wird mich nicht meine Garderobe kosten, ich musste den

Gürtel jetzt schon weiter schnallen …«, sie lächelte schräg. »Wirklich schade, dass er heute nicht mitkommen konnte.«

»Su, gönn ihm doch einen Tag Auszeit. Ellen schmunzelte. Sie konnte sich lebhaft vorstellen, dass Tilo nach der Überdosis Susan eine kleine Verschnaufpause gut gebrauchen konnte. »Wenn ihr die rosa Wölkchen in Häppchen genießt, schmecken sie besser und halten auch länger«, neckte sie und dachte dabei wehmütig an ihre unfreiwillige Diät.

Trotzdem war Ellen glücklich. Sie genoss es, mit Susan durch die Straßen zu laufen, den Frühling einzuatmen und zu wissen, dass sie nun endlich komplett war, mit allen Höhen und Tiefen, die unweigerlich auf sie zukommen würden.

Und sie war heilfroh, dass es ihr endlich gelungen war, das schwarze Loch in ihrem Leben mit Bildern zu füllen, auch wenn diese schmerzten. Sie würde sich im Stillen von ihrem Vater verabschieden, sie wusste nun, er war in guten Händen. Und eines Tages würde sie ihrer Mutter alles erzählen, damit auch sie sich mit seinem Tod abfinden – und endlich loslassen könnte. Dankbar blickte sie in den Himmel.

Und noch etwas freute sie ungemein: Endlich konnte sie ihr Leben anpacken, in die neue Wohnung ziehen und mit ihrer Arbeit beginnen. Sie fühlte sich mehr als bereit dazu, die neue Aufgabe anzupacken, auf ihre Weise mit ihren außergewöhnlichen Erfahrungen, mit denen sie Professor Doktor Fehlhauer entgegentreten konnte.

In diesem Moment fühlte sie sich mit sich selbst und allem verbunden. Es war ein unbeschreibliches Gefühl, auf diese neue Art ein Teil dieses wunderbaren Ganzen zu sein.

Am nächsten Morgen stand Ellen auf und erstickte jegliche Diskussion über das Dafür und Dawider des Joggens im Keim.

Als sie später, bewaffnet mit zwei Brezeln, vom Hamsterrad zurückkehrte, wartete eine elegant gekleidete junge Dame vor ihrer Haustür und strahlte über beide Gesichtshälften. Ellen blinzelte mehrmals, um besser sehen zu können, was sie zu sehen glaubte.

»Leah, bist du das?« Sie erkannte ihre Freundin kaum wieder.

»Mensch Ellen, du bist ja schwerer aufzutreiben als eine Nadel im Heuhaufen«, witzelte Leah. »Ich versuche schon seit einer Ewigkeit, dich zu erreichen. Du wirst mir nicht glauben, was in letzter Zeit alles passiert ist ...«

»So?« Ellen nahm ihre Freundin kurz in den Arm und gemeinsam stiegen sie die Treppen hinauf zu Ellens Wohnung.

»Donnerwetter, was ist denn hier los?«, staunte Leah, als sie in das Zimmer traten. »Haben wir die falsche Tür erwischt?« »Nun ja, ich habe mein Verbesserungspotenzial in Sachen Ordnung ein wenig angezapft«, antwortete Ellen und drückte den Knopf der Kaffeemaschine. »Setz dich und schieß los.« Ellen stieg auf den Hocker, um zwei Tassen zu ergattern. Noch immer erfreut über die große Auswahl an sauberem Geschirr, entschied sie sich für die blauen Tassen mit dem lachenden Gesicht, die sie noch jungfräulich verpackt in der Ecke ihres Putzschranks gefunden hatte.

Leah erzählte – und Ellen erfuhr von wilden Partys, die sie endgültig in den Ruin getrieben hätten, von einem Selbstmordversuch mit einer unglaublichen Rettung und vielem mehr, doch den großen Hammer hob sich Leah bis zum Ende auf: »Stell dir vor, ich habe einen Job und einen Freund.«

»Ist nicht wahr!« Ellens Kaffee unterbrach seinen Weg zu ihrem Mund.

»Doch«, jubelte Leah und kramte in ihrer Handtasche. »Sein Name ist Kain. Kain Frömmler.« Voller Stolz streckte sie Ellen ein Foto entgegen.

Ellen betrachtete es grübelnd. Irgendwo hatte sie dieses Gesicht schon einmal gesehen, doch die aufsteigende Erinnerung hatte einen fahlen Beigeschmack.

»Hatte der Typ zufällig mal grün-rote, stachelige Haare?«, fragte sie mit immer größer werdenden Falten auf der Stirn.

»Woher weißt du das?« Leah sah überrascht auf.

»Nun ja, ich glaube, ich habe ihn schon mal gesehen, im Abrissviertel. Leah, bist du sicher, dass …«

»Absolut«, sagte Leah ohne Umschweife, »und diesmal kann nichts schiefgehen.« Sie lächelte geheimnisvoll.

»Und was macht dich da so sicher?«

»Ganz einfach, das Geheimnis ist …«, Leah machte eine bewusst lange Pause, »das Geheimnis ist … ich liebe ihn nicht!«, platzte sie dann heraus. »Das ist meine neue Strategie. Und wenn ich ihn nicht liebe, kann er mich auch nicht verletzen.«

Ellen blies Luft in die Wangen und ließ sie zischend wieder hinaus. »Na super! Und du meinst, das ist der richtige Weg?«

»Unbedingt! Und, Ellen, du musst ihn kennenlernen, er ist so klasse!« Leahs Augen glänzten. »Durch ihn habe ich auch die Stelle gefunden, stell dir vor, sie haben mich genommen. Im H.E.K. in der Verwaltung.« Leah war so aufgeregt, dass sie den restlichen Kaffee schwungvoll auf das Tischtuch goss. Ellen sprang vom Stuhl und versuchte, ihren frisch gestaubsaugten Teppich vor dem herabstürzenden Braun zu bewahren.

»H.E.K., ist das nicht …«, keuchte sie neben dem Tisch.

»… das Heim für schwer erziehbare Kinder, richtig«, beendete Leah den Satz.

»Leah, das freut mich riesig für dich«, sagte Ellen und bugsierte den kaffeegetränkten Lappen zusammen mit Leahs Tasse in das Waschbecken. »Dieser Typ – dann war der auch mal dort?«

»Ja klar, durch ihn habe ich von der Stelle erfahren.«

»War er dort als Mitarbeiter oder als Bewohner?«, fragte Ellen vorsichtig weiter.

»Er ist dort aufgewachsen, aber er ist vollkommen normal. Er steht mit beiden Beinen im Leben und weiß ganz genau, was er will.« Leise fügte sie hinzu: »Und auch, was er nicht mehr will.«

Ellen seufzte erneut. Leahs Worten war es nicht gelungen, ihre Stirn zu glätten, und sie fragte sich, welcher ihrer beiden Aurier wohl die Schuld daran trug.

»Hoffen wir das Beste«, sagte sie. »Aber wie auch immer es kommt, es freut mich für dich, dass du so glücklich bist.«

»Oh, Ellen, danke!« Leah sprang auf und schlang die Arme um den Hals ihrer Freundin »Und bei dir? Wie läuft es bei dir? Wo hast du dich rumgetrieben?« Sie setzte sich wieder.

»Alles bestens«, erwiderte Ellen. Sie verspürte in diesem Moment nicht die geringste Lust, mit Leah über die letzten Tage zu sprechen. »In zwei Wochen habe ich meinen ersten Patienten, und dann hoffe ich, dass noch ein paar dazukommen. In einem Monat ziehe ich um, bis dahin sollte alles so weit eingerichtet sein.«

»Aber das ist ja wunderbar, gratuliere«, zwitscherte Leah und griff nach ihrer Jacke. »Ich bin mir sicher, du bist die beste Therapeutin, die man sich wünschen kann. Lass uns so bald wie möglich wieder etwas unternehmen, einverstanden?« Sie schmatzte ein Küsschen in die Luft, winkte kurz und verschwand dann ebenso schnell aus Ellens Tag, wie sie hineingeplatzt war.

Erschlagen sank Ellen auf den Stuhl. »Na dann, viel Glück«, murmelte sie leise vor sich hin, genoss noch einige Minuten die eingekehrte Ruhe, bevor sie sich erhob und die leeren Tassen in den Geschirrspüler stellte. »Kein Chaos mehr – zumindest beim Geschirr«, sagte sie laut zu sich selbst.

Ein halbes Jahr nach Eröffnung ihrer Praxis war Ellens Terminkalender zum Bersten voll. Gute Therapeuten waren gesucht, und es sah ganz so aus, als durfte sie sich zu ihnen zählen.

Ihr Blick fiel auf einen Strauß Rosen und ein Dankeskärtchen, welches ihr ein junger Mann überreicht hatte. Die Therapiestunden mit ihm waren bis jetzt ihr schönster Erfolg gewesen.

Lächelnd dachte sie an den Moment zurück, als sie dem neuen Patienten die Tür geöffnet hatte – und dann geschockt zurückgewichen war. Vor ihr hatte ein kahl rasierter Mann gestanden. Ellen hatte ihn sofort erkannt. Seine dicke Brille und die korpulente Figur … Er war der Schlägertyp aus dem Abrissviertel, den Ellen beobachtet hatte, kurz vor der Prügelei mit Leahs neu entdeckter Liebe.

Noch bevor sie ein Wort sagen konnte, hatte er sich als *Roger Spürlich* vorgestellt und etwas hinter seinem Rücken hervorgezogen. Dann streckte er Ellen seine fetten Finger entgegen, zwischen denen ihre Pumps baumelten.

»Die haben Sie vor meiner Haustür verloren. Ich bin kein Prinz, aber sie könnten Ihnen passen …«

Ellen war mehr als überrascht gewesen, als sie ihre Schuhe entgegennahm, die sie bei ihrer Flucht in den Hauseingang geschleudert hatte. Er musste sie geputzt haben, sie glänzten wie neu. Ellen konnte nicht anders, als ihn hereinzulassen.

Als er so dasaß, mit der Schale Kaffee, die in seinen großen Händen fast zerbrechlich wirkte, kam er Ellen vor wie ein geschorenes Lämmchen und gar nicht wie ein grober Kerl, der an der Spitze seiner Truppe die Keule schwenkte.

»Ich höre Stimmen«, begann er die Sitzung, als wollte er die Worte so schnell wie möglich loswerden. »Stimmen, Geräusche, widerliches Geschrei, es bringt mich um, es macht mir Angst. Schon immer … Vor einigen Wochen war es ganz schlimm, manchmal meinte ich sogar, etwas zu sehen. Wie in einem dichten Nebel …«

»Ja, so etwas gibt es, das kann sehr unangenehm werden«, antwortete Ellen unbeeindruckt. An dem überraschten Aufblitzen hinter den Brillengläsern erkannte sie, dass er solch eine Reaktion nicht erwartet hatte.

Die erste Sitzung mit ihm dauerte dreimal so lange wie geplant. Es war schon längst Abend geworden, als Roger Ellens Praxis verließ. Er hatte ihr seine ganze Lebensgeschichte ungefiltert in den Kaffee gespuckt. Wie er als Kind unter der Ablehnung seiner Eltern und dem Spott der Kameraden gelitten hatte. Niemand hatte ihm zugehört. Von Selbstzweifeln geplagt und immer mit dem Rücken an der Wand, beschloss er, ganz einfach lauter zu brüllen und schneller zuzuschlagen als die anderen. Doch irgendwann wurde ihm bewusst, dass er sich selbst dabei verloren hatte.

Im Laufe der Sitzungen konnte Ellen ihm vermitteln, dass es noch weitaus mehr gab, als das, was der Verstand zu fassen vermochte und dass er mit seiner seltenen Gabe, einen Teil von diesem *Mehr* wahrzunehmen, ein besonders feinfühliger Mensch sein musste.

Nach und nach brachte sie ihn dazu, seine Person anzunehmen, ganz genau so, wie sie war – und sich selbst mit seiner Einzigartigkeit als unersetzlichen Teil dieser Welt zu betrachten, mit seiner eigenen wichtigen Aufgabe, die er darin hatte und auf die er stolz sein konnte.

Deutlich nahm sie die Veränderungen wahr, die Roger bei seinen Besuchen durchlief. Je mehr es ihm gelang, zu sich zu stehen, sich nicht mehr gegen die Angst zu stemmen, die sein Leid nur vergrößerte, desto leiser wurde das Geschrei in seinem Kopf.

Ellen freute sich sehr über die Wirkung ihrer Worte. Angefangen von seiner Kleidung bis hin zu seiner Körperhaltung veränderte er sich im Laufe der Sitzungen zum Positiven. Als er ihr schließlich den Strauß Rosen mit dem Dankeskärtchen überreichte, war von dem Draufgänger, der drei Monate zuvor vor ihrem Haus gestanden hatte, kaum mehr etwas übrig geblieben. Selbst die dicken Brillengläser waren verschwunden. Er brauchte sich jetzt nicht mehr dahinter zu verstecken.

Die Wohnung neben ihrer Praxis war nun fast fertig eingerichtet. Das Bild der Duplikauster hatte Ellen wieder in den Flur gehängt. Sie wusste ja, dass das Gegenstück zerstört worden war. Der Beweis war ihre Mutter, die es nach wie vor bewunderte, ohne dass sich unerwünschte Nebenwirkungen zeigten.

In wohl dosierten Zeitabständen traf sie sich mit ihrer Mutter zum Kaffee und auch mal zum Abendessen. Ellen war das erste Mal in ihrem Leben so richtig zufrieden – zumindest fast. Der Gedanke an Jesias ließ sie auch weiterhin nicht los und die Versuchung, ihn mithilfe des Spiegels zu sehen, war zeitweise unerträglich, vor allem, wenn sie zwischendurch das Gefühl hatte, dass er in ihrer Nähe sein musste. Ellen verbot sich selbst, diese Möglichkeit zu nutzen, aus Angst, sich für den Rest ihres Lebens zu blockieren. Sie wollte frei sein, frei für Neues.

Und so versuchte sie, sich damit abzufinden, dass es so war, wie es war, und dankte dafür, dass sie Jesias hatte kennenlernen dürfen und dass er irgendwo in Anderland existierte. Daher lag der Spiegel die meiste Zeit in ihrem Nachttisch und durfte nur heraus, wenn Ellen sich vergewissern wollte, ob ihr Patient auch die Person war, die er vorgab zu sein. Immer noch hallten Kethamarrs Worte der Rache in ihren Ohren.

Aber bis jetzt war alles ruhig geblieben und der Spiegel kam immer weniger zum Einsatz. Auch mit Laila, die sie ab und zu auf dem Kirchplatz antraf, wollte sie nicht über Jesias sprechen, was nicht sonderlich schwierig war, da Laila nach wie vor keinen Kontakt zu ihrem Sohn hatte.

Eines Abends bellte es an ihrer Haustür.

»Wer ist da?«, fragte Ellen in die Gegensprechanlage.

»Paket für Sie«, dröhnte eine Männerstimme, »und halten Sie Ihren Hund zurück.«

»Mein Hund heißt Klingel, er beißt nicht.« Ellen öffnete.

»Darf man zum Geburtstag gratulieren?«, fragte der Postbote und zwinkerte ihr ungeschickt zu. Ellen übersah die Hand, die er ihr entgegenstreckte und nahm stattdessen das bunte Päckchen entgegen.

»Hm, eigentlich habe ich gar nicht Geburtstag«, sagte sie erstaunt und suchte nach dem Absender. *Arnt?* Dankend schlug sie dem sichtlich enttäuschten Paketträger die Tür vor der Nase zu und machte sich neugierig ans Auspacken. Hin und wieder hatte sie Kontakt mit Arnt, der mittlerweile ein neues Auge bekommen hatte, dessen Farbton exakt dem des gesunden entsprach. Da er sein Gesicht nun nicht mehr verstecken musste, hatte er die Haare ein wenig gekürzt und sah richtig gut aus, wie Ellen fand.

Es klapperte verheißungsvoll in der Verpackung. Ellen schälte das letzte Stück Papier herunter und blickte gespannt auf die Rückseite einer Schachtel. Langsam drehte sie sie um.

Ein erstauntes *Oh!* entfuhr ihr und sie sank in den Stuhl. In ihren Händen hielt sie ein Spiel für Kinder. Darauf stand in großen geschwungenen Buchstaben:

DINOS-AURIER

Die Suche nach dem verlorenen Glück

»Oh, Arnt, du bist einfach unglaublich«, prustete sie los, und einer plötzlichen Eingebung folgend, sprang sie auf. Sie wollte spielen – einfach nur spielen. Eine kindliche, kaum zu bändigende Lust hatte sie übermannt, sie musste es mit ihrer Mutter ausprobieren. Jetzt gleich.

Arnts Spiel an die Brust gepresst, lief sie durch den Gang in Richtung Treppe. Unverhofft blieb ihr Blick an dem Bild der

Duplikauster hängen, und obwohl sie es schon unzählige Male betrachtet hatte, hielt sie inne. Es schien ihr, als habe sich das Bild verändert. Nachdem sie die bunten Wachsformationen eine Weile lang betrachtet hatte, erkannte sie plötzlich ein kleines Mädchen darin. Mit wehenden Haaren flog es auf einer Schaukel, die Beine weit in den Himmel gestreckt. Je länger sie es betrachtete, desto deutlicher wurde das Bild – und ein paar Herzschläge später glaubte Ellen sogar, das Mädchen vor Glück lauthals lachen zu hören.

Die handelnden Personen

Ellen Lang
Ellen hat die Fähigkeit verloren, Liebe und Hass zu empfinden und setzt alles daran, herauszufinden, warum das so ist.

Ruth Lang
Ellens Mutter, die den Tod ihres Mannes nie überwunden hat.

Onkel Theobald
Onkel mütterlicherseits, von Ellen »Onkel Tobs« genannt. Von Beruf Polizeidirektor.

Tante Elsbeth
Onkel Tobs geschwätzige Frau.

Susan Kehrfein
Ellens beste Freundin, arbeitet als Krankenschwester.

Leah Leidtreu
Freundin von Ellen, leidet unter psychischen Schwankungen.

Florian
»Flo« genannter Kommilitone aus Ellens Studienzeit.

Larissa
Bedienung im *Schwarzen Holler.*

Arnt Wächter
Ellens rollstuhlfahrender Freund. Er begleitet sie auf ihrem Weg und steht ihr mit seiner Kombinationsgabe zur Seite.

Anita Wächter
Arnts überfürsorgliche Mutter.

Martin Wohlgemuth
Ellens Ex-Freund. Sie hat ihn verlassen, da sie ihn nicht lieben kann. Die beiden sind aber immer noch befreundet.

Tilo Waghalsner
Spezialist und Hobbykoch. Gerät irrtümlich in Ellens Leben und erweist sich insbesondere für Susan als große Hilfe.

Dr. Malcom
Der strenge Oberarzt im Krankenhaus von Steilbach.

Kain Frömmler und Roger Spürlich
Schlägertypen aus dem Abrissviertel.

Oberst Krotzler
Der selbstsüchtige Direktor des Gefängnisses Marienfels.

»Die Dralle«
Trifft sich hin und wieder mit Oberst Krotzler und kümmert sich auf eigene Art um die Gefangenen von Marienfels.

Der Gegenläufer – Alex Steinsteiger
Gefangener in Marienfels. Ellen und Arnt nennen ihn »Gegenläufer«, da er sich nicht dem Verhalten der anderen Gefangenen anpasst.

Laila – »Die Verrückte vom Kirchplatz«
Strickt Socken am Löwenbrunnen und ist gleichzeitig in Anderland und in der Menschenwelt zu Hause.

Charaktere und sonstige Wesen aus Anderland

Radin Simon

Der Hüter des Friedens. Mit ihm steht und fällt die Grenze zwischen Anderland und der Menschenwelt; er kann die Welten nach Belieben wechseln, ist uralt und leidet an einer rätselhaften Krankheit, die Anderland in große Sorge versetzt.

Charlotte

Die überreinliche Hygiella ähnelt einer Katze, gehört zu Radin und unterstützt Ellen dabei, sich in Anderland zurechtzufinden. Auch sie kann die Welten nach Belieben wechseln.

Runa Kelvin

»Weiserin« und Familienmutter. Sie weist den Menschen die Aurier zu.

Laurin Kelvin

Runas Mann, der Ellen bei der Suche nach Maureen begleitet.

Zoe Kelvin

Eines der fünf Kelvin-Kinder. Hat ihren eigenen Kopf und setzt sich gern über Regeln hinweg.

Flora, Frons, Scyra und Fabres

Zoes Geschwister.

Maureen

Wegen ihrer Weisheit hoch geachtete Frau aus dem Tal der Silberfeen, die mit der Aufgabe betraut ist, Verstorbene in Empfang zu nehmen.

Jesias

Wächter von Maureens Anwesen und Beschützer von Kronstedt, der Ellen zur Hilfe kommt

.

Flux

Jesias' Renntier kann das Reiseziel seines Reiters durch sein Nackenhorn lesen.

Kiff

Jesias' treuer Hund mit einem weißen Ohr.

Die Aurier

Zwergenhafte Wesen, die sich nur in Anderland befinden, jedoch zu den Menschen gehören.

Gerold

Jesias' Zwillingsbruder. Ein Draufgänger und Frauenheld, der nur darauf wartet, in den Kampf ziehen zu können.

Kethamarr

Einst mit dem Schutz für Anderland betraut, strebt er nun nach der Allmacht.

Scarabella

Kethamarrs Raupe, die er aus seinem eigenen Fleisch erschaffen hat.

Der Triamese

Dreiköpfiges Wesen in den Diensten von Kethamarr. Der mittlere Kopf hat die Kontrolle über den Körper. Die Köpfe erneuern sich von Zeit zu Zeit, behalten aber ihr Wissen.

Morphus Knechtereff

Buckliger Diener Kethamarrs.

Duplikauster

Zwergenhafte Doppelwesen, die jeweils haargenau dasselbe tun.

Fender
Blinde, einfältige Wesen, die Kethamarr dienen und sich von Neid, Hass und Wut ernähren. Ihre Hauptaufgabe ist es, die Verursacher von verbotenen Kontaktlöchern (Risse zwischen den Welten) gefangen zu nehmen.

Morthoren
Menschen, die sich selber richten, werden von Kethamarr abgefangen und zu Morthoren gemacht. Sie sind Kethamarr hörig und können sich unter die Menschen mischen, indem sie deren Körper übernehmen.

Lucia
Schöne, zwergenhafte junge Frau mit erdbeerroten Locken. Hat sich bei Kethamarr für den Dienst in seinem Haus beworben und ihm den Kopf verdreht. Auch andere werfen Blicke auf sie.

Crock
Kethamarr höriger Anführer der Raben, die in beiden Welten gleichermaßen zu Hause sind.

Corvus
Einer von Kethamarrs Raben, der Ellen wohlgesonnen ist.

Danksagung

Einen Roman zu schreiben, braucht Zeit. Deshalb danke ich an erster Stelle meiner wunderbaren Familie, die mir diese Zeit gibt, wann immer ich sie brauche.

Doch es benötigt nicht nur die Zeit des Autoren, damit ein Buch »lebendig« wird. Denn ohne Dich, lieber Leser, bliebe die Geschichte eingesperrt, farblos und stumm. Herzlichen Dank für Deine Lesezeit, die »Ellen Lang« zum Leben erweckt hat.

Ein gutes Lektorat ist unglaublich wertvoll. Hier danke ich Dir, Roland, vom RR Verlag, ganz herzlich für die professionelle Arbeit und die erstklassige Unterstützung bei all meinen – ganz schön vielen – Fragen.

Dem privaten Umfeld eines Schreibenden gelingt es oft nur schwerlich, sich mannigfaltigen Textergüssen zu entziehen, und ich bin sehr glücklich darüber, dass man mir eine schier unerschöpfliche Geduld entgegenbrachte:

Daher gilt mein Dank Dir, René, dass ich stets auf Deine ehrliche Meinung zählen kann. Und Dir, liebe Céline, für Deine Freude am Zuhören, Deine Verbesserungsvorschläge und dafür, dass ich Dich als »Ellen« auf das Cover nehmen durfte. Und natürlich gilt er auch Dir, lieber Luca, auch Du hast immer gerne zugehört, hast auf unklare Stellen hingewiesen und Ideen für das Cover mit eingebracht.

Ein ganz spezieller Dank geht auch an Dich, Volker. Du hast mich als väterlicher Berater unermüdlich begleitet und unterstützt, hast beharrlich zum Rotstift gegriffen, den Text unzählige Male gelesen und warst selbst dann noch geduldig, als ich Deinen Korrekturen wieder neue Fehler verpasste.

Auch Dir möchte ich herzlich danken, Gerlinde, für Dein offenes Ohr, Deine sprudelnden Ideen und dafür, dass Du mir als Mutter und Freundin zur Seite stehst und dass ich immer auf Dich zählen kann.

Ohne ermutigende Worte wäre so ein Projekt kaum zu schaffen. Danke an Dich, Dominik, Du hast als einer der ersten dieses Buch gelesen und mir ein wertvolles Feedback gegeben.

Ninette, Dir danke ich für Deine vielen Ratschläge und die unvergesslichen Korrekturarbeiten auf der Terrasse bei Kerzenlicht. Und auch dem Buchclub, auf dessen Rat hin ich »Ellen« auf weniger »Lang« herunterkürzte.

Auch Dir, liebe Carline, ein herzliches Dankeschön. Du warst mit Abstand meine jüngste Testleserin und hast mit Deinen vielen Hinweisen Unglaubliches geleistet. Für Dich habe ich die Rolle von Runa ein wenig umgeschrieben.

Weiter geht mein Dank an Ursel, Dieter, Christine, Fritz und Dora, die durch ihr konstruktives Feedback richtungsweisend waren, an Isabelle, von der ich neben vielen guten Ratschlägen auch die Namensidee für Charlotte übernehmen durfte, an Evelyne, die mit ihrer originellen Ausdrucksweise den Grundstein für Corvus' Sprache legte und mir mit wertvollen Tipps die Arbeit erleichterte, an Ralf, ohne den das Cover niemals so schön geworden wäre und an alle, die, wenn auch hier nicht namentlich erwähnt, in irgendeiner Form am Entstehen dieses Buches beteiligt waren.

Lob und Kritik sind wie der Wind im Segel. Sie bringen uns weiter. Ich freue mich über Dein Leser-Feedback unter:
tlippuner@web.de

Die Autorin

Tanja Lippuner wurde 1969 in Rheinfelden (Deutschland) geboren und ist im Markgräflerland aufgewachsen, wo sie mit ihrer Familie lebt. Seit 1996 arbeitet sie im Marketingbereich eines international tätigen Unternehmens.

Seit 1995 befasst sie sich intensiv mit der Enkaustik (Maltechnik mit Wachs), die auch im vorliegenden Roman eine tragende Rolle spielt.

»Die Suche nach den Auriern« ist nicht nur die erste Buchveröffentlichung der Autorin, sondern bildet zugleich den Auftakt zu einer »Ellen Lang«-Trilogie.

Traumdreher